新典社研究叢書 375

一条兼良歌学書集成

武井 和人 編著

新典社刊行

目　次

『歌林良材集』―― 釈文・簡校・解題 ――

凡　例

一、底本・校合本は以下の通り。校異掲出において、伝本名を伝本の通番号（解題参照）を以て示した。校合本は、原則として各系統より一本を選択した。「簡校」と題した所以である。

【底　本】㉙冷泉家時雨亭文庫蔵兼良自筆本　《第五類》
【校合本】①続群書類従原本（宮内庁書陵部図書寮文庫蔵本〔四五三・一二〕）《第一類》
③宮内庁書陵部図書寮文庫蔵Ｂ本〔一五四・一九〕《第二類》
⑯宮内庁書陵部図書寮文庫蔵Ｄ本〔谷・三一四〕《第三類ａ》
⑰宮内庁書陵部図書寮文庫蔵Ｆ本〔伏・一一九〕《第三類ｂ》
⑲宮内庁書陵部図書寮文庫蔵Ａ本〔一五四・一二〕《第四類》
㊱国文学研究資料館蔵Ｂ本〔九九・六〇〕《第六類》
㊶国文学研究資料館蔵Ａ本〔タ二・三一〕《第七類》
㊷京都大学附属図書館蔵本〔四-二二・カ・二六〕《第七類》
※㊶が闕く、【下10】、【下11】、【下12】（前半）のみ
㊻山口県文書館蔵本〔近藤清石一六七〕《第八類》

一、釈文作成に際しては、出来る限り底本の形を残すことに努めたが、以下の処理を施した。

一、巻別、項目ごとに、【上xx】【下yy】のやうに、上下巻を示した上で、【　】に入れて、上下巻を通した番号を冒頭に記した。

一、集付・肩付・歌題・作者名・割注等、底本において小字で書かれてゐる注記的本文は、原則として、〔　〕に入れ本文と同じポイントとした。また、割注内での改行は「／」で示した。

一、底本等において、蠹蝕等の物理的破損によつて本文が損なはれてゐて、残画より推定した場合は、□で囲んでこれを示した。

一、底本における朱引、朱書等は釈文より省いた。

一、底本における改丁・改面を』で示し、丁数等を』一ォ の如く示した。

一、『歌林良材集』には、㉙冷泉家時雨亭文庫蔵兼良自筆本とは別に、複数の兼良筆と思はれる古筆切が存する。当該古筆切の釈文は、底本本文の後に、⬚で囲んで掲出した。

一、校異として掲出した本文は、最初に記された伝本の本文を以て示し、校合本間における表記上の差異は考慮してゐない。

一、校合本における補入・振り仮名・朱書入れなどは、校異として掲出しない場合がある。ただし、③宮内庁書陵部図書寮文庫蔵B本〔一五四・一九〕における朱による集付・異文注記等は、同筆と思はれ、同様の本文が同系統他本にも見られるので、墨筆と同様の扱ひをし、原則として、校異として掲出した。

一、同筆のミセケチによる訂正は、原則として、訂正後の本文を、校異として掲出した。

一、底本に存せず校合本に存する項目・和歌・注記等を、底本の当該部分に割り込ませ、原則として《　》で括り、ゴシック体にて示した。またこの場合、項目の通番号は、一つ前の項目番号を引き継ぎ、【上xxb（c……）】の如く示した。項目・和歌等の置かれてゐる場所、和歌の配列の異同などに関しては、※以下で当該箇所に注記した。なほ、解題参看。

一、わたくしに句読点を施した。長歌の句切れも、読点にて示した。

一、末尾に、一部の伝本に見られる巻末増補項目を付載した。項目の通番号は、【増x】とした。

釈文・簡校

歌林良材集上下（打付書）』（前表紙）

（一面空白）』一オ

【序】

林にしけき良木の、けたうつはりとなるへきも、ひたのたくみの、をの、まさかりをめくらして、きりもちゐるにあらされハ、その材をあらハす事なし。詠歌の道も、これにおなしかるへし。ならのみかとの＊萬葉集をはしめとして、＊三代集等にあつめをかれたる＊詞花言葉ハ、＊いつれも歌の林のよき木なり。しかれとも、すゑの世に、定家ゝ隆ことき の、ひたのたくみにあはさらハ、これを＊とりもちゐる所なくして、雲のまさかり、月のをの、その＊妙手をあらハす事なかるへし。こゝをもて、いとけなきわらは、つたなき＊たくみに、その心を＊つけしめんか＊ため、おろかなることの葉にまかせて、これをしるしあつめて、歌林良材集となつくるに＊なん＊ありける。』一ウ

＊萬葉集……萬葉⑰　＊三代集等に……三代集も⑰　＊詞花言葉ハ……ことの葉は①、詞花言葉㊱、詞ハ㊻　＊いつれも……誠に①㊻　＊とり……きり①③⑰⑲㊱㊶㊻　＊妙手……妙事⑲、妙なる手㊻　＊たくみに……たくみにそ⑲　＊つけしめんか……つけしめん㊱㊶　＊ため……ために①⑰⑲　＊なん……ナシ⑰　＊ありける……ありけり③⑲㊱㊻

※⑯、【序】、ナシ。

【目録A〔上巻〕】

《詞林良材集目録〔今私書之〕

第一出詠哥書躰　上巻百廿七ヶ条

一卅六字哥　二卅五字哥　三卅四字哥　四〔氺一句有七字躰〕　五〔氺三句有七字／躰〕　六〔一首の中におなし／てには有二哥〕　七〔不言其物躰／詠用許哥〕　八〔有二説哥共為本／哥用之哥〕　九〔一首中毎句有／疊詞哥〕　次第以下續之

第二取本歌本説躰

十〔取本歌二句或三／句引引意躰〕　十一〔本歌氺三四句を氺／一二句になして讀る躰〕　十二〔本歌氺一二句を氺三／四の句ニなして讀る躰〕　十三〔取本歌一句躰〕　十四〔本歌二句三句不／替置所躰〕　十五〔本歌の意に贈／答する躰〕　十六〔本歌の隔句をつゝ／けてよめる躰〕　十七〔取用本歌物語／意詞躰〕　十八〔取用詩意事〕　十九〔題をまハして意／をたくミに読る躰〕　廿〔字面にハ見えされともてには／にて恋の哥になる事〕

第三虚字言葉

廿一うたて　廿二あやなし　廿三あやな　廿四あやに　廿五いさゝめ　廿六けに〔勝観等〕　廿七ことならは　廿八あへす　廿九ほに　卅玉ゆら　卅一ゆらく　卅二わくらハ　卅三しのく　卅四たわゝ　卅五いましは　卅六しつく　卅七うたかた　卅八ゆたのたゆた　卅九いて　四十さそな　四十一しつはた　四十二やよ　四十三いとなき　四十四そかひ　四十五いさよひ　四十六ほと〴〵しく　四十七みかくれ　四十八すさむ　四十九かはす　五十はた　五十一しかすか　五十二すさめぬ　五十三たれしかも　五十四こゝら　五十五いつとハ　五十六さしなから　五十七くたち　五十八かて　五十九よるへ　六十そよ　六十一事なしふとも　六十二〔こてふに／にたり〕　六十三なミに思

ふ　六十四やさしき　六十五うちきらし　六十六みなから　六十七たハやすく　六十八うらめつらし　六十九うらひれ　七十とゝろ　七十一すへなし　七十二なたゝる　七十三われて　七十四またき　七十五うつたへに　七十六まとを　七十七いとせめて　七十八まへに

第四実字言葉

七十九あさなけ　八十玉のを　八十一かりほ　八十二目もはる　八十三墅もせ　八十四墅つかさ　八十五雨もよ　八十六いをやすくぬる　八十七朝な夕な　八十八あさけ　八十九あたら夜　九十事そともなく　九十一めさし　九十二〔わかせこ／わきもこ〕　九十三〔たらちね／たらちめ〕　九十四〔しつのをた／まき〕　九十五このもかのも　九十六きりたち人　九十七いなせ　九十八ねりそ　九十九ミなれ　百心かへ　百一恋のやつこ　百二桜かり　百三おきなさひ　百四はたれ　百五命にむかふ　百六こまかへり　百七としのは　百八ミへのおひ　百九木つミ　百十たふさ　百十一とふさたて　百十二このてかしハ　百十三あゆの風　百十四八十とものを　百十五〔ともの／そめき〕　百十六〔宮この／てふり〕　百十七〔しゐのこ／やて〕　百十八袖つく　百十九山桜戸　百廿かことハかり　百廿一〔ひちかさ／雨〕　百廿二〔夢をかへと／いふ事〕　百廿三〔ぬかつく／事〕　百廿四かほ花　百廿五〔うけら／か花〕　百廿六〔ミのしろ衣〕　百廿七とよのミそき

已上　上巻終》

※底本及び①⑯⑰⑲㊱㊶㊻、【目録Ａ（上巻）】、ナシ。③、アリ。本文は、③による。なほ、項目部分の改行はこれを省き、追ひ込んだ形で釈文を作成した。

【目録B（上下巻）】

《目録

第一　出詠歌諸躰

卅六字哥　卅五字哥　卅四字哥　第一句有七字躰　第三句有七字躰　一首中同てには二ある哥　不言其物躰七字哥
有二説哥共本哥用之事　一首中毎句有畳詞歌　無同文字哥

第二　取本歌本説躰

取本歌二句或三句引違意躰　本歌才三四の句を一二句ニなせる躰　本歌才一二句を才三四句ニなせる躰　取本哥一句躰　本歌二句三句不替置所躰　本歌の意詞を引直用躰　本歌の隔句をつゝけてよめる躰　取用本歌物語意詞事　取用詩意事　題をまハして心をたくミによめる躰　字面にハみえされともてにはによりて恋の哥になる事

第三〔虚字言葉〕

うたて　あやなし　あやな　あやに　いさゝめ　けに　ことならは　あへす　ほに　玉ゆら　ゆらく　わくらは　しの（ママ）ゝ　たハゝ　いましは　しつく　うたかた　ゆたのたゆた　いて　さそな　しつはた　やよ　いとなき　そかひ　いさよひ　ほと〳〵しく　みかくれ　すさむ　かはす　はた　しかすか　すさめぬ　たれしかも　こゝら　いつハとて　さしなから　くたり　かて　よるへ　そよ　ことなしふとも　こてふに似たり　なミに思ふ　やさしき　うちきらし　みなから　たハやすく　うらめつらし　うらひれ　とゝろ　すへなし　なたゝる　われて　またき　うつたへに　まとを　いとせめて　なへに　めもはる　事そとなく　このもかのも　いなせ　みなれ　かたまけぬ

第四　實字言葉

あさなけ　玉の緒《を》　かりほ　墅もせ　墅つかさ　雨もよ　いをやすくぬる　朝な夕な　あさけ　あたら夜　めさし

わかせこ　たらちねたらちめ　しつのをたまき　きりたち人　ねりそ　心かへ　恋のやつこ　さくらかり　翁さひ
はたれ　命にむかふ　こまかへり　年のは　三重の帯　こつミ　たふさ　とふさたつ　このてかしは　あゆの風　山
さくら（ママ）ひちかさ雨　夢をかへと云事　ゆかつく事　かほ花　うけらか華　ミのしろ衣　とよのみそき

第五〔有由緒哥〕

浦嶋子の篋事　松浦さ夜姫かひれふる山事　松浦河鮎つる乙女事　櫻子事　縵児事　うない乙女のおきつきの事　井手の下帯事　くれはとりの事〔あなハとり／くれは／くれしの事〕　葛城王賜橘姓事　奥州金花山事　岩代結松事　三輪のしるしの杦の事　かつらき久米路橋事　あすハの神に小柴さす事　おそのたハれおの事　山鳥尾鏡事　鳩ふく秋の事　野守鏡事　いもりのしるしの事　錦木事　けふの細布事　ひおりの日の事　反衣見夢事　川やしろの事　あまのまてかたの事　さくさめの年の事　猿澤池に身なけたる采女事　鵲のゆきあひの間事　鴫の羽かきの事〔付榻の／はしかき〕　八橋蛛手事　紫のねすりの衣事　室八嶋事　末松山事　忍もちすりの事　宇治橋姫事　武隈松事　人丸渡唐事　三角柏事　志賀山越事　ぬれ衣の事　野中清水事　四の舩事　篠田杜千枝事　お花か本の思草事　濱松か枝手向草事　余吾海織女水あめる事　蟻通明神事　姨弃山事　常陸帯事　玉はゝきの事　鬼しこ草事　むや〱の関事　とふさたつ事　ぬかつく事　大和事夢化娘子事　そか菊の事》

※底本及び①③⑯⑰⑲㊱㊻、【目録B（上下巻）】、ナシ。㊶、アリ。本文は、㊶による。
なほ、項目部分の改行はこれを省き、追ひ込んだ形で釈文を作成した。

*歌林良材集巻上（端作題）

＊歌林良材集巻上……歌林良材集巻第一⑯

*第一　*出詠歌諸躰

＊第一……上⑯　＊出詠歌諸躰……詠歌諸躰⑰、ナシ㊻

【上1】

一　卅六字歌　〔卅一字に五字*あまる躰也。〕

＊あまる躰也……あまる也①③⑯⑲㊱㊶

〔*八雲御抄〕ありそ海の浪間かきわけてかつくあまのいきもつきあへす物をこそ思へ　〔二条院讃岐〕

＊八雲御抄……八雲①、ナシ⑰

【上2】

*一　卅五字歌　〔卅一字に四字*あまる也。〕

＊一……二③（以下、③は目録に付してゐる項目番号を以て、一つ書きに代替する。以下校異としては掲出せず）　＊あまる也……あまる③、あまる躰㊻

〔*伊せ物語〕我はかり物思ふ人ハ又もあらしとおもへハ水の下にもありけり

＊伊せ物語……伊勢①、ナシ⑯

【上3】

一　卅四字歌　〔卅一字に三*字*あまる也。〕

＊字あまる也……ナシ㊶　＊あまる也……あまる③、あまる躰㊻

〔古今〕* わたつうみのおきつしほあひにうかふあハのきえぬ物からよるかたもなし〔読人不知〕

＊古今……古①、古十七③

〔後撰〕* 冬の池の鴨の上毛にをく霜のきえて物おもふころにもあるかな〔読人不知〕*

＊後撰……後①③　＊読人不知……同⑰㊶

〔新古今〕* ほの〳〵とあり明の月の月影にもみち吹おろす山おろしの風〔源信明〕*

＊新古今……新①、新古③⑯⑲、ナシ⑰　＊源信明……信明③㊶、ナシ㊻

〔同〕* 和歌の浦やおきつしほあひにうかひ出るあハれ我身のよるへしらせよ〔藤家隆〕*』二オ

＊同……ナシ⑰㊻　＊藤家隆……家隆①③㊱、藤原家隆⑯㊻、家隆卿⑰

二字以下あまる歌ハ、その数*をしらす。故に*、のするに及す。

＊その数を……その数㊻　＊故に……其ゆへに㊻

【上4】

一　才一句有七字歌*

＊歌……躰①③⑯⑲㊱㊶

〔万葉〕* いてあか駒ハはやく行ませまつち山まつらんいもをハや行てみん*

＊万葉……万①③㊱　＊ナシ……〔源経信卿〕⑰

〔新古十六〕* さもあらハあれくれゆく春の《もイ》*雲のうへにちる事しらぬ花しにほハゝ〔源経信〕*

＊新古十六……新①、新古③㊶、ナシ㊻　＊春の《もイ》……春も①③⑯⑲㊱、春も《のイ》㊶、春の㊻　＊源経信……経信③㊶

※⑰、この歌、ナシ。

〔*拾遺愚草〕さもあらハあれ名のミなからのはし〳〵ら朽すハいまの人も*しのハし〔*定家〕
　＊拾遺愚草……ナシ①③⑯⑰⑲㊶㊻　＊しのハし……おもハし①③⑯⑰⑲㊱㊶㊻　＊定家……讃岐①③⑯⑲㊱㊶㊻、
二条院讃岐⑰

【上5】

一　才三句有七字歌*
　＊歌……躰①③⑯⑲㊱㊶
〔*千載〕春ハたゝ花のにほひもさもあらハあれたゝ身にしむハ明ほのゝ空〔季通〕
　＊千載……千①③、ナシ⑰㊻
〔*同〕おもふをもわするゝ人ハさもあらハあれうきをしのはぬ心ともかな〔*源有房〕
　＊同……ナシ③⑰⑲㊻　＊おもふをも……おもふとも㊶　＊源有房……有房㊶
※③、「おもふをも」「春ハたゝ」と配列す。㊱、この歌、ナシ。
花鳥のにほひも聲もさもあらハあれゆらのみさきの春の日くらし〔*藤定家〕
　＊藤定家……藤原定家卿⑰、定家㊶㊻
※㊱、この歌、ナシ。

【上6】

一　一首中同てには有*二歌〔*新古今已後。〕
　＊二……ナシ㊻　＊新古今……古今⑯
〔*新古〕人そうきたのめぬ月ハめくり来てむかしわすれぬ蓬生のやと〔秀能〕』二ウ

＊新古……新①、ナシ⑯

〔同＊〕つらきをもうらみぬ我にならふなうき＊身をしらぬ人もこそあれ〔＊小侍従〕

＊同……ナシ㊶㊻　＊うき身を……うきをも⑯　＊小侍従……侍従《シヽウ》㊻

〔拾遺愚草＊〕冬の日ハ木草のこさぬ霜の色を葉かへぬ枝の花そ＊さかふる＊

＊拾遺愚草……愚草（朱書）①、旅患③、ナシ⑰㊻　＊さかふる……うつろふ⑰　＊ナシ……〔定家〕⑰

〔同＊〕葉かへせぬ竹さへ色のみえぬまて夜ことに霜の置＊わたすらん＊

＊同……ナシ⑰㊶㊻　＊わたすらん……わたるらん③⑰　＊ナシ……〔定家〕⑰

右、ぬもし、二あり。

〔新古＊〕あふとみて事そともなくあけにけりはかなの夢のわすれかたミや〔家隆＊〕

＊新古……新①、ナシ⑯、新古今⑰　＊家隆……定家㊻

右、無文字、二あり。

〔新古＊〕みるめこそ入ぬる磯の草ならめ袖さへ浪の下にくちぬる〔讃岐〕

＊新古……ナシ①⑯㊱㊻、同③⑰㊶

右、ぬるの字、二あり。

【上7】

一　不レ言二其物躰ノ一詠二用許《ハカリ》一歌

〔万＊〕＊嶋つた《舟》ひとしまかさきをこき行ハやまと恋しくつるさハになく〔赤人〕

＊万……万葉⑰　＊嶋つた《舟》ひ……嶋つたひ③㊶、（「舟」、詞書としてアリ）⑯

〔同*〕い*そさき《舟》をこ*きてめくれハあふミちや八十のみなとにたつさハになく』三オ
*同……万⑲㊶　*いそさき《舟》を……磯さきを③⑰㊶、（「舟」、詞書としてアリ）⑯　*こきて……こきて《舟也》㊶
〔古今*〕あ*ハれて《餘花》ふ事をあまたにやらしとや春*にをくれてひとりさくらん*
*古今……古①、古三③、古今詞花⑰　*あハれて《餘花》ふ……あハれてふ（「餘花」、詞書としてアリ）⑯、哀てふ⑰㊶
*春……春《餘花也》㊶　*ナシ……〔読人不知〕③、紀利貞⑰
〔同*〕木*つた《鶯》へハをのか羽かせにちる花をたれにおほせてこゝらなくらん*
*同……同上③　*木つた《鶯》へハ……こつたへは（「鶯」、詞書としてアリ）⑯、木つたへは㊻　*ナシ……素性③、素性法師⑰
〔同*〕ひ*さたか《月桂》の中にをひたる里なれハ光をのミそたのむへらなる〔伊せ*〕
*同……同十八③、ナシ⑯㊶　*ひさたか《月桂》の……ひさたかの（「月桂」、詞書としてアリ）⑯、久かたの㊻　*伊せ……ナシ⑯

《ともに為本哥用》

※底本及び①③⑯⑲㊱㊶㊻、この注、ここにナシ。次項目名の一部としてアリ。⑰、ここにアリ。本文は、⑰による。⑰の誤写歟。

【上8】

一　有*㆓一説㆒歌共為メ㆓本歌㆒用㆑之事
*有㆓一説㆒歌共為メ㆓本歌㆒用㆑之事……有二説歌⑰
〔古*〕あかつきのしきのはねかきもゝハかき君かこぬ夜ハ我そ数かく*

＊古……ナシ③⑯、古今⑰　＊ナシ……〔読人不知〕③⑰
あ*かつきのしちのはしかき百夜かき君かこぬ夜ハわれそかすかく*
〔千*載臨期変恋〕思きやしちのはしかきかきつめて百夜もおなしまろねせんとハ〔俊*成〕
＊ナシ……〔同〕⑰㊻　＊ナシ……〔俊成卿〕㉜
＊千載臨期変恋……千臨期変約恋①、千載（「臨期變戀」、詞書としてアリ）⑯、千載臨期變約恋⑲㊱、千臨期變恋㊶　＊俊成……俊成卿⑰
〔千*五百番〕とにかくにうき数かくハ我なれや鴫のはねかきしちのハしかき〔慈*鎮〕
＊千五百番……千五百番（詞書としてアリ）⑯、千五百番哥合⑰　＊慈鎮……慈鎮和尚⑰
〔後*十五〕すみ*わひぬ今ハかき*りと山さとにいま木こるへきやともとめてん〔業平〕
＊後十五……後①、ナシ⑯⑰㊻、後撰㊶　＊すみわひぬ……すみわひて⑯　＊かきりと……かきりの①③⑲㊻
す*みわひぬいまはか*きりの山さとに身をかくすへきやともとめてん〔同〕
＊ナシ……〔伊勢物語〕⑲、〔千〕㊶、〔千載〕㊻　＊かきりの……限の《とイ》⑲
〔千*載〕すみわひて身をかくすへき山里にあまりくまなきよ*ハの月かな〔俊*成〕』三ウ
＊千載……千①③、ナシ⑯⑰㊶　＊よハの月かな……秋の夜の月《夜半の月哉イ》⑰、秋のよの月㊻　＊俊成……俊成卿⑰
いまはとてつま木こるへきやとの松千代をハ君と猶いのるかな〔同*〕
＊同……ナシ⑯㊻
※③、この歌、ナシ。
〔後*〕あふ事ハと*を山すり《鳥》のかり衣きてハかひなきねをのミそなく〔元*良のみこ〕

＊後……ナシ㊶、古㊻　＊とを山すり《鳥》の……とを山すりの⑯⑰㊶、遠山鳥《すり》の⑲　＊元良のみこ……モトヨシ（朱書）

㊻

*定家卿云、きぬなと*のすりにハ、おほく、遠山をする物なれハ、よめるにこそ。一本《にハ》、遠山鳥とあり。ねをのミそなく、*といふに、事*よれるにや。すりのとを山、いはれあるうへに、*大納言卿《行成卿也》の本《に》、遠山すりとあり。

＊定家卿云……定家卿僻。抄《案》云①、定家卿僻案抄云③⑯⑰⑲㊱㊶　＊なとの……との⑰　＊といふに……といふ㊻　＊よれる……よせる⑰　＊大納言《行成卿也》の本……行成卿大納言本③、大納言の本⑯、大なこん行成《ユキナリノ》卿の本㊻

〔万十二*〕浪間よりみゆる小嶋の*濱ひさきひさし《し伊せ物語》くなりぬ*君にあハすて*

＊万十一……万十一　伊勢物語③⑲、伊勢物語万十一⑯、ナシ⑰㊻　＊濱ひさきひさし《し伊せ物語》く……濱ひさし久しく《伊勢物語》①㊱、はまひさし久しく③⑯⑰⑲㊶㊻　＊君にあハすて……君にあひミて③、君にあひ《ハ》みて《す》⑰　＊ナシ……〔伊勢／物語〕㊶㊻

〔熊*野御幸时ニ庭上冬菊〕霜をかぬ南のうみのはまひさしひさしく殘る秋のしらきく〔定*家〕

＊熊野御幸时ニ庭上冬菊……ナシ①⑰、熊野御幸　庭上冬菊③⑲㊱㊶、熊野御幸庭上冬菊（詞書としてアリ）⑯㊻

＊定家……定家卿⑰

右、*はまひさしにて、庭上の心ハある也。

＊右はまひさしにて庭上の心ハある也……ナシ①、〔右はまひさしにて庭上の心ハある也〕⑯

【上9】

一　一首中毎句有畳詞哥

〔万*二〕よき人のよし*のよくみてよしといひしよしのよくみよよき人よ君*

＊万一……ナシ⑰　＊よしの……よしと①　＊君……きみ《日イ》⑲

〔同十二*〕あつさ弓ひきみひかすミこすハこすこハこ*そをなそこすハこハそを《其》*』四オ

＊同十一……ナシ⑰　＊こそを……こそハ㊶　＊そを《其》……そを③⑯㊻、そを《トモリ》⑰、そを《其也》㊶

〔後*〕おもふ人おもはぬ人のおもふ人おもハさらなん思しるへく*

＊後……後九③、ナシ⑰　＊ナシ……読人不知③

〔同*〕秋も秋今夜もこよひ月も月所もところみる君もきみ

＊同……同新古イ③、ナシ⑰、後拾㊶

〔新古*〕いかゝすへき世にもあらハや世をすてゝあなうの世やとさらに思ハん〔西行*〕

＊新古……新①、ナシ⑯⑰、新古今㊱、新こきん㊻　＊西行……ナシ①⑰

右、か様の歌ハ、わさとよめれハ*、たまさかにハ*、いまもよむへき也。

＊よめれハ……よめれは。《わろし》⑲、よめれハわろし㊱　＊たまさかにハ……たまさかにも㊶

【上10】

一　無同文字歌*

＊無同文字歌……〔此段無異本〕無同文字哥③

〔古十八*〕よのうきめみえぬ山ちへいらんにはおもふ人こそほたりなりけれ〔ものゝへのよしな*〕

＊古十八……ナシ③⑰㊱㊻、古⑲㊶　＊ものゝへのよしな……ナシ③㊻

※①、この項目、ナシ。

（一行分空白*）

＊（一行分空白）……ナシ①③⑯⑰⑲㊱㊶㊻

第二　*取本歌本説躰

＊取本歌本説躰……〔取本歌本説躰　取本哥二句或三句引違意躰イ〕③、取本歌本説躰取本哥或三句引違意躰⑯、取本哥本説躰〔一取本歌二句或三句ヲ㆒引違意躰〕㊱

【上11】

一　*取㆔本歌二句或三句㆒引㆓違意㆒躰

＊取㆔本歌二句或三句㆒引㆓違意㆒躰……（ここに）ナシ（前項校異参照）③⑯㊱

〔*古今〕あかてこそおもハぬ中ハ*わかれなめそをたに後のわすれかたみに*

＊古今……古①、古十四③、ナシ⑯⑰　＊わかれなめ……はなれなめ㊻　＊ナシ……読人不知③⑯

〔*新古〕ちる花のわすれかたみの嶺の空そをたにのこせ春の山風〔*良平〕』四ウ

＊新古……新①、ナシ⑯⑰　＊良平……ナシ⑯㊶

*右、本歌の*二句をとりて、四季の歌をハ、*恋雑の哥をハ、*四季によみなす。これ、本歌をとるにたやすき様也。

＊右……ナシ①③⑯⑲㊱㊶　＊二句……二句詞①⑯㊱、二句の詞③⑲㊶　＊恋雑の哥……恋雑①③⑯⑲　＊四季……四季の哥⑯

〔*伊せ物語〕思あらハむくらのやとにねもしなんひしき物にハ袖をしつゝも

＊伊せ物語……伊勢①㊻

〔*新古〕たへてやハ思ありともいかゝせんむくらのやとの秋の夕暮〔雅経〕

＊新古……新①、新古今⑰

〔古〕＊名とり川瀬ゝの埋木あらハれハいかにせんとかあひみそめけん＊

＊古……古十三③、古今⑰　＊ナシ……〔読人不知〕③⑰

＊なとり川春の日数ハあらハれて花＊にそしつむ瀬ゝの埋木〔定家〕＊

＊ナシ……一③、同㊻　＊花にそ……花にハ⑰　＊定家……ナシ⑯

〔万七〕＊ことしゆくにひ嶋もりかあさ衣かたのまあひハこたかとりミん

＊万七……万⑯

〔名所百首〕＊玉しまや新嶋守かことしゆく河瀬ほのめく春の三日月〔家隆〕＊

＊名所百首……ナシ㊻　＊家隆……ナシ㊻

〔万二〕＊たをやめの袖ふきかへす飛鳥風みやこをとをミいたつらにふく

＊万一……万葉一⑰

あすか川とをき梅か枝にほふ夜ハいたつらにやハ春風＊のふく〔定家〕』五オ

＊春風の……春風ハ①⑯㊱㊶、春風そ③

※㊻、この歌、ナシ。

〔古〕＊けふのミと春をおもハぬ時たにもたつ事やすき花のかけかハ〔躬恒〕

＊古……古今⑰

〔新古〕＊ちりハてゝ花のかけなき木の本にたつ事やすき夏衣かな〔慈円〕＊

＊新古……ナシ①⑯　＊慈円……慈鎮③㊶、ナシ⑰

【上12】

一* 本歌才三*四句を才一二*句になしてよめる躰

＊一……ナシ㊻　＊才三四句……才四句⑰㊻　＊才一二句……才二句①

〔拾〕* 春たつといふはかりにやみよしの〻山もかすみてけさハミゆらん〔忠峰〕

＊拾……拾一③、拾遺⑰、ナシ㊻

〔新古今〕* みよしのハ山もかすみて白雪のふりにし里に春ハきにけり〔後京極〕

＊新古今……新①、新古③⑲

〔源氏物語〕* 世にしらぬ心ちこそすれ在明の月の行えを空にまかへて

＊源氏物語……源①㊶、古十三③、源氏花宴⑰、源氏⑲

〔新古〕* あり明の月の行えをなかめてそ野守のかねハきくへかりける〔慈鎮〕*

＊新古……新①、新古今⑰　＊慈鎮……慈圓①

※⑲、この歌の次行に「本哥才一二の句を才三四句に成てよめる躰」とアリ、ミセケチにす。

〔古〕* 秋の夜ハ*なのミなりけりあふといへハ事そともなくあけぬる物を*

＊古……古十三③、ナシ⑰　＊夜ハ……夜も①㊶　＊ナシ……小町③⑰

〔新古〕* あふとみて*事そともなく明にけりはかなの夢のわすれかたミや〔家隆〕*

＊新古……新①、ナシ⑰㊱㊻　＊あふ……相（?）⑯　＊家隆……ナシ㊻

【上13】

一 本歌才一二の句を才三*四の句になしてよめる躰

＊才三四……才三才四①

〔古〕*わき*も子か衣のすそを吹返しうらめつらしき秋のはつかせ*』五ウ

＊古……古十四③、古今⑰、ナシ㊶　＊わきも子か……わきも子《かせ子イ》か⑰、わかせこか㊶　＊ナシ……〔読人不知〕③

⑰

〔新古〕*さらてたにうらみんと思ふわきもこか衣のすそに秋風そふく〔有家〕

＊新古……新①、新古今⑰、ナシ⑲㊶㊻

〔伊せ〕*かち人のわたれとぬれぬえにしあれハ又おふ坂の関もこえなん

＊伊せ……伊①㊶、伊勢物語③⑰㊱

〔新古〕*あふさかの関ふミならすかち人のわたれとぬれぬ花のしら浪〔後京極〕*

＊新古……ナシ①、新古今⑰　＊後京極……後京㊻

〔万〕*さゝの葉のみ山もそよ*とみたる也我ハいもおもふわかれきぬれハ〔人丸〕

＊万……万葉⑰　＊そよと……そよに⑰

〔新古〕*君こすハひとりやねなん篠の葉のミ山もそよとさやく霜夜を〔清輔〕

＊新古……新①、ナシ⑰⑲、しんこ㊻

〔古〕*さむしろに衣かたしき今夜もや我をまつらん宇治のはしひめ*

＊古……古十四③、古今⑰　＊ナシ……〔読人不知〕③⑰

〔新古〕*きり〳〵すなくや霜夜のさむしろに衣かたしきひとりかもねん〔後京〕*

＊新古……新①、新古今㊱、しんこ㊻　＊後京……後京極③⑯⑰㊶

〔古*〕時鳥なくや五月のあやめくさあやめもしらぬ恋もするかな*
*古……ナシ⑰㊻　*ナシ……〔読人不知〕③⑰
うちしめりあやめそかほる时鳥なくや五月の雨の夕暮〔後京〕
*ナシ……〔新古〕③、〔新古今〕㊱　*後京……後京極③⑰、ナシ㊶㊻

【上14】

一　取本歌一句躰
〔古*〕恋すれハ我身ハかけと成にけりさりとて人にそはぬ物ゆへ*』六オ
*古……古今⑰　*ナシ……〔読人不知〕③
《〔拾*〕はるかなる程にもかよふ心哉さりとて人のしらぬ物ゆへ》
*拾……ナシ⑰
※底本及び㊻、この歌、ナシ。①③⑯⑰⑲㊱㊶、アリ。本文は、①による。
〔新古*〕我涙もとめて袖にやとれ月さりとて人の影ハみえねと〔後京*〕
*新古……ナシ⑰　*後京……後京極③⑯⑰⑲㊶
《〔古*〕春の色のいたりいたらぬ里はあらひさけるさかさる花のミゆ覧*》
*古……古一③、ナシ⑯⑰　*ナシ……〔読人不知〕③、〔蟬丸〕⑰
※底本及び㊻、この歌、ナシ。①③⑯⑰⑲㊱㊶、アリ。本文は、①による。
《〔新*〕秋風のいたりいたらぬ袖はあらしたゝ我からの露の夕くれ〔長明*〕》
*新……ナシ⑯⑰、新古⑲、新今㊶　*長明……鴨長明⑯⑲、ナシ⑰

※底本及び㊻、この歌、ナシ。①③⑯⑰⑲㊱㊶、アリ。本文は、①による。

〔後*〕これやこの行もかへるも*わかれつゝしるもしらぬもあふさかの關〔蟬丸〕

＊後……古①⑲、ナシ⑯⑰㊱　＊わかれつゝ……別ては①

〔新古*〕このほとハしるもしらぬも玉鉾の行かふ袖ハ花の香そする〔家隆〕

＊新古……新①、新古今⑰、新今㊶、しんこ㊻

〔古*〕君やこし我や行けんおもほえす夢かうつゝかねてかさめてか*

＊古……古十三③、ナシ⑯、古今⑰　＊ナシ……〔読人不知〕③⑰

〔新古*〕桜花夢かうつゝかしら雲のたへてつれなき峯の春風〔家隆*〕

＊新古……新①、新古今⑰、新今㊶、ナシ㊻　＊家隆……同⑯

〔古*〕ぬれてほす山ちのきくの露の間にいつか千とせを我ハへにけん*

＊古……古一③、古今⑰　＊ナシ……〔素性〕③⑰

〔新古*〕ぬれてほす玉くしの葉の露霜に天てる光いく代へぬらん〔後京*〕

＊新古……新①、ナシ⑯、新古今⑰、新今㊶、しんこ㊻　＊後京……後京極③⑰㊱㊶、ナシ㊻

〔古*〕我庵ハみやこのたつミしかそすむ世をうち山と人ハいふなり〔㐂撰*〕

＊古……古十八③、古今⑰　＊㐂撰……ナシ㊱

〔新古*〕春日山ミやこのみなミしかそ思ふ北の藤なミ春にあへとハ〔後京*〕

＊新古……新①、新古今⑰、新今㊶、しんこ㊻　＊後京……後京極③⑯⑰⑲㊱㊶

〔源氏*〕すゝ虫の聲のかきりをつくしてもなかき夜あかすふるなみたかな

＊源氏……源①㊶、ナシ⑯、源氏桐壺⑰、けんし㊻

〔新古〕＊ 虫のねもなかき夜あかぬ古郷に猶思そふ松かせそふく〔家隆〕』六ウ

＊新古……新①、新古今⑰、ナシ⑲㊱、新今㊶、しんこ㊻

〔古〕＊ わひぬれハ身をうき草のねをたえてさそふ水あらハいなんとそ思ふ＊

＊古……古十八③、ナシ⑰　＊ナシ……〔小町〕③⑰

＊＊うらミハ《すイ》やうき世を花のいとひつゝさそふ風あらハと思けるをハ＊〔俊成〕＊

＊ナシ……〔新今〕㊶　＊うらミハ《すイ》や……恨ハや①⑰㊻、恨すや③⑯⑲㊱㊶　＊をハ……とハ③、哉⑰㊻　＊俊成……

俊成女①⑯㊶、俊成卿女⑲

〔万七〕＊ 河内女の手染のいとをくり返しかたいとにありともたえんと思ハんや

＊万七……万一③、万葉七⑰、万㊶

＊いこま山《河内國の山也》嵐も秋の色にふく手染のいとのよるそかなしき〔定家〕

＊いこま山《河内國の山也》……伊駒山③⑱㊻

＊しほミてハ入ぬるいその草なれやみらくすくなくこふらくのおほき

＊ナシ……〔旅恋〕③、〔古〕⑯⑲㊱㊶㊻、〔古今〕⑰

〔新古〕＊ みるめこそ入ぬるいその草ならめ袖さへ浪の下にくちぬる〔讃岐〕

＊新古……新①、新古今⑰、新今㊶

〔古〕＊ 谷風にとくる氷のひま毎に打出る浪や春のはつ花＊

＊古……古一③、古今⑰、ナシ㊻　＊ナシ……〔源ますミ《（ママ）》〕③、〔源當純〕⑰

〔新古*〕谷川*の打いつる浪も聲たてつ鶯さそへ春の山風〔家隆〕
*新古……ナシ①⑰⑲、しんこ㊻　*谷川の……谷川に③
〔源氏*〕みても又あふ夜まれなる夢の中にやかてまきるゝ我身*ともかな
*源氏……源①、ナシ⑯㊱㊶、源氏若紫⑰、けんし㊻　*我身……我か身《こゝろイ》⑲
**みし夢にやかてまきれぬ我身こそとハるゝけふハ先かなしけれ〔後京*〕
*ナシ……〔新〕①　*みし夢に……みし夢ハ③　*後京……後京極③⑰㊱㊶、ナシ㊻
※㊱、二行分空白、アリ。

【上15】

一　本歌二句三句不替置所躰』七オ
〔古*〕色みえてうつろふ物ハ世の中の人の心の花にそ有ける*
*古……古十一③、古今⑰、ナシ㊻　*ナシ……〔小町〕①③⑰
〔新古*〕おりふしもうつれハかへ*つ世の中の人の心の花染の袖〔俊成卿女*〕
*新古……新①、新古今⑰㊱、新今㊶、しんこ㊻　*かへつ……かハる①③　*俊成卿女……俊成女①③⑯⑲㊶、
俊成⑰
〔古長哥*〕あふ事のまれなる色に思そめ我身ハつねにあま雲*の*
*古長哥……ナシ⑯、古今長哥⑰、古　短哥《タンカ》㊻　*あま雲の……あま雲の空③、ナシ⑯　*ナシ……〔読人不知〕
⑰
〔新古*〕あふ事のまれなる色やあらハれんもり出て染る*袖の涙に〔定家〕

＊新古……ナシ①⑲㊱、新古今⑰、しんこ㊻　＊染る……なかる《そむるイ》㊶

〔古〕* あり明のつれなくみえし別よりあかつきはかりうき物ハなし〔忠峰〕

＊古……古十三③

〔新古〕* 在明のつれなくみえし月ハ出ぬ山ほとゝきすまつよ夜なからに〔後京〕*

＊新古……新①、新今㊶、しんこ㊻　＊後京……後京極③⑯㊱㊶、ナシ㊻

〔古〕足引の遠山とりのしたりおのなか〱し夜をひとりかもねん〔人丸〕

〔新古〕* 桜さくとを山鳥のしたりおのなか〱し日もあかぬ色かな〔後鳥羽〕*

＊新古……新①、ナシ⑯、新古今⑰、しんこ㊻　＊後鳥羽……後鳥羽院㊱㊶

〔古〕* わたつ海のおきつしほあひにうかふあわのきえぬ物からよるかたもなし*

＊古……古十七③、ナシ⑰　＊ナシ……〔読人不知〕③

〔新古〕* わかの浦*の《や》おきつしほあひにうかひ出るあハれ我身のよるへしらせよ〔家隆〕

＊新古……新①、新古今⑰、新今㊶、しんこ㊻　＊わかの浦の《や》……和哥の浦や①⑲㊱㊶㊻、和歌の浦の③⑯、和哥の浦⑰

〔新古〕* 末の露もとのしつくや世の中のをくれさきたつなめしなるらん*』七ウ

＊新古……新①、古③㊻、ナシ⑯、古今⑰、新古本末究竟等㊶　＊ナシ……〔遍昭〕③⑲、〔遍照僧正〕⑰㊱

〔新古* 本末究竟等〕* 末の露もとのしつくをひとつそと*思いてゝも袖ハぬれけり〔後京〕*

＊新古……ナシ①、新古今⑰、新今㊶、古㊻　＊本末究竟等……〔詞書としてアリ〕⑯、ナシ⑰㊶㊻　＊そと……とも《そとイ》㊶　＊後京……後京極③⑯⑰㊱㊶

*〔源氏〕空蝉のはにをつ露の木かくれてしのひ〱にぬるゝ袖かな
＊源氏……源①㊶、源氏空蝉⑰、源し㊻
*〔新古〕なく蝉のはにをく*露に秋かけて木陰すゝしき夕暮の聲〔*後京〕
＊新古……新①、新古今⑰、しんこ㊻　＊露に……露に《の》（「に」ミセケチ）⑲　＊後京……後京極③㊱㊶、同⑯⑰
*〔古〕たのめつゝこぬ夜あまたに成ぬれハまたしと思ふそまつにまされる
＊古……古今⑰
*〔新古〕いかにせんこぬ夜あまたの郭公またしと思へハ村雨の空〔*家隆〕
＊新古……新①、新古今⑰、しんこ㊻　＊家隆……ナシ㊻
*〔新古〕おもほえす袖にみなとのさハくかなもろこし舟も*よりし許に
＊新古……古①③⑲、ナシ⑯㊱㊻、古今⑰　＊よりし……よりく㊶
なく千鳥袖のみなとをとひこかしおもこし舟もよるのね覚に〔定家〕
*いまさらに雪ふらめ*やもかけろふのもゆる春日となりにし物を
＊ナシ……〔新古〕⑲㊱　＊やも……やと①
桜花*いまかさくらんかけろふのもゆる春日にふれる白雪〔*後京〕
＊いまか……いまや⑰　＊後京……後京極③⑯⑰㊱㊶、ナシ㊻
*〔古〕山城のいての川浪たちかへりみてこそゆかめ山ふきの花
＊古……古今⑰
*さくらあさのおふの浦浪たちかへりみれともあかす山なしの花〔*俊頼〕』八オ

＊ナシ……〔新古〕③㊱　＊俊頼……ナシ①㊻、俊成⑰

《〔古〕＊＊浅香山かけさへミゆる《結ふ手の雫に濁る歟》山の井のあかても人にわかれぬるかな》

＊古……後⑲　＊浅香山かけ《結ふ手の雫に濁る歟》……あさか山かけ⑯⑲㊱

※底本及び①㊶㊻、この歌、ナシ。③⑯⑰⑲㊱、アリ。本文は、③による。

〔古〕＊＊むすふ手のしつくにゝこる山の井のあかても人にわかれぬるかな

＊古……ナシ⑯㊻　＊むすふ手のしつくにゝこる……浅香山かけさへミゆる③⑯

※③⑰⑲㊱、この歌、ナシ。

〔新古〕＊むすふ手に影ミたれゆく山の井のあかても月のかたふきにける〔慈鎮〕＊

＊新古……新①、新古今⑰、しんこ㊻　＊慈鎮……慈円①③

〔古〕＊月みれハ千ゝに物こそかなしけれ我身ひとつの秋にハあらねと〔千里〕＊

＊古……古今⑰　＊千里……ナシ⑯㊶㊻、大江千里⑲、小町㊱

〔新古〕＊なかむれハ千ゝに物思ふ月に又我身ひとつのみねの松かせ〔長明〕＊

＊新古……新①、新古今⑰、ナシ⑲、しんこ㊻　＊長明……ナシ㊻

〔古〕＊おふの浦にかた枝さしおほひなるなしのなりもならすもねてかたらハん＊

＊古……古今⑰　＊ナシ……〔宮内卿〕⑰

〔新古〕＊かた枝さすおふの浦なし初秋になりもならすも風そ身にしむ〔宮内卿〕＊

＊新古……ナシ⑰、しんこ㊻　＊宮内卿……ナシ⑰

〔古〕＊折つれは袖こそにほへ梅の花ありとやこゝにうくひすのなく＊

＊古……古一③、ナシ⑰　＊ナシ……〔読人不知〕③

〔新古*〕ちりぬれハにほひはかりを梅の花ありとや袖に春風*のふく〔有家*〕

＊新古……新①、新古今⑰、新今㊶、しんこ㊻　＊春風の……春風そ③　＊有家……ナシ①㊻

〔万二*〕君か代もわか代もしれやいハしろの岡のかやねをいさむすひてん〔中皇子*〕

＊万一……万①、万葉一⑰、ナシ㊻　＊中皇子……ナシ⑰

〔新古*〕行末ハいまいく夜とかいハしろのおかのかやねに枕むすハん〔式子*〕

＊新古……ナシ⑯㊻、古今⑰　＊式子……式子内親王⑰㊱㊶、式子内《ショクシナイ》㊻

《歌林良材集巻オ二》

※底本及び①③⑰⑲㊱㊶㊻、この一行、ナシ。⑯、アリ。本文は、⑯による。

【上16】

一　本歌意詞*を引直して用躰』八ウ

＊意……音㊱

〔拾*〕水のおもに月のしつむをみさりせはわれハかりとや思はてまし*〔菅文时*〕

＊拾……ナシ①、拾八③、拾遺⑰　＊はてまし……絶まし⑰　＊文时……文将③、菅原文时⑰、菅千时㊱

〔詞花*〕難波江のあし間にやとる月みれハ我身ひとつハしつまさりけり〔顕輔〕

＊詞花……ナシ①⑯、詞㊶

《〔源氏角総〕あけまきの長き契を結ひこめおなし心によりもあハなん
なかくしも結はさりける契ゆへなにあけまきのより相にけん〔定家〕》

※底本及び①③⑯⑲㊱㊶㊻、この二首、ここにナシ。次項目に後出。⑰、アリ。本文は、⑰による。
〔後拾〕*くろかみのみたれもやらす打はせハまつかきやりし人そ恋しき〔和泉式Ｐ〕
＊後拾……ナシ⑰
かきやりしその黒髪のすち毎に打ふすほとハ面影そたつ〔定家〕
※①③⑯⑲㊱㊶、この二首、ここにナシ。次項目に後出。底本及び⑰㊻、ここにアリ。

《

〔古〕河風のすゝしくもあるか打よする浪と共にや秋ハたつらん　貫之
〔古〕神なひの御室の山を秋行ハにしき立きる心ちこそすれ　忠岑
〔古〕炑の山紅葉をぬさとたむくれハ住我さへそ旅心ちする　貫之
〔同〕夏虫をなにかいひけむ心から我もおもひにもへぬへらなり　躬恒
〔同〕風吹ハミねにわかるゝ白雲のたえてつれなき君か心か　忠岑
〔同〕月かけに我身をかふる物ならハつれなき人もあハれとやミん　業平
〔同〕おきもせすねもせてかふる物ならハ春の物とて詠くらしつ

〔右七首常ゝ無之不審〕》

※底本及び①③⑰⑲㊱㊶㊻、以上七首、ナシ。⑯、アリ。本文は、⑯による。

【上17】

一　本歌の意に贈答せる躰

さひしさにやとを立出てなかむれハいつくもおなし秋の夕暮

＊ナシ……〔後拾〕③、〔後拾遺〕⑰　＊ナシ……〔能因〕⑰

*秋よたゝなかめすてゝも出なまし此里のミの夕と思ハゝ〔定家〕

＊秋よ……秌は③

〔源氏〕* *あけまきのなかき契をむすひこめおなし心によりもあハなん

＊源氏……源①㊶、源し㊻　＊あけまきに《のイ》㊶

※⑰、この歌、ここにナシ。前項目に出づ。

なかくしもむすハさりける契ゆへなにあけまきのよりあひにけん〔同〕*

＊同……定家③⑲㊱㊶㊻

※⑰、この歌、ここにナシ。前項目に出づ。

ふく風そ思へハつらき桜はな心とちれる春しなけれハ〔大弐三位〕

風ならて心とをちれ桜花うきふしにたに思をくへく〔同〕*』九オ

＊同……定家①③⑯⑰⑲㊱㊶

《〔後拾〕* 黒髪の乱もやすら打めせはまつかきやりし人そ恋しき〔和泉式卩〕》

*後拾……後拾遺⑯㊱

《かきやりし其黒髪のすちことに打臥宵は面影そたつ〔定家〕》

※底本及び⑰㊻、この二首、ここにナシ。前項目に出づ。①③⑯⑲㊱㊶、ここにアリ。本文は、①による。

〔古〕* 名取川せゝのむもれ木あらハれハいかにせんとかあひみそめなん*

*古……ナシ①⑰、古十三③　*そめなん……初けん⑰㊶㊻　*ナシ……〔読人不知〕③

なとり川いかにせんともまたしらすおもへハ人をうらみける哉〔同〕*

*同……定家③⑰⑲

〔万〕* さをしかのつまとふ山のおかへなるわさ田ハからし霜ハをくとも〔人丸〕*

*万……新古③、万葉⑰　*人丸……ナシ㊻

思あへす秋ないそきそさをしかのつまとふ山の小田の初霜〔定家〕*

*定家……ナシ㊻

※⑰、和歌左傍に「われハそらおもハぬ心又見しやうもなき心」と注記アリ。

〔古〕* ひさかたの中におひたる里なれハ光をのミそたのむへらなる*

*古……古十八③、ナシ⑯、古今⑰　*ナシ……〔伊勢〕③⑰

〔新古〕* 久堅の中なる川のうかひ舟いかにちきりてやミをまつらん〔同〕*

*新古……ナシ①、新古今⑰、しんこ㊻　*同……定家③⑯⑰㊱㊶、ナシ㊻

〔古〕* 立*わかれいなハの山の峰におふる松としきかハいまかへりこん*

*古……古八③、古今⑰　*立わかれいなハ……立別《かへる心》いなは⑰　*ナシ……〔行平〕①③⑰

〔*新古〕*わすれなんまつとなつけそ中〳〵にいなハの山のみねの*秋かせ〔*同〕

㊻

＊新古……ナシ①③⑯⑰㊶㊻　＊わすれ……わかれ⑰　＊秋かせ……杢風①　＊同……定家③⑰⑲㊶、大貳三位

〔*古〕深山にハ松の雪たに消なくに都ハ野へのわかな*つみけり*

＊古……古一③、古今⑰　＊つみけり……つむ也⑰㊱　＊ナシ……〔読人不知〕③

きえなくに又や深山をうつむらんわかなつむ野もあハ雪そふる〔*同〕

＊同……定家③⑲㊱㊶

※⑰、和歌左傍に「松の雪ハいえやすき物なれ共松の雪さへ深山ニハきえぬに都ハわかなつむ也」と注記アリ。

〔*古〕もろこしも夢にみしかハちかゝりき思はぬ中そはるけかりける*』九ウ

＊古……古十八③、ナシ⑰　＊ナシ……〔兼藝法師〕③、〔兼藝〕⑰

心のミもろこしまても*うかれつゝ夢路に遠き月の比哉〔*同〕

＊うかれつゝ……あくかれて①③⑯⑰　＊同……定家③⑰⑲㊱㊶

※⑰、和歌左傍に「月をミてハねくれぬ心也」と注記アリ。

右、定家卿の*歌ハ、*此躰を*自得せる*とみえ侍り。

＊歌ハ……哥を⑲、哥に㊻　＊此躰を……ナシ⑲　＊自得せる……自得せり㊶、自得にせる㊻　＊とみえ侍り……

とそ見え侍る⑲

※⑰、この注記、ナシ。

〔*古〕君かうへし一むら薄虫のねのしけき野へとも成にけるかな*

＊古……古十八③、古今⑰　＊ナシ……〔兼藝法師〕③、〔有□〕⑰

しけき野をいく一むらにわけなしてさらに昔をしのひかへさん〔西行〕

〔古〕たつた川もみちみたれてなる《ママ》めりわたらハ錦中やたえなん

＊古……古五③、ナシ⑰　＊なるめり……なかるめり①③⑯⑰⑲㊱㊶㊻　＊ナシ……〔元正天王〕⑰、〔西行〕（ミセケチにす）⑲

龍田山あらしやみねによハるらんわたらぬ水も錦たえけり〔宮内卿〕

＊ナシ……〔新古〕③　＊龍田山……立田河⑯㊶、龍田山《河》〔「山」ミセケチ〕⑲

〔後拾〕心あらん人にみせハや津のくにのなにはわたりの春の景色を〔能因〕

＊後拾……後撰①㊱、後拾遺⑰、ナシ㊶㊻

津の国のなにハの春の明ほのに心あれなと身を思ふかな〔為家〕

《昨日たにとハんと思ひし津の国の生田の林《ママ》に秋ハ来にけり〔能因〕》

※底本及び①③⑯⑲㊱㊶㊻、この歌、ナシ。⑰、アリ。本文は、⑰による。

〔詞花〕君すまは問まし物を津のくにのいくたの杜の秋の初風〔清胤僧都〕

＊詞花……ナシ①、同③、詞㊶　＊君すまは……君こすハ⑰　＊清胤僧都……徳朝法し①、清胤㊱

右歌ハ、詞花集に入たれとも、作者ハ、一条院の時代の人とみえたり。故に、多、本歌にとられ侍り。』一〇オ

＊時代……代①　＊故に多……ふるき㊻　＊本歌に……ナシ㊻　＊とられ侍り……被取たり③㊱㊶

〔新古〕昨日たにとハんと思ひし津の国のいく田の杜に秋ハきにけり〔家隆〕

＊新古……新①、ナシ⑯、新古今⑰

津のくにのいくたのもりの郭公をのれすますハ秋そとハまし〔同〕
※①、この歌、ナシ。
〔御百首〕秋風に又こそとハめ津のくにのいく田の森の春のあけほの〔順徳〕
＊御百首……ナシ⑯⑰、御百首ニ㊶　＊順徳……ナシ①、順徳院③⑰㊱㊶㊻
*さ夜ふくるまゝに*みきハやこほるらんとをさかりゆくしかの浦浪
＊ナシ……〔新古〕③　＊みきハや……けや①　＊みきハやこほるらんとをさかりゆくしかの浦浪……ナシ⑰
*〔新古〕しかの浦やとをさかり行浪間よりこほりて出る在明の月〔家隆〕
＊新古……新①、同③、新古今⑰、しんこ㊻
*〔後拾〕花みると家路にをそくかへるかなまち時すくといもやいふらん
＊後拾……後撰③㊶、後拾遺⑰、後十㊻
*〔新古〕*花みて《れイ》は*いとゝ家路そいそかれぬ待らんと思ふ人しなけれハ*〔重定公〕
＊新古……新①、ナシ③㊻、新古今⑰　＊花みて《れイ》は……花みては①③⑯⑰⑲㊱㊻、花はて《公守卿の母にをくれてよめる》ハ㊶　＊いとゝ家路そ……いとゝ家路そ《公守卿の女にをくれて》③　＊重定公……ナシ①、定家イ実定③、實定公〔公守公の母におくれて〕⑯、実之卿《定イ》⑰、實定公守母をくれて⑲、實云公㊶
〔古〕色よりも香こそあハれとおもほゆれたか袖ふれしやとの梅そも
＊古……古一③、古今⑰　＊ナシ……〔読人不知〕③、〔公守卿母ニ／をくれて〕㊻
*〔新古〕*梅の花たか袖ふれて匂そと春やむかしの月にとハゝや〔通具〕
＊新古……ナシ①㊱、新古今⑰、しんこ㊻　＊梅の花……梅か香ハ㊱

〔後拾*〕おく山にたきりておつる瀧津せの玉ちるハかり物な思そ〔木舟明神御哥*〕

＊後拾……ナシ⑯⑰、後撰㊻　＊木舟明神御哥……木舟明神ノ御哥ナリ⑰、貴舟明神㊻

〔新古*〕い*く夜われ浪にしほれてき舟川袖に玉ちる物思ふらん〔後京*〕』一〇ゥ

＊新古……新①、新古今⑰、しんこ㊻　＊いく夜……いく瀬⑰　＊後京……後京極⑯⑰㊱㊶

＊㊱、一行分空白、アリ。

【上18】

一　本歌の隔句*をつゝけて讀る躰

＊隔句を……句をへて⑰

〔古*〕梅か枝に来ゐる*鶯春かけてなけともいまた雪*はふりつゝ*

＊古……古一③、古今⑰　＊来ゐる……きぬる③　＊雪は……雪と⑰　＊ナシ……〔読人不知〕③

〔新古*〕鶯*のなけともいまたふる雪に杦の葉しろきあふさかの山〔後鳥羽*〕

＊新古……ナシ①③㊻、新古今⑰　＊鶯の……鶯ハ⑰　＊後鳥羽……家隆①、後鳥羽院御製⑯⑲、後鳥羽院⑰㊱㊶

〔万*〕时雨のあめまなくしふれハまき*の葉もあらそひかねて色つきにけり〔人丸〕

＊万……万葉⑰　＊まきの葉……杦の葉③

〔新古*〕ふかみとりあらそひかねていかならんまなく时雨のふるの神杦〔後鳥*〕

＊新古……ナシ①③⑯、新古今⑰　＊後鳥……俊恵法師⑰、俊恵⑲㊱、後鳥羽院㊶

〔古*〕あさみとりいとよりかけてしら露を玉にもぬける春のやなきか〔遍昭*〕

＊古……古一③、ナシ⑯、古今⑰　＊遍昭……遍昭僧正⑰

〔新古*〕青柳のいとに玉ぬく白露のしらすいく代の春かへぬらん〔有家〕

＊新古……ナシ①⑯、新古今⑰

〔古*〕しら露も时雨もいたくもる山ハ下葉のこらすいろつきにけり〔貫之〕

＊古……古五③、古今⑰

〔新古*〕露时雨もる山かけの下もみちぬるともおらん秋のかたみに〔家隆*〕

＊新古……新①　＊家隆……崇徳①

〔古*〕思ふとち春の山邊*に打むれてそこともいはぬ旅ねしてしか〔素性*〕

＊古……古二③、ナシ⑯　＊山邊……山路⑯　＊素性……素性法師㊶

〔新古*〕思ふとちそこともしらす行くれぬ花のやとかせ墅への鶯〔家隆〕』一一オ

＊新古……新①、ナシ㊶、しんこ㊻

【上19】

一　取*本歌物*語意詞躰*

＊取……取用㊶　＊物語……用物語⑲　＊躰……事⑰㊶

万*葉才三、くるしくもふりくる雨か三わかさきさのゝわたりに家もあらなくに〔奥麿*〕

＊万葉才三……〔万三〕③㊱㊻、〔万才三〕⑯㊶、ナシ⑰、〔万葉才三〕⑲　＊奥麿……具麿①⑯⑰㊱、人丸③

〔新古*〕駒とめて袖打はらふ影*もなしさのゝわたりの雪のゆふくれ〔定家〕

＊新古……新①、ナシ⑯⑰、しんこ㊻　＊影もなし……かけもなし《家もなき心也》⑯⑲㊱、かけもなし《家なき所也》⑰

伊*せ物語、あまのさ*かてをうつ事。*

＊伊せ物語……〔伊勢物語〕③㊱㊶　＊さかてを……さかて③　＊ナシ……〔一向ニ物語ノ心ヲトレリ〕①

を*のれのミあ*まのさかてをうつたへに木の葉ふりしく《＊彼物語の心をとれり》跡たにもなし〔定*家〕

＊をのれのミ……をのれさへ⑰　＊あまのさかてを……あまのさかて《一句にかの物語の心をとれり》③⑲　＊木の葉ふりしく《彼物語の心をとれり》……木葉ふりしく①③⑯⑰㊶、木葉ふりしく《一向に彼物語の心をとれり》㊱　＊定家……定家〔一句彼物かたりの／心をとれり〕（作者名表記としてアリ）⑯、同⑰

源*氏若紫巻云、くらふの山にやとりもとらまほしくおほえ給*へと、あやにくなるみしか夜にて。

＊源氏若紫巻云……〔源氏若紫〕③㊱、源氏若紫巻に云⑰、〔源氏紫巻云〕㊶　＊給へと……たまへとも⑰

〔兼*猷暁恋〕今夜たにくらふの山にやともかなあか月しらぬ夢やさめぬと〔定家〕

＊兼猷暁恋……ナシ①⑰㊶、兼猷《カネテイトウ》レ暁《アカツキヲ》恋ト云題《タイ》（詞書としてアリ）㊻

やとりせぬくらふの山をうらみつゝはかなの春の夢の枕や〔同〕

同*しゐか本巻云、うらめしといふ《＊世を宇治山といふ心也》人もありける里の名の、なへてむつましうおほさるゝゆ*へも。』一一ウ

＊同しゐか本巻云……〔同椎下巻にハ〕③、〔源椎ノ本巻云〕㊶、〔同しゐかもと〕㊻　＊うらめしといふ《世を宇治山といふ心也》……うらめしといふ①⑰、こゆ手うらめしといふ㊻　＊ゆへも……ゆへに⑰㊱

まつ人の山ちの月もとをけれハ里の名つらきかたしきの袖*〔定家〕

＊袖……袖《床イ》⑰

※⑰、この歌の左傍に「人を待に月のかくる心也　うらの心也源氏物かたりに見えたらんつらき心也」と注記アリ。

初霜のなれもおきゐてさゆる夜に里の名うらみうつ衣かな〔家隆〕
＊⑰、この歌の左傍に「衣打人也」と注記アリ。
〔万〕＊君かあたりみつゝ＊もを《を》らんいこま山雲なかくしそ雨ハふるとも
＊万……ナシ㊻　＊みつゝも《を》……見つゝも①、見つゝを③⑯㊱㊶
いこま山いさむる《＊雲なかしくそといさめたる心也》峯にゐる雲のうきて思のはるゝ間もなし〔定家〕
＊いさむる峯《雲なかしくそといさめたる心也》にゐる……いさむる嶺にゐる①㊶、いさむる峯《いけんの心也》にゐる⑰、いさむるみねにゐる㊻
万＊葉才五、き＊りのやまとこと夢に娘子と化する事あり。
＊万葉才五……〔万葉才五イ〕③、〔万葉才五〕㊶　＊きりのやまとこと夢に娘子と化する事あり……梧桐日本琴一面〔對馬結石山ノ化琴夢枕娘子云云／孫枝ナリ〕①、梧桐日本琴一面對馬結石山桐孫枝此琴夢枕娘子云云③、梧桐日本琴一面〔對馬結石／山孫枝〕此琴夢化娘子云ゝ⑯、万葉才五梧桐日本琴一面〔對馬結石《ユウシ》山之孫枝也　此琴夢ニ化メ／姫女ト成ト云ゝ〕⑰、梧桐ノ日本琴《ヤマトコト》一面〔對馬結石《ユフシ》山／孫枝ヱタナリ〕北《（ママ）》琴夢ニ化娘子云ゝ⑲、梧桐《キリ》ノ日本《ヤマト》琴《コト》一面　對馬結石山《ユフシノ》孫枝《ナリ》〔比琴夢ニ化ニ娘子云ゝ〕㊱、梧桐日本琴一面〔對馬緒石山《ユウシノ》／孫枝〕此琴夢ニ化《上也》ニ娘子《ニヤウシト》ニ云ゝ
㊶

《＊いかにあらん日の時にかもこへしらん人のひさのう＊へわか枕せん》

＊いかにあらん……いかにせん③　＊うへ……へ③⑯⑲、うへに⑰
※底本及び㊻、この歌、ナシ。①③⑯⑰⑲㊱㊶、アリ。本文は、①による。
〔六百番〕＊むかしき＊く君かてなれのことなら＊ハ夢にしられてねをもたてまし〔定家〕＊
＊六百番……六百番寄琴恋③、三番哥合⑰、寄恋レ琴六百番⑲　＊きく君か……きて君か《聞及たる心也》⑰　＊ならハ……なれ

は㊻　＊定家……同⑯
※㊱、一行分空白、アリ。

【上20】

一　取詩意躰
＊取……取用①③⑯⑰⑲㊱㊶　＊躰……事⑰

文集、嘉陵春夜詩、不明不晴朧ゝ月
＊文集嘉陵春夜詩……〔文集嘉陵春夜詩〕㊶、〔文集〕嘉陵春夜詩㊻　＊詩……詩曰⑰　＊晴……暗㊶㊻

〔新古〕照もせすくもりもハてぬ春の夜のおほろ月夜にしく物そなき〔大江千里〕
＊新古……ナシ①③⑯⑰、しんこ㊻　＊物そ……物ハ③　＊大江千里……ナシ①㊻

文集、林間煖酒焼紅葉
＊文集……同⑰、〔文集〕㊶㊻

〔林雪〕林あれて秋のなさけも人とハすもみちをたきし跡のしら雪〔定家〕』一二オ
＊林雪……ナシ③⑰、〔林雪ト云題にて〕㊻　＊あれて……あれと③　＊定家……ナシ①

同、廬山夜雨草庵中
＊同……ナシ①、〔文集〕㊶㊻　＊夜雨……雨夜⑰㊱㊶㊻、◦雨夜雨（「夜雨」の「雨」、ミセケチ）⑲　＊草庵中……草庵中〔女閑／金帳元〕⑰

むかし思ふ草のいほりのよるの雨に涙なそへそ山ほとゝきす〔俊成〕
＊ナシ……〔新古〕㊻　＊むかし思ふ草の……昔おもふ草の（竹をまハしたつもの也）⑰　＊俊成……ナシ①

晋王子猷、山蔭*にありて、雪*の夜、舟にのりて、友*をたつねし事
＊山蔭にありて……猷二山陰一《コンスサンイン》にあり㊻　＊雪の夜……雪の⑰　＊友をたつねし事……友を尋て帰し事あり①③⑯⑰⑲㊱㊶

*あくかれし雪と月との色とめて木末にかほる春の山陰〔定家〕
＊ナシ……〔花哥〕①⑲㊱㊶、花哥（詞書としてアリ）⑯

雲夢*、澤*の名也
＊雲夢……雲夢は③⑯⑲㊱㊶、霊夢《レイム》⑰　＊澤……澤《タク》⑰
月清みねられぬ夜*しももろこしの雲の夢までみる心ちする〔定家*〕
＊夜しも……夜しも《まゝに》①　＊定家……ナシ①、同⑰㊱㊻

文集*、影落杯中五老峰
＊文集……〔文集〕㊶㊻
色に出て秋のこすゑそうつり行むか*ひのみ*ねに《の》うかふさか月〔同*〕
＊むかひ……むかへ《ひ敷》㊱　＊みねに《の》……嶺に①③⑯㊻、峯の⑰㊱、みねに《の》（「に」ミセケチ）⑲　＊同……ナシ①、
定家③㊱㊶

毛*詩、渉二《ノホテ》彼*《ノ》高崗一*《ニ》我馬《カ》玄黄《クロカリシキニナシヌ》〔注*馬病則*黄〕
＊毛詩……毛詩云①⑯、〔毛詩云〕㊶、〔毛詩〕㊻　＊彼《ノ》高崗《ニ》……髙《カウ》ゝ《〱》崗《カク》㊻　＊崗……園①、山閤(?)⑲、山岡（ミセケ
チし、右傍に「崗カウ」と注記）㊱　＊注……湊《マシ》⑲、注云㊶　＊則……ナシ㊱
くろかりしわかこまのけのかハるまでのほ*りそなつむミねの巌に〔同*〕

＊のほりそな……のほりそな《常臥たる心也》⑰　＊同……ナシ①、定家⑰㊶
文集、酔悲《ノ》涙灑《ソヽク》春杯《ノ》中《ノ》〔白楽天、於舟中、逢元徴之時、口号也。〕』一二ウ
＊文集……〔文集〕㊶㊻　＊時……ナシ㊶㊻　＊口号也……ノ作ナリ⑰、ナシ㊻
〔旅哥〕もろともにめくりあひぬる旅枕なみたそゝそく春のさか月〔同〕
＊旅哥……ナシ①③⑯㊻、拾遺愚草⑰⑲、旅㊱　＊同……定家㊶
文集、三秋而《ニテ》宮漏正長《ニシ》、空堦《ニ》雨滴《ル》。万里而《ニノ》郷関何在《ニカル》、落葉窓深《ニシ》
＊文集……同⑰、〔文集〕㊶、〔同〕㊻　＊関……園①③㊶㊻、関《園歟》㊱
ひとりきくむなしきはしに雨おちてわかこし路をうつむ木からし〔同〕
＊同……ナシ①、定家㊶
同、望長安之遠樹、百千莖薺《ナツナ》青《シ》
＊同……〔文集〕㊶、〔同〕㊻　＊百千……百千万③⑯⑰㊱㊶㊻
〔眺望〕かへりみる雲より下のふるさとにかすむ木すゑや《ハ》（「や」ミセケチ）春のわか草〔同〕
＊眺望……ナシ①⑯㊻　＊木すゑや《ハ》……梢や①③⑯⑰⑲㊱㊶㊻　＊同……定家㊶
鄭公、請㆓於神《ニ》㆒曰、常《ニ》患《＊フ》若耶《シヤヤ》渓《ニ》載《メルヿ》レ薪《ヲ》為《ヿヲ》レ難《＊ト》。願《ハクハ》旦《アシタニハ》南風暮《ニハ》北風《ナラン》至レ今為レ然。号鄭公風
＊鄭公……鄙公《ヒコウ》㊻　＊患《フ》……善《シヤ》㊻　＊難《ト》……雖《イヘトモ》㊻　＊号……為号⑰
〔渓卯花〕かへるさのゆふへハ北にふく風の浪たてそふるきしのうの花〔同〕
＊渓卯花……ナシ①⑰、濱卯《ハマノウ》花㊻　＊同……定家⑯㊱㊶
毛詩云、鶴鳴九皐声聞于天〔皐澤也。〕

＊毛詩云……ナシ㊶、〔毛詩〕㊻
九の*さハになくなるあしたつの子を思ふ聲ハ空に*きこゆや〔基俊〕
＊さハに……澤田《にイ》③　＊きこゆや……きこゆる《やイ》③、きこゆる㊻

【上21】

一　題をまはして*心をたくみによめる躰』一三オ
＊心をたくみに……意をたかくみに①、意をたくミに③⑯⑲㊱㊶、心をたくみにして⑰
〔旅恋*〕かりにゆふ*いほり《旅也》も雪にうつもれてたつねそわふる*もす《恋也》の草くき〔定家〕
＊旅恋……旅恋（詞書としてアリ）㊶（【上21】における同様の校異は略す）　＊いほり《旅也》……庵①⑯⑰⑲㊻、庵《旅》③　＊もす《恋也》……もす①③⑯⑰⑲㊻
〔待恋〕風*あらきもとあらの小萩袖にみて*ふけゆく《待心也》*夜半にをもる白露*
＊あらき……つらき⑯⑰㊶　＊ふけゆく《待心也》……深ゆく《待也》①、更行《待恋也》⑯、深行《待心》⑰、ふり行《まつ心》㊻　＊夜半……夜半《月》⑰　＊ナシ……〔同〕⑰㊻
*水くきの*をかのまくすをあまのすむ*里のしるへ《うらみたる心也》に秋風そふく*
＊ナシ……〔恨恋〕③　＊をかの……岡の《古木也》⑰　＊里のしるへ《うらみたる心也》に……里のしるへと①、里のしるへに⑰⑲㊻、里のしるへ《恨たる心也》と《にイ》㊶　＊ナシ……〔同〕⑰㊻
〔旅*〕旅衣袖ふく風やかよふらんわかれて*いてし*やと《遊君事也》のすたれに*
＊旅……旅恋③、ナシ⑰、旅哥㊶、拾イ㊻　＊いてし……いてし《遊君の心也》㊶、いてし《ユウクンノ事也》㊻　＊やと《遊君事也》の……宿の①⑯⑰㊶、宿の《遊女事也》㊱　＊ナシ……〔同〕⑰

〔山路尋花〕* みよしの〻春もいひなし《*花まひなしの心也》の空めかとわけ入るみね*にほふしら雲*

*山路尋花……峯尋花《(ママ)》 山路尋花③、山路卯花《サンロノウノ》㊻ *いひなし《花まひなしの心也》の……いひなしの①⑯⑰⑲㊻ *みね……嶺《尋心也》㊶

*ナシ……〔同〕

《〔夵浦山〕たらちねやまたもろこしにまつら舩ことしも暮ぬ心つくしに

右、山上憶良、在大唐、憶故郷哥、万葉に有。又、憶良、思子歌等、同在万葉。又、松浦さよ姫ひれふる山の哥*

等あり。かれこれをとりあハせて、*よめるにや。》

*哥等……哥⑰ *よめるにや……読る也⑰、よめるにや《イ哥此心ナシ》⑲

※底本及び⑯㊶㊻、この歌・注記、ナシ。①③⑰⑲㊱、アリ。本文は、①による。

〔恋〕* 秋の色にさてもかれなてあしへ行たな〻し《*同人を恋る心也》小舟我そつれなき

*恋……恋哥㊶ *行たな〻し《同人を恋る心也》……行た〻ぬし《漕イおなし人を恋ミたる心也》③、行棚なし⑰㊻、行棚なし《おなし人を恋わたる心也》㊱㊶

〔山家春曙〕* とやまとてよそにもみえし春のきる衣かたしき《*霞也》ねてのあさけハ

*山家春曙……山家春《サンカノ》㊻ *衣かたしき《霞也》……衣かたしき①⑰㊻

〔暮山花〕* たかさとの雲のなかめにくれぬらんやとかる花の*みねの木のもと

*暮山花……遠山花《エンサンノ》㊻ *花のみね……嶺《花イ》の花《嶺イ》⑲、嶺の花㊶㊻

〔花添山景色〕* 玉すたれ*おなしみとり《山也》もたをやめのそむる衣《*花也》にかほる春風

*花添山景色……ナシ㊻ *おなしみとり《山也》……おなしミとり①⑯⑰㊱㊻ *衣《花也》……衣①⑰㊻

〔水邊涼自秋〕なつ衣*秋たにた〻ぬ《*秋よりもすゝしき心也》神無月いせきの浪のいそく時雨に

*秋たにた〻ぬ……秋にたえぬ⑰⑲ *神無月いせき《秋よりもすゝしき心也》……神無月いせき①⑰⑲㊻

〔池月久明〕いく千代そ袖ふる山の水かきも《久心也》およはぬいけにすめる月影』一三ウ

＊千代そ……千とせ《代そイ》㊶　＊水かきも《久心也》……水かきも①⑯⑰⑲㊻

《夏はてゝぬるやかはへのしのゝめに袖吹かふる秋のはつかせ

＊はてゝ……出て③

右、万葉哥、二首あり。一云、秋かしわぬるや川邊のしのゝめに人もあひ見す君にまさらし。又云、あさかしわぬるや河邊のしのゝめの思てぬれは夢に見えくる。二首ともに、ぬるの詞は、潤の字を書り。河邊なれは、ぬるゝ心にや。定家哥は、寝心によめり。草木も夜はぬる事あれは、潤の字も、ぬる心に返てかけるにや。おほつかなし。猶可尋。》

＊二首……二是⑰　＊定家哥……定家卿哥③　＊返て……通ひて③⑰⑲㊱　＊猶可尋……猶可尋之③、〔イ本可尋之此段ナシ〕⑲、猶可尋歟㊱

※底本及び⑯㊶㊻、この歌・注記、ナシ。①③⑲㊱、アリ。⑰、注のみアリ。本文は、①による。

〔水鳥〕池にすむ在明の月のあくる夜をおのかなしるく《おしの心也古今哥にあり》うきねにそなく

＊水鳥……水《夏はてゝ奥ニあり》鳥㊶　＊おのかなしるく《おしの心也古今哥にあり》……おのかなしるく①⑰㊻

〔忍待恋〕をしほ山千代のみとり《松也》の名をたにもそれ《忍也》とハいハぬくれそひさしき

＊千代……千代《森》㊱　＊みとり《松也》……みとり①③⑯⑰⑲㊻　＊それ《忍也》……それ①⑰⑲㊻、それ《忍心也》③⑯　＊ひさしき……さひしき①⑲㊱、かなしき⑰　＊ナシ……〔定家〕⑰

右、拾遺愚草にのせたる哥とも也。

【上22】

一　字面にハみえされともてにはによりて恋の歌になる事

＊字面……一字面㊱　＊にハ……に㊻　＊てにはによりて……テニハニテ③

〔新古　後朝恋〕又もこん秋をたのむの鳫たにもなきてそかへる春のあけほの〔後京〕

＊新古　後朝恋……新後　朝恋①、（「後朝恋」、詞書としてアリ）⑯、ナシ⑰　＊鳫……おり①　＊後京……後京極⑯⑰㊱㊶、ナシ㊻

〔千五百番〕みちのくのあらのゝ牧の駒たにもとれハとられてなれゆく物を〔俊成〕

＊千五百番……千五百番哥合⑰

なにゆへと思も入ぬゆふへたに待出し物を山のはの月〔後京〕

＊ナシ……〔新古〕③⑲、しんこ㊻　＊後京……後京極③⑯⑰㊱㊶

右、たにの詞にて、皆、恋の歌になれり。

〔古〕しら浪のあとなきかたに行舟も風そたよりのしるへなりける

＊古……ナシ①㊱、古今⑰

〔新古〕しるへせよあとなき浪にこく舟の行えもしらぬ八重のしほ風〔式子〕

＊新古……新①、ナシ⑯、新古今⑰、しんこ㊻　＊式子……式子内親王⑰㊱㊶、盛子⑲

〔同〕かちをたえゆらのみなとによる舟のたよりもしらぬおきつしほかせ〔後京〕』一四オ

＊同……ナシ⑯㊻　＊しほかせ……白波⑯　＊後京……ナシ①⑲、後京極③⑯⑰㊱㊶

右、古今哥ハ、もの字にて、恋の哥になれり。後の哥ハ、しるへせよ、又、たよりもしらぬ詞にて、恋の心になれり

＊古今哥……初の一首①③⑯⑲㊱㊶、右の哥⑰　＊恋の心……恋①③⑯⑲㊱㊶

（一*行分空白）

＊（一行分空白）……ナシ①③⑰⑲㊱㊶㊻、（数行分空白がありて改面す）⑯

《歌林良材集巻才三》

※底本及び①③⑰⑲㊱㊶㊻、この一行、ナシ。⑯、アリ。本文は、⑯による。

第*三　虚字言葉

＊第三……ナシ⑯

【上23】

一　うたて〔うたゝ、同。あまりにといふ心也。轉*の字也。〕

＊轉の字也……轉の字也いよ〳〵の心也⑰

〔古*〕ちるとみてあるへき物を梅の花うたて匂の袖にとまれる*

＊古……古一③、古今⑰　＊ナシ……〔素性〕③

〔同*〕心こそうたてにくけれ染さらハうつろふ事もおしからましや*

＊同……同十五③　＊ナシ……〔読人不知〕③

〔同万十二*〕三か月のさやかにみえ*ぬ雲かくれみまくそほしきうたて此ころ

＊同万十一……万十一①⑯⑲㊱㊶、同十一拾十三③、ナシ⑰、万十七㊻　＊みえぬ……見えし①

〔同*〕花とみておらんとすれハ女郎花うたゝ*あるさまの名にこそ有けれ*

＊同……古十九③、ナシ⑰、古㊶㊻　＊うたゝ……うたゝ《てイ》③　＊ナシ……〔同〕③

〔後拾〕*おもふ事なけれとぬれぬわか袖ハうたゝ*ある野への萩の露哉〔能因〕*

*後拾……後撰⑯、ナシ⑰、後せん㊻　*うたゝある野への萩の露哉……ナシ⑰　*能因……ナシ⑯⑰

*㊱、一行分空白、アリ。

【上24】

一　あやなし〔かひなき心也。顕昭*云、やくなきといふ心也*。〕』一四ウ

〔古〕*春の夜のやミはあやなし梅の花色こそみえね香やハかくるゝ*

*顕昭……顕昭か①　*心也……心ト也⑰

〔同〕*みすもあらすみもせぬ人の恋しくハあやなくけふやなかめくらさん*

*古……古一③、古今⑰、ナシ㊶　*ナシ……〔躬恒〕③⑰

〔同〕*しる*しらぬなにかあやなくわきていハん思のミこそしるへなりけれ*

*同……同十一③　*ナシ……〔業平〕③

*同……同十一③、ナシ⑰　*しる……しり①　*ナシ……〔読人不知〕③

〔拾〕*身にかへてあやなく花を惜むかないけらハ後の春もこそあれ*

*拾……拾遺⑰、ナシ㊶、後《ゴ》せん㊻　*ナシ……〔長能〕③

【上25】

一　あやな〔あやなしの、し*文字を、略したる也。〕

*し文字……文字①

〔古〕*山ふきハあやなくさきそ花みんとうへけん君か*今夜こなくに*

＊古……古一③、古今⑰　＊君か……人の①③⑯⑰㊱、人の《君か》（「人の」ミセケチ）⑲　＊ナシ……〔読人不知〕③

〔後〕*　*ふりぬとて思もすてし唐衣よそへてあやなうらみもそする

＊後……后撰⑰、後せん㊻　＊ふりぬとて……ふりぬとて《古斗心也》⑰

〔同〕*　*心もて*おるかハあやな梅の花香をとめてたにとふ人のなき

＊同……後⑲㊶　＊心もて……心もてに③、心みて⑰　＊おるかハ……おるにハ⑰㊻

〔拾〕*　にほひをハ風にそふともむめの花色さへあやなあたに*ちらすな*

＊拾……ナシ①㊻、拾一③、拾遺⑰　＊ちらすな……ちらしそ⑯⑲、ちらし《すなイ》そ㊶　＊ナシ……〔能定〕③

【上26】

一*　あやに〔あやにくといふ詞也。*あいにくの心也。〕

＊一……ナシ⑰　＊あいにく……あいに《な》く③

〔後〕*　くれハとりあやに恋しくありしか八二むら山も*こえすなりにき』一五オ

＊後……ナシ⑰　＊こえすなりにき……こえすなりにき《こえすそありける》⑰

【上27】

一　いさゝめ〔かりそめ也。〕

〔万〕*　いさゝめに思し物をたこの浦にさける藤浪一夜へにけり

＊万……万葉⑰

〔同七〕*　まきはしらつくる杣人いさゝめにかりほにせんとつくりけめやハ

＊同七……ナシ①、同十③、万七⑯㊶、同十七⑰

〔古＊〕いさゝめに时まつ間にそ日ハ＊へぬる心はせをハ人にみえつゝ＊

＊古……ナシ①⑰、古十③　＊へぬる……暮ぬ《へぬる歟》㊻　＊ナシ……〔きのめのと〕③

【上28】

一　けに〔それよりまさるといふ＊心也。＊勝の字をかく。けハすみてよむへし。／＊定家卿云、誠に＊さりけりといふ事を、けにと＊つかふハ、現に、といふ心也。〕

＊心……ナシ①　＊勝の字をかくけハ……勝の字の时ハ⑰、勝の字をかけハ㊱、勝をかくけハ㊻　＊定家卿云……又⑰、定家卿云又㊶㊻　＊さり……まさり⑲　＊つかふハ……つかふ㊶

〔古＊〕ゆふされハほたるよりけにもゆれとも光みねハや人のつれなき

＊古……古今⑰

〔同＊〕わすれなん《＊伊せ物語云わするらん》と思ふ心のつくから《＊物語云うたかひに》に有しよりけにまつそ恋しき

＊同……同十四③、伊勢物語⑰、古㊶　＊わすれなん《伊せ物語云わするらん》……忘れなん⑰、忘れなん《伊勢物語》⑲　＊つくからに有《物語云うたかひに》……つくからに有⑰㊶

※③、「わすれなん」「夕されハ」と配列す。

〔新古〕おきてみんと思ひし程にかれにけり露よりけなるあさかほの花〔好忠＊〕

＊好忠……ナシ㊶

右、勝の字也。

〔愚草＊〕むは玉の夜わたる月のすむ里ハけに久かたのあまのハしたて〔定家〕

＊愚草……ナシ⑰、せういぐ《(ママ)》さう㊻

右、現の字也。』 一五ウ

【上29】

一 ことならハ〔かくのことくならハ也。〕

〔*古〕ことならハ*さかすやハあらぬ桜花みる我さへにしつ心*なし*

＊古……古二③、古今⑰ ＊さかすやハ……さかすや③ ＊なし……なき⑰ ＊ナシ……〔貫之〕③

〔*後〕ことならハ折つくしてん梅の花わかまつ人のきてもみなくに

＊後……ナシ①㊻、後撰⑰

【上30】

一 あへす〔とりあへすの*心也。不敢とかく。*思あへすハ、思さためぬ心也。〕

＊心也……也㊻ ＊思あへすハ……思ひあへすとハ③、思あへす⑲

〔*古〕ちハやふる神のゐ垣にはふくすも秋にハあへすうつろひにけり*

＊古……古五③ ＊ナシ……〔読人不知〕③

〔*同〕秋風にあへすちりぬるもみち葉の行えさためぬ我そかなしき*

＊同……同五③ ＊ナシ……〔貫之〕③

〔*愚草〕思あへす秋な*いそきそさをしかのつまとふ山の小田の初霜〔定家〕

＊愚草……ナシ⑰㊶ ＊いそきそ……いとひそ⑯㊻

【上31】

一 ほに〔あらハれたる*心也。*それを、穂にも、火にも、帆にも、よせてよ*む也。〕

＊心也……心⑰　＊それを……ナシ⑰　＊よむ也……読る也⑰

〔古＊〕秋の田のほ《＊穂也》にこそ人を恋さらめなとか心にわすれ＊しもせん＊

＊古……古十一③、ナシ㊻　＊ほ《穂也》……ほ①③⑯㊻　＊わすれしもせん……忘すしもあらん⑰　＊ナシ……〔読人不知〕③

〔万〕みわたせはあかしの浦にたける火のほ《＊火也》にこめいてめいもに恋しも

＊ほ《火也》……ほ①③⑰

〔古＊〕秋風に聲をほ《＊帆也》にあけてくる舟ハあまのとわたる鴈にそ有ける＊』一六オ

＊古……古四③　＊ほ《帆也》……ほ③⑯、ほ《を帆也》⑰、ほ《帆》⑲　＊ナシ……〔菅根朝臣〕③

【上32】

一　玉ゆら〔玉の聲也。日本紀に玲瓏とかく＊。八雲抄云＊、たまゆらハ＊、しハしといふ心也。〕

＊かく……云⑰　＊八雲抄云たまゆらハしハしといふ心也……ナシ①　＊云……ニハ⑲　＊たまゆらハ……たまゆら③

〔万十一〕玉響《ゆら》＊にきのふのゆふへみし物をけふ＊のあしたハこふ＊へき物か

＊玉響《ゆら》……玉響①、玉ゆら⑯⑰、玉ゆら《響音》⑲、玉ゆら《響音也》㊶　＊けふ……今⑯　＊こふ……こふ《恋》③、こひ㊶

※㊻、この歌、ナシ。

〔堀百＊〕おくれしと山田のさなへとる田子の玉ゆら裳すそほすひまそなき〔紀伊＊〕

＊堀百……堀①、堀川百③、堀川百首⑰㊱　＊紀伊……ナシ①

※③㊱、「をくれしと」「玉響に」と配列す。

〔愚草*〕たなハたの手たまもゆらにをるはたをおりしもならふ虫の聲哉〔定家〕
＊愚草……ナシ㊶
〔同〕玉ゆらの露もなみたもとゝまらすなき人こふるやとの秋風*
＊ナシ……〔定家〕③、〔同〕⑰㊱㊶

【上33】

一 ゆらく〔のふる心也。〕
〔新古*〕初春のはつねのけふの玉ハゝき手にとるからにゆらく玉のを〔讀*人不知〕
＊新古……ナシ①⑯⑰㊶ ＊讀人不知……ナシ⑰㊶㊻

【上34】

一 わくらは〔たまさかの心也。又、夏木立の中に、もみ*ちたるをも、わくらはといふ也。〕
＊もみちたる……もミちしたる①③⑰⑲㊻、紅葉たる⑯
〔万*〕人となる事ハかたきを*和久良婆《ワクラハ》になれるわか身ハ死も生も
万……ナシ①㊶、万葉⑰ ＊和久良婆《ワクラハ》……和久良婆①③⑯㊱㊶、わくらハ⑰⑲、わくらハ《和久良婆》㊻
〔古*〕わくらハにとふ人あらハすまの浦にもしほたれつゝわふとこたへよ〔行*平〕
＊古……古十八③、ナシ⑰ ＊行平……ナシ⑯⑰㊶
〔源*氏〕わくらハにゆきあふみちをたのみしも猶かひなしやし*ほならぬうみ』一六ウ
＊源氏……ナシ⑰㊶、源し㊻ ＊しほならぬうみ……塩ならぬ海《みるめなき心也》⑰
〔愚*草 此外有数首〕わくらハにとハれし人*もむかしにてそれより庭の跡ハたえにき*

＊愚草　此外有数首……ナシ①⑰㊻、（「此外有数首」、詞書としてアリ）⑯、愚草　此分数也⑲、愚草㊱　＊人も……人ハ⑰㊻　＊ナシ……〔定家〕①③㊱㊻

【上35】

一　しのく〔陵*の心也。浪をしのく、雲をしのく、なとも*、同。顕昭*云、侵*心也。〕

＊陵……凌⑰㊶㊻　＊なとも……なとに③、なと云㊱　＊顕昭云……顕照か①、顕照⑰　＊侵心也……侵《おかす》の心と也⑰

〔万*〕い*はせ野に秋*萩しのき駒*なへて初*とかりたにせてや〻ミなん

＊万……万葉⑰　＊いはせ野……いはせ墅《大和名所》⑰　＊秋萩……萩①　＊駒なへて……駒なへて《とめ》（「なへ」ミセケチ）⑲

＊初とかり……初とかり《をかりか》（「とかり」ミセケチ）⑲

〔古*〕おく山のす*かのねしのきふる雪のけぬとかいハん恋のしけきに*

＊古……古十一③、古今⑰　＊すかのね……すかの根《すげのは》⑰　＊ナシ……〔読人不知〕③

〔後*〕奥山のまきの葉しのきふる雪のいつとくへしとしらぬ君哉〔頼*綱〕

＊後……ナシ⑰⑲　＊頼綱……ナシ⑰

【上36】

一　たわ〻〔とを*〻、同。たわ*みたる心也。〕

＊とを〻同……とを〻と同⑰　＊たわみたる心也……たハミたる心也たを〻とも⑰

〔古*〕おりてみハ落そしぬへき秋萩の枝もたわ〻*《とを〻》にをけるしら露*

＊古……ナシ①⑰　＊たわ〻《とを〻》……とを〻《たわ〻》③、たハ〻⑯⑰㊻、とを〻⑲　＊ナシ……〔読人不知〕③

〔*後〕秋萩の枝もとをゝに*成行ハしら露をもくをけるなりけり

＊後……ナシ⑰㊶　＊成行ハ……成ゆくハ③

【上37】

一　いましは〔*定家云、いまはといふ詞に、*し文字をそへたる也。顕昭云、いましハし也。〕

＊定家……定家卿③⑰㊱㊶㊻、定家卿の⑲　＊し文字を……し文字⑰

〔*古〕いましは*とわひにし物をさゝかにの衣にかゝりわれをたのむる*

＊古……ナシ①⑯、五③、古今⑰　＊わひにし……いひにし①⑯⑰⑲㊻　＊ナシ……〔読人不知〕③

【上38】

一　しつく〔石なとの、*浪にゆられて、あらハれ*かくるゝをいふ也。〕』一七オ

＊浪に……水に⑰㊻　＊かくるゝ……かへる③

〔*万〕藤なみのかけなる海の底きよみしつく石をも玉とわかみる

＊万……ナシ⑯、万葉⑰

〔*古〕水のおもにしつく花の色さやかにも君か御かけのおもほゆるかな*

＊古……古十六③、古今⑰　＊ナシ……〔小野篁〕③㊻

かつらきやとよらの寺のゐのはゐに猶しら玉をしつく月影〔長明〕

催馬楽云、かつらきの寺のまへなるとよらの寺のにしなるやゐのはゐに*しら玉しつくやましら玉しつくや。

＊しら玉しつくや……しらたましつく也ましらたましつく也㊻

【上39】

一　ぅたかた〔二の心あり。一は、寧なといふやうなる詞也。一ハ、水のあはをいふ也。後撰／の哥ハ、水のあハによせて、詞をつゝけたる也。〕

＊心……心共⑲　＊一は……一ニハ⑰㊱　＊いふやうなる……やうなる⑰　＊一ハ……一ニハ⑰　＊後撰の……後撰《コセン》集《シウ》にある㊻　＊哥ハ……哥に⑰

〔万十五〕はなれそにたてるむろの木うたかたも久しきとしを過にける哉

＊万十五……万葉十五⑰

〔同十七〕鸎のきなく山吹うたかたも君か手ふれハ花ちらんかも

＊同十七……同十九⑲、万十七㊶　＊ふれハ……ふれす①、ふれし③、ふれる㊱

〔後〕思川たえすなかるゝ水のあはのうたかた人にあハてきえめや

＊後……後撰⑰　＊きえめや……消はや⑰

〔源まきはしら〕なかめするのきのしのふに袖ぬれてうたかた人をしのハさらめや

＊源まきはしら……ナシ①⑰、源氏③⑯⑲㊱、源しまきはしら㊻

【上40】

一　ゆたのたゆた〔浪にゆられ、たゆたふ心也。〕』一七ウ

＊心也……也⑯

〔万七〕我心ゆたのたゆたにうきぬなハへにもおきにもよりやかねまし

＊万七……万①、万十七⑰

〔古〕いて我を人なとかめそ大舟のゆたのたゆたに物思ふころそ

＊古……古十一③、ナシ㊻　＊人……心《ひと》⑰　＊ころそ……ころ㊻　＊ナシ……〔読人不知〕③

【上41】

一　いて〔万葉にハ、乞の字をかきて、いてとよめり。請心にや。又、*さても、なといふ／心*にかなへる歌もあり。〕

＊さても……さりも⑲　＊かなへる……かなへり⑰

〔*万十二〕*乞如何《いていかに》わかかくこふるわきもこかあハしといへる事もあらなくに

＊万十二……万十三⑰、万十一㊶　＊乞如何《いていかに》……乞いかに⑯⑰、いて如何《いかに》㊱、いていかに㊶、乞《いて》いかに㊻

〔*万十二〕いてあるこまハはやく行ませ〔*見上〕〔*古〕いて我を人なとかめそ〔*同上〕

＊万十二……万①、同③、ナシ⑯㊱㊻、同十二⑰　＊見上……同上㊻　＊古……古十一③、ナシ⑯⑰　＊同上……同③、見上⑰

〔*古〕いて人ハことのミそよき月草のうつし心ハ色ことにして*

＊古……古十四③　＊ナシ……〔読人不知〕③

〔*同〕我をのミおもふといハゝあかつきをいてや心ハ大ぬさにして

＊同……同十四③、ナシ㊱、古㊶

【上42】

一　さそな〔けにそ、*なといふ心也。〕

＊なと……と⑰㊻

〔*新古〕露ハ袖に物思ふころハさそなをくかならす秋のならひならねと〔*後鳥〕

＊新古……新①、新古今⑰　＊後鳥……後鳥羽③⑲、後鳥羽院⑯⑰㊶、ナシ㊱

〔同* 深山月〕ふかゝらぬと山の庵ね覺たにさそな木の間の月ハさひしき〔後京*〕
＊同 深山月……新古 深山月㊶㊻ ＊後京……後鳥羽③、後京極⑯㊱㊶、同⑰
※㊻、「ふかゝらぬ」「露ハ袖に」と配列す。
かれ*ぬるハさそなためしとなかめてもなくさまなくに霜の下草〔定家〕』一八オ
＊かれぬるハ……かれなく《ぬるイ》に⑰
袖にふけさそな旅ねの夢ハみし思ふかたよりかよふ浦かせ〔同〕
＊ナシ……〔新古〕③⑯⑲ ＊同……ナシ①⑯⑲㊱、家隆⑰、定家㊶

【上43】

一 しつハた〔みたれ*たる心也。しつハた帯ハ、し*つかをるハたぬのゝ帯也。それ*ハ、／別の事也。〕
＊みたれたる……みたるゝ⑰ ＊しつハた帯……しつはた㊻ ＊しつかをるハたぬのゝ……賤かはたをる時する⑰ ＊それハ別の事也……もハの事也別③、それハ別儀也⑰
〔後*〕しつハたにへつる程なるしらいとのたえぬる身とハおもはさらなん
＊後……ナシ⑯⑰㊶㊻
*しつハたに思ミたれて秋の夜のあくるもしらすなけきつるかな
＊ナシ……〔後〕③

【上44】

一 やよ〔や*ゝと呼たる心也。〕
＊やゝ……やゝ《よ》（「ゝ」ミセケチ）⑲

〔古＊〕やよやまて山郭公事つてんわれ世の中にすみわひぬとよ＊＊

＊古……古三③　＊とよ……とハ㊻　＊ナシ……〔三国町〕③

〔源氏＊〕おもふらん心の程やゝよいかにまたみぬ人のきゝかなやまん

＊源氏……源①㊶、源氏明石巻⑰、源し㊻

※③、「おもふらん」「やよやまて」と配列す。

〔同＊〕いふせくも心に物をおもふかなやよやいかにととふ人もなみ＊

＊同……源氏③⑯、新古⑰、源㊶　＊なみ……なき㊻

〔新古＊〕やよ时雨物おもふ袖のなかりせは木の葉の後に何をそめまし〔慈円＊〕

＊新古……新①、ナシ⑯㊻、同⑰　＊慈円……ナシ①⑲㊶、慈鎮③⑰

【上45】

一　いとなき〔いとまなき也。〕

〔古＊〕あハれともうしとも物を思ふ时なとかなみたのいとなかるらん＊』一八ウ

＊古……古十五③　＊ナシ……〔読人不知〕③

〔同＊〕ひくらしの聲＊もいとなく聞ゆるハ秋＊ゆふくれになれハなりけり

＊同……ナシ①⑯㊶、古③⑰　＊ひくらし……蜩《ひるなくむし也》の⑰　＊秋……秌ハ⑰

〔後＊〕春の池の玉＊もにあそふ鳰＊とりのあしのいとなき恋もするかな

＊後……ナシ⑰　＊玉も……玉藻《水草也》⑰　＊鳰とり……鳰とり《かいつふり也》⑰

【上46】

一　そかひ〔をゐすかひたる事を*、そか*といふ。そかきくも、そかひきく也。〕
　＊事を……事を云⑰、事㊱　＊そか……そのそか①、そかひ㊻
〔万六〕たましきて*またましよりハ竹*そかにきたる今夜*したのしくおもほゆ
　＊たましきて……玉しきて《玉敷也》⑰　＊竹そかに……竹そがミ《(ママ)》⑰　＊たのしくおもほゆ……たのもしくおほゆ③⑲㊱
〔同十四〕*つくハねのそかひにみゆるあしほ山あしかるかともさねみえなくに
　＊同十四……同①③⑯⑲、ナシ⑰、万㊶
〔拾〕*かのみゆるいけへに*たてる*そかきくのしけミさ枝の色のてこらさ
　＊拾……拾十七③、ナシ⑰　＊いけへにたてるそかきくのしけミさ枝……いけへにたてるそかきくのしけミさ枝《池のむかひを云一説予和菊と云俊成定家卿可同不用之》⑲
㊱　＊てるそかきくのしけミさ枝の色のてこ……てるそか菊のしけミさ枝の色のてこ《一説承和菊云云俊成定家ハ不用之》①③
右*、僻案抄云、此哥、家ゝの釋、おなしく*、承和黄菊、一本きくなと、くハしくかきためり*。抑、大寶よりこのかた、聖代治世にこのミ給へる物おほかれと、天平延暦弘仁といふもの*ハなくて、くたれる*代の承和しも、菊の名にハつきけるにか*。不審あるへくや*。万葉集に、そかとつかへる詞、おなし心*おほくみゆ。そかむらより、そかひにみゆる竹』一九オ のこなと、すへて、をゐすかひなる事*を、そかといへり。かのみゆるといへるも、池のむかひときこゆ。堤にうへ*たるすかひ菊の*、色てり*こくみゆると、あらはにきこゆる*。いかゝ。
　＊右僻案抄〜あらはにきこゆるいかゝ……ナシ①③⑲㊱、池のむかひをいふ一説承和菊を云俊成定家卿ハ不用也
⑯　＊おなしく……おほし⑰　＊かきためり……かきたり㊻　＊ものハ……物㊶　＊くたれる……くたれり㊻
　＊つきける……つれける⑰　＊あるへくや……なるへくや⑰㊻　＊万葉集にそかと……万葉集かと⑰　＊おなし心おほくみゆ……おほし心おほくみゆる⑰　＊をゐすかひなる……是をゐすかひたる⑰、をひすかひたる㊶　＊

堤……ナシ⑰、しほ㊻　＊すかひ菊……すかひ⑰　＊色てりこくみゆると……色てかこくみゆる⑰㊻、色てりてみゆると㊶　＊きこゆる……きこゆ㊶

〔愚草〕あしほ山*やます心ハつくハねのそかひにたにもみらくなき比〔定家〕

＊やます……やます《池のむかひをいふ》③

※㊶、この歌、注記の前にアリ。

《右、僻案抄云、此哥、家〻の釋おなしく、承和黄菊、一本菊なと、くハしくかきためり。抑、大宝より此かた、聖代治世にこのミ給へる物おほかれと、天平延暦弘仁といふものなくて、くたれる代の承和しも、菊の名にハつきけるにか。不審あるへくや。万葉集に、そかとつかへる詞、同じ心おほくミゆ。そかむらより、そかひにミゆる竹のこなと、すへて、をゐすかひたる事を、そかひといへり。かのミゆるといへるも、池のむかひと聞ゆ。堤にうへたるすかひ菊の、色てりて見ゆると、あらハに聞ゆ。いかゝ。》

※底本、この注、前歌（「かのみゆる」）の注記の一部としてアリ。①③⑰㊶㊻も、ここにナシ。⑲㊱、ナシ。⑯、ここにアリ。本文は、⑯による。

【上47】

一　*いさよひ〔いさよふ、同*。*やすらふ心也。*猶豫とかく。*又、不知夜ともかけり。〕

＊いさよひ……いさよひハ㊻　＊同……同心⑯　＊やすらふ心也……やすらふ也㊱　＊猶豫……猶《ユウ》豫《ゥ》⑲、猶豫（右傍に「イサヨフ」、左傍に「ユウヨ」と注記あり）㊱　＊又不知夜ともかけり……ナシ①、不知夜共かけり⑰

〔万三*〕もの〻ふの八十うち川のあしろ木*にいさよふ浪の行えしらすも〔人丸〕

＊万三……万葉三⑰　＊あしろ木に……網代木に《うをとるくい木也》⑰

〔同七〕山のはにいさよふ月をいてんかと待つゝをるに夜そふけにける
＊同七……万七㊶　＊いさよふ……いさよふ《十六夜歴》③⑯⑲
〔同〕かくれぬのはつせの山の山きハにいさよふ雲ハいもにかあるらん
＊かくれぬの……かくれぬの《かくらくの》③　＊いもにかあるらん……いもにか有らん《見けんかもイ》⑰
〔古〕君やこん我やゆかんのいさよひに真木のいた戸もさゝすねにけり
＊古……古十四③、ナシ㊻　＊ナシ……〔読人不知〕③
〔愚草〕郭公心つくしの山のはにまたぬにいつるいさよひの月〔定家〕
＊愚草……ナシ③⑰㊱　＊山のはに……山のはを①③⑯⑲㊶
一説、いさよふ月ハ、十六夜の月をいふ。万葉に、不知夜とかけり。十』一九ウ五夜の月より、いさゝか遅く出るによりて、やすらふとハいへり。源氏物語云、いさよふ月にゆくりなくあくかれん事を、といへり。これハ、十五夜の月の入かた、十六日になる事をいへり。これも、月の入らんとて、しハらくやすらふ心にいへるにや。
＊月を……月と㊶　＊万葉に……万葉には①　＊よりて……より⑰　＊やすらふとハ……やすらふと⑰　＊ゆくりなく……ゆくるはなく⑰、ゆくりもなく㊻　＊といへり……いへり①　＊入かた十六日になる事をいへりこれも月の入らんとてしハらく……ナシ⑲　＊しハらく……はらく⑰、しはし㊻

【上48】

一　ほと〳〵しく〔二の心あり。一ハ、うと〳〵しき心也。一ハ、おとろ〳〵しき心也。いつ／れも、木をきるおとによそへてよめり。〕
＊一ハ……一ニハ㊱　＊うと〳〵しき心也一ハ……うす〳〵しき也何も木をきる三句によせてよめること〳〵し

心也一⑰　＊一ハ……一ニハ㊱　＊いつれも木をきるおとによそへてよめり……ナシ⑰　＊おとによそへてよめり……
をとをいへり①⑯㊱㊶、ヲトヲトヘリ③
〔後十七〕＊なけ＊きこる人入る山のをのゝえのほと〳〵《＊うと〳〵しき也》しくもなりにけるかな
＊後十七……後①、ナシ③⑯㊱㊶、右撰十七⑰　＊なけき……なけき《まイ》⑰　＊ほと〳〵《うと〳〵しき也》しくも……ほと〳〵しくも
①③⑯⑰⑲㊶㊻
右＊、詞云、人のもとより、ひさしう心地わつらひ＊て、ほと〳〵しくなんありつる、といひて侍けれハ云ゝ＊。
＊右……右後撰才十七①③⑰㊱㊶、右後撰才十七の⑲　＊わつらひて……わつらひ③　＊云ゝ……ナシ⑲、いふ
也㊻
〔拾〕＊宮＊つくるひたのたくみのてをのをとほと〳〵《＊おとろ〳〵しき也》しかるめをもみし＊かな＊
＊拾……拾十九③、ナシ⑯㊶、拾遺⑰　＊宮つくる……宮作り⑰㊶　＊ほと〳〵《おとろ〳〵しき也》しかる……ほと〳〵しかる①⑯
㊶㊻　＊みし……みる㊻　＊ナシ……〔クニモチ〕③
右＊、歌の詞に、その心みえたり。源氏藤裏葉弓＊にも、此詞みえ侍り。＊
＊右……右の㊻　＊源氏藤裏葉弓にも此詞みえ侍り……ナシ①、（割注としてアリ）⑯㊱、源氏藤のうら葉の内に
も⑰　＊侍り……侍けり③、たり⑰㊻

【上49】

一　みかくれ〔水にかくれ＊たる也。俊頼朝臣ハ、みえかくるゝ心にハしめてよめり。〕』二〇オ
＊かくれたる……かくるゝ①③⑯㊱㊶
〔古〕＊河のせになひく玉ものみ《＊水》かくれて人にしられぬ恋もするかな

＊古……古今⑰　＊み《水》かくれて……水かくれて⑲、みかくれに㊻
〔源*氏〕*けふさへやひく人もなき*み《水》かくれにをふるあやめのねのミなかれん
＊源氏……ナシ①、源氏蛍⑰、源㊶　＊けふさへや……今まつや⑯　＊み《水》かくれに……みかくれに⑰⑲㊱㊶㊻
とへかしな玉くしのはに*み《見》かくれてもすの草くきめちならすとも〔*俊頼〕
＊み《見》かくれて……ミかくれて③⑯⑰⑲㊱㊻　＊俊頼……源俊頼⑰

【上50】

一　すさむ〔物の*すかりたる心也。*定家卿云、すさふといふ詞、*古人不好詠之。〕
＊すかりたる……すハにたる⑰　＊定家卿云……定家卿③、定家云㊱　＊古人不好詠之……古人不好讀也③、古人ハ不好詞也⑰
〔新古〕窓ちかき竹の葉すさむ風の音にいとゝみしかき夏の夜の夢〔*式子〕
＊式子……ナシ⑯、式子内親王⑰㊱㊶
〔同*〕松にはふまきの*葉かつらちりにけり外山の秋ハ風すさむらん〔*西行〕
＊同……ナシ⑰㊶㊻　＊葉かつら……かつら㊻　＊西行……ナシ①
思わひ打ぬるよひもありぬへし吹たにすさめ庭の松かせ〔*後京〕
＊後京……後京極③⑯⑰㊶、ナシ㊻
誰すみてあハれしるらん山里の雨ふりすさむ夕くれの空〔西行〕

【上51】

一　かハす〔ましへたる心也。定家卿云、枝かハすな*とハ、不立耳*云ゝ。〕

＊なとハ……ハ⑰　＊云〻……云也㊻

〔古〕*しら雲にはね打かはしとふ鳫の数さへみゆる秋の夜の月*

＊古……古四③、ナシ⑰㊶　＊ナシ……〔読人不知〕③

思*ひくまなくてもとしのへぬるかな物いひかハす秋の夜の月〔俊頼*〕』二〇ウ

＊思ひ……おもふ《ひ》①　＊俊頼……ナシ⑰

後*撰才十一詞云、人にいひかハし侍*ける云〻*。

＊後撰……右後撰㊶　＊侍ける……侍ける⑲　＊云〻……といふ也㊻

【上52】

一　ハた〔将也。當*也。こと葉のたすけ也。〕

＊當……尚①

〔古〕*ほとゝきす初聲きけハあちきなくぬしさたまらぬ恋せらるはた*

＊古……ナシ①、古三③　＊ナシ……〔そせい〕③、〔素性〕⑰

〔後〕*唐衣きてかへりにしさ夜*すからあハれと思ふをうらむらんハた

＊後……ナシ①、後撰⑰　＊すから……千鳥⑲

【上53】

一　しか*すか〔さすか也。しと、さとハ、五*音通也。〕

＊しかすか……しかす⑯　＊五音通也……五音《イン》に通《ツウ》するによつて也㊻

〔万七〕*あらいそこす浪ハさハかししかすかにうみの玉もハにくゝハあらすて

＊万七……万十七①、万⑰

〔拾*〕打*きらし雪ハふりつゝしかすかに我家のそのに鶯そなく*

＊拾……拾　後拾イ③、拾遺⑰　＊打きらし……打きえ《ら歟》し①、打きえし③⑯、うちきえ《き歟》し㊱　＊ナシ……〔能因〕

③

〔後*〕まとろまぬ物からうたてしかすかにうつゝにもあらぬ心ちのミする

＊後……ナシ㊶

※⑰、この歌、ナシ。

〔後拾*〕おもふ人あ*りとなけれとふるさとハしかすかにこそ恋しかりけれ〔能因〕

＊後拾……後撰①、ナシ⑰㊱㊶、同㊻　＊ありと……あれと⑯

〔同*〕しかすかにかなしき物ハ世の中をうきたつ程の心なりけり〔馬内侍〕

＊同……ナシ⑰㊱㊶㊻

【上54】

一　すさめぬ〔不*愛也。す*さむハ、愛也。世*俗に用*るにハ、か*はる也。〕』二一ォ

＊不愛……不猶③　＊すさむハ……すさむ㊱　＊世俗に……俗ニ⑯　＊用るにハ……用なるに③、用なるにハ㊱

＊かはる也……かハる㊶

〔古*〕山たかみ人もすさめぬさくら花いたくなわひそ我みハやさん*

＊古……古一③　＊ナシ……〔読人不知〕③

〔後*拾〕かをとめてかる人あるをあやめ草あやしく駒のす*さめさりける〔恵慶〕

＊後拾……後撰③⑯、ナシ⑰、後㊻　＊すさめさりける……すさめさりけり③⑲、すさめける哉⑯、すさめ也けり⑰

〔源氏〕そのこまもすさめぬ草となにたてるみきハのあやめけふや引つる

＊源氏……源①㊶、ナシ⑯、源氏学（ママ）⑰　＊引つる……引くる㊻

【上55】

一　たれしかも〔誰か也。し文字ハ、詞のたすけ也。〕

＊誰か……誰かも③　＊し文字ハ……しハ⑰

〔古〕たれしかもとめて折つる春霞たちかくすらん山のさくらを

＊古……古一③、愚草⑰、ナシ㊻　＊ナシ……〔貫之〕③⑰

〔愚草〕たれしかも初ねきくらん時鳥またぬ山ちに心つくさて〔定家〕

＊愚草……愚①、ナシ⑰㊶　＊定家……ナシ①

〔御百首〕たれしかも松の尾山のあふひ草かつらにちかく契そめけん〔順徳〕

＊御百首……ナシ⑰㊱、百首㊻　＊順徳……順徳院⑰㊱㊶

【上56】

一　こゝら〔おほき心也。〕

＊おほき心也……おほき也　ソコラ同云ゝ③

〔古〕木つたへハおのか羽かせにちる花をたれにおほせてこゝらなくらん

古……古二③　ナシ……〔素性〕③

〔同〕*よの中ハいかにくるしと思ふらんこゝらの人にうらみらるれハ

＊同……同十九③、古㊶

【上57】

一　いつハとハ〔*いつとハ也。*ハ文字ハ、そへたる也。〕』二一ゥ

＊いつとハ也……いつれとハ也①、いつと也③　＊ハ文字ハ……ハ文字を①③⑯⑲㊱㊶、いもしハ⑰

〔古〕*いつハとハ时ハわかねと秋の夜そ物思ふ事のかきりなりける*

＊古……古四③、同⑰　＊ナシ……〔読人不知〕③

【上58】

一　さしなから〔二の心あり。*一ハ、さなからといふ詞*也。*一ハ、*さす心也。〕

＊一ハ……一ニハ⑰㊱　＊詞……事㊻　＊一ハ……一ニハ㊱　＊さす心也……さす也①③⑯㊱㊶、さすか也⑲

〔拾〕*さくら花今夜かさしにさし《*さす也》なからかくて千とせの春をこそみめ*

※「こそ」、二文字（未詳、ころ?）を墨滅して右傍に書かる。

＊拾……拾五③、ナシ⑰　＊さし《さす也》なから……さしなから③⑰⑲㊱㊶　＊ナシ……〔九条右大臣〕③

〔同〕*さし《*さす也》なからむかしをいまにつたふれハつけのをくしそ神さひにける

＊同……ナシ⑰㊶　＊さし《さす也》……さし①⑰⑲

大空にむれたるたつのさしなから《*さなから也》思心のありけ*なるかな

＊さしなから《さなから也》……さしなから⑯⑰、さしなから《さなから》㊱　＊ありけ……あけけ⑰

【上59】

一　くたち〔かたふく心也。夜くたちも、*夜のふけゆく*事をいふ也。〕

＊夜のふけゆく事をいふ也……ナシ㊶　＊事をいふ也……を云也⑯⑰㊱、事也㊻

〔古*〕さゝの葉にふりつむ雪のうれをゝもみもとくたち行我さかりハも*

＊古……古十七③　＊ナシ……〔読人不知〕③

〔万*〕夜くたちにねさめてをれハ河をとそ心もしのになく千鳥かな

＊万……ナシ㊻

【上60】

一　かて〔かつ〳〵也。〕

※㊱、この一行、ナシ。そのため、「あハ雪の」歌が、前項目に含まれる形になつてゐる。

〔古*〕あハ雪のたまれハかてにくたけつゝわか物思のしけき比かな*

＊古……古十一③、ナシ⑰　＊ナシ……〔読人不知〕③

【上61】

一　よるへ〔*たのむ縁あるあたりをいふ也。よるへの水も、其心也。〕』二三オ

＊たのむ……頼む也⑰

〔古*〕よるへなみ身をこそとをくへたてつれ心ハ君かかけとなりにき*

＊古……古十三③、古今⑰　＊ナシ……〔読人不知〕③

〔後*〕なるとよりさしいたされし舟よりもわれそよるへもなき心ちする*

＊後……后拾⑰、ナシ㊶　＊する……せし《するイ》㊶

〔*源まほろしの弓　*賀茂祭日〕さもこそハよるへの水にみくさゐめけふのかさしの名さへわするゝ

＊源まほろしの弓　賀茂祭日……源　幻巻①、源氏　まぼ（ママ）ろしのまき　賀茂祭同③、源氏⑯　＊賀茂祭日……賀茂御祭⑲

月かけハさえにけらしな神かきのよるへの水につらゝゐるまで〔清輔〕

一説、よるへの*水ハ、社頭の神水、かめに入たるをいふ、といふ説あり。*清輔朝臣の哥ハ、*其心に侍り。*俊成定家卿ハ、たゝ縁ある水にもちゐ侍り。*源氏哥ハ、*神水の心にもより侍れと、*それも又、縁の心に*みゆれハ、相違なく侍るへし。

＊水ハ社頭の……水頭の①　＊清輔朝臣の哥ハ其心に侍り俊成定家卿ハたゝ縁ある水にもちゐ侍り……但俊成定家ハ不用之清輔朝臣の哥はその心也①③⑰㊱　＊清輔朝臣……清輔の朝臣《只俊成卿定家卿不用之》⑲　＊其心に侍り……その心也⑯⑰⑲㊶　＊定家卿ハ……定家ハ⑯⑲㊶、定家㊻　＊源氏哥ハ神水の心にもより侍れとそれも又縁の心にみゆれハ相違なく侍るへし……源氏哥いさゝかそれに相にたれ共又縁ある水とも聞侍り①　＊神水……水⑯　＊それも……それをも㊱　＊みゆれハ相違なく侍るへし……見侍（㊱作侍れハ）相違なく侍へし聊それもあひ似たれと（⑲㊱作とも）又縁ある水にもきこえ侍り③⑲、見侍れハ相違なく侍へし⑯㊶、ミれは相違なく侍へし㊻

【上61ｂ】

《一　事なしふとも　事なきさまにいひなす也。

〔古〕むら鳥の立にしわか名いまさらに事なしふともしるしあらめや》

※底本及び①③⑯⑰⑲㊱㊶、この項目、ここにナシ。後出（**【上63】**）。㊻、ここにアリ。本文は㊻による。

【上62】

一　そよ〔さや、同*。そよく心也。〕
　＊同……ナシ⑰
〔古*〕ひとりして物を思へハ秋の田のいな葉もそよといふ人のなき
　＊古……古今⑰
〔後*〕花すゝきそよともすれハ秋かせのふくかとそきくひとりぬる夜ハ*　』二二ウ
　＊後……ナシ⑯㊶、後撰⑰　＊ぬる夜ハ……きぬれハ㊶　＊ナシ……〔人丸〕㊶
〔新古*〕さゝ*の葉ハ深山もそよとみたる也*われハいも思ふわかれきぬれハ〔人丸*〕
　＊新古……新①　＊さゝの葉ハ……さゝの葉の⑯㊱　＊也……めり①㊻　＊人丸……ナシ①㊱

【上63】

一　事なしふとも〔事な*きさ*まにいひなす也*。〕
　＊なき……なす⑰　＊さまに……さまと⑲　＊也……事也⑰
〔古*〕村鳥のたちにし我名今更に事なしふともしるしあらめや*
　＊古……ナシ③⑰㊶　＊ナシ……〔読人不知〕③
※㊻、この項目、ここにナシ。前出（【上61ｂ】）。

【上64】

一　こてふにゝたり〔来*といふに似*たる也。〕
　＊来といふに似たる……木といふにわたる⑰　＊似たる……にたり《る》⑲
〔万*〕我やとの梅さきたりとつけやらハこてふにゝたりまた*すしもあらす*

＊万……万六⑰　＊またすしもあらす……散ぬ共よし③、待す《ちりぬ》しもあらす《ともよしイ》⑯、ちりぬともよし⑰、またしもあらす

㊶　＊ナシ……〔読人不知〕③

〔古〕*月夜よし夜よしと人につけやらハこてふにゝたりまたすしもあらす*

＊古……古十四③、ナシ㊱　＊ナシ……〔貫之〕③

〔拾〕*こてふにもにたる物かな花すゝき恋しき人にみすへかりけり〔貫之*〕

＊拾……拾十七③、ナシ⑯㊶㊻、拾遺⑰　＊貫之……ナシ③㊶

【上65】

一　なみにおもふ〔人なみに思ふ也。〕

〔万〕わか*ゆつる松浦の川のかハなみのなみに思ハ*ゝ我*こひめやハ

＊わかゆつる……わかゆつる《若鮎也》③、我ゆへに⑰、我ゆつる《わかあゆイ》⑲　＊思ハゝ……おもつゝ⑰　＊我……我《イ本》㊱

〔古〕*みよしのゝ大かハのへの藤浪のなみにおもハゝ我恋めやハ*

＊古……古十四③、ナシ㊶　＊やハ……やも《ハイ》㊶　＊ナシ……〔読人不知〕③

【上66】

一　やさしき〔*はつかしき也。俊*頼朝臣ハ、世*俗の詞につきて、やさしき心によ*み侍り。」〕』二三オ

＊はつかしき也……はつかしき①　＊俊頼朝臣……俊成⑰　＊世俗の詞につきて……就世俗云詞⑲　＊よみ侍り……

用之①㊱、用也③⑯⑲㊶

〔古〕*なにをして身のいたつらに老ぬらんとしの思ハん事そやさしき*

＊古……ナシ①、古十九③　＊ナシ……〔読人不知〕③

【上67】
一　打きらし〔空のきりわたれる心也。たなきりあひ、あまきりて、同*之。〕
＊同之……同心也⑰
〔拾*〕うちきらし雪ハふりつゝしかすかにわかいゑのそのに鶯*そなく*
＊拾……ナシ③㊶、拾遺⑰　＊鶯そ……うくひすの《そイ》㊶　＊ナシ……〔家持〕③
〔万八*〕*たなきり《棚霧合》あひ雪もふらぬか梅の花さかぬかハりにそ*へてたにミん
＊万八……万⑰㊶　＊たなきり《棚霧合》あひ……たなきりあひ①⑯⑰㊶　＊そへて……す《そイ》へて③
〔同*〕*あまき《天霧》らし雪もふらぬかい*ちしろくこのい*ちしハにふ*らまくをミん
＊同……ナシ⑰、万㊶　＊あまき《天霧》らし……あまきらし①⑯⑰㊶　＊いちしろく……いち《ハイ》しろく③、いちしろく⑰
＊いちしハ……いは《ちイ》しは③　＊ふらまくをミん……ふらまくを《もイ》ミん③、ふらまし物《まくをミんイ》を㊶

【上68】
一　みなから〔みなゝから也。〕
〔古*〕紫の一もとゆへにむさしのゝ草ハみなからあハれとそ思*ふ*
＊古……ナシ①㊻、古十七③　＊思ふ……おも《ミる》ふ（「おも」ミセケチ）⑲　＊ナシ……〔業平〕③

【上69】
一　たハやすく〔た*やすき也。〕
＊たやすき……やすき⑰
〔後*〕あられふるみ山のさとのさひしきはきてたハやすくとふ人そなき

＊後……ナシ①、后撰⑰、後撰㊱

【上70】

一　うらめつらし〔うらかなし、うら恋し、*同之。うらハ、*心をいふ也。〕

＊同之……同之（ミセケチにす）⑲、いつれも㊻　＊心をいふ也……詞《コトハ》のえん也㊻

〔*古〕わかせこか衣のすそをふき返しうらめつらしき秋のはつかせ*』二三ウ

＊古……ナシ①、古四③　＊ナシ……〔読人不知〕③

〔*源氏〕*舩人ハこれをこふとか大しまのうらかなしけに聲のきこゆる

＊源氏……源①㊶、源氏玉葛⑰、源し㊻　＊舩人ハ……舟人も①

【上71】

一　うらひれ〔うらふれ、同。物思、うれへたる心也。しなへ、うらふれといふ、*又同。〕

＊又同……同之⑯⑲㊶、も同⑰、同㊱

〔*古〕秋萩にうらひれをれハ足引の山下とよみ鹿のなくらん*

＊古……ナシ①、古四③、古今㊶　＊ナシ……〔読人不知〕③

【上72】

一　とゝろ〔動也。〕

〔*古〕さみたれの空もとゝろに郭公なにをうしとか夜たゝなくらん*

＊古……古三③、同⑯⑰、古今㊶　＊ナシ……〔貫之〕③

〔*同〕あまの原ふミとゝろかしなる神も思ふ中をハさくる物かハ*

＊同……古十四③　ナシ……〔読人不知〕③

【上73】

一　すへなし〔たよりなき也。〕

〔古*〕あ*ふくまに霧たちわたりあけぬとも君をハやらしまてハすへなし

＊古……同⑯、古今㊶　＊あふくまに……あふくまに《のイ》⑲

【上74】

一　なたゝる〔名にたつ也。〕

〔後*〕露*たにもなたゝるやとのきくならハ花のあるしやいく代なるらん〔雅正*〕

＊後……後撰⑰　＊露たにも……露にたに①　＊雅正……雅忠⑯⑲、ナシ㊶

【上75】

一　われて〔わ*りなくしての心也。一*は、わかれて也。〕』二四オ

＊わりなくして……一わりなくして⑰　＊一はわかれて也……一にはわれて也①、一わかれて也⑰

〔古*〕よひの間にいてゝ入ぬるみか月のわれて《*別也》物思ふ比にもあるかな*

＊古……古十九③　＊われて《別也》……別て①、われて⑯⑰㊶㊻　＊ナシ……〔読人不知〕③

たかねよりいてくる水のいはたゝみわれて《*別也》そ思ふいもにあハぬ夜は

＊われて《別也》そ……われてそ①⑰㊶

〔詞花*〕瀬をはやミ岩にせかるゝ谷川のわれて《*別也》も末にあハんとそ思ふ〔新院*〕

＊詞花……詞㊶　＊われて《別也》も……われても①⑰⑲㊻、われて《別て也》も㊶　＊新院……ナシ①

〔*金〕みか月のおほろけならぬ恋しさにわれてそ《*わりなくして也》いつる雲のうへより〔*永實〕
　*金……ナシ⑯⑰、金葉㊻　*われてそ《わりなくして也》……われてそ①⑯⑰⑲㊱㊻　*永實……永貫《ナカツラ》㊻

【上76】

一　またき〔ハやき也。*速字をかく。〕
　*速字……速ノ字⑯
〔*古〕我袖にまたき时雨のふりぬるハ君か心に秋やきぬらん*
　*古……古十五③、ナシ⑯、伊勢物語⑲　*ナシ……〔読人不知〕③
〔*伊せ物かたり〕夜もあけハきつにはめなてくたかけのまたきになきてせなを*やりつる
　*伊せ物かたり……伊①③、伊勢⑯㊶、古⑲、ナシ㊻　*やりつる……やりつゝ⑰
〔*堀百〕春たちて梢にきえぬしら雪ハ*またきにさける花かとそみる〔公實〕
　*堀百……堀①、堀河百首⑰、堀河㊱、堀川百㊶、ナシ㊻　*またきにさける花かとそみる……またきに花の咲とこそミれ⑯、またきに花《さける花かとそみる》のさくとこそみれ㊶

【上77】

一　ぅつたへに〔*ぅちつけといふ*心と*同。*又、定家卿ハ、打といふ心に*よまれ侍り。／*八雲抄云、*ぅちたへて也。*偏にといふ*心也。〕
　*ぅちつけといふ～偏にといふ心也……打と云心也定家卿はよまれ侍りたへハたひなと云かことし又詞也①　*心と……心に⑯、心も⑰、心也⑲、心㊻　*同……ナシ㊻　*又……ナシ⑲　*よまれ侍り……よまれ侍りたへハ度《タヒ》てといふかことし㊶　*八雲抄……八雲御抄ニ③、八雲御抄⑯　*ぅちたへて也……うちたえて⑯㊶　*偏に……

偏にも㊻　＊心也……心也タヱハタヒナトイヘルカコトシ又詞也③㊱、たへたひなと云かことし⑰、心也たへハか
すひなといふかことし又詞也⑲
うつたへにあまたの人ハありといへとわきて我しもよるひとりぬる
うつたへにとりハはまねとつなハへてもてまくほしき梅の花かも』二四ウ
*春雨ハふりそめしかとうつたへに山をみとりになさんとやみし〔*忠見〕
＊ナシ……〔忠見集歟可尋〕③　＊忠見……忠見集歟可尋①、ナシ③⑯、忠見集可尋㊶
※①③⑯⑲㊱㊶、「春雨ハ」歌、「うつたへにあまたの人ハ」歌の前にアリ。
*源氏物語、藤袴の巻云、*うつたへに思もよらてとり*給ふ御手をひきうこかし*たり。
＊源氏物語藤袴の巻云うつたへに思もよらてとり給ふ御手をひきうこかしたり……ナシ①　＊源氏物語藤袴の巻
云……源氏蘭巻ニ③、源氏藤はかま巻⑯㊱㊶、源氏。ニハ藤袴巻。に⑲、源氏ふちはかまの巻《マキ》に云㊻　＊うつたへに思
もよらてとり給ふ……うつたへに思ひもよらてとり給ふ《或本云是うちつてにやかての心也春雨の歌に同》㊶　＊給ふ……給ふたれは③　＊たり……たりこれもは
うちつけに・（⑰作と也、⑲作也、㊱作と）やかての心也春雨哥と同③⑰⑲㊱、たる⑯、ナシ㊻
松かねをいそへの浪のうつたへにあらハれぬへき袖のうへかな〔定家〕
*をのれのミあまのさかてをうつたへに〔*見上／定家〕
＊をのれのミあまのさかてをうつたへに……おのれのミあまのさかてをうつたへに木葉ふり敷跡たにもなし①③⑯
⑲㊱㊶㊻　＊見上定家……ナシ①、同③⑯⑲㊱㊶㊻

【上78】

一　まとを〔間遠也。まち*かきハ、間近也。〕

＊まちかきハ間近也……間近𪜈有⑰、まちかき間近也㊱、ナシ㊻

〔万三〕こちか家ちやゝ間とをきをぬハ玉の夜わたる月にきほひあへんかも

＊万三……ナシ㊶　＊こちか家……たちか家《こゝか家イ》③、こ《たイ》ちか家⑲、こしか家㊶　＊きほひあへんかも……きほへ《い》の《ぁ》へんかも㊶

〔同四〕はしけやしまちかきさとを雲井にや恋つゝをらん月もへなくに

＊同四……万四㊶　＊はしけやし……はしけ《はイ》やし③、はしけ《たイ》やし⑰、はしはやし㊻

〔古〕すまのあまのしほやき衣をきをあらミま遠にあれや君かきまさぬ

＊古……古十五③　＊しほやき衣……しほやく衣㊻　＊ナシ……〔読人不知〕③

〔新古〕なれ行ハうき世なれハや次广の海人のしほ焼衣まとをなるらん〔徽子女王〕

＊新古……新㊶　＊徽子女王……ナシ⑰

※①、「なれ行ハ」歌、ナシ。

【上79】

一　いとせめて〔いとハ、最也。せめてハ、せめての事にする也。〕』二五オ

＊せめてハ……ナシ⑯　＊事にする也……事に用⑰、事共する也㊶

〔古〕いとせめて恋しき時ハむは玉のよるの衣をかへしてそぬる

＊古……古十二③、ナシ⑰㊻　＊ぬる……きる③、ぬる《キイ》⑰⑲　＊ナシ……〔小野小町〕③

【上80】

一　なへに〔からに、などいふ詞とおなし。〕

＊なといふ……といふ③⑯㊶　＊詞とおなし……詞におなし⑰、ことは也㊻

〔古〕＊ わか門にいなおほせ鳥のなくなへにけさふくかせに鳫ハきにけり＊

＊古……古四③　＊ナシ……〔読人不知〕③

〔同〕＊ 夜をさむミ衣かりかねなくなへに萩の下葉そうつろひにけり＊

＊同……同四③、ナシ⑰　＊ナシ……〔読人不知〕③

《一すたく一目もはる一事そともなく一このもかのも一いなせ一みなれ一かたまけぬ》

※㊱、この項目一覧、アリ。本文は、㊱による。他本に見ゆる項目名を列挙したるものなるべし。底本及び①③⑯⑰⑲㊶㊻、ナシ。

【上81】

一　すたく〔あつまる心也。万葉にハ、多集とかく。＊〕

＊かく……云リ⑰、書也㊻

〔後拾二〕＊ みかくれてすたくかハつのもろ聲にさハきそわたる井てのうき草〔良暹〕＊

＊後拾二……后撰⑰、ナシ㊻　＊良暹……ナシ⑰㊻

〔堀百〕＊ 難波江の草葉にすたくほたるをハあし間の舟のかゝりとやせん〔公實〕

＊堀百……堀河百首⑰、ナシ㊻

〔後拾四〕＊ すたきけんむかしの人もなきやとにたゝかけするハ在明の月〔恵慶〕

＊後拾四……ナシ㊻

※⑰、この歌、ナシ。

※①③⑯⑲㊱㊶、この項目、ナシ。

【上82】

一　目もはる〔二の心あり。一ハ、草木の目のはる也。一ハ、目もはるかなる也。〕

＊目のはる……月のはる⑰、めもはる㊶、目の春㊻　＊目も……月も⑰　＊はるかなる也……はるか也⑰

〔古〕津の國のなにはあしのめもはるにしけき我恋人しるらめや

＊古……ナシ㊻　＊ナシ……〔貫之〕⑰

なには江にしけれるあしのめもはるにおほくの世をハ君にとそ思ふ〔兼盛〕』二五ウ

右、草木の目のはる也。

＊目の……目も⑰、めも《の》㊻

〔古〕むらさきの色こき时ハめもはるに野なる草木そわかれさりける

＊ナシ……〔業平〕⑰

右、目もはるかなる也。貫之土左日記に、松原目もはる〱なり、とかけるもおなし。

＊はる〱なり……はる〱⑰、はるなり《〱イ》⑲

※①③㊱、この項目、ここにナシ。後出（【上90ｂ】）。底本及び⑯⑰⑲㊶㊻、ここにアリ。

【上83】

一　事そともなく〔何事をいひ出たる事もなき也。〕

〔古〕秋の夜ハなのミなりけりあふといへと事そともなくあけぬる物を

＊古……同⑯、古今⑰　＊秋の夜ハ……秋の夜も㊶　＊いへと……いへは⑯⑲㊶㊻

〔新古*〕あふとみて事そともなく明にけりはかなの夢のわすれかたミや〔家隆*〕

＊新古……ナシ⑯⑰㊻　＊家隆……ナシ⑰㊻

※①③㊱、この項目、ここにナシ。後出（【上97ｂ】）。底本及び⑯⑰⑲㊶㊻、ここにアリ。

【上84】

一　このもかのも〔此面彼面也。*つくハねにかきるへからす。〕

＊つくハねにかきるへからす……つくはにかきるへしと云説ハ（⑲ナシ）あやまり也⑯⑲㊶

〔古〕つくハねのこのもかのもにかけハあれと君か御かけにます*かけハなし

＊ます……しく⑯⑰⑲

〔後*〕山かせのふきのまに〳〵もみち葉ハこのもかのもにちりぬへら也

＊後……後撰⑰、ナシ㊶

源氏云、このもかのもの柴ふるひ人*云々。』二六オ

＊人云々……人とあり⑰、人といふ也㊻

※①③㊱、この項目、ここにナシ。後出（【上101ｂ】）。底本及び⑯⑰⑲㊶㊻、ここにアリ。

【上85】

一　いなせ〔いやとも、をゝとものの心也。〕

〔後十三*〕いなせともい*ひはなたれすうき物は身を心ともせぬ世なりけり

＊後十三……ナシ⑰㊻、後㊶　＊いひはなたれす……いひはなたれぬ㊻

右詞云、をやのまもりける女を、いなともせ*ともいひはなてと申*けれハ云々

＊せ……を⑰⑲㊻　＊申けれハ云〻……申けれはといへり⑰、申けれはと云也㊻

※①③㊱、この項目、ここにナシ。後出（【上102ｂ】）。底本及び⑯⑰⑲㊶㊻、ここにアリ。

【上86】

一　みなれ〔水になるゝ也。それを、見なるゝにとりなしてよめり。〕

〔古＊〕よそにのミきかまし物を音羽川わたるとなしにみなれそめけん＊

＊古……ナシ㊶　＊けん……けり㊶

〔拾＊〕大井川くたすいかたのみなれさほみなれぬ人も恋しかりけり＊

＊拾……拾イ⑰　＊ナシ……読人しらす（作者名としてアリ）⑯、〔よミ人しらす〕⑲

※①③㊱、この項目、ここにナシ。後出（【上103ｂ】）。底本及び⑯⑰⑲㊶㊻、ここにアリ。

【上87】

一　かたまけぬ〔片設とかけり。ものゝありまうけたる心也。又＊、かた〱まう＊けたる心にもいへり。〕

＊又、かた〱まうけたる心にもいへり……ナシ⑰　＊まうけたる……まけたる⑯㊶㊻

〔万十三＊〕鶯のこつたふ梅のうつろへハさくらの花の时かたまけぬ

＊万十三……ナシ㊶

《此哥ハ、梅の花の咲たるほとに、桜の心はかたまけたると云也。桜は＊、花の咲まふけたる心にもかなへる也。》

＊桜は……梅の㊶

※底本及び⑰㊻、この注記、ナシ。⑯㊶、アリ。本文は、⑯による。

※①③⑲㊱、この項目、ナシ。ただし、③⑲は、後出（【下53ｂ】）。底本及び⑯⑰㊶㊻、ここにアリ。

（*二行分空白）』二六ウ

＊（二行分空白）……ナシ①③⑰⑲㊶㊻、（数行分空白がありて改面す）⑯、（一行分空白）㊱

《歌林良材集巻オ四》

※底本及び①③⑰⑲㊱㊶㊻、この一行、ナシ。⑯、アリ。本文は、⑯による。

第*四　實*字言*葉

＊第四……ナシ⑯　＊實字……實《ケニノ》字《ノ》㊱　＊言葉……云葉⑲、詞《コトハ》㊻

【上88】

一　あさなけ〔あさゆふといふ詞也。あさ*にけ、同。朝*尓食とかく。〕

＊あさにけ……あさけに⑰　＊朝尓食とかく……朝所食云ゝ①、朝《アサ》名《ナ》食《ゲ》と書《カク》㊻

〔古*〕あさなけにみへき君としたのまねハ思たちぬる草枕なり*

＊古……古八③、ナシ⑰　＊ナシ……〔寵〕③

〔源*〕あさなけに世のうき事をしのひつゝなかめせし間にとしハへりけり

＊源……源氏③⑰⑲、源し㊻

〔万*〕いかならん日の時にかもわきもこかもひき*のすかたあさにけにミん

＊万……ナシ㊱　＊ひきのすかたあさにけにミん……ひとの姿朝にけにみん《女房のうつくしき小袖きたる姿朝夕見度ト也》⑰

【上89】

一　玉のを〔三の心あり。一*ハ、玉の緒。一ハ、命*をいふ。一ハ、しはしといふ心也。〕

＊一ハ玉の緒一ハ命をいふ一ハしはしといふ心也……一ハしはしと云・（③⑯⑲㊱㊶「云心」）也・（⑲㊱㊶ナシ）一ハ玉

のを一ハ命を云①③⑯⑲㊱㊶　＊命をいふ……命⑰㊻

〔万十三〕* 中〳〵に人*とあ*らすハ桒子にもならまし物を玉のをはかり

＊万十三……万十二③⑯㊱、万㊶　＊人とあらすハ……人にあらすハ《恋にしなすは》⑰　＊あらすハ……ならすハ①

〔古〕* しぬるいのちいきもやすると心みにたまのを許あハんといハなん*

＊古……古十二③、同七⑰　＊ナシ……藤原興風③

〔伊せ〕* あふ事ハ玉のをはかりおもほえてつらき心のなかくミゆらん

＊伊せ……伊①③、ナシ⑰㊶

《あふ事は玉のをハかり名の立はよしのゝ山のたきつ瀬のこと》

※底本及び㊻、この歌、ナシ。①③⑯⑰⑲㊱㊶、アリ。本文は、①による。⑯、「あふ事は玉のをハかり名の立は」「あふ事ハ玉のをはかりおもほえて」と配列す。

右、しはしの心也。

〔古〕* かたいとをこなたかなたによりかけてあハすハなにを玉のをにせん*』二七オ

＊古……古十一③、ナシ㊱、後㊶　＊ナシ……〔読人不知〕③

※⑰、この歌、ナシ。

右、玉の緒也。又*、いのちの心也。

＊又いのちの心也……ナシ㊻

※⑰㊱、この注記、ナシ。

〔新古〕* 玉のをよたえなハたえねなからへハしのふる事のよハりもそする〔式子*〕

＊新古……ナシ⑰　＊式子……式子内親王⑰㊶

右、いのち也。

【上90】

一　かりほ〔二＊ハ、借＊庐也。一ハ、苅穂也。〕

＊一ハ……二の心あり一ハ①③⑯⑲㊱　＊借庐……假庵⑰

〔古＊〕山田もる秋のかりほ《＊借庐也》にをく露ハいなおほせ鳥＊の涙なりけり＊

＊古……古五③、ナシ⑰　＊かりほ《借庐也》……かりいほ③、かりほ⑯⑰⑲㊶㊻　＊おほせ鳥の……おほせ鳥の《せきれいのよし歟》⑰　＊ナシ……

〔忠峯〕③

〔後＊〕秋の田のかりほ《＊苅穂也》のいほのとまをあらみ我衣手ハ露にぬれつゝ〔天智＊〕

＊後……ナシ⑯⑰　＊かりほ《苅穂也》……かりほ①③⑯⑲㊻　＊天智……ナシ①、天智天皇③㊶、天智天王⑰

【上90ｂ】

《一目もはる〔二の心あり。一ハ、草木の目のはる也。一ハ、目もはるかなる也。〕

〔古＊〕津の国の難波のあしのめも春しけき我恋人しるらめや＊

＊古……古十③　＊ナシ……〔貫之〕③

難波江にしけれる芦のめもはるにおほくの世をは君にとそ思ふ＊

＊ナシ……〔兼盛〕③㊱

右、草木の目のはる也

〔古＊〕紫の色こき時はめもはるに野なる草木そ別さりける＊

＊古……古十七③　＊ナシ……〔業平〕③

右、めもはるかなる也。貫之土佐日記に、松原、目もはる〳〵なり、とかけるも、＊おなし。》

＊おなし……同之③

※底本及び⑯⑰⑲㊶㊻、この項目、ここにナシ。前出（【上82】）。①③㊱、ここにアリ。本文は、①による。

【上91】

一　野もせ〔野の面也。庭もせ、みちもせ、やともせ、＊皆同。〕

＊皆同……同之①③⑲㊱㊶、同事也⑰、同㊻

〔後〕＊秋くれハのもせに虫のをりみたる聲のあや＊をハたれかきるらん

＊後……同⑯、ナシ⑰　＊をハたれかきるらん……をハ誰かきるらん《聲うつくしき心又小袖のあやにいひかけて》⑰

〔同〕＊やともせにうへ＊なめつゝそ我ハみるまねく小花に人やとまると

＊同……ナシ⑰　＊なめつゝ……なめつゝ《ならべて也》⑰

＊＊庭もせにうつろふ比の梅の花あした＊わひしき数まさりつゝ〔定家〕＊

＊ナシ……〔愚草〕①③⑯⑲㊱　＊庭……宿⑯　＊わひしき……侘しき《うつろふ事おしむ心》⑰　＊定家……ナシ①③⑯⑰⑲㊱

＊みちもせにしけるよもきふ打なひき人かけもせぬ秋かせそふく〔同〕＊』二七ウ

＊ナシ……〔同〕①③⑰⑲㊱　＊同……ナシ①③⑯⑰⑲㊱㊶

※㊶、「みちもせに」「庭もせに」と配列す。

【上92】

一　野つかさ〔野きは也。岸＊のつかさ、同之。〕

＊岸のつかさ同之……岸のつかさとも云つかさはきハ（③「き〻」）の心也①③㊱、岸のつかさ同是もき是《（ママ）》きハの事也⑰、岸のつから同之つかさハきハの心也㊶

〔万*十七〕あし引の山谷こえて野つかさにいまやなくらん鶯の聲

＊万十七……十七③、ナシ⑰

〔万*四〕さほ川のきしのつかさのわかくぬきなかりそありつ〻も春しきたらハたち*かへるかに

＊万四……万十①、同七⑯、同四㊱　＊たちかへるかに……ナシ①、たちかへるかも㊻

※⑰、この歌、ナシ。

〔万*十〕里ことに霜ハをくらしたか*まとの野山つかさの色*つくみれハ

＊万十……同十⑯㊱、ナシ⑰㊶　＊たかまとの野山……たかまとの墅山《大和の名所也高き山也》⑰　＊色つく……色つき㊻

※①、この歌、ナシ。

【上93】

一　雨もよ〔雪もよ、同。もよハ、夜の心也。一説、もよハ、催*す心也。〕

＊催す心也……催也云々①③⑯⑲㊱㊶

〔後*〕月*にたにまつ程おほく過ぬれハ雨もよにこしとおもほゆるかな

＊後……後撰⑰　＊月にたに……月にた〻⑰、月たにも㊶

〔後*拾〕みかさ山さしはなれぬとき〻しかと雨もよにとハ思ひし物を〔和*泉式卩〕

＊後拾……ナシ⑰　＊和泉式卩……ナシ㊶

〔源*氏〕か*きつめてむかし恋しき雪もよにあハれをそふるをしのうき*ねか

＊源氏……源①、源氏あさかほ③⑲㊻、ナシ⑰、源あさかほ㊶　＊かきつめて……かきつめて《かきあつめて也》⑰　＊うきねか……うたね①

〔新古＊〕草も木もふりさか＊へたる雪もよに春たつ梅の花の香そする〔通具＊〕

＊新古……ナシ⑰㊶　＊さかへたる……まかへたる③⑯⑰㊱㊶㊻　＊通具……ナシ㊶

※①③⑯⑲㊱㊶、「草も木も」「かきつめて」と配列す。

【上94】

一　いをやすくぬる〔いこそねられね、い＊のねられぬ、い＊もやすくねられぬ、い＊を、皆＊同。／いもしは、いつれも、ぬる心也。万＊葉ニ、寐＊字をかけり。〕

＊いのねられぬ……いのねられね③、いのられぬ⑰　＊いもやすくねられぬ……いもやすくねぬ⑰　＊いを……ナシ㊶　＊皆同……ナシ⑯、皆同心也⑰、皆同之㊻　＊万葉ニ……万葉ニハ③、ナシ⑰　＊寐字をかけり……寝字宿字を書り①③⑲㊱、寐の字き《(ママ)》宿の字をかけり⑯、寝字扁字を万葉ニハ書リ⑰、寐《イヌル》字　宿字書り㊶、寝《ヌル》字《シ》宿《ヤトノ》字《シ》を書《カク》㊻

〔古＊〕夢にたにあふ事かたく成行ハ我やいをねぬ人やわするゝ＊』二八オ

＊古……古十八③　＊ナシ……読人不知③

〔同＊〕手＊も＊ふ＊れて月日へにけるしらま弓おきふしよるハいこそねられね＊

＊同……同十二③、古㊶　＊手も……手に㊱　＊ふれて……ふれ㊶　＊ナシ……〔貫之〕③

〔同＊〕い＊その神ふりにし恋のかみさひてたゝるに我ハいそねかねつる＊

＊同……同旋頭哥⑰、古㊶　＊いその神ふりにし……磯の神ふりにし（「神」をミセケチにし右傍に「上」、「磯の神」の左傍に「大和の名所ふるの明神とて有」、「ふりにし」の右傍に「古き事ヲ云枕詞」、と注記アリ）⑰　＊つる……ぬる①

〔拾〕* 郭公いたくなゝきそひとりゐてい*のねられぬにきけハくるしも

＊拾……ナシ⑯　＊いのねられぬにきけハ……いのね《寝の無宿》られぬに聞は《宿不勝等尓イ》③、いの《寐の》ねら《不可寝》れぬにきけハ《寝不唯尓》⑲、いのね《寝の不可宿》られぬき《宿不勝等タ》けハ《エス也》㊱

〔同〕* 君こふる涙のかゝるよゐの間ハ心とけたるいやハねらるゝ

＊同……ナシ⑯

〔同〕 いと*ゝしくいもねさるらんと思ふかなけふの今夜にあへるたなハた 〔基輔〕*

＊いとゝしくいもねさるらん……いとゝしくいもねさるらん《七夕のかのへさるの夜よめるト也》⑰　＊基輔……ナシ⑰、元輔㊶

〔新古〕* いもやすくねられさりけり春の夜ハ花のちるのミ夢にみえつゝ 〔躬恒〕*

＊新古……新①、同㊻　＊躬恒……ナシ①

《〔詞花〕* 夢ならて又もあふへき春ならハねられぬいをも歎かさらまし》

＊詞花……同⑰、詞㊶

※底本及び㊻、この歌、ナシ。①③⑯⑰⑲㊱㊶、アリ。本文は①による。

〔同〕* 郭公一聲なきていぬる夜ハいかてか人のいをやすくぬる 〔家隆〕*

＊同……新①、新古③㊱㊶、ナシ⑯⑲　＊家隆……ナシ㊻

【上95】

一 あさなゆふな 〔二の心あり。一ハ、たゝ朝夕也。一ハ、朝の食夕の食也。〕

〔古〕* いせのあまのあさなゆふなにかつくてふみるめに人をあくよしもかな*

＊古……古十四③、ナシ㊶　＊ナシ…… 〔読人不知〕③

【上96】

一* あさけ〔上*におなし。定家卿云、*あさあけと、あもしをくハへてよ*むハ、*中比よりの/事也。*このましからぬ事*也。〕

*一……ナシ⑯　*上に……上ハ①、まへに㊻　*あさあけ……あさなけ⑯　*よむハ……よむ㊶、よむ事ハ㊻

*中比よりの事也このましからぬ事也……中比不之也⑰　*中比よりの……中比の①　*このましからぬ……このけしからぬ①　*事也……事ナリト云〻③、事也云〻⑯㊶、詞也㊻

〔万〕ほとゝきすけさのあさけになきつるハ君きくらんか*あさいやすらん』二八ウ

*あさい……朝い《あさね也》⑰

〔拾*〕秋たちていく日もあらぬにこのねぬるあさけの風ハたもとすゝしも*

*拾……拾十三③、ナシ⑰　*ナシ……〔安貴王〕③

【上97】

一 あたら夜〔おしき夜の心也*。万葉に、怯*夜、又、新夜と*かけり。〕

*心也……也⑰　*夜……ナシ㊱　*かけり……かける①、かけ⑲

〔万九*〕玉*くしけあけまくをしき*怯夜《アタラヨ》を*袖もて*かれてひとりかもねん

*万九……万①、ナシ㊶　*くしけあけまく……くしけ明まて（右傍に「箱の字玉クシゲトヨム」、左傍に「箱の事也」と注記アリ）⑰　*怯夜《アタラヨ》……怯夜①⑯⑰㊶、怯《あたら》夜㊱　*袖もて……衣手㊶㊻　*かれて……かれて《人のこぬ事也》⑰

〔同*十二〕我心とのそみおもへハ*新夜《アタラ》の一夜もを*ちす夢にみえけり

*同十二……同①、ナシ⑲㊶　*新夜《アタラ》……新夜①③⑯⑲㊱㊶　*をちす……おちす《かくさす》⑰

〔後*〕あたら夜の月と花とをおなしくハあハれし*れらん人にみせハや
＊後……後撰⑰、ナシ㊶　＊しれらん……しられん⑯
※①③⑯⑲㊱㊶、この歌、「玉くしけ」歌の前にアリ。

【上97ｂ】

《一　ことそともなく〔何事をいひ出たる事もなき也。〕
〔古*〕秋の夜*も名のみ成けり逢といへは事そともなく明ぬる物を*
＊古……古十三③　＊夜も……夜ハ㊱　＊ナシ……〔小町〕③
***あふとみて事そともなく明にけりはかなの夢の忘かたみや〔家隆〕》**
＊ナシ……〔新古〕③㊱
※底本及び⑯⑰⑲㊶㊻、この項目、ナシ。①③㊱、アリ。本文は、①による。

【上98】

一　目さし〔二の心あり。一ハ、あまのいさりする時、物*いるゝ籠也。一ハ、め*のわらハの名也。〕
＊物……ナシ⑰　＊めの……め《そ》の（「め」ミセケチ）⑲
〔古*〕こよろのいそたちなら*しいそなつむめさし《*二の心あり》ぬらすなおきにを*れ浪
＊古……ナシ①③⑯⑰⑲㊱㊶　＊ならし……ならし《なるゝ事也》⑰　＊めさし《二の心あり》……めさし⑯㊻、めさし《童女也又かごヲモ》⑰　＊をれ……をれ《居よ》⑰
〔催馬楽*〕たけ*川のはしのつめなる花そのに我をハはなてめさし《*めのわらハ也》くハへて
＊催馬楽……ナシ⑯　＊たけ川……たけ河《奥州の名所》⑰　＊めさし……めさし《めのわらハ也》⑰㊶
〔神楽*〕あさくらやをめのみなとにあ*ひきせハ*たまのめさし《めのわらハ也》にあひきあひにけり

＊神乐……ナシ㊶㊻　＊あひきせハ……あひきおは①、あひきする③、あひきせハ《あミひく事也》⑰　＊たまのめさしに《めのわらハ也》……たま《褒美の詞也》のめさしに①、玉のめさしに《褒美詞也めおわらハ也》③⑯㊶、玉のめさしに⑰㊻

【上99】

一　わかせこわきもこ〔通夫婦也。吾児子、吾妹子、とかけり。〕

＊わかせこわきもこ……わかせこ《五児子》　わきもこ《吾妹子》①③⑲㊱、わかせこ《吾児子》わきもこ⑯　＊也……ナシ⑰㊻　＊吾児子吾妹子とかけり……ナシ①③⑯⑲㊱㊶

〔古〕わかせこか《妻也》衣はるさめふることに野へのみとりそ色まさりける』二九オ

＊古……古一③　＊わかせこか《妻也》……わかせこか《妻》①③⑯⑲㊱㊶㊻　＊ナシ……〔貫之〕③

〔同〕わかせこか《妻》衣のすそを吹返しうらめつらしき秋のはつかせ

＊同……同四③　＊せこ《妻》……せこ③⑯⑲㊱　＊ナシ……〔読人不知〕③

〔同〕わかせこ《夫》をみやこにやりてしほかまのまかきの嶋の松そ恋しき

＊同……同廿③　＊せこ《夫》……せこ①⑯⑰

〔堀百〕わかせこ《夫》か手なれの駒も澤にあれて春のけしきハあしけなるかな〔肥後〕

＊堀百……堀河百首⑰、堀⑲　＊せこ《夫》……せこ①⑰㊱

〔同〕我せこ《夫》ハ柴かりふけとひまをあらみ門田のいほに月そもりくる〔師頼〕

＊同……百①、堀河百首⑰　＊せこ《夫》……せこ①③⑰㊶　＊師頼……師顕③

〔万〕わきもこ《妻》か打たれかみをさる澤のいけの玉もとみるそかなしき〔人丸〕

＊万……ナシ⑰　＊わきもこか《妻》……わきもこか③、わきも子か《女也美人事也》⑰　＊打たれかみ……ねくたれ髪①⑯㊶、ねくたれ《ねてミたれ》

かミ《たかミ》⑰　＊人丸……ナシ③

※⑰、「わきもこか」「我せこハ」と配列す。

【上100】

一　た*らちねたらちめ〔通父母也*。〕

＊たらちねたらちめ〔通父母也〕……たらちね〔たらちめ　通父母也〕①③　＊也……ナシ⑰㊶㊻

〔万*七〕た*らちねのを《*母》やのそのふの菜も猶袖かへるきぬにきるといふ物を

＊万七……万⑰　＊たらちねの……たらちね の《おや敷》①、たらちね《父》の㊻　＊をや《母》……おや⑰㊶

〔古*〕た*らちねのを《*母》やのまもりとあひそふる心はかりハせきなとゝめそ*

＊古……古八③　＊たらちねの……たらちね《父》の㊻　＊をや《母》……親⑰㊶　＊ナシ……〔遍昭《ヘンセウ》〕㊻

〔後*〕たらちねハかゝれとてしもうハ玉のわか黒髪をなてすや有けん〔遍昭〕

＊後……ナシ⑰　＊たらちねハ……たらちね《父》は①③⑯

※⑲、「たらちねハ」「たらちねの」と配列す。

た*らちね《父》やまたもろこしに松浦舟ことしもくれぬ心つくしに〔定家〕

＊たらちね《父》……たらちね⑰㊶㊻

【上101】

一　しつのをたまき〔二*は、苧《*ヲ》をうみたるへそをいふ。一ハ、たゝ*いやしき人をいふ*。〕』二九ウ

＊一は……二の心有一ハ①③⑯⑲㊱㊶　＊苧《ヲ》をうみたるへそをいふ……うミたる苧《ヲ》をへそにしたるをいふ㊻　＊たゝ……

……ナシ⑰　＊いふ……云也①③⑲㊻

〔古〕いにしへのしつのをたまきいやしきもよきもさかりハありし物也

＊古……古十七③、ナシ⑯　＊いやしきも……いやしきを《も》③　＊ありし物也……ありにしものを㊻　＊ナシ……

〔好忠〕⑲

をたまきハあさけのまひきわかことや心の中に物やかなしき〔好忠〕

＊まひき……まひき《口のをを引事》⑰　＊好忠……公任⑲

〔詞花〕一たひハ思こりにし世の中をいかゝハすへきしつのをたまき〔公任〕

＊詞花……ナシ⑯、詞㊶　＊こりにし……こもり⑰、きりにし㊻　＊公任……同⑲、ナシ㊻

〔新古〕かすならハうから《かゝらイ》ましやハ世の中にいとかなしきハしつのをたまき〔篁〕

＊新古……新①　＊かすならハ……数ならぬ⑰　＊うから《かゝらイ》ましやハ……かゝらましやハ①③⑯⑰⑲㊱㊶、うからましやハ㊻

〔同〕それなからむかしにもあらぬ秋風にいとゝなかめをしつのをたまき〔式子〕

＊同……ナシ⑯　＊それなから……それなから《昔の有様何にても》⑰　＊式子……式子内親王⑰

《右、おほくハ、いやしき心によめり。いにしへのしつのおたまきの哥は、へそのおたまきにつゝけてよめり。》

＊右……右ハ⑰　＊いやしき心に……いやしきに⑰　＊哥は……哥㊶　＊つゝけてよめり……つゝけ讀り⑯、つゝけり⑰

※底本及び㊻、この注記、ナシ。①③⑯⑰⑲㊱㊶、アリ。本文は、①による。

【上101ｂ】

《一このもかのも〔此面彼面也。つくはねにかきるへし、と云説ハ、あやまり也。〕

〔古*〕つくはねのこのもかのもにかけハあれと君か御影にしるかけハなし

＊古……古廿③

〔後〕山風のふきのまに〳〵紅葉はゝこのもかのもに散ぬへらなり

源氏云、このもかのもの柴ふるひ人〻〻。》

※底本及び⑯⑰⑲㊶㊻、この項目、ここにナシ。前出（【上84】）。①③㊱、ここにアリ。本文は、①による。

【上102】

一　きりたち人〔八*雲御抄云、へ*たてたる人をいふ。一説云、き*り〳〵とえわすれ／ぬといふ心云*〻。〕

＊八雲御抄云……八雲御抄③、八雲抄云⑰㊶㊻　＊へたてたる人……へたて人⑯　＊をいふ一説云……と云一説ハ⑰　＊きり〳〵とえわすれぬといふ心云〻……きり〳〵とえ忘ぬと云心と云〻　不定①㊱、きり〳〵ともわすれぬと云心と云〻③、きり〳〵とえ忘ぬといふ心云〻不定⑯、きり〳〵と也忘ぬ云心也不定⑰、きり〳〵とえ忘ぬといふ心と云〻不審㊶　＊心云〻……心也㊻

〔後*十八〕今ハとてあきハてられし身なれともきりたち人をえやハわするゝ

＊後十八……後①㊶、ナシ⑰

【上102ｂ】

《一いなせ〔いやとも、お*ゝともの心也。〕

＊おゝ……わう③、せ㊱

い*なせ共いひはなたれすうき物はミを心共せぬ世成けり

＊ナシ……〔後十三〕③、〔同十三〕㊱

右、詞云、おやのまもりける女を、いなとも、おともいひはなてと申けれハ〻〻。》

＊おとも……わうとも③、せとも㊱

※底本及び⑯⑰⑲㊶㊻、この項目、ここにナシ。前出（【上85】）。①③㊱、ここにアリ。本文は、①による。

【上103】

一　ねりそ〔なわのなき时、木草の枝をねちりて、物をゆふ事也。〕

＊ねちりて物をゆふ事也……ねちよりてゆふ也①③、ねちよりてゆふ心也⑯㊶、ねりて物をゆふ事也⑰、ねちよりて云事也㊱　＊事也……也⑲

〔拾〕かのをかに萩かるをのこなわをなみねるやねりそのくたけてそ思ふ

＊拾……ナシ⑰㊻　＊かのをかに……かの岡《かしこのおか也》に⑰　＊萩……草⑰㊶㊻

【上103b】

《一　みなれ〔水ニなるゝ也。それを、みなるゝにとりなしてよめり。〕

〔古〕よそにのミきかまし物を音羽川渡るとなしに見なれそめ鉫

＊古……古十五③　＊ナシ……〔藤原のかねすけ〕③

〔拾〕大井川下す筏のミなれ棹ミなれぬを《も》さへ恋しかりけり》

＊ナシ……〔読人不知〕③㊱

※底本及び⑯⑰⑲㊶㊻、この項目、ここにナシ。前出（【上86】）。①③㊱、ここにアリ。本文は、①による。

【上104】

一　心かへ〔我心を、人の心にとりかふる也。〕

〔古*〕心かへする物にもかかた恋ハくるしき物と人にしらせん*』三〇オ
＊古……古十一③、ナシ⑯⑰、古今㊶　＊ナシ……〔読人不知〕③
【上105】
一　恋のやつこ〔恋につかハるゝ心也。〕
〔万*十二〕ますらをのさとり*心もいまハなし恋のやつこにわれハしぬへし*
＊万十二……万十三⑰　＊さとり……さかり⑰、さとる⑲　＊ナシ……〔穂積親王／□□親王〕⑰
〔同*十六〕家にありしひつにし*やうさしおさめてし恋のやつこのつかミかゝりて〔穂積*親王〕
＊同十六……万十六㊶　＊しやう……しやう《鎖》①③㊱、ちやう⑰　＊穂積親王……ナシ①⑰㊻、穂積㊶
〔堀*百〕したひくる恋のやつこの旅にても身のくせなれやゆふと*ゝろきハ〔俊*頼〕
＊堀百……堀①、ナシ⑰　＊ゆふとゝろきハ……夕とゝろきハ《夕にムネノおとろく也》⑰　＊俊頼……ナシ①
【上106】
一　櫻かり〔櫻*をたつぬる心*なり。柴*かり、竹*かり、い*もかり、皆*同。〕
＊櫻を……桜かりハ桜を㊶　＊心なり……也⑯㊱㊶　＊柴かり竹かりいもかり皆……紅葉　茸　妹　紫かり⑰、柴かりたけかり同之㊶　＊竹かり……竹《茸也》かり㊱　＊いもかり皆同……いもかりも㊶　＊皆同……皆同也①③、皆同之⑯㊱、おなし㊻
〔拾*〕さくらかり雨ハふりきぬおなしくハぬるとも花のかけにかくれん
＊拾……拾一③、拾イ⑰
【上107】

一　おきなさひ〔老て、猶、*されすける也。*〕
　＊されすける……されすること㊻　＊也……躰也⑰
〔後〕*おきなさひ人なとかめそかり衣けふはかりをそたつもなくなる〔行平〕*
　＊後……ナシ⑯⑰㊱㊻　＊おきなさひ……翁さひ（右傍に「又さひたるてい」、左傍に「老て若き出たちしたるてい」と注記アリ）⑰　＊行平……ナシ⑰
【上108】
一　はたれ〔雪といはねとも、残雪の事になる也。*〕
　＊なる也……きこゆる也①⑯㊱㊶、きこゆ③
〔万十〕*さゝの葉にハたれふりおほひけなハかもわすれんといへるましておもほゆ
　＊万十……万①、万廿⑰
〔同十九〕*わかやとのすもゝの花かにはにちるはたれのいまたのこりたるかも』三〇ウ
　＊同十九……万十九㊶
【上109】
一　いのちにむかふ〔命とひとしき心也。*万葉に、むかふハ、*對の字をかけり。〕
　＊命と……哀に⑰　＊むかふハ……むかふ⑯
〔万十二〕*まそかゝみた*ゝ目に君をみてハこそいのちにむかふわか恋やまめ*
　＊万十二……万十三③、万二⑰　＊まそかゝみ……ますかゝみ①③⑯⑰⑲㊶㊻　＊恋……ナシ①
〔万八〕*玉きはるいのちにむかふ恋よりハ君か御舟のかちからにもか*〔笠金村〕*

＊万八……ナシ⑰、万⑲、同八㊱　＊にもか……にもかイマナシ⑰　＊笠金村……金村⑰

【上110】

一　こまかへり〔老て、二度わかくなる事也。万葉に、若反とかけり。〕

＊老て……老《ラウ》して㊻　＊若反とかけり……若通と云リ⑰、若友とかけり㊶

〔万十二〕露霜のけやすきわか身おいぬとも又こまかへり君をしまたん

＊万十二……同十三⑰、同十㊱、ナシ㊶㊻

【上111】

一　としのは〔年ことの心也。万葉に、毎年とかけり。〕

＊心……事①③⑯⑲㊱　＊万葉に毎年とかけり……ナシ㊶　＊かけり……かく①③⑯⑲㊱、云リ⑰

〔万十九〕としのはにきなく物ゆへ郭公きくハしのハくあハぬ日おほき

＊万十九……万十九注云毎年謂之等及波㊶　＊はにきなく物ゆへ郭……はに《注云毎年》きなく物《年端之等之波》ゆへ郭③⑯、はに《注云毎年謂之等之乃》きなく物ゆへ《彼》郭㊱　＊ゆへ……いへ⑲　＊おほき……おほさ①

右注云、毎年謂之等之乃波。

＊右注云毎年謂之等之乃波……ナシ①③⑲㊱㊶　＊注……經《キヤウ》㊻　＊謂之……謂也⑰　＊等之乃波……等之乃波𪜈云リ⑰　＊波……岐《キ》㊻

〔万廿　三月十九日哥〕わかせこかやとの山吹さきてあらハやますかよハんいやとしのはに〔家持〕

＊万廿……ナシ㊻　＊三月十九日哥……ナシ①⑰⑲㊻、三月十九哥㊱

〔同六〕としのはにかくもみてしかみよしのゝきよき河うちの瀧津しら浪

＊同六……ナシ㊶　＊かくもみてしか……かくれてもみてし㊻
※㊻、「としのはにかくれても」「年のはにきなく」「わかせこか」と配列す。

【上112】
一　三重の帯〔身のやせて、一重の帯を*、三へになしてむすふ心也*。〕』三一オ
＊帯を……をひ㊻　＊心也……事也⑰
〔万四*〕一重のミいもかむすひし帯をすら三重にゆふへくわか身ハなりぬ
＊万四……同四⑰、ナシ⑲
〔同十三*〕二なき恋をしすれ*ハつねの帯を三へにゆふへくわか身ハなりぬ
＊同十三……ナシ⑰㊶　＊すれハ……せれは③
※㊱、「二なき」「一重のミ」と配列す。⑰⑲㊱、この項目、【下50ｂ】として重出す。

【上113】
一　木つミ〔水によるあくたなり。万葉廿*詞にみえたり*。〕
＊廿……ナシ㊻　＊みえたり……みえ侍り㊻
〔万廿*〕ほり江よりあさしほみちに*よる*木つミかひにありせハつとにせましを
＊万廿……同廿⑰、ナシ⑲㊻、万㊶　＊みちに……みちて㊻　＊よる木つミ……よる二つミ③

【上114】
一　たふさ〔手也。〕
〔後*〕折つれハたふさにけかるたてなから三世のほとけに花たてまつる*

＊後……後撰⑰、ナシ㊶㊻　＊ナシ……〔遍昭〕⑰

【上114ｂ】

《一　とふさたて〔とふさハ、木の末也。木をきりたる跡に、其木の末をたてゝ置事也〕

＊とふさたて……とふさたて《つ事イ》⑯㊶　＊置事也……をく也⑲、をく事也鳥総とかけり万葉にハ登夫佐氏とかけり㊶

造筑紫観世音寺事沙弥満誓〔万葉にハ登夫佐た氏／とも書り〕

※①③⑲㊱㊶、この注、ナシ。⑯、アリ。本文は、⑯による。

〔万十一〕とふさたてあしから山にふな木きり木に切かけつあたら舩木を〔沙弥満誓〕

＊万十一……万二③⑯⑲㊱㊶　＊とふさたてあし……とふさたてあし《造筑紫観音寺时之》㊱、とふさたてあし《造筑紫観音寺事》㊶　＊にふな……に舟《造筑紫》

③　きり木……きり木《観音寺事》③

とふさたて舟木きるといふのとの嶋山けふミれは木立しけしも》

＊ナシ……〔同十四〕③、〔同十七〕⑲㊱、〔万十七〕㊶　＊しけしも……しけし《く》〔「し」ミセケチ〕も⑲　＊ナシ……

〔いく代神ひこ〕③、〔いく代神ちハ〕⑯㊶、〔幾代神ひそ〕⑲㊱

※底本及び⑰㊻、この項目、ここにナシ。①③⑯⑲㊱㊶、ここにアリ。本文は、①による。類似項目、**【下50ｃ】**

【下51ｄ】【下54】としてアリ。

【上115】

一　このてかしわ〔小児の手に似たるかしわの葉也。一説、大とちといふ草をいふ。この／草ハ、女郎花に似て、花のしろくさくといへり。〕

＊かしわの葉也……かしハ也③㊱　＊この草ハ……此草③　＊女郎花……女郎㊶　＊さくと……咲を⑰

*なら山のこのてかしわの二おもてとにもかくにもねちけ人*かも

＊ナシ……〔万十六〕①⑰⑲㊱㊻、〔同十六〕③　＊なら山の……なら坂や⑰、なら山坂（右傍ニ「サカ」トアリ）（「山」ミセケチ）や㊻　＊かも……かな③㊻

右哥ハ、佞人*をそしる哥也。佞人*ハ、口きゝかましき人を*いふ*。然ハ、かしわの葉の風にふかれて、おもてうらのみゆるにたと*へたるへし。

＊佞人を……倭人を①、倭人ゝを③　＊佞人ハ……倭人とは①③⑯⑰⑲㊱　＊人……心③　＊いふ……ナシ⑲

＊たとへたるへし……たとへたる也③

【上116】

一　あゆ*の風〔越*俗語に、東風をあゆのかせといへり。〕』三一ウ

＊あゆ……あゆ《ひイ》⑯　＊越俗語に……越俗語に云⑲

〔万*十七〕あゆのかせいたくふくらしなこのあま*のつりするを舟こきかへるみゆ

＊万十七……ナシ①、同十七③　＊あま……あま《うミ》（「あま」ミセケチ）⑲

【上117】

一　八十とも*のを〔八十ハ、多心也。とも*のをは、伴男*とかく也。〕

＊とものをは……とかのをハ①　＊伴男とかく也……伴也身也①、伴男也③⑯⑲㊱㊶、伴男と云也⑰

〔万*〕そひ《あイ》川のかハのせことにかゝりさしやそとものをハ鵜川たちけり

＊万……同⑰　＊そひ《あイ》川……めひ川①⑯㊻、あひ《そイ》川③、あひ河⑰㊱、そひ川⑲

【上118】

一　とものそめき〔そめきハ、驂《*(ママ)》の字をかけり。さハかしき心也。〕
＊驂の字をかけり……験也の字を万葉ニかけり①、騒の字を万葉に書り③、騒の字を書也㊻
〔万*十二〕ます*らをハ友のそめき《*さハき哉》になくさむ心もあらん我そくるしき
＊万十一……ナシ①⑯、同十一③　＊ますらを……ますら妻①　＊そめき《さハき哉》……そめき①⑯⑲㊱㊶㊻
※⑰、この項目、ここにナシ。後出（【上129b】）。

【上119】

一　みやこのてふり〔都のふるまひ也。〕
〔万*五〕あまさかるひなに五とせすまゐしてみやこのてふりわすられにけり〔山*上憶良〕
＊万五……ナシ①③⑰㊱㊶　＊山上憶良……ナシ①③⑯⑲㊶㊻

【上120】

一　しゐのこやて〔椎*の木の小枝也。〕
＊椎の木の……椎の㊻
〔万*十四〕お*そハやもなをこそ《*君をしまたん一本》まためむか《*向の尾也》へをのしゐのこやて《*さ枝の时ハすくと也》のあひハたかハし
＊万十四……ナシ①⑰　＊おそハやも……おそハやも《をそくとも也イ》③⑯、をそハやも《露をしまたん或本》⑲、をそハやも《をそくとも也》㊶　＊なをこそ《君をしまたん一本》……猶こそ①㊱㊻、猶こそ《君をしまたん或》㊶　＊むかへ《向の尾也》を……むかへ尾①㊱㊻、むかへを《君をしまたん或本イ》③　＊こやて《さ枝の时ハすくと也》のあひハ……こやてのあひハ①⑯㊱㊻、こやて《向ノ尾也》のあひハ③、こやて《小枝の时ハ過トモイ》のあひハ⑰、こやて《さ枝の时ハすくとも或本》のあひハ⑲、こやて《又云さえたの时ハすくとも》のあひハ㊶

【上121】

一　袖*つく〔二*は、衝也。袖の水*につく也。一*ハ、續也。袖をかハす心*也。〕

＊袖つく……袖つく　君をしまたん或本㊱　＊一は衝也……ひろせ川七夕両首の心一ハ首衝也③　＊水に……水之①　＊一ハ……ナシ⑯　＊心也……心也衝也⑯、心也或本ひろせ川の水につく心也七夕の哥ハふうふあふとて袖をかハす心也もしもこゑもかハる也㊶

〔万七＊〕ひろせ川袖つく＊《衝也》ハかりあさきせや心ふかめてわかおも＊へらん』三二オ

＊万七……ナシ①、同七③⑯、同十七⑰　＊袖つく《衝也》……袖つく①⑯⑲㊶㊻、袖つく《衝》③⑰　＊おもへらん……おもふらん③⑯㊶

〔同八＊〕たなハたの袖つく＊よひ＊《る》のあかつきハ河瀬のたつ＊もなかすともよし　※「よひ」の「ひ」字、ミセケチ。

＊同八……ナシ①㊶　＊つく……つく《漬》③、つく《衝》㊱、つく《漬也》㊶　＊よひ《る》……より①、よる③⑯⑰⑲㊱㊻　＊たつも……たつ《〈イ》も⑯

【上122】

一　山桜戸〔さくらの木にてつくりたる戸也。枚の戸、松の戸＊、同＊。〕

＊松の戸……松の戸に㊻　＊同……のことし①③⑯㊱、ことく⑲、同之㊶

〔万十二＊〕あし引の山さくら戸をあけをきてわかまつ君をたれかとゝむる

＊万十一……ナシ①③⑯⑰⑲㊱

＊名もしるしみねの嵐も雪とふる山さくらとのあけほのゝ空〔定家＊〕

＊ナシ……〔山居春曙〕③⑲㊱㊶、山居春曙（詞書としてアリ）⑯⑰　＊定家……ナシ①、定家卿⑰

【上122ｂ】

《一か事ハかり〔帯二、かこと云物あり。鉤の字也。さて、かくハつゝくる也。か＊事ハ、説ゝあり。一ハ、少事をか

事と云也。又、かこつ也。又、ちる事也。」

＊か事……かこ③　＊かこつ……かこつ事③

東路のハてなるひたち帯かこと計もあひミてし哉》

＊ナシ……〔古〕③⑲　＊ひたち帯……ひたち帯の③

※⑰、この項目、ここにナシ。後出（**【上129c】**）。底本及び⑯㊶㊻、ナシ。①③⑲㊱、ここにアリ。本文は①による。

※「東路の」歌の類歌、**【下50】**にアリ。

【上123】

一　ひちかさ雨〔俄に雨のふりて、笠もとりあへぬ程にて、袖をかつくをいふ也。」

＊雨の……雨⑯⑲㊻、ナシ⑰　＊いふ也……ひちかさ雨とハ云也①、ひちかさ雨と云也顕昭ハひさかたを・（㊱ナシ）かきあやまれるといふ也③⑯⑲㊱㊶、ひち笠雨と云⑰

〔万十二〕いもか門行すきかてにひちかさの雨もふらなんあまかくれせん

＊万十一……ナシ①③⑰㊶、万一⑯㊱

催馬楽妹門哥云、いもか門せなか門行すきかねてやわかゆかハひちかさの雨もやふらなんして田をさあまやとりかさやとりとりてまからんしてたをさ。此哥も、万葉の歌を本躰にしてつくれりとみえたり。又、源氏物語須磨巻云、風いたくふきいてゝ、空かきくれて、御はらへもしハてす、たちさハきたり。ひちかさ雨』三二ウとかふりて、いとあハたゝしけれハ、みなかへり給なんとするに、かさもとりあへす云ゝ。

＊催馬楽……右催馬乐①③⑯⑲　＊せなか門……なかれ《せなか門イ》③、をなかれ㊱、ナシ㊻　＊わか……やハ㊻　＊して田をさ……したの田をさ③　＊かさやとりとりて……やとりて①、かさやとりやとりて③⑯、かさやとり也㊱　＊して

たをさ……してのたをさと云ゝ③、しての田おさ⑰　＊此哥も……この哥とも⑲　＊かきくれて……かきくれぬ①③⑯⑲㊱㊶　＊しハてす……ゐいてす㊱　＊ひちかさ雨と……ひち笠雨に①　＊かふりて……かける也③、書り⑰、かふる也㊱　＊いとあハたゝしけれハみなかへり給なんとするにかさもとりあへす云ゝ……いとあはゝしくとりあへすと云ゝ⑰　＊給なん……たまハん③　＊とりあへす……とりあへすと③⑯　＊云ゝ……ナシ㊱、と云也㊻

【上124】

一　夢をかへといふ事〔夢をハ、ぬる时＊みるによりて、ゆめをかへとハいへり。かへも／ぬる物なるによて也。〕

＊ぬる时……ぬるに③

〔後九〕まとろまぬかへにも人をみつるかなまさしからなん春の夜の夢〔するか＊〕

＊するか……ナシ㊻

〔同廿＊〕ねぬ夢にむかしのかへをみつるよりうつゝに物そかなしかりける＊〔兼輔〕

＊同廿……ナシ㊱㊻　＊かなしかりける……かなし《こひイ》かりける③

右二首哥、後撰集の詞に、其心みえたり。

※①⑲、この項目、ここにナシ。後出（【下40ｂ】）。⑰、ナシ。底本及び③⑯㊱㊶㊻、ここにアリ。

【上125】

一　ぬかつく事〔ぬかハ、額也。礼拝する事也。〕

＊あひ思ぬ人をおもふハ大寺のかきのしりへにぬかつくかこと

＊ナシ……〔万〕③、〔万八〕⑲

右哥、あひ思ぬ人をおもハんハ、詮なき事也。大寺＊にて佛にこそぬか＊をつくへきに、垣のしりへにぬかつくハ、詮＊

なきた*とへ也。一ハ、餓鬼のしり*へ也。寺にハかきてもつくりてもあれハ、餓鬼のしりへといふ也。』三三オ

⑲　＊大寺にて……大寺にハ㊶　＊ぬかを……ぬかをも㊱　＊詮なき……ナシ㊶　＊たとへ……ことし③、ことき

⑲　＊たとへ也一ハ餓鬼のしりへ也寺に……たとへ也一ハ餓鬼のしりへ也寺に《事也古来風躰にこれハ垣のしりへ也されと又餓鬼をも手ニハ》⑯　＊しりへ……しり③、しるへ

⑲

※①⑰、この項目、ナシ。底本及び③⑯⑲㊱㊶㊻、アリ。類似する項目、【下51e】としてアリ。

【上126】

一　かほ花〔うつくしき花也。か*ほ鳥、同。〕

＊かほ鳥……かほ鳥も⑰

〔万*八〕たかまとの野へのかほ花面かけにみえつゝいもかわすれかねつも〔家*持〕

＊万八……同八⑰、万㊶　＊家持……ナシ㊻

※①、この項目、ナシ。底本及び③⑯⑰⑲㊱㊶㊻、アリ。⑲㊱、【下51f】に重出す。

【上127】

一　うけらか花〔をけらか花なり。ひらけぬ物也。〕

*あさかゝたしほひのゆたに《ゆたか也》*おもへともうけらか花の色*にてめやも

＊ナシ……〔万〕㊶　＊ゆたに《ゆたか也》……ゆたに⑰㊱㊻　＊色にてめやも……ゐてめやも⑰、色にいてめや㊻

※①、この項目、ナシ。底本及び③⑯⑰⑲㊱㊶㊻、アリ。⑲㊱、【下53c】として重出す。

【上128】

一　みのしろ衣〔みのをきる*へきかハりにきたる衣をいふ也。又、古哥のミ*のしろ衣ハ、身／の代とも聞え侍り。〕

＊きるへき……きる⑰　＊ミのしろ衣ハ身の代とも聞え侍り……身の代とも字の侍り⑰

〔後二*〕ふる雪のミのしろ衣うちきつゝ春きにけりとをとろかれぬる〔敏行*〕

＊後一……後撰③⑰、ナシ⑯⑲㊱、後㊶　＊敏行……ナシ㊻

〔同十九*〕山さとの草葉の露もしけからんみのしろ衣ぬはすともきよ〔中原宗興*〕

＊同十九……ナシ③⑯⑲㊱㊶、同十七⑰　＊中原宗興……宗興⑰、ナシ㊻

〔古哥*〕せなかためみのしろ衣うつ時そ空行かりのねもまかひける*

＊古哥……ナシ③⑯⑲㊱㊶㊻　＊まかひける……なかれける⑯

※①、この項目、ナシ。

【上129】

一　とよのみそき〔大嘗會の御禊の事也。〕

〔拾十二*〕あまたみしとよの御そきの諸人の君しも物を思ハするかな〔寛祐法し*〕

＊拾十一……ナシ⑯、拾遺十一⑰㊱　＊寛祐法し……寛祑《祐イ》法師③、ナシ⑰㊱㊻

※①、この項目、ナシ。

【上129b】

《一とものそめきそめきハ孫の字を万葉にかけりさハかしき心也

〔万十二〕ますらおハとものそめきになくさむる心もあらぬ我そくるしき》

※底本及び①③⑯⑲㊱㊶㊻、この項目、ここにナシ。前出（【上118】）。⑰、ここにアリ。本文は、⑰による。

【上129c】

《一かことはかり〔帯に、かこといふもの有。鉤字也。さて、かくハつゝくる也。又ハ、少年を云。又ハ、かこつけ事を云。又、ちかひ言也。説ゝ多。

東路の路のはてなるひたちおひのかことはかりもあひみてし哉》
※底本及び⑯㊶㊻、この項目、ナシ。①③⑲㊱、ここにナシ。前出（【上122b】）。⑰、ここにアリ。本文は、⑰による。

（一行分空白）』三三ウ

（一面空白）』三四オ

（一面空白）』三四ウ

※①③⑰⑲㊱㊶㊻、上巻末尾に、数行分空白ありて、改丁（または改面）す。

【目録C（下巻）】

《　詞林良材集目録〔今私書之〕

　卅五　有由緒哥　上巻五十八ヶ条

一浦嶋子の篋事　二〔松浦佐用姫／領巾麾事〕　三〔松浦河釣鮎／乙女事〕　四桜児事　五縵児事　六〔菟名負處女の息槨／事付生田川の水鳥いる事〕　七井ての下帯ノ事　八〔くれはとりの事付あや／はとりくれはくれし事〕　九〔葛城王賜橘／姓事〕　十奥州金花山事　十一岩代の結待つ事　十二三輪のしるしの杦事　十三〔葛城久米路／の橋事〕　十四〔あすハの神に小柴こす事〕　十五〔おそのたハれ／をの事〕　十六〔鶯の卵の中の／郭公事〕　十七ももすの草くきの事　十八〔かひやか下になく／蛙事〕　十九〔山鳥のおの鏡／事〕　廿鳩ふく秋事　廿一野守の鏡事　廿二ゐもりのしるしの事　廿三錦木事　廿四けふのほそ布事　廿五ひをりの日の事　廿六〔反衣見夢事／付袖をかへす事〕　廿七河やしろの事　廿八あまのまてかたの事　廿九〔さくさめの／としの事〕　卅〔猿澤池に身をなけ／たる采女事〕　卅一〔かさゝきの行／あひの間事〕　卅二〔しきの羽かきの事付〕　卅三八橋の蛛手事　卅四〔紫の根すりの衣／事付寝すりの衣〕　卅五室八嶋事　卅六末松山事〔付末松事〕　卅七〔しのふすり／すりの事〕　卅八〔宇治橋姫事／一宇治玉姫〕　卅九武隈松事　四十〔柿本人丸渡／唐事〕　四十一三角柏事　四十二志賀山越事　四十三〔ぬれきぬ／の事〕　四十四〔野中の／清水事〕　四十五四の舟事　四十六〔篠田森の／千枝事〕　四十七〔尾花か本の／思草事〕　四十八〔濱松か枝の／手向草事〕　四十九〔余五海織女の／水あめる事〕　五十蟻通明神事　五十一姨棄山事　五十二常陸帯事　五十三玉はゝきの事　五十四〔鬼のしこ／くさの事〕　五十五〔むや〳〵の／関事〕　五十六ぬかつく事　五十七〔大和琴夢／化娘子事〕　五十八かたまけぬ

　下巻修》

※底本及び①⑯⑰⑲㊱㊶㊻、【目録C（下巻）】、ナシ。③、アリ。本文は、③による。
なほ、項目部分の改行はこれを省き、追ひ込んだ形で釈文を作成した。

歌林良材集巻下*

*巻下……下①、巻第五⑯

*第五　有由緒歌

*第五……ナシ⑯⑰

【下1】

一　浦嶋子《うらしまかこ》の篋《はこ》事

〔*万葉十九長哥〕春の日の、かすめる時に、*すみのえ《すみよし哉》の、岸にいてゐて、つり舟の、*とをら《遠也》ふみれハ、いにしへの、事そおほゆる、*水のえ《すみのえ哉》の、浦しまの子か、*かつを《堅魚》つり、*たい《鯛》つりかねて、七日まて、*家にもこすて、うみきハを、*すきてこきゆくに、*わたつミ《海若》の、神のをとめに、たまさかに、いこきわしらひ、かたらひの、ことなりしかハ、*かきつらね、*とこ世《仙境也》にいたり、*わたつミの、神のみやこの、*なか《内隔》のへの、たへなる*とのに、たつさハり、ふたり入ゐて、おいもせす、しにもせすして、なかき世に、ありける物を、世の中の、*しれ《愚》たる人の、わきもこに、つけて*かたらく、しハらくハ、家にかへりて、父母『三五オ』に、ことしつけらひ、あすのこと、われハきなんと、いひけれハ、いもか*いへらく、とこ世へに、又かへりきて、けふのこと、*あハんとならハ、このはこを、ひらくなゆめと、*そこらく《そこハく也》に、かためし事を、すみのえに、*かへりきたりて、*家みれと、いゑもみかねて、*里みれと、さともみかねて、*あやしめと、そこにおもハく、家いてゝ、三とせのほとに、垣もなく、家うせめやと、此はこを、ひらきてみてハ、もとのこと、家ハあらんと、玉くしけ、すこしひらくに、しら雲の、はこよりいてゝ、とこ世へに、たなひきぬれハ、たちはしり、さけひ袖ふり、ふしまろひ、あしすりしつゝ、たちまちに、心きえうせぬ、わかゝりし、*かわもしはみぬ、くろかりし、かみもしらけぬ、ゆな〱ハ、いきさへたえて、のちつゐに、命しに*ける、水のえの、うらしまの子の、*家ち《いゑ所みん》を

み或《或》れハ〔作*者不見〕』三五ウ
＊万葉十九長哥……万九長哥③、ナシ⑰、万葉長哥⑲、万葉九長哥㊱、万葉才九長哥㊶　＊すみのえ《すみよし哉》の……すみの
江の①③⑯⑰⑲㊶㊻　＊とをら《遠也》ふみれハ……とをこふ《よね》ミれハ③、とを思ふみれは⑰、とをくにみれは⑲、とをら《遠敷》ふ
ミれハ㊶　＊水のえ《すみのえ哉》の……水のえの①③⑰㊱㊻　＊かつ《堅魚》をつり……かつをつり⑯⑰㊱㊻、かつ《鰹》をへり⑲　＊たい《鯛》……
たい㊻　＊家にもこすて……いゑにこふして㊻　＊すきてこきゆくに……すきてこきゆく③　＊わたつ《海若》ミの……わ
たつうミの⑰、わたつミの㊱㊻、わた《海君》つみ㊶　＊かきつらね……つらね《仙墳也》⑲　＊とこ世《仙境也》……ことよ③、とこよ⑰⑲㊱
㊶㊻　＊わたつミの……わたつうミの⑰　＊なか《内隔》のへ……なか《時隔》のへ③、なかのへ⑰㊱㊻、なりのへ㊶　＊とのに……
とのミ①、ことのに⑰　＊しれ《愚》たる……しれたる⑰㊱　＊かたらく……ひたらく⑰　＊いへらく……いつらく①
＊あハんとならハ……あはんならは⑯　＊そこらくに《そこハく也》……そこらくに《ソコツニ也》⑲、そこらくに㊱㊶㊻　＊かへりきたりて……
かへりきて又③、又かへりきて⑰　＊家みれと……いへミれハ③⑯⑰⑲　＊里みれと……さと見れは⑰⑲　＊あや
しめと……あやしめに⑯　＊かわも……ナシ⑲　＊ける……けり⑰㊻　＊家ち《いゑ所みん或》をみれハ……いゑ《いゑ所ミん哉》をみれハ⑰⑲、家
ちをミれハ㊱㊻　＊作者不見……ナシ③⑰㊻
〔*反哥〕とこよへにすむへき物をつるきたち*さか《*わか》心からお*そやこのきミ*
＊反哥……返哥①㊻、ナシ⑰㊱　＊たち……かす《た》ち①　＊さか《わか》……さか《わ》①、我《さかイ》③⑲、我⑯⑰㊱㊶㊻　＊おそや……
をそや《おやのイ》③　＊ナシ……〔作者不知〕⑰　＊⑲、この歌下句左傍に「下句ニ付而いへる詞也万葉ノ哥ノナライカヽル
タクイアリ」と注記アリ。
右*、丹*後の國、水の江に、浦しまか子といふ物*、つりをして、七日まで家へかへらさりし时、海神のむすめにあひ
て、夫婦のちきりをなしゝかハ、すなハち、わたつミの宮にわ*たりて、もろ〳〵のたのしみをきハめしほとに、故

郷のちゝハゝを恋しく思ふ心やありけん、しハらくいとまを女にこひしかハ、この女、玉手箱をさつけて、二たひ我もとへきたらんと思ハゝ、ゆめ〱このはこをあけ給ふな、といひしをとりて、ふるさとへかへりてみけれハ、もとみしいゑゐもなく、したしき物もなかりしかハ、あやしく思て、もしやこのはこの中に、みし世の事やあると、すこしひらきてみけれハ、しら雲、はこの中よりいてゝ、とこよのかたへたなひくとみしほとに、くろかりしかみも、にわかにしろく』三六オなり、あさましきすかたになりにけり。浦しまの子か心にハ、三とせのあひたと思しかとも、数百年をへたる事をしらさりけり。此はこをあけさらましかハ、二たひ仙郷にかへる事もやあらまし。故に、あけてくやしき事に、のち〱の歌にもよめる也。又、浦嶋子の事ハ、日本紀雄略天皇廿二年秋七月の事にみえたり。それにハ、浦しまか子、舟にのりてつりをしけるか、大なる亀をえたり。其かめ、女に化せしかハ、浦嶋か子、をのかめにし侍りけり。すなハち、その女にしたかひて、海に入て、蓬莱山にいたれるよし、みえたり。又、或記に、浦嶋か子ハ、雄略天皇廿二年に、仙郷にいたりて、淳和天皇天長二年に、故郷にかへれるよししるせり。天長の比の事ならハ、万葉集の歌にハあるへからす。おほつかなし。』三六ウ

＊右丹後の國〜すかたになりにけり……ナシ①⑲　＊丹後の國……ナシ③⑯⑰㊱㊶　＊物……者の③　＊わたりて……わたり③⑯⑰㊱㊶　＊いとまを女に……女にいとまを③　＊この女……こ女㊶　＊きたらん……来ん⑰　＊しら雲……しら雲の③　＊たなひく……なひく⑯⑰　＊浦しまの子か心にハ……右浦嶋か子の心には①、うら嶋か子の心にハ㊱　＊浦しまの子か心にハ〜歌にもよめる也……ナシ⑲　＊しらさりけり……知さりける①　＊はこを……玉くしけを①　＊仙郷……仙境《郷イ》㊶　＊のち〱の歌にも……後〱にも⑰　＊よめる也又……讀るにや⑰　＊又浦嶋子の事〜いたれるよしみえたり……ナシ①　＊それにハ……それに㊶　＊めにし侍りけり……めとして侍りけり③、めとし侍りける⑯⑲、女とし侍りけり⑰　＊又或記に……或記に①　＊又或記に〜おほつ

かなし……ナシ③⑯⑰㊱㊶、数百年をへたる事をしらさりける此はこあけさらましたハ二度仙郷に帰事もやあらまし故にあけてくやしき事にのち〳〵の哥にもよめるなり水江浦嶋子雄略天皇廿二年仙郷にいたりて淳和天皇天長二年に古郷にかへれるよししるせり天長の比の事ならハ万葉集。の哥にハあるへからすおほつかなし⑲　＊おほつかなし……なを〳〵たつぬへし①

夏の夜ハうらしまか子のはこなれやはかなくあけてくやしかるらん

【下2】

一　*松浦さよひめ領巾《ひれ》ふる山事

＊松浦さよひめ領巾《ひれ》ふる山事……松浦佐用嬪《ヒメ》領中麾《フル》山事①、松浦佐用姫領巾麾《フル》山事③、松浦佐用嬪領巾麾山事⑯⑲㊱㊶、松浦用姫領巾麾山事⑰

〔万九〕*とをつ人まつらさよひめつま恋にひれふりしより*をへる山の名*〔億良〕

＊万九……ナシ⑰、万五㊱、万九（朱書）㊻　＊をへる《肩也》……おへる①③⑯㊱㊻、をふる《負也へるイ》⑰　＊億良……憶良③、信良⑰、ナシ⑲㊱

右、欽明天皇の御时、大伴佐提比古と*いふ物、遣唐使にてもろこしへわたりける時、其妾さよひめ、名殘*をおしミて、松浦山にのほりて、きぬのひれをふり、その舟をまねきしによりて、それよりその山を、ひれふる山とハ名つけ侍り。その事を、山上《ノ》の億良《オクラ》かよめる歌也*。松浦山ハ*、肥前国にあり。後人追*和の哥、万葉集にあまたあり。

＊といふ物……ナシ①③⑰⑲　＊山とハ……山と③⑯⑰㊱　＊歌也……哥也後人追加の哥万葉集にあまたあり①③⑯⑰⑲　＊松浦山ハ肥前国にあり……ナシ⑯⑰⑲㊱、〔松浦山肥前／國にあり〕㊶　＊後人追和の哥万葉集にあまたあり……ナシ①③⑯⑰⑲

〔万九〕*山の名と*いひつけとかもさよひめかこの山のへにひれをふりけん
＊万九……万五⑰㊱、万五九ィ㊶　＊いひつけとかも……いひつけたるも①
〔同〕*うなハらの*おき行ふねをかへれとかひれふらしけんまつらさよひめ』三七ォ
＊同……万九①　＊おき行……漕行①
《〔同〕*枩浦方さよ姫のこかひれふりし山の名のミやきゝつゝおらん》
＊同……万他本に此哥あり㊶
※底本及び③⑯⑰㊱㊻、この歌、ナシ。①⑲㊶、アリ。本文は、①による。⑲、この歌、「山の名と」歌の前にあり。

【下３】

一　*松浦河鈎鮎乙女事
＊松浦河鈎鮎乙女事……松浦河鈎鮎―妻事⑰
〔万五〕*あさりするあまのこともと人ハいへとみるにしらへぬ*うま人の子を〔*億良〕
＊万五……同⑯、ナシ⑰　＊うま人……こま人③㊻　＊億良……ナシ①⑰㊱、憶良③
〔同〕*玉しまのこの河上に家ハあれと君を*やさしミ《はつる心也》あらハさすありき〔*海人之女〕
＊同……ナシ⑯⑰⑲　＊やさしミ《はつる心也》……やさしみ①③⑯⑰⑲　＊海人之女……ナシ⑰⑲㊱
右、*億良か、松浦の玉嶋河にあそふ時、あゆつるあまおとめ子をみるに、花の*容ならひなく、柳の眉こひをなす。たれか家の子ともそ、*とゝへと、*たしかにいはさりしかハ、*億良、歌をよみて*やりき。すなハち、あま乙女の*返歌、上にいへるかことし。*又、*歌三首よみてつかハしける中に、

＊憶良か……憶良③、憶良か⑰　＊容……すかた㊻　＊とへと……いへと③、とへは⑰㊶　＊たしかに……ナシ⑰　＊憶良……憶良③⑰　＊やりき……やりて㊶　＊返歌上にいへるかことし……返哥にいへるかことし⑰、反哥上にいへるかことし㊻　＊又……ナシ㊻　＊歌三首……才三首⑰

一　松浦河釣鮎乙女事
〔万五〕あさりするあまのこともと人ハいへとみるにしらへぬうま人の子を〔憶良〕
〔同〕玉しまのこの河上に家ハあれと君をやさしミ《はつる心也》あらハさすありき〔海人乙女〕
右憶良か松浦の玉嶋河にあそふ時あゆつるあまおとめ子をみるに花の容ならひなく栁の眉こひをなすたれかいゐの子ともそとゝへとたしかにいはさりしかハ憶良歌をよみてやりきすなハちあま乙女の返哥上にいへるかことし又哥三
※徳川美術館蔵『鳳凰台』（『徳川黎明會叢書　古筆手鑑篇四　鳳凰台・水茎・集古帖』〔思文閣出版、一九八九・三〕）所掲「一条殿兼良公歌林良材集切」

〔同〕*　松浦河かハ*のせひかりあゆつるとたゝせるいもか裳のすそぬれぬ〔憶良*〕
＊同……万九㊻　＊かハのせ……河かの①、この瀬⑰　＊憶良……憶良③、信良⑰、ナシ㊱
〔同返哥三首内〕まつら川七瀬のよとによとむともわれハよとます君をしまたん〔乙女*〕
＊乙女……ナシ㊱

〔*後人追和哥三首内〕松浦川かハのせハやミくれなゐの裳のすそぬれてあゆかつる*らし〔*帥大伴卿〕』三七ウ
＊後人追和哥三首内……後追三首⑯、後追和三首㊶　＊らし……らん③⑰　＊帥大伴卿……ナシ③⑰㊱
※①、この歌、ナシ。
君をまつ松浦のうらのをとめらハとこよのくにのあまをとめ*かも〔*吉田連直《ママ》〕
＊かも……ナシ③　＊吉田連直……吉田連冝⑯、ナシ⑰㊱、吉田道冝⑲㊶
※①、この歌、ナシ。

【下4】

一　櫻児事

〔*万十六〕春されハかさしにせんとわか思ひしさくらの花ハ*ありにけるかも〔*壮士哥〕
＊万十六……万①　＊ありにけるかも……散にける哉⑰、ちりにけるかも㊶　＊壮士哥……壮士①、ナシ⑰㊱
〔*同〕いもか名にかけたるさくら花さかハつねにや恋んいやとしの*はに〔*同〕
＊同……ナシ⑯㊶　＊はに……春⑰　＊同……ナシ⑰㊱、壮士㊶
右、むかし、さくら子といふ女あり。二人の壮士に思*かけられけり。このおとこ、いのちをすてゝあらそひけれハ、女思けるハ、むかしより、一女の身として、二門にゆく事をきかす。壮士の心も、又、やハらきかたし。しかし、*わか身をうしなハんにハ、と*いひて、林の中へわけ入て、木にくひをかけて、つゐに自害しぬ。二人のおとこ、血の涙をなかせとも、*かひなし。よて、をの〳〵歌をよみて、心さしをのへ侍り。上にいへるかことし。』三八オ
＊かけられけり……かけられ侍り①、かけられたる③、かけられたりけり㊻　＊わか身……身①③　＊いひて……思て①㊶、わひて⑰　＊かひなしよて……かひなしとて③⑰

※⑰、二行分空白、アリ。

首よみてつかハしける中に

〔同〕松浦河かハのせひかりあゆつるとたゝせるいもか裳のすそぬれぬ〔億良〕

〔同返哥三首内〕まつら川七瀬のよとによとむともわれハよとます君をしまたん〔乙女〕

一　櫻児事〔後人追和哥三首之内　帥大　※「帥大」ミセケチ

まつら川かハせのせハやミくれなゐの裳のすそぬれてあゆかつるらし〔帥大納言〕

君をまつ松浦のうらのをとめこハとこよのくにのあまをとめかも〔吉田連直〕

〔万十六〕春されハかさしにせんとわか思ひしさくらの花ハちりにけるかも〔壮士哥〕

〔同〕いもか名にかけたるさくら花さかハつねにや恋んいやとしのはに〔同〕

右むかし桜子といふ女あり二人の壮士に思かけられけりこの
おとこいのちをすてゝあらそひけれハ女思けるハむかしより一女の
身として二門にゆく事をきかす壮女《（ママ）》の心も又やハらきかたししかし
わか身をうしなハんには思《といひ》（「思」ミセケチ）て林の中へわけ入て木にくひをかけ
てつゐに自害しぬ二人のおとこ血の涙をなかせともかひなし
よてをの〳〵の哥をよみて心さしをのへ侍り上にいへるかことし

※二〇二三年三月、ヤフーオークション所掲古筆切

【下5】

一　*縵児事

＊縵児事……縵《カツラコ》 児事　鬘《(ママ)カツラ》イ㊱

〔万十六〕みゝなしの池しうらめしわきも子かきつゝかくれハ水ハひなゝん〔一男〕

〔同〕あし引の山*かつらのこけ*ふゆくとわれにつけせハかへりこましを〔二男〕

＊山かつらのこ……山かつらこの①、水かつらこの⑰　＊けふ……け⑲

〔同*〕足引の山*かつらのこけふのこといつれのくまをみつゝきにけん〔三男〕

＊同……ナシ㊶㊻　＊山かつらのこ……山かつらこの①㊻

右、やまとの國に、三人のおのこありて、一人の女を思へり。その女の名を、かつらことなんいひける。この女*おもへらく、一女の身ハ、きえやすき事、*露のことし、三雄の心さしハ、たひらきかたき事、石のことし、といひて、つゐに、耳なしのいけにゆきて、身をなけてうせぬ。その時、三男*かなしみにたへすして、おなしくよめる歌、上にいへるかことし。

＊おもへらく……思つゝく⑰、おもへて⑲　＊露……石①　＊かなしみに……かなしみな⑰

【下6】

一　菟《う》名《な》負處士《ひをとめ》の奥槨《おきつき》事〔付*生田川の水鳥を*いる事〕』三八ウ

＊生田川……河⑰㊱　＊いる事……いる事奥槨《ヲキツキ》といふ㊻

〔*万九〕いにしへのさゝたおのこのつまとひしうなひをとめの*おきつき《奥槨》そこれ〔*田邊福麿〕

＊万九……万①　＊おきつき《奥槨》……おきつき③⑯⑰⑲㊻　＊田邊福麿……ナシ㊱㊶

〔同〕あしの屋のうなひをとめのおきつきを*ゆきくにみれハねのミしなかる　*〔同〕
＊ゆきくに……ゆと人《（ヘイ）》に③、ゆきへに⑰　＊同……ナシ㊱㊶
*〔同〕つかのうへの木の枝なひけりきくかことちぬおとこにしよるへけらしも　*〔同〕
＊同……ナシ①⑯　＊同……ナシ㊱㊶

右、三首なから、長歌の反*哥也。うたの心ハ、むかし、津の國あし屋のさとに、うなひをとめといふ女あり。それを、二人の壮士、いとミあらそひけり。おとこの名、ひとりをハちぬおとこといひ、*ひとりをハ*うなひおとこといひけり。おとこの心さし、いつれもひとしかりけれハ、*女*思わつらひて、おやにいとまをこひて、つゐに自害してうせぬ。その时、ふたりのおとこも、おなしく*自殺しけれハ、*その所の人、これを*はふるとて、女のつかをハ中につきて、ふたりのおとこの*つかをハ、あひならへて*つくれるを、うなひをとめの*おきつきとハ』三九オいへり。*おきつきハ、つかの名也。万葉に、奥槨と*かけり。棺槨に入なからうつミけるにや。万葉十九の弓にも、又、長歌あり。その*うたにハ、*つかのうへに、黄楊《つけ》の*小くしをさしたれハ、生つきてありけるよしみえたり。福麿か歌に、つかのうへの木の枝*なひけるも、その心をよめるにや。又、花山院のつくらせ給へる大和物語にも、この事みえたり。*その物語にいハく、むかし、津のくにゝすむ女ありけり。それをよはふおとこ二人なむありける。ひとりハ、*その国にすむおとこ、姓ハむハらになんありける。今ひとりハ、和泉國の人、姓ハ智努《ちぬ》となんいひける。かくてその*おとことも、とし、よはひ、かほ、かたち、*人のほとも、おなし程になんありける。*心さしのまさらんに*こそハあはめと思ふに、心さしの程もたゝおなしやうなり。*くるれは、』三九ウもろともにきあひぬ。物おこすれハ、たゝおなしやうに*おこす。いつれ*まされりといふへくもあらす。女、*思わつらひぬ。おやありて、かくみくるしくとし月をへて、人のなけきをいたつらに*おふもいとをし。ひとりにあひなハ、いま*ひとりハ思たえなんといふに、をんな、こゝにもさ思ふに、人の心さしのおなしやうなるになん、思わつらひぬる。さらハ、いかゝハすへき、といふに、そのかみ、いくたの川のつらに、女、ひらはりをうちてゐけり。かゝりけれハ、そのよはひ人ともをよひにやりて、おやのいふやう、たれも御心さしのおなしやうなれハ、このおさなき物なん思ひわつらひにて侍る。おもふ給ふやうハ、この河にうきて侍る水鳥をいたまへ。それをいあてたまへらん人にたてまつらん、といふ時に、いとよき事也、といひて、いるほとに、ひと』四〇ォりハかしらのかたをいつ。今ひとりハ、おのかたをいつ。いつれといふへくもあらぬに、思わつらひて、女、

すみわひぬ我身なけてん津のくにのいくたの河ハなのミ也けり

とよみて、このひらはりハ、河にのそミてしたりけれハ、つふりとおちいりぬ。おや、あはてさハく程に、このよはふおとこふたりも、やかておなし所におち入ぬ。ひとりハ、女のあしをとらへ、ひとりハ、手をとらへてしにけり。おや、いみしくなきのゝしりて、とりあけて、はふりす。おとことものおやも、きゝつたへてきにけり。この女のつかのかたハらに、又、つかともつくりてほりうつむ時に、津のくにのおとこのおやのいふやう、おなし国のおとこをこそ、同所にハせめ。ことくにの人の、いかてかこのくにのつちをハおかすへき、といひて、さま』四〇ゥたくる時、いつミのかたのおや、いつミのくにの土を舟にはこひて、こゝにもてきてなん、つゐにうつミてける。されハ、女のはかを中にて、左右になん、おとこのつかとも、いまにあなる。さて、ひとりのをとこのおや、かれかきたりける、かりきぬ、はかま、ゑほし、おひ、ゆみ、やなくひ、たちなとをも入てそ、うつミける。いまひとりのおや、おろかにやありけん、さもせすそありける。かのつかの名をハ、をとめつかとそいひける。ある旅人、このつかのもとにやとりけるに、人のいさかひするをとのしけれハ、あやしと思てみせけれと、さる事もなし、といひけれハ、あやしと思ふ〳〵、ねふりたるに、血にまみれたるおとこ、まへにきて、ひさまつきて、われかたき

にせめられて、*わひにて侍り。御はかし、しハしかしたまハらん。ねたき物のむくひし侍らん、*といふに、おそろし』四一ォと*思へと、かしてけり。*ゆめにやあらんと思たれと、たちハまことに*とらせて*やりてけり。*とはかりきけハ、いみしうさきのこと、いさかふなり。しハしありて、はしめのおとこきて、いみしうよろこひて、御とくに、としころねたき物うちころし侍りぬ。今よりハ、なかき御まもりとなり侍へき、とて、*この事のはしめよりかたる。いとむくつけしと思へと、めつらしき事なれハ、とひきくほとに、夜もあけにけれハ、人もなし。あしたにみれハ、つかのもとに、ちなとなかれ、たちにも*ちつきてなん有ける、といひ*つたへ侍り。

＊反哥……返歌①⑰⑲、ナシ⑯　＊ひとりをハ……ひとりを㊶　＊うなひおとこ……さくた男（「く」をミセケチにし、右傍に「さ」）⑯、さゝた男⑰⑲㊶　＊女……ナシ㊶　＊思わつらひて……せんかたなくして①、思ひにわつらひて③、わつらひて㊶　＊自殺しけれハ……自害しけれは①⑰㊻　＊その所……その时⑯　＊はふる……こふる①、そふか⑲、はうふる㊶、はうむる㊻　＊つかをハ……つかをも①　＊つくれるを……つけるを③、つくれる⑯、つくを㊻　＊おきつきとハ……おきつきと①、おきつとハ⑲　＊おきつきハ……おきつきとハ③、おきつと⑰　＊かけり……云り③　＊うたにハ……哥は㊶　＊つか……墓①　＊小くし……小人し⑲　＊なひけるも……なひけるにも⑰　＊その物語にいハく……其物語にいへる事は①　＊その国にすむおとこ姓ハむハらになんありける今ひとりハ……ナシ⑰、いまひとりハ㊱　＊おとことも……男ともの③、男共に⑰　＊人のほとも……人のほとたゝ③⑯⑰㊶　＊心さしのまさらんにこそハあはめと思ふに……ナシ㊻　＊こそハ……こそ③　＊くるれは……日くるれは㊶　＊おこす……おこすれは①　＊まされり……まさり①　＊思わつらひぬ……ナシ⑰　＊おふも……思ふも㊻　＊ひとりハ……独か㊱　＊こゝにもさ思ふに人の……心にもとおもふに①、こゝろにもさおもふに③㊶　＊思わつらひぬる……思わつらひぬ①　＊いかゝハ……いかゝ㊱　＊よはひ人……よはひの人㊻　＊御心さ

し……御さし③　＊わつらひにて……わつらひて⑰㊱　＊給ふやうハ……給ふやう㊶　＊いつ……いあつ㊶　＊いつれと……なにと③⑰　＊すみわひぬ……すみわひて㊻　＊のそミて……のそきて①　＊おや……ナシ㊱　＊おなし所に……おなしくひとつ所に⑯　＊おち入ぬ……おちぬ⑲　＊女のあしをとらへひとりハ手をとらへて……女の手にとらへひとりハあしにとらへて⑲　＊のゝしりて……のゝしり③　＊とりあけて……あけて⑰　＊うつむ時に……うつむ时③⑯⑰㊱㊶　＊おとこをこそ……男こそ㊱　＊おかす……をかる⑰　＊舟に……舟にて③　＊うつミてける……うつミてけり⑲　＊つかとも……つかを①　＊あなる……ある⑲　＊おや……おやハ⑯⑰⑲　㊶　＊かのつかの名をハをとめつかとそいひける……ナシ⑰㊱　＊旅人この……たひ人の⑰、时旅人此㊶　＊やとりけるに……やとりたりける夜⑲　＊思ふ〳〵……思ひ〳〵③、思ふかく⑲、思ひい㊶　＊きて……ナシ⑲　＊わひにて……わひしく①③⑰㊱　＊といふに……といまに⑲　＊思へと……おもへは⑰㊶　＊ゆめにや……夢にてや①、ゆめや⑲　＊とらせて……とられて⑰　＊やりてけり……やりけり③⑰㊱　＊とはかりきけハ……とハかりしてきける①、ときけは㊻　＊この事の……この事㊻　＊ち……血や㊻　＊つたへ侍り……つたへたり⑲

※⑯、この項目のあと、数行分の空白をおいて、改面。続いて、一面分の空白をおいて、改丁す。

《歌林良材集巻第六　下》

※底本及び①③⑰⑲㊱㊶㊻、この二行、ナシ。⑯、アリ。本文は、⑯による。

【下７】

一　井手の下帯事

ときかへし井ての下帯引めくりあふ瀬うれしき玉川の水〔俊成〕

《山城のゐての下帯引むすひたのミしかひもなき代なりけり
みちのへの出（ママ）の下帯引むすひ忘れはつらしはつ草の露〔定家〕
めくりあはむ末をそたのむ道邊の行別ぬるあたの契ハ〔為家〕
あたなりや道の芝草かりにたにむすひすてぬる露の契ハ》
※底本及び①⑯⑰⑲㊱㊶㊻、この四首、ナシ。③、アリ。本文は、③による。

右、*これも、大和物かたりに*みえたる事也。むかし*うとねり《内舎人》』四一ウ*なりける人、*大うちの御てくらつかひに、やまとのくにゝくたりける。井てといふわたりに、きよけなる人の家より、女ともわらはへいてきて、このゆく人をみる。*きたなけなき女、*いとおかしけなる子をいたきて、門のもとに*たてり。*此ちこのかほのいとおかしけなりけれハ、目をとゝめて、この子*こちゐてことといひけれハ、このをんなよりきたり。*ちかくてみるに、いとおかしけなりけれハ、*ゆめことおとこし給ふな。われにあひ給へ。おほきになり給はん程に、まいりこん、といひて、これをかたみにし給へとて、おひをときて*とらせけり。さてこの子のしたりける帯を*ときとりて、もたりける文にひきゆひて、*もたせていぬ。この子、ことし六七はかりに*ありけり。*このおとこ、色このみなりける人なれハ、』四二オいふになん有ける。*これを、この子ハ、わすれす*思もたりけり。*おとこハ、はやうわすれにけり。かくて、七八年ありて、又、おなしつかひにさゝれて、やまとへいくとて、井てのわたりに*やとりてゐて、みれハ、まえに井なんありける。それに水くむ女とものあるか、いふやう。

*大和物語*諸本、かくのことし。*これハ、水くむ女の、*はしめよりの事をかたるをかきつけたるへし。

＊これも……ナシ①　＊みえたる事也……みえたり㊻　＊うとねり《内舎人》……うとねり⑰㊱、ことねり《田舎人》⑲　＊なりける人……なりける⑰　＊大うち……太和①　＊きたなけなき女……きけなけなき女①、きたなけなき⑰　＊おかし

けなる……おかしけなるか③㊱　＊たてり……たてる⑲　＊此ちこのかほのいと……ちこかほのいと③、ナシ⑯、此ちこかほのいと㊶　＊こち……うち①③　＊ちかくて……ちかく①⑯　＊ゆめ……ゆめ〳〵①　＊とらせけりさてこの子のしたりける帯をとき……ナシ⑰㊱　＊ときとりて……ときて①、とりて③㊱　＊もたせて……もたせ㊱　＊ありけり……あり①　＊このおとこ……男㊱　＊これを……この男これを㊶　＊思もたりけり……知たりけり⑰、思ひわたりけり㊱、おもひたりけり㊻　＊はやう……はや③　＊やとりてゐて……やとりて①　＊大和物語諸本〜かきつけたるへし……ナシ①、（改行字下げせず続けて書写す）③⑯⑰⑲㊱㊶㊻　＊諸本……本⑰　＊これハ……これ⑰　＊女の……女㊱　＊はしめ……神⑰

【下８】

一　くれはとりの事〔付あなハとり、くれハくれしの事〕

＊くれハくれしの事……くれはとり③⑰㊱

〔後撰〕くれはとりあやに恋しくありしかハ二むら山もこえすなりにき〔在原諸實〕

＊後撰……後①③㊶、ナシ⑯⑰㊱　＊在原諸實……諸実①、ナシ⑰

右詞云、くれハとりといふあやを、二むらつゝミてつかハすとてよめる、といへり。これハ、日本紀に、應神天皇の御时、使を呉國へつかハして、あやをる女をもとめし时、呉王、四人のあや織を』四二ウわたせる、その中に、くれハとり、あなハとりといふ、工女あり。さて、くれハとり、あやとハつゝけよめり。くれハとりハ、呉織《こしょく》、あなハとりは、穴織《けっしょく》とかけり。二むら山ハ、綾二段といハんため、この山をとり出し侍り。

＊よめる……よめり①　＊日本紀……日記①　＊御时……御③　＊使を呉國へつかハしてあやをる女をもとめし时……ナシ①　＊呉國……いこく㊱　＊あなハとり……あやは《な》とり①、あやハとり③⑰㊱　＊工女……二①、女

⑯ ＊さて……しからはあや織の名なるへしさて①③㊶ ＊あやとハ……あやをハ⑯ ＊つゝけよめり……つゝけよめり後撰の詞に（⑯㊶「にも」）くれはとりをあやの名といへるはあやハくれはとりよりはしまれるによりて（⑯ナシ）やかてあやの名にも用侍るにや（⑯㊶「なり」）①⑯㊶、つゝけよめる③、継讀るよりはしまれるによりてやかて後の名も⑰、つゝけよめりあやハくれハとりよりはしまれるによりてやかてあやの名にも用侍るなり⑲、つゝけよめるよりハしまれるによりてやかてあやの名にも㊱ ＊段……端①⑯、段《端歟》㊶ ＊ため……ためそ㊱ ＊この山を……そこの山を③⑰、これを⑲ ＊侍り……侍る③

なとてかくつれなかるらんあなハとりあなあやにくの君かこゝろや

よをこめて春ハきにけりあさ日山くれハくれしのしるへなけれハ

＊なけれハ……なけれハ《なりけりイ》⑰、也けり㊻

右、くれハくれしハ、日本の使を呉国へつかハす時、高麗王のところへ、みちしるへをこひし時、久礼波《くれハ》、久礼志《くれし》といふ、二人のみちひきをいたして、呉国へ案内せしめし事也。おなしく、日本紀應神紀にみえ侍り。

＊ところへ……かたへ① ＊久礼波《くれハ》……久礼⑰ ＊二人……二① ＊事也……事① ＊應神紀……應神天皇の記① ＊みえ侍り……見えたるなり①、見えたり③⑲

一　くれはとりの事　〔付あや《な》（「や」ミセケチ）ハとりくれハくれしの事〕〔かきつけたるへし〕

〔後撰〕くれハとりあやに恋しくありしかハ二むら山もこえすなりにき〔在原諸實〕

右詞云くれハとりといふあやをふたむらつゝミてつかハすとてよめりといへりこれハ日本紀に應神天皇の御时使を呉國へかつハし

てあやをる女をもとめし时呉王四人のあや織をわたせりその
※徳植俊之蔵手鑑所収「一条兼良筆歌林良材集切」

【下9】

一　かつらきの王、橘の姓を給ふ事』四三オ
〔万六〕*たち花ハ實さへ花さへその葉さへ枝に霜をけましときハの木〔聖武〕*
＊万六……ナシ①⑰⑲㊱　＊聖武……聖武天皇③㊶、ナシ⑰㊱
※㊻、この歌、注の後にアリ。
右、聖武天皇、天平八年冬十一月の事也。井出左大臣諸兄公、いまた左大辨葛城のおほきみと申侍りし時、御前にありける橘をたまハせて、すなハち、姓にめされけるより、たちはな氏ハはしまれり。その时の御製、万葉集にのせ侍り。
＊聖武天皇天平八年冬十一月の事也……聖武天皇の御時①、聖武天皇天平八年冬十一月⑯⑰㊱　＊左大辨……ナシ①、左大弁高③、左辨⑲　＊橘をたまハせてすなハち姓にめされけるより……ナシ⑯　＊たまハせて……給りて①

一　葛城王賜橘姓事
〔万六〕たち花ハ實さへ花さへその葉さへ枝に霜をけましときハの木〔聖武〕
右聖武天皇の御时《天平八年冬十一月》（「の御时」ミセケチ）井出の左大臣諸兄公《左大弁葛城モロエ》いまた。《左大弁葛城の》かつら

きのおほきみと申侍りし时御前にありける橘をたまハ
り《せ》てすなハち姓にめされけるよりたちはな氏ハはしまれり
その时の御製万葉集にのせ侍り
※『潮音堂書蹟典籍目録』第二十四号（二〇〇〇・一〇）所掲「伝一条兼良筆歌林良材集切」

【下10】
一　奥州の金花山事
〔万十八*〕すめろきの御代さかへんとあつまなるみちのく山にこかね花さく〔家持〕
＊万十八……ナシ⑯⑲
右、聖武*天皇の天平感寶*元年*に、みちの國の小田*といふ山にして、はしめてこかねをほり出し侍りし时、大伴家持、長歌をよみてたてまつりし、その反歌*三首の一なり。これに』四三ウ　よりて、年號に感宝*の二字をくハへられ侍り*。
＊聖武天皇の……聖武天皇の御時㊷　＊天平感寶……天平勝寶①　＊元年……之年㊷　＊小田……山田⑰　＊反歌……返哥⑰㊷㊻　＊感宝……勝寶①　＊くハへられ侍り……書侍り⑰、くハへ侍り㊻
※㊶、この項目、ナシ。ただし、書写時の誤脱と見做し、本項目においては、同系統の㊷京都大学附属図書館蔵本〔四-二二・カ・二六〕を以て、校異を示す。

【下11】
一　岩代の結松事
〔万二*〕いはしろのはま松か枝を引むすひまさきくあらハ又かへりこん〔有間皇子〕

＊万二……万一①⑲、万三⑰、同三㊱

右、有間の皇子ハ、孝徳天皇の御子也。斉明《さいめい》女帝の御时、蘇我赤兄《そがのあかゑ》と心をおなしくして、御門をかたふけんとせしか、紀伊の國、いはしろといふ所にありて、心さしのとけかたからん事をうれへて、その所にありける松の枝をむすひて、手向にして、この歌を讀置て、ほかへいて侍し。その間に、赤兄かへり忠によりて、有間の皇子の謀反の事あらハれて、藤白坂にして、ころされ侍り。のち〳〵の人、この松の事をよめる歌、おなしく万葉集にのせ侍り。』四四オ

＊御門を……御門⑰　＊とけかたからん……かけかたからん①、とけかたかえん⑰　＊その所……其时㊷　＊手向にして……手向として③、手向して⑲　＊赤兄か……赤兄工⑲、赤兄㊷　＊かへり忠によりて……しか〳〵のよしを御門に御（③ナシ）申入侍りし其かへり忠によりて①③（③より）、かへり忠をせしにより⑯⑲（⑲よりて）、により⑰㊱　＊藤白坂にして……つゐに藤白坂にして①③⑰㊱㊷、つゐに白坂にして⑲　＊万葉集……万葉①

〔同〕いはしろの野中にたてるむすひ松心もとけすむかしおもへハ〔意吉麿〕

＊同……ナシ⑯、萬⑲　＊意吉麿……裳吉麿③、ナシ⑰㊱、吉麿⑲、裳吉麻《シヤウヨシマ》㊻

〔同〕のちみんと君かむすへるいはしろの小松かうれを又ミけんかも〔人丸〕

＊同……ナシ①⑯㊱　＊小松かうれを……小松かくれを⑰　＊人丸……ナシ①

※㊶、この項目、ナシ。ただし、書写時の誤脱と見做し、本項目においては、同系統の㊷京都大学附属図書館蔵本〔四-二二一・カ・二六〕を以て、校異を示す。

【下12】

一　三輪のしるしの枚事

＊三輪のしるしの杦……三輪杦㊱
〔*古今十八〕わかいほハ三わの山もと恋しくハとふらひきませ杦たてる門〔読人不知〕
＊古今十八……ナシ⑯⑰、古十八⑲
右歌、顕昭法師云、三輪の明神の御哥と申説あれと、たしかにしりかたし。たゝ、三輪の*山のほとりに*すみける人のよめるなるへし。此歌を本にて、しるしの杦といふ事ハ、よみならハしたるにこそ。*拾遺集に、*住吉の明神、託宣の哥との《て》せ侍り。
＊山のほとりに……山のへに⑰、山ほとりに⑲　＊すみける……すむ《みける》。（「む」ミセケチ）⑲　＊拾遺集に……拾遺集にも③　＊住吉の明神……住吉の明神の①③⑯⑰⑲
*すみよしのきしもせさらん物ゆへにねたくや人に松といはれん
＊ナシ……〔拾〕③
これを、三輪の明神の、住吉の明神のおほんもとへかよひ給ふ時の*事といへり。』四四ウ
＊事……うた①③⑯⑰⑲㊱㊷

一　三輪のしるしの杦の（「の」ミセケチ）事
〔古一八〕わかいほハ三わの山もと恋しくハとふらひきませ杦たてる門〔讀人不知〕
右歌顕昭法師云三輪の明神の御哥と申説あれとたし
かにしりかたしたゝ三輪の山のほとりにすみける人のよめる
なるへし此哥を本にてしるしの杦といふ事ハよみならハしたる

にこそ拾遺集に住吉の明神のたくせんの哥とてのせ侍り
＼すみよしのきしもさらん物ゆへにねたくや人に松といはれん
これを三輪の明神のすみよしの明神のおほんもとへかよひ給ふ
时のうたといへり
※小松茂美『古筆学大成』第二四巻（講談社、一九九三・一二）所掲「一条兼良筆　歌林良材集切」（二三九）

〔古十五〕* 三輪の山いかに待みんとしふともたつぬる人もあらしとおもへハ〔伊せ〕

＊古十五……古①、ナシ⑯⑰⑲㊱㊷

※㊶、この項目のここまで、ナシ。ただし、書写時の誤脱と見做し、ここまでの部分においては、同系統の㊷京都大学附属図書館蔵本〔四-二二・カ・二六〕を以て、校異を示す。

右、伊せ*ハ、杦たてる門*の歌を本哥にしてよめり*。これよりして、三輪の杦の門にハ、たつぬるといふ事を、後〻の人ハよめる也。

＊伊せハ……伊勢か③⑯⑰㊱㊶　＊門の歌を本哥にしてよめりこれよりして三輪の杦の……ナシ⑯　＊よめり……讀⑰

三わの山しるしの杦ハうせすともたれかハ人の我をたつねん
我やとの松ハしるしもなかりけり杦むらなら*ハたつねきなまし

＊ならハ……なとは㊻

〔金〕* ふる雪に杦の青葉もうつもれてしるしもみえぬ三輪の山本〔摂津*〕

＊金……ナシ①③⑯⑰⑲㊱㊶　＊摂津……ナシ①③⑯⑰⑲㊱㊶㊻

【下13】

一　葛木の久米路《くめち》の橋事

〔後〕＊ かつらきやくめちにわたす岩はしの中〳〵にてもかへりにしかな

＊後……後撰㊱

〔同返哥〕＊ 中たえてくる人もなきかつら木のくめちのはしハいまもあやうし＊

＊同返哥……ナシ⑯　＊あやうし……あやう《なイ》し③、あやなし⑲

〔拾〕 かつらきや我やハくめのはしつくりあけ行程ハ物をこそおもへ

※①、この歌、ナシ。

〔同〕＊ いはゝしのよるの契もたえぬへしあくるわひしきつからきの神』四五オ

＊同……ナシ①

※⑲、この歌、ナシ。

〔神乐譜〕＊ かつら木やわたすくめちのつきはしの心もしらすい＊さかへりなん

＊神乐譜……ナシ①⑰、神乐㊱　＊いさ……今①③⑰㊱

右、くめちのはしの因縁ハ、文武天皇の御时＊、かつらきの役《ゑ》の優婆塞《うはそく》といふ人あり。姓ハ賀茂《かも》＊氏、名ハ小角《をすみ》といへり。大和の国、葛城の上の郡の人也。卅餘年、かつらき山の岩屋の中＊にゐて、藤の皮をき、松の葉をすきて、おこなひしか、孔雀明王の咒をならひて、あやしき験をあらハして、雲にのり、仙人の城＊にもかよひ、おに神をもしたかへて、水をくませ、薪＊をひろハせなとしけり。ある时、葛木のみねより、よしのゝかね＊のみたけの間に、はしをつくりて、*かよひ路とせんと思て、*かつらきの一言の神に、これをわたせ、といふ。*明神、うれへなけゝと、のかれんかたなし。わふ〳〵、大なる石をはこひて、はしをつくる時、ひるハかたち見』四五ウくるしとて、よる〳〵わたさんといひけれハ、行者、いかりをなして、咒をもて、神をしハりて、谷の底に*おきつ。文武天皇の藤原の宮に*おハしましゝ時、*かつらきの神、ミや人につきて申さく、役のうハそく、国をかたふけんと*す。*ハやくいましめらるへき*よしを奏す。御門、おとろき給て、使をつかハして、*からめんとし給ふに、*空をとひて、からめられす。わつかに、母をめしとられしかハ、行者、母にかハらんとて、*いてきたれり。すなハち、*からめとりて、*文武三年つちのとのゐのとし*五月に、伊豆の嶋に*なかしつかハす。*流人になりなから、あるひハ、海のうへをあるき、あるひハ、ふしのたけにかよひなとしけるとなん。のちにハ、もろこしへもわたりけるにや。道昭和尚の、勅をうけて、法をもとめに、もろこしへわたりし時、かの』四六オ行者に*あひたりといへり。*一言主の神ハ、行者にしハられて、今に*いまたとけすといへり。一言主のわたしもハてさるによりて、くめちのはしハ中たえて、なと歌にもよみ侍り。

*御时……御時に①③⑯㊶　*氏……伐⑰　*中にゐて……中にて⑲　*城……境⑯、都《ミヤコ》㊻　*薪をひろハせなとしけり……薪をひろハしむ①　*かねの……鏡⑰　*かよひ路……かよふ道㊶　*かつらきの……葛城の明神①③　*明神……ナシ①　*おきつ……をきぬ⑰　*おハしましゝ時……おハしましし时也①、おハしましき⑲　*かつらきの神……かつらきの明神③⑲㊱　*とす……とそ⑰　*ハやく……ナシ①　*よしを……よし㊻　*からめん……からしめむ①、からめしめん③⑯⑲㊱　*空を……ナシ⑲　*いてきたれり……来れり①、いてきたり③㊱、出来⑰　*からめとりて……からめて㊱　*文武三年……文武二年㊻　*五月に……に㊱　*なかしつかハす……なかされ《し》（「され」ミセケチ）⑲　*流人……人⑯　*あひたり……あひたる①③　*一言主の神ハ行者にしハられて今にいまたとけすといへり……ナシ⑰　*いまた……ナシ㊱㊻

【下14】

一　あすハの神に小柴さす事

*〔万廿〕にわなかのあすハの神にこしはさしあれハ*いハゝんかへりくまてに*〔若麻續部諸人〕

＊万廿……ナシ①⑰　＊いハゝん……いくらん㊻　＊若麻續部諸人……ナシ①㊱

右、下總国阿取波《あすハの》宮と申やしろハ、神のちかひにて、小柴をたてゝいのる*事のあるをいふなり。

＊事の……事㊱

〔悔離別哥〕いまさらにいも*かへらめやいちしるきあすハの神にこしハさすとも*〔俊頼〕

＊かへらめや……かへさめや①③⑯⑰㊱㊶　＊俊頼……ナシ①

※⑲、この歌、ナシ。

※⑯、この項目のあと、数行分の空白をおいて、改面す。

《歌林良材集巻第七》

※底本及び①③⑰⑲㊱㊶㊻、この一行、ナシ。⑯、アリ。本文は、⑯による。

【下15】

一　おそのたハれお事

〔万二〕たれわおとわれハきけるをやとかさすわれをかへせりおそのたハれお〔石川女郎〕

＊万二……万①、万一③⑰㊱、ナシ⑯　＊石川女郎……ナシ①

*〔同返哥〕たわれおにわれハ有けりやとかさすかへせるわれそ*たハれおにハある〔田主〕』四六ウ

＊同……ナシ⑯　＊たハれおにハある……たハれおにある㊻

※①、この歌、ナシ。⑯、詞書・作者名のみアリ、歌ナシ。

右、大伴の田主といふ人、美男にてありしを、石川の女郎といふ女、これを思かけて、はかり事に、東隣の貧女のまねをして、くらき夜中に、火をもとめにきたり。田主ハ、これをもしらすして、火はかりをやりて、むなしくかへしけれハ、あくるあしたに、女郎、歌をよみてつかハし侍り。田主か返歌も、おなしく、集にのせ侍り。たハれおハ、風流士とも遊士ともかけり。田主をさしていへり。おそハ、川うそといふ獣也。獺の字也。このけた物、ハしめハたハふるゝやうにて、後にハ、くひあふ物なれハ、それを、田主にたとへていへる也。

＊田主……黒主①、田主《黒歟》㊶　＊人……ナシ⑲　＊きたり……きたる③　＊田主ハ……黒主ハ①　＊これをも……是とも①③⑯⑰㊱、是を⑲　＊歌を……此哥を③　＊田主か……黒主か①　＊田主を……黒主を①　＊田主に……黒主に①、田主⑲　＊たとへていへる也……たとへて也⑲

＊散木集……ナシ①③⑰㊱㊶　＊女の中《世中ハイ》ハ……杳中は①③⑯⑰⑲㊱㊶㊻　＊俊頼……ナシ⑰

〔散木集〕女の中《世中ハイ》ハおそのたハれのたゆみなくつゝまれてのミすきわたるかな〔俊頼〕

【下16】

一　鶯の卵《かひこ》中の郭公事』四七オ

＊鶯の卵《かひこ》中の郭公事……鶯。〔の卵中郭公事イ〕⑯

〔万九長哥〕鶯の、かひこの中に、ほとゝきす、ひとりむまれて、さか父《己》に、にてハなかす、さか母《己》に、にてハなかす、卯花の、さける野へより、とひかへり、きなきとよまし、橘の、花をゐちらし、ひねもすに、なけときゝよし、まひ《幣》ハせん、とをくなゆきそ、わかやとの、はなたちはなに、すみわたれとり

＊万九長哥……万長哥①、ナシ③⑰、万九⑲　＊さか父《己》……さか父⑯⑰㊱㊶　＊にてハなかす……にてハなかすや

③⑰　＊さか母《己》……さかはゝ③⑯⑰㊱㊶㊻　＊にてハなかす……にてハなかすや③⑰　＊きなきとよまし……きなきとよめし①、きなとよめし⑯、きなくともまし⑰　＊ひねもす……ひめ《ね》もす③　＊きゝよし……きゝらし㊶　＊まひ《幣》ハせん……まひハせん㊱㊻

右、いまの世にも、まれ*〱に、鶯の巣より、ほとゝきすのひなを*うる事ありといへり。をや*にさる*によりて、さか父*ににす。さか*母ににす、と*ハよめる也

＊まれ〱に……まれ〱⑰㊻　＊うる事ありといへりをやににたるによりてさか父ににすさか母ににすとハよめる也……得る事ある物なり①　＊をやににさるによりてさか父ににすさか母ににすとハよめる也……ナシ㊻　＊にさる……似たる㊱　＊父ににす……父にハ似て③㊱、父ににて⑰　＊さか母……母⑯　＊とハ……と㊱

【下17】

一　もすの草くき事*

＊事……ナシ⑲

〔万十*〕春されハもすのくさくきみえすとも我ハみやらん君かあた*りハ《をイ》

＊万十……ナシ①⑰⑲㊱　＊あたりハ《をイ》……あたりを①③⑰⑲㊱㊶㊻、あたりハ《を歟》⑯

右、万葉集、春相*聞哥也。〔恋*の哥を／いふ也。〕顕昭云、もすの草くき』四七ウとハ、伯*労の草く*ゝるをいふ也。*くるゝ《くる歟》を、くきとよむ事、万葉の哥*の證*類とも、引のせ侍り。清輔の奥義抄《にハ》、もすのゐたる草のくきをいへり。我家ハ、かのくさくきのすちにあた*りける里にあると、おし*へたる事を申*侍り。この説によらハ、われハミやらん君かあたりをと、恋の歌にの*せ侍る、その便あるにゝたり。八*雲抄の御説にハ、もすのある草くきをさして、しるへにいひけるを、後にたつぬるに、そのあとなしといへる心なり。俊*頼朝臣の伊せより、匠作顕季のもとへをくれ

る哥

＊相聞……相聞《恋の哥也》㊶　＊恋の哥をいふ也……ナシ①③⑯⑰⑲㊱㊶　＊伯勞……佰労③　＊くゝるを……くゝるを《とイ》㊶　＊くるゝ《くる歟》……くるゝ①、くゝる③⑯⑰⑲㊱㊶㊻　＊哥の……哥に①　＊證類……語《コトハ》類㊱　＊あたりける……あたりたる①③⑯⑰⑲㊱㊶　＊おしへたる事を申侍りこの説によらハわれハミやらん君かあたりをと恋の歌にのせ侍るその便あるにゝたり八雲抄の御説にハもすのある草くきをさしてしるへにいひけるを後にたつぬるにそのあとなしといへる心なり……をしへたる事八雲御抄云是有様の由と（㊱ナシ）いふ事あれ共所詮もすのある草くきをさしてしるへにいひけるを後に尋に其跡もなしといふ（㊱「いへる」）心也と載侍り其便あるにたり八雲御抄御説⑰㊱　＊申侍り……のせ侍り①　＊のせ侍る……万葉にのせ侍る①③　＊八雲抄の御説にハもすのある草くきをさしてしるへにいひけるを後にたつぬるにそのあとなしといへる心なり……ナシ①、八雲の御抄云是ありさまの由いふ人あれ共所詮もすのある草くきをさしてひるへにいひけるを後にもたつぬるにそのあともなしといへる心也と載侍りその便あるに似たる八雲御抄の説③、八雲抄云是（㊶「不見」）有様の由いふ人あれとも所詮たゝもすのある草莖をさしてしるへにいひけるを後に尋るにその跡もなしといへる心なり⑯㊶、八雲抄御説⑲　＊俊頼……俊成⑰

とへかしな玉くしの葉に*み《見》かくれてもすの草くき*めちならすとも〔俊頼〕

＊み《見》かくれて……みかくれて①③⑯⑰⑲㊱　＊めち……めち《目路》⑲

右、*顕昭云、或説に、木の葉し*けりて、しるしの草みえす、といふ義*あり。俊頼ハ、その心によめるに*や、といへり。*又、*もすの草くき、『*百舌《もす》』四八オハ、*もすくつぬひにてありけるか、*郭公の*くつてを*とりて、*かへさゝりしかハ、そのかはりに、*かへるやうの物を、*草のくきにさしはさみて、郭公のくつてにいたしけるとかや。これを、もすのハやにへともい*へり。かくのことくの説*ゝ、た*しかならされとも、後人、とり用てよめる歌もあるにや。

*顕昭云……顕か云⑲㊶　*しけりて……落て⑰　*義……を⑰　*にや……やと⑲　*又もすの草くき百舌《もす》ハもすくつぬひにてありけるか郭公のくつてをとりてかへさゝりしかハそのかはりに……又もすの草くきハもす时鳥くつぬいにそ有ける沓手を取て久さくりしによりて其かハりに⑰　*もすの草くき……もすの草くきは①③⑯⑲㊱㊶㊻　*百舌《もす》ハもすくつぬひにてありけるか……ナシ①⑰、もすハ郭公のくつぬゐにてありけるか⑯、もと郭公くつぬいにてありける㊱、もすハもと郭公の沓ぬいにてありけるか㊶　*もすくつぬひ……くつぬい⑲　*郭公の……ナシ③⑲㊱　*くつてをとりて……かへりて⑲　*くつてをとりてかへさゝりしかハそのかはりに……くつてに（「に」ミセケチ）①　*とりて……かりて⑯　*かへさゝりしかハ……かへさゝりしに③⑯⑲、かへさりしによて㊱、返さゝりしによりて㊶　*かへるやうの物を……かへるにやうの物を⑰、郭公のくつかめるやうの物を⑲　*草のくきにさしはさみて郭公のくつてにいたしけるとかや……草のくきにさしはさめるをいふ①⑯、草のくきにさしはさめるをいふと云り⑰㊱㊶、草くきにさしはさめるをいふといへり⑲　*いへり……云①　*説ゝ……説説ハ③⑯、諸説ハ⑰⑲㊱㊶　*たしかならされとも後人とり用てよめる歌もあるにや……たしかなる本説なきにや信用にたえす①、たしかなる本説なしといへとも後人とり用て読る哥も有にや③⑯⑰⑲㊱㊶

〔皇后宮大輔百首哥旅恋*〕かりにゆふいほりも雪にうつもれてたつねそわふるもすの草くき〔定家*〕

*皇后宮大輔百首哥旅恋……ナシ①、皇太宮大輔公　寄旅恋⑰　*定家……ナシ⑰㊱㊶

右、万葉の、君*かあたり、とよめる歌*によりて、恋の心ハある*にや。

*君かあたり……君かあたりお①⑰㊱㊶　*歌によりて……によりて③、哥に⑰　*あるにや……あるへき也①③⑯⑰⑲㊱㊶

【下18】

一　かひ屋か下になく蛙事〔付蚊鹿両説事〕

＊〔付蚊鹿両説事〕……蚊鹿　両説イ③、〔蚊鹿説事〕⑲㊱

〔万十〕あさ霞かひ《鹿火》やかしたになくかハつ聲たにきかハわれこひめやも

＊万十……万①、萬十六⑲　＊かひ《鹿火》……かひ①⑯⑰⑲㊱㊶㊻

〔同十六〕朝霞かひやか下になくかハつしのひつゝありとつけんこもかな

＊同十六……万①　＊ありと……ありとも③　＊かな……かも《なイ》⑯

〔同十一〕あし引の山田もるおのをくかひの下こかれつゝわか恋せらく』四八ウ

＊同十一……同①、ナシ⑰、万十一㊶　＊おの……庵に《をのイ》⑯　＊恋せらく……恋せら《をイ》く③、恋せらくハ⑯、恋せらむ㊻

右、敦隆か類聚古集に、万葉の朝霞の哥、二首ともに、夏部蚊火の篇に入侍り。又、六百番哥合、俊成卿判詞云、山田のいほハ、田をまもる人の、住屋を離居して、山中にゐる間、蚊の聲を聞て、別居のなくさめにせる心、相聞の歌也。又、かひ屋といふハ、彼の庵の下に、火をくゆらかし、煙をおほからしめて、或、令㆑拂㆓衆蚊㆒、若《もしハ》、令㆑去㆓雄鹿㆒也。然ハ扵㆓蚊鹿㆒者、縦《たとひ》有《トモ》㆓両義㆒、至㆓于煙炎㆒者、可為一决。朝霞といへるハ、夜、煙の澗隙《たにあひ》にそひける朝霞の、山腰《やまのこし》にめくれるに、ことならさるによりて、彼歌に尤相叶者歟。古来風躰抄にも、此事くハしくしるされ侍り。又、顕昭法師ハ、蚕をかふ屋といふ説を申侍り。俊成定家卿ハ、これを用侍らす。

＊篇……心㊻　＊俊成……俊頼⑰　＊まもる……もる⑯㊱㊶　＊山中に……ナシ⑰　＊ゐる間……居候間①⑲、居の間③、居し間⑯⑰㊱、居之間㊶　＊蚊の聲……蛙のこゑ⑯⑰⑲㊱㊶　＊心……仍③、心に㊻　＊庵……廬《ロ》

㊻　＊若《もしハ》……或①、亦③⑰㊱、衾《フスマ》㊻　＊然ハ扵二蚊鹿一者縦《たとひ》……然《シカル》を抄《シウニ》に蚊鹿去《カカサル》㊻　＊蚊鹿……蚊鹿段㊱
＊縦《たとひ》……ナシ㊱、縦雖㊶　＊至二于……ナシ㊻　＊ことならさるに……ナシ㊻　＊よりて彼……よりてハ⑰㊱
＊歟……也①　＊古来風躰抄にも此事くハしくしるされ侍り……ナシ①㊻　＊しるされ侍り……しるし侍り⑯⑰
㊶　＊申侍り……用たり③⑯⑰⑲㊱㊶　＊定家卿ハ……定家ハ⑲㊻、定家卿㊶　＊用侍らす……不《ス》レ用《モチイ》㊻

〔＊新勅撰集〕夜もすからかひやか煙たて＊そめてあさ霧ふかし小山田の原〔＊慈鎮〕』四九オ

＊新勅撰集……新勅撰①③⑯㊱㊶、ナシ⑰、新勅㊻　＊そめて……そへて㊻　＊慈鎮……ナシ⑰㊱

《右、＊是も、蚊火の心によまれ侍り。》

　＊是も……これを㊻

※底本及び⑯⑰㊱、この注記、ナシ。①③⑲㊶㊻、アリ。本文は、①による。

【下19】

一　山鳥の尾の鏡事

〔＊万十四　相聞哥〕山とりのをろのはつをにかゝみかけとなふ＊へみこそ＊なきこそりけめ〔＊人丸〕

＊万十四　相聞哥……ナシ⑯⑰㊱、新勅撰㊶　＊へみ……つ《ヘミイ》ミ⑰　＊なきこそりけめ……なきこそりけめ《なにかそりイ》③　＊人丸……⑰

右、山とりのかゝみの事、＊ふるくより＊二様に＊申侍り。一は、鸞《らん》といふ鳥ハ、鏡にをのか影をてらしてなくといへり。鸞ハ、すなハち、山とり也。一ハ、山鳥ハ、めお＊一所にハねす、山の尾をへたてゝぬるか、＊あか月に、おとりのはつをに、めとりのかけのうつる事あるをみてなくを、かゝみとハいへり。まことの鏡にハあらす。＊をろ〔「ろ」ミセケチ〕ハ、雄也。＊ろハ、助詞也。＊はつ尾ハ、＊なき尾也。＊おとりの＊なき尾といふ心也。

＊ふるく……ふる人①、いにしへ㊻　＊二様……二せつ㊻　＊申侍り……いへり①㊻、申③　＊一所にハ……一所《ショ》に㊻　＊あか月に……あか月⑲　＊をろハ……おやの①　＊ろハ……はつは①　＊はつ尾ハ……はつとハ⑲

＊なき……なかき㊻　＊おとり……雄③　＊なき……なかき⑰㊻

〔六帖哥〕ひるハきてよるハわかるゝ山鳥のかけみる時そねハなかれける

＊六帖哥……帖③、六帖⑰、ナシ㊱　＊ナシ……〔女本〕③、〔俊頼〕⑰

山鳥のはつをのかゝみかけふれてかけをたてみぬ人そ恋しき〔俊頼〕

＊俊頼……ナシ㊱

【下20】

一　鳩ふく秋事』四九ウ

ますらおのはとふく秋のおとたてゝとまれと人をいはぬはかりそ

右、鳩ふくハ、秋のはしめ、かり人の鳩をとらんとて、手をあハせて、はとのまねをしてふく事をいふ也。又、れうしの鹿まつにも、人をとめんとても、又、人に事ありとしらせんとても、はとふく事をする也。此哥ハ、その心なり。

＊鳩ふくハ……鳩ふく①⑯　＊かり人の……ナシ①、下人⑰㊱　＊あハせて……あらハせて⑯　＊とめんとても……とめむとて①、とかめんとても⑲

まふしさしはきふく秋の山人ハおのかすみかをしらせやハする〔好忠〕

＊山……山《狩》（「山」ミセケチ）①　＊好忠……ナシ①⑰㊱

〔堀川百首〕あさまたきたもとに風のすゝしきは鳩ふく秋になりやしぬらん〔顕季〕

＊堀川百首……ナシ①⑰㊱、堀百③⑯㊶㊻　＊顕季……ナシ①⑰㊱、顕秀⑯
〔同〕まふしさすさつをの身にもたへかねてはとふく秋のをとたてつ也〔仲實〕
＊同……ナシ①⑯　＊さつを……薩男《サツヲ》㊶　＊也……らん㊻　＊仲實……ナシ①⑰

【下21】

一　野守の鏡事

はし鷹の野もりのかゝみえてしかなおもひおもハすよそなからみん

右、雄略天皇と申御門、かりをこのみたまひけり。野にいてゝ、狩』五〇オし給ひけるに、御鷹そりてみえす。野守をめして問れけるに、御鷹のあり所を申す。いかにして、こゝにゐなから、たな心をさすかことくにハさたかに申そ、と問ハせけれハ、此野に侍る水に、鷹のかけかうつりて侍つれハ申すよしを奏す《し》けるによりて、野にある水を、野守のかゝみとハ申つたへたり。さて、よそなからみんとハよめる也。無名抄にハ、天智天皇の御时とかけり。顕昭ハ、雄略天皇と申説につき侍り。この天皇、かりをこのみ給ふ事、國史にみえたれハ、その説を用侍る也。

＊右……右昔①　＊右〜狩し……ナシ㊶　＊このみ……始⑰　＊たまひけり……給て③⑯㊱　＊狩……独①　＊ことくにハ……ことくに⑰㊱、ことく㊻　＊さたかに……ナシ㊶　＊問ハせけれハ……とハせ給けれハ⑯⑲　＊野に……野守に⑲　＊侍つれハ……侍へれハ㊶　＊奏す《し》ける……奏しける①③⑯⑰⑲㊱㊶㊻　＊野にある水を……それより㊻　＊野守のかゝみ……はし鷹の野守の鏡①③⑲　＊さて……ナシ③⑰㊱　＊よそ……こそ⑲　＊雄略天皇……略天皇⑰　＊つき侍り……つけり①③⑯⑰㊱㊶　＊この天皇……此天智天皇㊻　＊國史にみえ……國史《日本紀ノ》に見え《事と或本ニ云》㊶　＊その説……此説⑰㊱㊶　＊侍る也……侍り①、侍るにや〔八雲御・（㊱㊶ナシ）抄ニ云墅に／ある水也〕③⑯⑰㊱㊶、侍るにや八雲抄ニ云墅守にある水也⑲

【下22】

一　いもりのしるしの事

＊いもりの……ゐもりの《日本記ノ事》③

ぬくゝつのかさなる事のかさなれハいもりのしるしいまはあらしな

右、いもりハ、守宮といふ虫也。ふる井などに、とかけにゝて、おなかき虫』五〇ウの、手あしつきたるをいふ。法花経の嘉祥大師の義疏にみえたり。いもりの血をとりて、女人のひちにぬれハ、私のこゝろある時、あらへともおちすといへり。これによりて、宮をまもるとハなつけ侍り。宮は、女のゐる所なれハ、女を守護する心になつけ侍り。又、張華か博物志といふ書にハ、いもりに朱をかひて、あかくなして、その血をとりて、女の身にぬれハ、一期の間うする事なし。もしわるきふるまゐをすれハ、きえうするよしみえたり。内典外典の説に、相違ある也。ぬく沓のかさなるといふハ、女のみそかことするおりに、はきたるくつの、をのつからかさなりて、ぬきをかるゝといへり。さて、かくハよめり。

＊守宮……宮守⑯　＊ふる井……ふるき井①③⑰㊱　＊おなかき……おさなき①、をのなかき⑯　＊虫の……虫也⑰　＊法花経の……法花経③　＊ある時……ある時は⑲　＊なつけ侍り……なつけゝり⑲、書《カキ》侍り㊻　＊説に……説①③⑯⑰⑲㊱㊶　＊相違ある也……相違也⑲　＊みそかこと……みそかなること⑲　＊はきたる……ぬきたる①　＊かくハ……かく③

わするなよたふさにつけしむしの色のあせなハ人にいかゝこたへん

〔返哥〕あせぬともわれぬりかへんもろこしのゐもりもまもるかきりこそあれ』五一オ

＊返哥……ナシ⑰㊱㊶

【下23】

一　錦木事

にしきゝハ千つかになりぬ今こそハ人にしられぬ閨の*中みめ*

＊中みめ……中道《ミめイ》⑰、中道⑲　＊ナシ……〔匡房〕①㊶

思かねけふたてそむるにしき木の千つかにたえてあふよしもかな〔*匡房〕

＊匡房……ナシ①⑰㊱、永實㊶

いたつらに千つかくちぬるにしきゝを猶こりすまにおもひたつかな〔*永實〕

＊永實……ナシ①⑰㊱㊶

にしきゝハたてなからこそ朽にけれけふのほそぬのむね*あハしとや〔能因〕

＊あハしとや……あハすして《しとやイ》㊶

右、にしき木ハ、一説云、おくのゑひすの男女、*よハゝんとてハ、文をやる事ハなくて、一尺ハかりの木を*まもら《たイ》に色とりて、其女の門にたつれハ、*あハんと思ふ*时、千つかになりてとり入るゝ也。*あハしと思ふ人にハ、とりいれさるによりて、千つかに*なりてもくつるよし、よめる也。*このほか、*灰の木を、にしきゝといふ*説、袖中抄にしるせり。

＊よハゝん……いたらん⑰　＊まもら《たイ》……またら①③⑯⑰⑲㊱㊶㊻　＊あハんと思ふ时千つかになりてとり入るゝ也……ナシ①　＊时……ときは⑲㊱　＊あハしと思ふ人にハとりいれさるによりて……あハしとおもふ时は①

＊なりても……成て⑯㊱、成⑰　＊このほか灰の木をにしきゝといふ説袖中抄にしるせり……ナシ㊻　＊灰……灰《不審》㊶　＊説……説あり③⑰⑲㊱、説ありと⑯

【下24】

一　けふのほそ布事』五一ウ

みちのくのけふのほそ布ほ《*袖イ》とせはみむねあひかたき恋もするかな

＊ほ《袖イ》と……ほと①③⑯⑰⑲㊱㊶㊻

右、けふのほそぬのハ、奥州より出たるせはぬの也。けふハ、狹の字の聲也。せはしともよむ也*。故に、聲*と訓とをもて、けふのせハぬのとハいへり。又、ほそぬのともい*ふ也。けふハ、郡の名といふ説あり。あやまり也。奥州に、けふといふ郡ハなき*ゆへ也。*むねのあひかたきハ、はたはりせハきぬのなるゆへに、うしろはかりにハきたれとも、ま*へハたらぬによりて、むねあひかたきとハよめる也。又、無名抄に、け*ふのほそ布ハ、みちのおくに、鳥の毛にてをれる布*也。おほからぬ物にてをりたる布なれハ、はたはりせ*ハしといふ也。

＊よむ也……よむなる③　＊聲と訓とをもて……ナシ㊻　＊いふ也……いふ⑰㊱　＊なきゆへ也……なき也⑯⑰⑲㊱㊶　＊むねの……むね①⑯⑲㊱　＊まへハ……まめニハ㊱　＊けふのほそ布ハ……ほそ布ハ㊱　＊布也……布也といへり①　＊せハし……せはき①⑯⑰⑲㊱㊶

いしふミやけふのせハぬのはつ〳〵にあひミても尚あかぬ中かな

うの花のさけるかきねハをとめ子かたかためさらすけふのぬのそも*』五二オ

＊ぬのそも……布かも①、ほそ布③⑲㊱、細布そも⑯、ねそ布《そもイ》⑰

【下25】

一　ひをりの日事

〔法*性寺入道殿にて五月五日*〕なかきねも花のたもとにかほる也けふやまゆミのひをりなるらん〔俊*頼〕

＊法性寺入道殿にて五月五日……ナシ⑰㊱　＊五月五日……ナシ①、五月五日に⑲　＊俊頼……ナシ①⑰㊱

右、古今才十一弓詞云、右近のむまハの日をりの日と云〻。凡左右近の騎射、五月三日ハ左近の荒手結、四日ハ右近のあらてつかひ、又五日ハ左近の真手結、六日ハ右近のまてつかひ也。俊頼の歌ハ、五日のまてつかひをよめり。古今の詞ハ、六日の右近の真手結をいへり。ひをりといふハ、随身のかちの尻を引折てきる故に、ひをりとハいへり。あらてつかひも、おなしすかたなれと、それハ、ならしなれは、かたのやうに引おる也。これによりて、まてつかひの日を、むねとひをりの日とハいふ也。

＊古今……古今集㊶　＊日と云〻……日と⑯、はて⑰、日〻⑲　＊騎射……騎射は①③⑯⑰⑲㊱㊶　＊又五日……五日①、又六日⑰　＊真手結……きてつかひ①　＊まてつかひ……きてつかひ①　＊也俊頼の歌ハ五日のまてつかひをよめり古今の詞ハ六日の右近の真手結……ナシ⑲　＊俊頼の……俊頼か⑰㊱　＊五日のまてつかひ……五日のきてつかひ①　＊真手結をいへり……きてつかひをいへり①　＊かち……から⑰　＊ひをりとハいへり……ひおりとはいへり引をる心也①③㊱㊶　＊つかひも……つかひにも①　＊かたの……はたの①、かた⑯　＊まてつかひの日を……きてつかひの日を①、まてつかひの日に⑰

【下26】

一　反衣見夢事〔付袖をかへす事〕』五二ウ

〔古〕いとせめて恋しき时ハうハ玉のよるの衣をかへしてそぬる

＊古……ナシ㊶　＊ぬる……きる③㊶　＊ナシ……〔小町〕③

〔万十二〕わきもこに恋てすへなミ白たへの袖かへしつゝ夢にみえきや

＊万十一……万①　＊かへしつゝ……かへ《しハイ》しとハ⑰、返しとハ㊱、かへしゝハ㊶㊻

〔同*〕*わかせこか袖かへす夜の夢ならしまことも*君にあへりしかこと

＊同……ナシ⑲　＊わかせこか……わきもこか《我せこかイ》㊻　＊君にあへりしか……君かしへかし《りイ》か⑰

〔同十二*〕白たへの袖おりかへしこふれはかいもかすかたの夢にしみゆる

＊同十二……ナシ①⑯⑲、万十二㊶

右、衣をかへしてぬれハ、恋しく思ふ人の夢にみゆるといふ事、むかしよりいひつたへたる事なり。袖*かへすも、同事也。

＊袖かへすも……袖かへすと云も①③⑯⑰⑲㊱

※⑯、この項目のあと、数行分の空白をおいて改面す。

《歌林良材集巻第八》

※底本及び①③⑰⑲㊱㊶㊻、この一行、ナシ。⑯、アリ。本文は、⑯による。

【下27】

※この項目、校合本において異同甚しく、校異として掲出する能はず。よつて、各々の全文を太字、《 》にて囲み、掲出す。

一　河社事

かはやしろしのにおりはへほす衣いかにほせハか七日ひさらん〔貫之〕

行水のうへにいはへるかハやしろかはなミたかくあそふなるかな〔同〕

右、貫之集に、朱雀院の御时、内親王の御屛風の哥に、夏神楽といふ事をよめる歌の二首侍る。川社といふ事ハ、これより』五三オいひ出し侍る也。俊成卿説に、川やしろといふハ、かはのいはせに、おちたきつ、をとたかく、しら浪みなきりて、大皷なとのやうに聞ゆる所也。さて、衣ほすといふハ、まことの衣にハあらす。きぬをほしたるにゝたる事をいふ。龍門の瀧を、伊せか、なに山ひめの布さらすらん、といひ、又、布引の瀧なといふ様なる事也。七日とも八日ともいふハ、ひさしき事をいふ也。万葉才二歌、

　神のことききこゆる瀧のしら浪のおもしろく君かミえぬこの比

瀧をハ、かく、神のことなともよむ事にて、川社も、たきある川上を、神にたとへて申侍る也。俊頼朝臣、顕昭法師等か説に、夏神乐をハ、水のうへに社をいはひてするゆへに、川やしろにいへるハ、のちの歌につきていへる事也。これによりて、はしめの哥の、しのにおりはへ』五三ウ といへるハ、きよき川に、さかきをたて、しのをおりて、たなにかきて、神供をそなふ。夏神乐の譜にみえたりといへり。しのにおりはへといふハ、萬葉集の歌に、秋のほをしのにをしなミをく露、とよめる。しのハ、しけき心也。しのにおりはへも、おなし事也。これを、夏神乐する時、篠をおりて、たなにつくるといひなせる、大なるあやまりなるへし。

川やしろ秋をあすそとおもへハや浪のしめゆふかせのすゝしき〔匡房〕

〔諸社百首〕さみたれハいはなミあそふきふね川かハやしろとハこれにそありける〔俊成〕

〔頭中将資盛朝臣哥合〕五月雨ハ雲間もなきをかハやしろいかに衣をしのにほすらん〔同〕

《①続群書類従原本（宮内庁書陵部図書寮文庫蔵本〔四五三・二〕）

〔貫之集〕かはやしろしのにおりはへほす衣いかにほすはか七日ひさらん

右河やしろといふは俊成卿説にかはの岩瀬に落瀧つなと高く白波ミなきりて大皷なとの様にきこゆる所を云也さて衣ほすと云ハ誠の衣にはあらすきぬをほしたるに似る事をいふ龍門の瀧を伊勢かなに山ひめの布さらすさんといひ布引の瀧なと云様なる事なり七日とも八日共いふは久しき事を云也

〔同天暦御時御屛風哥〕行水の上にいはへる川社川波たかちあはふなる哉
右川社と云につきてうえにいはへるとは読るなるへし俊頼朝臣顕昭法師等か説に水のうへに社をいはひて夏神sをするを川社といへるは貫之か波哥よりいへる事也
川社秋をあすそと思へハや浪のしめゆふ風の涼しき〔国房〕
〔諸社百首〕五月雨は岩浪あそ《八歟》ふきふね川河社とは是にそ有ける〔俊成〕
五月雨は雲間もなきを川社いかに衣をしのにほすさん
③宮内庁書陵部図書寮文庫蔵Ｂ本〔一五四・一九〕
〔万二　此哥詞同〕神のことき《ミ本》こゆる瀧の白浪のおりしも君か見えぬこの比
古来―云瀧をハかく神のことなるもよむ事にて川社もたきある河上にてするなるへし貫之集朱雀院の御时内親王御屛風の哥に夏神sと云事をよめる哥の詞《二首侍る》也
〔貫之集〕かは社しのにをりハへほす衣いかにほせハか七日ひさらむ
右河やしろといふハ俊頼卿説に川の岩せにおちたきつ音たかくしら浪ミなきりて大皷なとやうにきこゆる所いふなりさて衣ほすといふハまことの衣にハあらすきぬをほしたるにゝたる事をいふ龍門を伊勢かなに山ひめの布さらすらんといひ布引の瀧なと云やうなる事なり七日とも八日ともいふハ久き事を云也萬葉十巻秋のほをしのにをしなみをく露のとよめるハしのは詞なりそれを川社しのにをりかけたるにかけて夏神sするといひ侍り
〔同天暦御时哥イ〕行水のうへにいはへるかハやしろ川なミたかくあそ《きこゆイ》ふなる哉
右河社といふに付てうへにいはへるとよめるなり俊頼朝臣の哥の口傳又顕昭法師等か説に水のうへに社をいハひて夏神sをするを川社と云るハ貫之か哥よりいへる事也

川社秋をあすそと思へはやなミのしめゆふ風の涼しき〔匡房〕
〔諸社百首〕五月雨ハいはなミさそふき舟川かハやしろとハこれにそ有ける〔俊成〕
〔頭中将資盛朝臣哥合〕五月雨ハ雲まもなきを河社いかに衣をしのにほすらん〔同〕
⑯宮内庁書陵部図書寮文庫蔵Ｄ本〔谷・三一四〕

一　河やしろの事

万葉⽶二哥神のことききこゆる瀧の白浪もおもしろく君か見えぬこの比古来―云瀧をハかく神のする成へし貫之集朱雀院御时内親王御屛風の哥に夏神乐といふ事をよめる哥二首侍り
河やしろしのにおりはへほす衣いかにほせはか七日ひらさむ
右川社といふハ俊成卿説に河の岩せにおちたきつおとたかく白浪みなきりて大鼓なとのやうに聞ゆる所を云也さて衣ほすと云ハ誠の衣にハあらすきぬをほしたるに似たる事を云龍門の瀧を伊勢かなる山ひめの布さらすらんといふ布引の瀧なといふやうなる事也七日とも八日ともいふハ久しき事をいふなり
〔万十〕秋のほをしのにおしなミをく露のけさもしなまし恋つゝ非ハとよめるハしのハ詞也それを川社のしのを折かけてたなにかきて夏神乐するといひ侍り
行水のうへにいはへる川社かわなみたかくきこゆ成かな
右川社といふにつきてうへにいはへるとハ読る也俊頼朝臣の哥の口傳又顕昭法師等か説に水のうへに社をいはひて夏神乐をするを川社にいへるハ貫之か此哥より云る事也
匡房
川社秌をあすそと思へはやなミのしめゆふかせの涼しさ

俊成

〔諸社百首〕五月雨ハ岩なミあらぬ貴舟川かハ社とハこれにそありける

〔頭中将資盛朝臣哥合〕五月雨ハ雲まもなきを川社いかにころもをしのにほすらむ

⑰宮内庁書陵部図書寮文庫蔵Ｆ本〔伏・一一九〕

河社事

神のこときこゆる瀧の白浪のおりしも君かみえぬ此比

古来―云瀧をかく神のことなるもよむ事にて川社も瀧ある河上にてするなるへし貫之集朱雀院の御时内親王御屛風の哥に夏神乐といふことを讀る哥の(?)詞也

河社しのにをりはへほす衣いかにほせはか七日ひさらん

右川舟といふは俊成卿説に川の岩ほにおちたきつ音たかくしら波みなきりて大鼓なとやうにきこゆる所をいふ也さて衣ほすといふハまことに衣にはあらすきぬをほしたるににたることをいふ龍門をいせかなに山姫の布さらすらんといひ布引瀧なといふやうなる事也七日とも八日共いふハ久しき事をいふ也万葉十巻秋のほをしのにをしなみをく露のよめるハしの詞也其を河社しのをかけてたなにかきて夏神乐するといひ侍り

行水のうへにいはへる河社川なミたかくこゆるなる哉

右河社といふに付てうへにいはへるとハよめる也俊頼朝臣の哥の口傳又顕昭法師等か説に水のうへに社をいはひて夏神乐をするを河社といへるハ貫之か此哥より云る事也

川社秋をあすそとおもへはや波のしめゆふ風の涼しき

五月雨ハ岩波さそふ木舟川かハ舟(ママ)とハこれにそ有ける

五月雨ハ雲まをなきを河社いかに衣をしのにほすらん

⑲宮内庁書陵部図書寮文庫蔵Ａ本〔一五四・一一二〕

一　河やしろ事

神のこときこゆる瀧のしらなミのおりしも君か見えぬ此ころ

古来に云瀧をハかく神のことなとも讀事にて川社も瀧ある川上にてするなるへし貫之集朱院《（ママ）》の御时内親王御屏風の
哥に夏の神楽といふ事をよめる哥二首なり

川やしろしのにおりはへほす衣いかにほせはか七日ひさらん

右川社と云ハ俊成卿説に川のいは。《せ》にをちたきつをとたかく白波みなきりて大鼓なとの様に聞ゆる所を云也さて衣
ほすと云ハ誠の衣にハあらすきぬをほしたるに似て《事を云》（「て」ミセケチ）龍門瀧なとを云様なる事也七日とも八日と
も云ハひさしき事を云也万葉十巻穐のほをしのにをしなミをく露のけふもしなまし恋つゝあらすと讀るはしのハこ
と葉也それを川やしろにしの折かけて夏神楽するといひ侍り

行水の上にいはへる川やしろ河浪たかくあそふなるかな

右川社と云につきてうへにいはへるとハ讀るなるへし俊頼朝臣の哥の口傳又顕昭法師ある説に水のうへに社をいは
ひて夏の神楽をするを河やしろと云るは貫之か此哥より云へる事也

川やしろ秋をあすそと思へはや浪のしめゆふ風のすゝしさ〔匡房〕

五月雨はいは浪あそふきふね川かハやしろとハこれにそ有ける〔俊成〕

五月雨は雲間もなきを川社いかにころもをしのにほすらん〔同〕

㊱国文学研究資料館蔵Ｂ本〔九九・六〇〕

一　川やしろの事

〔万才二〕 神のきこゆる瀧の白波のおりしも君かミえぬ此比

古来風云瀧をハかく神のことなるもよむ事にて川社もたきある川上にてするなるへし貫之集朱雀院の御时内親王御
屛風の哥に夏神乐と云事をよめる哥の詞也

川やしろしのにをりはへほす衣いかにほせはか七日ひさらん

右川社といふハ俊成卿説に川のいはほにおきたきつをとたかく白浪みなきりて大鼓《たいコ》なとのやうにきこゆる所を云也
さて衣ほすといふハまことに衣にハあらすきぬをほしたるに似たる事をいふ龍門を伊勢かなに山城の布さらすらん
といひ布引の瀧なといふやうなる事也七日とも八日ともいふは久しき事をいふなり万葉十巻秋のほをしのにおしな
ミをく露のとよめるハしのハことはなりそれを川社しのをかけてたなにかきて夏神乐するといひ侍り

行水の上にいはへる川社河浪たかくあそふなるかな

右川社といふに付てうへにいはへると讀る也俊頼朝臣の哥の口傳又顕昭法師等か説に水のうへに社をいはひて夏
神乐をするを川やしろといへるハ貫之か此哥よりいへるなり

川社秋をあすそとおもへハや浪のしめゆふ風のすゝしさ

五月雨ハ岩浪さそふ木舟川かは社とハこれにそありける

五月雨ハ雲間もなきを川社いかに衣をしのにほすらん

㊶国文学研究資料館蔵Ａ本〔タ二・三一〕

一　河やしろの事〔万葉才二哥神のことこ《(ママ)》ゆる瀧の白波のおりしも君か見えぬ此ぬ《(ママ)》ころ古来風躰云瀧をハかく神のこ
となともよむ事にて川社も瀧のある河上にてするなるへし貫之集朱雀院御时内親王の御屛風の哥に夏神乐といふ事を

よめる哥の二首侍り〕
河やしろしのにおりはへほすころもいかにほせはか七日ひさらむ
右河社と云俊成卿説に河のいハせにおちたきつをとたかくしら波ミなきりて大鼓なとのやうにきこゆる所をいふ也さて衣ほすといふハまことの衣にハあらすきぬをほしたるに似たる事をいふ龍門の瀧を伊勢かなに山姫の布さらすらんと布引の瀧なといふやうなる事也七日とも八日ともいふハ久しき事をいふなり〔秋のほをしのにをしなミをく露のけさもしなまし恋つゝあらすはとよめるハしのハこと葉なりそれを河やしろにしのをおりかけてたなにかきて夏神乐するといひ侍り〕
〔同入唐御时御屛風哥〕行水のうへにいはへる川やしろ川波たかくきこえ《あそふなるイ》ゆなるかな
右川社といふにつきてうへにいはへるとハよめる也俊頼朝臣の哥の口傳又顕昭法師等か説に水のうへに社をいはひて夏神乐をするを河社といへる貫之か哥の哥よりいへる事也
河やしろ秋をあすそとおもへはや波のしめゆふ風の涼しき〔匡房〕
〔諸社百首〕五月雨ハ岩波あらふきふね川河社とハこれにそありける〔俊成〕
さみたれハ雲まもなきを河やしろいかに衣をしのにほすらん〔同〕
㊻山口県文書館蔵本〔近藤清石一六七〕※右傍に付された訓は省いた。
一川社事
川やしろしのにおりはへほす衣いかにほせはか七日ひさらん〔貫之〕
行水の上にいはへる川社河なみたかくあそふなる哉〔同〕
右貫之集に朱雀院の御时内親王の御屛風の哥に夏神乐といふ事をよめる哥の二首侍る河社といふ事ハこれよりいひ

出し侍る也俊成卿説に川やしろといふは川のいはせにおちたきつをと高くしらなミミなきりて太鼓なとやうに聞ゆる所也さて衣ほふといふはまことの衣にはあらすきぬをほしたるににたる事をいふ龍門の瀧を伊勢かなに山ひめの布さらすらんといひ又布引の瀧なといふやうなる事也七日とも八日共いふハひさしき事を云也俊頼朝臣顕昭法師等説に水の上にやしろをいハひて夏かくらするを川やしろといへり貫之かかの哥よりいへる事也

川やしろ秋をあすそとおもへはやなみのしめゆふ風のすゝしき〔匡房〕

〔諸社百首〕五月雨は岩なみあそふきふね川かハやしろとハこれにそありける〔俊成〕

〔頭中将資盛朝臣哥合〕五月雨ハ雲まもなきを川やしろいかに衣をしのにほすらん〔同〕》

【下28】

一　海人のまてかた事

〔*後撰〕伊せの海のあまのまてかたいとまなみなからへにける身をそうらむる』五四オ

＊後撰……後①③、ナシ⑰㊶

右、海邊に、*まて《蛤也》と*申物、沙の中に*ありて、*しるをはき*いたせハ、そのかたをみて、*あまともの、まてかりといふ、かねのさきのほそきを、二またにしたるにて、これをさしとり〳〵するを、いとまなしとハ*いへる也。又、一説、顕昭か袖中抄に*のせたり。*定家卿ハこれを用侍らす。

＊まて《蛤也》……蛤《まて》①⑲、蛤③⑯⑰㊶、蛤《ハマクリ》㊱、まて㊻　＊申物……いふもの㊻　＊ありて……あり㊶　＊しるを……しりを①、しを⑰　＊いたせハ……いたせる③⑯⑰⑲㊱㊶　＊あまともの……海人③　＊いへる也……いへ[り]㊱　＊のせたり……のせたるハ㊱　＊定家卿ハこれを用侍らす……信用にたらさる事也①

【下29】

一　さくさめのとし事

〔後*〕いま*こんといひしはかりをいのちにて*まつにけぬへしさくさめのとし

＊後……ナシ①⑯⑰㊱㊶　＊こん……みん⑰　＊まつに……待つ①

右、此歌ハ、人のむこの、*いまこんとて*まちにけるか、ふミかよハす所の*あなりとき〻て、ひさしく*まちこさりけれハ、*あとうかたりの心をとりて、かくなん*いひける、女の母の歌也。かるかゆへに、さくさめのとしハ、しうとめの名のよし、なへての説にいへり。*刀自ハ、老女を*いふ也。*たゝし、*定家卿の、讃岐入道顕綱朝臣か説とてしるされたるハ、さくさめの』五四ウとしといふハ、早苗の早字、わかくさはつくさをとめ、たをやめ、*はつせめ、河内女の、めもし也。故《に》に、*さくさめのとしハ、わかくさめのとしにて侍るときこえぬへし。*しうとめ、*平懐の事ならハ、詞に、あとうかたりの心をとりて、*とハかくへしともおほえす。すこしつねになき事なれハにや、あとうかたりとハ*いへる。あとうかたりとハ、なそ〱かたりをいふ*事歟。拾遺にハ、なそ〱かたりとかきたり。

＊いま……ナシ①　＊まちにけるか……まちけるに⑲　＊あなり……あり⑲㊱　＊まち……まかり③、さて《ま歟》㊱、まて㊶　＊あとう……あすう⑰　＊いひける……いひつかハしける①③⑯⑰⑲㊱　＊刀自ハ……刀自⑲、自《ヲノツカラ》㊻　＊いふ也……云③⑰㊱㊶　＊たゝし……ナシ⑲　＊定家卿の……定家卿僻案集に①㊻、定家卿の僻案抄に③⑯⑰⑲㊱㊶　＊はつせめ……はつせ⑲　＊さくさめのとしハ……こくこへのとしとは①、さくさめのとしとハ⑯　＊しうとめ……しうとめの①　＊平懐……平徳⑰　＊とハ……ナシ㊶　＊いへる……いへり㊻　＊事歟……事也㊻

【下30】

一　猿澤池に身なけたる采女事

〔拾廿〕わきもこかねくたれかみをさるさハのいけの玉もとみるそかなしき〔人丸〕

＊拾廿……ナシ⑯⑰㊶㊻　＊人丸……ナシ⑯㊻

右、大和物語にみえ侍り。むかし、ならの御門につかうまつるうねへ有けり。かたち、いミしうきよらにて、人〳〵よはひけれとも、あはさりけり。あハぬ心ハ、御門をかきりなくめてたき』五五オ物になん思たてまつりける。御門めして、さてのち、又もめさゝりけれハ、かきりなく心うしと思けり。よるひる心にかゝりておほえけれと、御門ハさしもおほしめさす。さすかに、つねにハみたてまつれハ、猶、世にあるへき心ちもなかりけれハ、みそかにいてゝ、さるさハのいけに身をなけてけり。御門ハ、かくともしろしめさゝりけるを、事のつゐてに人の奏しけれハ、きこしめして、いといたうあハれかり給て、池のほとりにおほ御ゆきし給て、人〳〵に歌よませ給ける時、人丸かよめる歌、上にいふかことし。御門も、おなしくよませ給へる哥、

＊大和物語にみえ侍り……大和物語にいはく⑯⑲、大和物語云㊶　＊うねへ……采め①③⑯⑰㊱㊶㊻、うねめ（「め」補入）⑲　＊きよらにて……きよらかにて①　＊あハぬ心ハ……其あはぬ心は①③⑯⑰⑲㊱㊶　＊又も……又とも㊶　＊おほえけれと……おほえけれは①⑲㊻　＊たてまつれハ……たてまつれる①　＊ある……なからふ①　＊心ちもなかりけれハ……心ちなけれハ⑲　＊池の……ナシ①　＊おほ……おほん㊱　＊し給て……給ひて㊻　＊給ける……給ふ㊻　＊人丸か……人丸①③㊱㊻　＊上にいふかことし御門もおなしくよませ給へる哥……ナシ⑯、也ミかともおなしくよませ給へる哥あり㊻　＊いふかことし……いへるかことし③

さるさハのいけもつらしなわきもこか玉もかつらは水そひなまし

とよみ給けり。さて、池のほとりに、はかつくらせ給けるとなん。』五五ウ

＊よみ……讀せ⑲、御製㊻　＊給けり……給ひける③⑯⑰㊱㊶、ありけり㊻　＊さて……さてハ⑰、ナシ㊻　＊はか……かハ㊱　＊給けるとなん……給ふと也㊻

【下31】

一　かさゝきの行あひの間事〔一説かたそきの行あひの＊間〕

　＊間……間事③㊱

夜やさむき衣やうすき＊かさゝき《かたそき》の行あひの間より霜やをくらん

　＊かさゝき《かたそき》……かさゝき⑯⑰㊱㊶

右、歌論義といふ書にハ、かたそきとあり。奥義抄にハ、かさゝきとあり。＊かたそきといふハ、神の＊ほくらのつまに、刀の＊やうにて＊たてる木也。＊又、千木ともいふ也。此歌ハ、＊住吉の社の、とし月＊おほくつもりて、あれたる所おほくありけれハ、＊そのゆへを、＊おほやけにしらせ＊たてまつらんとて、御門の御夢にみえたる歌といへり。＊かさゝきといふ説ハ、天の川に、＊鵲といふ鳥の、羽をならへて＊橋と＊なして、＊織女をわたすといふ事也。そのかさゝきの行あひをあやまりて、かたそきとハかけるといへり。たゝし、七月七日こそ、たなハたのわたらんためにわたすへきに、冬なと、霜の歌に＊よまん事ハいかゝ、ときこ』五六オゆれと、歌ハ、＊さのミある事也。たゝ、空より霜のふるといハんとて、かさゝきのゆきあひの間と＊よめる也。かさゝきのはしに、＊霜をむすひてよめる＊歌、あまたあり。

＊かたそきといふハ……かたそきハ⑯㊶　＊ほくら……ほくよ①　＊やうにて……やうて⑰　＊たてる……たてたる㊻　＊又……または①⑯⑰　＊住吉の社の……住吉の社③　＊おほく……ナシ㊻　＊そのゆへ……ゆへ㊱、それ㊻　＊おほやけ……大君《ヲホキミ》㊻　＊たてまつらん……たて奉つらん⑲、申さん㊻　＊かさゝきといふ……かさゝきの㊻　＊鵲といふ鳥の……かさゝきの㊻　＊橋と……橋に⑲、はしを㊻　＊なして……なし㊻　＊織女を～あ

またあり……をりひめをわたすこれをいふといへ共七月七日の事なれは霜やをくらんとあれは用《モチイ》かたししかれ共鵲《カサヽキ》のゆきあひのまとはよめるかさゝきに霜をむすひたる哥おほし㊻　＊よまん事ハいかゝときこゆれと歌ハ……ナシ⑰㊱　＊さのミある事也たゝ空より霜のふると……ナシ㊱　＊さのミ……さぬミ⑲　＊よめる也……讀にや⑰　＊霜をむすひて……霜を⑯、霜むすひて⑰　＊歌……哥とも①③⑯⑰⑲㊱㊶

かさゝきのわたせるハしの＊霜のうへを夜半にふミわけことさらにこそ〔忠峰〕

＊の霜のうへを……に《の霧のうへをイ》をく霜の㊻

＊かさゝきの＊ちかふるはしの間とをにてへたつる中に霜やをくらん〔曽丹＊〕

＊ナシ……〔六帖〕③⑲㊻　＊ちかふる……千世ふる①　＊曽丹……ナシ①、里母⑰、暮丹⑲、里舟㊱

〔橋夕霜〕かさゝきのはね《＊わたす》（「ね」ミセケチ）にやいつこゆふ霜の雲井にしろき峯のかけハし〔家隆〕

＊はねに《わたす》……わたす③⑯⑰⑲㊱㊶㊻

※①、この歌、ナシ。

《笠鷺の羽に霜ふりさむき夜を独わかねむ君待かねて＊》

＊ナシ……〔六帖〕㊶

※底本及び③⑯⑰⑲㊱、この歌、ナシ。①㊶㊻、アリ。本文は、①による。㊶、この歌、「かさゝきのわたすやいつこ」歌の前にアリ。

【下32】

一　しきのハねかき事〔付しちのハしかき〕

〔古今＊〕あかつきのしきの羽かき百羽かき君かこぬ夜ハ我そかすかく＊

＊古今……ナシ①、古十五③、古⑰㊶㊻　＊ナシ……〔読人不知〕③

右、むかし、あたなる＊男のたのむ＊女ありけり。こぬ夜の＊数ハおほく、くる夜のかすハすくなかりけれハ、かのこぬ夜の＊数をかく事なん、あか月の鴫の＊羽かくよりも＊おほかる、といふ事なるへし。』五六ウ

＊男の……男を㊱　＊ありけり……ありける③　＊数ハおほくくる夜のかすハすくなかりけれハかのこぬ夜の……ナシ⑰　＊数を……数⑰　＊羽かく……かく⑰　＊おほかるといふ事なるへし……おほかるにいふなるへし①

〔古今〕あかつきのしきの羽かき百羽かき君かこぬ夜ハ我そ数かく
右むかしあたなる男のたのむ女ありけりこぬ夜の数ハおほく
くる夜のかすハすくなかりけれハかのこぬ夜のかすをかく事
なんあかつきの鴫の羽かくよりもおほかるといふ事なるへし
※小松茂美『古筆学大成』第二四巻（講談社、一九九三・一二）所掲「一条兼良筆　歌林良材集切」（二三八）

あかつきのしちのはしかき百夜かき君かこぬ夜ハ我そかすかく

右、これは、榻といふ＊物あり。＊人のこしかくる物也。車にもちゐる時ハ、これにておりのほりする也。＊むかし、男のよはひける＊女ありけるか、百夜、かのしちのうへにふしたらハあふへき、と＊いひけるゆへに、夜ことにきて、しちのうへにまろねをして、九十九夜まてハ、かすを取て、しちのはしにかきたる事を、＊しちのはしかきとはいふ也。＊鴫の羽かきの歌ハ、古今集に入たれハ、正説なるへし。たゝし、しちのはしかきも、＊ふるくよりいひきたれる事なれハ、＊これもすてかたきに＊よりて、＊いつれにても、よりきたれるにしたかひて、ともに＊本歌に＊用侍る也。

＊物あり……物也㊻　＊人のこしかくる物也車にもちゐる时ハこれにておりのほりする也……車の具にてこれを用てをりのほりをする物也①③⑯⑰⑲㊱㊶㊻　＊むかし男の……昔の⑰　＊女……女の①③⑯㊱　＊いひける……契たる①③⑯⑰⑲㊱㊶㊻　＊しちのはしかきとはいふ也……云也①③⑯⑰⑲㊱㊶㊻　＊鴫の羽かきの歌ハ……鴫の羽かきハ①③⑯⑰⑲㊱㊻、鴫の羽かき㊶　＊ふるくよりいひきたれる事なれハこれもすてかたきによりていつれにてもよりきたれるに……ふかくあひきたれるにしたかひて⑲　＊これも……ナシ①③⑰㊱㊻　＊よりて……より㊻　＊いつれにてもよりきたれるにしたかひてともに本歌に用侍る也……ナシ㊶　＊本歌に……ナシ⑰⑲㊱㊻　＊用侍る也……用侍る者也①⑰⑲㊱㊻、用侍るへき者也③⑯

〔*臨期変恋〕思きやしちのはしかきかきつめて百夜もおなしまろねせんとハ〔俊成〕

＊臨期変恋……ナシ①⑯、臨期変約恋㊱

【下33】

一　八橋のくもて事』五七オ

〔*後〕*打わたしなかき心は八はしのくもてに思ふ事ハ*たえせし

＊後……ナシ⑯⑰⑲㊱㊶　＊打わたし……打わたす⑲　＊たえせし……たえおし①

恋せしとなれ*る三川の八はしのくもてに物を思ふころかな

＊なれる……なれは①

右、*参川國に、八橋といふ所あり。はしの八ある也。くもてとハ、橋のはしらに、*つよからしめんために、すちかへて*打わたしたる木を、くもてとハいふ也。*又、*蛛といふむしハ、手か八あれハ、八ハしといふによそへて、くもてに物を思ふとよめるにや。*伊せ物語にハ、水のくもてにて、橋を八わたせるといへり。これハ、くもてに水のなかれたるをいふにや。いさゝか其心かハれり。くもてといふ事ハ、八はしならてもよめる也。

＊参川國に……参河国③⑰　＊つよからしめんために……つよからしめたかために㊻　＊打わたしたる木を……うちわたす也それを㊻　＊又……ナシ㊶　＊蛛といふむしハ手か八あれハ……蛛と云虫の手は（㊻ナシ）八あれは①③⑯⑰⑲㊱㊶㊻　＊伊せ物語にハ……伊勢物語に③

〔堀百〕浪たてる松のしつ枝をくもてにてかすみわたれる天のハしたて〔俊頼〕

＊堀百……詞花㊶

【下33ｂ】

《一　紫のねすりの衣事〔付寝すりの衣〕

＊付寝すりの衣……ナシ㊻　＊寝すりの衣……寝すり衣③

〔古〕恋しくはしたにをおもへ紫のねすりの衣色にいつな夢

＊古……古十三③、ナシ⑯⑲㊶　＊ナシ……〔読人不知〕③

右、紫の根にてすれる衣を云也。然を、奥義抄に、ねすりの衣は、紫の衣をきて、人とねたりければ、あさ《朝》に色のかへりて、きぬにうつりたりけるか、摺きぬに似たりけれは、人にあふ事を、紫のねすりの衣といへり。此説おは、定家卿の密勘に、寝摺の衣、不甘心よしかゝれ侍り。

＊あさ《朝》……あせ③⑯⑰⑲㊱㊶㊻　＊きぬに……ナシ㊻　＊此説おは……此説を㊶　＊不甘心よし……よく㊻　＊かゝれ侍り……かゝれたり③、かく云侍り⑰

〔後撰〕人しれてねたさもねたし紫のね摺の衣うハきにはせん〔堀川右府〕

＊後撰……後拾③㊱㊶㊻、ナシ⑲　＊⑰、「右紫の根にてすれる衣をいふ也奥義抄に」と注記アリ。前歌の注記の

誤入歟。

＊返哥……同返し③、返事⑯、ナシ⑰㊱、同返事⑲、同返哥㊻　＊ぬれ衣と人にはいはん……ぬれ比とへハいはん

〔返哥〕ぬれ衣と人にはいはん紫のね摺の衣うハきなりとも〔和泉式阝〕

⑰

右、是は、小式部の内侍、和泉式部か一子にて、かたち姿、吾に過れて、又、いく埜ゝ道と讀ミけん时のおほえ、さそ侍りけめ。上東門院の御腹の君達、心を宮《尽歟》し給けるに、堀川の右府、幽玄好色、過れたる人にて、忍ひてこそ心かよハされけめ。女も、あなかちに世をつゝみて、見つともいふな、あひきとも、とこそ契りけめ。大二条の関白、同事と聞えなから、今一しほのおほえことにて、おしたちあらハれ給けるに、彼、下にを思へ色にいつな、と云し衣を、今ハねたし、うへにきん、との給へるを、和泉式部、たゝぬれきぬとこそはいはめ。うへにき給共、といへるは、名取川の心をハえあらかいて、たゝ事ハりなきぬれ衣といひなさん、とよめるにこそ。定家卿密勘にのせられ侍り。》

＊是は……これは《定家卿密勘云》③、ハてハ⑰　＊时の……とき㊻　＊さそ……さこそ③⑯⑰⑲㊱㊶㊻　＊心を宮《尽歟》し給けるに……御心をつくし給けるに③、心をつくし給けるに⑯⑲㊱㊶㊻、御心つしく給けるに⑰　＊忍ひてこそ……忍ひて㊻　＊つゝみて……つゝミ㊶　＊あひきとも……おもともいハし㊻　＊とこそ契りけめ……とちきりける㊻　＊同事と……おなしときと㊻　＊今……今ハ⑰　＊ことにて……ことこそ㊱、にて㊻　＊おしたちあらハれ……をしあらハれ⑰㊱　＊給けるに……給ふるか㊱　＊云し……よみける㊻　＊うへにきん～とよめるにこそ……色にいてんといふ心にうハきにやせんとよみてやりけれはいつミ式阝あらかハせてたゝことハりなくそら事いハんとよめり㊻　＊いへるは……いへる㊶　＊あらかいて……あらかハて③⑯⑲㊱㊶　＊とよめるにこそ……とハよめ

るにこそ③⑰、とハよめるにこそと㊶　＊定家卿密勘にのせられ侍り……ナシ⑯⑰⑲㊱、或本にかくかけりと定家卿密勘にのせられ侍り㊶、定家卿密勘にのけられたり㊻

※底本、この項目、ナシ。①③⑯⑰⑲㊱㊶㊻、アリ。本文は、①による。

の右府幽玄好色すくれたる人にてしのひてこそ心かよハされ
けめあなかちに世をつゝミてあひきとも大の給いま一しほのお
たゝぬれきぬとこそ
※『慶安手鑑』所掲「伝一条兼良筆歌林良材集切」ⓐ（ⓑが後接する）

【下34】

一　室八嶋事

〔詞花*〕いかてかハ思ありともしらすへきむろのやしまの煙ならてハ〔實方*〕』五七ウ

＊詞花……ナシ①⑯、詞㊶　＊實方……ナシ①⑯

〔返哥〕下つけやむろの八しまにたつ煙思ありともいまこそハしれ〔女*〕

＊女……ナシ①

右、下野國の野中に、嶋あり。俗*に、むろ*の八しまといふ。その野中に、清水*あるよりいつるけのたつか、煙*にゝたるをいふ也。

＊俗に……せそくに㊻　＊むろの八しまといふ……むろの八しまは㊻　＊あるより……あるにより㊻　＊煙にゝ

たるを……けふりのたつににたり㊻

〔法*性寺内大臣时歌合*〕たえすたくむろの八しまの煙にも猶たてまさる恋もするかな〔摂*津〕

＊法性寺内大臣时歌合……ナシ㊶　＊歌合……哥⑯　＊摂津……ナシ①⑰㊻、相模㊱

右*、此歌判者*基俊*ハ、たえすたくの五文字を難し侍り。誠の煙にあらさる故にや。

＊右此歌……ナシ①③⑰⑲㊱、右㊶、右哥合のうたなれは㊻　＊判者……判ハ⑰　＊基俊ハ……基俊か㊻

※⑯、この注記、ナシ。

〔詞花〕

一　室八嶋事

〔詞花〕いかてかハ思ありともしらすへきむろのやましの煙ならてハ

〔返哥〕

※『慶安手鑑』所掲「伝一条兼良筆歌林良材集切」(b)（(a)に後接する）

【下35】

一　末松山事〔付*末松事〕

＊付末松事……付末松㊶

〔古*〕君をゝきてあたし心をわかもたハ末の松山浪もこえなん

＊古……ナシ①、古廿③、古今⑲㊱

〔*同〕浦ちかくふりくる雪ハしら浪の末の松山こすかとそみる*

＊同……ナシ①㊻、同六③　＊ナシ……〔藤原興風〕③

右、むかし、*男女のありけるか、*末の松山を*さして、かの山に浪の*こえん時そ、わするへきと、ちきりけるか、*程なく、*こと心のつきて*ける』五八オ*より、人の心の*かはるをハ、浪こすといふ也。*かの山ハ、誠に*浪のこゆるにハあらす。*あなたの海の、はるかに*のきたるに、たつ波の、*松山のうへよりこゆるやうにみゆるを、あるへくもなき事なれハ、まことに、あの浪の*こえん時、*こと心はあるへしと*契れる也。能因歌枕にハ、本の松、中の松、末の松とて、*三重にありといへり。されハにや、*山といハて、たゝ末の松と*よめる事も侍り。

＊男女の……男女⑯　＊末の松山……松山⑲　＊さして……みて㊻　＊かの山に……かの山①、この山を㊻　＊時そ……時は①、とき㊻　＊程なく……ほとなくして③⑰　＊こと心の……こと心⑲㊶㊻　＊けるより……けるにより③　＊より……よし㊻　＊かはるをハ……かハるを⑲㊻　＊かの山ハ……彼山に①③⑯⑰⑲㊱㊶㊻　＊浪の……波ハ⑰　＊あなたの……間の《あなたイ》③、あひたの⑰㊱　＊のきたるに……入きたるに㊻　＊松山……かの松山⑲㊶㊻　＊こえん時……こえむ時は①⑲、こえん時そ③、こえん時か⑯、こえん時こそ⑰㊱、こえん時わか㊶、こえんときハ㊻　＊こと心はあるへし……心はかハるへし③㊱、心ハあるへし⑰、こと心あるへし⑲　＊契れる也……契る也①　＊三重……三里⑰、三重《里》（「重」ミセケチ）⑲　＊山と……山とハ③　＊よめる事も侍り……よめり㊻

〔*後拾〕ちきりきなかたみに袖をしほりつゝ末の松山浪こさしとハ〔元輔〕

＊後拾……ナシ①⑯㊻、後撰⑰

〔*金〕いかにせん末の松山浪こさハみねのしら雪きえもこそすれ〔匡房〕

＊金……ナシ①⑲㊻、金葉⑯㊱

（一行分空白）

＊（一行分空白）……ナシ①③⑯⑰⑲㊱㊶㊻

※⑯、この項目のあと、一面分空白をおいて改面す。

※底本及び①③⑰⑲㊱㊶㊻、この一行、ナシ。⑯、アリ。本文は、⑯による。

《歌林良材集巻第九》

【下35ｂ】

《一　しのふもちすりの事

道のくの忍ふもちすり誰故に離れむとおもふ我ならなくに〔河原左大臣〕

＊ナシ……〔古十四〕③、〔古〕⑯⑰㊻、〔古今〕㊶

右、陸奥國の信夫の郡に、もちすりとて、髪をみたしたるやうに摺たる物を、忍ふもち摺といふ也。

〔伊勢〕春日のゝ若紫のすり衣忍ふのみたれ限りしられす

＊伊勢……伊③、ナシ⑰、伊勢物語⑲㊱㊻　＊ナシ……〔業平〕③⑰⑲㊱㊶、業平（作者名としてアリ）⑯

右、武蔵野の若紫とこそいひならハしたれと、是ハ、春日の里にてよめる歌なれは、春日野ゝ若紫とは、つゝけ侍り。武蔵野はけふはなやきそ、の哥おも、古今には、春日野とかきかへたり。思所あるへし。

＊たれと……たれ共㊻　＊春日の里にてよめる歌なれは……かすか墅の里なれは㊻　＊若紫とは……わかむらさきと③　＊つゝけ侍り……よめり㊻　＊哥おも……哥も㊻　＊古今には……古今に⑰　＊かきかへたり……かけり㊻　＊あるへし……成へし③

〔千〕思へともいはて忍ふのすり衣心のうちにみたれぬる哉〔頼政〕

＊千……千載⑯⑰⑲㊱㊻　＊思へとも……思ふとも⑰

＊道のくの忍ふもちすり亂＊れつゝ色には出しみたれもそする＊

＊ナシ……〔同〕③⑯⑰⑲㊱㊻　＊亂れつゝ……忍つゝ㊻　＊ナシ……〔寂然〕③⑰㊱㊶㊻

昨日みし忍ふのみたれ誰ならん心の程そかきりしられぬ＊

＊ナシ……〔清輔〕③⑰⑲㊱㊶㊻

右、此哥は、宇治の左大臣の末の子に、中納言大将兼長、冬の春日祭の使に立給ひし供の人ゝ＊、色ゝ＊の花を折て、＊きらめきける中に、前右馬助範綱か子、清綱か、忍ふすりのかりきぬをきたりけるか、心ありて見えけれは、前左＊京大夫、次＊の日、範綱かもとへいひ＊やりたる哥也＊。末の世にもおかしき事は出きにけりとなん。》

＊人ゝ……人の㊻　＊色ゝの花を折て……有此花を折て⑲　＊きらめきける中に……きらめき中に㊻　＊左京大夫……右京大夫《ウキヤウノタイフ》㊻　＊次の日……翌日⑰　＊いひやりたる……いひやりける③⑯⑰⑲㊱㊶㊻　＊哥也……哥⑲

※底本、この項目、ナシ。①③⑯⑰⑲㊱㊶㊻、アリ。本文は、①による。

【下36】

一　宇治橋姫事〔付玉姫事〕＊

＊付玉姫事……一宇治玉姫①③⑯⑲㊶、ナシ⑰㊱

〔古〕＊さむしろに衣かたしき今夜もや我をまつらん＊うちのハし《玉》ひめ』五八ウ

＊古……ナシ①⑯⑰⑲、古十四③　＊うちのハし《玉》ひめ……宇治のはしひめ《又ハ玉姫》①③、宇治の橋姫《又ハ宇治の玉姫》⑯⑰、宇治の橋姫《又うちの玉姫》⑲㊱、うちのはし姫《又玉姫イ》㊶、うちのはしひめ㊻

右、宇治の橋姫とハ、姫大明神とて＊、宇治の橋の下におハする神也。其御許へ、宇治橋の北におハする離宮と申神の、夜ことにかよひ給ふとて、暁ことにおひたゝしく*浪のたつをとのするとなん、彼邊の土民ハ、申ならハせり。
*故、この歌ハ、離宮の御哥と申。又、隆源阿闍梨と申*物ハ、*住吉の大明神の、うちの橋もりの神に通給ふと申。故
に、此哥ハ、住吉の明神の御うたといへり。

＊とて宇治の橋の下におハする神也其御許へ……の許へ⑰、許へ㊱　＊浪の……浪③　＊故……ナシ①③⑯⑰⑲
㊱㊶㊻　＊物……人㊻　＊住吉の大明神のうちの橋もりの神に通給ふと申故に此哥ハ……ナシ①⑯

〔六帖〕むハたまの*よへハかへる今夜さへわれをかへすなうちの玉ひめ〔家持〕

＊よへハかへる……よへはかへるに①、よへへハかへる③、よ人ハかへる⑯㊶、よる人ハかへる⑰㊻、よへは帰る
と⑲、かへハかへる《本のまゝ》㊱

※①③⑯⑰⑲㊱㊶、この歌、この項目の末尾にアリ。

〔*古〕千ハやふるうちのはしもりなれをしそあハれとハ思ふとしのへぬれは*

＊古……ナシ①⑰、古十七③、同⑯　＊ナシ……〔読人不知〕③

右、*此哥を、古今集の*一本に、うちのはしひめと*かける事あり。又、橋姫の物語といふ物あり。それに、*古今の二
首の歌を*かけり。たゝし、定家卿ハ、*かの物語、*不可用之由*しるされ侍り。』五九オ

＊此哥を……此哥ハ③　＊一本に……一本には㊻　＊かける事あり……かけり㊻　＊古今の……此①③⑯⑰⑲㊱
㊶㊻　＊かけり……かける③　＊かの物語……彼語⑯　＊不可用之由……用《モチイ》さるよし㊻　＊しるされ侍り……
しるされたり③

【下37】

一　たけくまの松事

〔古哥〕我のミやこもたるといへハたけくまのはなはにたてる松も子もたり

＊古哥……ナシ（「六帖」とあり、ミセケチ）①、古⑰㊶㊻、古今㊱　＊松も子もたり……松も子もこは《たりイ》⑲

右、奥州たけくまといふ所に、二木の松あり。これによりて、子もたるとハよめり。はなはとハ、山のさし出たる所のあるをいふ也。

＊とハよめり……とはよめる①、ともいへり③⑰、とハいへり⑯㊶　＊はなはとハ……花ハにとハ⑰

〔後撰〕たけくまの松ハ二木をみやこ人いかゝととハゝみ《見》きとこたへん〔橘季通〕

＊後撰……後拾①③⑲、ナシ⑰、後㊶　＊こたへん……こたへよ⑲　＊橘季通……ナシ⑰⑲

右、詞云、則光朝臣のともに、みちのくにくたりて、武隈の松をよみ侍けると云ゝ。

＊侍けると云ゝ……侍り㊻

〔同〕たけくまの松は二木をみき《三木》といハゝよくよめるにハあらぬなるへし〔僧正源覚〕

＊同……後拾①、ナシ⑰　＊みき《三木》……三木①③、見き⑯㊶、みき⑰⑲㊱

右、詞云、季通か歌をつてに聞て、よみ侍りとなん。

＊侍り……侍る③⑰⑲、侍⑯㊻

〔同〕たけくまの松ハこのたひあともなし千とせをへてや我ハきつらん〔能因〕

＊同……ナシ⑲㊱㊻、後拾㊶　＊このたひ……二度⑲

右、詞云、みちのくにゝ、二たひくたりてのちのたひ、たけくまの』五九ウ松も侍らさりけれハ、よみ侍けるとなん。

【下38】

一　柿下人丸渡唐事

〔*拾〕あまとふやかりのつかひにいつしかもならのミやこに*事つてやらん〔*人丸〕

*拾……ナシ①　*事つてやらん……事つてやせん①⑰　*人丸……ナシ⑰

右、詞云、柿下の人丸、もろこしにてよめる哥。

〔*同才八〕ゆふされハ衣手さむしわきもこかときあらひきぬ行てハやきん〔*人丸〕

*同才八……ナシ①⑲㊶、同八⑰、同十八㊻　*人丸……ナシ①⑰、同㊻

右、詞云、*もろこしへつかハしける時、よめる。

*もろこしへ……もろこし⑰

【下39】

一　三角かしは事〔*付水の柏事〕

*付水の柏事……ナシ①⑲㊱㊶

〔中納言俊忠家*恋十首哥ト逢恋〕神風やミつの*かしハに事とひてたつをま袖につゝミてそくる〔*俊頼〕

*恋十首哥ト逢恋……五十首歌逢恋①　*かしハに……柏木①　*俊頼……ナシ㊱㊶

右、三角かしは*とハ、三葉*かしハをいふ也。伊せ*太神宮にて、*ミつのかしはをとりて、*うらなふ事あり。これをなくるに、たつハかなふ、たゝぬハかなハぬ也。さて、たつをとりて、袖に*つゝミて、*よろこふ心也。又、*』六〇オ日本紀にハ、御綱葉《みつなかしハ》とかけり。延喜式にハ、三綱柏とかく。國史にハ、三角柏とかけり。又、*ミつゝかしハともよめり。

*とハ……といふハ㊻　*かしハを……柏とハ⑰　*太神宮にて……大神宮にて神供ニ㊱　*ミつ……二⑰　*うらなふ……かなふ⑰、そなふる㊱　*つゝミて……つゝみ㊻　*よろこふ心也……よろこふ也①③⑯⑰㊱㊶、

よろこひてかへる也㊻　＊又……ナシ㊻　＊ミつゝかしハともよめり……みつつかしはともよめり又水の柏共讀り①③⑯⑰㊱

わきもこかみもすそ川の岸におふる人をミつゝのかしハとをしれ〔輔親〕

＊ナシ……〔続古〕⑰　＊輔親……ナシ①、輔頼親イ⑰

〔續古今〕思あまりみつのかしハにとふことのしつむにうくハ涙なりけり〔小侍従〕

＊續古今……ナシ③⑰、続古⑯㊶　あまり……侘《あまり》①　＊小侍従……ナシ⑰⑲

右哥ハ、みつのかしハとよめり。水に、かしはをなけ入るゝに、うくハ、思ふ事かなふ。しつむハ、思ふことのかなハぬ、といふ心にいへる也。

＊右哥ハ……右の哥㊻　＊右哥ハ〜といふ心にいへる也……ナシ①　＊みつのかしハとよめり水にかしはをなけ入るゝにうくハ思ふ事かなふしつむハ思ふことのかなハぬといふ心にいへる也……ミつのかしはゝ水にうかむる（⑲「うかむ」、㊻「うかふ」）かしはによめるにや（㊻「よめり」）しつむに（㊶㊻「ハ」）思ふ事（㊶「おもひ」）のかなはぬ心と（⑲㊶「に」）いへり③⑯⑰⑲㊱㊶㊻

【下40】

一　志賀山越事

〔古二〕あつさ弓はるの山へを越くれハ道もさりあへす花そちりける〔貫之〕

＊古二……古①、古春下③⑲㊶㊻、ナシ⑯⑰㊱　＊ける……くる⑲　＊貫之……ナシ①⑯

右、詞云、しかの山こえに、女のおほくあへりけるに、よみてつかハしける云々。志賀の山こえハ、北白川の瀧のかたハらよりのほりて、如意の峯こえに、しかへ出る道也。しかの山こえハ、春にかきらす、』六〇ウいつもする事也。たゝし、堀川の次郎百首にハ、春の題に、志賀山越を出せり。これによりて、六百番歌合にも、春の題に用られ侍り。秋によめる哥。

＊あへりける……あつまりける⑲㊻　＊ける云ゝ……ける①③⑯⑰㊱㊶㊻　＊志賀の山こえハ〜秋によめる哥……ナシ①③⑰⑲㊱㊶㊻

〔古＊〕山川に風のかけたるしからみハなかれもあへぬもみちなりけり〔春道つらき〕

＊古……古秋下③⑲、ナシ⑯⑰㊻

右、詞云、しかの山こえにてよめる。＊

＊よめる……よめる（③「よめる也」、⑯㊶「よめると云ゝ」、⑰「よめるにや」）志賀の山越は北白河の瀧のかたハらよりのほりて如意の峯越に志賀へ出る道也志賀の山越は（㊻ナシ）春にかきらすいつもある（③⑯⑰⑲㊱㊶「する」、㊻「よむ」）事也たゝし堀川の次阝（㊻「度《ト、》ゝ」）百首には春の題に志賀の山を出る（③⑯⑰㊱㊶「いたす」、⑲「志賀山越を出す」、㊻「しかの山こえを出《イタ》す也」）是によりて（㊻「これより」）六百番の歌合にも春の題にとれり堀川百首を例にせるなるへし……①③⑯⑰⑲㊱㊶㊻

〔拾＊〕名をきけハむかしなからの山なれとしくるゝ秋ハ色まさりけり〔順〕

＊拾……拾三③、ナシ⑲

※①㊻、この歌、ナシ。

右、詞云、西宮左大臣家の屏風に、しかの山こえに、つほさうそくしたる女とも、もみちなとある所。＊

＊ある所……あり所③

※①㊻、この注記、ナシ。

【下40ｂ】
《夢を*かへすと《壁》いふ事
＊かへす……かへ⑲
〔後〕*まとろまぬかへにも人をミつる哉まさしからなん春の夜の夢*
＊後……後九⑲　＊ナシ……〔するか〕⑲
〔同〕*ねぬ夢に昔のかへを見つるよりうつゝに物そかなしかりけり
＊同……同廿⑲
右、夢おは、ぬる时見るによりて、夢を*かへす（「す」ミセケチ）とはいへり。其うへ、かへに*よせて、此二首の哥をはよめり。後撰集の詞にみえたり。》
＊かへす……かへ⑲　＊よせて……よせ⑲
※底本及び③⑯㊱㊶㊻、この項目、ここにナシ。前出（【上124】）。①⑲、ここにアリ。本文は、①による。⑰、ナシ。

【下41】
一　ぬれきぬ事
〔古八〕*かきくらしことハふらなん春雨にぬれきぬきせて君をとゝめん〔*よみ人不知〕
＊古八……ナシ㊶　＊よみ人不知……ナシ①
右、古今集離別哥也。ぬれきぬとハ、なき名をいふと*いへと、』六一ォ*その来歴、たしかならす。春雨にぬれきぬきせてのうたハ、*一説云、*人の旅に出んと*いひつるか、雨ゆへに*とまりたらハ*出んといひし*事か、*そら事になるへき

也。さて、かきくらしことはふらなん、とよめる也。

＊いへと……いへ共㊻　＊その……ナシ㊻　＊一説……一説に①⑯⑲㊱㊻　＊人の……ナシ㊻　＊いひつるか……云しか①③⑯⑰⑲㊱㊶、するか㊻　＊とまりたらハ……とまりたれは㊻　＊出んといひし事か……ナシ㊻　＊事か……事ハ③⑯⑰㊱㊶　＊そら事になるへき也……そらことになるへし㊻　＊さて……さてハ③　＊かきくらし……かきくらす③　＊ことはふらなん……ことふらなん⑯　＊と……とハ⑲㊱㊶　＊よめる也……読り③

〔後〕春くれハさくてふ事をぬれきぬにきする許の花にそ有ける〔貫之〕

＊後……ナシ①　＊貫之……ナシ①

右、花ハさくといひたれと、ほともなくちれハ、さきたるといふ、名はかりなりといふ心也。

＊と……共⑲　＊ちれハ……ちれる㊱　＊さきたる……咲たり⑲㊻　＊いふ……いふか①、いふハ《か》（「ハ」ミセケチ）⑲、いふは㊻　＊名はかり……心はかり⑰

〔後拾遺〕ぬれきぬと人にハいハんむらさきのねすりの衣うハきなりとも〔和泉式卩〕

＊後拾遺……ナシ①⑯⑲、後拾③㊶㊻、後撰⑰　＊和泉式卩……ナシ①

右、此哥ハ、たしかになき名ときこえ侍り。

＊右此哥ハ……一　右哥は①③⑰⑲㊱㊶㊻、右⑯　＊なき名と……なき名をよめると①③⑯⑲㊱㊶㊻、なき水をよめると⑰　＊きこえ侍り……きこゆ①③⑯⑰⑲㊱㊶㊻

【下42】

一　野中の清水事

〔古十七〕いにしへの野中のし水ぬるけれともとの心は《を》（「は」ミセケチ）しる人そくむ〔読人不知〕』六一ウ

＊古十七……ナシ①⑲、古十一⑰、古㊶　＊心は《を》……心を①③⑯⑰⑲㊱㊶㊻　＊人そくむ……ひとそくむ《しる》（「くむ」ミセケチ）⑲、人そしる㊻

右*、野中のし水ハ、播磨國、いなみ野にあり。*むかしハ、めてたき水*にて*ありけるか、末の世に、ぬるくなりぬれと、むかしをきゝつたへたる物ハ、これをたつねて、のみける心也。能因哥枕にハ、野中の清水ハ、もとの妻をいふといへり。*奥義集にも、同さまに申侍り。

＊右……ナシ㊻　＊むかしハ……昔⑰　＊むかしハめてたき水にてありけるか末の世にぬるくなりぬれとむかしをきゝつたへたる物ハこれをたつねてのみける心也能因哥枕にハ野中の清水ハもとの妻をいふといへり奥義集にも同さまに申侍り……ナシ①㊻　＊水……湯⑲　＊ありけるか……ありける③　＊奥義集にも同さまに申侍り……ナシ（次歌注としてアリ）③⑰㊱、ナシ⑯㊶、奥義集に同様にいへり⑲

〔後〕*わかためハいとゝあさくや成ぬらん野中のし水ふかさま*されハ〔*よみ人しらす〕

＊後……ナシ⑰、後撰㊻　＊まされハ……まされる①⑯　＊よみ人しらす……ナシ①㊱

右*哥*、おとこの、もとのめにか*へりすむときゝて、女*のよめる也。

＊右哥……奥義集に同様にのする（改行）右哥③　＊哥……ナシ㊻　＊かへりすむ……かへりこん㊱、かへりすさむ㊶　＊女のよめる也……女のよめる也奥義集におなしやうに作り⑰、女のよめる也〔奥義抄に／同様ニ作〕㊱

〔同〕*いにしへの野中のし水みるからにさしくむ物ハなみたなりけり

＊同……ナシ③㊶

【下43】

一　四の舩事

＊四の舩事……四の舩事〔賜入唐大使藤原消《ママ》河返哥〕①（〔　〕左寄せに書かる）

〔万十九〕四の舟ハやかへりことしらかつきわか裳の裙《こし》にして〻またなん

＊万十九……万①、万十九賜入唐大使藤原清河反哥③㊶、ナシ⑯、万十九賜入唐大使藤原清河哥⑰㊱、万十九入唐士使藤原清河反哥⑲、万九㊻　＊しらかつき……しらるへき⑲　＊ナシ……聖武天皇①③⑰⑲、聖武天皇〔賜入唐大使藤原清河反哥〕⑯

右、入唐大使藤原清河に賜へる長歌の反哥也。遣唐』六二オ使にハ、大使、副使、判官、主典の四人のつかひあるによて、四綱舩をそなへらる〻にや。同时の長歌にも、四のふねといふ詞あり。

＊入唐大使藤原清河に賜へる長歌の反哥也……ナシ①③⑯⑰⑲㊱㊶　＊反哥……返哥㊻　＊遣唐使にハ……遣唐使子ハ⑲　＊副使……ナシ⑲　＊よて……ナシ㊶、よりて㊻　＊四……ナシ㊻　＊そなへらる〻にや……そなへし也㊻　＊にや……事也①⑲㊶、也③⑯⑰㊱　＊四のふねといふ……四舟云③

【下44】

一　篠田杜の千枝事

いつミなるしのたのもりのくすの木の千枝にわかれて物をこそ思へ

右、しのたの森にハ、楠木の一本かはひろこりて、千枝にわかれたりといへり。これによりて、しのたの杜にハ、千枝といふ事をよみきたれる也。

＊森にハ……森の⑰　＊はひろこりて……はひこりて⑲㊱㊶　＊わかれたり……別れたる①③⑯⑰⑲㊱㊶㊻

＊しのたの杜にハ……しのたに㊻　＊杜にハ……森ハ⑰　＊千枝といふ事をよみきたれる也……千枝《チヘ》といふ事あ

り㊻　＊よみきたれる也……よめる也①③⑯⑰㊱㊶、よむ⑲

【下45】

一　小花か本の思草事

〔万十〕*みちのへの小花かもとの思くさいまさらになそ物ハ思ハん

＊万十……ナシ①⑲

右、思草ハ、草の名に*あらす。たゝ、草をいふなるへし。

＊名に……名には①③⑯⑲㊱㊶㊻

〔古〕*秋のゝの小花にましりさく花の色にや恋んあふよしをなみ』六二ウ

＊古……ナシ⑲㊻、古今㊶

右、此*哥の、小花にましり、といへるハ、龍膽の花の、霜かれにのこれるをいふよし、定家卿ハ申侍り。

＊此哥の小花にましりといへるハ龍膽の花の霜かれにのこれるをいふよし定家卿ハ申侍り……この小花にましりさく花は定家卿は龍膽の花の霜かれに残れるをいふといへり①③⑯⑰、尾花にましり咲花は定家卿ハ龍膽の花の霜かれにのこれるをいふと云へり⑲㊱㊶㊻

霜むすふ小花かもとの思くさきえなんのちや色に出へき〔定家〕*

＊定家……ナシ㊱

※⑯⑰㊱㊶、「霜むすふ」「秋のゝ」と配列す。

【下46】

一　濱松か枝の手向草事

〔*万二〕しら浪のはま松かえのたむけくさいく世までにかとしのへぬらん〔*川嶋皇子〕

＊万一……万①、ナシ⑯㊻　＊川嶋皇子……ナシ①⑰

右、たむけくさハ、たゝ手向といハんと也。松をもむすひ、又、时にしたかひて、花もみちをも折て、*たむくる事なるへし。

＊たむくる事なるへし……手向くるを云となり①⑯㊻、手向るを云也③⑲㊱㊶

〔*万〕八千くさの*花ハうつろふ常磐なる松のさ枝をわれハむすハん〔家持〕

＊万……万八⑲　＊花ハ……花⑲

※①、この歌、ナシ。

右、これも、松の枝をむすひて、たけむとする心也。

※①③⑯⑰⑲㊱㊶㊻、この注記、ナシ。

【下47】

一　余五の海織女の水あめる事

よこのうみにきつゝなれけんおとめこか天のは衣ほしつらん*やそ〔*曽祢好忠〕』六三オ

＊やそ……やハ《そイ》③　＊曽祢好忠……ナシ①⑯

右、曽丹か三百六十首の中、七月上旬の歌也。余五の*海に、織女のくたりて、水あめるとて、衣を松に*かけし*事のあるにこそ。

＊海に……海⑯　＊かけし……かけて㊻　＊事のあるにこそ……事のあるをいふ也①③⑯⑰⑲㊱㊶、あるをいふなり㊻

※⑯、この項目のあと、数行分空白をおいて改面す。

《歌林良材集巻第十》

※底本及び①③⑰⑲㊱㊶㊻、この一行、ナシ。⑯、アリ。本文は、⑯による。

【下48】

一　蟻《ありとほし》通明神事

七わたにまかれる玉のをゝぬきてありとをしとハ我をしらすや

＊七わたにまかれる……七わたにまかれる《マカル心也曲字ヲワタト云》③　＊をゝぬきて……を《つ》ゝぬきて（「をゝ」の「を」、ミセケチ）①　＊我をしらすや……我はしらすや①、しらすやあるらん《今はわれをしらすやイ》③⑰、しらすや有けん⑯㊶、しらすやあるらむ⑲㊱

右、清少納言枕草子にみえ侍り。何の世にてかありけん、もろこしより、この國をうちとらんとて、まつ心みける时に、七曲にまかりたる玉の、中ハとほりて、左右にあなあきたるか、ちいさきを、たてまつりて、これにをとほしてたまハらん、と申たるに、そこらの人、さらに思よらさるに、中将なりける人、蟻をとらへて、二ハかりこしにほそき絲をつけて、あなたのあなに蜜をぬりて、蟻をあなに入たるに、ミつのかをかきて、いとよくはひて、あなたの口』六三ウに出にけり。さて、そのいとのつらぬかれたるをつかハしたりけれハ、日の本の國ハかしこかりけりとて、かたふけん事を思とまりけり。その中将ハ、かんたちめ、大臣になさせ給て、のちにハ、神となりたりけるにやありけん、その神の御もとにもうてたりける人に、よるあらハれての給へる歌也。

＊清少納言……清少納言か㊻　＊みえ侍り……あり①③⑯⑰⑲㊱㊶㊻　＊にてか……にか⑰㊻　＊この國をうちとらんとてまつ心みける时に……ナシ①㊻　＊とて……として⑲　＊时に……时也⑲　＊中ハとほりて左右にあなあきたるか……すのあきたるか㊻　＊とほりて……とをり㊱　＊たてまつりて……たてまつり㊶　＊これにを……

是を綱①、これに綱③⑯⑰㊱㊶、これに綱を⑲、これにいとを㊻　＊よらさるに……よらす⑲　＊二ハかり……ナシ㊻　＊蜜……油①　＊ぬりて……ぬり㊻　＊あなに……ナシ①③⑯⑰⑲㊱㊶㊻　＊ミつ……油①　＊出にけり……出けり⑲、はい出にけり㊻　＊たりけれハ……たれは⑯⑰㊶㊻　＊なさせ……なられ⑲　＊神と……神に①　＊にやありけん……にや⑰、と也㊻　＊その神の御もとにもうてたりける人によるあらハれての給へる歌也……蟻通《アリトヲシ》の明神《ミヤウシン》これなりしるとき参詣《サンケイ》人にあらハれて右の哥を詠《エイ》したまふ也㊻　＊神の……明神の①　＊御もと……もと①　＊よる……より①、ナシ③⑰㊱　＊歌也……哥上にいふかことし①③⑯⑰⑲㊱㊶　＊①③⑯⑰⑲㊱㊶㊻、ここで改行せず、続けて書写さる。

よらさるに中将なりける人蟻をとらへて二ハかりこしにほそき絲をつけてあなたのあなに水《(ママ)》をぬりて蟻を入たるに水《(ママ)》のかをかきていとよくはひてあなたのくちに出にけりさてその絲のつらぬかれたるをつかハしたれハ日の本の國はかしこかりけりとてかたふけん事を思とまりけり其中将ハかんたちめ大臣になたせ給てのちにハ神となりけりけるとかやあらむあらむ《にやありけんその神の御もとに》その明神のもとにまうてたりける
※日比野浩信『はじめての古筆切』（和泉書院、二〇一九・四）所掲「伝一条兼良筆大四半切（『歌林良材抄』）」

又、*貫之集云、紀伊國にまかり*くたりて、*まかりのほるに、馬のわつらひて、しぬへき*あつかひを*するを、みち行*人とまりてみていふやう、*例こゝにいまする神の*し給ふとて、かく社もなく、しるしもみえねと、*心いと*うたてくおハする神也。さき〳〵も、*祈を*申てなんやむ、と*いふに、御てくらもなけれハ、*なにわさをすへきにもあらす。いかゝハせんとて、手はかり*あらひ、ひさまつ』六四オきて、さても何の神と申さんするそ、と*いへハ、ありとほしの明神となん申す、といへハ、かくよみてたてまつる。

＊貫之集云……貫之か云①、貫之云㊻　＊くたりて……くたるとき㊻　＊まかりのほるに馬のわつらひてしぬへきあつかひをするをみち行人とまりてみていふやう例こゝにいまする神のし給ふとてかく社もなくしるしもみえねと心いとうたてくおハする神也さき〳〵も祈を申てなんやむ……やしろのまへにて馬《ムマ》ふしてしぬへかりけるに道行人いひけるハこゝにいまする神のやしろもなくしるしもみえね共心いたうたけくおハする神也そのさきもいのりを申てよかたりしなと㊻　＊あつかひ……あかつきかひ⑯　＊するを……ナシ㊱　＊人……人〳〵⑯⑰㊱、人。《に》⑲　＊例……例の①　＊し給ふとて……したまふ⑰、し給ふにて⑲　＊心……心ハ③、や⑲　＊うたてく……うたてしく⑰　＊祈を申てなんやむといふに御てくらも……ナシ⑰㊱　＊祈を……きせい①　＊申てなん……申て③　＊いふに……云③　＊なにわさ……いかなる態①、なとわさ⑰　＊あらひ……あらひて③⑰　＊いへハ……いひけれハ㊻

人によるあらハれての給へる哥上にいふかことし
又貫之集云紀伊國にまかりくたりて罷上に馬のわつらひてしぬへきあつかひ。《をする》をみち行人ゝとまりてみていふやう例こゝにいまする神のし給ふとてかく社もなくしるしもみえねと心いとうたてくおハする神也さき〳〵も祈を申てなんやむといふにミ。《て》くらもなけ

れハ何わさをすへきもあらすいかゝハせんとて手はかりあらひ
※田中登編『平成新修古筆資料集　第三集』（思文閣出版、二〇〇六・一）所掲「一条兼良　大四半切（歌林良材集）」

*かき*くもりあや目もしらぬ大空に*ありと星をハ思ふへしやハ
＊かき……かく㊱　＊くもり……くらし《くもりイ》③　＊ありと星をハ……あり通をハ⑯⑰㊶、ありとをし共㊻
*右、大鏡、古事談といふ物にハ、貫之、和泉國よりまかりのほる時、としるし侍れと、かの家集にハすくへからす。
＊右大鏡古事談といふ物にハ貫之和泉國よりまかりのほる時としるし侍れと……右ありとおしの明神の事（㊻ナシ）は貫之和泉國をまかりのほる時（③⑯⑰㊱㊻「時に」、㊶「時と」）大（⑲「とハ」）鏡并（㊻ナシ）古事談といふ抄物にしるせれと（⑲「しるせりけれと」、㊻「しるし侍れと」）①③⑯⑰⑲㊱㊶㊻

【下49】

一　姨《をハ》すて山事

〔*古〕わか心なくさめかねつさらしなやおはすて山にすむ月をみて
＊古……ナシ⑲㊶

右、大和物語云、しなのゝ國、*さらしなといふ所に、おとこすみけり。わかき時に、親ハし*にけれハ、おはなん、おやのことくに、わかくよりあひそひてあるに、*そのめの心、*いとこゝろうき事おほくて、このしうとめのおいかゝまりてゐたるを、つねに』六四ウにくミつゝ、おとこにも、このおハの御心の、さかなくあしき事をいひきかせけれハ、むかしのことくにもあらす、*をろそかなる事おほく、このおはのためになりゆきけり。このおは、いといたうおいて、ふたへにてゐたり。これを、猶、このよめ、ところせかりて、いまゝてしなぬことゝ思て、よからぬ事をいひつゝ、もていまして、ふかき山にすてたまひてよ、とのミせみ《め》けれハ、せめられわひて、さしてんと思なりぬ。月のいとあかき夜、をんなともいさたまへ、寺にたうときわさすなる、みせたてまつらむ、といひけれは、かきりなくよろこひて、おハれにけり。たかき山のふもとにすみけれハ、その山にはる〳〵と入て、たかき山のみねのおりくへくもあらぬにをきて、にけてきぬ。やゝといへと、』六五オ いらへもせて、にけて家にきて思ひをるに、いひはらたてゝけるおりは、はらたちてかくしつれと、としころ、おやのことやしなひつゝ、あひそひけれハ、いとかなしくおほえけり。この山のかみより、月もいとかきりなくあかくいてたるをなかめて、夜ひと夜、いもねられす、かなしくおほえけれハ、このうたをよみてなむ。又、いきてむかへもてきにけり。これより、かの山をなん、おはすて山といひける。なくさめかたしとハ、これかよしになんありける。

顕注密勘にハ、或書をひきて、此哥《ハ》、めいにおはかすてられてよめる、といへり。されと、大和物語を本とすへし。又、おひかおはをすてゝも、又、めいにすてられても、やかて、姨弁山とよまん事も、』六五ウ 和漢の添例なきにあらす。難たるへからす。摩笄山の事なとを引て、定家卿ハ、なため用られ侍り。

＊國……國に⑲　＊しにけれハ……しにゝけれハ⑲　＊その……この③⑯⑰⑲㊱㊶　＊いとこゝろうき……こゝろいとうき③、いとうき⑰㊱、心うき⑲　＊をろそかなる……おろかなる③⑯⑰⑲㊱㊶　＊ことゝ……事に⑲　＊いまして……いまし③　＊すてたまひてよ……すてたゝいてよ③⑰　＊せみ《め》けれハ……せめけれは③⑯⑰⑲㊱㊶　＊せめられ……せめられて③㊱　＊すなる……する③、すなり⑰㊶　＊おハれにけり……おハれにける③、おれにけり⑲　＊おりくへくも……をりはへくも③、おるゝへくも⑲、おりへくも㊶　＊やゝといへと……やゝといへとも③⑯、やといへはと⑰、やゝといへは⑲　＊思ひをるに……思ひけるに⑲　＊おりは……をハ③　＊

はらたちて……立て⑲　＊しつれと……しつれは⑰　＊かなしくおほえけれハこのうたをよみてなむ……かなしうなん⑰　＊このうたをよみてなむ……かくよミたりけり〔上にしる／せり〕とよみてなん③㊶、かくよみける〔上にしる／せり〕とよミてん⑯㊱、哥よみたりける〔上にしる／せり〕と讀てなん⑲　＊これより……其より⑰⑲㊱㊶　＊③⑯⑰、ここで改行せず、続けて書写さる。＊おひか……めいか⑯　＊すてられても……すてゝも⑲　＊添例……例⑰、流例⑲㊱㊶　＊摩笄山……摩不見山㊶　＊定家卿ハ……定家卿③

※①㊻、この項目、ナシ。底本及び③⑯⑰⑲㊱㊶、アリ。

【下50】

一　常陸帯事

あつまちのみちのはてなるひたち帯のかことはかりもあハんとそ思ふ

*右、俊頼抄云、ひたちの國に、かしまの明神と申神の祭の日、女のけさう人のあまたある時に、その*名ともを、布の帯に*かきあつめて、神の御前にをく也。おほかる中に、すへきおとこの名かきたる*帯ハ、をのつから*うらかへる也。それをとりて、ねきかえさせたるを、女みて、さもと思ふ男の名ある帯なれハ、やかて、御前にてそれをきゝて、男かうちかゝりて、したしくなりぬ。たとへハ、*うらなとの様なる事也。』六六オ

＊右……ナシ⑰㊱　＊名とも……名のり③⑰、名⑲　＊かきあつめ……かきつけて③㊱　＊帯ハ……おひをハ⑯⑰㊱　＊うらかへる……うかへる⑰　＊うら……うらなひ⑰

※①㊻、この項目、ナシ。底本及び③⑯⑰⑲㊱㊶、アリ。

【下50ｂ】

《三重ノ帯事

*二なき恋をしすれは常の帯を三重にゆふへく我身ハ成ぬ
＊ナシ……〔万十三〕⑲㊱
是ハ、恋をして、やせたるにより、たゝの帯を、*三回りなとにする心也。》
＊三回り……三かへり⑲㊱
※底本及び①③⑯㊶㊻、この項目、ここにナシ。前出（【上112】）。⑰⑲㊱、ここにもアリ（重出）。本文は、⑰による。

【下50ｃ】

《一　*とふさたつ事〔*此目録前にあり雖然猶巨細之間仍書加之。〕
＊とふさたつ事……とふさたつ山⑰　＊此目録前にあり雖然猶巨細之間仍書加之……ナシ⑰⑲㊱
*とふさたつあしから山に舟木きり木にきりかへつあたら舟木を
＊ナシ……〔万〕㊱
右、とふさハ、*鳥総とかけり。又、*万十七、とふさたて舟木きるといふ*嶋山、*とよめるハ、登夫佐多氏*とかけり。これ、万葉のならひなり。いつれも、木のこすゑ也。山にいりて、木をきりてハ、かならす、きの末をきりて、きりたる木のあとに立也。たとへハ、*かわり也。仍、木にきり*かへつ、*とよめる也。ふな木ハ、舟にする木なり。この哥ハ、*満誓ハ、筑紫観音寺造をりの哥也。》
＊鳥総……鳥跡⑲　＊万十七……万葉十七⑰　＊嶋山……能登のしま山⑰⑲　＊とよめるハ……と讀り⑲　＊氏……低⑰、烈⑲、底㊱　＊かわり……かハる⑰㊱　＊かへつ……かけつ⑲　＊よめる也……よめり⑲　＊満誓ハ……満誓か⑰⑲㊱

※底本及び①③㊶㊻、この項目、ここにナシ。⑯⑰⑲㊱、ここにアリ。本文は、⑯による。類似する項目、【上114b】【下51d】【下54】としてアリ。

仍木にきりかへつとよめる也ふなきハ舟にする木也此哥ハ満誓か筑紫観音寺造おりの哥也
※小松茂美『古筆学大成』第二四巻（講談社、一九九三・一一）所掲「一条兼良筆　歌林良材集切」（二三九）(a)（(b)が後接する）

【下51】

一* 玉箒事

＊一　玉……一萬廿　はつねの玉⑲

〔万〕* 初春のはつねのけふのたまはゝき手にとるからにゆらく玉のを

＊万……ナシ⑯⑰⑲㊶、万廿㊱

右*歌ハ、天平宝字二年正月三日、侍*従等をめして、内裏のあつま屋に侍らしめて、すなハち、玉箒をたまハりて、とよのあかりし給ふ時、内相*藤原朝臣鎌子、勅を奉て、王*卿等に、歌を詠し、詩を賦せしむる時、*右中弁大伴宿祢家持かよめる歌也云*ゝ。此*歌、万葉集に入たる本もあり、又、なき本もありといへり。此玉*箒、説*ゝあり。俊頼口傳にハ、は*ゝ木と申木に、子日の松を引具て、はゝきにつくりて、むつきの初子の日、こ*かふ屋をはくといへり。又、たゝ物をほむるゆへに、玉はゝきと、はゝきをいふといへり。又、松を、玉はゝ木といふといへり。いつれも、

*たしかなる説なし。又、能因法師の、大納言』六六ウ経信卿にかたりける*説に、京極の御息所を、志賀寺の老法師、恋たてまつりて、けさん*申侍ける*時、*御簾の下より御手をたまハりて、此哥を*詠しけるといへり。*この事、初子の日にあたらん事もおほつかなし。たゝ、*ふるき歌を詠して、御手をたまハらん事、さも有ぬへき事也。

＊右歌ハ……此歌ハ（⑲㊱㊶「ハ」ナシ）万葉集（⑲「萬葉」）に入たる（⑲「いれる」）本もあり又なき本もあると申也右哥ハ③⑯⑰⑲㊱㊶　＊侍従等……侍従③　＊藤原朝臣鎌子……銚子⑰㊱　＊王卿……公卿③⑰㊱　＊右中弁……右中将⑲　＊云ゝ……ナシ③⑯⑰⑲㊱㊶　＊此歌万葉集に入たる本もあり又なき本もありといへり……ナシ③⑯⑰⑲㊱㊶　＊玉箒……玉箒の③　＊説ゝ……説に⑲　＊はゝ木……はゝ木ゝ⑯　＊こかふ屋……こふ屋③　＊たしかなる……たしかならす⑲　＊説に……説云⑲　＊申侍ける時……申ける③⑯⑰⑲㊱　＊時……ナシ㊶　＊御簾の下より……御息所の③⑯⑰⑲㊱㊶　＊詠しける……詠し侍⑲　＊この事初子の日にあたらん事もおほつかなしたゝ……ナシ③⑯⑰⑲㊱㊶　＊ふるき歌を詠して御手をたまハらん事さも有ぬへき事也……ふるき哥をひしりの詠せん事もさもありぬへし大かたハ万葉（㊱㊶「万葉集」）の哥なれは事の外の（㊱㊶ナシ）空事なるへし③⑯⑰㊱㊶、ふるき哥をひしりの詠せん事さもありぬへし萬葉の哥⑲

※①㊻、この項目、ナシ。

一　玉《はつねの》はゝき事

〔万廿〕初春のはつねのけふの山はゝき手にとるからにゆらく玉のを

此哥万葉集にいれる本もあり又なき本もあると申也

右哥ハ天平宝字二年正月三日侍従等をめして内裏のあつまやに侍ら

しめてすなハち玉箒をたまハりてとよのあたりし給ふ時内相鎌《藤原》子勅を奉て
王卿等に歌賦《を詠し》（「賦」ミセケチ）詩を賦せしむる時大伴《右中弁》宿禰かよめる哥也この山はゝき
説ゝあり俊頼口傳にハハゝき木と申木に子日の松を引具てはゝきにつりてむつきの
初子の日こかふ屋をはくといへり又たゝ物をほむるゆへに玉はゝきとは《（ママ）》ゝきをいふと
いへり又松を玉はゝきといふといへりいつれもたしかなる説なし
又能因法師の大納言経信卿にかたりける説に京極の御やす所を志か寺の老法し恋たてまつりて
けさんし《申》ける御息所の御手をたまハりてこの
哥を詠しけるといへりふるき哥ニ□み又論すへ□

※小松茂美『古筆学大成』第二四巻（講談社、一九九三・一二）所掲「一条兼良筆　歌林良材集切」（二三九）(b)
（(c)が後接する）

【下51b】

《一　おにのしこ草の事
*わすれ草我下ひもにつけされハ鬼のしこ草ことにし有けり
＊ナシ……〔万四萱草〕⑲㊱㊶
右、是ハ、家持か*坂上家大娘にをくる哥也。離絶数年後會、相聞*往来哥、といへり。たとへハ、たえて久*しき女にあへる哥也。*哥の心は、わすれんとすれ共、え忘すと云心也。鬼のしこ草ハ、紫苑の名也。物忘れせぬ草なり。故に、なけく事あらん人ハ、うへてミるへからさる草といへり。》

＊坂上家大娘……坂上大娘⑰㊱　＊往来哥……住事⑲　＊久しき……久しくひさしき⑲　＊哥の心は……哥ハ⑲
※底本及び①③㊻、この項目、ナシ。⑯⑰⑲㊱㊶、アリ。本文は、⑯による。

一　おにのしこ草の事
〔万四〕わすれくさ《萱草》わか下ひもにつけたれハおにのしこくさことにしありけり
右是ハ家持か坂上家大娘におくる哥也離絶数年後會相聞往来哥といへり
※小松茂美『古筆学大成』第二四巻（講談社、一九九三・一一）所掲「一条兼良筆　歌林良材集切」（二三九）(c)
（(b)に後接する）

【下51c】
《むや〳〵の關事
〔*古哥〕ものゝふのいつさ入さにしほりするをや〳〵うちのむや〳〵の関
＊古哥……ナシ⑯㊶
右、*八雲御抄云、*陸奥出羽国の中に、*行かふ山あり。*木茂く、行来たやすからす。*仍、しほりうちして*たとりゆく。
されは、*おやをやとをりといふ也。むや〳〵ハ、かの山口にある関の名也。*出羽のかたにあり。》
＊八雲御抄……八雲抄⑯⑲㊶　＊陸奥出羽国……陸奥と出羽⑲　＊行かふ……行かよふ⑯㊶　＊茂く……しけくて⑲㊱㊶　＊仍……木の⑲　＊たとり……たより⑯⑲　＊おやをや……とや〳〵⑯⑲㊶　＊出羽のかたにあり……出羽方也⑯

※底本及び①㊻、この項目、ナシ。③⑯⑰⑲㊱㊶、アリ。本文は、③による。

右八雲抄云陸奥口出羽國の中に行かよふ山ありきしけくて行来たやすからす
仍しほりうちしてゆくされハをやくとほりと云也むやくハかの山口にある
關の名也在出羽方
※『心画帖』所掲「伝一条兼良筆歌林良材集切」ⓐ（ⓑが後接する）

【下51ｄ】

《一　とふさたつ事〔自筆已下四ヶ条目録前ニありといへとも詞用捨存によつて／重書之如本〕
右、とふさハ、鳥総とかけり。又十七、とふさしてふな木きるといふのとの嶋山、とよめるハ、登夫佐多底とかけり。是、万葉のならひ也。いつれも、木の梢也。山に入て、木をきりては、かならす、木の末をきりて、切たる木の跡にたつる也。たとへハかハり也。仍、木にきりかへつとよめる也。ふな木ハ、舩にする木也。此哥ハ、満誓か、筑紫観音寺造おりの哥也。》

※底本及び①③⑯⑰⑲㊱㊻、この項目、ここにナシ。㊶、ここにアリ。本文は、㊶による。類似する項目、【上114b】【下50ｃ】【下54】としてアリ。

【下51ｅ】

《一　ぬかつく事〔同上*ニありといへ共、巨細の条、重而書之早〕

＊同上ニありといへ共巨細の条重而書之早……ハシニアリ③、ナシ⑰⑲㊱㊶

*あひおもハぬ人を思ふハ大寺のかきのしりへにぬかつくかこと

＊ナシ……〔万〕㊱

※③、この歌、ナシ。

右、是ハ、あひおもはぬ人を*思ハん、せんなき事なり。*大寺には、佛にこそぬかをもつくへきに、かきのしりへにぬかつくハ、せんなき*事也。*古来風躰云、これハ、垣のしりへなり。されと、*又、餓鬼をも寺にハかきてもつくりてもあれは、かよはしてかけるなり。

＊思ハん……思はんハ⑲㊱　＊大寺には佛に……大寺に⑲　＊事也……事⑲　＊古来風躰云……ナシ⑲　＊又……ナシ⑲

※③、この注、ナシ。

〔*万才十六　*池田朝臣嗤大神朝臣奥守哥〕*寺〻のめかきまうさくおほうハのをかきたハりて其こハらまん

＊万才十六……万十六③⑰⑲　＊池田朝臣嗤大神朝臣奥守哥……ナシ③⑰⑲、池田朝臣㊱、池田朝臣女餓鬼大神朝臣奥守哥㊶　＊寺〻のめかきまうさくおほうハのをかきたハりて其こハらまん……寺〻のあかきまうさく《池田朝臣女餓鬼》おほうハ《大神朝臣》のかきた《奥守哥》ハりてそのこハら《大神男餓鬼》まん③、寺〻のめかきまうさくおうハ《池日朝臣嗤大明神朝臣》のを《奥守哥》かきたハりて《大神》そのこはらまん⑰、寺〻のめか《池田ほ》きまうさくおほうハ《り唯大火神ホト奥守哥大神》のをかきた《男餓鬼》ハりてそのこハらまん⑲、寺ゝのめかき《女餓鬼》まうさくおほう《大神》ハのをかき《男餓鬼》たハりてそのこハらまん㊱

〔大神朝臣*奥守報嗤哥〕佛つくる*あかにたゝすハ水*とゝめ*いけたの*あそか花のうへをほれ〔「あそか」左傍に「朝臣」と傍記アリ〕》

＊奥守報嗤哥……ナシ⑰㊱　＊あかにたゝす……あかにたゝす《奥守報嗤哥》⑰　＊とゝめ……をとめ③、とめ《か朝臣》㊱　＊いけた……

いけた《男餓鬼》⑰　＊あそ……あそ《朝臣》⑰
※底本及び①㊻、この項目、ナシ。③⑯⑰⑲㊱㊶、アリ。本文は、⑯による。同名項目、【上125】にアリ。内容類似するも一致せず。

一　ぬかつく事　〔　池田朝臣嗤大神朝臣奥守哥
万　才十六巻てら〳〵のめかき《女餓鬼》まうさくおほう《大神》ハのをかき《男餓鬼》たハりてそのこハらまん
大神朝臣奥守報嗤哥
佛つくるあかにたゝすハ水とゝめいけたのあそ〔朝臣〕かハなのうへをほし(?)
〔万〕あひ思ぬ人を思ふハ大寺のかきのしりへにぬかつくかこと
※『心画帖』所掲「伝一条兼良筆歌林良材集切」(b)

【下51 f】
《一　かほ花〔うつくしき花也。かほとり、同〕
〔万八〕たかまとの野へのかほ花面影に見えつゝいもか忘かねつも〔家持〕*》
＊家持……ナシ㊱
※底本及び③⑯⑰㊶㊻、この項目、ここにナシ。前出（【上126】）。⑲㊱、ここにもアリ（重出）。①、ナシ。本文は、⑲による。

【下52】

一　筑磨の祭の鍋《なへ》事
〔拾十九〕いつしかもつくまのまつりはやせなんつれなき人のなへの数ミん〔よみ人しらす〕
右、近江のつくまの大明神の祭にハ、女のおとこもちたるかすなへをいたゝきてわたるといへり。はちかましき祭にこそありけれ。伊せ物かたりにも、この歌ハみえ侍り。その五《初》文字ハ、近江なる、とあり。又、中五文字ハ、とくせなん、とあり。』六七オ
※①③⑯⑰㊶㊻、この項目、ナシ。⑲、「一　つくまのなへの事〔本ノマヽ、コトカキナシ〕」とのみアリ。

【下53】

一　*和琴おとめと化して夢にみゆる事
＊和琴おとめと化して夢にみゆる事……大和琴夢化娘子事③⑯⑰⑲㊶
〔万五〕*いかにあらん日のときにかもこゑしらん人のひさのへわか枕せん〔娘子〕
＊いかにあらん……いかならん⑯⑰
〔同〕ことゝハぬ木にハありともうるハしき君かてなれの*ことにもあるへし〔大伴卿〕
＊ことにも……ことにし⑯㊶
右、對馬國結《ゆふ》石《し》山《やま》のきりのまこ枝にてつくれるやまとことあり。*この琴、*太宰帥大伴卿の夢に、*娘子に化して、*歌をよめり。*すなハち、大伴卿、返歌あり。二首ともに、上にいふかことし。*天平九年十月なのか、使をもて、*この琴を、中衛大将藤原房前卿にたてまつるとて、二首の歌の始末を、状にかきてたてまつれり。藤原卿、すなハち、又答歌あり。
＊この琴……ナシ③　＊太宰帥大伴卿の……ナシ③⑰㊶　＊娘子……女③⑯⑰　＊歌をよめり……其志をのへか

つハ又哥を讀り③⑯⑰㊶　＊すなハち大伴卿返歌あり二首ともに上にいふかことし……上に云かことし則返答も上にいふかことし其时此乙妻よろこふと見えて（⑰㊶「みて」）夢さめたり（⑯⑰「てけり」）此やまとことをは③⑯⑰㊶　＊天平九年……天平元年③⑯⑰㊶　＊この琴を中衛大将藤原房前卿にたてまつるとて二首の歌の始末を状にかきてたてまつれり藤原卿すなハち又答歌あり……たてまハ（ママ）るとみえたり中衛大将藤原卿にありし時の事と見えたり③、中衛大将藤原卿にたてまつるとみえたり⑯⑰㊶

※⑲、この注記の本文、異同甚し。よつて、全文を掲出す。「右對馬國の結石山のきりのまこ枝にてつくれるやまとことありこのこと。《夢おとめ》女に化してその志をのへかつは又哥を讀る上にいふかことしときに則返答も大宰帥大伴卿返哥又上にいふかことし其时このおとめよろこふとて夢覚たり中衛大将藤原卿にありし時の事也このやま（「ま」ミセケチ）とことをハ天平元年十月七日傳をもて奉ると見えたり」

事とハぬ木にもありともわかせこかたなれのみことつちにをかめや

※③⑯⑰㊶、この歌、ナシ。

※①㊻、この項目、ナシ。底本及び③⑯⑰⑲㊱㊶、アリ。

【下53ｂ】

《かたまけぬ　片設とかけり*物のアリヤウケ*タル心也*カタ〳〵ヤケタル*心ニモイヘリ。

＊かけり……かけるか⑲　＊アリヤウケ……ありまさけ⑲　＊也……也又⑲　＊ヤケタル……まけたる⑲

〔万十三〕鶯の木つたふ梅のうつろへハさくらの花のきとかたまけぬ

此哥ハ、梅の花の咲たる程に、桜の花ハ片まけりといへる*。又、桜の花のさきまうけたる心にもかなへる也。》

＊いへる……いへる也⑲

※底本及び⑯⑰㊶㊻、この項目、ここにナシ。前出（【上87】）。①㊱、ナシ。③⑲、ここにアリ。本文は、③による。

【下53c】

《一　うけらか花〔をけらか花也ひらけぬ花也〕

＊うけらか花〔をけらか花也ひらけぬ花也〕……うけらか玉《花》（「玉」ミセケチ）をけらか花也ひらけぬ花也㊱

あさかかた塩干のゆうに思へ共うけらか花の色に出めやも

＊ゆう……ゆた㊱

右、ゆうは、ゆたか也。うけらか花は、ひらけぬ故色に《花なれハ》（「故色に」ミセケチ）出ぬと也《いへり》（「也」ミセケチ）。》

＊ゆう……ゆた㊱　＊ゆたか……ゆたり㊱

※底本及び③⑯⑰㊻、この項目、ここにナシ。前出（【上127】）。⑲㊱㊶、ここにもアリ（重出）。ただし、【上127】に注記はナシ。本文は、⑲による。①、ナシ。

【下53d】

《一　そか菊事

〔拾遺万七〕此ミゆるきしへにたてるそか菊のしけミさ枝の色のてころさ

＊拾遺万七……ナシ㊶　＊万七……十七⑰⑲㊱

右、そかハ、むかひの岸にそかひに見ゆる、とよめるにや。承和の御門の、黄なる色をこのミ給けれハ、黄菊を、そか菊といふなりと申事は、いつよりいふ事ハおほつかなく侍るよし、俊成卿も、古来風躰抄にしるされたり。

＊給けれハ……給ける⑲　＊そか菊といふなり……そわ菊⑲　＊事ハ……事か⑲　＊たり……侍り⑲㊱

＊つくはねのそかひにミゆるあしほ山あしかるる＊共さね見えなくに

＊ナシ……〔万〕㊱㊶　＊共……共《ほとイ》⑰

右、そかひハ、＊おひすかひなといふ＊やうにミみゆるなり。》

＊おひすかひなといふ……をひすかないふ《本ノマヽ》⑲　＊やうに……へうに⑲、やうさ㊱

※底本及び①③㊻、この項目、ナシ。⑯⑰⑲㊱㊶、アリ。本文は、⑯による。類似する項目、【上46】としてアリ。

㊶、この後に、他本からと目される増補項目アリ。解題参看。

【下54】

一　とふさたて舟木きる事』六七ウ

〔万二〕とふさたてあしから山にふな木きりきにきりよせつあたらふな木を〔沙弥満誓〕

右哥ハ、満誓か筑紫の観世音寺を造る時の哥也。とふさハ、鳥総とかけり。木の末也。山に入て、木をきりてハ、かならすその木の末をきりて、きりたる木のあとにたつる也。又、万葉十七、とふさたて《登夫佐多氐》舩木きるといふのとのしま山けふミれハ木たちしけしもいく代神ひそ。此哥も同心なり。

※底本のみ、ここにアリ。類似する項目、【上114b】【下50c】【下51d】としてアリ。

【下55】

一　三輪檜原挿頭折事

〔万九〕いにしへにありけん人もわかたとく三輪のひハらにかさしおりけん

右、万葉に、何事の故とハみえす。おほかた、花もみちならても、いつれの草木にても、かさしにおるへき事ハ、不審なき也。

※①③⑯⑰⑲㊻、この項目、ナシ。

【下56】

一 河原左大臣塩竈浦事』六八オ

〔古〕君まさて煙たえましゝほかまの浦さひしくもみえわたるかな〔貫之〕

右、是ハ、河原左大臣源融公、六條河原に、いみしき家をつくられ、池をほり、水をたゝへて、毎月に、潮卅石はかりはこひ入て、海底の魚貝等をすましめたり。奥州のしほかまの浦をうつして、あまのしほ屋に煙をたてゝ、もてあそハれけるか、かのおとゝ、身まかりて後、しほかまの煙、たえたるをみて、貫之かよめる歌也。あハれなる哥也。

※①③⑯⑰⑲㊱㊻、この項目、ナシ。

【下57】

一 西院の后の松か浦嶋事

〔後十五〕をとにきく松か浦しまけふそみるむへも心あるあまハすみけり〔素性〕

右、詞云、西院の后、御くしおろさせ給て、をこなはせ給ふる時、かの院のなかしまの松をけつりて、かきつけ侍る。西院』六八ウ后正子、淳和后、嵯峨の皇女也。

※①③⑯⑰⑲㊱㊻、この項目、ナシ。

(以下空白)』六九オ

兼良公筆』六九ウ ※右寄せに書かる。

(一面空白)』七〇オ

右謌林良材集上下後成恩寺殿
御作則此本彼御筆也可秘藏而已
(以下空白)』七〇ウ

【古来風躰抄（抄出）】

※底本及び①⑯㊶㊻、ナシ。③⑰⑲㊱、巻末にアリ。本文は、③による。

《古来風躰云、さて、此万葉集をハ、後拾遺序に申たるハ、此集の心ハ、やすき事をかくし、かたき事をあらハせり。よりて、まとへるものおほし、とそかきたるを、今、さにハあらぬにやと覚侍る也。此集の比までは、哥の詞に、人のつねによミける事ともを、時代うつりかはるまゝにハよます成にけることはとものの、あまたある成へし。もろこしにも、文躰、三度あらたまる、なとゝ申ける様に、この哥のすかたハ、詞ハ、时代のへたゝるにしたかひて、かハりまかる也。昔の人の、かたきことをあらハし、やすきことをかたくなして、人をまとハさんと思へるにハあらさるへし。但、かきねのもしつかひにとりてそ、うちまかせて、その事につかふもしをもかゝす、とかくかきなしたる事そ、おほかるへき。たとへは、春花、秋月ともいへる哥を、やすくさハかゝて、真名かなに、一もしつゝかきて、波流の波金《（ママ）》、阿伎の劫伎《（ママ）》、なとやうにかき、又、おなしく、一字にかくにとりても、ここかしこに、もしをかへつゝかき、又、三十一字の物を、たゝ十余文字にも、二十余文字なとにもかきなしたる所〳〵の侍る也。まことに、すこしハまとハさんとにやとも申つへかめれ、それも、こと葉かよハして、かくもいふそ、なとミせんとなるへし。されとも、近来も、さやうのもしつかひにハかられて、まとうものとも、あるなるへし。》

＊をハ……ハ⑲　＊とそ……とす⑲　＊さにハ……さハ⑲　＊時代……幾世⑲　＊成にける……なりける⑲　＊ある成へし……あるへし⑲　＊申ける……申たる⑲㊱　＊すかたハ……すかた⑰⑲㊱　＊昔の人……昔⑰　＊思へる……思ふ⑲　＊かきね……かき様⑲　＊うちまかせて……たちまかせて⑰　＊さハかゝて……さいかて⑲　＊一もしつゝかきて波流の波金阿伎の劫伎なとやうにかき……一もしにかき⑰　＊波金……波祭⑲　＊劫伎……形枝⑲、却伎《ツキ》㊱　＊おなしく……おなし⑲　＊たゝ……ナシ⑲　＊十余……十四⑰　＊侍る也……侍り⑲　＊まことに……誠

⑲　＊とにや……事や⑲　＊こと葉……ことはを⑲　＊されとも……それと⑲　＊近来……今来⑲　＊もしつかひ
に……もしつかひも⑲　＊ものともゝ……もともゝ㊱　＊あるなるへし……あるへし⑲

【下巻末（独自）増補章段】※解題参看

※本文は、㊷京都大学附属図書館蔵本〔四―二二・カ・二六〕により、㊹京都女子大学附属図書館蘆庵文庫蔵本〔四二〕、及び、㊺富山市立図書館山田孝雄文庫蔵本〔W九一一・一・カ・四八〇〕を以て異同を示した。なほ、本文を《 》で括ることはしてゐない。

【増1】

一　あさむく〔欺也　いつハりすかしたる心なり。〕

蓮葉のにこりにしまぬこゝろもてなにかは露を玉とあさむく　遍昭

古今忠峯かなか歌、誰かハ秋のくるかたかたにあさむき出て、是も心ならす、人にすかされて、うつりたる心なり。

【増2】

一　ほつえ　はつえ、同。末の枝也。一説、つほめる枝也*ゝゝ。

＊ゝゝ……ナシ㊹㊺

わか*薗の梅のほつえにうくひすの音になきぬへき恋もする哉

＊薗……やと㊹㊺

【増3】

一　夜たゝ　夜もしつまらす、さはく心也。　*なにをうしとか夜たゝ鳴らむ。

＊なにをうしとか夜たゝ鳴らむ……ナシ㊺

【増4】

一　とよミ　ひゝくなり。　*山したとよミ鹿のなく覧。

＊山したとよミ鹿のなく覧……ナシ㊺

【増5】

一　さやか　清也。明也。さた○《か》也。

【増6】

一　雪け　二の心あり。一ハは雪消也。一ハ雪氣也。

〔古〕＊この川に紅葉ゝなかるおく山の―

＊〔古〕この川に紅葉ゝなかるおく山の―……ナシ㊹㊺

〔拾〕わたつみの雪けの水はまさりけりをちのしま〳〵みえすなり行

※㊺、この歌、ナシ。

【増7】

一　はひいり　門の入口を＊いふなり。

〔後〕＊いもか家のはひいりにたてる青柳にいまやなくらんうくひすの聲

＊いふなり……いふ㊺

＊後……ナシ㊺

【増8】

一　ねこし　ほりうへたる＊心也。＊日本記には、堀といふ字を、ねこしとよめり。

＊心……名㊹　＊日本記には……日本記に㊹㊺

〔拾〕＊いにし年ねこして栽し我宿のわかきの梅は花さきにけり

＊拾……ナシ㊺

【増9】

一 そよみともなく それは水ともなく、といふ心なり。

＊けふよりは天の河原ハあせななむそよミともなくいさわたりなむ

＊ナシ……〔後〕㊹

【増10】

一 けゝれなく 心なく＊也。〔貫之＊土左日記、河尻よりのほる也。＊かくてさしのほるに、東方ニ／山のよこほれるをミて、人にとへは、＊やかたの宮といふと云〻。〕

＊也……ナシ㊺ ＊土左日記……土左日記云㊹㊺ ＊かくて……ナシ㊺ ＊やかた……やハた㊺

かひかねをさやかにもみしかけゝれなく＊よこおりふせるさやの中山

＊よこおりふせるさやの中山……――㊹

【増11】

一 やよけれは いよ〳〵すくれハ、といふ也。弥過といふ＊心なり。

＊心なり……也㊹

＊忠峯なかうた、＊年の数さへやよけれは。

＊忠峯なかうた……忠峯か長哥に㊹、ナシ㊺ ＊年の数さへやよけれは……ナシ㊺

【増12】

一 かてに かつ〳〵なり。

淡雪のたまれはかてにくたけつゝわか物おもひのしけきころかな

【増13】

一　人やり　人のやるをいふ。人やりならす、といふ詞也。心からする事をいふなり。*人やりのみちならなくにおほかたは*いきうしといひていさかへりなん

*なり〜いさかへりなん……ナシ㊺　*いきうしといひていさかへりなん……―㊹

【増14】

一　おもふとち　おもふとし也。*思ふとち春の山へに打むれて―*

*思ふとち春の山へに打むれて―……ナシ㊺　*―……おもふとちまとひせ夜《ママ》ハから錦―㊹

【増15】

一　みちゆきふり　道ゆきふれ也。*―まとゐせる夜ハから錦―

*―まとゐせる夜ハから錦―……ナシ㊹㊺

〔万〕*玉ほこの道ゆきふりにおもはさるいもをあひミてこふるころかな

*万……ナシ㊺

春くれは鳫かへるなりしら雲のみちゆきふりにことやつてまし

【増16】

一　おなしかさし〔山ニ*入人、柴なとをかりて、ねたるまへにたてゝ、鹿にみえしとかまふることを、かさしといふなり。〕

*入人……入に㊹

〔後*〕わかやとにたのむ芳埜に君しいらはおなしかさしをさしこそはせめ

＊後……ナシ㊺

【増17】

一　すくも　もくつをいふなり。

〔後*〕津の國のなにハたゝまくおしミこそすくもたく火の下にこかるゝ

＊後……ナシ㊺

解題

緒言

この解題は、拙稿「『歌林良材集』の成立―伝本と成立時期を中心に―」（『國語國文』一九八一・四、拙著『一条兼良の書誌的研究』〈桜楓社〈おうふう〉、一九八七・四〉再収）をもとにしつつ、全面的に加筆・修訂したものである。

成立時期に関する研究史

『歌林良材集』の成立時期については、従来その根拠は判然としないものの、永享年間あるいは永享一〇年説が専ら行はれて来た。今、諸説を整理してみよう。

A 永享年間説

・福井久蔵『大日本歌書綜覧』（不二書房、一九二六・八）
永享年中に成る

・田中裕「歌林良材集」（『和歌文学大辞典』〈明治書院、一九六二・一一〉）
永享頃1429〜41の成立といわれるが未詳

・有吉保『和歌文学辞典』（桜楓社〈おうふう〉、一九八二・五）
永享1429〜1440頃の成立か

・三村晃功「歌林良材集」（『日本古典文学大辞典』第二巻〈岩波書店、一九八四・一〉）
永享年間（一四二九〜一四四一）の成立か

B　永享一〇年（頃）説

・永島福太郎『一条兼良〈人物叢書三一〉』（吉川弘文館、一九五九・八）
「永享一〇……〇このころ『歌林良材集』成る」
・浅見和彦「中世文学年表」（『中世の文学〈日本文学史3〉』〈有斐閣、一九七六・六〉）
「永享一〇　＊歌林良材集（一条兼良）」　※「＊」はこのころの意。

C　成立年次未詳

・伊井春樹「歌林良材集」（『和歌大辞典』〈明治書院、一九八六・三〉）

Aの淵源は今となつてはしかとは分からないが、佐佐木信綱『日本歌学史』（博文館、一九一〇・一〇）では、いまだ成立年への言及はなく（前掲書・一六五頁）、福井説がその初めと一応考へておく。また、福井には後に『一条兼良』（厚生閣、一九四三・三）もあるが、ここでも同様の説をとつてゐる。

Bの淵源も不明である。

以上、年次を示す説としては、A・B両説あるわけだが、いづれも根拠らしきものの提示はない。

このやうな研究状況にあつて、前掲拙稿にて、『和秘抄』との密なる関係性をあげ、文明七年（一四七五）正月前後成立説を新たに主張した。

その後少しづつではあるが、この説は認められるところになつて来てゐる（一例をあげると、『和歌文学大辞典』〈古典ライブラリー、二〇一四・二）項目執筆担当：勢田道生）。しかし、現在においてもなほ、「この頃（武井云、永享一二年）、一条兼良、歌林良材集」（和歌文学会出版企画委員会編『和歌のタイムライン』〔三弥井書店、二〇二一・一二〕八二頁）といつた如き、永享年間成立説の亜種が生まれてゐる。

構成

まづ『歌林良材集』の構成を確認して置く。構成が後述する伝本の分類基準の前提になるからである。

『歌林良材集』は、大きく上下二巻に分かれる（二巻本といふ形態は、兼良自身の意図した結果である可能性が高い）。また、上巻はさらに四部に分かれてゐる。ここでは、釈文の底本とした、㉙冷泉家時雨亭文庫蔵兼良自筆本（後掲【伝本】参照）によつて示す。項目番号は、本書において新たに付したものである。なほ、項目は全てを掲出することはせず、底本が闕く項目（ゴシック体）、及びその前後の項目を明示するだけにとどめた。

〔上巻〕

「序」

「第一　出詠歌諸躰」

【上1】卅六字歌〔卅一字に五字あまる躰也。〕～【上10】無同文字歌

「第二　取本歌本説躰」

【上11】取二本歌二句或三句一引二違意一躰～【上22】字面にハみえされともてにはによりて恋の歌になる事

「第三　虚字言葉」

【上23】うたて～【上87】かたまけぬ

「第四　實字言葉」

【上88】あさなけ～【上90】かりほ**【上90b】目もはる**【上91】野もせ～【上97】あたら夜**【上97b】ことそともなく**【上98】目さし～【上101】しつのをたまき**【上101b】このもかのも**【上102】きりたち人**【上102b】いなせ**【上103】ねりそ**【上103b】みなれ**【上104】心かへ～【上114】たふさ**【上114b】とふさたて**【上115】このてかしは～【上122】山桜戸**【上122b】か事ハかり**【上123】ひちかさ雨～【上129】とよのみそき**【上129b】とものそめき【上129c】かことはかり**

〔下巻〕

「第五　有由緒歌」

【下1】浦嶋子の筐事～【下33】八橋のくもて事**【下33b】紫のねすりの衣事**【下34】室八嶋事【下35】末松山事**【下35b】しのふもちすりの事**【下36】宇治橋姫事～【下40】志賀山越事**【下40b】夢をかへすといふ事**【下41】ぬれきぬ事～【下50】常陸帯事**【下50b】三重ノ帯事【下50c】とふさたつ事**【下51】玉帚事**【下51b】おにのしこ草の事【下51c】むや〱の関事【下51d】とふさたつ事【下51e】ぬかつく事【下51f】かほ花**【下52】筑磨の祭の鍋事【下53】和琴おとめと化して夢にみゆる事**【下53b】かたまけぬ【下53c】うけらか花【下53d】そか菊事**【下54】とふさたて舟木きる事～【下57】西院の后の松か浦嶋事

「古来風躰抄（抄出）」

第一・第二は、『八雲御抄』以下の中世歌論・歌学書にしばしば見える内容・構成である。ここに兼良独自の創意を見出すことは難しいが、例へば本歌取を体系的に把握出来るやうな構成は見事で、あるいは同時代の連歌付合書の方法が活かされてゐるのかもしれない。また第五は、『俊頼髄脳』『奥義抄』『袖中抄』などの《和歌説話》と軌を一にするものであるし、事実それらの歌学書からの引用も多く見える。むしろ『歌林良材集』のみにしか見出せない説話の方が少ないだらう。

注意を要するのは、第三・第四の〈虚字〉〈実字〉である。

福井久蔵『国語学史』（厚生閣、一九四二・四）において、「虚字・実字の別は漢文に説く用語で、夙ちも室町時代に一条兼良は歌林良材集に虚字言葉の称を用ゐてゐ」（前掲書・一〇三頁）とあり、早く『歌林良材集』における〈虚字〉〈実字〉のいちはやい学的実践に注目してゐる。この領域における日本側の研究としては、伊東東涯『助詞考』、皆川淇園『虚字解』『実字解』などがあるが、いづれも江戸期のものばかりである。中国文語の分類範疇として用ゐられ始めたのは、十三世紀末（宋末）の頃の由（『国語学大辞典』）だから、兼良のこの学的アプローチは、やはり極めて早いものといへよう。

虚字・実字が品詞の何に相当するか、日本と中国では相違がある。ただ兼良の理解は、恐らく当時の一般的理解であったらう、

〈実字〉＝名詞　〈虚字〉＝非・名詞

と大きな違ひはないやうだ。

伝本

伝本の分類基準は頗る煩瑣なものになるので、一括して後掲することとし、まづ管見に入った伝本を列挙する。

《第一類》
①続群書類従原本
刊本ではなく、「続群書類従原本」と称される宮内庁書陵部図書寮文庫蔵本〔四五三・二〕によつた。刊本は、他伝本によつて校訂されてゐて、内容が相当に異なつてしまつてゐる。

《第二類》
※この系統に属する伝本に共通する特徴として、巻頭に、目録が備はることが指摘出来る。
②東洋文庫岩崎文庫蔵A本〔三・Fａへ・一〇〇〕
伝良純親王筆（一六〇四〜一六六九）。江戸初期写。②の書誌に関しては、『岩崎文庫貴重書書誌解題 Ｖ〔第三刷〕』（東洋文庫、二〇一一・三）に、以下の記載を見る。
○江戸時代前期写。丁子地に金で草花を散らした紋の布表紙。列帖装。料紙、鳥の子紙。一七・四×一二・一糎。上巻、墨付五四丁、前遊紙一丁、後遊紙一丁。下巻、墨付七三丁、前遊紙一丁、後遊紙一丁。
○外題、表紙左肩、金色布目の題簽に、「歌林良材集」と墨書。内題、目録題上下冊とも「歌林良材集目録今私書之」。本文冒頭「歌林良材集 巻上（下）」。
○一条兼良（無記名）序有り。一条兼良（無記名）跋有り。奥書（略）
○印記等 陽刻長方朱印「英 王堂蔵書」（チェンバレン旧蔵書）。上巻後遊紙に「哥林良材小本二冊／八宮良純親王正筆」（本文別筆）と墨書された紙が貼られる。集付あり。二冊を紙縒によつて合わせている。

（前掲書・三六頁）

奥書

Ⓐ右一冊者明應才三暦（一四九四）林鐘下旬比於妙蓮
寺成恩寺殿御自筆本自彼御家申出
書写之間努〻不可有不審者也

（二行分空白）

Ⓑ此《校合本云》一冊一条禅閤御作也以御自筆本書写之訖
Ⓒ右此一帖者永正第七暦（一五一〇）孟冬比於但州雖
書写聊不審有之間冷泉戸部為廣卿以
自筆本令校合處両本分御清書时令
改之歟目録次才以下不同兼写置本端
有是事等又在奥如何若為御草案之
本哉仍今為廣卿自筆本分以朱書入
之旁可為證本者也
Ⓓ彼校合之為廣卿自筆本無之事等
右本又有是二本内一本者御草案故也

簡攷

Ⓐ～Ⓓ相互の関係が摑みにくく、文意の把握が必ずしも十全に出来てゐるわけではないが、以下のやうに整理し

てみた。

⑴兼良自筆本（或いはその直接の転写本）と称する伝本が、室町後期、二本伝来してゐた（ⒶⒷⒸ）。

⑵しかもその内容が、目録・次第（項目の配列?）・首尾等において異つてゐた（Ⓒ）。

⑶その相違を、書写者は《草案本↔清書本》といふ概念で説明しようとしてゐた（Ⓒ）。

⑷冷泉為広（一四五〇～一五二六）筆本なる伝本も存し、これも兼良自筆本とは異つてゐたらしい（Ⓓ）。

以上のことから、以下に見る伝本間の異同が、転写過程において発現したものではなく、すべてがさうだとはいへぬまでも、その大きな要因が、複数の兼良自筆本において既に形成された可能性が高い、と読み取ることが可能である。

③宮内庁書陵部図書寮文庫蔵B本〔一五四・一九〕

御歌所本。江戸初期写。袋綴装一冊。奥書ⒶⒷⒸⒹ。

④宮内庁書陵部図書寮文庫蔵E本〔鷹・三九七〕

鷹司本。尾部遊紙表に「寛文七年《（一六六七）》于時五月書写之本遂校合之早」とあり、書写は寛文七年（一六六七）以前かと思はれる。袋綴装一冊。奥書ⒶⒷⒸⒹ。

⑤宮内庁書陵部図書寮文庫蔵「由緒有證歌」〔鷹・一四〇〕

鷹司本。江戸末期写。袋綴装一冊。抄出本。「由緒有證歌」「虚實言葉」（扉題）より成り、「虚實言葉」はさらに「虚字言葉」「實字言葉」に分かれる。「由緒有證歌」末及び「虚實言葉」末にともに、ⒶⒷに続いて以下の奥書がある。

奥書

Ⓔ右冷泉戸部為廣卿御清書被改之本を以
　書写之者也

⑥慶應義塾大学斯道文庫蔵B本〔〇九一・ト四三・一〕
室町末期写。袋綴装一冊。下巻のみの零本。奥書は無いが、配列より《第二類》と判断した。

⑦大阪大学附属図書館蔵本〔三七〇〕
江戸末期写。袋綴装二冊。奥書ⒶⒷⒸⒹ。

⑧学習院大学文学部国文学研究室蔵B本〔九一一・二〇一・五〇〇七〕
原本未見。「国書データベース」所掲画像による。伝日野弘資（一六一七〜一六八七）筆（三代畠山牛庵の極め有り）。江戸初期写。列帖装二帖。奥書ⒶⒷⒸⒹ。

⑨渋谷虎雄蔵本
原本未見。渋谷『古文献所収 万葉和歌集成 室町前期』（桜楓社〈おうふう〉、一九八四・二）による。同書によれば、「題簽哥林良材集上（下）江戸初期写。縦二五センチ、横一九センチ、美濃袋綴二冊本。一丁十行書、墨付上三七枚・下四七枚」（前掲書・一六二頁）。奥書ⒶⒷⒸⒹ。

⑩寛永二〇（一六四三）年刊本
諸所に蔵される。袋綴装二冊。奥書ⒶⒷⒸⒹ。刊記「寛永廿年仲夏吉日」。上下巻それぞれ項目番号を白抜漢数字で示す。

⑪慶安四（一六五一）年刊本
⑩の後刷本（刊記のみ埋め木歟）。諸所に蔵される。袋綴装二冊。奥書ⒶⒷⒸⒹ。刊記「慶安四辛卯暦仲秋吉辰／秋寺町

通圓福寺町田屋平左衛門刊行」（子持罫入）。

⑫延宝七年（一六七九）刊本

諸所に蔵される。⑩⑪とは板が異なる。袋綴装二冊。絵入（上巻一一面、下巻七面）。奥書ⒶⒷⒸⒹ。刊記「延寶七己未歳　孟春吉辰　江戸大傳馬三丁目／鱗形屋板」。

⑬元禄八年（一六九五）刊「歌林金葉抄」

諸所に蔵される。袋綴装三冊。絵入（見開き二面仕立。上巻一〇面、中巻一〇面、下巻一〇面）。奥書ⒶⒷⒸⒹ。刊記「元禄八乙亥正月吉祥／書肆新板」。

簡攷

刊記末尾、「書肆新板」は信頼して良いと判断する。

⑭宝永元年（一七〇四）刊本

⑬の後刷本。但し外題・目録題・端作題は「歌林良材集」（この部分は埋め木歟）。諸所に蔵される。奥書ⒶⒷⒸⒹ。刊記「宝永元年／申五月　日／江戸日本橋南詰／万屋清兵衛開板」。

⑮無刊記本

諸所に蔵される。⑩⑪と同板。

《第三類a》

⑯宮内庁書陵部図書寮文庫蔵Ｄ本〔谷・三一四〕

谷森善臣（一八一八～一九一一）旧蔵本。江戸中期写。袋綴装一冊。十巻に内容を分かつ。

第一……出詠歌諸躰～本末究竟等
第二……本哥の意詞を引直用躰～字面にハ見えされともてにハによりて恋の哥に成事
第三……虚字言葉
第四……實字言葉
第五……〔有由緒哥〕浦嶋子の篋事～兎名負處女の奥槨事
第六……〔同〕ゐての下帯事～あすハの神に小柴さす事
第七……〔同〕おそのたハれおの事～反衣見夢事
第八……〔同〕河やしろの事～末松山事
第九……〔同〕しのふもちすりの事～余吾海織女の水あめる事
第十……〔同〕蟻通明神事～そか菊事

奥書

Ⓕ此一冊者後成恩寺入道殿下之製作也
或人被許一覧然而不經数日馳短毫尤
可謂鴻寶者歟彼本則入道殿下真
翰也実蘭亭贗本可比於禁方而已
号持明院 諫議大夫藤基春

Ⓖ天文六年（一五三七）丁酉玄月日　於冬利　茶ゝ書之

簡攷

持明院基春（一四五三〜一五三五）が諫議大夫（＝参議）だったのは、文亀三年（一五〇三）九月から永正三年（一五〇六）正月一六日まで。Ⓕは本奥書である。

《第三類b》

⑰宮内庁書陵部図書寮文庫蔵F本〔伏・一一九〕

伏見宮本。江戸初期写。袋綴装一冊。

奥書

Ⓗ此一冊者後成恩寺関白作抄也
以彼正（?）筆之本写加校合早然者可
謂後代之證本者也
西槐藤御判

簡攷

奥書Ⓗ「西」は「亜」の誤写であらう。奥書の後に面を改めて、「別本ニ云　追而書加」として、「三輪檜原挿頭折事」「河原左大臣塩竈浦事」「西院の右の松か浦嶋之事」の三項目を追記する（本文と同筆）。㉗〈簡攷〉参看。

一丁分、錯簡が存する。

《第四類》

⑱東洋文庫岩崎文庫蔵B本〔三・Ｆａへ・五六〕

元和四年（一六一八）写。袋綴装一冊。⑱の書誌に関しては、『岩崎文庫貴重書書誌解題　Ⅴ〔第三刷〕』（東洋文庫、二〇一一・三）に、以下の記載を見る。

○（略）表紙は香色地に、撫子と蝶を雲英刷する。右下に「三寶院」と墨書される。四針袋綴装。料紙、楮紙。二五・四×一八・六糎。九四丁。

○外題、香色地に金泥で草花を描いた題簽が貼られ、「歌林良材集　全部」と墨書。内題、巻首題「歌林良材集巻一」。また、第五巻冒頭（第四三丁から）に「歌林良材集巻下」。

○無記名の序有り。最終丁オに本文別筆で書写奥書「元和四　月　日　仰少将写之了／准三后（花押）」と墨書。薄墨で「三准」と傍記。

○印記、朱方印、陽刻、単郭「慈斎」。桐函に入る。「三寶院准后義演足利氏／東寺再建立金堂棟札筆者」と墨書された紙片が附されるが、「三宝院准三后義演自筆にて元和四年　月　日仰少将写之了とあるを按ずれば決して全冊義演の自筆にあらざる事明なり。添へがきの云々はあやまりなるも明か也」と函に貼紙される如く、義演自筆にはあらざるべし。また、各項目の一つ書に、朱筆で点を懸けている。虫損、補修あり。（前掲書・三四頁）

奥書

Ⅰ元和四年（一六一八）月　日仰少将写之了

　准三后《三准》（花押）

⑲宮内庁書陵部図書寮文庫蔵A本〔一五四・一一二〕

御歌所本。室町末期写。袋綴装一冊。

奥書

Ⓙ　以御正筆筆写之

Ⓚ此集上下者故禅閤令述作給和哥之奥義也勝説也
殊本末流布世間傳写之輩希有也歟新三位忠
顕卿以彼御自筆本新写焉余披見先設（ママ）字等改正之深
秘函底敢莫他見
永正五年（一五〇八）仲秋上旬　　後妙華寺殿従一位判

簡攷

「新三位忠顕卿」とは、一条家の家司であった松殿忠顕（一四五七～一五一九）。「後妙華寺殿従一位」は一条冬良（一四六四～一五一四）。

⑳三手文庫蔵本〔歌・陸・三〇五〕

今井似閑奉納本。原本未見。国文学研究資料館蔵マイクロフイルムによる。

㉑九州大学中央図書館蔵本〔五四三・カ・二三〕

下巻のみ。江戸初期写。袋綴装一冊。

奥書

Ⓛ一条兼良公撰
正徳三年（一七一三）三月日古写本
権大納言隆量奥書

簡攷

「隆量」は四条隆量（一四二九～？）。隆量が権大納言であつたのは、延徳二年（一四九〇）五月一一日から明応二年（一四九三）二月一日まで。従つて正徳三年云々は、鑑定奥書と見做す事が出来る。なほ、隆量は、文明九年（一四七七）から初稿本『花鳥余情』を書写してゐる（松永本奥書）。

㉒学習院大学文学部日本語日本文学研究室蔵A本〔九一一・二〇一・五〇〇六〕

原本未見。「国書データベース」所掲画像による。室町末期写。袋綴装一冊。弘文荘旧蔵。

簡攷

『弘文荘待賈古書目』第二一号（一九五一・一二）に伝甘露寺親長（一四二四～一五〇〇）筆本（二帖）が所掲されるが、それは後掲する㉟であり、㉒とは別本である。

㉓宮崎文庫記念館蔵本〔二一七〕

原本未見。国文学研究資料館蔵マイクロフイルムによる。袋綴装一冊。前表紙右上に貼紙があり、「一条兼良三十七オコロノ／自筆稿貴重／昭和四十五年春三月六日／奈良竜門文庫蔵書／に自筆本・花鳥余情／あり筆蹟照合了し疑ふ／余地なし　宮崎隆造（?）」とある。兼良自筆ではないものの、書写年代、室町まで遡及しうる歟。

《第五類》

㉔宮内庁書陵部図書寮文庫蔵C本〔一五三・一九八〕

御所本。江戸初期写。袋綴装二冊。㉙冷泉家時雨亭文庫蔵兼良自筆本の忠実な転写本と思はれる。

㉕『東京古典会主催昭和五九年度古典籍下見展覧大入札会目録』所掲本

原本未見。永正一七年（一五二〇）暁覚（下冷泉政為）写。

奥書

Ⓜ斯鈔後成恩寺禅閤筆作也今書写之本予令歴覧即以彼正筆之墨蹟加校合早何不為證本哉矣　于時永正十七年十
　月十三日　桑門暁門

㉖島原図書館肥前島原松平文庫蔵本〔一一七・八七〕
室町末期写。袋綴装一冊。

奥書

Ⓚ本云　以御正筆写之
　此集上下者故禅閤令述作給倭歌之奥
　義也勝説也件本末流布世間傳写之
　輩希有欤新三位忠顕卿以彼御自筆
　新写焉余披見誤字等改直之深
　秘函底敢莫他見
　　永正五年仲秋上吉　従一位《後妙花寺殿》判
　（一行分空白）
雨の後雪のあしたのいかならんたゝ見るたにもあまのはしたて　※コノ歌鼇頭ニ寄セテ書カル。出典未詳。
　一（ママ）校了』

簡攷

前記奥書等に続き、「北野天神御夢想文」「天神十号大事」「天神記」を書写する。その奥に「迹名那身名無レ別本迹不二宜哉謂二之ヲ／天満大自在天神　前南禅愚極禮才記之」とある。「愚極禮才」は、禅僧。一三七〇～一四五二。東福寺一四九世。南禅寺にも住した。従って、この奥書は、前記三書のみにかかるもので、『歌林良材集』とは関係のないことが分かる。中村幸彦・今井源衛・島津忠夫「《新資料紹介》肥前島原松平文庫」（『文学』一九六一・一二）に「歌林良材集　室町末の写本で、例の「永正五年仲秋上旬　後妙華寺殿従一位判」の奥書がある」とある。

㉗『歌学文庫四』（一致堂書店、一九一一・五）所収本

奥書

Ⓝ右後成恩寺殿御自筆御写本申請令校合畢努不可免佗見者也
元文三年（一七三八）五月中旬　大鹿彩

簡攷

Ⓝに見える「大鹿」某であるが、末尾難読の一文字を、鈴木元は「彪カ」とし、「冷泉家の家司であった中川家（松田敬之氏「冷泉家の家司達―『中川清基日記』の紹介―」〈『しぐれてい』第七二号、平成十二年四月〉）の人であったかと思われる」と説く（『冷泉家時雨亭叢書　第九十五巻　歌林良材集／歌合集　続』〈朝日新聞社、二〇一六・二〉解題）。

㉘萩市立萩図書館蔵本〔三甲五・一四九〕

室町末期写。列帖装二帖。谷亮平「萩図書館蔵歌林良材集」（『國語と國文學』一九三四・一一）により初めて紹介され、続類従本との比較の結果、「本書（武井云、㉘ノコト）が整備された清書本で続類従本系の書が草稿本であるかも知れぬ」と論じられた。

奥書

Ⓗ此一冊後成恩寺関白作抄也以彼正筆之
本令書写加校合云々然者可謂後代
証本者也矣
于時永正九年四月一日　　亜槐藤在判

簡攷
図書館側の調査によれば、書写年代は永正よりやや下るとの由。奥書が⑰Ⓗとほぼ同一である。⑰簡攷にて、「（Ⓗニ続キ）奥書の後に面を改めて、「別本ニ云　追而書加」として、「三輪檜原挿頭折事」「河原左大臣塩竃浦事」「西院の右の松か浦嶋之事」の三項目を追記する」と述べた。㉘の最後の三項目が、⑰末尾に追記された三項目と一致する。従って、⑰Ⓗは、校合本の奥書を転記したものであらうと推測される。従って、Ⓗは本来、第五類本の奥書であった蓋然性が高い。

㉙冷泉家時雨亭文庫蔵兼良自筆本
原本未見。『冷泉家時雨亭叢書　第九十五巻　歌林良材集／歌合集　続』（朝日新聞社、二〇一六・二）所掲図版による。同書解題（鈴木元執筆）によれば、袋綴装一冊（ただしもともとは二冊仕立てで、それを合冊したものとのこと）。六九丁裏にやや右寄せにして「兼良公筆」、七〇丁裏にやや右寄せにして、「右謌林良材集上下後成恩寺殿／御作則此本彼御筆也可秘蔵而已」とあり、鈴木解題は、後者を冷泉為久（一六八六～一七四二）筆であらうと説く。**釈文の底本とした。**

㉚京都女子大学図書館谷山文庫蔵Ａ本〔〇九〇・Ｔａ八八・一〇五〕
原本未見。紙焼による。袋綴装一冊。

奥書

Ⓗ此一冊後成恩寺関白作抄也以彼正筆之本
令書写加校合云云然者謂後代證本者也矣
　　　　亜槐藤在判

Ⓞ右此一帖下冷泉政為以奥書之本令写校合畢
　于時大永五年（一五二五）六月朔日
（一行分空白）
（『古来風躰抄』引用アリ）

Ⓟ此書後成恩寺入道前関白太政大臣兼良公撰作
給所也和也和才秘事大略不出巻可知者也源秘□□（蠹蝕）
底訖借得陳氏祖田之本令書写者也
（二面空白）

Ⓠ　　従二位安倍泰貞

簡攷

「従二位安倍泰貞」は、倉橋泰貞（一六六八〜一七四八）。泰貞が従二位に叙せられたのは、享保一三年（一七二八）一二月一一日。従って、Ⓠは感得識語歟。

㉛京都女子大学図書館谷山文庫蔵Ｂ本〔〇九〇・Ｔａ八八・一〇四〕

原本未見。紙焼による。仮綴（横本）一冊。前表紙見返しに、以下の書写奥書がある。

書写奥書

Ⓡ奥陽哥學士後藤徳清末葉
後藤元譜家藏珎書也予
多歳依懇友雖不免他見
借之爲愛誦而已
篠德齋
書
延享(五年、一七四八)辰歳記（以下略）

とある。本奥書は以下の通り。

本奥書

Ⓗ此一冊後成恩寺関白作抄也以彼正筆之
本令書写加校合早然者可謂後代
證本者也　亞槐藤在判

Ⓞ 右此帖下冷泉政為卿奥書之本令写校
合早
于時大永五年六月朔日　辨□
（一行分空白）
（『古来風躰抄』引用アリ）

Ⓢ此書後成恩寺入道前閤白太政大臣
兼良公撰作給所也和也和才秘叓大略不出
巻可知者也源秘函底説借得陳氏祖
田之本令書写者也
（以下空白）

Ⓣ　小々高彌七元伯
于時慶安仁年（一六四九）
三月七日　書之乎

《第六類》

㉜広島大学図書館中央図書館貴重資料室蔵本〔大国・八七一〕

伝足利義視（一四三九～一四九一）筆（外桐箱中央に「謌林良材集公方義視公御筆」と墨書される）。外題伝近衛信尹（一五六五～一六一四）筆。室町末期写。列帖装一帖。㉜に関しては山崎桂子の教示による所が多い。現所蔵場所に関しては、位藤邦生編『広島大学蔵古代中世文学貴重資料集翻刻と目録』（笠間書院、二〇〇四・一〇）所掲目録による。落丁・錯簡が存するのが惜しまれる。

㉝国立国会図書館蔵本〔わ九一一・一〇七・七〕

『上野図書館和漢書分類目録　古書之部　自昭二四年四月至同三三年一二月　増加』（一九五九・六）によると、江戸中期写とするが、江戸初期写とすべきか。列帖装一帖。

㉞射和文庫蔵本〔XⅡ・一〇〕
原本未見。国文学研究資料館蔵マイクロフイルムによる。袋綴装一冊。江戸後期写。下巻のみ。

㉟慶應義塾大学斯道文庫蔵A本〔〇九二・ト二三・一〕
伝甘露寺親長（一四二四〜一五〇〇）筆。室町末期写。袋綴装一冊。『弘文荘待賈古書目』第二一号（一九五一・一二）に、

248 歌林良材集 傳甘露寺親長筆 足利中期古寫本 雲形表紙古色あり。上下合本、鳥の子紙袋綴り、濃墨の古風の文字 合一冊 一、三〇〇圓

（前掲書・二一六頁）

と見える。

㊱国文学研究資料館蔵B本〔九九・六〇〕
室町末期写。大和綴一冊。ただし綴直しがされてゐて、原装丁は列帖装歟。『竹園抄』と合写。一誠堂書店旧蔵。

奥書

Ⓤ此本于时明応四（一四九五）乙卯霜月日播州正源法師
写之書云々一条殿前禅閤様之御自筆之
御本申出校合了撰作同禅閤様後
成恩寺関白大政大臣兼良公（上巻末）

Ⓥ粗加一見了大概無相違歟（下巻末）

簡攷

Ⓤを鑑定奥書と見做せば、「伝正源法師筆」といふことになるが、書写時は明応よりやや下るとも思はれ、「伝正

源法師筆本書写本」とするのが、最も穏当であらう。
㊲丹波篠山市立青山歴史村青山文庫蔵Ａ本〔一三八〕
原本未見。「国書データベース」所掲画像による。袋綴装一冊。

奥書

Ⓦ　一条大閤御作也
右此一冊爰許本書希有之侭不顧
悪筆令書写之早不審条ゝ雖多
之依。無余本任本処也頗越度等数ゝ
可有之後覧人被加筆者也
永禄五年（一五六二）壬戌仲春中旬日　不弓〔書之／七ゝ二才〕

簡攷

書写時期は、奥書の永禄五年と見て良い歟。署名「弓」字と読んだが、一案である。「了」の可能性もある。
㊳丹波篠山市立青山歴史村青山文庫蔵Ｂ本〔一三七〕
原本未見。「国書データベース」所掲画像による。袋綴装一冊。㊲の転写本歟。
㊴園田学園女子大学図書館吉永文庫蔵本〔一〇八五〕
原本未見。国文学研究資料館蔵マイクロフイルム及び「国書データベース」所掲画像による。袋綴装一冊。上巻末尾に「一条大閤作也」とある。下巻末尾に本文とは別筆で、兼良伝の書入れが存する。
㊵京都女子大学図書館蔵本〔九一一・一〇一〕

原本未見。紙焼による。袋綴装一冊。

奥書

〈上巻末〉

Ⓧ橋本殿御自筆ノ本以令校合早　上巻辰年五月二日　全　※コノ行朱筆

Ⓐ右一帖明應三年（一四九四）林鐘下旬終之

妙蓮寺於常楽院殿一條大閤御自筆之

本則自御家奉借写者也

　Ⓨ努ゝ不可有不審哉

※この後に、「三躰和歌」を挟んで、下巻に続く。

〈下巻末〉

Ⓩ此集後成恩寺入道殿兼良公法名恵覺料簡云云□

覺清阿闍梨懇望染禿筆記於写本不審

多之合本可被校正者也

（二行分空白）

ⓐ私書此一冊天龍求之仍覚清法印雖秘蔵

本以芳情全令校合早誰人是に等か

らん哉併為後代如此

弾正忠家遙主

于時天文拾参（一五四四）甲辰季五月上浣ト

箇攷

「京都女子大学図書館ＯＰＡＣ」では、「覺清［写］天文13［1544］」とするが、天文十三年は、校合された年紀と解すべき歟。

《第七類》

※この系統に属する伝本に共通する特徴として、巻頭に、第二類のものとは異なる目録が、別箇備はることが指摘出来る（釈文参看）。

第二類本の目録と異なる点は、

・項目名に相当程度の異同が存する。

・第二類本目録が、上下巻に分かれて掲出されてゐるのに対し、第七類本の目録は、巻頭に上下巻の目録が一括掲出されてゐる。

などの点である。従つて、各々別箇に編集されたものと考へられる。

㊶国文学研究資料館蔵Ａ本〔タ二・三二〕

室町末期写。袋綴装一冊。西荘文庫旧蔵。伝五辻為仲（一五三〇～一五八五）筆。『第二回近畿古本まつり　古書籍画大即売会　出品目録』（一九七八・五）所掲。

【下10】、【下11】、【下12】（前半）を闕く。書写時の読みとばしであらう。

巻末に、以下の増補が存する。

＼松浦山　或本云題をまハして心をたくミによめる躰のうちにあり
たらちねやまたもろこしにまつら舩ことしも暮ぬこゝろつくしに
右山上《ヤマノヘノ》億良在大唐憶故郷哥万葉にあり億良思子哥等同
在万葉又松浦さよひめひれふる山の哥等ありかれこれを取
あつめてよめるにや

※【上21】参看

幾千代そとある哥の次にあり
夏はてゝぬるや川邊のしのゝめに袖ふきかふるあきのはつ風
右万葉哥二首あり一云あさかしハぬるや川邊のしのゝめに
人もあひ見す君にまさらし又云あさかしハぬるや河邊のし
のめの思ひてぬれは夢に見えくる二首ともにぬるの詞ハ涙の
字をかけり河邊なれハぬるゝ心にや定家卿哥ハ寝心によめり
草木も夜ハぬる事あれハ潤の字もぬる心に通てかけるにや
おほつかなし猶可尋之

※【上21】参看

或本第四実字言葉ノ部ノ末ニアリ
一　かことはかり　〔帯にかことゝいふ物アリ釼《カコ》の字也さてかくハつゝくる也かことハ／説ゝあり一ハ少事
をかことゝハいふ又かころなり又ちか事なり〕
東路の道のはてなるひたち帯のかことはかりもあひ見てし哉

※【上122b】【上129c】参看。「東路の」歌は、【下50】にあり。

㊷京都大学附属図書館蔵本〔四-二三一・カ・二六〕

江戸初期写。袋綴装一冊。巻末に一七項目の増補がある（釈文参照）。この増補は、『和秘抄』と密接な関連が認められ（『和秘抄』解題参看）、後人による捏造などではなく、まさしく、兼良の著作の一部を反映してゐると思はれる。

簡攷

墨付第一丁表右上隅に「圖書／寮印」（方朱印）、同右下隅に「宮内省寄贈本」（長方朱印）と捺される。受入印に「大正3．2．25」とあるので、旧図書寮本であることが分かる。京都大学附属図書館に宮内庁図書寮本が蔵される経緯は、『京都大学附属図書館六十年史』（一九六一・三）に「（武井云、明治）三一年二月、宮内庁図書寮所蔵重複図書五、二三六冊の無期限借用を許される」（前掲書・七九頁）とあることで事情が分かる。

㊸東京国立博物館蔵本〔二七五九〕

江戸中期写。袋綴装二冊。㊷と同文の巻末増補あり。

奥書

ⓑ本云此書後成恩寺入道前関白太政大臣兼良公撰作し給ふ
　所也和才秘事大略不出巻可知者也深秘函底訖
　　こてふ借得陳(?)氏祖田之本令書写也。

（一行分空白）

ⓒ右本者申請鳥居少路大蔵卿法橋御本令
書写者也聊不可有外見而已

ⓓ右本八幡山門御坊所持也以為秘蔵者也令懇望以其本
置見合於（？）之〔不違之外／□加筆候也〕
弘治三年（一五五七）十二月十日　　秀海

㊹京都女子大学附属図書館蘆庵文庫蔵本〔四二二〕
原本未見。「国書データベース」所掲画像による。大和綴一冊。㊷と同文の巻末増補あり。

㊺富山市立図書館山田孝雄文庫蔵本〔W九一一・一・カ・四八〇〕
原本未見。「国書データベース」所掲画像による。列帖装二帖。㊷と同文の巻末増補あり。

《第八類》

㊻山口県文書館蔵本〔近藤清石一六七〕
慶長二年（一五九七）写歟。大和綴（原装は袋綴装）一冊。山口県立図書館旧蔵。

奥書

ⓔ但此一冊一條禅閤御作也以御自筆
写之畢
（三行分空白）
慶長二年九月下旬書之

《未調査伝本（抄）》

(1)『一誠堂古書目録』第五一号（一九七六・六）所掲本

奥書

永禄二年（一五五九）越前安楽寺祐乗房宥厳筆

此本於北庄代物取也　天正参年（一五七五）三月二日　玉窓坊慶綱（花押）

簡攷

この伝本、『実隆公記』に見える《朝倉本》（後述「室町期における享受史年表」天文二年条参照）と関係がある歟。

(2)『沖森書店書目』第二一二巻（一九七七・九）所掲本　元和寛永頃筆の由。

簡攷

「於但州書写併冷泉為広書写本校合　云々の奥書あり」とあるので、第二類に属すると思はれる。

(3)龍谷大学大宮図書館蔵本〔九一一・二〇一・五四・一〕

『龍谷大學大宮圖書館和漢古典籍分類目録　總記・言語・文學之部』（一九九九・三）による。一冊。

(4)大阪大学図書館蔵本〔三七〇〕

「国書データベース」による。二冊。

奥書

明應三年　妙蓮寺成忍寺殿御自筆本　永正七年　但州雖書写

簡攷

この奥書により、第二類系統に属すると思はれる。

(5)岡山大学附属図書館小野文庫蔵本〔九一一・一〇―一四〕

「国書データベース」による。列帖装二帖。

(6)大阪公立大学文学部国文学研究室蔵本〔九一一・一〇七//I//国文学〕

大阪公立大学ＯＰＡＣによる。一冊。

(7)臥遊堂ＷＥＢ所掲本

登録番号〔〇五の一一八〕。「二冊揃　室町後期写　賀茂清茂・温故斎蔵書印」とある。

(8)『新興古書大即売展略目』(二〇二三・一二) 所掲本

フロイス堂、五三頁・No.三〇〇二に、「題不明　歌論書」として所掲される。「前半「歌の詞」後半故事　巻末に「此集上下者故禅閤令述作御和歌之奥義也(略)永正五年中秋情吉上吉従一位御判」江戸前期写　特大本　1冊　26丁　総裏打補修」とある。図版二点あり。

簡攷　所掲される図版によれば、「歌の詞」と題して、【上23】～【上31】、【上127】～【上129】の和歌のみがあり、それに引き続いて、一行分の空白をはさみ、無題で、【下1】～【下4】の注説のみが書写されてゐる。引かれる奥書は、⑲宮内庁書陵部図書寮文庫蔵Ａ本〔一五四・一二〕のⓀと略一致するので、第四類に属するのであらう。前闕零本と一応見做しておくが、抄出本である可能性も高い。

(9)正宗文庫蔵本〔上西・イ三・一一〇六〕

「日本古典資料調査記録データベース」による。列帖装三帖。引かれる奥書より、第二類系統に属すると思はれる。

(10)沙羅書房ＷＥＢ所掲本

No.五〇〇五八。「2冊　江戸中期写　十行　朱入　神谷藏書・佐伯有義藏印」とある。袋綴装。

⑾大屋書房WEB所掲本

「安土桃山写／1冊／61丁　24.2×20.2糎　後補丹表紙　朱合点　朱墨書入　有吉保旧蔵　表紙より3丁中央に破損欠字有　虫損　墨汚れ　しみ　上下裁ち」とある。

《抄出本》＊各々別本である。

❶筑波大学中央図書館蔵本〔ル・二〇五・二三〕江戸初中期写。

❷宮内庁書陵部図書寮文庫蔵『待需抄』一二〔二六六・四〕所収本　江戸中期写。

❸宮内庁書陵部図書寮文庫蔵『歌林良材集抜書』A本〔五〇三・一三五〕江戸初期写。

❹宮内庁書陵部図書寮文庫蔵『歌林良材集抜書』B本〔桂・一二九〕江戸初期写。

《注釈書》

①刈谷市中央図書館村上文庫蔵『歌林良材集補註』〔二五三一・一・三甲五〕村上忠順注（自筆）。

②早稲田大学図書館蔵花房直三郎旧蔵『歌林良材集摘抄』〔イ一三・〇〇九五九〕横本。六・四×一八㎝。

穂久邇文庫本について

『日本歌学大系　別巻七』（風間書房、一九八六・一〇）に、室町後期写とされる穂久邇文庫本の全文の翻刻が、久曽神昇の解題を添へて刊行された。『歌林良材集』研究において、画期的な進捗をここに見ることが出来る。本来ならば、前項の**伝本**において、系統分類の上掲出すべき所ではあるが、歌学大系本が校訂された本文であり、穂久邇文庫本の原態の全き遡及がしにくいこと、また、原本未見である、などの理由から、掲出しなかつた。しかし、重要な伝本であることには疑ひがないので、ここに、追補的に紹介することとした。

穂久邇文庫本の奥書は、以下の如し。

此輯上下者、故禪閤《後成恩寺兼良公》令㆓述作㆒給、倭歌之奥義也、勝説也。殊本末流㆓布世間㆒、傳寫之輩希有㆑之歟。新三位忠顯卿、以㆓彼自筆本㆒新寫焉。余披見誤字等改㆓正之㆒。深秘㆓函底㆒、敢莫㆓他見㆒。

永正五年仲秋上吉　従一位《後妙花寺冬良公》御判

この奥書は、前項においてⓀと仮称したもので、

⑲宮内庁書陵部図書寮文庫蔵A本〔一五四・一二〕

㉖島原図書館肥前島原松平文庫蔵本〔一一七・八七〕　※本奥書

にも見える。本文を比較するに、⑲と内容がほぼ一致するので、穂久邇文庫本は第四類に属する伝本の一と解することが出来る。

室町期における享受史年表

『歌林良材集』の有してゐた史的位相を知るため、以上の伝本の奥書、及び古記録等より作成した、室町期における『歌林良材集』の享受史年表を以下に掲げる。

延徳二年（一四九〇）以後明応二年（一四九三）以前

四条隆量、奥書を加ふ（Ⓛ）。
明応三年（一四九四）六月下旬
某、妙蓮寺において、兼良自筆本を書写す（Ⓐ）。
明応四年（一四九五）一一月
正源法師、播磨国において（歟）書写す。その後、某、兼良自筆本を以て校合す（Ⓤ）。
文亀三年（一五〇三）以後永正三年（一五〇六）以前
持明院基春、兼良自筆本を某より借り書写す（Ⓕ）。
永正五年（一五〇八）
松殿忠顕、兼良自筆本を書写し、冬良加証す（ⒿⓀ）。
永正七年（一五一〇）一〇月
某、但馬において、明応三年奥書本（Ⓐ）を書写し、冷泉為広筆本と校合す（Ⓒ）。
永正九年（一五一二）四月一日
亜槐藤なる人物、兼良自筆本を以て書写・校合す（㉘ノⒽ）。
永正一七年（一五二〇）一〇月一三日
下冷泉政為、某書写の本に、兼良自筆本を以て校合す（Ⓜ）。
大永五年（一五二五）六月朔日
某、冷泉政為筆本を以て校合す（Ⓞ）。
天文二年（一五三三）四月二三～二五日

三条西公条、朝倉孝景の請により書写・校合す（実隆公記）。
「哥林良材朝倉右衛門大夫所望之、帥書写之云ゝ、帥校合」（一三日条）、「良材校合」（一四日条）、「良材校合了」（一五日条）。

天文六年（一五三七）九月
茶ゝ、基春本（Ⓕ）書写す（Ⓖ）。

天文一三年（一五四四）五月上旬
弾正忠家、天龍の求めにより、覚清法印秘蔵本を以て校合す（ⓐ）。

天文一三年（一五四四）一一月三日
山科言継、藤中納言へ、本書を返却す（言継卿記）。
「藤中納言歌林良材集返遣之」

弘治三年（一五五七）一二月一〇日
秀海、奥書を加ふ（ⓓ）。

永禄二年（一五五九）
越前安楽寺祐乗房宥厳、書写す（⑴奥書）。

永禄五年（一五六二）二月中旬
不弓（歟）、書写す（Ⓦ）。

天正三年（一五七五）三月二日
玉窓坊慶綱、年貢の代りに（？）押収す（⑴奥書）。

慶長二年（一五九七）九月下旬

某、兼良自筆本を書写す（ⓔ）。

以上のやうに、『歌林良材集』は兼良没直後より頻りと書写され、しかも内容の若干異なると思はれる自筆本が複数存在してゐたらしいこと、また、京都に限定されることなく流布してゐたらしいこと、などを知ることが出来よう。即ち、『歌林良材集』は一条家内部にとどめ置かれた《秘本》ではなく、広い流布を前提として著述されたものであらうこと、更に伝本間に見られる異同は、兼良がその時々に与へる際、不断に編集を繰り返して行つてゐた痕跡と見うること、などを推定しうるのである。そして事実、『歌林良材集』の伝本間における本文の揺れを仔細に見るに、この推定はより確かなものになる（このことは、別の視点から後文にて詳述することとなる）。

項目等の出入り（伝本分類基準として）

『歌林良材集』の伝本間で、項目の出入りがあることは、既に渡辺泰によつて指摘がなされてゐる（『群書解題』第10巻〔続群書類従完成会、一九六〇・七〕）。

歌林良材集には数種の異本がある。完成会が校合に用いた書陵部本は、室町末書写と思われる藍表紙一冊本で、（略）この本は比較的に条目が多く、上巻下巻の間に条目の重出があり、条目だけあげて説明のないものもあつて、草案本らしく思われる。三手文庫蔵本は、大体この系統に近いが、奥書は存しない。（略）書陵部には別に、十巻に改訂された本がある。これは巻頭の序文を有しない。また歌学文庫所収の本は、下巻末に三条目の増補があり、本文の異同もあつて注目すべき一異本である。書陵部にこの系統の一本を蔵している。

（前掲書・二九八頁）

しかしながら、渡辺のこの重要な指摘にもかかはらず、この点に関して更に詳しく調査・考究されずに、現在に至つてゐる。

そこでまづ、項目の出入りにだけ着目して、相違のある箇所を摘出する。（ ）で囲んだ数字は第x類の「x」にあたる。

	㉙（5）	①（1）	③（2）	⑯（3a）	⑰（3b）	⑲（4）	㊱（6）	㊶（7）	㊻（8）
【序】	○	○	○	×	○	○	○	○	○
【目録A】	×	×	○	×	×	×	×	×	×
【目録B】	×	×	×	×	×	×	×	○	×
〈出詠歌諸躰〉									
※〈取本歌本説躰〉における項目単位の出入りはナシ。									
【上10】	○	×	○	○	○	○	○	○	○
〈虚字言葉〉									
【上61b】	×	×	×	×	×	×	×	×	○
※㊻以外の諸本、この項目、ここにナシ。【上63】としてアリ。									
【上63】	○	○	○	○	○	○	○	○	×
※㊻、この項目、ここにナシ。**【上61b】**としてアリ。									
【上81】	○	×	×	×	○	×	×	×	○
【上82】	○	×	×	○	○	○	×	○	○
※①③㊱、この項目、ここにナシ。**【上90b】**としてアリ。									
【上83】	○	×	×	○	○	○	×	○	○
※①③㊱、この項目、ここにナシ。**【上97b】**としてアリ。									
【上84】	○	×	×	○	○	×	×	○	○

※①③⑲㊱、この項目、ここにナシ。【上101b】としてアリ。

【上85】 ○ × × ○ ○ ○ × ○ ○

※①③㊱、この項目、ここにナシ。【上102b】としてアリ。

【上86】 ○ × × ○ ○ ○ × ○ ○

※①③、この項目、ここにナシ。【上103b】としてアリ。㊱、ナシ。

【上87】 ○ × × ○ ○ ○ × ○ ○

※①③㊱、この項目、ここにナシ。【下53b】としてアリ。

〈実字言葉〉

【上97b】 × ○ ○ × × × ○ × ×

【上102b】 ○ × × ○ ○ ○ × ○ ○

※底本（㉙）及び⑯⑰⑲㊶㊻、この項目、ここにナシ。【上85】としてアリ。

【上103b】 × ○ ○ × × × ○ × ×

※底本（㉙）及び⑯⑰⑲㊶㊻、この項目、ここにナシ。【上86】としてアリ。

【上114b】 × ○ ○ ○ × ○ ○ ○ ×

※底本（㉙）及び⑰㊻、この項目、ここにナシ。類似する項目、【下50c】【下51d】【下54】としてアリ。

【上118】 ○ ○ ○ ○ × ○ ○ ○ ○

※⑰、この項目、ここにナシ。【上129b】としてアリ。

㉙（5） ①（1） ③（2） ⑯（3a） ⑰（3b） ⑲（4） ㊱（6） ㊶（7） ㊻（8）

【上122b】 × ○ ○ × × ○ ○ × ×

※底本（㉙）及び⑯㊶㊻、この項目、ナシ。⑰、ここにナシ。【上129c】としてアリ。

【上124】 ○ × ○ ○ × × ○ ○ ○

※⑰、この項目、ナシ。①⑲、ここにナシ。【下40b】としてアリ。

【上125】 ○ × ○ ○ × ○ ○ ○ ○

※①⑰、この項目、ナシ。類似する項目、【下51e】としてアリ。

【上126】 ○ × ○ ○ ○ ○ ○ ○ ○

※①、この項目、ナシ。⑲㊱、【下51f】として、重出。

【上127】 ○ × ○ ○ ○ ○ ○ ○ ○

※①、この項目、ナシ。⑲㊱㊶、【下53b】として、重出。

【上128】 ○ × ○ ○ ○ ○ ○ ○ ○

【上129】 ○ × ○ ○ ○ ○ ○ ○ ○

【上129b】 × × × × ○ × × × ×

※⑰以外の諸本、この項目、ここにナシ。【上118】としてアリ。

【上129c】 × × × × ○ × × × ×

※底本（㉙）及び⑯㊶㊻、この項目、ナシ。①③⑲㊱、ここにナシ。【上122b】としてアリ。

《以上上巻》

【目録Ｃ】 × × ○ × × × × × ×

〈有由緒歌〉

【下10】 ○ ○ ○ ○ ○ ○ ○ △ ○

※㊶、この項目、ナシ。ただし同系統本（㊷）には存する故、㊶における誤脱と認む。

【下11】 ○ ○ ○ ○ ○ ○ ○ △ ○

※㊶、この項目、ナシ。ただし同系統本（㊷）には存する故、㊶における誤脱と認む。

【下33ｂ】 × ○ ○ ○ ○ ○ ○ ○ ○

【下35ｂ】 × ○ ○ ○ ○ ○ ○ ○ ○

【下40ｂ】 × ○ × × × ○ × × ×

※⑰、この項目、ナシ。底本（㉙）及び③⑯㊱㊶㊻、ここにナシ。【上124】としてアリ。

【下49】 ○ × ○ ○ ○ ○ ○ ○ ×

【下50】 ○ × ○ ○ ○ ○ ○ ○ ×

【下50ｂ】 × × × × ○ ○ ○ × ×

※底本（㉙）及び①③⑯㊶㊻、この項目、ここにナシ。【上112】としてアリ。⑰⑲㊱、ここにもアリ（重出）。

【下50ｃ】 × × × ○ ○ ○ ○ × ×

※類似する項目、**【上114ｂ】【下51ｄ】**【下54】としてアリ。

【下51】 ○ × ○ ○ ○ ○ ○ ○ ×

	㉙（5）	①（1）	③（2）	⑯（3a）	⑰（3b）	⑲（4）	㊱（6）	㊶（7）	㊻（8）
【下51b】	×	×	×	○	○	○	○	○	×
【下51c】	×	×	○	○	○	○	○	○	×
【下51d】	×	×	×	×	×	×	×	○	×
※類似する項目、【上114b】【下50c】【下54】としてアリ。									
【下51e】	×	×	○	○	○	○	○	○	×
※同名項目、【上125】にあり。内容類似するも一致せず。									
【下51f】	×	×	×	×	×	○	○	×	×
※①、この項目、ナシ。底本及び③⑯⑰⑲㊱、ここにナシ。【上126】としてアリ。⑲、ここにもアリ（重出）。									
【下52】	○	×	×	×	×	△	○	×	×
※⑲、項目名のみアリ。									
【下53】	○	×	○	○	○	○	○	○	×
【下54】	○	×	×	×	×	×	×	×	×
※類似する項目、【上114b】【下50c】【下51d】としてアリ。									
【下55】	○	×	×	×	×	×	○	○	×
【下56】	○	×	×	×	×	×	×	○	×
【下57】	○	×	×	×	×	×	×	○	×

《以上下巻》

項目の出入りから見た各系統の特徴、及び、相互の関係

この諸本対照表から導き出しうることを、論点を絞つて述べてみよう。

○第一類と第八類の近親性

両系統諸本においては、下巻巻末部分、【下49】（「姨すて山事」）から、【下57】（「西院の后の松か浦嶋事」）までの項目を一致して闕く。第一類に属するのは①続群書類従原本のみ、第八類本に属するのは㊻山口県文書館蔵本のみであつて、各々一本でしかない。しかし、仮にこの闕脱（とまではこの段階では断定出来ないが）を有するのが、①だけだつたとしたら、それは転写過程における〃エラー〃、乃至、意図的削除、といつた個別理由を想定しても良いであらうが、系統の異なるいま一本（㊻）においても、同様の闕脱が見られる、といふことになると、個別理由を以て説明することはかなはない。つまり、この形態を有する伝本が、兼良によつて生み出された、と考へる方が遙かに自然である。

下巻巻末部以外にも、①と㊻の近親性を示す箇所が存する。二例、掲げてみる。

◆『歌林良材集』【下40】

一　志賀山越事

〔古二〕あつさ弓はるの山へを越くれハ道もさりあへす花そちりける〔貫之〕

右、詞云、しかの山こえに、女のおほくあへりけるに、よみてつかハしける云々。志賀の山こえハ、北白川の瀧のかたハらよりのほりて、如意の峯こえに、しかへ出る道也。しかの山こえハ、春にかきらす、』六〇ゥいつ

もする事也。たゝし、堀川の次郎百首にハ、春の題に、志賀山越を出せり。これによりて、六百番歌合にも、春の題に用られ侍り。秋によめる哥。

〔古〕山川に風のかけたるしからみハなかれもあへぬもみちなりけり〔春道つらき〕

右、詞云、しかの山こえにてよめる。

〔拾〕名をきけハむかしなからの山なれとしくるゝ秋ハ色まさりけり〔順〕

右、詞云、西宮左大臣家の屏風に、しかの山こえに、つほさうそくしたる女とも、もみちなとある所。

破線で囲んだ部分を、①㊻のみが闕く。同一の誤脱が別々に起きたと考へられなくもないが、蓋然性は低からう。

◆『歌林良材集』【下42】

一　野中の清水事

〔古十七〕いにしへの野中のし水ぬるけれともとの心は《を》（「は」ミセケチ）しる人そくむ〔読人不知〕』六一ウ

右、野中のし水ハ、播磨國、いなみ野にあり。むかしハ、めてたき水にてありけるか、末の世に、ぬるくなりぬれと、むかしをきゝつたへたる物ハ、これをたつねて、のみける心也。能因哥枕にハ、野中の清水ハ、もとの妻をいふといへり。奥義集にも、同さまに申侍り。

破線で囲んだ箇所、ここも、①㊻のみが闕く。

項目レベルでいへば、連続する三項目、【下49】【下50】【下51】も、①㊻のみが闕く。

このやうなありやうから見て、先に述べた「この形態を有する伝本が、兼良によつて生み出された」といふ推定の蓋然性は、より高まつたものと判断する。

しかし一方で、①と㊻とでは、項目の出入りから語句レベルに至るまで、多くの相違が存する。その多くは転写時の誤写と見做しうるが、しかしさうと断じえない箇所も多々指摘することが出来、ある一本から、転写を経て①と㊻が生まれ出たとも考へにくいのである。

つまり、ありうるケースは、恐らくただ一つ。兼良が何らかの定まつた編集方針を立て、それをもとに、かつ別箇に、編纂物として生み出し、流布せしめた伝本が、①であり、㊻なのだらう、と。成立時期的に①㊻が近接して編纂された、と考へるのが自然だが、さうと限る必要もない。

さらに想像を逞しうすれば、①㊻は、内容的に他本より少ない。そもそも編纂物なるもの、多くは増益といふ方向で変化が生まれるといふことを加味すれば、『歌林良材集』における初期形態を残すもの、と考へてみたくなる。

○上巻内における出入り

上巻において、伝本間で、同一項目が出入りしてゐるケースを考へてみたい。ここでは、〈虚字言葉〉〈実字言葉〉の間での出入りに着目する。具体的には、〈虚字言葉〉で連続して配列される、以下の五項目である。

⑯⑰⑲〔㉙（底本）〕㊶㊻　　①③㊱

【上82】「目もはる」　　【上90b】※【上88】より〈実字言葉〉。

【上83】「事そともなく」　　【上97b】

【上84】「このもかのも」　【上101b】
【上85】「いなせ」　【上102b】
【上86】「みなれ」　【上103b】

このやうに、底本などの諸本において、〈虚字言葉〉に属する連続する五項目が、①③㊱では、〈実字言葉〉に移されてゐる（この表現は正確ではないが、かりにさうしておく）のである。このやうな〝現象〟が起きた理由をどう考へるか、である。

考へられる筋道はただ一つであらう。当初、〈実字言葉〉に置かれてゐた【下90b】以下の五項目を、〈虚字言葉〉に属せしめた方が良いとの判断のもと、〈虚字言葉〉末尾近くにまとまつて移動・配置された、と見る他ない。確かにこの五項目、虚字なのか実字なのか、判断に迷ふところがあることは否みがたい。

この見立てに従へば、少なくともこの部分に関する限り、第一類（①）・第二類（③）・第六類（㊱）が初源的形態を保存し、その他の系統が改訂された形をとる、といふことになる。ただ、兼良に限らず、どんな編者であつたとしても、時に、考へを元に戻すこともあるだらう。あるいは、改訂したつもりだつたのに、旧形態のままうつかり転写をしてしまふこともあるだらう。従つて、さきに示した先後関係は、あくまでも形態上のはなしであつて、実態論的にさうであつた、とまで主張するつもりはない。

○上下巻をまたぐ出入り

この観点から、該当する項目を摘出してみよう。

【上87】「かたまけぬ」（⑯⑰〔㉙〔底本〕〕㊶㊻）※〈虚字言葉〉末尾項目
【下53ｂ】（③⑲）※①㊱、この項目、ナシ。
【上112】「三重の帯」（諸本アリ）　【下50ｂ】（⑰⑲㊱）※重出
【上124】「夢をかへといふ事」（③⑯〔㉙〔底本〕〕㊱㊶㊻）　【下40ｂ】（①⑲）※⑰、この項目、ナシ。
【上125】「ぬかつく事」（③⑯⑲〔㉙〔底本〕〕㊱㊶㊻）　【下51ｅ】（③⑯⑰⑲㊱㊶）※内容的に類似す。
【上126】「かほ花」（③⑯⑰⑲〔㉙〔底本〕〕㊱㊶㊻）　【下51ｆ】（⑲㊱）〔重出〕※①、この項目、ナシ。
【上127】「うけらか花」（③⑯⑰⑲〔㉙〔底本〕〕㊱㊶㊻）　【下53ｃ】（⑲㊱）〔重出〕※①、この項目、ナシ。

結論を急がず、ここで指摘しきれないいま一つの事例を見た上で、考察を進めることとする。
諸本を眺め渡すと、『歌林良材集』で同じ項目が二度現はれる〔重出〕といふ〝現象〟は、しばしば認められるが、全く同じ内容ではないものの、類似した項目が三度現はれるケースが一つある。釈文より抜粋してみると、

【上114ｂ】
《一とふさたて〔とふさハ、木の末也。木をきりたる跡に、其木の末をたてゝ置事也〕
造筑紫観世音寺事沙弥満誓〔万葉にハ登夫佐た氏／とも書り〕
〔万十二〕とふさたてあしから山にふな木きり木に切かけつあたら舩木を〔沙弥満誓〕
とふさたて舟木きるといふのとの嶋山けふミれは木立しけしも》

※底本及び⑰㊻、この項目、ここにナシ。①③⑯⑲㊱㊶、ここにアリ。本文は、①による。

【下50ｃ】

《一　とふさたつ事〔此目録前にあり雖然猶巨細之間仍書加之〕

とふさたつあしから山に舟木きり木にきりかへつあたら舟木を

右、とふさハ、鳥総とかけり。又、万十七、とふさたて舟木きるといふ嶋山、とよめるハ、登夫佐多氏とかけり。これ、万葉のならひなり。いつれも、木のこするゑ也。山にいりて、木をきりてハ、かならす、きの末をきりて、きりたる木のあとに立也。たとへハ、かわり也。仍、木にきりかへつ、とよめる也。ふな木ハ、舟にする木なり。この哥ハ、満誓ハ、筑紫観音寺造をりの哥也。》

※底本及び①③㊶㊻、この項目、ここにナシ。⑯⑰⑲㊱、ここにアリ。本文は、⑯による。

【下51ｄ】

《一　とふさたつ事〔自筆已下四ヶ条目録前ニありといへとも詞用捨存によつて／重書之如本〕

右、とふさハ、鳥総とかけり。又十七、とふさしてふな木きるといふのとの嶋山、とよめるハ、登夫佐多底とかけり。是、万葉のならひ也。いつれも、木の梢也。山に入て、木をきりては、かならす、木の末をきりて、切たる木の跡にたつる也。たとへハかハり也。仍、木にきりかへつとよめる也。ふな木ハ、舩にする木也。此哥ハ、満誓か、筑紫観音寺造おりの哥也。》

※底本及び①③⑯⑰⑲㊱㊻、この項目、ここにナシ。㊶、ここにアリ。本文は、㊶による。

【下54】

一　とふさたて舟木きる事

〔万二〕とふさたてあしから山にふな木きりきにきりよせつあたらふな木を〔沙弥満誓〕
右哥ハ、満誓か筑紫の観世音寺を造る時の哥也。とふさハ、鳥総とかけり。木の末也。山に入て、木をきりてハ、かならすその木の末をきりて、きりたる木のあとにたつる也。又、万葉十七、とふさたて《登夫佐多氏》舩木きるといふのとのしま山けふミれハ木たちしけしもいく代神ひそ。此哥も同心なり。
※底本のみ、ここにアリ。

【上114b】の内容が、他三項目と比べてやや異なること、【下50c】と【下51d】の内容が近しいこと、などの点がまづ指摘出来る。

この四項目の関係性（内容・配列等）を（時系列的に）綺麗に説明することは出来ないが、確実にいへることは、この「とふさたて」に関して、内容的に、また配列的に（実字言葉に属せしむるか、有由緒歌に属せしむるか）、兼良の考へがさまざまに変転してゐた、といふことであらう。

○下巻末尾の項目の出入り

先に掲げた項目の出入りに関する一覧を見れば、ただちに理解出来るやうに、各系統間で、下巻末尾の項目の出入り（有無、配列等）は著しい。そこでまづ、ここではより分かりやすくするために、各系統の下巻末尾の項目名を、配列順に各々列挙してみる。項目は、出入りが連続して起こり始める直前の【下48】「蟻通明神事」より掲出する。項目名は、各伝本の本文に従ふ。

○第一類＝①続群書類従原本（宮内庁書陵部図書寮文庫蔵本〔四五三・二〕）
蟻通明神事（以下闕）
○第二類＝③宮内庁書陵部図書寮文庫蔵B本〔一五四・一九〕
蟻通明神事・姨奇山事・常陸帯事・玉はゝきの事・むや〳〵の關事・ぬかつく事・大和琴夢化娘子事・かたまけぬ
○第三類a＝⑯宮内庁書陵部図書寮文庫蔵D本〔谷・三二四〕
蟻通明神事・姨弃山事・常陸帯事・とふさたつ事・玉はゝきの事・おにのしこ草の事・むや〳〵の關事・ぬかつく事・やまと琴夢化娘子事・そか菊事
○第三類b＝⑰宮内庁書陵部図書寮文庫蔵F本〔伏・一一九〕
蟻通明神支・姨弃山事・常陸帯事・三重ノ帯事・とふさたつ山・玉はゝきの事・おにのしこ草の事・むや〳〵の關事・ぬかつく事・大和琴（ママ）夢化娘子事・そか菊事
○第四類＝⑲宮内庁書陵部図書寮文庫蔵A本〔一五四・一二〕
蟻通明神事・姨弃山事・常陸帯事・三重帯事・とふさたつ事・玉はゝきの事・おにのしこ草の事・むや〳〵の關の事・ぬかつく事・かほ花・つくまのなへの事（項目名ノミ）・やまと琴夢化娘子《おとめ》事・かたまけぬ・うけらか花・そか菊の事
○第五類＝㉙冷泉家時雨亭文庫蔵兼良自筆本
蟻通明神事・姨《をハ》すて山事・常陸帯事・玉箒事・筑磨の祭の鍋《なへ》事・和琴おとめと化して夢にみゆる事・とふさたて舟木きる事・三輪檜原挿頭折事・河原左大臣塩竈浦事・西院の后の松か浦嶋事

○第六類＝㊱国文学研究資料館蔵Ｂ本〔九九・六〇〕
蟻通明神事・姨《ヲハステ》弃山事・常陸帯事・みへの帯事・とふさたつ事・玉はゝきの事・おにのしこ草の事・むやくの閑事・ぬかつく事・かほ花・筑磨の鍋事・やまと琴夢に化レ娘《ムスメ》子事・うけらか玉《花》（「玉」ミセケチ）・そか菊事
○第七類＝㊶国文学研究資料館蔵Ａ本〔タ二・三二〕
蟻通明神事・姨弃山事・常陸帯事・玉はゝきの事・おにのしこ草の事・むやくの閑事・とふさたつ事・ぬかつく事・やまと琴夢に化二娘子《ヲトメコ》一事《ト》・そか菊事・三輪檜原挿頭折事・河原左大臣塩竈浦事・西院の后の松か浦嶋事
○第八類＝㊻山口県文書館蔵本〔近藤清石一六七〕
蟻通明神事（以下闕）

第一類と第八類との巻末部が、他系統本に比べて、同じやうに少ないことは述べた。また、多くの箇所で相当程度異なるので、⑰をあへて一類と考へてみた。

このやうな項目の出入りが何故発現してゐるか、となると、やはり、兼良の編纂方針の変動（〃揺れ〃といった方が正確か）にあると考へざるをえない。

かかる兼良の〃揺れ〃を如実にあらはしてゐる好例として、【下27】「河社事」をあげておく。この項目はすべての諸本に存するのだが、一方で、諸本間で異同が著しく、校異といふ形では示し難いと判断し、例外的に、校異を掲出した伝本の全文を、すべて掲出しておいた。当然のことながら、兼良の〃揺れ〃は、項目の有無・配列だけにとどまらず、個別の項目それ自身の論述についても存したことを、如実に示してゐる。

冷泉家時雨亭文庫蔵兼良自筆本の〝孤本性〟

本書の釈文において、㉙冷泉家時雨亭文庫蔵兼良自筆本を底本として採用した。しかしその理由を、ことあらためて述べて来てはゐない。それは、この選択が「自明」であらうと考へたからに他ならない。作者自筆本が伝存してゐて、その影印の披見が可能であり、例へば、物理的欠損があるのならば話は違つても来ようが、完本であるのだから、釈文の底本にするのは理の当然、くだくだしく説明するに及ばない、と把握するのが自然であり、必然でもあらう。

しかし、前項にて下巻末尾の項目の出入りを示したが、第五類がやや孤立してゐることは、一瞥明らかである。これはどういふことか。

そして、ここに限らず、兼良自筆本の〝孤本性〟は、全巻至るところで、それと認めることが出来るのである。のみならず、第五類諸本の中でも、孤立してゐるのだ。以下、いくつか事例をあげながら、兼良自筆本の〝孤本性〟を確認してみたい。

まづ、【上17】「本歌の意に贈答せる躰」に見える次の歌。

〔古〕たつた川もみちみたれてなる《(ママ)》めりわたらハ錦中やたえなん　（冷泉家時雨亭叢書本・巻上・一〇オ・五行目）

典拠は、『古今集』秋下・二八三のよみ人しらず歌。第三句、兼良自筆本はどう見ても「なる」（または「なか」）であり、「なかる（流る）」と判読するのは無理である。兼良の転写時におけるミスと考へざるをえまい。念のために、底本と同じ第五類に属する（本文が精査出来た）諸本で、この箇所を確認してみると、次のやうになる。

㉔宮内庁書陵部図書寮文庫蔵C本〔一五三・一九八〕「なか《本マヽ》めり」
㉖島原図書館肥前島原松平文庫蔵本〔一一七・八七〕「なかるめり」
㉗『歌学文庫四』所収本「なかるめり」
㉘萩市立萩図書館蔵本〔三甲五・一四九〕「なかるめり」
㉚京都女子大学図書館谷山文庫蔵A本〔〇九〇・Ta八八・一〇五〕「なかるめり」
㉛京都女子大学図書館谷山文庫蔵B本〔〇九〇・Ta八八・一〇四〕「なかるめり」

このやうになつてゐて、兼良自筆本を忠実に書写したかと目される㉔を除き、それ以外の諸本は「なかるめり」に作る。これは考へてみれば自然なありやうである。即ち、いやしくも和歌典籍を書写しようとする者、典拠となつた歌を知らぬわけはなく、仮に親本に「なるめり」「なかめり」となつてゐたとしても、書写時、ただちに書写者の脳内で「なかるめり」としてオートリペアされ、それが本文として定着する、といふことは、さして不自然ではないからである。しかし、だからといつて、第五類本の諸本の祖本が、冷泉家本であるとまではいへまい。

このやうに見てくると、前述した如く、兼良自筆本の〝孤本性〟は、系統間の比較で認められるにとどまらず、同一系統内においても認められる、といふ帰結が導き出されるのである。

兼良自身が自らの誤写に気付き、修正してゐる箇所も存する。その一例。【下15】「おそのたハれお事」の一節、

〔散木集〕女の中ハ《世中ハイ》おそのたハれのたゆみなくつゝまれてのミすきわたるかな〔俊頼〕

（冷泉家時雨亭叢書本・巻下・四七オ・一〇行目）

集付から初句を、より底本に近い形で釈文を示しておく。

女《散木集》の中ハ《世中ハイ》おそのたハれの（以下略）

「世中ハイ」なる異文注記、図版で確認する限り、墨色がやや本文のそれと異なり、後筆かと思はれる。初句、他系統本は（当然のことながら）「卋中は」（本文は①による）で一致する。兼良は「卋（または「世」）」を、「女」と誤認してしまつたのであらう。兼良自身もそのことに後に気付いたやうである。冷泉家時雨亭叢書の解題で鈴木元が指摘する如く、兼良自筆本には二〇例余りの擦り消し箇所が存する。本来ならば、ここも擦り消しすべきであつたのだらうが、生憎、集付である「散木集」が「女」にごく近接して書写されてしまつてゐるため、擦り消しを断念し、異文注記といふ形で〝妥協〟したのであらう。再度、他の第五類本の本文を確認すると、

㉔宮内庁書陵部図書寮文庫蔵C本〔一五三・一九八〕　「女《散木集》の中ハ《世中ハイ》おそ」
㉖島原図書館肥前島原松平文庫蔵本〔一一七・八七〕　「世中《散木集》ハおそ」
㉗『歌学文庫四』所収本　「女の《散木集》中はおそ《世の中ハイ》」
㉘萩市立萩図書館蔵本〔三甲五・一四九〕　「女の中ハおそ」
㉚京都女子大学図書館谷山文庫蔵A本〔〇九〇・Ｔａ八八・一〇五〕　「世の中ハおそ」

㉛京都女子大学図書館谷山文庫蔵Ｂ本〔〇九〇・Ｔａ八八・一〇四〕　「世間《散木集》はおそ」

このやうに、「女の中」「世の中」が拮抗してゐて判断が悩ましいが、〃孤本性〃とまでは見做しえない。同趣の事例は、**【下33ｂ】「紫のねすりの衣事」**でも指摘できる。即ち、第五類諸本にあっては、この項目の有無が分かれてゐる。

一方で、冷泉家本の〃孤本性〃が認められない事例も存する。【下33】「八橋のくもて事」の一節、

蛛といふむしハ、手か八あれハ　（冷泉家時雨亭叢書本・巻下・五七ウ・五行目）

この箇所、他系統本では「蛛と云虫の手は八あれは」となつてゐる（本文は①による。㊻のみ「手八」と「ハ」を闕く）。例によつて、他の第五類本の本文を確認すると、

㉔宮内庁書陵部図書寮文庫蔵Ｃ本〔一五三・一九八〕　「蛛といふむしハ手か八あれハ」
㉖島原図書館肥前島原松平文庫蔵本〔一一七・八七〕　「蛛といふ虫の手ハ八あれは」
㉗『歌学文庫四』所収本　「蛛と云虫は手か八あれは」
㉘萩市立萩図書館蔵本〔三甲五・一四九〕　「蛛と云虫ハ手か八あれハ」
㉚京都女子大学図書館谷山文庫蔵Ａ本〔〇九〇・Ｔａ八八・一〇五〕　「蛛といふ虫ハ手か八あれハ」
㉛京都女子大学図書館谷山文庫蔵Ｂ本〔〇九〇・Ｔａ八八・一〇四〕　「蛛といふ虫ハ手か八あれハ」

このやうになつてゐて、㉖を除き、冷泉家本と本文が一致する。

僅か三例を検討したに過ぎないので、ここから話を一挙に一般論化することは出来まいが、しかし結局のところ、すべての第五類本の祖本がすべからく冷泉家本に帰着するとは考へにくく、全く同一の本文を持つわけではないが、同じ編集方針のもと、兼良の手によつて生み出された、（少なくとも）いま一つの自筆本があり、その両本から生み出されて来たのが、第五類諸本と考へておくのが自然であらう。ただし、㉖島原図書館肥前松平文庫蔵本〔一一七・八七〕は、冷泉家本の本文からは遠く、㉖の識語に見えた「余披見誤字等改直之」（圏点武井）なる文言を、掛け値なしに理解すべきなのかもしれないと思ふ。

第五類本内における冷泉家本の位置付けに関しては、前記鈴木元の解題が詳しい。鈴木は、第五類諸本と冷泉家本を仔細に比較・検討し、さまざまな相違点をあげた上で、次のやうに結論づけてゐる。

第五類という枠の中だけで考えても、単純な増補や削除、あるいは配列の変更という一回的な編纂では済まなかった事情が窺われる。編纂過程の解明もさりながら、そもそも兼良以外の者の手による後代の改編の可能性も考慮に入れておかなければならないとなれば、何をもって兼良の『歌林良材集』とするか、甚だ厄介かつ根本的な問題をも同書の諸本研究は抱えていることになる。（前掲書・解題・一五頁）

満腔の賛意を表したい。卓見である。

さて、第五類における兼良自筆本の位置付けに関する論に傾いてしまつたが、ここで話を本筋に戻すと、兼良自筆本の他系統本に対する〝孤本性〟は、より明確になつたことは確かである。
この兼良自筆本の〝孤本性〟は、兼良筆と目される古筆切を比較検討すると、より根深い問題をはらんでゐることが理解されるのである。

冷泉家時雨亭文庫蔵兼良自筆本と伝兼良筆「歌林良材集切」

冷泉家本が世に出る前から、伝兼良筆「歌林良材集切」なるものの存在は、研究者の間で知られてゐた。即ち、伊井春樹・高田信敬編『古筆切提要』（淡交社、一九八四・一）に次のやうに見えてゐた。

兼良（一条）
歌林良材集　下（慶安手鑑一七）
歌林良材集　下（心画帖三二）
（前掲書・六五頁下段）

その後、小林強「歌論・歌学書の古筆切について」（『講座　平安文学論究　第十五輯』〔風間書房、二〇〇一・二〕）所収「歌論・歌学書関係古筆切一覧稿」において、計六葉の指摘がなされた。
現時点で、一五葉のツレ（と断定出来るかどうかはやや微妙だが。後述）を見出すに至つた。個々の切れの本文は、釈文中の当該項目に□に入れて示したところである。いま、それらの古筆切を一括列挙してみる。

1【下3】「松浦河釣鮎乙女事」

徳川美術館蔵『鳳凰台』（『徳川黎明會叢書　古筆手鑑篇四　鳳凰台・水茎・集古帖』（思文閣出版、一九八九・三））所掲「一条殿兼良公歌林良材集切」

②【下3】「松浦河釣鮎乙女事」～【下4】櫻児事
二〇二三年三月、ヤフーオークション所掲古筆切
※①・②は、『歌林良材集』本文において連続してゐる。

③【下8】「くれはとりの事」
徳植俊之蔵手鑑所収「一条兼良筆歌林良材集切」
※徳植俊之「注釈書・歌学書断簡考―注釈書・歌学書はなぜ古筆切にされたのか―」（『文学・語学』二三一、二〇二一・四）による。

④【下9】「かつらきの王、橘の姓を給ふ事」
『潮音堂書蹟典籍目録』第二十四号（二〇〇〇・一〇）所掲「伝一条兼良筆歌林良材集切」

⑤【下12】「三輪のしるしの杦事」
小松茂美『古筆学大成』第二四巻（講談社、一九九三・一二）所掲「一条兼良筆　歌林良材集切」（二三九）

⑥【下32】「しきのハねかき事」
小松茂美『古筆学大成』第二四巻（講談社、一九九三・一二）所掲「一条兼良筆　歌林良材集切」（二三八）

⑦【下33b】「紫のねすりの衣事」
『慶安手鑑』所掲「伝一条兼良筆歌林良材集切」(a)（(b)が後接する）

⑧【下34】「室八嶋事」

『慶安手鑑』所掲「伝一条兼良筆歌林良材集切」(b)(a)に後接する)

9【下48】「蟻通明神事」
日比野浩信『はじめての古筆切』(和泉書院、二〇一九・四)所掲「伝一条兼良筆大四半切(『歌林良材抄』)」

10【下48】「蟻通明神事」
田中登編『平成新修古筆資料集　第三集』(思文閣出版、二〇〇六・一)所掲「一条兼良　大四半切(歌林良材集)」

※9・10は、『歌林良材集』本文において連続してゐる。

11【下50c】または【下51d】「とふさたつ事」
小松茂美『古筆学大成』第二四巻(講談社、一九九三・一一)所掲「一条兼良筆　歌林良材集切」(一三九)(a)(b)が後接する)

12【下51】「玉箒事」
小松茂美『古筆学大成』第二四巻(講談社、一九九三・一一)所掲「一条兼良筆　歌林良材集切」(一三九)(b)(c)が後接する)

13【下51b】「おにのしこ草の事」
小松茂美『古筆学大成』第二四巻(講談社、一九九三・一一)所掲「一条兼良筆　歌林良材集切」(一三九)(c)(b)に後接する)

14【下51c】「むやくの閑事」
『心画帖』所掲「伝一条兼良筆歌林良材集切」(a)

15【下51e】「ぬかつく事」

本来ならば、これら兼良筆と伝称されてゐる切れの一つ一つについて、兼良真筆か否かを判断した上で、論を進めるべきであるが、ここでは、小松・田中・日比野、古筆学を領導して来た研究者の判断を重んじ、以下、兼良筆といふ前提で進めてゆくことにする。

まづ、これら一五葉の存在から確実に導き出せることは、兼良自筆本は、冷泉家本以外にも伝存してゐた、といふことである。

さらに注目したいのは、7・11・13・14・15の五葉である。その理由は、項目番号でも分かるやうに、これら五葉の本文を、冷泉家本が持たないからである。即ち、第五類ならざる兼良自筆本が、少なくとも一本は存在した、といふことが確実にいへるのである。

ここまで来ると、非冷泉家本系統である兼良自筆本の、その系統を考へてみたくなる。そこで、この五葉が、第五類以外のどの系統において包含されてゐるか、簡単に整理してみる。

7　第五類以外の諸本すべてにアリ。

11　【下50c】第三類a・第三類b・第四類・第六類
　　【下51d】第七類

13　第三類a・第三類b・第四類・第六類・第七類

14　第二類・第三類a・第三類b・第四類・第六類・第七類

[15] 第二類・第三類a・第三類b・第四類・第六類・第七類

むろん、これらの切れが同一の典籍から切り出されたとは限らない。従つて、複数の冷泉家本ならざる兼良自筆本を想定しても良いのだが、仮に、ある特定の一本から切り出されたと仮定してみる。すると、現存する一五葉がすべて下巻であることに鑑みれば、下巻のみを内容として持つただ一本の零本から切り出された、と考へるのが、現時点では穏当なやうに思ふが、それはさておき、そのある一本の系統を絞り込めば、可能性があるのは、第三類a・第三類b・第四類・第六類・第七類、この五系統の内のいづれか、といふことにならう。

そして、これらの系統に属する伝本の識語に垣間見られた「兼良自筆本」云々の文言をここに重ねあはせれば、綺麗に平仄は合ふ。

以上のことを総合して考へれば、兼良は、バーチャルな『歌林良材集』を(己が脳内に)旺盛に生み出してゐただけではなく、折を得つつ、自筆にて編纂・書写した、リアルな『歌林良材集』を典籍として生み出し、それぞれがそれぞれの流布の道をたどつたと見て良いと判断する。

○

最後に、前項からの懸案であつた、冷泉家本の〝孤本性〟をめぐる議論にもどる。

この伝兼良筆古筆切から、実に興味深い事例を見出すことが出来るのである。それは、[2]「二〇二三年三月、ヤフーオークション所掲古筆切」に見える、次の一節である(句読点・濁点を施した)。

女思けるハ、むかしより、一女の身として、二門にゆく事をきかず。壮女《(ママ)》の心も、又、やハらぎがたし。

「壮女」といふ本文、「ママ」を付したやうに、他本一致して「壮士」に作り、また、さうではなくては文意が取りがたくなる。つまり、兼良自筆本の独自異文、といふよりも、誤記・誤写と判断せざるをえない。そして、この本文は、（結果として）どの転写本に継承されなかったやうなのである。

ここにはからずも、兼良自筆本なるものの〝孤本性〟を、別の視点から読み取ることが出来るのである。

『古来風躰抄』引用の問題

第二類・第三類b・第四類・第六類の伝本には、巻末に『古来風躰抄』の万葉集論の抜粋が引用されてゐる。本来なら、兼良以外の人物による後補と見たいところだが、それにしては多くの伝本に共通して見られることが難点で、やはり兼良自身の引用と見るのが穏当と思はれる。

この『古来風躰抄』の引用に関して、近時、三村晃功『古典和歌の時空間―「由緒ある歌」をめぐって―（新典社選書59）』（新典社、二〇一三・三）において、引用された部分で展開される俊成の万葉抄出の意図を読み解いた上で、次のやうな指摘がなされた。

> 『歌林良材集』に収載する万葉歌は、（略）六十九首を数える（略）ここに兼良の『歌林良材集』の編纂意図の一端を読み取る（略）一条兼良は『歌林良材集』の「由緒ある歌」を下巻の第五に収載する際に、俊成の『古来風体抄』なる歌論集を十二分に咀嚼して、自家薬籠中の物にしていた（以下略）
>
> （前掲書・二六九〜二七〇頁）

つまり、「有由緒歌」編纂の方法・観点の淵源の一つに、『古来風躰抄』を据ゑて考へてみよう、といふ見解である。確かに下巻における『古来風躰抄』の重視はここかしこに認められ、賛意を表したい。

なほ、三村『古典和歌の時空間』は、「有由緒歌」全体にわたる〝注釈〟と見做しうるもので、『歌林良材集』研究史上、画期的な研究成果である。

『歌林良材集』といふ典籍の位置付け

鈴木元の総括的見解（「何をもって兼良の『歌林良材集』とするか」）を先に引用した。そのことを踏まへ、もう一歩憶測を進めてみたい。

兼良の机辺には、『歌林良材集』の源泉となつたであらう、歌語注を中心とした「ノート」（及び、ソースとなりうる多様な「ノート」群）があり、それを一材料として仕立て上げた、ある程度整備された『歌林良材集』の手稿が存したはずである。ただそれは、恐らく一点ではなく、複数部数存してゐた。複数のエディションが併存してゐた、と換言しても良い。目録のあるもの・無いもの、『古来風躰抄』からの引用のあるもの・無いもの、虚字言葉・実字言葉間での出入り、巻末のおける様々な出入り、個々の証歌の出入り、等々、異なる形態の構成であつた。これらのエディションは、単線状の転移といふ形では説明が難しく、比喩的にいへば、同心円状に位置付けることで説明が可能となららう。そして、転写の依頼がある時、兼良は、草稿なり、ある一つのエディションをもとにしつつも（この時点で、生成される転写本がどの系統に属することになるかが決定される）、さらに、彼我の「ノート」、手稿をあれこれ比較考量し、典籍として生成・定着せしめて行つた。即ち、系統は、一回的に独立して成立した、と考へたいのである。

もとより、いま残されてゐる四〇本余りの伝本が、ことごとく、兼良が生み出した時の形態をそのまま保存してゐるとはいへない。しかし、このやうに憶測を重ねれば、ここまで示して来たやうな複雑な諸本関係、本文の相違が、少なくとも話の上では説明が出来ると思ふ。

誤解を恐れずに、そして、(再度いふのだが)後人による手入れ(誤写も含めて)も恐らく相当程度あつたらう、そのことを承知した上でいひ切つてしまふと、総体として見れば、『歌林良材集』における諸伝本は、それぞれが兼良の意志を反映した、〃ある一つの〃『歌林良材集』なのだ、といふことに尽きる。

兼良の歌学書との関連と成立時期

『歌林良材集』は、本書に収めた兼良の歌学書(『一禅御説』『和秘抄』『柿本傭材抄』)と、内容的に密接な関係性を有する。その問題に関する具体的な検討は、個々の歌学書の解題を参看願ひたい。

特に注意を要することは、文明七年(一四七五)正月に成立した『和秘抄』と、『歌林良材集』との関係性は甚だ密であり、両書が異なる時期に、かつ、別箇に成立したとは考へ難い、といふことである。従つて、『歌林良材集』の成立も、緩く文明七年正月前後、と見做しておくのが自然であると考へる。なほ、『和秘抄』解題を参看されたい。

『一禅御説』―― 釈文・校異・解題 ――

凡　例

一、底本・校合本は以下の通り。校異掲出において、伝本名を伝本の通番号を以て示した。

【底　本】①静嘉堂文庫蔵本〔八四・一〇・一五九九八〕

【校合本】②国立公文書館（旧内閣文庫）蔵『墨海山筆』〔二一七・〇〇三二〕第五八冊巻九四所収本

③徳川ミュージアム彰考館文庫蔵本〔巳二一・〇七六〇八〕

一、釈文作成に際しては、出来る限り底本の形を残すことに努めたが、以下の処理を施した。

一、項目ごとに【　】に入れて通番号を冒頭に記した。

一、集付・肩付・歌題・作者名・割注等、底本において小字で書かれてゐる注記的本文は、〔　〕に入れ本文と同じポイントとした。また、割注内での改行は「／」で示した。

一、底本等において、蠹蝕等の物理的破損によって本文が損なはれてゐて、残画より推定した場合は、□で囲んでこれを示した。

一、底本で「。」を文字左傍に二つ付して濁音の指定がある場合は、「。」を略し、通行の濁点を施し、（ママ）と右傍に注記した。但し漢字に濁音指定がある場合は、（　）に入れてその旨を注記した。

一、底本にはまま右傍線が存するが、これは底本のままとした。

一、底本における改丁・改面を』で示し、丁数等を』一ォの如く示した。

一、底本の頭注は、〈頭注〉として各章段の末尾に掲げた。

一、わたくしに句読点を施した。

釈文・校異

一禅御説　完（題簽）』（前表紙）
一禅御説（扉題）』（首部遊紙オ）
（空白）』（首部遊紙ウ）
　禅閤御説（端作題）〔自文明十年二月十七日記之〕

【1】

。ぬなはと題に出すハ、水草に蓴といふ物有。それを、ねぬなはと恋に寄てよむ也。然に、近年不思議の好士ありて、文字をもて沼縄と題に出してぬまのなはと覚悟するは、不可用由奉早。


【2】

。歌合にをかしと云詞ハ、至極ほめたる詞也。』一ォ 宜と云ハ、不善不悪之詞也と奉早。


【3】

。法師のよミやう尋申處に、世流布に出家を皆ほうしと云。又、勅撰なとにハ皆以ほつしたるへきよし奉早。


【4】

。西行か歌に、鳥羽にかく玉札の心地してかりなき渡る夕闇の空。日本記云、鳥羽に文字を書て人につかはしてあるをハ、いひの陽』一ゥ の上にをきて見れは文字あらハるゝと書たり。是を堀河百首*（ママ）よめりと奉早。

＊堀河百首……堀河百首にも③

〈頭注〉金恋云、我恋ハ烏羽にかく言の葉のうつさぬ程ハ知人もなし。堀川百首顕季。

【5】

。ひれふると云事、松浦さよひめに見（ママ）しまれり。ひれとハ領巾と書也。ふるとハ振とかけるよし奉早。

【6】

。わきも子とハ、夫婦に通用也。脇子とかけりと奉早。〔愚云、本ハ夫ヲ云歟。衣通姫御門ヲ恋奉りて、我／せこか来へキ宵也トイヘリ。〕』二オ

【7】

。まきもくの山、まきもくとハ、あしき也。巻向とかけれハ、まきむく成へきやと申候。不可有相違之由奉早。名所歟。

【8】

。くらふ山、ふノ字濁へきよし奉早。

【9】

。右近馬場、かなにもまなにも馬場とよむへし。むまはなりと奉早。

【10】

。よってよみ《＊り歟》て同事也。字ノ如クよむへしと』二ウ 奉早。

＊よみ《り歟》て……よりて②、よみて③

【11】

。紫のねすり、根にてする也。すノ字濁てよむへしと奉早。

【12】
○棹川（川左傍上ニ「。」ニテ濁点アリ）の事、川ノ字濁てよむへしと奉早。さほ殿と云あり。是は、淡海公の旧跡也。
棹山も同し所也と奉早。
【13】
○兼覧王《カネミノオホキミ》、是を、かねみ王とよむ人有。不可』三オ用。只、おう君とよむへし。但、九人多名字にあり。それは、わうとよむ事有へし。又、王女御と申ハ、王氏の女御也。是ハ又わう女御とよむへしと奉早。
【14】
○平定文、是を、貞應の本にハ用二貞字一。悪シ。嘉禄本ニハ用二定字一、尤よし。惣而、嘉禄本ハまされり。貞應にハ誤多と奉早。』三ウ
【15】
○顕注密勘抄にハ、歌の次才不用也。随二思出一て注之哉。然者、定家卿の不レ及レ難物乎と奉早。
已上十五ヶ条、二月十七日奉早。
【16】
○うたかたの事、寧と書也。又、水のうたかたとハ沫也と奉早。
【17】
○卋流布に、さうしあらひと云事あり。れうけんの説歟。御しりなしと奉早。』四オ
【18】
○今上皇帝の事、きんと云説も不レ及レ難。こんを専に可用之由奉早。

【19】

◦古記髄脳抄と云ものにおほく見えたり。或は、俊頼朝臣か作するにやいなやといへり。但それゟ前にも髄惱抄といふ事有と奉𡈽。

【20】

◦木綿付鳥、根本四所の関に始まれり。今は自餘の関にても可詠と奉𡈽。』四ウ

【21】

◦芦火焼こや春雨の空ならん霞の色のすゝけてそたつ、貞常親王御詠哥也。霞のすゝけても、定而れいそ有らん。今無二御覚悟一。すゝけてと云詞ハ勿論のよし奉𡈽。

【22】

◦古今哥に、良峯の宗貞とあり。もし宗貞遍昭各*別と心得たるか。又、出家の已前の哥を、上古はたゝし書けるかと奉𡈽。』五オ

＊各別……格別②

【23】

◦懐紙かきやうの事、先規あなかちに被レ定事無之。只、見はからひ可書と也。五首迄ハ二行七字、紙をついても可書。十首は*《二狄》行にかふハ餘以准之。飛鳥井家にハ、一首を三行五字にかく事、彼家の流也。しろしめさぬ由奉𡈽。

＊《二狄》行……二行②③

【24】

◦小點の事ハ、いつれの者の勘をくや。道のため、しは〳〵き事、其難有へからす。只まむ*へしと』五ウ 奉𡈽。

＊まむへし……よむへし②③

【25】

。百千鳥とすミて可レ読と云説あり。聞よからす。只、もゝちど《（ママ）》りなるへしと奉呈。

【26】

。春霞秋霧を、春霞秋霧とよむ人あり。聞よからす。只、春霞秋霧（霞・霧ニ濁点アリ）と奉呈。

【27】

。源氏講尺の时は、きりつほよりハ不レ読也。不吉のゆへ也。繪合よりも花宴よりも可読と奉呈。』六オ

已上十二ヶ条、二月廿四日奉呈。

【28】

。よふこ鳥の事、家〻説おほし。是ハ、只よぶ《（ママ）》こ鳥と云鳥ありもやすらんと思ふへし。鳳鳥なとのめてたき鳥も、誰か見し。口傳有とも、以二別名一よふこ鳥と可レ詠やと奉呈。

【29】

。あしひきを、顕注密勘抄に、定家卿勘申所にあしび《（ママ）》きと声をさせり。不審申せしかハ、』六ウ不被見也。只、あしひきと、聞よきにしたかふへしと奉呈。

【30】

。ゆたのたゆた、清濁あり。清吉とうけ給か。ゆられたる心也と奉呈。

【31】

。後撰集、今来んといひしはかりを命にて待にけぬへしさくさめのとし。としとハ刀自と書たるよし、刀自ハ女の名

也。さくさめハ、』七オ わかき女也と奉早。

＊とし……とし③

【32】

○咲花におもひつくミのあちきなさ身にいたつきのいるもしらすて。是ハ、花をおもしろしと思ひて、辛労をかへり見す見る事のあちきなく無益なりといふ心と奉早。

【33】

○古今集に、柿本人丸と云哥、おもてにのせすして、只ある人のいはくとあるハ、此時代のせ』七ウ すして、萬葉集に入たる上古の人をは、皆名をおもてにのせさる也と奉早。

【34】

○古今序に、たかき山も麓の塵ひちよりと有ハ、塵泥とかけり。然者、二条家にはちりひちとよめり。冷泉家にハちりいちとよめり。ひノ字を下にをいていとよむ事は、恋思勿論也。上に置ていとよむへき事、不審也。只、ちりひちなるへき也。』八オ 別にちりいちといふ名あらハ、然り。塵泥ならは、＊ちりい《ひ》ち成へしと奉早。

＊ちりい《ひ》ち……ちりひち②、ちりいち③

【35】

○思ひ出よたか兼言の末ならん昨日の雲のあとの山風、是ハ、誰と云ハ君にてハあらすやとあさむく也。抑、待へしとも問へしともいひし兼言の末ハ、思ひ御出なきや。只、きのふたのめしことは、山風に吹らし、なへる雲のことしと奉早。』八ウ

【36】

。錦木ハ立なからこそ朽にけれけふの細布むねあはすして、是ハ、奥州の郡に、けふと云所あるよし奉間、人にとへハ、郡の名になきよし申。然はいかゝと申せしかは、然者、里なとの名にてや有へからんと奉早。

【37】

。契日中恋と云に、涙にや朽はてなまし唐衣袖のひるまを頼めさりせハ、是は、日中』九オ 逢んと契成へし。あまりおゝ*はれかましくやと奉早。

＊おゝ……おゝ（傍点朱筆）②、おゝ③

【38】

。富士のねをすそ野によむハあしゝ*。高根なるへし。高根は、則、峯なるへきと奉早。

＊あしゝ……あらゝ②

【39】

。出御に紙燭をともす事は、むかしは蝋燭なし。本也。されは、用二紙燭蝋燭は後にからより渡る也と奉早。』九ウ

【40】

。心から花の雫にそほちつゝ鶯とのミ鳥のなくらん、此鳥ハ、則鶯也。そほつ也。そをつとかきたるあるはあしきよし奉早。

【41】

。鴫の羽かきハ、鳥いたゝむとてハ羽をかく也。しきはおほくかく也。しちのはしかきハ、むかし人を恋せる人、榻の上に百夜ねて数をかき付ける也。しちのはしかきハ、百夜かきしきの』一〇オ 羽かきハ百夜かき也と奉早。

【42】

◦玉もの前と云女房の物語さうし有。一向無正躰。そらこと也。家〻の記録《（ママ）》にもみえさるよし奉㝍。

【43】

◦ある物語に、唐より白楽天か日本のものを詩ヲ作てこなさんとて来るとて、一の舟にのりて、白雲青苔の岩をみて青苔ハ衣に似て岩ノ』一〇ゥかたにかゝる白雲ハ帯にゝて山のこしをめくると作りしかハ、船頭聞て、苔《コヲ》衣きたる巌ハさもあらて衣〳〵の帯をする哉とよめる聞て、楽天ことハりにをされてそれより帰けると云傳《（ママ）》さり。輕淺*のそらこと成と奉㝍。禅植《北野松梅院》今案に、空言誠以無餘儀、唐より来る人和国の詞ヲしらん事有へからす。只、浅間敷ものゝいひ出し』一一ォたるにや。船頭ハ住吉神也といへり。比興〻〻。

＊そらこと……そくこと②

【44】

◦忍二親昵一恋、これをハ、恋するを親類にはゝかりたる心成へき也。或説に、忍親昵恋、是ハ親類をあちきなくおもふ心也。不可用之よし奉㝍。

【45】

◦初尋縁恋、是ハ、おもふ人のそは成人に恋ひ、人の事を尋ぬる也。定家卿、是を用ゆる也。』一一ゥ哥は、或説に、忍尋縁恋、是ハ可言人縁を尋ぬる也。是をハ定家卿不レ用と奉㝍。

　巳上十八ヶ条、三月廿三日奉㝍。

【46】

◦万葉集ハ説*〻とおほし。されとも、貫之古今序に、かの御时よりこのかた、年ハもゝとせあまり代はとつきになん成にけると書たる上は、平城の时代なるへきよし也。』一二オ

＊説と《ゝ》……説ゝ②、説と③

【47】

。うとふやすかたの事、其定をしらさる也。但、世にいふ事よき也。左様に申傳たり。

【48】

。定家卿歌に、伊駒山いさむる嶺にゐる雲のうきておもひハ消る日もなし。或説云、駒にいさむるとつゝくる也と云ゝ。僻案のいたり也。伊勢物語に、雲なかくしそ雨ハ降ともといさむる嶺にゐる雲の也。』一二ウ

【49】

。すへなくてといふハ、たよりなくてと云心成へし。

【50】

。うちま山朝風さむし旅ねして衣かすへきいもゝあらなくに、非二宇治一、うちま山といふ名所也。

【51】

。ありのすさひの事ハ説ゝあり。蟻の熊野まいりなといふやうに、ちか〳〵としたる心歟。

【52】

。古今作者に、安部清行《キヨユキ》《セイ》、或説にきよ』一三オつらと有。きよゆき可然と也。

【53】

四位少将かよひ小町の事、業平也。※冒頭、「。」、ナシ

【54】

。ほたる火と云事、非二可詠一。一首御聞あり。但、詠哥不レ多と也。

【55】

◦みあれの定旨《*宣》、賀茂の事也。御形と書ると也。※「定」、ミセケチす。
＊定《宣》旨……宣旨②③

【56】

◦野守のかゝミハ、はし鷹のうつる有と云事、』一三ウ治定也。但、たしか成書はなし。


【57】

◦桐の葉もふミ分かたく成にけりかならす人を待となけれと。此事、以前、三月十四日勘仰に、大方みたり。但是は、古今哥《オ十五》に、遍昭、我宿ハ道もなき迄あれにけりつれなき人を待とせしまに、とよめるを本哥としてよめる也。古今歌の心は、つれなき人を今度と待て過ける』一四オほとに、道もなき迄あれけるとよめる也。今の歌の心ハ、秋の暮、道もせに桐の葉のちりつもりたる成へし。必しも人を待となけれとゝよめる成へし。於此説者、ふく《*か欤》秘事成へし。莫レ言。
＊ふく《か欤》……ふかく②③

【58】

◦詞花作者、湯《ユ》原《ハら》の王《オホキミ》原ノ字、濁たるかわろし。

已上十三ヶ条、三月廿五日奉呈。』一四ウ

【59】

◦古今物名に、をかたまの木といふ事、説〻有之。但不レ可二一様一。定家卿、太木也。證哥云、おく山にたつをたまきのゆふたすきかけておりはぬ时の間そなき。狭衣云、谷ふかくたつをたま木ハ我なれや思ふおもひの朽てやみぬる。

かゝる哥そ、ふるく聞ゆる。もし一を略していへるとや。』一五オ

【60】

。ひれふるハ、前尺あり。ひれふす、ひれふしなとハ、只、うちたへふしたる也。

【61】

。*日本猿楽か貴ふねかなはの能と云事あり。きやうせんの事也。これらよりはかなき事〳〵*さへ皆ありし事をハ書をく。たしか成事あらハ、なんそかゝさらんや。

＊日本猿楽か……日本猿楽に②　＊事〳〵……事②

【62】

。角田川の能といふ事あり。むかし人の子』一五ウ有けるか、まとし*迄母をかなしと思ひて、をのれか身を人商人にうりて、その物を母につかはしたり。扨、母なん、子の行ゑをかなしく思へる。もとめ行に、角田川のほとりにて、此子死けるをうつミたるを見てかなしむと云事有。それ風情のことを思ひ出すにや。いにしへの烋の空まて角田川月に事とふ袖』一六オの露哉と、俊成卿女よめりやと申〻、彼舊例たしかならす。只、时分かなはすとも、もし伊せ物語を思ひたるへしと仰らるゝ也。

＊まとし……まとし《本ノマヽ》②

【63】

。喜撰か式の事、いまた御覧しなし。歌の病を沙汰するかのよし仰らるゝ也。

【64】

。孫姫《マコヒメ》か式、愚問賢注抄に、當社御作とあり。いまた御覧しなしと仰らるゝ也。』一六ウ

【65】

◦撰集に、現存過去人次才の事、先ハ過去の人おほく《をたゝ本ノ》入へき事しかり。但、次才(ママ)不同おほし。

已上七ヶ条、四月廿七日奉呈。

【66】

◦古今物名二種の秘事の中、めとにけつり花さすとのふ《い》事有。説〻不同。家〻所存各別也。定家卿の所用者、めとゝ云』一七オ草あり。そのくきに作花をしたる也と云り。可レ用二此趣一也と奉呈。

五月十一日奉呈。

【67】

ゆするつきとは、ひんの水入也*窪峈とかける也。※冒頭「◦」ナシ

*窪峈……窪窯③

【68】

◦藤原宮といふは、大和に有と。

五月廿日奉呈。』一七ウ

【69】

◦をミの衣に竹の葉の付合などハ、をミ衣の文竹の葉にてあれは也。

【70】

◦岩といふ袂なりとも朽ぬへし一日二日の涙ならねは、たとへ也。無二本説一。

【71】

◦昔侍といふ事、青童なとも有。あなかち心なき也。

【72】

◦漸尋《ヌ》レ花　ぬにてハ心行かたし。されとも、』一八オねんとはよまれされはいふ成へし。

※底本（②③モ）、「ねんとは」以下、「。」ヲ冠シ一項トシテ独立セシムレドモ、前項ノ後半ト解シウレバ、右ノ
如ク校訂セリ。

【73】

◦あさつくひ、ゆふつくひ《イ》＊はな日なるへし。

＊はな……さな②、はな③

【74】

◦いとおしとハ、最惜といふへからむ。

【75】

◦忍久恋、文字にて、ハしのんて久しき恋とよむ。かなゝとにてハ、忍ひて久しとかくへきと也。

【76】

◦夜の錦の事、朱買＊つ《臣》か事成へし。』一八ウ

＊つ《臣》……臣②③

【77】

◦旅行友、これをたひ行友といふ人あり。不＊レ可レ用。

＊不レ可レ用……可レ不レ用②

【78】

。八代女王《ヤツシロノニヨワウ》とよむへし。これを八代と声によむハあしくや。

【79】

。秌夜長物語といふ抄物ハ、おかしき作説、翫なり。不レ可レ用。

【80】

。高野大師入滅事を入定と云。入定を*』一九オ奥院へ送る成へし。記あり。平家物語に、かミをそり、檜皮色の衣を帝よりまいらせられし事なと、事外のそらこと。其时の勅使、すけすミとやらん。なき人の事也。
＊入定……入滅③
【81】

。柹本人丸事、説ゝ有之。只、人丸と云人も赤人もき*し人也。
＊きし人……きし人②③
【82】

。春くれハえぐ（ママ）のわかなもつむへきにとやらん、』一九ウ詞花集にあり。之《え》*くを、名所のやうに人の申ハ、あやまり也。ゐくなといふハ、せりに似たる草也。正月七草の中にも見えたり。
＊之《え》く……えく②③
【83】

。をんなおうな、可レ為二各別一云ゝ。不可然。五音通用成へし。或説に、をんなハ女也。をうなは老女*。云《と》ゝ。（ママ）例式の源秘しりかほ成へし。

＊老女……老女と②

【84】

○物のふたあけてふすると、＊あふの《む狄》けたる』二〇ォといかゝそや。ふせたる、よかるへからん。

＊あふの《む狄》け……あふむけ②

【85】

○飛鳥川きのふの渕ハけふの瀬と成といふ事に、例の物知かほの筆に、いとまを入て、色〳〵の事をかけり。あらをかしや。只、瀬の定まらぬ河なるへし。

【86】

○左大臣家摂政家の哥合ハ、けとよむへし。或ハ、俊成家の哥合なとゝ、人の名なとのあらん』二〇ゥするをは、たれそれかし、いゑの哥合とよむへし。

【87】

御国忌、ミこつき成へし。＊こつと濁てよむかあしき也。※冒頭、「○」、ナシ

＊こつ……ごつ③

【88】

○松にはふまさの葉かつらちりにけり秋ハ今とや吹すさふらん、西行か哥也。只、まさきなるへし。

【89】

○いたつらに過る月日ハおもほえで(ママ)花見てくら』二一ォす春そすくなき、古今哥。てノ字清濁、有二沙汰等(ママ)也。濁説、おもしろくや。両説也。

【90】

。命婦、五位也。中らうにて有へし。

【91】

。行平の関吹こゆるすまのうら波といふ事をよまれしといふハ、あやまり也。行平ハ、旅人の袂涼しく成にけり関吹こゆる次广の浦風なり。風ハ、行平の哥也。是をとかくいふハあしゝ。』二一ウ壬生忠見か哥に、烋風の関吹こゆる度毎に聲打そふるすまの浦浪とよみしか、関吹こゆる浪成へし。是を、源氏の奥入といふ物に、能宣と作するはあしゝ。忠見か哥成へし。いつれも続古今にあり。可尋也。

【92】

。六百番哥合に、月を見て友を尋し人ならなくにと*哥あり。俊成判は、戴安道か事ハ』二二オ常の事也云々。乗興来興尽帰ハ雪後となり。如何そやと申せしかハ、其夜ハ雪月の夕なるへし。*證哥云、誰か又今夜も友を尋ぬらん月と雪との同し光にと有。新葉哉らんの哥とあり。

＊哥あり……哥《云歟》あり③　＊證哥云……證哥は②

〈頭注〉新葉住八*巻、後村上院、*誰又今宵も友を尋ぬらん月と雪との同しひかりに。

＊巻……冬③　＊誰又……誰か又②③

【93】

。もかミ川の事、ミの字濁ハあしき也。

【94】

。水かけ草の事、いもなり。其时ハ水かけ』二七ウ草也。或説に、水影草といふ事有。それハ何にても有へきにや。

＊水かけ草……水かけ草②

【95】

◦にしき木ハ人をこふるに、木を秋色て人の川に立ると也。むかし有けるにや。千束は千夜かよふと云心成へし。一夜に一宛にてあらハ、さも有へし。束の字を濁てよむハ、あしゝ。清て可読也。』二三オ

＊川……門②

【96】

巳上廿七ヶ条、八月十四日に奉呈。

◦源氏に、ゆするみちてハ、響ノ字をいふ也。

【97】

◦＊きさいの宮。

＊きさい……きさひ③

【98】

◦おもたゝしき、有面目。

【99】

◦かそいろは、父母とかく也。

【100】

◦入道宮とは、薄雲女院御事也。ひめ君を、わか君といふかことし。』二三ウ

【101】

◦こちたき、ふるめかしき也。

【102】

◦をましちかふ、御座ちかふ也。

巳上八ヶ条、八月十七日奉呈。

〔私、右之内一ヶ条不足歟。〕以上文明十年也。

文明十一年分

【103】

◦さひだづ《(ママ)》まとは、春の若草を云也。

【104】

◦夏ふかゆりといふ事を尋中も、*ふるゆりと』二四オいふ名有。草ふかゆりともよめりと也。

*中も……中に③

【105】

◦ひもかゝミとは、水の鏡也。

【106】

◦まさり草とは、菊の名也。

【107】

◦鵙のゐる立枝ハ、ちりぬはし紅葉と云発句を不審申せしかハ、古哥に、もすのはしの立枝にゐたるよし、よミたるやうに御覚悟あり。當座の儀、たしかならすと也。』二四ウ

【108】

。麻*袋、ぬさふくろとハ、神に手向るに、袋を手向る事あり。涅槃會之时、花袋手向るたくひと也。

＊麻……麻《ヌサ》③

【109】

。玉馬とハ、雪の名なるへしと也。

【110】

。春ト隣と云事ハ、隣ハちかしと云心なり。秌のとなりとも、夏の隣ともいふへしと也。

【111】

。かれふとは、墅をいふ也。』二五オ

【112】

。若苗色とハ、うすあをの色をいふ也。

【113】

。翁草ハ、先ハ菊をいふ。或ハ、かれたる草をもいふ也。

【114】

。陪*従とハ、神楽まいらするものを云。内侍所の陪従ともいふ事有。八幡にも有。

＊陪従……陪従《べうシウ》③

已上十三*ヶ条、三月九日に奉者也。

＊十三……三②

【115】
○白馬の節會の白字をあをしとよむ』二五ウ事ハ、本ハ青馬の節會とも云也。されとも、青と白とハ同炇に云也。又ハ、白は却て青となる也。馬ハ、芦毛馬を用る也。

【116】
○卯杖つきと申事ハ、正月上ノ卯日、木を切て杖にする也。色〳〵木これあり。自異朝傳はれる事也。

【117】
○あけのそほ舟とハ、あかくかさりたる舩ヲ云也。』二六オ

【118】
○風のはふりとハ、風まつりをするやうの事を、祝ß祈念するをいふにや。

【119】
○青葉のすたれハ、卯月一日にかくる也。

【120】
○桜麻とハ、桜の色に似たる麻也。本ハ、麻ノ一名也。

【121】
○内裏に、鈴綱と云事ハ、大内殿上に有。鈴に綱をつけて引ならし給时、人承る也。』二六ウ

【122】
○霞のミをとハ、ふかきをいふ也。水のふかきを、水をといふ同し。

【123】

。山桜戸とハ、桜の木にて作たる戸也。松戸、槇戸、皆以同之。

【124】

。玉帚ハ、松に実のなりたるをは、うきにしたるを云と有。或ハ、松の一名也。説々不一決。』二七オ

【125】

。みすのこまるハ、車よせならてハせぬといふは、いはれさる也。みすをあくへきよしなれは、みすのあらんするてにハ、皆以可有也。

　已上十三ヶ条、八月十一日奉呈。

【126】

。古今大哥所の諸国のふりの事、是を、諸国の躰をこなきよりよみたると云ハ、不庶幾也。但、其後ハ、大嘗會の屏風に』二七ウよみしハ、自此方をしはかりよむ也。はしめハ、自其国よむ也。催馬楽なとの歌も、馬ヲかりもよほすといひて、馬鐙の哥出したる節の哥也。

【127】

。長歌の句、不定。

【128】

。〔古今〕かくれぬの下よりあかるねぬなハのねぬ名はたてしくるないとひそ。蓴は草くるとハ、』二八オ長き物なれはいふ也。

【129】

。混本哥ハ、句すくなし。万葉、八雲抄なとにある也。

【130】

。後鳥羽院御时、定家家隆に、八代集の中におもしろき哥ハとり分いつれと勅問有しかハ、有明のつれなくみえしの歌を申されし事、何哉らん、記録にて御』二八ウ覧せしと也。

已上五ヶ条、十一月廿九日に奉弖。

(以下空白)』二九オ

解　題

緒言

この解題は、拙稿「一禅御説―解題と翻刻―」(『研究と資料』一〔一九七九・四〕、拙著『一条兼良の書誌的研究』〔桜楓社〈おうふう〉、一九八七・四〕再収)をもとにしつつ、全面的に加筆・修訂したものである。

研究史

『一禅御説』を初めて詳細に紹介・考察したのは、井上宗雄である。

内閣文庫蔵の叢書「墨海山筆」に「一禅御説」という一書があり(彰考館本も同本)、和歌打聞であるが、これは仲仲興味ある書である。(略)まず十五条あつて「已上十五ヶ条二月十七日奉畢」、以下、二月廿四日、三月廿二、同廿五、四月廿七、五月十一、五月廿、八月十四、八月十七、十一年三月九、八月十一、十一月廿九日の日付がみえ、すべて百廿八条である。(略)「行平の関吹こゆるすまのうら波といふ事をよまれしといふはあやまり也、行平は、旅人の袂涼しく成りにけり関吹きこゆる須磨の浦風なり」、壬生忠見に「秋風の関吹きこゆる度毎に声打そふる須まの浦波」とあるが、奥入に能宣の作とするのは「忠見が歌成べし、いづれも続古今にあり、可心得也」などは兼良らしい説であるし、白馬の節会を解説した条もあり、いかにも兼良の説を某が筆記したらしく思われ、真作と推測したいが如何であろう。

（『中世歌壇史の研究　室町前期』〔風間書房、一九六一・一二〕二六一～二六二頁）

その後、福田秀一もその価値を追認した。

一条兼良の所説を聞書した「一禅御説」〔未刊〕は、まだよく知られてゐないが、一顧の価値を有するものの如くである。

（久松潜一『日本文学史　中世』〔至文堂、一九六四・六〕、福田『中世和歌史の研究』〔角川書店、一九七二・三〕再録）

このやうな研究状況の中で、前掲拙稿が公刊され、以後活潑に『一禅御説』を利用した論が発表されることになる（後述）。

伝本

現在知られる伝本は、以下の三本である。

①静嘉堂文庫蔵本〔八四・一〇・一五九九八〕

釈文の底本。登録書名「一條禅閤御説」。袋綴装（改装）一冊。二二・八×一六・七㎝。前表紙は紺地の厚紙。左に題簽（子持ち）が貼られ、「一禅御説　完」と墨書される。近代になってのものと思はれる。扉題「一禅御説」、端作題「禅閤御説自文明十年二月十七日記之」。首部遊紙一丁、墨付二九丁。料紙は楮紙。一面七行。蔵書印は墨付第一丁表右下に「静嘉堂文庫」（長方朱印）とあるのみで、旧蔵者は分からない。江戸中期乃至末期写。奥書は存しない。

②国立公文書館（旧内閣文庫）蔵『墨海山筆』〔二一七・〇〇三一〕第五八冊巻九四所収本

『念仏さうし』『諸家々業記』『一条禅閣百首和歌（南都百首）』『大江元就詠草』『長頭丸随筆』と合写。袋綴装一冊。二五・七×一八・二㎝。表紙は布目薄茶地に茶の斑。表紙左に題簽が貼られ、「墨海山筆　九十四」とある。端作題「一禅御説」。墨付は『一禅御説』だけを数へると一七丁。料紙は楮紙（水色罫入、一〇行）。柱刻に「錦洞館蔵」「整三堂」「整三堂蔵」などとある。蔵書印は巻首に「大日本／帝国／図書印」（方朱印）「日本／政府／図書」（方朱印）とあるのみ。

奥書

弘化四年（一八四七）丁未夷則（七月）以古寫本令寫之

梅處閑人

簡攷

合写される『南都百首』に「弘化四年丁未七月下旬以古寫本令寫之／梅處散人」とあり、弘化四年（一八四七）写と見做して良いだらう。

③徳川ミュージアム彰考館文庫蔵本〔巳二一・〇七六〇八〕

袋綴装一冊。二二・九×一六・一㎝。表紙は丁字引きの楮紙。題簽が表紙中央に貼られ「一禅御説」と墨書される。また題簽左傍にも同文之外題がある。墨付のみ二八丁。料紙は楮紙。一面七行。蔵書印は巻頭に「潜龍閣」（縦長円朱印）とある。これは徳川斉昭（一八〇〇～一八六〇）の蔵書印であるから、江戸中期乃至末期の書写と考へて良いだらう。奥書は存しない。

伝本の系譜

校異を見れば明らかな如く、その異同の程度は甚だしいものではない。従つてこれら三本は同系統と断じうる。なかでも、①と③は、漢字・仮名の表記、字詰め、行数等ほぼ一致し、兄弟本と措定出来る。①を底本としたのは、概していふと書写時期がやや古いかと思はれたからであつて、本文批判上は、これら三本を同列に見るべきであらう。

成立時期

『一禅御説』は、井上がまとめてゐる如く、兼良（と覚しき人物）の言説を、某が聞書したといふ形式をとる。従つて、厳格に論じようとすれば、まづその形式から疑つてかかるべきなのだが、一見した所、これといつた疑念もないので、形式に関してはこれを信用する、即ち、聞書と認定しようと思ふ。

講釈の行はれた年月日と条数を次に整理してみよう。

文明一〇年	二月一七日	一五（項目）	※【1】〜【15】
	二月二四日	一二	※【16】〜【27】
	三月二三日	一八	※【28】〜【45】
	三月二五日	一三	※【46】〜【58】
	四月二七日	七	※【59】〜【65】
	五月一一日	一	※【66】

五月二〇日　二　※【67】・【68】
八月一四日　二七　※【69】～【95】
八月一七日　七　※【96】～【102】

文明一一年　三月　九日　一二　※【103】～【114】
八月一一日　一一　※【115】～【125】
一一月二九日　五　※【126】～【130】

大雑把に見て、文明一〇年（一四七八）に過半の講釈があり、翌一一年に若干の追加がなされた、といふことにならう。

ところで、関連して考へるべきことは、やはり講釈者が兼良か否かといふ問題である。ただしその問題は後述するとして、まづ、聞書を作成した某たりうるための条件を列挙して置くことにする。

聞書の作成者

(1)兼良にごく近い人物であらう。近親者・家司（格の貴族）などが第一の候補として考へられる。ただ、一条家の人々（例へば、冬良・良鎮等）は、奥書・識語の類を有さぬゆゑ、やや考へにくい。彼等なら、伝授の旨を記すことが普通だからである。

(2)それなりの学識を備へてゐる人物である。それは、かくの如き聞書をものしえたことからも、ある程度は推測可能だが、兼良が講釈を行つたのも、その人物を見込んでのことと思はれるからである。

(3)兼良とかなり親密な間柄にある。例へば、「喜撰か式の事、いまた御覧しなし。歌の病を沙汰するかのよし仰らるゝ也。」【63】と、碩学兼良の恥にもなりかねぬことを、腹蔵なく吐露してゐるからである（尤も、兼良といふ人物、知らぬことは知らぬとはつきりいふ傾向があり、親密の度合を著しいものと捉へることは危険である）。

(4)歌道家の人物（例へば、一条家と関係の深い両冷泉家や、後述する如く『一禅御説』の最も早い享受者であった飛鳥井家）とは考へにくい。兼良が歌学において、これらの家の人々より圧倒的に当該分野において学識を有してゐたかどうか、甚だ疑問だからである。

(5)どちらかといへば、武士よりも堂上の人物であらう。例へば、「出御に紙燭をともす事は、むかしは蝋燭なし。（略）」【39】、「命婦、五位也。中らうにて有へし。」【90】といった、比較的公家有職に傾いた記事が散見出来るからである（尤も、後述するやうに、当時の武家の中には、公家有職に通暁せんとしてゐた人物も多くをり、武士を排除せよといふわけではない。あくまでも一般論である）。ただ、堂上といつても、宗祇・肖柏に代表されるやうに、連歌師たちも公家有職に対して相当関心を抱いてをり（例へば宗祇は『代始和抄』の成立に深くかかはつたし、肖柏には『肖柏問答抄』といふ有職に紙幅を多く割いた著述がある）、候補から排除すべきではない。

(6)物語にも関心がある人物である。『源氏物語』『伊勢物語』に関する記事がまま見られるからである。

以上の条件の他にもあげうるものはまだあらうと思ふが、とりあへずこの中で考へてみると、第一に候補として浮かぶのが、(5)に記したやうに、兼良周辺の連歌師たちである。ただし、宗祇は文明一〇年三月下旬に越後へ下向し（『大乗院寺社雑事記』『実隆公記』）、帰洛が翌年夏〜秋と思はれるので、候補とはなりえない。

二階堂政行（行二）といつた、室町幕府の武家文人らも一応候補たりえよう。特に行二は、文明一〇年、兼良と有

職に関する問答（行二問・兼良答）を試み、『二判問答』として兼良が成書してゐる。類従本の奥書に、

二階堂山城判官政行問題也
愚管勘付之
文明十年六月日（以下略）

とあり、『一禅御説』の成立時期と重なるのである。仮に、

行二・問 兼良・答	―〔文学関係〕↓一禅御説 ―〔有職関係〕↓二判問答	

といふ書き分けがなされたと考へうるならば、うまく説明が出来るが、いまだ想像に留まる。
参考までに、行二の文明一三年あたりまでの簡単な事跡をまとめて置く。

応仁元年　　検非違使尉（『二判問答』）
文明五年七月二六日　　従五位上（『歴名土代』）
一一年四月二六日　　崇徳院法楽百首に出詠（書陵部・高松宮）
一三年一一月二〇日　　三十番歌合に出詠（続類従・親長）

この後、『将軍家歌合』（文明一四年六月一〇日）『同前』（同年閏七月）『将軍家千首』（同年八月一一日）『詩歌合』（文明一五年正月一三日）『（橋本）公夏朝臣勧進品経歌』（文明一六年九月二日）他に出詠し、武家歌人の中では傑出した存在であつた。『新撰菟玖波集』にも五句入集するなど、連歌も堪能であり、重要なる候補者であらう。

しかし、このやうなまはりくどい考証をせずとも、『一禅御説』それ自身の中に、問者の素姓を色濃く示唆する文言が存してゐたのである。即ち、

。孫姫《マコヒメ》か式、愚問賢注抄に、當社御作とあり。いまた御覧しなしと仰らるゝ也。【64】

と見える。事実『愚問賢注』に「浜成の式は、光仁の詔勅に応じ、孫姫の式は聖廟製作をのこさる」（歌学大系本・一二四頁）とある。「孫姫の式は聖廟製作をのこさる」の理解には、鳥居小路経厚（一四七八〜一五四四）講・尊鎮親王（一五〇四〜一五五〇）記『愚問賢注（愚問賢注聞書）』の次の一節が参考になる。該書は、「享禄三年（一五三〇）四月一五日に青蓮院坊官の鳥居小路経厚の説を尊鎮法親王（後柏原院第三皇子）が記した」（酒井茂幸『愚問賢注古注釈集成〔新典社研究叢書278〕』〔新典社、二〇一五・一〇〕四一頁）ものである。

加之、浜成か式は光仁の詔勅におほし、孫姫式は聖廟製作をのこさる、ともに病をのそき躰をわかてり、たれひとかこれにしたかは」13ウさらん

此段殊ナル儀ナシ、孫姫式トハ天神ノ御孫ノ姫君ノ為ニ製作セラレシ者也

（酒井前掲書・一〇六頁　底本は宮内庁書陵部図書寮文庫蔵本〔五〇三・二一三〕）

『孫姫式』編者を道真に擬する考へ方は、古く平安末期より見られ、例へば、清輔・顕昭・経平編『和歌現在書目録』に、「孫姫式菅欸有序」（続群書類従本による）とある。某がいふ「愚問賢注抄」が具体的にどのやうな典籍を指し示してゐるかは分からない。成立年から見て『愚問賢注（愚問賢注聞書）』である可能性はない。また、『愚問賢注（愚問賢注聞書）』以前に成立してゐた古注としては、名古屋市蓬左文庫蔵『愚問賢注抄出』（酒井前掲書に翻刻あり）が知られるが、これとて兼良没後の成立で、直接の関係はないと見るべきである。ただ『愚問賢注抄出』は、講者である尭恵が、師である尭孝より受けた『愚問賢注』注釈の家説がもとになつてゐるので、恐らくは、より古い段階で成立した、尭孝説をまとめた『愚問賢注抄』が存してゐたのであらう。

さて本題に戻る。『一禅御説』の編者は、聖廟（＝道真・天神）を「当社」といつてゐるのだから、天満宮関連の神職を候補者として第一に考へるべきであつた、といふことになる。

兼良歌学書との関係

答者の確定作業を進める。井上が（消極的ながらも）兼良作を提唱し、目録類でも異説はなく、そのまま承認された形になつてゐる。そこで、兼良説を裏付けるために、兼良の明白な著作である『古今集童蒙抄』『古今集秘抄』『歌林良材集』との〈距離〉を測定し、兼良自作説を検証してみたい。

A 『一禅御説』と『古今集童蒙抄』『古今集秘抄』

(1)

◆『一禅御説』【89】

いたつらに過る月日ハおもほえで《ママ》花見てくらす春そすくなき（古今・賀・三五一）、古今哥。てノ字清濁、有二沙汰等《ママ》也。濁説、おもしろくや。両説也。

◆『古今集童蒙抄』

おもほえての詞覚と不覚と二の心あるへし

※京都女子大学図書館吉澤文庫蔵兼良自筆本〔YK九一一・二三・I〕（以下同様）

※『古今集秘抄』諸本、異同ナシ

第三句「おもほえて」の「て」を濁るか清むか、といふ問題である。

『一禅御説』では、清濁両説の存在をまづ認め、濁説にやや親近感を抱きつつも、最終的には「両説也」といふことで、是非の決着をつけず、いづれも認めよう、といふ方向性を読み取ることが出来る。

『古今集童蒙抄』『古今集秘抄』でも、清濁両説の存在を認め、どちらかに加担することなく、いづれも認めようといふ方向性を示してゐて、『一禅御説』と全く一致する。

上記の点は、古来諸注で論議のあつた所でもある。しかしそれはある種宿命でもあつたのである。といふのも、兼良が『古今集童蒙抄』執筆の目論見として、巻頭に、

此集に顕註密勘といふハ、顕昭法師か注したるを、京極中納言ひそかに是非を勘つけられたれは、歌の義理にを

きてハ事つき侍り。又ひさしく世間に流布せれハ、みのこす人もあるへからす。このほかに、僻案抄といふ物ハ、三代集の難義をこれもおなし中納言のかゝれたる物也。うちまかせてハ世にひろまらされとも、近年きゝつたへてうつしをける人も侍るにや。故に、此二の抄にのせたる事ハ、おなし事をかくへきにあらされハ、この抄にハ一かうにもらし侍るへし。

と述べてゐるやうに、『顕注密勘』『僻案抄』に漏れた歌歌の注を施すところにあつたので、当該歌に関しては定家説が存せず、ために、勢ひ諸説紛々たる傾きがいや増す、といふ宿命にあつたのであらう。

例へば、二条派古今学の代表的注釈書である行乗『古今聞書（六巻抄）』には、次のやうに見える。

〳(朱)いたつらにすくす月ハおもほえて濁（「て」字ノ左傍下ニ「〇」ヲ二ツ注ス）徒ナル時ハ何トモオホエネトモ花見ル時ハスクナクオホユルト云也此義當流也凡此てノ清濁ニ付テ在両義今一義ハイタヅラナル月日ハオホユルト云也顕昭。
此義ヲ執歟

※東海大学付属図書館桃園文庫蔵「六親」（桃二六・一七）上・五〇オ～ウ

※『東海大学蔵　桃園文庫影印叢書　第十巻　六親（付 紙背文書）』（東海大学出版会、一九九二・七）による

このやうに、濁音説をとるものの、清音説の存在を認め、必ずしも否定はしてゐない。兼良の理解も、この延長線上にあると見て良い。

次に同時代の証言に耳を傾けてみよう。文明三年（一四七一）東常縁講・宗祇録編の『古今和歌集両度聞書』であ

る。

（前略）中五文字すミていふ人もあり當流ハにこるへしとそ

※尊経閣文庫蔵伝三条西公条筆本〔一三・一六・書〕

『六巻抄』の「当流説」を、より鮮やかに表明してゐると見ることが出来よう。

やや成立時期が後年になるが、いま一つ証言を見てみたい。それは、堯恵（一四三〇～一四九八）が、『古今集』本文のアクセント・読み癖等を掲出した『古今声句相伝聞書』である。堯恵は何人かに対して伝授において授けてゐるが、ここでは明応三年（一四九四）、鳥居小路経厚に授けた折の堯恵自筆本より引いておく。

（朱）おもほえて（「て」字ノ左傍下ニ「〇」ヲ二ツ注ス（濁音指定））

※尊経閣文庫蔵堯恵自筆『古今声句相伝聞書』〔一四一・古〕

『六巻抄』の所説を極限までコンパクトにした形である。

以上のやうに、同時代の趨勢は濁音説に大きく傾いてゐたと見ることが出来る。そのやうな趨勢の中で、清音説にも十二分に配慮してゐる兼良の学的姿勢は注目されるし、従って、『一禅御説』の学的姿勢は兼良なればこそのものであったといへるのである。

いま一つ事例を重ねてみよう。

(2)

◆『一禅御説』【34】

古今序に、たかき山も麓の塵ひちよりと有ハ、塵泥とかけり。然者、二条家にはちりひちとよめり。冷泉家にハちりいちとよめり。ひノ字を下にをいていとよむ事は、恋思勿論也。上に置ていとよむへき事、不審也。只、ちりひちなるへき也。別にちりいちといふ名あらハ、然り。塵泥ならは、ちりい《ひ》ち成へしと奉早。

◆『古今集童蒙抄』

塵泥をちりひちとよめりひちをいちとよむへしといふ説ありしかるへからす日本紀なとにも泥をハひちとのミよみ侍り

◆『古今集秘抄』〈甲〉※〈 〉は系統名。後掲赤瀬論による。以下同。

塵泥をちりひちとよめりひちをいちとよむといふ説ありしかるへからす日本紀にも泥をハひちとのミよめり

※東京大学史料編纂所蔵一条家旧蔵本謄写本〔二〇三一・一一〕

◆『古今集秘抄』〈乙〉

塵泥をちりひちとよむひちハいちとよむ人ありおほつかなき事なるへし日本紀てとにも泥をハひちとのミよミ侍りそのうへひもしを下のてにはにハいとよミ侍れと上にいとよむ事ハ同類なきにや

※慶應義塾大学斯道文庫蔵天文一二年一条房通書写本〔〇九一・ト二一・一〕

◆『古今集秘抄』〈丙〉

塵泥《チンテイ》をちりひちとよへりひちをいちとよむ人ありおほつかなき事なるへし日本紀なとにも泥をはひちとのミよみ

侍りそのうへひもしを下のてにはにはいとよみ侍れと上にいとよむ事同類《ルイ》なきにやたゝ冷泉家にハいちとよミならハし侍ると申是又すてかたきにや

※学習院大学文学部日本語日本文学研究室蔵「顕注密勘」〔九一一・二三二一・五〇〇二〕

◆『古今集秘抄』〈丁〉

塵泥をちりひちとよめりひちをいちとよむ人ありおほつかなき事なからよミならはしたる事なれはさも侍らめ大かた日本記なとにも泥をハひちとのミよミ侍り字のまゝによむへきによりて定家卿本にも声をさゝれ侍らすそのうへひも《し》を下のてにをはにはいとよむ事あれと上にいとよむ事は同類なる《(ママ)》にや或説云ちりひちは微塵とかくと云ゝ

拾遺集哥読人不知

ちりひちの数にもあらぬ我ゆへに思わふらんいもかかなしさ

八雲御抄云ちりひちハちりの沼也又泥ひちと《と》云ちりひちも塵土也

※広島大学図書館蔵永禄十一年（一五六八）椛山玄佐書写本〔国文・一四三〇・N〕

◆『古今集秘抄』〈戊〉

塵泥《チンテイ》をちりひちとよめりひちをいちとよむへしといふ説ありしかるへからす日本紀なとにも泥をひちとのミ侍り

※宮内庁書陵部図書寮文庫蔵本〔一五五・一〇七〕

◆『古今秘抄』

塵泥《ディ》をちりひちとよめりひちをいちとよむ説ありおほつかなきやうなれとよミならハしたる事なれはさも侍らめ大方日本紀なとにも泥をハひちとのミよミ侍り字のまゝによむへきによりて定家卿の本にも聲をさゝ《さ》〔「ゝ」ミセ

ケチ）れ侍らすひの文字を下のてにはにハおもひ恋しきなといとよむ事ハあれと上にいとよむ事ハ同類なきにや
もし猶文字のまゝによみてよかるへきにや
ちりひちのかすにもあらぬ我ゆへにおもひわふらんいもかかなしき
※京都大学附属図書館中院文庫蔵本〔中院・Ⅵ・六〇〕

『古今集秘抄』伝本間で注説の出入りが甚だしいので、各系統の本文をそれぞれ引いてみた。兼良が、如何にこの問題について、考へを巡らしてゐたかが如実に露出してゐる事例である。この折の兼良の学的姿勢については、赤瀬信吾「一条兼良の古今集注釈」（『國語國文』一九八一・一二）に詳論があるので、参看されたい。

兼良のかかる学的広がりの中に『一禅御説』を置けば、答者に兼良が擬されてゐることに、違和感はない。

B『一禅御説』と『歌林良材集』

『一禅御説』と『歌林良材集』にも、数は少ないながら、内容的に重なる項目が見られる。

(3)

◆『一禅御説』【16】
うたかたの事、寧と書也。又、水のうたかたとハ沫也と奉㝵。

◆『歌林良材集』【上39】
一　うたかた〔二の心あり。一は、寧なといふやうなる詞也。一ハ、水のあはをいふ也。後撰／の哥ハ、水のあ

ハによせて、詞をつゝけたる也。〕
〔万十五〕はなれそにたてるむろの木うたかたも久しきとしを過にける哉
〔同十七〕鸎のきなく山吹うたかたも君か手ふれハ花ちらんかも
〔後〕思川たえすなかるゝ水のあはのうたかた人にあハてきえめや
〔源まきはしら〕なかめするのきのしのふに袖ぬれてうたかた人をしのハさらめや

※『歌林良材集』の説は、清原宣賢（一四七五～一五五〇）の歌語辞書『詞源略注』に多数引用されてゐる。本項も同様であるが（古典文庫四五四・一六五～一六六頁）、そこに引用される『歌林良材集』以外の歌学書の中に兼良説と同旨のものはなく、(3)における一致は、『一禅御説』兼良作の重要な論拠たりえよう。

(4)

◆『一禅御説』【30】
ゆたのたゆた、清濁あり。清吉とうけ給か。ゆられたる心也と奉早。

◆『歌林良材集』【上40】
ゆたのたゆた〔浪にゆられたゆたふ心也。〕

(5)

◆『一禅御説』【6】
わきも子とハ、夫婦に通用也。脇子とかけりと奉早。〔愚云、本ハ夫ヲ云欤。衣通姫御門ヲ恋奉りて、我/せこカ来へキ宵也トイヘリ。〕

◆『歌林良材集』【上99】

わかせこわきもこ〔通夫婦也。吾児子、吾妹子、とかけり。〕

(6)

◆『一禅御説』【123】

山桜戸とハ、桜の木にて作たる戸也。松戸、槙戸、皆以同之。

◆『歌林良材集』【上122】

山桜戸〔さくらの木にてつくりたる戸也。杦の戸、松の戸、同。〕

以上の比較から鑑みて、『一禅御説』が兼良講釈の聞書であると断定して良い。また、(5)(6)の如く、表現的にもほぼ一致する事例から鑑みるに、共通の典籍を淵源に持つ蓋然性は、極めて高い。

受容史

α『古今栄雅抄』と〈一禅御説〉

片桐洋一は『中世古今集注釈書解題　四』（赤尾照文堂、一九八四・六）の中で、『古今栄雅抄』にしばしば引かれてゐる〈一禅御説〉と称する説の典拠を調査し、

〈一禅御説〉＝『一禅御説』＋『歌林良材集』＋『伊勢物語愚見抄』

といふ等式を見出した。そして、次の如き想定をした。

「栄雅抄」の引く「一禅御説」は、兼良やその息良鎮大僧正から直接伝授されたものではなく、良鎮大僧正が約束しながら果せずに入寂したゆえに、このような兼良関係文献を渉猟したものを、「一禅御説」として所々に配置したというわけであろう。（前掲書・三二一頁）

片桐のこの見立てを、『柿本傭材抄』などをも視野に収め、より厳格に論じたものが、日高愛子の以下の二論である。

『古今栄雅抄』の一条兼良説―『一禅御説』『柿本傭材抄』との関連から―」（『語文研究』一一一、二〇一一・六）
「『古今栄雅抄』の一条兼良説・続考―『歌林良材集』『伊勢物語愚見抄』との関連を中心に―」（『西日本国語国文学会会報』二〇一一・八）

※共に、日高『飛鳥井家歌学の形成と展開』（勉誠出版、二〇二一・三）に再収

β『伊勢物語肖聞抄』と〈一禅御説〉

片桐の論から導かれることは、〈一禅御説〉とは、典籍としての『一禅御説』を指し示すとともに、〈一禅〉の〈御説〉とも解しうるのだから、兼良説の総体を指す言ひ方でもあつたらしい、といふことである。この見込みは、やや偏つた例ではあるけれども、『伊勢物語肖聞抄』においても成り立つのである。

『肖聞抄』では、兼良の『伊勢物語愚見抄』の注を指して、次の如きタームで括つてゐる（数字は、『勢語』の段数）。

・一条禅閤の御注　料簡
・禅閤の御説　一
・一禅御説　一・六・一〇・一三・二九・六五・六九・一〇七
・一禅御注　六・七九
・一禅　一一四・一一七
・禅閤御説　一一六

宗祇や肖柏は無論のこと、『肖聞抄』の良き読者ならば、この「一禅御説」を直ちにある特定の書名と考へることはしないだらう。なぜといふに、たとへば、『両度聞書』に見える次の「一條禅閤御説」が、明らかに典籍ではないからである。

一條禅閤御説ハ大かた君のめぐミは千ゝにかうふれとも此集の撰者となさるゝ此一心ハ猶すくれたるといふ義とそ仰られ侍し（傍点引用者）　（一〇三・注）

※尊経閣文庫蔵伝三条西公条筆本〔一三・一六・書〕

γ『歌林樸樕』と〈一禅御説〉

前掲拙稿発表後、井上宗雄より、『歌林樸樕』に〈一禅御説〉なる記述がいくつか見られる、との教示を得た。

『歌林樸樕』は、松永貞徳（一五七一～一六五四）晩年の著作にかかり、イロハ順に配列された歌語辞典である。『歌林樸樕』の中に「一禅（の）御説」が散見されるのである。一、二事例を見てみよう。引用は、正宗敦夫編纂校訂『歌林樸樕〔日本古典全集〕』（日本古典全集刊行会、一九三一・八）による。以下同様。

　罪モナキ人ヲウケヘバ忘草ヲノガ上ニゾオフトイフナル　※『伊勢物語』三一段

此註ニ、人ヲウケヘハ、呪咀シ、ノロフナリ、此哥は法花經普門品ノ呪咀諸毒藥所欲其身者念彼勸音力還着於本人ノ心ト一禪ノ御説ナレバ、ウケヘハノロフ也

（第十三「ウケフ」、日本古典全集・一六七頁）

架蔵一条兼良自筆『伊勢物語愚見抄』（初稿本）には、

　うけへハ日本紀ニハ誓の字をうけへとよめりこゝにハ咒詛をうけへといへり八雲御抄ニもみえたり罪もなき人をのろへハ我身にかへるとよめる

とあり、『法花経』のくだりが見えないが、再稿本系統の古写本の一つ、国文学研究資料館寄託鉄心斎文庫蔵伝飛鳥井雅親筆本〔九八・八三五〕より引いてみると（「・」は原本朱書）、

・うけへは・日本記に・誓の字を・うけへとよめり・爰にハ・呪詛を

・うけへと云り・八雲の御抄にも見えたり・つミもなき人を・のろへ

ハ・還着於本人の・ことはりにて・我身にかへると・よめるなり

※「国書データベース」所掲画像による

といふ注をうけてゐることは明白であり、『歌林樸樕』が、再稿本『伊勢物語愚見抄』によつてゐることが知れる。

いま一つ事例を重ねてみたい。

一ウヂノハシビメ　一禪御説「ヒメ」ヲ濁也　（第十三「ウヂノハシビメ」、日本古典全集・一六四頁）

日本古典全集本（底本は山田孝雄蔵本）では確かに「一禪御説」とあるのだが、寓目し得た伝本では、宮内庁書陵部図書寮文庫蔵本〔二六六・三三九〕、同蔵本〔二一〇・七六六〕が同文であるが、国立公文書館（旧内閣文庫）蔵本〔二〇二・八七・二七四九〇〕には「一条禅閤の御説ヒメ濁テヨムヘシ」とあり、本文に異同があるだけでなく、「一禅御説」とはなつてゐない。従つて、『一禅御説』の用例とするのには、やや躊躇されるのである。

さてこの「一禅（の）御説」「一条禅閤の御説」でいふ「はしびめ」説であるが、兼良の学書には見出し難いやうである。従つて確たる判断はしにくいが、少なくとも『一禅御説』とは無縁の所説であることは確かである。

僅か二例の検討にとどまるが、『歌林樸樕』に見える「一禅御説」（そして、それに類する表現が指し示すもの）は、『一禅御説』と別のものと見て良いだらう。

能楽史とのかかはり

『一禅御説』【62】は次のやうな内容である。

。角田川の能といふ事あり。むかし人の子』一五ウ有けるか、まとし迄母をかなしと思ひて、をのれか身を人商人にうりて、その物を母につかはしたり。扨、母なん、子の行ゑをかなしく思へる。もとめ行に、角田川のほとりにて、此子死けるをうつミたるを見てかなしむと云事有。それ風情のことを思ひ出すにや。いにしへの烋の空まて角田川月に事とふ袖』一六オの露哉と、俊成卿女よめりやと申ゝ、彼舊例たしかならす。只、时分かなはすとも、もし伊せ物語を思ひたるへしと仰らるゝ也。

大筋は現行曲と一致する。兼良は特に南都疎開中、大乗院で猿楽をしばしば観てをり、机上の知識ではあるまい。『隅田川』の演ぜられた記事は、能勢朝次『能楽源流考』(岩波書店、一九三八・一一)によると、『看聞御記』永享四年(一四三二)三月一四日条が最も古く、その次は『親元日記』文明一五年(一四八三)三月一二日条の由であるが(前掲書・一二六一～一二六二頁)、『一禅御説』には当該曲に対する兼良の批評が述べられてをり、時代的に見て貴重な証言と思はれる。この点に関して、大谷節子「「隅田川」研究余滴」(『兵庫県能楽文化祭解説書』〔一九八九・四～九〕所収)にも論がある。

『和秘抄』――釈文・校異・解題――

凡　例

一、底本・校合本は以下の通り。校異掲出において、伝本名を伝本の通番号を以て示した。
【底　本】①尊経閣文庫蔵本〔九五・古〕
【校合本】②徳川ミュージアム彰考館文庫蔵本〔巳一八・〇七四九四〕
③島原図書館肥前島原松平文庫蔵本〔一一七・九〇〕
④祐徳稲荷神社中川文庫蔵本〔六・二・二・二四八〕
❺宮内庁書陵部図書寮文庫蔵鷹司本〔鷹・一九九〕

一、❺鷹司本における朱筆は末尾に〈朱〉と記載してこれを区別した。

一、釈文作成に際しては、出来る限り底本の形を残すことに努めたが、以下の処理を施した。

一、巻別、項目ごとに、【上xx】【下yy】のやうに、上下巻を示した上で、【　】に入れて、上下巻を通した番号を冒頭に記した。

一、❺鷹司本のみに存する項目においては、【鷹Ⓧ〔上〕】の如く数字を新たに起算し区別して示した。〔　〕は上下巻を意味する。

一、集付・肩付・歌題・作者名・割注等、底本において小字で書かれてゐる注記的本文は、〔　〕に入れ本文と同じポイントとした。また、割注内での改行は「／」で示した。

一、底本等において、蠹蝕等の物理的破損によつて本文が損なはれてゐて、残画より推定した場合は、□で囲んでこれを示した。

一、底本における改丁・改面を』で示し、丁数等を』一オの如く示した。
一、❺鷹司本のみに存する本文を、底本の当該部分に割り込ませ、《 》で括り、ゴシック体にて示した。またこの場合、この本文に関する他本の有無は自明と見做し、校異を掲出しない。
一、校異掲出にあたつて、作者名に関しては、伝本におけるありやうが区々なので、〔 〕に入れなかつた。
一、わたくしに句読点を施した。

釈文・校異

「　　尊経庫　完

和秘抄　徳大寺前内府公維公筆　（打付書）」』（前表紙）

（白紙）』一オ

和秘抄上　（端作題）

【上1】

一　卅六字歌

〔八雲抄〕ありそ海の浪間かき分てかつく海士のいきもつきあへす物をこそ思へ〔二条院讃岐〕

【上2】

卅五字哥

〔伊勢物語〕我ハかり物思ふ人ハ又もあらしと思へハ水の下にもありけり

【上3】

卅四字哥

〔後撰〕冬の池のかものうはけに置霜のきえて物思ふ比にも有哉〔読人不知〕

〔新古〕ほの〳〵と有明の月の月かけに紅葉吹おろす山おろしの風*
＊ナシ……〔源信明〕②③④
〔同〕*わかの浦やおきつ塩あひにうかひ出るあハれ我ミのよるへしらせよ〔家隆〕
＊同……新古②
〔新古〕*わたつミのおきつ塩あひにうかふあハのきえあへぬ物からよるかたもなし〔読人不知〕
＊新古……古②③④、古今❺

【上4】

一　一首の中同てには二ある哥*
＊哥……哥新古今以後③④
〔新古〕人そうきたのめぬ月ハめくりきて昔忘れぬよもきふの宿〔秀能〕
〔同〕つらきをもうらミぬ我にならふなようき身をしらぬ人もこそあれ〔小侍従〕』一ウ
〔拾遺愚草〕冬の日ハ木草のこさぬ霜の色をはかへぬ枝の花そさかふる
〔同〕葉かへせぬ竹さへ色の見えぬまて夜ことに霜の置わたすらん

【上5】

一　不言其物躰詠様許哥
〔古餘花〕あハれてふことをあまたにやらしとや春にをくれてひとりさくらん
〔同〕*木つたへはをのかは風にちる花をたれにおほせてこゝらなくらん*
＊同……同鶯③④　＊ナシ……〔素性〕②

【上6】

一 うたて うたゝ、。。同 あまりにといふ心也。轉の字也。

〔古〕*ちるとみてあるへき物を梅花うたて匂ひの袖にとまれる

*古……古今②③④

〔同〕*心こそうたてにくけれそめさらハうつろふこともおしからましや

*心こそ……心にそ④

※❺、鼇頭に「考疾妬打ノ心歟」とアリ。

*三日月のさやかにみえぬ雲かくれみまくそほしきうたて此比

*ナシ……〔同拾〕②、〔同〕③④❺

*花とみておらんとすれはをミなへしうたゝあるさまの色にこそ有けれ

*ナシ……〔同〕②③④❺

《〔後撰〕おもふことなけれとぬれぬわか袖ハうたてある野へ の萩の露かな〔能因〕》

【上7】

一 あやなし やくなし也。かひなき也。

〔古〕*春のよのやミハあやなし梅花色こそみえねかやハかくるゝ*

*古……同②③④ *ナシ……〔躬恒〕②

〔同〕見すもあらすみもせぬ人の恋しくハあやなくけふやなかめくらさん*』二オ

*ナシ……〔業平〕②

〔同〕しるしらぬ何かあやなくわきていはん思ひのミこそしるへ成けれ＊

＊ナシ……〔読人不知〕②

〔拾遺〕身にかへてあやなく花をおしむ哉いけらぬ後の春もこそあれ＊

＊ナシ……〔長能〕②

【上8】

一　あやな　あやなしのし＊文字を略したる也。

＊し文字を……し文字③④

〔古〕山吹はあやなくさきそ花ミんとうへけん人のこよひこなくに＊

＊ナシ……〔読人不知〕②

〔後＊〕ふりぬとて思ひもすてしから衣よそへてあやなうらミもそする

＊後……後撰②③④

〔同〕心もておるかハあやな梅の花かをとめてたにとふ人のなき

＊匂ひをハ風にそふとも梅花色さへあやなあたにちらすな＊

＊ナシ……〔拾〕②③④❺　＊ナシ……〔能宣〕②

【上9】

一　あやに　あやにくといふことは也＊。

＊也……也あいにくの心也❺

＊くれはとりあやに恋しくありしかは二むら山ハこえすなりにき

＊ナシ……〔後〕②③④❺

【上10】

一 いさゝめ　かりそめ也。

〔古〕いさゝめに時まつまにそ日。へ《ハ》ぬる心はせをハ人にみえつゝ

〔万〕いさゝめに思ひしものをたこの浦にさける藤なミ一夜ねにけり

＊まきはしらつくる杣人いさゝめにかりほにせんとつくりけめやは』二ウ

＊ナシ……〔同〕②③④❺

【上11】

一 ＊あさなけ　あさゆふと云詞也。あさにけ、同。朝所食と書。

＊あさなけ……あさけ③④

〔古〕あさなけにミへき君としたのまねハ思ひたちぬる草枕なり＊

＊ナシ……〔寵〕②

〔後〕あさなけによのうきことを忍ひつゝなかめせしまに年ハへにけり

＊いかならん日の時にかもわきもこかもひきのすかたあさにけにミん

＊ナシ……〔万〕②③④❺

【上12】

一 けに〔それよりまさりたるといふことは也。勝の字也。／＊定家云、又誠にまさりけりといふ事を、けにとつかふハ、現にと云事也。〕

＊定家云……定家卿哥②、定家卿云③④

〔古〕夕されハ蛍よりけにもゆれとも光ミねハや人のつれなき〔友則〕*

＊友則……紀友則②、ナシ③

〔新古〕おきてミんと思ひし程にかれにけり露よりけなる朝かほの花*

＊ナシ……〔好忠〕②

〔伊勢〕わするらんと思心のうたかひに有しよりけに物そかなしき

〔愚草〕むは玉の夜わたる月のすむ里ハけ*に久かたのあまのはしたて*

＊けに……けに《現の心也》③　＊ナシ……〔定家〕❺

【上13】

一　ことならは　かくのことくならは也。

〔古〕ことならハさかすやハあらぬ桜花みる我さへにしつ心なし

*ことならハおりつくしてんさくら花わかまつ人のきてもみなくに

＊ナシ……〔後〕②③④

※❺、この項目、ナシ。

【上14】

一　あへす　たへすの心也。不敢也。』三オ

《〔愚艸〕おもひあへす秋ないそきそさをしかのつまこふ山のを田の初しも〔定家〕》

〔古〕ちはやふる神のいかきにはふくすも秋にハあへすうつろひにけり*

＊ナシ……〔読人不知〕②

〔同〕秋かせにあへすちりぬる紅葉ゝの行ゑさためぬ我そかなしき*

＊ナシ……〔貫之〕②

【上15】

一 ほに　あらはれたる心也。穂也。火也。帆也。

※❺、項目名、鼇頭に補入さる。

〔古〕秋の田のほにこそ人を恋さらめなとか心に*わすれしもせん*

＊わすれしもせん……わすれすもかな❺　＊ナシ……〔読人不知〕②

〔同〕秋風に聲をほにあけてくる舟ハあさのと渡るかりにそ有ける*

＊ナシ……〔菅根朝臣〕②

*見わたせはあかしのうらにたける火のほにこそいてめいもに恋しも

＊ナシ……〔万〕②③④❺

※❺、この歌、「秋の田の」歌の前にアリ。

【上16】

一 玉のを　三の心有。一ハ、命を云。一ハ、しハしと云詞也。一ハ、玉のを也。

〔古〕しぬるいのちいきもやすると心見に玉のをハかりあハんといハなん*

＊ナシ……〔藤原興風〕②

〔伊勢〕あふことハ玉のをハかりおもほえてつらき心のなかくミゆらん

あふことハ玉のをハかり名のたつハよしのゝ山のたきつせのこと

＊ナシ……〔古〕②　＊ナシ……〔読人不知〕②

右、しハしの心也。

かたいとをこなたかなたによりかけてあハすハ何を玉のをにせん

＊ナシ……〔古〕②③④❺　＊ナシ……〔読人不知〕②

右、玉の緒也。心ハ命也。』三ウ

玉のをよたえなハたえねなからへハしのふることのよハりもそする〔式子〕

＊ナシ……〔新古〕②③④　＊式子……式子内親王②❺、ナシ③④

右、命也。

【上17】

一　たまゆら　これも*二の心あり。一ハ、命。一ハ、しハしといふ心也。

＊これも……これ③④

《おくれしと山田のさなへとる田子のたまゆらもすそほすひまそなき〔紀伊〕》

玉ゆらの露も涙もとゝまらすなき人こふるやとの秋かせ

＊ナシ……〔愚草〕②　＊ナシ……〔定家〕②③④❺

《七夕の手たまもゆらにおる機の《を》〔「の」ミセケチ〕もりしもならふ虫の聲かな〔同〕》

【上18】

一　ゆらく　のふる心也。

*はつ春のはつねのけふの玉はゝきてにとるからにゆらく玉のを

＊ナシ……〔万新古〕②

【上19】

一　ゆらに　玉のこゑ也。日本記、玲瓏とかく。

手玉もゆらに*　日本記。

＊ゆらに……からに❺

〔愚草〕七夕のて玉もゆらにをるはたをおりしもならふ虫のこゑ哉〔定家*〕

＊定家……ナシ❺

【上20】

一　わくらは　たまさかの心也。

《〔万〕人となる事《（ママ）》かたきを和久良婆のなれるわか身ハ花もなく〔梅考、此心、別冊ニ／シルス也。〕》

〔古〕わくらはにとふ人あらハすまの浦にもしほたれつゝわふとこたへよ〔行平〕

※❺、第五句左傍に「此哥も愚考別冊ニアリ」とアリ。

〔源氏*〕わくらハにゆきあふミちをたのミしも猶かひなしや塩ならぬ海

＊源氏……ナシ③④

〔愚草〕わくらはにとはれし人も昔にてそれより庭の跡ハたえにき*』四オ

＊ナシ……〔定家〕②③④

*定家卿本にあまたあり。

＊定家卿本……定家卿哥②③④❺

青木たちの中に。《も》みちしたるを、わくら葉とつねにいへり。但、このわくらはを、わくらわとよむ説あり。たしかなる證文をたつぬへし。

【上21】

一　しのく〔顕昭云、淩＊す心也＊。陵の字也。波をしのき、雲をしのく／なと云も、心ハ同也＊。〕

＊淩す……侵す②③④　＊也……也ゝ②③　＊同也……同前也③④

〔古〕奥山のすかのねしのきふる雪のけぬとかいはん恋のしけきに＊

＊ナシ……〔読人不知〕②

〔万〕＊いはせのに秋はきしのき駒なめて初とかりたにせてやゝミなん

＊万……ナシ③④

《〔後《ママ》〕奥山のまきの葉しのきふる雪のいつとくへしとしらぬ君かな》

【上22】

一　たわゝ　とをゝ、同。たわミたる心也。

〔古〕おりてみハをちそしぬへき秋萩の枝もたわゝ＊にをける白露＊

＊たわゝに……たわくに《とおゝハ》（「く」ミセケチ）③、たハゝ《とおゝ》④、たわゝ《とをゝ》に❺　＊ナシ……〔読人不知〕②

《〔後〕秋萩のえたもとをゝになり行ハしら露おもくをけはなりけり》

【上23】

一　かりほ　二の心有。一ハ、借庵也。一ハ、苅穂也。

〔後〕* 山田もる秋のかり*ほに置露はいなおほせとりの《*借庵也》なミた成けり*
*後……古② *かりほ……かりほ《借庵也》②③④ *の《借庵也》なミた……の涙②③④ *ナシ……〔忠峯〕②
*秋の田のかり*ほの庵のとまをあらミ我衣手ハ露*に《苅穂也》ぬれつゝ*
*ナシ……〔後〕②③④ *かりほ……かりほ《刈穂也》②③④ *露に《苅穂也》ぬれつゝ……露にぬれつゝ②③④、露にぬれ《苅穂》つゝ
❺ *ナシ……〔天智天皇〕②

【上24】

一 目もはる 二心有。一ハ、草木の目の《(ママ)》はる也。一ハ、はつ*る也。』四ウ
*はつる也……目もはるかなり②③④❺
〔古〕つの國のなにはのあしのめもはるにしけき我恋人しるらめや*
*ナシ……〔貫之〕②
なには江にしけれるあしのめもはるにおほくのよをハ君にとそ思ふ〔兼盛〕
右、草木のめもはる心也。
〔古〕むらさきの色こき时ハめもはるに埜なる草*木そわかれさりける*
*草木そ……草木の《そ》❺ *ナシ……〔業平〕②
右、目もはるかなる心也。貫之土左日記に、松原目もはる〳〵なりとかけると同也。以上、定*家卿説密勘ニ見えたり。
*定家卿説……定家卿②③④

【上25】

一　いましは　いまハといふことはに、しもしをそへたる也。
〔古〕いましハといひにしものをさゝかにの衣にかゝり我をたのむる*
＊いましハと……いましみと❺　＊ナシ……〔読人不知〕②

【上26】

一　しつく　石なとの、浪にゆられて、あらはれかくるゝをいふ也。
〔古〕水のおもにしつく花の色さやかにも君かミかけのおもほゆる哉*
＊古……同③④　＊ナシ……〔小野篁〕②
〔万〕藤なミのかけなる海のそこきよミしつく石をも玉とわかみる
〔催馬乐〕かつらきの寺のまへなるやとよらの寺のにしなるやゑのはゐにしら玉しつくやましら玉しつくや』五オ
＊催馬乐……ナシ②

【上27】

一　うたかた　二の心あり。一ハ、寧なと云やうなる詞也。一ハ、水の泡也。
〔後〕おもひ川たえすなかるゝ水のあハのうたかた人にあはてきえめや*
＊ナシ……〔伊勢〕②
〔万〕はなれそにたてるむろの木うたかたも久しき年を過にける哉
〔同〕鶯のきなく山吹うたかたも君か手ふれは花ちらんかも
＊は……ハ《ぬイ》②
なかめするのきのしのふに袖ぬれてうたかた人をしのハさらめや

＊ナシ……〔源氏〕②

右、うたかたハ、みな詞也。後撰哥ハ、水のあはによせて、詞にとりなせる也。

【上28】

一　墅もせ　墅の面也。庭もせ、みちもせ、同。

〔後〕秋くれハのもせの虫ををりミたる聲のあやをハ誰か*きるらん

＊きるらん……きぬらん❺

〔同〕やともせにうへなめつゝそ我ハミるまねく尾花に人やとまると

〔愚草〕庭もせにうつろふ比の梅花あしたわひしきかすまさりつゝ

〔同〕みちもせにしけるよもきふうちなひき人影もせぬ秋風そ吹

【上29】

一　うつろふ　〔花のさかりなる時に、かハりてちりぬへき色の*／つくをいふ也。〕』五ウ

＊色のつく……色つく❺

〔古〕春かすミたなひく山のさくら花うつろハんとや色かハり行

〔同〕*はる風ハ花のあたりをよきてふけ心つからやうつろふとミん

＊同……古③④

〔同〕うへし时花まちとをにありし菊うつろふ秋にあハんとやミし

＊愚草……ナシ②

〔同〕*月草に衣ハすらんあさ露にぬれての後ハうつろひぬとも

＊同……古②

【上30】

一 あさむく いつハりすかしたる心也。欺也。

＊はちす葉のにこりにしまぬ心もて何かハ露を玉とあさむく〔遍昭＊〕

＊ナシ……〔古〕②❺、〔同〕③④ ＊遍昭……ナシ②❺

古今忠峯か長哥、たれかハ秋のくるかたにあさむきいてゝ。これも、心ならす人にすかされて、うつりたる心也。

【上31】

一 ゆたのたゆた 波にゆられ、たゆたふ心也。

〔古＊〕いて我を人なかとめそ大舟のゆたのたゆたに物思＊ふ比そ＊

＊古……同③④ ＊物思ふ比そ……物おもふころ❺ ＊ナシ……〔読人不知〕②

〔万〕我心ゆたのたゆたにうきぬなハへにもおきにもよりやかねまし

【上32】

一 いて 發語の詞也。乞の字也云ゝ＊。

＊云ゝ……云ゝ〔露《（？）》心にや又さてもなといふへきかなへる／哥もあり所によるへきにや〕❺

〔古〕いて人ハことのミそよき月草のうつし心ハ色ことにして』六オ

※❺、この歌、ナシ

《〔万十三〕是《いかて》如何《いかに》わかかしこふるに《わ歟》きもこかあはしといへる事もあらなくにいてあかこまハはやく行末》

＊いて我を人なとかめそ 見上＊

＊ナシ……〔同〕②③④❺　＊見上……ナシ③④

《〔古〕いて人ハことのミそよき月草のうつしこゝろはいろことにして》

【上33】

一　ほつえ　はつえ、同。末の枝也。一*説、つほめる枝也*。

＊一説……一説に③④　＊也……也ゝゝ②③④❺

〔古〕*わかそのゝ梅のほつえに鶯の音に鳴ぬへき恋もする哉

＊古……同②③④

【上34】

一　さそな　けにといふやうなる詞也。

〔新古〕露は袖に物思ふ比ハさそなをくかならす秋のならひならねと*

＊ナシ……〔後鳥羽院〕②、〔後鳥羽〕❺

**ふかゝらぬと山のいほのねさめたにさそな木のまの月ハさひしき〔後京*〕

＊ナシ……〔同〕深山月〔詞書としてアリ〕②、〔深山月〕❺　＊ふかゝらぬ……ふかゝ《深山月》らぬ②③④　＊後京……後京極②③④❺

かれぬるハさそなためしとなかめてもなくさまなくに霜の下草〔定家〕

*袖にふけさそな旅ねの夢もみし思ふかたよりかよふうらかせ〔同〕

＊ナシ……〔新古〕②

【上35】

一　雪もよ　又、雨もよ。。《もよ》ハ、或説、催心也。又、夜の字歟*。

＊歟……也②③④

《〔後撰〕みかさ山さしはなれぬときゝしかと雨もよにとハ思ひしものを》

〔新古〕草も木もふりさかへたる雪もよに春まつ梅の花のかそする*

＊ナシ……〔通具〕②

《〔源氏あさかほ〕かきつめてむかし恋しき雪もよにあはれをそふるをのうきねか》

〔後〕月にたに待ほとおほく過ぬれハ雨もよにこしとおもほゆる哉

【上36】

一　いをやすくぬる　又、いのねられぬ。又、いやハねらるゝ。又、いこそねられね。

〔新古〕时鳥一こゑなきていぬる夜ハいかてか人のいをやすくぬる〔家持*〕』六ウ

〔拾*〕郭公いたくな鳴そひとりねていのねられぬハきけハ*くるしも

＊家持……家隆②

＊拾……拾遺②③④　＊くるしも……くるしき②③④

〔同〕君こふる涙のかゝるよゐのまハ心とけたるいやハねらるゝ

《〔新古〕いもやすくねられさりけり春のよハ花のちるのミ夢にみえつゝ》

*てもふれて月日へにけるしらまゆミおきふしよりハいこそねられね

＊ナシ……〔古〕②③④❺

《〔詞花《（ママ）》〕いまま《は》（「ま」ミセケチ）**たゝねられぬいをにとゝ《（ママ）》くなる恋しき人のかたミとおもへハ》**

以上、いの字ハ、みないねの心也。あさいせられすも、あさね也。いきたる歟（「る」ミセケチ）なきも、ねきたなき也。

【上37】

一　あさなゆふな　二の心あり。一ハ、たゝ朝夕也。一*ハ、朝食物夕食物也。

＊一ハ朝食物夕食物也……一ハ朝の食物一ハ夕の食物也❺

〔古*〕いせのあまのあさなゆふなにかつくてふミるめに人をあくよしも哉*

＊古……同③④　＊ナシ……〔読人不知〕②

【上38】

一　あさけ　二の心あり。一ハ、あ*さけハ朝の食物をいふ。一*ハ、たゝ朝をいふ也。

＊あさけハ……あさけ③④　＊一ハ……ナシ②③④

〔拾〕秋*たちていくかもあらねとこのねぬるあさけの風ハ袂すゝしも*

＊秋……朝③④　＊ナシ……〔安貴王〕②

〔万〕ほとゝきすけさのあさけの鳴つるハ君きくらんかあさいやすらん

わかせこかあさけのすかたよ*くみすて

＊よくみすて……よりミすて②

【上39】

一　しつはた　ミたれたる心也。

〔後〕しつはたにへつるほとなり白いとのたえぬる身とハおもハさらなん』七オ

《しつか（ママ）たに思ミたれて秋の夜のあへるもしらすなけきつるかな》

【上40】

一　やよ　やよハ、よひとめて*物をいふ心也。
＊物をいふ……物いふ②
〔古〕やよやまて山时鳥ことつてん我世中にすミわひぬとよ
〔新〕*やよ时雨もの思ふ袖のなかりせハ木葉の後に何をそめまし*
＊新……新古②③④❺　＊ナシ……〔慈鎮〕②、〔吉水〕❺
〔源氏あかし〕*いふせくも心に物をなやむかなやよやいかにととふ人もなき*
*思らん心の程ややよいかにまたミぬ人のきゝかなやまん
＊源氏あかし……明石②　＊なき……なし②❺、なミ③④
＊ナシ……同返哥②③④

【上41】

一　あたら夜　おしき夜也。*悋夜とかく。又、新夜ともかく。
＊也……ナシ③④
〔後〕*あたら夜の*月と花とをおなしくハあハれしれらん人にミせハや
＊後……古②　＊月と花と……花と月と③④

【上42】

一　事そともなく〔なに事をいひ出たることもなく、ハやくあけぬる／心也。〕

《〔新古〕あふと見て事そともなく明にけりはかなの夢のわすれかたミや》

〔古〕秋のよハなのミ成けりあふといへハことそともなくあけぬる物を*

＊ナシ……〔小町〕②

【上43】

一 はたれ〔またら。也。雪の斑にふれる也。又、はたれとハかり雪をも／いふ也。〕

〔万〕さゝのはにはたれふりおほひけハも恋んといはゝまして思はん

【上44】

一 *いとなかる　いとま*なかるらん也。

＊いとなかる……いとなき❺　＊なかるらん……なからん②③④、なき也かるらん也❺

〔古〕あハれともうしとも物を思ふ時なとか涙のいとなかるらむ*』七ウ

＊ナシ……〔読人不知〕②③

*ひくらしのこゑもいとなく聞ゆかハ秋夕くれになれは成けり

＊ナシ……〔同〕②③④❺

〔後〕春の池の玉もにあそふにほ鳥のあしのいとなき恋もする哉

【上45】

一 あまのまてかた〔まては、蛤也。沙の中に有て、その*かたのミゆるをいふ也。／あまのこれをさしたるを、いとまなき事にいふ也。〕

＊かた……うたかた②③④

〔後〕伊勢うミのあまのまてかたいとまなミなからへにける身をそ恨る

【上46】

一　めさし　〔二の心あり。一ハ、あまのいさりする時、物いるゝ籠をい*ふ也。／一ハ、めのわらはの名也。〕

＊いふ也……云③④

〔古〕こよろきのいそたちならしいそなつむめ*さしぬらすなおきにをれなミ

＊めさし……めさし《二の心あり》❺

〔催馬楽〕竹河のはしのつめなる花そのゝわれをハなてめさしたくへて

【上47】

一　そかきく　〔そ*かいハ、をいする。《か歟いたる》ことを、そ*かとハ云。そかきくも、そ*かひきく也。〕

＊そかいハをいする。《か歟いたる》ことを……そかハせいしすかいたる事を②③④、そかハせい《をい》しすかひたる事を❺　＊そかとハ……そかと②③④　＊そかひきく……そかひく③④

〔拾〕かのミゆる池へにたてるそかきくのしけミさ枝の色のてころさ

〔万〕玉しきてまたましよりハ竹そかにきたるこよひしたのしくおもほゆ

〔同〕つくはねのそかひにみゆるあしほ山あしかるかこもさね*みえなくに

＊みえなくに……みえなくも❺

〔愚草〕あしほ山やます心ハつくはねのそかひにたにも見らくなき比

【上48】

一　見らむ　みるらん也。』八オ

〔古〕春たてハ花とやみらんしら雪のかゝれる枝にうくひすのなく
頼政卿*哥に、けふりをやかすミとみらん。
＊哥に……哥②③④❺

【上49】
一　男をつまといふ哥。
〔万〕とをつ人松浦さよ姫つま恋にひれふれしよりおへる山の名
〔古〕* かすか墅ハけふハなやきそわか草の妻もこもれり我もこもれり
＊古……古伊物②
〔後〕から衣かけてたのまぬ时そなき人のつまとハおもふ物から

【上50】
一　わきもこ　わかせこ　夫婦に通する哥。*
＊哥……哥也②
〔古夫也〕わかせこかころもハるさめふることに墅へのミとりそ色まさりける
〔同妻也〕* わかせこかころものすそを吹返しうらめつらしき秋の初かせ
＊同妻也……同②
〔後妻也〕* 我せこにミせんと思ひし梅花それともみえす雪のふれゝは
＊後妻也……後②❺
〔万女也〕* わきもこかうちたれかミをさるさハの池の玉もとみるそかなしき

＊万女也……拾②、万❺

【上51】

一　たらちね　父母に通する哥。*

＊哥……事❺

〔古母也〕たらちねのをやのまもりとあひそふる心ハかりをせきなと*ゝめそ』八ウ

＊とゝめそ……とゝめん❺

《たらちね《父是也》やまたもろこしに松浦にことしもくれぬ心つくしに》

〔*父也〕たらちねハかゝれとてしもうハ玉の我くろかミをなてすや有けん〔遍昭〕

＊父也……後父也②

【上52】

一　いさよひ　やすらふ心也。又、*いさよひの月ハ、十六夜の月也云々。

＊又……又ハ②③④

〔古〕君やこん我やゆかんのいさよひにまきのいたともさゝすねにけり

〔万〕ものゝふの八十うち川のあしろきにいさよふ波の行ゑしらすも*

＊ナシ……〔人丸〕②

〔同〕*かくれぬるはつせの山の山のはにいさよふ月はいもにかあらん*

＊かくれぬる……かくらくの②　＊あらん……あるらん②③④❺

*山のはに出すいさよふ月まつと人にハいひて君をこそまて

＊ナシ……〔六帖〕②③④❺

〔愚草〕郭公心つくしの山のはにまたぬにいつるいさよひのつき

【上53】

一 しつのをたまき 〔二の心あり。一ハ、*繭をうミたるへそをいふ。／一ハ、たゝいやしき人を*いふ。〕

＊繭……苧②③④❺ ＊いふ……いふ也②

*いにしへのしつのをたまきいやしきもよきもさかりハありし物なり

＊ナシ……〔古〕②③④❺

《〔新古〕かすならぬ《ハ》〔「ぬ」ミセケチ〕かゝらましやハ世の中にいとはかなきハしつのをたまき》

これハ、へそによミて、*いやしきとつゝけたるなり。

＊いやしきと……いやしきに❺

*一たひハおもひこりにし世中をいかゝハすへきしつのをたまき〔公任〕

＊ナシ……〔詞花〕②

をたまきハあさけのまひきわかことや心のうちも物や思ひし*

＊ナシ……〔好忠〕②③④

これは、賤物をいふ也。』九オ

〔*愚草〕はつせめのならす夕の山風も秋にハたえぬしつのをた巻〔*定家〕

＊愚草……ナシ② ＊定家……ナシ③④

【上54】

一　*うらめつらし　うらかなし、うら恋し、なといふ心ハ、同。うらハ、心を*云へし。
*うらめつらし……うらめつらしく②③④　*云へし……いふなり②③④
〔古〕我せこか衣のすそを吹返しうらめつらしき秋のはつかせ
《〔源〕舟人ハたれをこふらし大嶋のうらかなしけに声のきこゆる》

【上55】

一　ほと〳〵しく　二心あり。**《一ハ、うと〳〵しき心也。一ハ、おとろ〳〵しき心也。いつれも木をこる音をいへり。》**
〔拾〕なけきこる人いる山のをのゝえのほと〳〵しくも成にける哉
*ほと〳〵しき、*くた〳〵しき心也。*後撰才十七詞云、人のもとより、ひさしう心ちわつらひて、ほと〳〵しくなんありつる、といひて侍けれは。
*ほと〳〵しき……ほと〳〵しきハ②③④　*くた〳〵しき……うと〳〵しき②③④❺　*後撰才十七詞……ナシ②
**宮つくりひたのたくミの*てをのとほと〳〵しかるめをもみし哉
*ナシ……〔拾〕②③④❺　*宮つくり……宮つくる❺　*てをのと……てをのをと②③④❺
これハ、おとろ〳〵しき心也。此哥の詞に、其心ハみえたり。

【上56】

一　みかくれ　〔古今哥ハ、水隠也。俊頼朝臣、それを、見えかくるゝ心に／はしめてよミ出したる也。〕
〔古〕川のせになひく玉ものミかくれて人にしられぬ恋もする哉

《〔源〕けふさへや引人もなきみかくれにをふるあやめのねのミなかれん》
とへかしな玉くしのはにみかくれてもすの草くきめちならすとも〔俊頼〕』九ウ
*ナシ……〔千〕② *俊頼……ナシ③④

【上57】

一 すさむ 定家卿云、すさふといふ詞、古人不好詠之云々。
〔新古*〕窓ちかき竹の葉すさむ風の音にいとゝみしかきうたゝねの夢〔式子*〕
*新古……新③④ *式子……ナシ③④、式子内親王❺
〔同〕松にはふまさの葉かつらちりにけりと山の秋ハ風すさむらん〔西行*〕
*西行……ナシ③④
思ひわひうちぬるよゐも有なましふきたにすさめ庭の松風〔後京〕
*ナシ……〔同〕② *後京……後京極②❺
*誰すミてあハれしるらん山里の雨ふりすさむ夕暮の空〔西行〕
*ナシ……〔同〕②

【上58】

一 かはす 定家卿云、枝かハすなとハ、不立耳云々。
〔古〕しら雲にはねうちかハしとふかり*の数さへミゆる秋の夜の月*
*かり……鳥④ *ナシ……〔読人不知〕②
思くまなくてもとしのへぬる哉物いひかハせ秋のよの月*

＊ナシ……〔俊頼〕②❺

※③④、この歌、ナシ。作者名表記「俊頼」のみアリ。

後撰才十一詞云、人にいひかハし*侍ける云々。

＊侍ける……侍ると❺

【上59】

一　恋せらるはた　ハたは、将也。當也。

〔古〕郭公はつこゑ聞ハあちきなくぬしさたまらぬ恋せらるハた*

＊ナシ……〔読人不知〕②

《〔後〕唐衣きてかへりにしさ夜すからあはれとおもふをうらむらんはた》

【上60】

一　ことのしけき　口舌かましく、むつかしきことを云也。

*あつさ弓ひきのゝつゝら末つゐに我思ふ人に恋の*しけけん』一〇オ

＊ナシ……〔古〕②③❺、〔同〕④　＊しけけん……しけ覧③④

里人のことハ夏のゝしけくともかれ行君に*あはさらめやハ

＊あはさらめやハ……事のしけゝん②

〔万〕夏引の手引のいとをくりかへしことしけくともねんと思ふな

【上61】

一　しかすか　さすかにと云詞也。

《〔後〕まとろまぬ物からうたてしかすかにうつゝにもあらぬ心ちこそする》

〔拾〕うちきらし雪ハふりつゝしかすかにわか家のそのに*鶯《そ》のなく

＊鶯《そ》の……うくひすの②③④、うくひすそ❺

《おもふ人ありとなけれとふる里ハしかすかに社恋しかりけれ》

【上62】

一　春へむかしへ

*梅花にほふハるへハくらふ山やミにこゆれとしるくそ有ける

＊ナシ……〔古〕②③④❺

*定家卿、山へ、野へ、海へ、磯へ、河へ、なと申やうに、たとへは、春の山*へなとつゝくるを略して、春へといふとそきゝ侍し。

＊定家卿……定家卿云②③④❺　＊山へ……山③④

〔古〕*むかしへやいまも恋しき時鳥古郷にしもなきてきくらん

＊古……同②③④

定家卿、*むかしへハ、たゝ、むかしといふ文字のたらねは、むかしへといふ也。今案、*むかしゐとよむへしと云説あり。不可然に*や。其故ハ、僻案抄に、昔へのへもし*、』一〇ウにこりて声をさゝれたり。かそへ哥、なすらへ哥なとのへもしをハ、すミて声をさゝれたり。しからハ、昔へハ、たゝ文字のまゝによむへき也。

＊むかしへハ……むかしへとハ②③④　＊むかしゐとよむへし……むかしへをむかしへとよむへし②③④　＊にや……也❺　＊もし……もしに②③④

【上63】
一　すさめぬ　〔*すさむるハ、愛する心也。卋俗に*つかふにハ、替也。／故、すさめぬは、不愛也。〕
＊すさむる……すさむな③④　＊つかふにハ……つかふ❺
〔古〕山たかミ人もすさめぬさくら花いたくなわひそ我ミハやさん*
＊ナシ……〔読人不知〕②

【上64】
一　たれしかも　誰か也。*し文字ハ、詞の助也。
＊し文字……文字③④
〔古*〕たれしかもとめて折つる春霞たちかくすらん山のさくらを*
＊古……同②③④　＊ナシ……〔貫之〕②
〔愚草*〕たれしかもはつねきくらん時鳥またぬ山ちに心つくさて〔定家*〕
＊愚草……ナシ②　＊定家……ナシ❺
《たれしかもまつのを山のあふひ艸かつらにちかくちきりそめけん》

【上65】
一　ちりのまかひ　花のちるまきれ也。
〔古〕此里に旅ねしぬへし桜花ちりのまかひに家ちわすれて

【上66】
一　こゝら　多き心也。

木つたへハをのかは風にちる花をたれにおほせてこゝらなくらん
＊ナシ……〔古〕②❺、〔同〕③④　＊ナシ……〔素性〕②
*𠮷中ハいかゝくるしと思ふらんこゝらの人にうらみらるれは』二オ
＊ナシ……〔同〕②③④❺

【上67】

一　と*ゝろ　動*也。
＊とゝろ……こゝろ②　＊動也……動也〔夜もしつまらすさハく心也〕②、動也夜たゝ夜もしつまらすさハく心也③④
*五月雨の空もとゝろに时鳥なにをうしとか夜たゝ鳴らん
＊ナシ……〔古〕②❺、同③④

【上68】

一　夜たゝ　夜もしつまらす、さはく心也。
哥同上
※②③④、この項目、ナシ。ただし「夜・（③④「夜たゝ夜」）もしつまらすさハく心也」（②による）は、前項目にアリ。

【上69】

一　いつはとハ　い*つとハといふに、もしのたらねハ、いつハといへり。
＊いつとハといふに……いつとハといふ詞に②③④❺
*いつはとハ時はわかねと秋のよそ物思ふことのかきり成ける

＊ナシ……〔古〕②③④❺

【上70】

一　うらひれ　うらふれ、同。思ひへたる心也。しるへ、うらふれ、といふに同。

＊思ひへたる……物思ひうれへたる②③④　＊うらふれといふに同……うらふれといふも同とよミひら（③④「ゝ」）くなり②③④　＊いふに……いふも❺

秋はきにうらひれをれハあし引の山下とよミ鹿のなく覧

＊ナシ……〔同〕②　＊ナシ……〔読人不知〕②

【上71】

一　とよみ　ひゝく也。哥同上。

＊哥……古今哥❺

※②③④、この項目、ナシ。

【上72】

一　さやか　清也。明也。さたか也。

＊清也明也……清明也②

〔古〕秌きぬとめにはさやかにみえねとも風の音にそおとろかれぬる

＊秌……秋②③④❺

〔同〕秋はきをしからミふせて鳴鹿の。《め》にハみえすて音のさやけさ

【上73】

一　雪け　二心あり。一は、雪消也。一ハ、雪氣也。』二一ゥ

〔古〕*この川にもミちはなかるおく山の雪けの水そいままさるらし

＊古……同②③④

〔拾〕わたつミも雪けの水ハまさりけりをちの嶋〳〵みえす成行

【上74】

一　さしなから　二心あり。一ハ、指也。一ハ、*さなからといふ詞也。

＊さなから……さしなから③④❺

〔拾〕*桜花こよひかさしにさしなからかくて千とせの春をこそみめ*

＊拾……同②③④　＊ナシ……〔九条右大臣〕②

〔源〕さしなからむかしをいまにつたふれハつけのをくしそ神さひにける

右、さす也。

*大空にむれゐるたつのさしなから思心のありけなるかな

＊ナシ……〔拾〕②③④❺

右、さなから也。

【上75】

一　はひいり　門の入口をいふ也。

〔後〕*いもか家のはひいりにたてる青に今や鳴らん鶯のこゑ

＊後……ナシ②③④

【上76】

一　ねこし　ほりうへたる心也。日本紀ニ、堀といふ字を、ねこしとよめり。

〔拾〕*いにしとしねこしてうつし我宿のわか木の梅の花さきにけり

＊拾……ナシ③④

【上77】

一　ねるやねりそ　木草の枝をねちよりて、物をいふ事也。』一二オ

*かのをかに萩かるをのこなわをなミねるやねりそのくたけてそ思ふ

＊ナシ……〔同〕②、〔拾〕❺

【上78】

一　そよミともなく　それハ水ともなくといふ心也。

*けふ。《よ》りハしまのかハらハあせなゝんそよミともなくたゝ渡りなん

＊ナシ……〔後〕②③④❺

【上79】

一　このもかのも　此おもて、かの面也。

〔古〕つくはねのこのもかのもにかけハあれと君か御かけにます影ハなし

〔後〕山風の吹のまに〳〵もミちはゝこのもかのもにちりぬへらなり

【上80】

源氏云、このもかのもの柴ふるひ人。

一　け*ゝれ《ら本二有》なく　心*なく也。
＊けゝれ《ら本二有》なく……けゝらなく②③④、けゝら《れトモ》なく❺　＊心なく也……心なく也よこほりふせるよこたハりふせる也②③④、心なし也❺
〔古〕かひかねをさやかにもみしかけゝれなくよこほりふせるさやの中山

【上81】

一*　よこたはりふせる　よこたはりふせる也。哥*同上。
＊一　よこたはりふせる　よこたはりふせる也哥同上……ナシ②③④　＊哥同上……ナシ❺
貫*之土左日記云、河尻よりのほる也。かくてさしのほるに、東方に、山のよこほれるをミて、人にとへは、やはたの宮*といふ云ゝ。』一二ウ
　＊貫之……ナシ❺　＊といふ……といふと②③④

【上82】

一　やよけれは、いよ〳〵すくれハといふ也。弥過*といふ心也。
＊といふ心也……と云ゝ③④
忠峯長哥*、年のかすさへやよけれは。
　＊長哥……長歌に③④

【上83】

一　もとくたちゆく　本のかたふきくたる也。
〔古〕さゝのはにふりつむ雪のうれをゝもミもとくたち行我さかりはも*

＊ナシ……〔読人不知〕②

〔万〕夜くたちにねさめてをれる川をとめ心もしのになく千鳥哉
夜くたちハ、夜のふけ行を、かたふくといふ也。

【上84】

一　かてに　かつ〳〵也。

〔古〕あハ雪のたまれはかてにくたけつゝ我もの思ひのしけき比哉

【上85】

（ママ）人やり　人のやるをいふ也。人やりならす、といふ詞も、心からすることを云*也。

＊云也……いふ②③④

*人やりの道ならなくに大かたハいきうしといひていさかへりなん

＊ナシ……〔同〕②③④、〔古〕❺

【上86】

一　おもふとち　おもふとし*也。

＊とし……とも❺

*思とち春の山へにうちむれてそこともいはぬ旅ねしてしか

＊ナシ……〔同〕③④、〔古〕❺

*思とちまとゐせる夜ハからにしきたゝまくおしき物にそ有ける』一三オ

＊ナシ……〔古〕②、〔同〕③④❺

【上87】

一　みちゆきふり　道ゆきふれ也。
玉ほこの道行ふりもおもハさるいもをのひミてこふるこのころ
*ナシ……〔万〕②③④❺　*このころ……比哉②③④
*春くれはかり帰なりしら雲の道行ふりにことやつてまし
*ナシ……〔古〕②、〔同〕❺

【上88】

一　すくも　もくつをいふ也。
〔後*〕津の國のなにハたゝまくおしミこそすくもたく火の下にこかるれ
*後……ナシ③④

【上89】

一　おなしかさし　〔山に入人、柴なとをかりて、ねたるまへにたてゝ、鹿／に見え*しこかまふる事を、かさしとい
ふ也。〕
*見えしこ……見えしと②③④
〔後*〕我*やとゝたのむよし野に君しいらハおなしかさしをさしこそハせめ
*後……同②、ナシ③④　*我やとゝ……我宿に❺

【上90】

一　おきなさひ　老て猶、されすけるよし也。

＊おきなさひ人なとかめそかり衣かけハかりとそたつも鳴なる〔行平＊〕
＊ナシ……〔同〕②、〔後〕❺　＊行平……ナシ③④
※❺、竈頭に「イセニモ入アリ」とアリ。
※❺、竈頭に「後撰抄、為家注也。おきなされ也。／おとなけなしと云心也。／此、行幸又の日、致仕表たてまつり／ける。又、おきなおとろへたりと／云〻也。翁衰ト書。〈朱〉」とアリ。

【上91】

一　よるへ　たのむ傳＊あるあたりをいふ也。よるへの水も同心也。
＊傳……縁②③④
〔古〕よるへなミ身をこそとをくへたてつれ心ハ君かかけと成にき＊
＊ナシ……〔読人不知〕②
〔後〕なるとよりさし出されし舟よりも我そよるへもなき心ちする
数ならぬ身ハうき草＊と成なゝんつれなき人によるへしられし』一三ウ
＊草と……艸の《に》（「の」ミセケチ）❺
〔源氏幻巻　賀茂祭日〕さもこそハよるへの水にみ草ゐめけふのかさしのなさへわするゝ＊
＊ナシ……〔清輔〕③④
月影はさえにけらしな神かきのよるへの水につらゝゐるまて＊
＊ナシ……〔清輔〕②
（以下空白）』一四オ

【鷹①〔上〕】
一　そよ　そよく也。さや同。
〔古〕ひとりして物を思へハ秋の田のいなはもそよといふ人のなき
花薄そよともすれハ秋風のふくかとそきくひとりぬる夜ハ
笹の葉ハ深山もそよとみたる也われはいも思ふわかれきぬれハ
【鷹②〔上〕】
一　やさしき　はつかしき也。俊頼朝臣難、世俗之詞、やさしき心に用也。
なにをして身のいたつらに老ぬらん年のおもはん事そやさしき
【鷹③〔上〕】
一　たはやすく　たやすき也。
あられふる深山の里のさひしきハきてたはやすくとふ人そなき
【鷹④〔上〕】
一　なたゝる　名にたつ也。
〔後〕露たにもなたゝるやとのきくならハ花のあるしやいく代なるらん
【鷹⑤〔上〕】
一　われて　わりなくしての心也。一ハ、わかれて也。
みか月のおほろけならぬ恋しさにわれてそい(?)つ(?)する雲の上より

よひの間にいてゝ入ぬるみか月のわれて物思ふこれにもあるかな
瀬をはやみ岩にせかるゝ去川のわれても末にあはんとそ思ふ
（一行分空白）》

和秘抄下

【下92】

一　有二説哥。
*暁のしきのはねかきもゝはかき君かこぬ夜ハ我そかすかく
＊ナシ……〔古〕②③④
あかつきのしちのはしかき百夜かき君かこぬよハわれそ数かく
*思ひきやしちのはしかきかきつめてもゝ夜もおなしまろねせんとは〔*俊成〕
＊ナシ……〔千〕②　＊俊成……ナシ❺
〔千五百番〕とにかくにうきかすかくハ我なれやしきの羽かきしちのはしかき*
＊ナシ……〔慈鎮〕②
右、しちのはしかき、しきのはねかき、いつれも本哥に用へし。
〔古〕住わひぬ今ハかきりと山里に*身をかくすへき宿もとめてん*
＊身をかくすへき……身をかくすへき《後撰ニつま木こるへき》②、身をかくすへき《つま木こるへき》③④　＊ナシ……〔業平〕②❺
*今ハとてつま*木とるへきやとの松千代をハ君に猶いのるかな*

＊ナシ……〔新古〕③　＊とる……こる③④　＊ナシ……〔俊成〕②③④❺

＊すミわひて身をかくすへき山里にあまりくまなきよハの月哉＊

＊ナシ……〔千〕②　＊ナシ……〔同〕②

右、身をかくすへき、妻木こるへき、共に本哥にとるへし。

＊あふことハとを山とりのかり衣きてハかひなきねをのミそなく』一四ウ

＊ナシ……〔後〕②③④❺

右、とを山すり、とを山とり、いつれも、よりきたるにまかせてよむへし。定家卿ハ、すりを猶可用云々。山とりはねをの（「の」右傍に不審紙アリ）ミそなくにことよれるにや。

（一行分空白）

※②③④、一行分空白、ナシ。

︽

【鷹⑥〔下〕】

一　くもて　みたれたる心なり。又、はしのくもてのことくなる心也。

うちわたしなかき心ハ八橋のくもてに思ふ事ハたえせし

※前行鼇頭に「按ニ、イセニ水行／川のくもてナレハ／トハ、一説、川瀬の多／き云。八ツ橋ヲ、蜘ノ八／足ニミタテタル心歟。」とアリ。

【鷹⑦〔下〕】

一　ぬとハ　ぬるといふ詞也。

〔古〕つれもなき人をやねたく白露のをくとハなけハぬとハしのはん

【鷹⑧〔下〕】

一　みなれ　水になるゝ也。それを見なるゝにとりなしてよめり。

〔古〕よそにのみきかまほし物を音羽山《河》（「山」ミセケチ）わたるとなしにみなれそめ剱

【鷹⑨〔下〕】

一　はたれ　雪といはねとも、残雪の事ニきこゆる也。

〔万十〕笹のはにはたれふりおほひけなハかもわすれんといへるましておもほゆ

〔万十九〕我宿のすもゝの花かさはにちりはたれのいまにのこりたるかも

【鷹⑩〔下〕】

一　こまかへり　老て、二たひわかく成事也。万葉に若反と書り。

〔万十二〕露霜のけやすき我身おいてぬとも又こまかへり君をしまたん

【鷹⑪〔下〕】

一　桜かり　桜をたつぬる事也。柴かり行とも、いもかりとも云也。』一八オ

桜かり雨ハふりきぬおなしくハぬるかも花のかけにかくれん

【鷹⑫〔下〕】

一　宮古のてふり　ミやこのふるまひ也。

〔イセ二モ入〕あまさかるひなに五年すまひして都のてふり《今案風俗の事歟》わすられにけり

※前行鼇頭に「按、一説、行粧の雑色、／もの取ヲトリモノヽト云。／不取ヲ手振トモ云。」とアリ。

【鷹⑬〔下〕】

一　ひちかさ雨　〔俄ニ雨降、かさも取あへぬほとにて、袖をかつくを、ひちかさ／雨と云也。顕昭ハ、久方を書あやまれりと云也。〕

※前行鼇頭に「今案、袖カサノ手、俗／人ハ手巾かさもあり。」とアリ。

いもの門ゆき過かてゝひちかさの雨もふら南あまかくれせん

《一行分空白》

【下93】

一　六義

毛詩云、詩有六義。一曰風、二曰賦、三曰比、四曰興、五曰雅、六曰頌。

詩の六義ハ、風雅頌を三経となつけ、賦比興をは三*律といふ。きぬ布にたてぬきのあるか*ことく、風雅頌ハ部分の名也。風ハ民庶之作《頌比興ハ制作の躰なり》たミの口すさミの*詩なり。*雅ハ朝廷の楽、頌ハ宗廟之楽也。かやうに三にわけて、*風にも。《雅にも》、賦比興の躰をの〳〵そなへたる也。賦の躰ハ、物のたとへもせすして、ちきに、その』一五オことをのへたる詩也。比の躰ハ、ものにならへてなすらへたる也。花を雪といひ、月を霜といひ、君の御くミを雨露にたとへ、徳の光を月日によそへたるかことし。*興、万物によせて、下にいひたき事をいへり。鳥獣草木に興をおこせる也。比と賦とをかねたる躰也。風雅頌、いつれにも、この三躰あるかゆへに、ぬきにたとへる也。ぬきハ、*たてにこと〳〵くある故也。

＊律……緯③④　＊ことく……ことし②③④❺　＊詩なり……詩也《十五国の風あり》②　＊雅ハ朝庭……雅は朝庭《十五國の風あり》③④、雅《十五国ノ風也》ハ朝庭②　＊風にも。《雅にも》……風にも雅にも頌にも②③④❺　＊興……興は②③④　＊たてに……たて②③④

*文選六義ハ、毛詩六義にかハりて、賦といふをも、風賦月賦などいひて、惣名にとれる也。賦の詞の中に、*比も興もある也。*和哥義も、文選にならへる也。

　＊文選六義ハ毛詩六義に……文選六義に❺　＊比も……比にも②　＊和哥義……和歌の六義②③④

貫之六義

風　なにはつの哥。』一五ウ **《〔梅按、此哥以下、詩六義ニ不叶トマチ〳〵説アリ。妹雑哥ハ、兼盛／ノ哥ト云。仝後人偽書にて、只不定。哥以下ノ文字ノミ成物也。〈朱〉》**

字面にハ、たとへはかりをいひて、たとふる事をあらはさゝる躰なり。そへうたとなつく。*たとふる事を、たとへにそへたるをいふ。

　＊たとふる……たとへらる②、たとへる③④

※❺、前行鼇頭に「此哥ハ、別テ余材抄ニ難セ／リ。按云、詩正義ニ解ニ不／合ト不審ス。雑ノ哥ハ、／平兼盛カ哥ト難ス。亦、／後説ニハ、真名序ト合シテ、／哥ハナキ物、優劣本文／トナリタル。取ニタラス云々。〈朱〉」とアリ。

賦　さく花に思ひつくミのあちきなさ身にいたつきのいるもしらすて

おもふ事を、ありの*まゝかそへあけたる也。つよく花に*心をしめて、身の辛労をもわすれたると云也。

　＊まゝ……まゝに③④　＊心を……を❺

比　君にけさあしたの霜のおきていなハ恋しきことにきゝやわたらん

これハ、*一切物になすらへていへり。霜を我身になして、*おきて*いなハといひ、きえやわたらんと*いへり。物とわれとを、一にいひなせる躰也。

　＊一切……一切の②③④❺　＊おきて……おきておきて③④　＊いなハ……いなとは❺　＊いへり……ナシ

❺
興　我恋ハよむともつきしありそ海の浜のまさこハよミつくすとも
*これハ、一切の物をそはにをきて、思ふ事にならへていへる也。はまのまさこのかすのおほきを、我こひのよ』一六オむともつきすましきにたとへたる也。これハ、物とわれとを、二にミせたるなり。
＊これハ……これ❺

雅　いつはりのなき世なりせハいかハかり人のことのはゝうれしからまし
※❺、初句右傍に「按、此哥、平兼盛ト云説アリ。〈朱〉」とアリ。
これハ、大かた、賦の躰に似たり。さりなから、雅ハ、まことしき事にいへる也。賦ハ、花鳥風月のいたつら事にもい*へるなり。
＊いへるなり……いへり❺

頌　此殿はむへもとミけりさきくさの三は四はに殿つくりせり
これは、一かうに祝言をよめるなり。

（一行分空白）
※③④、一行分空白、ナシ。

古注六義　大納言公任卿、古注をハかけり。

風　なにはつの哥。
貫之説に同。

賦　いつハりのなき世なりせハの哥。貫之か雅の哥を、古注ハ賦』一六ウにかなへりと云。これも、思ふ事を、ありのまゝにいふ。されとも、賦は、なをねかひ事なとのやうに、ハかなき事に云也。

比　たらねのおやのかふこのまゆこもりいふせくもあるかいもにあハすて

一切物に比していふ。かふこのいふせきを、我恋のいふせきになすらへていへり。

興　すまのあまの塩やくけふり風をいたミおもハぬかたにたなひきにけり

これも、風のことく、字面にたとふる所の事をいハすして、たとへハかりをよめる也。但、風ハ、大義の事にいふ。興ハ、恋なとの、いたつらことにもよめるなり。

雅　山桜あくまて色をミつる哉花ちるへくも風ふかぬ世に

これハ、賦に似たり。されとも、雅ハ、現量の事にいへり。賦は、比量なとの躰也。ねかひことのいたつら事也。

頌　*春日埜にわかなつミつゝ萬代をいはふ心ハ神そしるらん』一七オ

*春日埜に……春日のゝ③④❺

頌ハ、世をほめて、神につくるよし、毛詩にも申侍*るゆへに、祝言なから、神祇によせたるを、いはひ哥にとれる也。

*侍る……侍り②、侍し③④

《梅按、公任卿ハ、和漢学才高し。此六義の引歌、彼是不審。序ニ片歌を取替引処、卓見也。惜ラクハ、書籍の少キト見ヘテ、証哥ハ、後人傍書し、延㐂五年奏聞乎。長久二年、彼卿卒。年序百三十五年ナリ。其中ニ、私家心覚ニ加筆ト事と、近世歌学者註解スルハ、仝、昇平文盛ニ、書冊板行ノ功ト思。深不可有為探索也。萬事如斯矣。〈朱〉》

※❺、この朱書の鼇頭に「契沖ハ、依詩正義／解引哥ノ不審ヲ／ナス。卓見也。〈朱〉」とアリ。
今案　※❺、鼇頭に「兼良公〈朱〉」とアリ。

*时鳥鳴や五月のあやめ草あやめもしらぬ恋もするかな
＊ナシ……〔古〕②

貫之六義によらハ、興の躰也。あやめ草あやめもしらぬといへる、あやめによせて、恋の心をいへり。古注六義によらは、比也。おやのかふこのまゆこもりの躰に同也。

*白浪の跡なきかたに行舟も風そたよりのしるへ成ける
＊ナシ……〔古〕②

貫之六義ならハ、興也。舟を我身にたと*へていへり。たゝし、たとへはかりをあらハして、たとふることをいはす。詞にハあらはさねとも、舟とわれとを、二に見せたる故也。』一七ウ
＊たとへて……たとへ②③④

古注六義ならは、それも興なり。すまのあまのしほやくけふりとおなし躰也。たとふる事をかくしてよめる故也。すまのあまの哥、貫之六義にも興なり。たゝし、たとへたる躰に、たとふることを、*うらおもてにいへり。おもてあれハ、かならす、うらある故也。
＊うら……こく❺

（*一行分空白）
＊②③④❺、一行分空白、ナシ。

【下94】

一　あまのなはたき　たくなは同也。たくるなハ也。《〔考、大綱、大綱ヲ／云躰にて作ける／ハ、綱ニ造ル。／厂皮紙ト云也。〈朱〉〕》

〔古〕思ひきやひなのわかれにおとろへてあまのなハたきいさりせんとハ

【下95】

一　すへなし　便なしとい*ふ。

*いふ……いふ詞也②③④❺

〔古〕*あふくまに霧立わたり明ぬとも君をハやらしまてハすへなし

*古……同③④

【下96】

一　あしたゆくくる　しけくありくにハ、あしのたゆき心也。

〔古〕*みるめなき我身をうしとしらねはやかれなてあるのあしたゆくくる』一八オ

*古……同③④

【下97】

一　ことなしふとも　事なきさまにいひなす心也。

〔古〕*むら鳥の立にし我ないまさらにことなしふともしるしあらめや*

*古……同③④　*ナシ……〔読人不知〕②

【下98】

一　こてふににたり　来といふに*似たる也。

＊似たる也……似たり③④

〔古〕* 月夜よし夜よしと人につけやらハこてふに似たりまたすしもあらす*

＊古……同③④　＊ナシ……〔貫之〕②

《我やとの梅さきたりとつけやらハこてふににたりまたつ《ママ》もあらす》

【下99】

一　なミにおもはゝ　人なミにおもハゝといふ心也。

〔古〕* みよしのゝ大川のへの藤浪のなミにおもハゝ我こひめや*ハ*

＊古……同②③④　＊やハ……やも②、やと③④❺　＊ナシ……〔読人〕②

〔万〕我ゆつるまつらのかハの河なミのなミにおもハゝわか恋めや*も

＊やも……やと④

【下100】

一　こまのあしおれ　駒の足を折と也。

〔古〕まてといはゝねてもゆかなんしゐて行駒のあしおれまへのたなハし

〔後〕しゐて行駒のあしおるはしをたになと我やとにわたささりけん

【下101】

一　みをはやなから　身をはやくの世になしての心也。

〔古〕山川*の音にのミきくもゝしきを身をハやなから見るよしもかな〔伊勢〕

＊山川……山水②③④❺

【下102】

一　かくなは　*唐菓の中に、透かきなとやうにちかひたる物也。《〔今、内膳御厨子処ニテ、／調進スハ、団子ニて、縄ノ／形ニヒネタリ。唐菓云。〈朱〉〕》』 一八ウ

＊唐菓……天羊菓②③④、唐菓子❺

*古今長哥に、かくなはに思ひミたれて《氵一ノ哥〈朱〉》

＊古今長哥に……古今長歌②③④❺

【下103】

一　ゐふの身　闇浮の身也。人界の身なれは也。

*同長哥、ゐふの身なれは猶やます《〔同上〈朱〉〕》

＊同……古今②③④

※❺、この項の鼇頭に「愚考、ゐふハ、衛府ノ官人ノヿモ云ヘキカ。フル雪ノケナハケヌヘクオモヘトモヱフノ身ナレハ、トアリ。守護ノ心モカネテミシ也。キコヱヘキ乎。闇浮字者、基俊ノ説モ格別ノ正義トモオモワレシ。後人考ヲマツノミ。若ヤ、六□ノ大ノ中歟。よミ人しらすとあり。遠鏡ニハ、ホンブノ身ナレハト解ス。〈朱〉」とアリ。

【下104】

一　花まひなし　〔花もいひなしてこそあれ、やすらかにいか丶／なのらんといふ心也〕

〔*旋頭哥〕春されハ野へにまつさくミれとあかぬ花まひなしにた丶なのるへき花のな丶れや

＊旋頭哥……ナシ②③④

梅の花を*よめる也。むめと*いふにも、人のいひなしたる名也。

＊よめる也……よめる②③④　＊いふにも……いふ名も②③④❺

定家卿、*春もいひなしの、とよめる哥あり。

＊春もいひなしの……春もいひなし②③

【下105】

古今才十九

雑躰哥　さつたいとよむ人あれと、猶、さつていとよむへき*事にや。風躰のゆへ也。

＊事にや……にや②③④❺

【下106】

短哥　此集に、貫之短哥と*かきたる、いとおほつかなし。短哥とハ、万葉に、反哥をのミいへり。此集の長哥に、『一九オ*反哥をも、忠峯長哥の奥にのせられたれハ、それにつきて、短哥とのせたるにや。*詞にハ、*いつれをもみななかうたとかけり。千載集に、古今の例をもて、短哥と俊成卿の載られたるを、定家卿ハ、不可然由、難し侍り。

＊かきたる……かきたる(?)ハ❺　＊反哥をも……反哥をハ❺　＊詞にハ……詞に②　＊いつれをもみな……みな何をも②③④

【下107】

今ハ野山しちかけれハ

ちかきまもりハ、中重ニ陣す。故に、九かさねの中にてハ、あらしのかせも*きかさりきと*よめる。外衛ハ、大内の御かきのほかをまもるゆへに、墅山にちかし、とハいへるにや。
＊きかさりき……きハまりき《キカサリキ歟》③④　＊よめる……きく❺

【下108】
またく心を　まつ心をといふ也。

【下109】
あなかしかまし　〔なまめきたてる花のすかたを、物いひかしか／ましきやうなりといふにや。〕

【下110】
つゝりさせ　〔させハ、*きり〳〵すの名也。それを、*つゝりにそへたり。／後拾遺序にも、秋の虫のさせるふしなし
と*書り。」』一九ウ
＊きり〳〵す……きゝりす❺　＊つゝり……つる❺　＊書り……かける②③④

【下111】
かたもかたこそありときけ　〔かたも、*かたハ、形ある物ハ、そのかたち*あるか、人の恋しきハ、その*かたもなき
と／よめるにや。又、方にても有へし。〕
＊かたハ……かた②③④　＊あるか……ある❺　＊かたも……かたも②③④

【下112】
我をほしといふ　〔我にあハまほしといふ心なり。いやしき人に／けしやうせられたる心也。〕

【下113】
まめなれとなにそハよけく　〔よけくハ、よき也。まめなるも、よくも／なし。又、ミたれたるも、あしからぬと

也。〕

【下114】

そへにとて　そへたる荷也。

才廿

【下115】

大哥所〔大内の中にその所あり。別當なとのある也。風俗の哥*を／つかさとる職也。〕
＊哥を……歌③④

【下116】

大なほひ〔*大直日とかく。内裏に、とのゐ申を、直とハいふ也。百官の宿／直するによりて、大直日とハいふ。〕
＊大直日……大直②

【下117】

大和舞〔大嘗會にある事也。〕《〔考、日本紀ニ歌詞アリ。〈朱〉〕》

【下118】

あふミふり〔曲の字をふりとよむ。日本紀ニ、夷曲とかきて、／ひなふりとよめり。曲ハ哥をいふ。〕《〔考、曲ト云、詩哥ハ必宮商よくとゝのひたるを云。〈朱〉〕》

【下119】

水くきふり〔水茎岡、未勘國也。或云、近江也。〕《〔考、近江也。上ニ国曲又名所曲ヲ云ᄀ也。〈朱〉〕》

【下120】

しはつ山　〔豊前國名所也。四極山とかく。〕

【下121】

ひるめのうた　天照大神を、大ひるめのむちと申也。

神楽書目本哥、いかハかりよきわさし。《た敷》てか天てるや』二〇ォひるめの神をしハしとゝめん。末哥〔いつこにか駒をつなかんあさひこか／あさ*日かはへの玉さゝのうへに〕

＊あさ日……あさる②③④❺

【下122】

かへし物の哥　青柳の哥ハ〔催馬乐の律の哥也。／源氏*。〕

＊源氏……源氏ニ②③④❺

※❺、前行鼇頭に「考、かへし物の哥トハ、呂曲スミテ、律哥ニウツルヲ云。施轉シ、自然に声調子カヘル也。其事ニヤ。〈朱〉」とアリ。

かへりこゑ*に青柳の哥をいへり。朝蔵かへしといふハ、神乐の朝蔵の哥を、さいはら拍子ニふくを、返すといふ。神乐の調子ハ、一越調なるを、催*馬拍子にふきかへすを、朝蔵かへしとハいふ。催馬乐の呂ハ、双調。律ハ、平調なり。律呂の間、いつれに返すにや、たつぬへし。わ*かなの下巻云、かへりこゑに、みなしらへかハりて、律のかきあハせとも、なつかしういまめきたるに云ゝ。わかな上巻云、かへりこゑになるほと、よのふけゆくまゝに、ものゝしらへなつかしくかハりて、あをやきあそひたまふほと云ゝ。

＊こゑに……こゑを③　＊催馬拍子……催馬乐拍子②③④　＊わかなの下巻〜たまふほと云ゝ……ナシ（【下123】注としてアリ）②③④

※❺、この項目鼇頭に「考、此儀、近代分明也。神楽調仲呂拍也。一越ノ俗調ニハアラス。催馬楽呂仲呂拍也。其羽声ヲ、為宮平調ト□ハ調ノ燕律也。仍、朝倉ヲカヘスト云にや。〈朱〉」とアリ。

【下123】

承和の御へ〔御へハ御贄也、大嘗會の时、悠紀主基の國より、／御つき物たてまつるを、贄*といふ也。〕

＊といふ也……といふなり／わかな下巻云かへり聲にみなしらへかハりて律のかきあハせともなつかしういまめきたると云〻／若菜上巻云かへりこゑになるほと夜のふけゆくまゝにものゝしらへともなつかしくかはりてあお柳あそひ給をと云〻②③④

※❺、前項鼇頭に「考、常ニハ、御贄所トテ、天子調味をスル所ヲ云。外ヨリ献物、春宮元服ノ时ナトアレハ、大臣宣シテ、御へ所ニ従へ申也。〈朱〉」とアリ。

【下124】

一　河社〔川のいはせにおちたきつ、*をとたかく、しらなミみなきりて、大／皷なとのやうにきこゆる所也。〕』二〇ウ

＊をと……ほと②

*河社しのにおりはへほす衣いかにほせはか七日ひさらん

＊ナシ……〔新古〕②

ゆく水のうへにいはへる川やしろかハなミたかくあそふなる哉

右二首、貫之集より出たり。彼うた、*新今《（ママ）》集に、夏神乐するといふ詞あり。

＊新今《（ママ）》集……新古今集②③④❺

五月雨の雲まもなきを河社いかに衣をしのにほすらん

さミたれはいハなミあそふき舟河かハやしろとハこれにそ有ける
右二首、俊成卿哥也。
河社あきをあすそと思へはや浪のしめゆふ風のすゝしき
右、匡房卿哥。
恋衣いつかひるへき河やしろしるしも浪にいとゝしほれて
右六百番*〔寄／哥〕衣恋、顕昭哥。これは、夏神楽の事を*詠せるなり。

＊〔寄／哥〕衣恋……寄衣恋②③④❺　＊詠せる……詠する②③④❺

しのといふ詞ハ、つねになといへる詞と同也。*神楽説云、『二ォ篠をたなにかきて、神供をそなふる也。衣ハぬれきぬの事をいふと云々。俊成卿は、七日ひぬ衣といふハ、たきの水をたとへたり。龍門の瀧を、いせか何山ひめの布さらすさんといふ。布引のたきなといふやうなる*事也。

＊神楽……夏神楽②③④　＊事也……となり②

【下125】

一　玉たれのこかめ

*玉たれのこかめやいつらこよろきのいその浪わけおきに出にけり

＊ナシ……〔古〕②

かめにたまのたれたるかたのあるをいふといへり。*俊成卿、こかめの玉たるゝ事*にくし。たゝ、玉垂の鉤といはんとて、こかめとつゝけたるにてありなんと云々。

玉たれは、簾をいふ也。

*俊成卿こかめ……俊成卿かかめ②③④　*にくし……にかし❺

【下126】

一　打きらし〔空のかきくらすをいふ。たなきりあひ、あまきり／て、*同心也。〕

*同心……同意②③④

〔拾〕*うちきらし雪ハふりつゝしかすかに我家のそのに鶯そなく

*拾……万②、ナシ④

【下127】

一　さくらかり　さくらをたつぬる心なり。柴かり、たな《け》（「な」ミセケチ）かり、なといふかことし。』二一ウ

*桜かり雨ハふりきぬおなしくハぬるとも花のかけにかくれん

*ナシ……〔拾〕②❺、〔同〕③④

【下128】

一　さくさめのとし〔しうとめの名也。顕綱入道一説、／わかくさめのとしといふしうとめの哥也。〕

※❺、前行鼇頭に「哥辞要解云、／くさめのとじ（ママ）さくさめハ、しうとめをいふ。とじハ老女の事。匡房卿の説。定家卿ハ、早草女也。早乙女ノ類也歟。としハ、家主也。後轉して、老女のヿニなれり。家のあるしを云。」とアリ。

*今こんといひしハかりをいのちにて待にけぬへしさくさめのとし

*ナシ……〔後〕②③④❺

ことはに、あとうかたりの心をとりてといふ。あと*うかたりハ、なそ〳〵かたりといふ事なり。拾遺にハ、なう*（ママ）

〱かたりとかきたり。

＊あとうかたりハ……あとうかたりとハ②③④❺　＊なう《（ママ）》〱……なそ〱②③④❺

【下129】

一　御こしをか　北野に、御輿岡といふ所あり。

＊みこしをかいくその代ゝにとしをへてけふのミゆきを待てミつらん

＊ナシ……〔同〕②③④、〔後〕❺

【下130】

一　あしつゝ　あしのよの中に、薄やうのやうなる物也。

＊なにはかたかりつむあしのあしつゝのひとへに君に我や＊へたつる

＊ナシ……〔同〕②③④、〔後〕❺　＊へたつる……へたつな③④

【下131】

一　あかた　ゐ中をいふ。辨＊官除目を、あかためしといふ。此故也。

＊辨官……外官②

※❺、この行、ナシ

＊古今詞、あかたミにはいてたゝしや。

＊古今詞……古今❺

【下132】

一　おかたまの木　〔古今物名哥。＊〕』二二ォ

＊哥……哥なり②③④

〔*古哥〕おく山にたつおかたまの夕たすきかけて思ハぬ时のまそなき

＊古哥……〔古〕②③④❺

〔さ衣〕谷ふかミたつをたまきハ我なれや思おもひの*くちやゝミぬる

＊くちやゝミぬる……くちてやミなん❺

【下133】

一 雲のはたて 〔日の入ぬる山に、光のたちのほりたる雲をいふ也。／蛛によせても、よまはよみなん。〕

**夕されハ雲のはたてに物そ思ふあまつ空なる人をこふとて

＊ナシ……〔古〕②③④❺ ＊夕されハ……夕暮ハ②③④

【下134】

一 根すりの衣 〔紫のねにてすれる衣也。〕

恋しくハ下にをおもへ紫のねすりの衣色にいつなゆめ

＊ナシ……〔同〕②③④、〔古〕❺ ＊ナシ……〔堀川左大臣〕❺

**人しれてねたさもねたし紫の根すりの衣うハきにをせん〔*堀川右大臣〕

＊ナシ……〔後〕②③ ＊人しれて……人しれす②③ ＊堀川右大臣……ナシ②③④❺

*ぬれきぬと人にはいはん紫のねすりの衣うハき成とも〔*和泉式部〕

＊ナシ……〔同〕② ＊和泉式部……ナシ②

【下135】

一　都の手ふり〔都ふるまひ也。〕

※❺、鼈頭に「再出也〈朱〉」とアリ。

〔万〕あま《筑前國也》ひかるひなにいつとせ住ゐして都の手ふりわすられにけり

※❺、この歌、ナシ

【下136】

一　竹のよのはし〔はしハ、はした也。〕

*木にもあらす草にもあらぬ竹のよのはしに我ミハ成ぬへら也

＊ナシ……〔古〕②③④❺

【下137】

一　ふるからをの〔からをのハ、枯野といふ也。〕』二二ウ

*いそのかミふるからをのゝもとかしはもとの心ハわすられなくに

＊ナシ……〔同〕②③④、〔古〕❺

【下138】

一　みを〔河のふかき所をいふ也。〕

〔古〕*あまの川雲のミおまてはやけれは光とゝめす月そなかるゝ

＊古……同②③④❺

【下139】

一　我名ハ花に〔花ハ色〳〵しき心也。。《恋する》名ハ、色〳〵しき故也。〕

〔古〕*君により我名ハ花に春かすミ野にも山にもたちみちにけり
＊古……同②③④、ナシ❺

【下140】

一　さゝわけしあさ〔あさハ、朝也。〕
*秋のゝにさゝわけしあさの袖よりもあハてこしよそひちまさりける
＊ナシ……〔同〕②、〔イセニモアリ〕❺

【下141】

一　紫の一本〔*ゆかりの心也。〕
＊ゆかりの心也……ゆかりの心也見なから見ならハし也②③④
*紫の一もとゆへにむさしのゝ草ハみなからあハれとそ*おもふ
＊ナシ……〔古〕②③④❺　＊おもふ……みる②③④

【下142】

一　みなから〔みな〳〵から也。*哥同上。〕
＊哥同上……紫の一本ゆへニ　哥同上❺
※②③④、この項目、ナシ。

【下143】

一　秋の字を人をあくによめる哥
※❺、鼇頭に「案、これなんそ／の秀句也。／カキクケコ通／■《哥》■《也》。」とアリ。

〔古〕*秋とい*へはよそにそきゝしあた人の我をふるせる名にこそ有けれ

＊古……同②③④❺　＊いへは……いへる③

〔同〕*秋風のふきと吹ぬる武蔵野ハなへて草木の色かハりけり』二三オ

＊同……ナシ②③④

秋風も、あくにそへてよむ也。

【下144】

一　いなおほせ鳥*〔定家説〕庭たゝき也。其外、色〳〵説有。不可用。

＊定家説……定家卿②、定家卿説③④❺

〔古〕*我門にいなおほせ鳥のなくなへにけさ吹風にかりハきにけり

＊古……同②、ナシ③

さ夜ふけていなおほせ鳥の鳴けるを君かたゝくと思ける哉

〔古哥〕あふことをいなおほせ鳥のをしへすハ人ハ恋ちにまとハさらまし

※②③④、この歌、ナシ。

秋、いしくなき*のなく*時分に、田よりいねをかりいるゝかゆへに、いなおほせ鳥と、石くなきをいふなり。

僻案抄にみえたり。

＊なく……来なく❺　＊時分に……時に③④

【下145】

一　わか名もみなと　我名も、ともにのかれんといふ也。

＊大かたハ我名もみなとこき出なん世をうミへたにミるめすくなし
＊ナシ……〔古〕②③④❺
※②③、この歌、ここになく、【下146】にアリ。

【下146】
一 海へ＊ 海のほとり也。＊哥同上。
＊海へ……海へた②③④❺ ＊哥同上……ナシ②③④、海のほとり也大かたハ我名もみなと同上❺

【下147】
一 ふりさけミれは ふりあふきみる也。
※❺、鼇頭に「尚書ニハ、瞻望と書。スカタヲ遠く見ル也。」とアリ。

【下148】
一 めいしう 明州《ミヤウ》也。』二三ウ

【下149】
一 小野篁流罪事
仁明天皇承和五年に、遣唐使にさゝれたるか、一の舟にのらすハわたるましきと申て、なかされたる也。**≪一夕話ニ、委敷／書き畢。〈朱〉≫**慈覚大師円仁、渡唐时也。

【下150】
一 朱雀院 寛平法王を申也。
※❺、「朱雀院」右傍に朱にて「スサクノイン」とアリ。

【下151】
一　つゝりの袖　袖衣斗也。
　＊袖……袖《納》②　＊斗……事②③④❺

【下152】
一　あひおひの松
〔拾〕天くたるあら人神のあひおひを思へは久しすミ吉の松
　＊ナシ……安法ゝ師②③④、〔阿法法師〕❺
〔古〕かくしつゝよをかくさん高砂のおのへにたてる松ならなくに
　＊古……古今③④
〔同〕誰をかもしる人にせんたかさこの松もむかしの友ならなくに
　＊同……ナシ②
古今序云、高砂すミの江の松もあひおひのやうにおほえ。
我とハゝ神代の事もこたへなんむかしをしれる住吉の松』二四オ
文明七年孟春之比随思得抄之追可令
清撰者也可禁外見也
　　　三関禅人覚恵
此一帖者禅閤御抄也此道之弥壁(ママ)
末代之亀鏡更以不可令陵尒可貴

可重而已

前大僧正良鎮

（一行分空白）

人間初名事

摩橙《ママ》伽経曰初人名梵天次有人名鸚鵡以有人

名善道非男女者事名般吒《ママ》者此翻黄門

黄門者男女形不能男女』二四ウ

天照大神ハおもてハ神服以下女躰にてま

しますまことを論すれハ男にあらす女

にあらすとなむ故摂政殿仰なり以

一條前関白本寫之尤可為證本者也

永正才七六月十日

前関老人（花押＝近衛尚通）

（以下空白）』二五オ

此本令懇望書之尤不可有

他見者也

于时天正十三年八月廿五日

従一位前内大臣（花押＝徳大寺公維）

（以下空白）』二五ウ

右和秘抄全部者　徳大寺殿公維公

御真蹟也

寛永十一年

七月六日　〔古筆〕了佐（花押）

（以下空白）』二六オ

（空白）』二六ウ

解題

緒言

『和秘抄』に関しては、かつて、拙稿『『歌林良材集』の成立―伝本と成立時期を中心に―」(『國語國文』一九八一・四、拙著『一条兼良の書誌的研究』〔桜楓社〈おうふう〉、一九八七・二〕再収)において、『歌林良材集』との関係性を考察する観点から少しく論じたことがある。そこで、旧稿の論述をベースとし、その後気付いた誤りをただし、かつ知り得た事柄をも適宜補って、以下に整理し直してみた。

研究史

『和秘抄』なる歌学書の存在を初めて指摘したのは、管見の限りでは、福井久蔵『大日本歌書総覧』第三巻(不二書房、一九二六・八〔初版〕、小論では「一九三二・一〇・第五版」によった)の記載である。即ち、その「補遺」に、

和 秘 抄 寫一巻

歌林良材抄に同じ彰考館本。

(前掲書・補遺・六頁)

と見え、彰考館本が紹介されてゐる。

ついで、『大日本史料 第八篇之十三』(一九二七・一一)文明一三年四月二日条で、奥書が引用された(二〇七頁)。

〔和秘抄〕

（奥書）文明七年孟春之比、随思得抄之、追可令清撰者也、可禁外見也、

三闕禪人覺惠

此一帖者禪閤御抄也、此道之珍璧、末代之龜鏡、更以不可令陵爾、可貴可重而已、

大永五年乙酉孟春寫之　前大僧正良鎮

『大日本史料』には底本とした典籍名が記載されてゐないが、大正一三年（一九二四）、史料編纂所に彰考館本を謄写した写本〔函架番号・二〇三二―五二〕が登録されたやうなので、彰考館本（乃至その謄写本）によつたのだらう（彰考館本のみが持つ大永五年の書写奥書を有する点で、このことは自明と見たい）が、本文が聊か校訂されてゐて、扱ひには慎重さが求められる。

ついで、より踏み込んだ指摘がされた。佐佐木信綱『改訂日本歌學史』（博文館、一九四二・一）に次の如く見える。

（武井云、兼良ノ和歌関連ノ著作ハ）（略）歌林良材集二巻、和秘抄二巻、歌林良材集の初稿、神樂催馬樂の註釋の嚆矢なる梁塵愚案抄二巻（以下略）

（前掲書・一四九頁）

注目すべきことは、『和秘抄』と『歌林良材集』との関係を、初稿・再稿といふ形で把握しようとする画期的な見解が提示されてゐる点である。

なほ、改訂前の『日本歌學史』（博文館、一九一〇・一〇）の当該部分に、『和秘抄』の指摘はない。改訂に際して追記されたものである。前掲拙稿においてこのことに気付かず、「明治末年に既に「和秘抄（歌林良材集の初稿）」といふ、画期的な推論を提示されてゐたのである」と誤つて論述してしまつた。ここに訂正しておく。

戦後になり、井上宗雄『中世歌壇史の研究　室町前期』（風間書房、一九六一・一二）の中で、何度か言及がなされた。

・（武井云、兼良ハ文明）七年正月和秘抄（尊経閣蔵。和歌分類・古歌解説等）を著わした。（二三〇頁）
・（武井云、兼良ノ）著作の類は頗る多いが、和歌関係のものは、和秘抄（以下略）（二六〇頁）
・（武井云、良鎮ハ兼良ヨリ）和秘抄を伝えられ（尊経閣蔵。歌語を解し、例歌など掲げた書）（二六七頁）

特に、古写本である尊経閣文庫本をもとに、内容・成立に関して見解を提示された点は、研究史的意義が大きい。これ以後は、『国書総目録』が『源氏和秘抄』と混同してしまつたせゐもあつてか、ほとんど顧みられることもなかつたのであるが、『和歌大辞典』（明治書院、一九八六・三）において、小論の筆者が、旧稿に基づき、以下の如き解説を公にした。

和秘抄《わひせう》『室町期歌学書』一条兼良著。文明七（1475）年正月の成立。伝本は同一系統で、尊経閣文庫・彰考館文庫・書陵部・島原松平文庫・祐徳文庫などに蔵される。内容は、上巻が歌語注、下巻が古今集（巻十九・二十が中心）の注である。歌林良材集・古今集童蒙抄と深い関係にあり、中でも歌林良材集との共通祖本（歌語注のごときもの）

が想定される。

（前掲書・一一〇三頁）

その後、『和歌文学大辞典』（古典ライブラリー、二〇一四・一二）における鋳武彦の解説も、この解説の内容に沿つたものとなつてゐるし、国文学研究資料館・国書データベースでは、前記『和歌大辞典』により、新規に立項されてゐる。

伝本書誌

次に、管見に入つた伝本を掲げる。

①尊経閣文庫蔵本〔九五・古〕

釈文の底本。袋綴装一冊。二六・五×二〇・一㎝。前表紙（後補）は、褐色地に金銀箔等を散らす。題簽は存せず、打付書にて下隅に「尊経庫　完」。左上に「和秘抄　徳大寺前内府公維公筆」と墨書される。いづれも、尊経閣文庫本の外題としてはやや珍しい定家様である。内題は「和秘抄上（下）」紙数は、首部遊紙一丁、墨付二五丁。本文料紙は楮紙。見返しは布目押金泥引に銀箔小片散らし。一面一三行書。奥書・識語が複数存する。個々の奥書・識語を弁別しやすくするために、(a)(b)……を冠して示した。

奥書

(a)文明七年（一四七五）孟春之比随思得抄之追可令
清撰者也可禁外見也
三閞禅人覚恵

(b)此一帖者禅閤御抄也此道之珎壁（ママ）
末代之亀鏡更以不可令陵尓可貴
可重而已
前大僧正良鎮

（一行分空白）

(c)人間初名事
摩橙（ママ）伽経曰初人名梵天次有人名鸚鵡以有人
名善道非男女者事名般（ママ）吒者此翻黄門
黄門者男女形不能男女』二四ウ
(d)天照大神ハおもてハ神服以下女躰にてま
しますまことを論すれハ男にあらす女
にあらすとなむ故摂政殿仰なり〈(e)〉以
一條前関白本写之尤可為證本者也
永正（一五一〇）才七六月十日
前関老人（花押＝近衛尚通）

（以下空白）』二五オ

(f)此本令懇望書之尤不可有
他見者也

于时天正十三年（一五八五）八月廿五日
従一位前内大臣（花押＝徳大寺公維）
（以下空白）』二五ウ
(g)右和秘抄全部者　徳大寺殿公維公
御真蹟也
寛永十一年（一六三四）
七月六日　古筆了佐（花押）
（以下空白）』二六オ

箇攷

(e)は「以（略）前関老人」の部分のみを指す。何故ならば、(d)の末尾が、❺宮内庁書陵部図書寮文庫蔵鷹司本(d)の奥書により、「故摂政殿仰なり」であることが分かるからである。恐らく、書写のある段階で、「以」の直前にあつたであらう改行を誤つて詰めてしまつたものと思はれる。

また、(e)の「前関老人」を拙稿では一条冬良に擬した。永正七年時、冬良は確かに「前関」ではあつたが、花押（転写されたものではあるものの、形状は正しく伝へられてゐる）は近衛尚通のものであつた。ここに訂正しておく。尚通も時に「前関」。なほ、(d)末尾に見える「故摂政殿」は未勘。

(f)の「従一位前内大臣」を、後文の古筆了佐を始め、徳大寺公維に擬する。同年の公維を新訂増補国史大系本『公卿補任』で示すと、

散位

（略）

（前内大臣正二位）　徳大寺同公維四十九〔月日叙従一位カ〕

とある。新訂増補国史大系本の編者が「月日叙従一位カ」と注する如く、確かに翌天正十四年条では公維は従一位になつてゐるので、天正十三年のある時期に従一位に叙せられたことは確実である。しかしそれだけでは、八月二五日現在で従一位に叙せられてゐたことにはならない。

ところが近時、遠藤珠紀「東京大学史料編纂所所蔵『公維公記』天正二年~七年記」（田島公編『禁裏・公家文庫研究　第五輯』（思文閣出版、二〇一五・三）所収）において、東京大学史料編纂所蔵徳大寺家本「口宣案　天正十三年七月十一日」（徳大寺家本―四二一―〇二一―一四）に基づき、公維が天正一三年（一五八五）七月十一日に従一位に叙せられたことが明らかにされた。また天正一三年時、「従一位前内大臣」たりうる人物は公維以外にはゐないので、以て公維と確定することが出来る。

次に花押であるが、『大東急記念文庫善本叢刊中古中世篇　第八巻　連歌Ⅰ』（汲古書院、二〇〇三・七）、及び、『大東急記念文庫善本叢刊中古中世篇　第九巻　連歌Ⅱ』（汲古書院、二〇〇九・一〇）に、公維若年時に書写した連歌書が複数影印された。その内、花押が見られるものを摘記すると、

『連歌ヶ條書』（四一―二八―三〇八二）　「天文廿二年九月廿六日書之者也／（花押）」

『何人百韻注』（四一―三〇―三二一七）　「天文廿二年十二月廿三日書之　（花押）」

『連歌合集（三）』（四一―二九―三二〇三）　「天文廿三年四月二日公維／（花押）」

『連歌之事』（四一―二八―三〇八〇）　「天文廿三年五月十八日／（花押）」

『宗砌発句』（四一―三〇―三二一九）　「天文廿三年霜月九日　公維（花押）」

『連歌諸抄』〔三二―六―七九〕　「永禄七年四月廿八日愚筆終者也／亜槐（花押）」

などであるが、花押は尊経閣文庫本のものに略一致する（なほ、天文二二年の花押が、国立歴史民俗博物館蔵田中本『老若五十首歌合』〔H・七四三・四九〕に見える〔『田中穣氏旧蔵典籍古文書目録［国文学資料・聖教類編］』所掲〕。これも同様）。

公維の自筆典籍は他にも数点知られるが、阪本龍門文庫蔵『徒然草』〔〇九四〕の画像が「阪本龍門文庫善本電子画像集」に掲載されてゐる。

〈上冊〉

右威院之内福城坊令借用則

書之者也

天正十五《一五八七》暦霜月上旬

前内大臣公維（花押）

〈下冊〉

右威院之内福城坊令借

要書之者也

天正十五年霜月下旬

前内大臣公維（花押）

とあり、時代的に最も近接する花押が存する。これにも一致する。

従つて、①の「従一位前内大臣（花押）」は、公維のものと断じうる。従つて、①の本文の書写者も公維と見て良い。

②徳川ミュージアム彰考館文庫蔵本〔巳一八・〇七四九四〕

袋綴装一冊。『柿本傭材抄』と合写。二五・五×一八・三㎝。表紙は褐色無地。題簽はなく、打付書にて前表紙左上に「和秘鈔／柿本傭材」と墨書される。内題は「和秘抄上（下）」。遊紙は存せず、『和秘抄』四六丁、『柿本傭材抄』七四丁。本文料紙は楮紙。一面九行書。蔵書印は、墨付第一丁表右下に「彰考館」（瓢箪形朱印）とあるのみ。

奥書・識語が以下の如く存する。

奥書

(a)文明七年孟春之比随思得抄之追可令
清撰者也可禁外見也』四六オ
三関禅人学仁（ママ）　※コノ行補入

(b)此一帖者禅閤御抄也此道之弥壁（ママ）末代
之亀鏡更以不可令陵尓可貴可重而已
前大僧正良鎮

(h)大永五年（一五二五）乙酉二月孟春写之

(i)以林主水本寫之
延寶（一六七八）戊午歳　洛陽新謄本

簡攷

奥書(h)より、尊経閣本とは、早く分かれて書写されて来た系統であることが察せられる。なほ、良鎮は永正一三年（一五一六）一〇月四日に示寂してゐるので、(h)は良鎮によるものではない。延宝六年写と見て良い。

③島原図書館肥前島原松平文庫蔵本〔一一七・九〇〕

袋綴装二冊。二七・四×二〇・一㎝。表紙は藍色雷文繋菊唐草文様。題簽が両冊とも前表紙左に貼付され、「和秘抄　上（下）」と墨書される。内題も同。紙は、両冊とも前後に遊紙が一丁置かれ、墨付料紙は、上冊・二一丁、下冊・一五丁。本文料紙は楮紙。一面一〇行書。蔵書印が両冊最終丁表左下に捺され、「舎源忠房」（長方藍印、双郭）「文／庫」（横長円藍印、双郭、陰刻）とある。江戸初期写。

奥書

(a)　文明七年孟春之比随思得抄之追可令清
撰者也可禁外見也
三閑禅人学以（ママ）』一五オ

(b)此一帖者禅閣（ママ）御抄也此道之弥壁（ママ）末代之亀鏡
更以不可令陵尓可貴可重而已
前大僧正良鎮
（以下空白）』一五ウ

④祐徳稲荷神社中川文庫蔵本〔六・二一・二一・二四八〕

原本未見。「国書データベース」所掲画像による。以下の記述は、画像、及び「日本古典資料調査記録データベース」に所掲されてゐた書誌調査カードに基づくものである。

袋綴装二冊。二七・八×一九・〇㎝。表紙は、亜麻色無文。題簽が両冊とも前表紙左に貼付され、「和秘抄上（下）」と墨書される。内題も同。紙数は、上冊は遊紙が首部に一丁置かれ、墨付二二丁、下冊は遊紙が首部尾部に各一丁置かれ、墨付一五丁。本文料紙は楮紙。一面一〇行書。蔵書印が両冊とも、墨付第一丁右下に「直郷／之印」（方朱印）、同左上に「中川／文庫」（方朱印）とある。

奥書

(a)　文明七年孟春之比随思得抄之追可令清撰
　　者也可禁外見也
　　　　三閞《ママ》禅人学以』一五オ

(b)此一帖者禅閣御抄也此道之珎壁《ママ》末代之亀鏡更以不可
　令陵尓可貴可重而已
　　　　前大僧正良鎮
　（以下空白）』一五ウ

簡攷

奥書(a)、「覚恵」とあるべきところを「学以」と揃って誤写してゐる点など、この奥書から察せられるやうに、系譜上、③肥前島原松平文庫蔵本と極めて近い関係にあると思はれる。兄弟乃至親子の関係にあるか。江戸中期写。

❺宮内庁書陵部図書寮文庫蔵鷹司本〔鷹・一九九〕

袋綴装一冊。二八・八×一八・四㎝。表紙は丁子引横刷毛目文様。題簽は存せず、外題が打付書で前表紙中央に、

和秘抄　仝

一条兼良公述

と墨書される。この「仝」は「同」の異体字ではなく、「全」の異体字と見るべき歟。前表紙右隅に「風三千三百廿貳号／大本壹冊風切ノ筥／ニ納ル」と墨書される貼紙、及びその下に「丙660甲／27／31」と書かれる近代の貼紙あり。内題は「和秘抄上（下）」。遊紙は存せず、墨付のみ三〇丁。本文料紙は、罫入り楮紙。一面一一行の縦罫線と、天より二～三文字分、地より二文字分程度、横罫線が引かれる。下敷き用の罫線枠紙をそのまま料紙に使用したものか。魚尾は上のみあり、下巻が始まる第一七丁表にのみ、魚尾の上に「下」と墨書される。蔵書印は、墨付第一丁表右上隅に「城南／館主」（方朱印）、その左に「宮内省／図書印」（方朱印）、右下隅に「鷹司城南／舘圖書印」（長方朱印、双郭）。

奥書

(a)本云文明七年孟春之比随思得抄之追可令清撰者
也可禁外見也
三関禅人（花押）

（一行分空白）

(b)此一帖者禅閤御抄也此道之珎璧末代之亀鏡更以不可令陵
尓可貴可重而已
前大僧正良鎮

（一行分空白）』二九ウ

(c)人間初名事
摩橙(ママ)伽経曰初人名二梵天一次有レ人名二鸚鵡一次有レ人名二善道一
非二男女者一事名二般吒者一此翻二黄門一黄門者有二男女形一不レ能二男女一
(d)天照大神にハおもてハ神服以下女躰にてましますまことを論すれは
男にあらす女にあらすとなん故摂政殿仰なり
(二行分空白)
(j)嘉永(一八五二)五年歳次壬子春壬二月廿二日　(花押＝鷹司政通)
(三行分空白)』三〇オ

箇攷

底本(①)は(d)と(e)を続けて書写してしまつてゐて、(d)がどこまでなのか分からなくなつてゐるが、❺鷹司本の形が正しい。嘉永五年鷹司政通写。なほ鷹司本には後人の所為によるかと思はれる増補が多数存する。また、朱筆による書入れも多数存する。以上二点、詳しくは後述。

伝本の系譜

奥書から導き出される伝本の系譜を図示すれば、次頁所掲の如くならう。

《奥書・識語による諸本系譜》

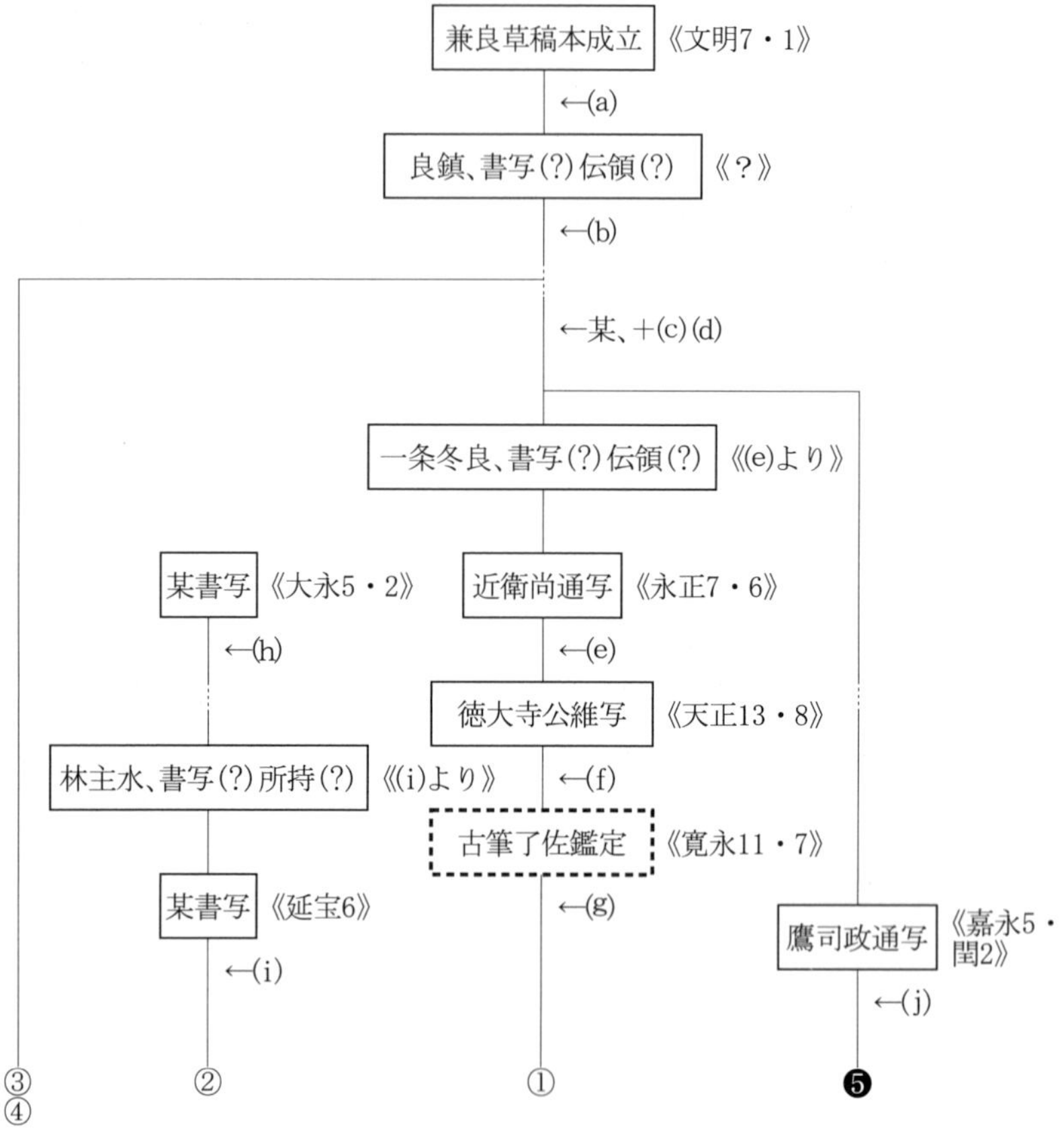

③④は、奥書を持たないので、同じ系譜上に位置付けてみたのだが、実際、本文も近似してゐるのである。一例をあげる。【上58】「かはす」の本文を、諸本について見てみる。

①尊経閣文庫蔵本〔九五・古〕（底本）

一　かはす　定家卿云枝かハすなとハ不立耳云〻

古しら雲にはねうちかハしとふかりの数さへミゆる秋の夜の月

思くまなくてもとしのへぬる哉物いひかハせ秋のよの月

後撰才十一詞云人にいひかハし侍ける云〻

②徳川ミュージアム彰考館文庫蔵本〔巳一八・〇七四九四〕

かはす　定家卿云枝かハすなとハ不立耳云〻

読人不知

古白雲にはねうちかハし飛鳫の数さへみゆる秋の夜の月

俊頼

思くまなくてもとしのへぬる哉物いひかハせ秋の夜の月

後撰才十一詞云人にいひかハし侍ける云〻

③島原図書館肥前島原松平文庫蔵本〔一一七・九〇〕

かはす　定家卿云枝すさむ《かハす》（「すさむ」ミセケチ）なとは

不立耳云〻

古白雲にはねうちかハし飛鳫の数さへミゆる秋の夜の月
俊頼
後撰第十一詞云人にいひかハし侍ける云々

④祐徳稲荷神社中川文庫蔵本〔六・二・二・二四八〕
かはす　定家卿云枝かハすなとは
不立耳云々
古白雲にはねうちかハし飛鳥のかすさへミゆる烋のよの月
俊頼
後撰第十一詞云人にいひかハし侍ける云々

❺宮内庁書陵部図書寮文庫蔵鷹司本〔鷹・一九九〕
一　かはす　定家卿云枝かはすなと不立耳云々
古　しら雲に羽うちかはし飛厂の数さへミゆる秋の夜の月
思くまなくてもとしのへぬる哉物いひかはせ秋の夜の月　俊頼
後撰第一詞云人の《に》（「の」ミセケチ）いひかはし侍ると云々

諸本を比較して見れば直ちにそれと分かる如く、③④の本文形態は、②の如き伝本の本文に基づき書写する過程で、「思くま」の歌を見落としてしまつたために発現したものと察せられる。①は作者名「俊頼」がなく、また、❺は、「俊頼」が「思くま」歌の末尾にあつて、ともども、③④の如き誤脱は発生しえないか、極めて発生しにくい、といへよう。

はなしの筋道を戻すと、③④は、かかる共通の闕脱を持つだけではなく、その書写形態においても同一と見做しえ、従つて、極めて密接な関係があると考へられるのである。

このやうに見てくると、③④の位置付けにおいても、前掲する系譜の如く考へておくのが良いと判断する。

結局の所、現存伝本の共通祖本は（a）＋（b）のみを持つ）「良鎮本」と考へざるをえず、従つて、現存伝本間の異同は、兼良の推敲過程を示すものではなく、転写における誤写・訂正と位置付けて良いと考へる。

ただし、❺鷹司本に関しては、恐らく後人による増訂の手が相当に入つてゐると思はれる（後述）。

❺鷹司本における増補

前節で触れたやうに、❺鷹司本には、他伝本に見られない記事、頭注等が存する。記事の増補は、兼良自身によるものとも考へられなくはないが、前掲した伝本系譜から見て、❺にのみ兼良増補の手が入ることは考へにくい。ありうるとすれば、他本が良鎮本より分岐した後にでも、良鎮が兼良説を追記し、その一本を祖とするのが❺といふ場合のみであらう。

まづ、記事の増補から見てみる。❺において大幅に、かつ、連続的に増補されてゐる一例を示す。

【鷹①〔上〕】

一　そよ　そよく也。さや同。

〔古〕ひとりして物を思へハ秋の田のいなはもそよといふ人のなき

花薄そよともすれハ秋風のふくかとそきくひとりぬる夜ハ
笹の葉ハ深山もそよとみたる也われはいも思ふわかれきぬれハ

【鷹②〔上〕】

一　やさしき　はつかしき也。俊頼朝臣難、世俗之詞、やさしき心に用也。
なにをして身のいたつらに老ぬらん年のおもはん事そやさしき

【鷹③〔上〕】

一　たはやすく　たやすき也。
あられふる深山の里のさひしきハきてたはやすくとふ人そなき

【鷹④〔上〕】

一　なたゝる　名にたつ也。
〔後〕露たにもなたゝるやとのきくならハ花のあるしやいく代なるらん

【鷹⑤〔上〕】

一　われて　わりなくしての心也。一ハ、わかれて也。
みか月のおほろけならぬ恋しさにわれてそい《(?)》つ《(?)》する雲の上より
よひの間にいてゝ入ぬるみか月のわれて物思ふこれにもあるかな
瀬をはやみ岩にせかるゝ去川のわれても末にあはんとそ思ふ

この全体を、❺以外の伝本は持たない。一方、『歌林良材集』を参看するに、これらの言説を過不足なく見出すことが出来る。

【上62】

一　そよ〔さや、同。そよく心也。〕

〔古〕ひとりして物を思へハ秋の田のいな葉もそよといふ人のなき

〔後〕花すゝきそよともすれハ秋かせのふくかとそきくひとりぬる夜ハ

〔新古〕さゝの葉ハ深山もそよとみたる也われハいも思ふわかれきぬれハ〔人丸〕

【上66】

一　やさしき〔はつかしき也。俊頼朝臣ハ、世俗の詞につきて、やさしき心によみ侍り。〕

〔古〕なにをして身のいたつらに老ぬらんとしの思ハん事そやさしき

【上69】

一　たハやすく〔たやすき也。〕

〔後〕あられふるみ山のさとのさひしきはきてたハやすくとふ人そなき

【上74】

一　なたゝる〔名にたつ也。〕

〔後〕露たにもなたゝるやとのきくならハ花のあるしやいく代なるらん〔雅正〕

【上75】

一　われて〔わりなくしての心也。一は、わかれて也。〕

〔古〕よひの間にいてゝ入ぬるみか月のわれて《別也》物思ふ比にもあるかな
たかねよりいてくる水のいはたゝみわれて《別也》そ思ふいもにあハぬ夜は
〔詞花〕瀬をはやミ岩にせかるゝ谷川のわれて《別也》も末にあハんとそ思ふ〔新院〕
〔金〕みか月のおほろけならぬ恋しさにわれて《わりなくして也》そいつる雲のうへより〔永實〕

❺鷹司本増補の項目が『歌林良材集』の順を襲つてゐること、挙例される証歌が「われて」項を除けば、『歌林良材集』に完全に一致すること、「なたゝる」項と「われて」項が『歌林良材集』においても連続してゐること、などから、『歌林良材集』からの引用と見做すのがどちらかといふと自然なやうに思はれる（その増補者が良鎮か、遙か後代の某かは別としても）。

特に注目したいのが、【上75】「われて」項の証歌である。「たかねより」歌を鷹司本が闕くのは引用に際してのミスと処理出来ようが、歌の挙例順の相違は見過ごしがたい。兼良は「われて」に「わりなくて」の両義があるとしてゐるが、証歌は逆に、「わかれて」・「わりなくて」の順に配列してゐる。ところが鷹司本は「わりなくて」・「わかれて」の順に挙例してをり、語釈と綺麗に対応してゐる。これを、良鎮による補訂と見るか、後人の所為と見るかは直ちに判断がつかないけれども、『歌林良材集』からの単純な引用でないことは明らかである。

一方、書入れと覚しきものは、明らかに江戸後期の某によるものである。例へば【上20】「わくらは」項に存する割注に「梅考此心別冊ニ／シルス也」とある「梅」は書入れをした者と思はれるが、未勘。また、【下93】「貫之六義」「風」項の鼇頭に、『余材抄』の引用があり、同「古注六義」「頌」項の鼇頭に、朱筆にて「契沖」とも見える。同じ箇所、朱筆の書入れがあり、「近世歌学者註解スルハ」云々と見え、【下128】「さくさめのとし」鼇頭には『哥辞要解』を引く。『哥辞要解』は、伴資規著。文化三年（一八〇六）刊。また、二九丁表には『一夕話』の指摘がある。『百人一首一夕話』は、尾崎雅嘉著。天保四年（一八三三）刊。

以上のことから見て、一九世紀になつてからの書入れであることは疑ひえない。

成立過程

(a)〜(j)の奥書・識語の内、『和秘抄』それ自体の成立事情を考へる上で特に重要なものは、(a)(b)である。導かれうる点を列挙してみよう。

(1)成立時期は、文明七年正月頃である。

(2)その執筆方針は、「随思得抄」するものであつた。この「抄」には、「抄出」の意だけでなく、「加注」「著述」の意味が込められるのが、この時代の普通の用法だから、『和秘抄』を抄出乃至（素朴な意味での）抜書と見做すのは危険である。

(3)その内容は、兼良自身「可令清撰者」であると考へてゐた。即ち、《決定稿》ではないのである。無論、この種の自跋めいた奥書は、あくまでも対外的側面を（作者が意図するか否かにかかはらず）持つものゆゑ、幾分かは差し引いて考へる必要がある。

(4)良鎮が『和秘抄』を所持してゐたことは確実だが、井上の説く如く、兼良が良鎮に伝へたものかどうかは、分からない。

一方、兼良が良鎮に与へたものとして確実な歌学書が存する。かつて、拙稿「東山御文庫蔵『古今集釈義』攷―附翻刻・校異―」（『研究と資料』四三、二〇〇〇・七→拙著『一条兼良の書誌的研究　増訂版』〔おうふう、二〇〇〇・一二〕再収）にて考察した、『古今集愚見抄』と呼ばれる歌書である。伝本は、以下の八本が知られる。

ⓘ京都大学附属図書館中院文庫蔵『古今秘抄』〔中院・Ⅵ・六〇〕

後半「愚見抄」と題する箇所以下の部分。

奥書

❶古今集愚見抄一帖依有数
寄志附属良鎮大僧正堅
可禁外見者也
桃花老人御判

（一行分空白）

❷此道璧玉末代之亀鏡不可過之
然而感塾器之節令附属英
固法印一子之外更《又歟》不可傳之
者也
延徳第二（一四九〇）暦仲秋下旬
前大僧正御判

(ii)神宮文庫蔵『古今集釈義』〔三・四九五〕
後半「古今集釈義」と題する箇所以下の部分。

奥書

❶古今集愚見抄一帖依有数奇
之志附属良鎮大僧正堅可禁外
見者也
桃花老人御判

❸古今和歌集秘曲并兩巻奉従故
入道大殿以相傳之旨不殘一事
大中大夫藤良宗朝臣授與之堅
可禁外見者也
永正二年九月十六日
桃竹禿居士（花押）

❹さらに又冨の緒川の
するゑうけて
たえぬちきりを
むすひかへてん
返哥

いまもなをとミのをかはのたえすして
ふかきちきりをむすひてそしる

❺写本云
右此二十巻ノ注新義タリトイへとも
一条禅閣（ママ）御俗名兼良御法名覚恵不辱以往智者有
識タルニヨテ此奥ニ注シ侍リヌ但私ノ本
タル間窓下ニ秘スヘシ
堯恵判在

❻右堯恵法印以自筆再三令
挍合尤可為證本者也
祐海法印依懇望重而
加奥書令相傳早
一楽軒
法印栄清印

❼右以祐海法印御本秀雲
写焉且為挍正合朱了
于時寛文十一天臘月九日
高向氏光屋

簡攷

❸に見える「藤良宗」に関しては、伊倉史人「東山御文庫蔵『古今和歌集』の「良宗」書入について」(『中世文学』四八、二〇〇三・六)に詳論がある。

ⅲ宮内庁蔵東山御文庫本『古今集釈義』〔勅封・六三・三・一・一九〕

原本未見。紙焼による。『八雲根源』と合写。『古今集愚見抄』は、前掲拙稿に、翻刻と解題を収めた。また、合写される『八雲根源』は、本書に、『八雲詞註』として釈文・校異・解題を収めた。

奥書

❶古今集愚見抄一帖依有数奇之志附属

良鎮大僧正堅可禁外見者也

桃花老人御判

ⅳ徳川ミュージアム彰考館文庫蔵『古今大歌所抄』〔巳一八・〇七五一六〕

『落書露顕』『莫伝抄』と合写。

奥書

❶古今集愚見抄一帖依有数寄之志附属良鎮

大僧正堅可禁外見者也

桃花老人

ⅴ東北大学附属図書館蔵(秋田家史料之内)『古今真名序並第二拾巻義』〔秋田・八二一・三六〕

原本未見。「国書データベース」所掲画像による。紙宏行「「古今真名序」(尭恵加注)(解題と翻刻)」(『文教大女子短大部・研究紀要』四二、一九九八・一二）において紹介・考察された。『古今集愚見抄』は、後半に合写されてゐる「第二拾巻義」（ただし、端作題は存しない）。紙論によれば、堯恵自筆歟の由。

奥書

❺右此二十巻ノ注新義タリトイヘトモ一条禅閤御俗名兼良 御法名覚恵不辱以往智者有
　職タルニヨテ此奥ニ注シ侍リヌ但シ私ノ本タル間窓下ニ秘スヘシ　堯恵（花押）

箇攷

ⅱ❺と一致する。紙論参看。

ⅵ曼殊院蔵本

未見。赤瀬信吾「曼殊院良鎮とその遠景」（『國語國文（特輯　曼殊院蔵国語国文資料㈢）』（一九八三・九））による。

ⅶ永青文庫蔵『二十巻別註』（三〇九七）

未見。「（国文学研究資料館）日本古典史料調査記録データベース」による。本奥書として、堯恵奥書があり、続き、以下の書写奥書（歟）が存する。

奥書

❻右堯恵法師自筆ノ本ヲ以テ再三校合セシム
　ル者也仍傳受箱之内ニ納者也
　　　　　法橋栄治（花押）

ⅷ宮内庁書陵部図書寮文庫蔵『古今抄』（二六六・一四六）第二冊所収本

原本未見。「国書データベース」所掲画像による。『古今抄』は、伊倉史人「東山御文庫蔵『古今和歌集』の「良宗」書入について」（『中世文学』四八、二〇〇三・六）によれば、「一条家古今集注釈書集成」。この第二冊に、『古今集釈義』が全文引かれてゐる。

奥書

❼依或人之問題注至愚之所存者也　三関老人（花押＝覚〔兼良ノ法号「覚恵」ニヨル〕）
右此廿巻《ノキノ》注後成恩寺殿下御作也雖可《(ママ)》其所ヽ依。《無》其所注之尤以可秘ヽヽ則件本御筆作也
従一位房通

また、巻頭に「外題 古今集第廿釋義　此抄後成恩寺殿御作者也深可秘ヽヽ」、巻末に「一古今集第二十釋義〔高祖公御作之抄也此集廿巻／端一紙注之〕　冬良件本故殿御筆也」とある。

『古今集愚見抄』は、良鎮の問ひに対して、兼良が答へる形をとつてゐる。(i)〜(iii)はほぼ同一の内容、(iv)は良鎮問を省略し、兼良答のみを記す（前闕歟）。(i)(iii)の奥書にあるやうに、兼良は、明確に「附属」といふ表現を使つてゐる。

『歌林良材集』の項目との対応関係

『和秘抄』と『歌林良材集』は、密接な関係が存する。そこでまづ、項目別に両者の関係を対照的に示し確認しておきたい。

『和秘抄』

【上1】卌六字歌
【上2】卌五字哥
【上3】卌四字哥
【上4】一首の中同てには二ある哥
【上5】不言其物躰詠様許哥
【上6】うたて～【上10】いさゝめ
【上11】あさなけ
【上12】けに～【上15】ほに
【上16】玉のを
【上17】たまゆら・【上18】ゆらく
【上19】ゆらに
【上20】わくらは～【上22】たわゝ
【上23】かりほ
【上24】目もはる
【上25】いましは～【上27】うたかた
【上28】墅もせ
【上29】うつろふ

『歌林良材集』

【上1】
【上2】
【上3】
【上6】
【上7】
【上23】～【上27】※【上23】は「虚字言葉」の最初の項目。
【上88】
【上28】～【上31】
【上89】
【上32】・【上33】
ナシ
【上34】～【上36】
ナシ　※【上32】に包含さる。
【上90】
【上82】※【上90b】としてある伝本もあり。
【上37】～【上39】
【上91】
ナシ

【上30】あさむく	ナシ ※【増1】としてアリ。
【上31】ゆたのたゆた・【上32】いて	【上40】・【上41】
【上33】ほつえ	ナシ ※【増2】としてアリ。
【上34】さそな	【上42】
【上35】雪もよ	ナシ ※【上93】雨もよ、に内容的に重なる。
【上36】いをやすくぬる～【上38】あさけ	【上94】～【上96】
【上39】しつはた・【上40】やよ	【上43】・【上44】
【上41】あたら夜	【上97】
【上42】事そともなく	**【上97b】**
【上43】はたれ	【上108】
【上44】いとなかる	【上45】※項目名「いとなき」。
【上45】あまのまてかた	【下28】
【上46】めさし	【上98】
【上47】そかきく	**【下53d】** ※【上46】そかひ、に内容的に重なる。
【上48】見らむ	ナシ
【上49】男をつまといふ哥	ナシ
【上50】わきもこ	【上99】※項目名「わかせこわきもこ」。
【上51】たらちね	【上100】※項目名「たらちねたらちめ」。

『和秘抄』	『歌林良材集』
【上52】いさよひ	【上47】
【上53】しつのをたまき	【上101】
【上54】うらめつらし	【上70】
【上55】ほと〳〵しく～【上58】かはす	【上48】～【上51】
【上59】恋せらるはた	【上52】※項目名「ハた」。
【上60】ことのしけき	ナシ
【上61】しかすか	【上53】
【上62】春へむかしへ	ナシ
【上63】すさめぬ・【64】たれしかも	【上54】・【上55】
【上65】ちりのまかひ	ナシ
【上66】こゝら	【上56】
【上67】とゝろ	【上72】
【上68】夜たゝ	ナシ　※【増3】としてアリ。
【上69】いつはとハ	【上57】
【上70】うらひれ	【上71】
【上71】とよみ	ナシ　※【上71】に包括さる。【増4】としてアリ。
【上72】さやか	ナシ　※【増5】としてアリ。

【上73】雪け	ナシ　※【増6】としてアリ。
【上74】さしなから	【上58】
【上75】はひいり	ナシ　※【増7】としてアリ。
【上76】ねこし	ナシ　※【増8】としてアリ。
【上77】ねるやねりそ	【上103】※項目名「ねりそ」。
【上78】そよミともなく	ナシ　※【増9】としてアリ。
【上79】このもかのも	【上84】※【上101b】としてある伝本もあり。
【上80】けゝれなく	ナシ　※【増10】としてアリ。
【上81】よこたはりふせる	ナシ　※【増10】と部分的に重なる。
【上82】やよけれは	ナシ　※【増11】としてアリ。
【上83】もとくたちゆく	【上59】※項目名「くたち」。
【上84】かてに	【上60】※項目名「かて」。
【上85】人やり	ナシ　※【増13】としてアリ。
【上86】おもふとち	ナシ　※【増14】としてアリ。
【上87】みちゆきふり	ナシ　※【増15】としてアリ。
【上88】すくも	ナシ　※【増17】としてアリ。
【上89】おなしかさし	ナシ　※【増16】としてアリ。
【上90】おきなさひ	【上107】

『和秘抄』	『歌林良材集』
【上91】よるへ	【上61】
【鷹①〔上〕】そよ	【上62】
【鷹②〔上〕】やさしき	【上66】
【鷹③〔上〕】たはやすく	【上69】
【鷹④〔上〕】なたゝる・【鷹⑤〔上〕】われて	【上74】・【上75】　※ここまで上巻
【下92】有二説哥	【上8】　※項目名、相違あり。
【鷹⑥〔下〕】くもて	【下33】　※項目名「八橋のくもて事」。
【鷹⑦〔下〕】ぬとハ	ナシ
【鷹⑧〔下〕】みなれ	【上86】
【鷹⑨〔下〕】はたれ	【上108】
【鷹⑩〔下〕】こまかへり	【上110】
【鷹⑪〔下〕】桜かり	【上106】
【鷹⑫〔下〕】宮古のてふり	【上119】
【鷹⑬〔下〕】ひちかさ雨	【上123】
【下93】六義	ナシ
【下94】あまのなはたき	ナシ
【下95】すへなし	【上73】

【下96】あしたゆくくる	ナシ
【下97】ことなしふとも	【上63】※【上61b】としてある伝本もあり。
【下98】こてふににたり	【上64】
【下99】なミにおもはゝ	【上65】※項目名「なみにおもふ」。
【下100】こまのあしおれ～【下123】承和の御へ	ナシ
【下124】河社	【下27】
【下125】玉たれのこかめ	ナシ
【下126】打きらし	【上53】※項目名「しかすか」。
【下127】さくらかり	【上106】
【下128】さくさめのとし	【下29】
【下129】御こしをか～【下133】雲のはたて	ナシ
【下134】根すりの衣	【下33b】※項目名「紫のねすりの衣事」。
【下135】都の手ふり～【下140】さゝわけしあさ	ナシ
【下141】紫の一本	【上68】※項目名「みなから」。
【下142】みなから	【上68】
【下143】秋の字を人をあくによめる哥～【下152】あひおひの松	ナシ

『歌林良材集』との関係① ―― 外形的な視点から ――

前掲した対照表から分かることは、以下の二点に集約出来ようかと思ふ。

(1)特に『和秘抄』上巻において、『歌林良材集』の項目と多くの項目で重なつてゐる。

(2)単に項目が重なつてゐるだけではなく、ごく少数の例外を除いて、『歌林良材集』の項目の配列順に従ひ、かつ、かたまりを構成しつつモザイク状に、重なりが確認出来る。

(2)について、いま少しく整理しつつ詳述してみる。

『和秘抄』上巻において、『歌林良材集』と重複する項目において、『歌林良材集』の「出詠歌諸躰」「虚字言葉」「実字言葉」等との重出が、配列順にかつ間歇的に〝固まり〟となつて現はれる。この観点から、上掲の対照表を抜粋・整理し、『歌林良材集』の配列に即して掲げてみる。

『和秘抄』

【上1】～【上5】

【上6】～【上10】
【上12】～【上15】
【上17】～【上22】
【上25】～【上27】
【上31】・【上32】
【上34】
【上39】・【上40】
【上44】
【上52】
【上55】～【上58】
【上61】
【上63】・【上64】
【上66】
【上69】

『歌林良材集』

〈出詠歌諸躰〉
【上1】～【上3】、【上6】～【上7】
〈虚字言葉〉
【上23】～【上27】
【上28】～【上31】
【上32】～【上36】　※和秘抄【上19】は、歌林良材集【上32】に包含さる。
【上37】～【上39】
【上40】・【上41】
【上42】
【上43】・【上44】
【上45】　※項目名が異なる。
【上47】
【上48】～【上51】
【上53】
【上54】・【上55】
【上56】
【上57】

『和秘抄』
【上74】
【上83】・【上84】
【上91】
（【鷹①〔上〕】）
【下97】～【下99】
【上11】
【上16】
【上23】
【上24】
【上28】
（【上35】）
【上36】～【上38】
【上41】
【上42】
【上46】
【上50】

『歌林良材集』
【上58】
【上59】・【上60】
【上61】
（【上62】）
【上63】～【上65】　※【上65】、項目名やや異なる。
〈実字言葉〉
【上88】
【上89】
【上90】
【上82】　※**【上90b】**としてある伝本もあり。
【上91】
（【上93】）
【上94】～【上96】
【上97】
【上97b】
【上98】
【上99】　※項目名やや異なる。

【上53】　【上101】
【上77】　【上103】※項目名やや異なる。
【上90】　【上107】
〈㊷㊸㊹に見られる巻末増補項目〉
【上30】　【増1】
【上33】　【増2】
【上68】　【増3】
【上71】～【上73】　【増4】～【増6】
【上75】・【上76】　【増7】・【増8】
【上78】　【増9】
【上80】～【上82】　【増10】・【増11】
【上85】～【上89】　【増13】～【増17】

このやうな関係性を踏まへつつ、『和秘抄』と『歌林良材集』との関係を考へてみる。まづ、確実にいへることは、どちらかからどちらかへの、一方向の変化（編集・編纂）、といふ観点では、この現象を説明することが出来まい、といふことである。
最も無理がないのは、次の如き想定だらう。

兼良の手元には、『和秘抄』を著すにあたつて、ある程度は出来てゐた歌語注（上巻）・古今集注（下巻）を主たる内容とする、二つの「ノート」が存してゐた。この「ノート」について、なほ想像を逞しうすれば、内容的に近いものが集められた〝固まり〟が、何らかの形でまとまつてゐて（例へば、仮綴のやうな形で）、さらにそれを統合する形（例へば、同じ桐箱に収められるなどして）で保存されてゐた。そして、この「ノート」をもとに、良鎮の求めに従つて、一回的に成立せしめたのが、『和秘抄』だ、と考へて見たいのである。しかし、肉親に与へる（？）といふ気安さからか、アト・ランダムに編纂してしまつた所が残つた。その雑然さが気掛かりだつたのだらう、奥書に「追可レ令二精撰一者也」と書き加へざるをえなかつた。

一方、〈出詠歌諸躰〉〈虚字言葉〉〈実字言葉〉といふ構成（構想？）は既に出来てゐた、これに、《取本哥本説躰》《有由緒哥》を加へて、「ノート」を増補・再編し、それをもとに、『歌林良材集』なる典籍を成立せしめた（ただし、『歌林良材集』は、何度も編纂し直したと思はれる。『歌林良材集』解題参看）。

この仮説が成り立つかどうか、そのことは措くとしても、さきに見たやうに、『和秘抄』と『歌林良材集』は、極めて密接な関係性を有しつつ成立したことは明白で、このことから、『歌林良材集』の成立時期は、『和秘抄』成立の文明七年正月前後と考へるのが、最も自然だと思ふ。

なほ、この「ノート」の形状に関することは、『歌林良材集』『和秘抄』に加へて『柿本傭材抄』を比較対照に加へることで、より鮮明になつて来ると思ふ。詳細は『柿本傭材抄』の解題を参看願ひたい。

さうすると、文明年間、兼良は、『古今集童蒙抄』『古今集秘抄』『古今集愚見抄』『歌林良材集』『和秘抄』『柿本傭材抄』（及び『一禅御説』のもととなつた講釈ノート）などを、一挙に執筆したことになる。

『歌林良材集』との関係② ―― 内容面での比較 ――

つぎに、『和秘抄』と『歌林良材集』とで重なる項目を比較検討し、その関係性をより細かく見てみよう。

◆『和秘抄』【上12】

一 けに〔それよりまさりたるといふことは也。勝の字也。／定家云、又誠にまさりけりといふ事を、けにとつかふハ、現にと云事也。〕

〔古〕夕されハ蛍よりけにもゆれとも光ミねハや人のつれなき〔友則〕

〔新古〕おきてミんと思ひし程にかれにけり露よりけなる朝かほの花

〔伊勢〕わするらんと思心のうたかひに有しよりけに物そかなしき

〔愚草〕むは玉の夜わたる月のすむ里ハけに久かたのあまのはしたて

◆『歌林良材集』【上28】

一 けに〔それよりまさるといふ心也。勝の字をかく。けハすみてよむへし。／定家卿云、誠にさりけりといふ事を、けにとつかふハ、現に、といふ心也。〕

〔古〕ゆふされハほたるよりけにもゆれとも光みねハや人のつれなき

〔同〕わすれなん《伊せ物語云わするらん》と思ふ心のつくからに《物語云うたかひに》有しよりけにまつそ恋しき

〔新古〕おきてみんと思ひし程にかれにけり露よりけなるあさかほの花〔好忠〕

右、勝の字也。

〔愚草〕むは玉の夜わたる月のすむ里ハけに久かたのあまのハしたて〔定家〕

右、現の字也。

このやうに、注・証歌ともにほとんど一致するが、微妙な違ひが認められる。即ち、「わするらん」歌について見れば、

《典拠》

(1)『伊勢物語』←→『古今集』　※「わするらん」「わすれなん」歌の出典

《注の追加・削除》

(2)「けハすみて読へし」　※『歌林良材集』のみにアリ

(3)「好忠」「定家」　※『歌林良材集』に作者名が増へる

(4)「右勝の字」「右現の字」　※『歌林良材集』における解釈の提示

などである。特に(2)〜(4)において、『和秘抄』は『歌林良材集』のサブセットの趣を呈する。このやうな傾向は、『和秘抄』全般に及んでゐる。

ただしこれを、

『和秘抄』→『歌林良材集』

といふ線条的な変容と見做すのではなく、同一の典拠（即ち本書解題でしばしば利用してゐる作業仮説である「ノート」）から、各々が生成された結果と見るのが穏当であると考へる。

『柿本傭材抄』―― 釈文・校異・解題 ――

凡例

一、底本・校合本は以下の通り。校異掲出において、伝本名を伝本の通番号を以て示した。

【底　本】①国文学研究資料館蔵久松潜一旧蔵本〔一一・九五〕《第一類》

【校合本】②徳川ミュージアム彰考館文庫蔵本〔巳一八・〇七四九四〕《第一類》

③大阪府立中之島図書館蔵本〔二二四・五〇〕《第一類》

④島原図書館肥前島原松平文庫蔵本〔一一八・三〕《第一類》

⑤安田女子大学図書館稲賀文庫蔵本〔イナガ／B‐〇一〇四／稲賀文庫〕《第一類》

⑥寛文九年刊本（国立国会図書館蔵本〔一四一・七四〕による）《第一類》

❼京都大学附属図書館蔵本〔四‐二二・シ・一二〕《第二類》

一、釈文作成に際しては、出来る限り底本の形を残すことに努めたが、以下の処理を施した。

一、巻別、項目ごとに、【上 xx】【中 yy】【下 zz】のやうに、上中下巻を示した上で、【　】に入れて、上中下巻を通した番号を冒頭に記した。ただし一部項目の弁別の判断が難しい箇所が存する。試みに項目番号を入れたが、もとより試案に過ぎない。

一、集付・肩付・歌題・作者名・割注等、底本において小字で書かれてゐる注記的本文は、〔　〕に入れ本文と同じポイントとした。また、割注内での改行は「／」で示した。

一、底本等において、蠹蝕等の物理的破損によつて本文が損なはれてゐて、残画より推定した場合は、□で囲んでこれを示した。

一、底本にはまま右傍線が存するが、これは底本のままとした。

一、底本における朱引は釈文より省いた。
一、底本における改丁・改面を』で示し、丁数等を』一ォの如く示した。
一、校異として掲出した本文は、最初に記された伝本の本文を以て示し、校合本間における表記上の差異は考慮してゐない。また、校合本におけるミセケチ・補入・朱書などは、概ね校異として掲出してゐない。
一、わたくしに句読点を施した。
一、⑤安田女子大学図書館稲賀文庫蔵本〔イナガ／B－〇一〇四／稲賀文庫〕には、多数の不審紙が存するが、校異には含めなかつた。
一、❼京都大学附属図書館蔵本〔四－二三一・シ・一二〕のみに存する本文を、底本の当該部分に割り込ませ、《》で括り、ゴシック体にて示した。
　またこの場合、項目番号は、【京ⓧ〔上〕】の如く数字を新たに起算し区別して示した。〔〕は上下巻を意味する。
一、❼京都大学附属図書館蔵本〔四－二三一・シ・一二〕における朱点・朱引等は、一切これを省いた。

釈文・校異

「古写本前大僧正良鎮書（打付書）

柿本傭材抄　全（題簽）」』（前表紙）

（空白）』一オ

柿本傭材抄上（端作題）

【上1】

百和香事

漢武帝時*月支國嘗　*花気渾如百和香〔杜〕

*月支國……月史國❼　*花気……進二百和香一花氣❼

【上2】

鹿叓

格物論、鹿性多驚烈飛別良*革、一千年為蒼鹿、又百年化白鹿、又五百年為玄鹿。

*革……巣❼

【上3】

氷室叓

かきりあれハふしのミ雪のきゆる日もさゆる氷室の山の下柴

順徳院御製也。已後、ひむろに*むすひ入て*よむへからす。

＊むすひ……むすひて②⑥、富士をむすひ❼　＊よむへからす……永代よむへからすと侍り❼

【上4】

伊勢物語事*

＊事……銘事❼

【上5】

在五中将物語とかくへしと侍り。』一ウ

【上5】

崩といふ事

哥に崩といふ事永代よむへからす。崩御の字*右《故歟》也。無名抄ニアリ。

＊字右《故歟》也……字故也②③④⑤、字胡なり⑥、崩字たる故也❼

【上6】

題次才事

堀川院題を本として*了簡すへし。其外、殊なるならひなし。二首三首の出題事ハ、夜分の物ならて、常ニ夜分ニ物をならへていたすへからす。山類水邊、同之**といへり。

＊了簡……天箇《了簡歟》❼　＊之……ナシ②⑥、之《し》（「之」ミセケチ）④　＊といへり……侍り❼

【上7】

古今銘事

古今和哥集、二*帖ならハ上下とかくへし。常ニ一帖ニ上下*とかくハ、更ニいハれす。本ハ、廿*巻余双紙にも此心得ある*

へし。

＊二帖……二巻❼　＊上下と……上下ニ③　＊廿巻……廿巻也❼　＊あるへし……あるへく候③、あるへしと侍り❼

【上8】

百首哥事

立春霞なと、ならひたる百首題ニハ、立春ニ霞よむへからす。』二オ傍題をおかすとハ、此事也。＊恋事《阝歟》哥、題なくとも、始中終の恋心をよむへし。＊定家説也と侍り。四季哥も同し。

＊恋事《阝歟》……恋阝②③④⑤⑥❼　＊定家……定家卿❼

【上9】

哥稽古事

一夜百首、一时百首、紙燭一寸なと、よむへからす。更ニけいこに＊ならす。

＊ならす……ならぬ事なりと侍り❼

【上10】

哥よむやうの事

心をさきとし、詞をさきとするなと、引わかれ申侍れとも、いつれもなをさりの时の事也。心面白く侍とも、詞わるくてハ＊きかへからす。又、詞おかしく侍るとも、心たらすハ、不可然。いつれも＊すてかたし。

＊きかへからす……きかるへからす②⑤⑥、きるへからす④、聞るへからす❼　＊すてかたし……すてかたしと侍り❼

【上11】

代ゝ集事

つねに三代集ハ一躰のよし*申候へとも、古今集ニ*ましたるハなし。』二ウ後撰集ハ、つよき方を本として候。拾遺集ハ、たけたかきを本とせられ候。後拾遺集金葉集詞花集ハ、*大概一躰候。千載集、事外風躰めつらしくて、面白きこえ候。大略下句より讀いたしたる哥にて候。稽古の时、見候ニよく侍り。新古今集、哥の花にて候。*新勅《(ママ)》集ハ、*肝要集にて候。哥のさま、古今集をにせられ候。これより已後、集ハ大略一やうに候。一かと申へき事*候ハす候。銘なとのやうも、心得かたく侍りとなん。

＊申候へとも……申候❼　＊ましたるハなし……ましたる候ハす候❼　＊大概一躰候……大概一躰❼　＊新勅集……新勅撰集②③④⑤⑥❼　＊肝要集にて候……肝要集にて候哥にて候③　＊候ハす候……候ハす❼

【上12】

等類事

花に霞をよミませ、月に雲をよみくハへなとする事、*何度なり共*くるしかるへからす。心の等類、ことハの等類、いつれも一段としたる*名哥ならハ、昨日今日の事也とも、斟酌*ある』三オへく候。恋雑の哥*ニ詠し、花月の哥をとりて、雪霜の哥なとよみいたし候事、*中比おほく見えて候。能因法師か、都をハ霞とともに立しかと秋風そふく白川の關、といふ哥心をとりて、頼政卿哥ニ、*都にハまた青葉にて見しかとも紅葉ちりしく白川のせき、貫之か、桜ちる木の下風ハさむからて空にしられぬ雪そふりける、とよみ侍けるを本哥にて、後鳥羽院御製に、雪の朝木の下風ハさむけれと桜もしらぬ花やちるらん、と*あそハされ候。これらは、*皆面白く候へく候。さりなから、今ハはやふり侍るとなん。

＊何度……なと❼　＊くるしかるへからす……くるかるへからす候❼　＊名哥ならハ……名哥などならハ❼　＊あるへく候……あるへし❼　＊哥ニ……哥を❼　＊いたし候……出し侍る❼　＊都にハまた青葉にて……都にて青葉《にはまた青葉に》さくらに《てイ》❼　＊あそハされ候……あそはるゝ②⑤　＊面白く候へく候……面白くて候③④⑤❼

【上13】

哥草子物語双紙銘事』三ウ

哥双紙、銘をハはしニかくへし。物語双紙、銘をハ中にかくへし。

【上14】

木にもあらす草ニもあらぬ事

先年*愚詠ニ哥合ニ、さらニ又草木の外のすかたまて世にたくひなき庭のくれ竹、とよミ侍けるを、幡多前殿判の詞をあそハし侍りけるに、草木の外といハん事いかゝ。古今の哥ハ、*草木かといふにや。さりなから、道理あるニ似たり。又、なきに似たり、とて、持にせられ侍る。あいての*哥ハ、久しくなり*侍けれハ、*おほえす。*如法、沙汰ニありし事也。

＊愚詠ニ哥合ニ……哥合の侍りしに愚詠に❼　＊草木か……草か木か②⑤❼　＊哥ハ……ナシ❼　＊侍けれハ……侍れハ②⑤　＊おほえす……おほえ侍らす❼　＊如法沙汰ニありし事也……如法御沙汰にのり侍りて思出に侍りき❼

【上15】

經文を哥ニよみいるゝ事

後京極摂政、よふこ鳥うき世の人をさそひ出よ入於深山思惟仏道、此外ハ見えす。永代*よむへからす。』四オ

＊よむへからす……よむへからすとなむ❼

【上16】
　よるのにしきの事
項羽曰、冨貴不帰故郷如衣繡夜行監*。*かいもなき事ニいへり。
＊監……〔監〕②③④⑤⑥　＊かいも……かひ❼

【上17】
　坊事
太子を也《＊申歟》。太子宮曰、春坊寶坊とハ、寺をいふ。給孤長者以黄金布地、故寺曰寶坊。又、菩提坊とも、招提とも、僧坊とも。*寺をいふへし。
＊也《申歟》……申候②③④⑤⑥、申❼　＊寺を……寺をハ❼

【上18】
　伊勢のはま荻事
先年、荻といふ題ニて、*愚詠ニ、秋風をおひてニ*なして行舟のほ浪ニなひくいせのはま荻、あしにて侍り。荻の題ニよみ侍りけるを、いせのはま荻、あしにて侍り。荻ニよみ侍りける證哥侍るかの』四ウよし、御不審有之。向後*よむへからす。
＊愚詠……愚《憲イ》詠⑥　＊なして……うけて❼　＊よむへからす……斟酌あるへき事也❼

【上19】
　哀傷事
哀傷の故事、哥連哥ニ*このみ用へからす。但、むすひ松事ハ、くるしからす。定家卿も、はれの哥*合ニ、むすひ松の事をよミ侍りて、*身つから判ニさへきらハれす*侍り。

＊このみ……のミ❼　＊哥合ニ……歌合⑥　＊身つから……ミつからの❼　＊侍り……と侍り❼

【上20】

水邊事

しほ海をも、水海をも、川のほとりをも、よむへし。湖上*河上なとハ、**各かハるへく侯。山類も同し心得侍るへし。

＊河上……邊❼　＊各……名④❼　＊かハるへく侯……かハるへし③⑤❼

【上21】

愛見事

うつくしみと万葉ニよめり。

【上22】

白髪事』五オ

〔万〕むは玉のくろかミかハりしらけてもいたき恋ニハあふ時ありけ*り

＊けり……ける❼

これハ、しらかの事也。五音通侍り。

【上23】

あそひをおそのたはれをの事

遊士とわれハきけるを宿かさすわれをかへせり於*曽能風流士

＊曽……暮④❼

たハれをとはかりもよめり。

【上24】

短冊事

本ハ懐紙也。短冊ハ略義也。冊者簡也。ぬりたる板*也。長二尺也。短者一尺なる也。半分心也。

＊板……枚③

【上25】

手向草事

手向草とかきて、万葉ニハすまふ草とよめり。又、苔の事をもいへり。又、荒*絲子をもいへり。松かえにかゝり侍る者也。但、住吉の『五ウはま松かえの手向草と侍り*。こけの事也。定家卿説也。

＊荒……菟❼　＊侍り……侍るハ③⑤❼

【上26】

短冊折様事

題のかたをしたへおり*いるゝ也。又*、題の分と名かく分とに、かうかい卦をよこにかけて、内へ折入て、残をふたつにおる事もあり。昔事に侍り。

＊おり……おりて❼　＊又……ナシ❼

【上27】

長哥短哥事

長哥をハ短哥ともいひ、長哥ともいふに、心え侍るへし。但、定家卿ハ、千載集ニ古今例をもて、長*哥を短哥とかゝ*

れ侍りけるをハ、父卿のせられ侍る事なれとも、いハれす、と難せられ侍り。
＊長哥を……ナシ❼　＊かゝれ……のせられ❼

【上28】

*萩の中葉末葉*下葉事』六オ

なかはゝハ、中葉也。一本の萩にも侍るへし。*下萩、下になりたる萩也。軒の*下萩、*山下萩、なと*なくとも、たゝ*下葉ともよむへしと侍り。末葉ハ、するゑの葉なり。ことなる事侍らす。

＊萩の中葉……荻の中葉③⑤　＊下葉事……下荻の事❼　＊下萩……下荻③⑤、下荻は❼　＊下萩……下荻③⑤❼
＊山下萩……山下荻③⑤❼　＊なくとも……る《候》へとも（「る」ミセケチ）④　＊下葉……下荻③⑤

【上29】

万葉のならひの事

万葉を*よむ候ならひ侍るとハ、*殊なる*事に侍らす。万葉の詞とても、幽ニあらさる詞よみ侍るへからす。源氏等も同し。委細、俊成卿、六百番判の时被*申侍り。

＊よむ候……よむに②③④⑤⑥❼　＊殊なる……こと❼　＊事に……事にハ②③④⑤⑥　＊申侍り……申され侍り
但こと葉の善悪ハ作者の堪不堪より侍る物也たゝたのめたとへハ人のいつハりもかさねてこそハ又もうらミめ俗言に侍れともおかしくつゝけられ侍れハことに秀逸に聞え侍りとなん❼

【上30】

古今才一哥事

後鳥羽院御时、古今の面白哥しるし*申せと、*定家家隆ニ*仰出され侍るニ、あり明のつれなく見えし別より暁計うき物ハなしといふ哥を、両人なから注*進申され侍り。此*哥に』六ゥ心をつけて常に案して見侍るへき事に侍り。

＊申せと……申せて③　＊定家家隆……定家卿家隆卿❼　＊仰出され……仰られ❼　＊注進申され侍り……註進し侍り❼　＊此哥に……この哥❼

【上31】

酒*事

＊酒事……酒叓　みきともいふ❼

聖さけといふハ、すミ酒の事也。濁酒をハ、賢人ニたとふる也。みはさけといふハ、かすのましりたる酒也。神ニ供するさけ也。又、僧家、謂酒為般若湯。

【上32】

遠方人の哥事

しろくさけるをゆふかほのよし申説侍り。更ニゆへなし。委細、俊*成卿、六*間《百歟》番判の時、俊成卿申され侍り。又、定家卿哥ニ、打わたす遠方人ハこたへねと匂そなのる墅への梅か枝、神妙不思議の本哥の取やうニ侍り。古今集の旋頭哥、両首の注にて侍り。かやうに思ひよられて侍るこそ、申』七ォても〳〵不思議にて侍れと、度ゝ被仰侍り。

＊俊成卿……ナシ❼　＊六間《百歟》番……六百番②③④⑤⑥❼

【上33】

卅*六字哥事

＊卅六字哥事……三十六字歌叓五字あまる❼

ありそ海の浪間かき分てかつくあまのいきもつきあへす物をこそ思へ

二条院讃岐、八雲御抄在之。

【上34】

卅*五字哥事

＊卅五字哥事……三十五字歌支四字あまる❼

我計物おもふ人ハ又もあらしとおもへハ水の下にもありけり

伊*勢物語ニ侍り。

＊伊勢物語ニ侍り……伊勢物語よミ人しらす❼

【上35】

卅*四字哥事

＊卅四字哥事……三十四字哥支三字あまる❼

〔後撰*〕冬の池の鴨の上毛ニをく霜のきえて物おもふ比にもある哉〔讀*人不知〕

＊後撰……後撰集源信明❼　＊讀人不知……ナシ❼

〔新古今*〕ほの〳〵とあり明の月の月かけニ紅葉吹おろす山おろしの風〔源信明*〕』七ウ

＊新古今……ナシ❼　＊源信明……ナシ④❼

〔古今*〕わたつ海のおきつしほあひにうかふあハのきえぬ物からよる方もなし〔讀*人不知〕

＊古今……ナシ❼　＊讀人不知……源信明④、ナシ❼

〔新古今*〕わかのうらやおきつしほあひにうかひ出るあハれ我身のよるへしらせよ*

＊新古今……ナシ❼　＊ナシ……読人不知④

*家隆哥也。卌四字本哥ニて、卌四字の哥をよまれ侍るも、一のたくみと*見え侍り。
＊家隆哥……新古今家隆卿❼　＊と見え侍り……と侍るへし③、侍るへし⑤、と侍り⑥、に侍るへし❼

【上36】
一首中同てニハある哥*
＊哥……哥㕝〔此四首ハ堂てには二つゝあり／て聞につけれとも秀哥也／今代ハ如此躰嫌之〕❼
〔新古〕人そうき*たのめぬ月ハめくりきて昔わすれぬよもきふの宿〔秀能〕
＊「たのめぬ」の「ぬ」字左傍に「此ぬハいつれもすのてにはなり」と注記アリ❼
〔新古〕つらきをもうらミぬわれニならふなようき身をしらぬ人もこそあれ〔小侍従〕
〔拾遺愚草〕冬の日ハ木の葉のこさぬ霜の色を葉かへぬ枝の花そさかふる
〔同〕はかへせぬ竹さへ色のミえぬまて夜ことに霜のをきわたすらん

【上37】
不言*玄(ママ)*物体詠用事
＊玄……其②③⑥❼　＊物体……躰❼
〔古今餘*花〕あハれてふことをあまたニやらしとや春ニをくれてひとりさくらん』八オ
＊餘花……残花❼
〔同鶯〕木つたへハをのか羽風ニちる花をたれにおほせてこゝらなくらん

【上38】
すミにこりニよりて心のかハる哥の事

*沓の中にたえてさくらのなかりせハ春の心ハのとけからまし

＊ナシ……〔古〕❼

両説共ニ子細なし。*たえて*ハ、すくれ侍り。阿佛*なとて用也。

＊たえ……たえ〻❼　＊②③④⑤⑥❼、「て」字左傍上ニ「。」ニテ濁点アリ　＊なとて……なとて〻❼

【上39】

あしろ屏風事

くるまのあしろにてはりたる屏風也。源氏宇治巻ニ見えたり。

【上40】

哥と連哥との前後事

後普光園摂政ハ、連歌ハ哥よりさきニいてきたりと仰事侍り。*日本女神男神いてきまし〱て、みとのまくはへし侍る時の詞を、*連歌ニ取なし給へる也。無相違*道理ニて侍り。

＊日本……日本記❼　＊連歌ニ……連歌と❼　＊道理ニて侍り……道理にかなひ侍り❼

【上41】

うたてうたゝ同。あまりにといふ心也。轉の字也。』ハウ

〔古〕ちると見てあるへき物をさくら花うたて匂の袖にとまれる

〔同〕心こそうたてにくけれ染さらハうつろふ事もおしからましや

〔同〕三日月のさやかに見えぬ雲*はれミ見まくそほしきうたて此ころ

＊はれミ……はれミ《てイ》⑥、かくれ❼

花*と見ておらんとすれハ女郎花うたゝあるさまの名にこそ有けれ

＊花と……〔同〕花を③⑤、〔同〕花と❼

【上42】

あやなし　やくなし也。か*いなし也。

＊かいなし……かひなき❼

〔古〕春のよのやミはあやなし梅の花色こそ見えねかやハかくるゝ

〔古〕見すもあらす見もせぬ人の恋しくハあやなくけふやなかめくらさん

〔同〕しるしらぬ何かあやなくわきていはん思のミこそしるへなりけれ

〔拾遺〕身ニかへてあやなく花をおしむ哉いけらハ後の春もこそあれ

【上43】

吹毛求疵事*

＊ナシ……〔私ニ云高津のみこの述懐吹毛求疵之由也／僻案抄ニアリ〕❼

*なをき木ニまかれる枝もある物をけをふきゝすをいふかわりなき』九オ

＊ナシ……〔後撰〕❼

漢武詔権榔*衱彦王奏其過悪吹毛求疵

＊榔衱……挿諸③、抑諸⑤、櫛訙⑥、柳諸❼

【上44】

あやな　あやなしのし文字を略したる也。

〔古〕山吹ハあやなくさきそ花ミんとうへけん人のこよひこなくに
〔後〕ふりぬとて思ひもすてしから衣よそへてあやならミもそする
〔同〕心もておるかハあやな梅花かをとめてたにとふ人のなき
〔拾〕匂をハ風にそふとも梅花色さへあやなあたにちらすな

【上45】

*あやな〔に歟〕　あやにくトいふ詞也。

＊あやな〔に歟〕……あやに②⑥❼

〔後〕くれは鳥あやニこひしくありしかハ二村山ハこえすなりにき

【上46】

いさゝめ　かりそめ也。

〔古〕いさゝめに时まつまにそ日ハ經ぬる心ハせをハ人に見えつゝ
〔万〕いさゝめに思ひし物をたこの浦にさける藤浪一夜へにけり』九ウ
*〔万〕まきつゝらつくる杣人いさゝめにかりほにせんとつくりけめやハ

＊万……ナシ②③⑥

【上47】

あさなけ　あさゆふと云詞也。*あさにけ同。*朝所食とかく。

＊あさにけ……あさけ②③⑥　＊朝所食……朝尓食❼

〔古〕あさなけにミへき君としたのまねハ思ひ立ぬる草枕なり

〔後〕あさなけに世のうき事をしのひつゝなかめせしまに年ハへにけり
＊いかならん日の时にかもわきも子かも引のすかたあさにけにミん
＊ナシ……〔万〕⑤❼

【上48】

けに、それよりまさりたるといふ詞也勝の字也。定家卿云、又、誠ニさりけりといふ事を、けにとつかふハ、現にと云事也。

＊たる……たり②③⑥　＊定家卿……定家②③④⑤　＊云又……更④、之又⑥

〔古〕夕されハほたるよりけにもゆれともひかりミねハや人のつれなき
〔新古〕おきてミんと思ひし程にかれにけり露よりけなるあさかほのはな
〔伊勢〕わするらんと思ふ心のうたかひにありしよりけに物そかなしき
〔愚草〕むは玉のよわたる月のすむ里ハけに久方の天のハしたて』一〇オ

現の心也。

【上49】

伊勢事

藤原継蔭女、七条后女房、寛平更衣。

【上50】

小野小町事

出羽郡司女也。玉つくりの小町ともいふ。

【上51】

寵事*

*ナシ……〔一節ウヅク不用之〕❼

〔寵*〕大和守源精女也。寛平比人也。御門の御寵愛ある故ニ、人是を寵と云ゝ*。

*寵……ナシ②⑥❼ *云ゝ……云也⑥

【上52】

紫式卩事

越前守為時女也。はしめハ藤式部と申侍り。

【上53】

名所をいひあらハすして用事』一〇ウ

古今の哥に、世をうち山身を宇治橋なとよめる心を取て、源氏椎本巻に、うらめしといふ人もありける里の名のとかき侍るにもとつきて、元久元年七月宇治御幸の时、夜恋の題にて、定家卿哥に、待人の山路の月もとをけれと里の名つらきかたしきの床、又、名所秋哥、家隆卿、初霜のなれもおきゐてさゆるよにさとの名うらみうつ衣哉。かやうの風情ハ、きハめて大事にて侍るよし、仰られき。先年、拙者千首よみ侍る中に、名所関の題にて、板ひさし久しくなれハ関の戸にやふれぬ名をや今もとむらん、とよみ侍りて、御目にかけ侍りけるに、子細なきよし仰下され侍りき。但、是ハ字にかゝりてよミ侍る哥也。』一一オ

【上54】

ことならは　かくのことくならハ也。

〔古〕ことならハさかすやハあらぬさくら花見る我さへにしつ心なき＊

＊ナシ……〔貫之〕❼

〔後〕ことならハ折つくしてん梅花わか待人のきても見なくに

【上55】

あへす　たへすの心也。不敢也。

〔古〕ちハやふる神のいかきにはふくすも秋にハあへすうつろひにけり

〔同〕＊秋風にあへすちりぬる紅葉ゝの行ゑさためぬ我そかなしき

＊同……ナシ⑥

【上56】

未来記五十首雨中吟等事

未来ニハ、道理のあるやうニて。道理なき事。雨中ニハ、當代の哥仙よみ出し侍る詞＊ニ庶幾し給ハぬ事なと侍り。

＊詞……心詞❼

【上57】

拾遺集連哥よみやうの事

流俗＊(ママ)　弥重とよめる＊と仰られ侍り。其てう字連哥、』一ゥこれに限らす、昔おほく侍るよし仰られき。為冨卿に尋侍りけれハ、やうありさうに申き。かさねて何となく尋さへ＊るへき物也。

＊(ママ)……空白ナシ②③④⑥❼　＊よめる……よめ❼　＊さへる……さくる②③⑤❼、さつ（「つ」ミセケチ）る④、申さる⑥

【上58】

和哥卅一字事

卅一字を仏の卅二相にたとへ、又ハ、和國の陀羅尼なと申候事、誠ニならひ侍るかのよし、君申入*侍る處ニ、さやうの義御存知なし。さりなから、哥人なとの仏事の表白なとに會尺し侍らハ、其興あるへし、と計被仰き。

＊入侍る……いれらるゝ❼

【上59】

ほに　あらハれたる心也。穂也。火也。炃*。

＊炃……帆②④⑥、帆也③⑤❼

〔古〕秋*の白《日歟》のほにこそ人を恋さらめなとか心にわすれしもせん

＊秋の白《日歟》の……秋の田の②⑤⑥❼、秋の日の③④

〔同〕秋風にこゑをほにあけてくる舟ハあまのとわたる鴈こそ有ける

見わたせハあかしのうらにたける火のほにこそ出めいもに恋し』 一二オ

＊ナシ……〔万〕❼　＊恋し……恋しも❼

【上60】

玉のを　三の心あり。一ハ、命をいふ。一ハ、しハしといふ詞也。一ハ、玉の緒也。

※鼇頭ニ「有良材」トアリ❼

〔古〕しぬる命いきもやすると心ミに玉のをはかりあハんといハなん

あふ事ハ玉のをハかりおもほえてつらき心のなかくミゆらん

あふ事ハ玉のをはかり名のたつハよしのゝ山のたきつせのこと

右、しハしの心也。

〔古〕かたいとをこなたかなたによりかけてあハすハ何を玉のをにせん

＊こなたかなた……かなたこなた②⑥

右、玉の緒也。心は命也。

〔新古〕玉のをよたえなハたえねなからへハしのふる事のよハりもそする

右、命也。

＊右命也……右命也式子内親王❼

【上61】

たまゆら　二の心侍り。一ハ、命。一ハ、しハしといふ心也。』一二ウ

※鼇頭ニ「有良材」トアリ❼

玉ゆらの露も涙もとゝまらすなき人こふるやとのあきかせ〔定家卿〕

【上62】

ゆらく　のふる心也。

＊ゆらく……玉ゆら❼

初春のはつねのけふの玉ハゝきてにとるからにゆらく玉のを

＊ナシ……〔古〕❼

【上63】

ゆらに　玉の聲也。日本記ニ玲瓏とかく。

手玉もゆらに、日本記。

〔愚草*〕七夕のてま*(ママ)もゆらにをるハたをおりしもならふ虫の哢哉〔定家卿〕

＊愚草……ナシ⑥❼　＊てまも……手玉も②③④⑤⑥❼

【上64】

閑院事

左大臣冬嗣公、号閑院候。京中其在所に、冬嗣公御所名候。其後、公実*也。九条右丞相末子候。此在所相傳候間、号閑院太政大臣。〔又謚号／仁義公〕仍、當時三条流公季公候。子孫候間、于今、号閑院黨也となん。』一三オ

＊公実……公季❼

【上65】

あめの御門の御事

あめの御門ハ、天智天皇御事にて侍り。〔愚意*不審。未決。〕

＊愚意……猶愚意❼

【上66】

三の友の事

白楽天の三のともといへるハ、琴酒*侍る也

＊琴酒侍る……琴詩酒②③⑥、琴酒詩④⑤、琴と酒と詩とは侍り❼

【上67】

有*二説哥事

＊二説……説❼

※鼇頭ニ「有良材」、末尾ニ〔良材云有二説歌共ゐ本歌用之事ト〕トアリ❼

〔古〕暁のしきの羽かき百羽かき君かこぬよハ我そかすかく

暁のしちのハしかき百羽かき君かこぬ夜ハ我そかすかく

思ひきやしちのはしかきかきつめて百夜も同し丸ねせんとハ

＊ナシ……〔千〕❼　＊ナシ……〔俊成〕❼

〔千五百番〕とにかくにうきかすかくや《ハ》我なれやしきのはねかきしちのハしかき*

＊ナシ……〔慈円〕❼

右、しちのハしかき、しきのはねかき、いつれも本哥に用へし。

すミわひぬ今ハかきりの山里に身をかくす《妻木こるへき》へき宿もとめてん』一三ウ

＊ナシ……〔古〕❼　＊ナシ……〔業平〕❼

今ハとて妻木こるへきやと松千代をハ君と猶いのるかな*

＊ナシ……〔俊成〕❼

すミわひて身をかくすへき山里にあまりくなまきよハの月哉

＊ナシ……〔千〕❼　＊ナシ……〔俊成〕❼

右、身をかくすへき、妻木こるへき、共ニ用へし。

〔後〕あふ事ハとを山とり《*すり(ママ)》かり衣きてハこるへきねをのミそなく*

＊とり《すり(ママ)》……鳥《すり》の②⑤⑥❼　＊ナシ……元安《(ママ)》御子❼

右、とを山すり、とを山とり、いつれも用へし。定家卿ハ、すりを猶可用之云ゝ。とを山とりハ、ねをのミそなく〳〵ニ事よれるにや。

浪まよりミゆるこしまのはまひさし《ひさき》久しく成ぬ君にあひミて

＊ナシ……〔万十二〕❼　＊ナシ……〔伊勢〕❼

右、ひさし、ひさき、よりきたるにしたかひ、皆本哥に用へし。此はまひさしの事、さま〳〵ニ申侍る*。皆、いたつら事とそ覚侍る。はまひさしハ、たゝ濱ニ*あるをいふ』一四オへし。とまひさしなといふかことし。定家卿、熊野御幸の御ともニまいりて、新宮三首の中に、*庭上冬菊といへる題にて、霜をかぬ南の海のはまひさし久しくのこる秋の白菊。此哥、はまの家の心ならねハ、題の庭の文字、落題ニなる也。所詮、定家卿哥をもて、ひさしに治定し侍るへき者なり。哥道にハ、定家ゝ隆の説を*用侍らすは、*傍若無人といつへしとなん。

＊侍る……侍り②③④⑤⑥❼　＊あるを……ある家を❼　＊庭上冬菊……庭上菊❼　＊用侍らすは……用侍らハ②⑥、用侍らすハかへりて❼　＊傍若無人……傍若無（「若」ノミ朱書）⑤

【上68】

さゝくまの事

八雲御抄に、たゝ篠の生たる所也。

【上69】

ひそくの事』一四ウ

茶碗を*は《イの》いへり。唐の代に、秘蔵して、秘色といへり。

※「は《イの》」左傍ニ「。」ニツアリ
＊をは《イの》……の《を歟》②③④⑤、を⑥❼

【上70】

しのく　顕昭云、侵す心也云〻。凌の字也。海をしのき、雲をしのくなといふも、心ハ同し。

〔古〕おく山のすかのねしのきふる雪のけぬとかいはん恋のしけきに

〔万〕＊いはせのに秋はきしのき駒なめて初とかりたにせてやかみなん

＊万……ナシ③

駒なへてハ、駒ならへて也。

【上71】

※項目名「一　三せ河事」アリ❼

〔後〕みつせ川わたり＊みさほもなかりけり何に衣をぬきてかく覧

＊わたり……わたる❼

三途川事、懸衣翁脱衣婆とて、おうちとうい＊とありて、罪人の衣をはく心也。

＊い……ハ②③④⑤⑥

【上72】

たわゝ　とをゝ、同。たわミたる心也。

※鼈頭ニ「良材ニアリ」トアリ❼

〔古〕おりて見ハ落そしぬへき秋ハきの枝もたハゝ《＊とをゝ》にをける白露』一五オ

＊たハゝ《とをゝ》……たハゝ⑥

【上73】

かりほ　二の心あり。一は、借庵也。一ハ、苅穂也。

※鼇頭ニ「有良材」トアリ❼

〔古〕山田もる秋のかりほにをく露ハ*いなおほと鳥《(ママ)》のなミた也けり

＊いなおほと鳥……いなおほせ鳥②③④⑤⑥❼

借庵也。

〔後〕秋の田のかほりのいほのとまをあらミ我衣ては露にぬれつゝ

苅穂也。

【上74】

*日《目》もはる　二の心あり。一ハ、草木の目のハる也。一ハ、目もはるか也。※「日《目》」、左傍ニ「ミ」アリ

＊日《目》……目②③④⑤⑥❼

〔古〕津の國のなにハのあしのめもハるにとをき我恋ひとしるらめや

なにハ江にしけれる蘆のめもはるにおほくの世をハ君ニとそ思ふ

右、草木のめもはる心也。

*むらさきの色こき時ハ*めもはるニ埜なる草木そわかれさりける』一五ウ

＊ナシ……〔古〕❼　＊めもはるニ埜なる草木そわかれさりける……ナシ⑥

右、目もはるかなる心也。貫之土佐日記ニ、松原目もはる〳〵なりと*かけると同也。此日記、御室ニ*于今ありとなん。

＊かけると……かけるも⑥　＊于今……今も❼

【上75】

いましはいまハといふ詞ニしもしをそへたる也

＊しもし……しもし《ハ》（「も」ミセケチ）④　＊そへたる……か《そ歟》へたる④

〔古〕今しハといひにし物をさゝかにの衣ニかゝり我をたのむる

【上76】

しつく　石なとの浪にゆられてあらハれかくるゝを云也

＊あらハれかくるゝ……あたれかくる❼

〔古〕水の面ニしつく花の文さやかにも君かみかけのおもほゆる哉

〔万〕藤浪のかけなる海の底きよミしつく石をも玉と我ミる

〔催馬楽〕かつらきの寺のまへなるやとよし《ら》の寺のにしなるやゑのはゐとしら玉しつくやましら玉しつくや

＊とよし《ら》の寺……とよしの寺②④、とよらの寺③⑤❼

【上77】

古寺月といふ題にて』一六オ

ふりにけるとよらの寺のえのはゐに猶白玉をのこす月かけ

《

【京①〔上〕】

一　貫之家叓

長明無名抄云、或人云、貫之か年比住ける家のあとハ、勘解由小路よりハ北、とミの小路よりハ東の用也。

【京②〔上〕】

一　業平中将家叓』二四オ（※京大本ニオケル丁数）

三條坊門《（ママ）》とりハ南、高倉より西、高倉おもてに、ちかくまて侍りき。柱なともつねにもにす、ちまきはしらと云物にて侍りとなん。》

【上78】

うたかた、二の心あり。一ハ、寧なと云やうなる詞也。一ハ、水泡也。

〔後〕思ひ川たえすなかるゝ水のあハのうたかた人にあハてきえめや

〔万〕*はなれそにはたてるむ《榁》ろの木うたかたも*人《（ママ）》しき年を過ニける哉

*万……万十五❼　*人しき……久しき②⑥❼

〔同〕*鶯のきなく山吹うたかたも君かてふれは花ちらんかも

*同……同十七❼

なかめする軒の忍の袖ぬれてうたかた人をしのはさらめや

右、うたかたハ、皆詞也。後撰哥ハ、水のあハニよせて、詞にとりなせる也。

【上79】

*おこりの落る詩哥也。

*おこりの落る詩哥也……一　おこりのおつる詩哥叓❼

杜子美詩ノ、手提髑髏血　又夜深經戦場寒月照白骨又三年笛裏関山月万國兵前草木風。』一六ウ

ほの〱と明石の浦のあさきり二しまかくれゆく舩をしそ思ふ*

＊ナシ……〔人丸〕❼

月やあらぬ春やむかしの春ならぬ我身ひとつハもとの身にして*

＊春やむかしの春ならぬ我身ひとつハもとの身にして……ナシ⑥　＊ナシ……〔業平〕❼

はちす葉のにこりにしまぬ心もて何かハ露を玉とあさむく

＊しまぬ心もて何かハ露を玉とあさむく……ナシ⑥

あさむくハ、いつハりすかしたる心也。欺也。

※以下【上80】マデ、底本他、項目区分ナシ。❼を参照シテ区分ス。

【上80】

※項目名「一　神のいかきもこえぬへしの叓」アリ❼

ちハやふる神のいかきもこえぬへし大宮人の見まくほしさに

此哥事、尋申侍らて、口惜侍り。愚意ニハ、わりなくしてもあひたきといふ心也。此哥事、孟子ニ見侍り。下帖ハ付

也。

＊愚意ニハわりなくしてもあひたきといふ心也此哥事孟子ニ見侍り下帖ハ付也……色葉と云物に一説侍れとも承引しかたく侍り愚意にもわりなくしてあひたきと云心也と推量侍り此哥事孟子を見侍りていさゝか覚悟儀侍り下帖に書付也❼　＊下帖ハ付也……下帖符之③⑤、下帖か付也⑥

【上81】

ゆたのたゆた　波にゆられたゆたふ心也。

〔古〕*いて我を人なとかめそ大舟のゆたのたゆたに物おもふころ*

＊古……古恋❼　＊ころ……比そ⑥❼

〔万〕我心ゆたのたゆたにうきぬなハへにもおきにもよりやかねまし』 一七オ

【上82】

いて　發語の詞也。乞の字也云〻。さてなといふ詞也。

〔古〕いて人ハことのみそよき月草のうつし心は色ことにして

いて我を人なとかめそ——

＊ナシ……〔同〕❼　＊——……見上❼

【上83】

このもかのも　此おもてかの面也。

※鼇頭ニ「有良材」トアリ❼

〔古〕つくハねのこのもかのもニかけハあれと君か御かけニますかけハなし

〔後〕山風のふきのまに〱紅葉ゝこのもかのもニちりぬへらなり

大井河の會、躬恒序ニかける時*、大井河このもかのもニ*かけり。源氏哥*、このもかのもの柴*ふるハ、人柴ふるい人とハ、いやしき人をいふ也。

＊时……ナシ❼　＊ニ……にと❼　＊哥……云②③④⑤⑥❼　＊ふるハ……ふる❼

【上84】

ほつえ　はつえ、同。末の枝也。一説、つほめる枝也云〻。

〔古〕* わかその〆梅のほつえに鶯のねになきぬへき恋もする哉』 一七ウ
＊古……古恋❼
【上85】
みつえの事、わか枝の事也。
谷にきく*梅ハ雪けのミつ枝哉　禅閤御發句也。
＊きく……さく③⑤⑥❼
【上86】
もす枝事
木のこすゑをいへり。
【上87】
雪もよ　又、雨もよ。もよハ、或説、催心也。又、夜の字歟*。
※鼇頭ニ「有良材」トアリ❼
＊歟……也❼
*月にたに待程おほく過ぬれハ雨もよにこしと*おもひ《（ママ）》ゆる哉
＊ナシ……〔後〕❼　＊おもひゆる……おもほゆる②③⑤⑥❼
*草も木もふりまかへたる雪もよに春待梅の花のかそする
＊ナシ……〔新〕❼
【上88】

をかたまの木　木の名也。
〔古〕*おく山にたつをかたまのゆふたすきかけて思ハぬ时のまそなき
＊古……ナシ❼
〔狭衣〕谷ふかミたつをたまきハ我なれや思ふ思ひのくちてやミぬる
山ふかミ日影にのこる白雪やたつをたまきの花にミゆらん〔*後嵯峨院／御哥〕』一八オ
＊後嵯峨院／御哥……ナシ②⑥
※❼、末尾ニ以下ノ注説アリ。「天照大神の御事なと申説侍也努〻不用之」。

【上89】

いをやすくぬる　又、いのねられぬ。又、*いやハねらるゝ。又、いこそ*ねられね。
＊いやハねらるゝ……いのねられぬいのねらるゝ❼　＊ねられね……ねられぬ⑥
〔新古〕时鳥一聲なきていぬるよハいかてか人のいをやすくぬる〔家持〕
〔拾遺〕时鳥いたくなゝきそひとりねていのねられぬハきけハくるしも
〔同〕君こふる涙のかゝるよひのまハ心とけたるいやハねらるゝ
*手もふれて月日へにけるしらま弓まさおきふしよるハいこそねられね
已上、いの字*、皆、いねの心也。あさいせられすも、あさね也。いき*たなきも、ねきたなき也。
＊ナシ……〔古〕❼
＊字……字ハ❼　＊き……き《キ》（「キ」ニ朱ニテ濁点アリ）⑤

【上90】

山万歳を呼事

漢武帝、至中岳聞若呼万歳者三。

【上91】

浪の名事』一八ウ

おなミ、さ浪、*さゝら浪、よこ浪、はまならし、なこり、*ハたのて、*うつし。又、四月たつを、う浪といゝ、五月ニたつを、*さ浪ともいふ。

*さゝら浪……さゝなミ❼　*ハたのて……はうのて❼　*うつし……かへし❼　*を……をハ⑤

【上92】

人丸はかの事

大和國はつせへ*まいる道也。*人丸はかある也。哥つか*といへり。

*まいる……詣❼　*人丸はかある也……人丸かはかあり❼　*と……とも❼

【上93】

貫之はかの事

大津に侍り。今は神ニ成て侍る。か*のあり。

*の……社②③⑤⑥❼、の《社》（「の」ミセケチ）④

【上94】

蟬丸事

相坂の關の明神と申ハ、昔、蟬丸也。敦實親王の雜色也。

【上95】

猿丸大夫はかの事

田上の下ニ、そつといふ所あり。そこに*猿丸大夫はか侍り。』一九オ

＊猿丸大夫……ナシ❼

【上96】

くろぬしか事

志賀郡ニ、大道よりすこし入て、山きハニ、黒主明神と申神います。昔の黒主か神となりたる也。

【上97】

㐂撰かすみかの事

御室戸のおくニ、廿余町はかり山中へ入て、宇治山の㐂撰かすみかあり。今ニ石すへはかり侍るとなん。

【上98】

あさなゆふな、二の心あり。一ハ、たゝ朝夕。一ハ、朝の食物夕食物也。

*いせのあまのあさな夕なにかつくてふみるめに人をあくよしもかな

＊ナシ……〔古〕③❼

【上99】

あさけ、二の心あり。一ハ、あさけハ朝の食物也。一ハ、たゝ朝をいふ也。』一九ウ

【上100】

〔拾〕秋立ていく日もあらぬにこのねぬるあさけの風ハたもと涼しも

　しつハた　みたれたる心也。

〔後〕しつハたニへ*つつ（ママ）る程也しらいとのたえぬる身をハおもハさらなん

　＊へつつる……へつる②③⑥❼、へつくる⑤

【上101】

　あたらよ　おしき夜也。*恡夜と*かく。又、新夜ともかく。

　＊恡夜……悕衣②、悕夜⑥　＊かく……書也❼

〔後〕あたら夜の月と花とを同しくハあハれしれらん人にミせはや

【上102】

　事そともなく、*何事もいゝ出たる事もなく、ハやくあけぬる心也。

　＊何事も……何事を❼

秋のよ*ハ名のミ也けりあふといへハ事そともなく明ぬるものを

　＊よハ……夜も❼

【上103】

はたれ　またら也。雪の*斑にふれる也。又ハ、はたれと計、雪をも*いふ也。

　＊斑……斑《またら》②　＊いふ也……云❼

さゝの葉にはたれふりおほひけなハかも恋んと*いかゝましておもハん』二〇オ

　＊いかゝ……いはゝ❼

【上104】

いとなかる　いとまなかるらん也。

〔古〕あハれともうしとも物を思ふ時なとか涙のいとなかるらむ

〔同〕日くらしのこゑもいとなくきこゆるハ秋夕くれになれハなりけり

〔後〕春の池の玉もにあそふ鴎鳥のあしのいとなき恋もする哉

【上105】

あまのまてかた　まては、蛤也。沙中ニありて、其かたの見ゆるを云也。あまのこれをさし取を、いとまなき事*にいふ也。

＊事にいふ也……事にや③、事にいふ⑥

〔後〕いせの海のあまのまてかたいとまなミなからへニける身をそ恨る

【上106】

めさし　二の意あり。一ハ、あまのいさりする時、物入る籠をいふ。一ハ、めのわらはの名也。

※鼇頭ニ「良材ニアリ」トアリ❼

〔古〕こよろきの磯立ならしいそなつむめさしぬらすなたき*(ママ)におれなミ』二〇ウ

＊たき……おき②③④⑤⑥

*竹川のはしのつめなる花そのゝ我をハはなてめさしたくへて

＊ナシ……〔催馬楽〕❼

【上107】

たらちね　父母の通号也。

※鼇頭ニ「良材ニアリ」トアリ❼

〔古母也〕* たらちねのをやのまもりとあひそふる心はかりハをきなとゝめそ

＊古母也……古❼

〔父也〕* たらちねハかゝれとてしもうハ玉の我くろかミをなてすやありけん*

＊父也……ナシ❼　＊ナシ……〔遍昭〕❼

【上108】

いと竹事

ふき物をハ、皆笛といへり。ひく物をハ、皆こと*ゝいへり。但、其物にしたかひて、取あハせあひかハるへし。

＊こと……糸❼

【上109】

男をつまといふ哥

〔万〕とをつ人まつらさよひめつま恋にひれふりしよりおへる山のな

〔古〕春日野ハけふハなやきそ若草のつまもこもれり我もこもれり

〔後〕* から衣かけてたのまぬ时そなき人のつまとハおもふ物から』二一オ

＊後……ナシ⑥❼

【上110】

わきもこわかせこ夫婦ニ通する事

※鼇頭ニ「良材ニアリ」トアリ❼

〔古夫也〕わかせこか衣春雨ふることに埜へのみとりそ色まさりける
〔後妻也〕我せこに見せんと思ひし梅の花それとも見えす雪のふれゝハ
〔万女也〕わきもこか打たれかミをさる澤の池の玉もに見るそかなしき　*人丸
　＊人丸……ナシ❼
〔*古妻也〕わかせこか衣のすそを吹かへしうらめつらしき秋のはつ風
　＊古妻也……ナシ②⑥、古❼
　うらめつらしきハ、心めつらしき也。
（*以下空白）』二二ウ
　＊（以下空白）……同ジク（以下空白）②③④⑤⑥

《

【京③〔上〕】
紡車《ヲタマキ》（左傍ニ「ツムク」トアリ）
一《右下同》　しつのをた巻　二の心在。一ハ、苧《を》をうミたるへ（右傍ニ「綜《ヘル》」トアリ）そをいふなり。一ハ、たゝいやしき人
を。
〔古〕いにしへのしつのをた巻いやしきもよきもさかりハありし物也
　これハ、へそによミて、いやしきにつゝけたる也。』三二オ（※以下京大本ニオケル丁数）
〔詞花〕一たひハおもひこりにし世中をいかゝハすへきしつのをた巻　公任

をた巻ハあさけのまひきわかことや心のうちに物やおもひし　好忠

　これハ、いやしき物をいふ也。

はつ瀬めのならす夕の山風に秋にハたへねしつのをたまき　定家

【京④〔上〕】

一　ほと〳〵しく　二の心あり

〔拾〕なけきこる人いる山のをのゝえのほと〳〵しくもなりにけるかな

ほと〳〵しきハ、うと〳〵しき心也。後撰才十七詞云、人のもとより、久しう心地煩て、ほと〳〵しくなん』三二ウありつると云て待けれハ

宮つくるひたのたくミのてをのをとほと〳〵しかる目をも見る哉

　これは、おとろ〳〵しき心也。此哥の詞に、其心見えたり。ひたのたくミとハ、番匠の惣名なるへし。

【京⑤〔上〕】

一　合《カツ》浦珠叓

合浦と云所ハ、海浦の邊也。珠を浦より取て、米銭にかへて、世を渡る所也。かの所へ、悪逆無道の人、太守に成て、年貢の外に、珠を取。民を貪るほとに、』三三オ珠もうせ、百姓も失る也。ある時に、孟嘗と云者あり。名ハ伯周と云。廉直にして、正直なる人也。彼、合浦の太守になりてうつる時、珠ももとのことくに出来、民も立かへりて、其所も豊になる。これそ、合浦珠去復還ると云也。當時もあしき地頭なんともありては、ところもあする物也。山より出るをハ、玉の字を書也。海より出るをハ、珠の字を書也。伯周より猶久しき世に、孟嘗君と云人あり。名を田文といへり。』三三ウ別人なり。まきらかすへからす。晋の織錦同（回歟）（左傍ニ「。」アリ）文詩叓代（「代」鼇頭ニ

「賨陥《トウカン》晋。」トアリ）に、賨陥と云人、流沙と云所へ、徒にやらるゝ。歳月を送れとも、かへされす。其妻蘓氏なり。名は惹（?）（「惹」ニ「蕙」ト注記アリ）、字ハ若蘭と云者也。其夫をおもひ慕て、錦（「錦」鼇頭ニ「詩ハ二百余首也」トアリ）織て、八百字（「百」ト「字」ノ間ニ割ツテ「イニ四十」トアリ）の詩を紋にをり付て、縦横《タテヨコ》字を（「を」鼇頭ニ「。トチカラモ讀ヤウニ作リタツサテ回文ト云ソ」トアリ）大小に、色〻《ノ》絲を以て織て、其詞あはれに面白して、賨陥か方へ使の文を送る也。千歳の後まて名誉也。先年、千首歌、寄錦恋と云題にて、』三四オ 愚詠

君かためをりいたすなるからにしきおもふ心をたてぬきにして

あまるにたゝすや。

【京⑥〔上〕】

一 仲平か㕝

平《ノ》定文《フン》、女《ヲツチ》ことに心さしあり。氣色を見えんとて、硯の瓶に水入てもちて、目をぬらして、なくよしをしけり。女心得て、墨をすりて入けるをしらすして、例の様に顔に付てかへりたるを見て、女よミける』三四ウ

我にこそつらさハ君か見すれとも人にすミつくかほのけしきよ

宇治大納言物語にもあり。大和物語にもあり。偽恋なとに、此心を取て天蘭《了簡歟》すへき者也。

【京⑦〔上〕】

一 月の名の㕝

三日月 弓張月〔七日八日をハ、上《カミ》の弓張月と云。／廿二日三日をハ、下《シモ》の弓張月と云。〕夕月夜夕月日《ツクイ》〔月首也。〕朝月日《ツクイ》〔月末也。〕もち月〔十五日／の月也。〕いさよひ〔十六日也。又、いさよふ／月とも云。両説有事也。〕十七日の月をハ立まち、十八日の月をは居待といふ。十九日の月をハ、ふし待とも、ねまちともいふなり。廿日の月』

三五オをハ、たゝ、廿日の月と云あるハ、山のはつかなと、哥によめり。廿日已後ハ、ミな、在明月と云。久方とハかりも、月を云也。

　久かたの中なる川のうかひ舟いかに契てやミを待らん〔定家〕

本歌ハ、古今集の哥《うた》なるへし。

【京⑧〔上〕】

一　なきさの

汀《テイ》の字の心ハ、水際《キハ》也。哥にハ、なきさとよめり。又、寒汀鷺《ニ》立と云本文の心ハ、源氏にハ、汀をすさきと書也。たとへハ、同所を事によりて、用かへるなるへし。』三五ウ

【京⑨〔上〕】

一　あふひ《フイ》の事〔鴨《カ》名所也。神山《カミ》〔鴨山也〕。二葉葵ト讀也。〕

もろかつらとも、もろ葉草ともいふ。影さすかたの哥ハ、からあふひの日の、さすかたふくをよめり。別の物なるを、一に用侍る也。

〔千〕あふひ草てる日ハ神の心かハ影さす方に先なひくらん〔基俊〕

神山《鴨也》やいつからあふひ引たかへ日影になひく名をのこしけん〔太閤御歌〕

　又、御發句、こまの日ハ露にかたふくあひかな〔同〕

【京⑩〔上〕】

一　あやめの叓』三六オ

あやめ草とも、さうふとも、花さうふともいへり。

桜ちるやとをかされるあやめをハ花さうふとやいふへかるらん〔西行〕

【京⑪〔上〕】

一　まこもの㕝　みこも、すかこもなといふ。

みちのくのとふ《フ》の菅こも七ふにハ君をねさせてミふにわかねん

十ふに両説あり。一ふハ郡の名、又、十ふにあミたりと云儀あり。

【京⑫〔上〕】

一　盧橘㕝

たちまもりといひし人、花橘を常世《トコヨ》の國よりもてこし也。これを、ときしくのかくのミといへり。』三六ウ

〔古〕さ月まつ花橘の香をかけハむかしの人の袖のかそする

〔万〕橘ハみさへ花さへその葉さへ枝に霜をけましときハかにして

ことしより花さきそむるたち花のいかて昔のかにゝほふらん〔家隆〕

【京⑬〔上〕】

一　まきの㕝

まきはしらなといふハ、真木也。まきの葉なと云ハ、木の名也。寄槙恋にて、まきはしらなとよめる歌あり。これハあやまりにて侍り、となん。真木と書て、ひやくしんとならひにてよめる事もあり。』三七オ

【京⑭〔上〕】

一　さかき《榊》の㕝

まさかきといふ。伊勢にハ、玉くしの葉といふとなん。

【京⑮〔上〕】

一　みかくれ　古今哥ハ、水隠也。俊頼朝臣、これを、見えかくるゝ心に、はしめてよミ出したる也。

〔古〕川の瀬になひく玉ものミかくれて人にしられぬ恋もするかな

とへかしな玉くしの葉にみかくれて鵙《モス》の草くき（ママ）ひちなちすとも〔俊頼〕

俊頼朝臣の哥を、本哥に准へしと云輩も侍り。

【京⑯〔上〕】

一　うかれめの事』三七ウ

うかれめ、うかれ妻とも云。海河のほとりの遊女を、流《ナカレ》の君といふ。朗詠云、遊女哥

しら波のよすかなきさに世をすくすあまの子なれハ宿もさためす

あまの子を、遊めの哥に用られ侍る事、公任卿のさたなれハ、如何子細あるへき事、六百番判にくハしく見え侍り。

【京⑰〔上〕】

一　野宮叓

いつきの宮とハ、伊勢の斎宮をも、賀茂の斎院をも、』三八オともに申事也。野宮と云事も、斎院斎宮のまします所をハ、ミな野宮と云。斎院ハ、むらさきの。斎宮ハ、ありす川に、その所在。斎宮ハ、九月に西川にて御祓《ミソキ》し給て、伊勢へくたり給ふ。斎院ハ、四月に、東川にて御禊ありて、賀茂に参し給ふ。源氏さか木にいへるハ、斎宮の野宮と心得へき也。

【京⑱〔上〕】

一　河社叓

川の岩瀬におちたきるをとたかく、白波ミなきりて、太鼓なとの様にきこゆる所也。』三八ウ

川やしろしのにをりはへほす衣いかにほせはか七日ひさらん

行水の上にいはへる川社いはなミたかくあそふなるかな

右二首、貫之集より出たる。かの哥、新古今集に、夏神楽すると云詞あり。

五月雨の雲まもなきを河社いかに衣をしのにほすらん

五月雨ハ岩なミあらふきふね川かハやしろとハこれにそ有ける

右二首、俊成卿哥也。

河やしろ秋をあすそとおもへはや浪のしめゆふ風のすゝしさ』三九オ

右、匡房卿哥。

恋衣いつかひかへき川社しるしもなミにいとゝしほれて

右六百番、寄衣恋、顕昭哥。これハ、夏神楽の事を詠せる也。しのといふ詞ハ、つゐになといへる詞と同也。夏神楽の説云、篠をたなにかきて、神供をそなふる也。衣ハ、ぬれ衣事をいふと云ゝ。俊成卿ハ、七日ひぬ衣といふハ、瀧のをたとへたり。龍門の瀧を、伊勢かなに山ひめの布さらすらん』三九ウと云やうなる事也。

【京⑲〔上〕】

一　もとくたちゆく叓、本のかたふきたる也。

〔古〕さゝの葉にふりつ雪のうれをおもミもとくたち行わかさかりかも

〔万〕夜くたちにね覚てをれる河をとめ心もしのになく千鳥哉

夜くたちハ、夜の更行をかたふくと云。

【京⑳〔上〕】

一　すさむ　定家卿云、すさふと云詞、古人不《ル》好《ニ》詠《ト》云〻。

〔新〕窓ちかき竹の葉すさむ風のをとにいとゝみしかき夏の夜の夢

〔同〕松にはふまさの葉かつら散にけり外山の秋ハ風すさむらん〔西行〕』四〇オ

おもひ侘うちぬるよひもありなまし吹《フキ》たにすさめ庭の松風〔後京〕

誰住てあはれしるらん山里の雨ふりすさむ夕暮の空〔西行〕

【京㉑〔上〕】

一　かハす　定家卿云、枝かハすなとハ、不立耳。

〔古〕しら雲にはねうちかハし飛鴈の数さへ見ゆる秋の夜の月

おもひくまなくてもとしのへぬるかな物いひかハせ秋の夜の月

後撰ホ十一詞云、人にいひかハし侍る云〻。

【京㉒〔上〕】

一　すさむの哀、すさむるハ、愛する也。世俗につかふにハ、替也。故ニ、すさめぬハ、不愛也。』四〇ウ

〔古〕山たかミ《里とをミ》人もすさめぬさくら《山さくら》花ものなおもひそ《いたくなわひそイ》われみはやさん

〔同〕大あらきの森の下草おいぬれハ駒もすさめすかる人もなし

能宣集、人の扇に大あらきのかた書て侍に哥よミてと侍れは

夏くれハこりすまに生る大あらきの森の下草かひあらなくに

【京㉓〔上〕】
一 そとをり姫の叓
允恭天皇の妾也。後玉津嶋明神とあらハれ給ふ。
【京㉔〔上〕】
一 恋せらるはた ハたは、將也、當也。』四一オ
郭公初こゑきけはあちきなくぬしさたまらぬ恋せらるはた
【京㉕〔上〕】
一 ことのしけき 口舌かましく、むつかしき事をいふ。
〔古〕梓弓引のゝつゝら末つゐにわかおもふ人にことのしけゝ《ケ》ん
里人のことハ夏のゝしけくともかれ行君にあはさらめや（ママ）
夏引のてびきのいとをくり返しことしけくともたえんとおもふな
【京㉖〔上〕】
一 しかすか さすかにといふ詞也。
〔拾〕うちきらし雪ハふりつゝしかすかに我家の薗に鶯そなく
うちきらしハ、空のかきくらすをいふ。たなきりあひ、』四一ウあまきりて、同心也。草も木もしけりたる所を、
そのとハいふなり。
【京㉗〔上〕】
一 都の手ふり ミやこのふるまひなり。

あまさかるひなに五とせすまゐして都のてふりわすられにけり〔山上憶良〕
　あまさかる、筑前國の名所也。
（以下空白）』四二オ
（空白）』四二ウ》

柿本傭材抄中*
＊中……下❼
【中111】
　六義事
毛詩云、詩有六義、一曰風、二曰賦、三曰比、四曰興、五曰雅、六曰頌。詩の六義ハ、風雅頌を三經となつけ、賦比興をハ三律といふ。きぬ布にたてぬきのあるかことし。風雅頌ハ部分の名也。賦比興ハ制作の躰なり。風ハ、民*庶ノ作民の口すさみの詩なり。十五國の風あり。雅ハ、朝廷の楽。頌ハ、宗廟之楽也。か様に、三にわけて、風にも頌にも、賦比興の躰を、おの〱そなへたる也。賦の躰ハ、物のたとへもせすして、ちきにその事をのへたる詩也。比の躰ハ、物ニならへてなすらへたる也。』二二オ花を雪といひ、月を雪*といひ、君のめくミを雨露にたとへ、徳の光を月日によそへたるかことし。興ハ、万物によせて、下にいひたき事をいへり。鳥獣草木に興をおこせる也。賦とをかねたる躰也。風雅頌、いつれにもこの三躰あるかゆへに、ぬきにたとへる也。ぬきハたてに、こと〱くある故也。
＊民庶……民廣❼　＊雪……霜❼

文選六義ハ、毛詩六義にかハりて、賦といふをも、風賦月賦なといひて、惣名にとれる也。賦の詞の中に、比も興もある也。*和哥の六義も、文選にならへる也。

＊和哥の六義も文選にならへる也……ナシ❼

貫*之六義

＊貫之六義……ナシ❼

風　なにはつの哥*』二三ウ

＊「哥」右傍に「に咲や此花冬こもり今を春へと咲や此花」と注記あり❼

字面にハ、たとへはかりをいひて、たとふる事をあらハさゝる躰なり。そへうたとなつく。たとふる事を、たとへにそへたるをいふ。

賦　さく花に*

＊「に」右傍に「おもひつく身のあちきなさ身にいたつきのぬるもしらすて」と注記あり❼

おもふ事を、ありのまゝかそへ*ありたる（ママ）也。つよく花に心をしめて、身の辛労をもわすれたるといふ也。

＊ありたる……あけたる②③⑤⑥❼

比　君にけさ*

＊「さ」右傍に「朝の霜のおきていなハ恋しきことにきえや渡らん」と注記あり❼

これハ、一切物になすらへていへり。霜をわか身になして、をきていなハといひ、き*ゝやわたらんといへり。物と我とを、一にいひなせる躰也。

＊きゝや……きえや②③④❼

興　我恋ハよむとも』二三オ
これハ、一切の物をそハに置て、おもふ事にならへていへる也。はまのまさこの数のおほきを、我恋のよむともつきすましきにたとへたる也。これハ、物と我とを二に見せたる也。
雅　いつわりの*
＊いつわりの……いつはりの（改行）これハ大かた賦の躰ににたりさりなから雅はまことしき事にいへる也賦ハ花鳥風月のいたつら事にもいへる也③⑤❼
頌　此殿ハ
これハ*、大かた、賦の躰にゝたり。さりなから、雅ハ、まことしき事にいへる也。賦ハ、花鳥風月のいたつら事にもいへる也。これハ、一かうに祝言をよめる也。
＊これハ大かた賦の躰にゝたりさりなから雅ハまことしき事にいへる也……ナシ②④⑥
古注六義　大納言公任卿、古注をハかけり*。
＊かけり……かけり貫之説に同❼
風*　なにはつの哥
貫之説に同。』二三ウ
＊風〜貫之説に同……ナシ❼
賦　いつはりのなき世なりせハの哥〔貫之か雅の哥を、古注ニハ賦に／かなへりと云。〕
此も、おもふ事をありのまゝにいふ。されとも、賦ハ、なをねかひ事なとのやうに、はかなき事にいふ也。
比　たらちねのをやのかふこのまゆこりいふせくもあるかいもにあすて*（ママ）

＊あすて……あハすて②③⑤、あ。《ハ》すて④、あハずて❼

一切物に比していふ。かふこのいふせきを、我恋のいふせきになすらへていへり。

興　すまのあまのしほやく煙風をいたみおもハぬ方にたな引にけり

これも、風のことく、字面にたとふる所の事をいはすして、たとへはかりをよめる也。但、風ハ、大義の事にいふ。

興ハ、恋なとのいたつら事にもよめる也

雅　山桜あくまて色を見つるかな花ちるへくも風ふかぬ世に』二四オ

これハ、賦に似たり。されと、雅ハ、現量の事にいへり。賦＊ハ、現量の事にいへり。賦ハ、比量なとの躰也。ねかひ事のいたつら事也。

＊賦ハ現量の事にいへり……ナシ❼

頌　春日野〻わかなつミつ〻万代をいはふ心ハ神そしるらん

頌ハ、世をほめて神につくるよし、毛詩ニも申侍るゆへに、祝言なから、神祇によせたるを、いはひ哥にとれる也。

＊おほか《よ歟》そ、六くさにわかれむ事ハ、えあるましき事になん。

＊おほか《よ歟》そ……おほよそ②③⑤⑥❼、おほこ《よ》そ（「こ」ミセケチ）④

此古注、二の心あり。わかれむハ、はなれむなり。六義にはなれてハ、哥の躰あるましき心なり。又、わかれんハ、分別の心なり。六義のすかたをよく分別せん事ハ、かたかるへきよし也＊。大槩、愚案をもてしるし侍り。なを不審おほし。

＊よし也……よし也貫之か六義古注の六義其因たる所大にかハれり②③④⑤⑥❼

今案』二四ウ

郭公なくや五月のあやめ草あやめもしらぬ恋もするかな

貫之六義によらハ、興の躰也。あやめ草あやめもしらぬと*いへり。あやめによせて、恋の心をいへり。古注六義によらハ、比也。をやのかふこのまゆこもりの躰に同しき也。

＊いへり……いへる⑤❼

しら浪の跡なき方行舟も風そたよりのしるへなりけり

貫之六義ならハ、興也。舟を我身にたとへていへり。たゝし、たとへハかりをあらハして、たとふる事をいハす。詞にハあらハさねと、舩と我とを二に*見せたり故（ママ）なり。古注六義ならハ、*これも興也。すまのあまのしほやく煙とおなし躰也。たとふる事を*かくしよめる故也。貫之六義にも、須广のあまの哥、興なり。たゝし、*たとへたる躰にたとふる事』二五オを、うらおもてにいへり。おもてあれハ、かならすうらある故也。

＊見せたり……見せたる②③④⑤⑥❼　＊これ……それ❼　＊かくし……かくして②③④⑤⑥❼　＊たとへたる……たとへる❼

【中112】

一　かてに　かつ〳〵也。

〔古〕淡雪のたまれハかてにくたけつゝ我物おもひのしけき比かな

【中113】

一　人やり　〔人のやるをいふ。人やりならすといふ詞も、心からする事／をいふなり。〕

〔古〕人やりの路ならなくに大かたハいきうしといひていさかへりなん

【中114】

一　みつし所
御厨子所ハ、御膳なと調進之所を*いふ也。
＊いふ也……いへり❼
【中115】
*（ママ）あしまよふえ
＊……（ママ）一③⑤❼
〔後〕にこりゆく水にハ影の見えハこそあしまよふえ*《笛也》をと〻めても見め
＊ふえ《笛也》……ふえ⑥
*笛とかくしてよみて候。あしまよふ江とは、蘆の多生たる江にて、つねに哥によむ詞にて候。』一二五ウ
＊笛と……笛を❼
【中116】
〔後〕瀧津せのうつまきことにとめられと猶尋くる世のうきめかな
〔拾〕河の瀬のうつまく見れハ玉もかるちりみたれたるかはの舟*かも
＊かも……哉❼
うつまき、うつまく、同事に侍り。瀧波のあらき事をいふニや。
【中117】
〔後〕ちりにたつ我名きよめんも〻しきの人の心をまくらともかな
塵にたつ名ハ、そらにたつ名也。古今、*塵ならぬ名の空にたつらんと*よめるにおなし。人の心をまくらともかなハ、

枕ハおもふ事をしるゆへに、かくよめり。

＊塵……君⑥　＊よめるに……よめり❼

【中118】

〔後〕涙のミしる身のうさをかたるへくなけく心をまくらに*もかな

＊にも……とも《にイ》❼

これも上と*おなし。人の心をまくらハしるよし也。

＊と……を《に》（「を」ミセケチ）④

【中119】

〔後〕ともすれハたまにくらへしますかゝみ人のたからと見るそかなしき

玉ハ、ほむる心なり。ますかゝミハ、女にたとへたる也。玉のことく』二六オ思し女を、人にとられたる心也。

【中120】

一　春宮に、なると*ゝいふとのもとに、女と物いひけるに、おやの戸をさして、たてゝいりにけれハ、又のあしたに

つかハしける。

＊なるとゝいふ……なるといふ④

*春宮の御所に、戸のなるかありしゆへ、なる戸といへるにや。

＊春宮の御所に戸のなるかありしゆへなる戸といへるにや……ナシ❼

なるとよりさしいたされし舟よりも我そよるへもなきこゝちせし

なるとハ、名所によせたり。よるへもなきハ、たのむ縁なきなり。

【中121】

〔古〕よるへなみ身をこそとをくへたてつれ心ハ君かかけとなりにき

かすならぬ身ハうき草になりならんつれなき人によるへしられし。

〔源氏幻巻　賀茂祭の日〕されこそハよるへの水にミ草ゐめけふのかさしの名さへわするゝ

*月かけハさしにけらしな神かきのよるへの水につらゝゐるまて

＊前行に詞書として「嘉應住吉社哥合に清輔」とアリ❼

清輔説、*よる人《（ママ）》の水ハ、社頭に神水とて瓶にいれたる水』二六ウをいふと云々。定家卿説ハ、よるへハ、縁也。たよりの水ハ、神社にかきるへからす。古今哥、よるへなミ身をこそとをくへたてつれ云々。このよるへ、おなしきよし、僻案抄にのせられ侍り。但、源氏哥賀茂の祭の日なれハ、神社のかたへもかよひ侍るへきにや。

＊よる人の水……よるへの水②③④⑤⑥❼

【中122】

〔後〕誰となくかゝるおほみにふかゝらん色をときハにいかゝたのまむ

大忌《オホミ》小忌《オミ》とて、五節の時きるうへのきぬあり。大忌とハ、その中、神事にしたかハぬ人の衣をいふなり。小忌ハ、*あゆすりの斎服也。

＊あゆすり……あやすり❼

【中123】

一　まちしりの君

左京町といふ小路の末をいふ。今代に、町尻といふ也。*二条』二七オ以南ハ、町尻と云。二条以上ハ、町口也。

＊也……へし⑥

【中124】

〔後〕事の葉ゝなけなる物といひなからおもハぬためハ君もしるらん

なけなるハ、無き心なり。なけのなさけなとゝも。ないかしろのなさけ也。

＊無き……此❼　＊なとゝも……なとも②③④⑤⑥❼

【中125】

〔後〕ほの見てもめなれにけりときくからにふしかへりこそしなまほしけれ

＊ほの見ても……なのみても③

ふしかへり、ふしまろひといふ心なり。

【中126】

〔後〕いなせともいひはなたれすうき物ハ身をい（ママ）ともせぬ世なりけり

＊いともせぬ……心ともせぬ③④⑤❼

いなせ、いなハ、いやといふ心。せハ、諾する心也。領状する心なり。

【中127】

やれハをしやらねハ人に見えぬへしなく〳〵も猶かへすまされり

ぬしにその文をかへすハよからん心なり。

【中128】

たゝちともたのまさらなん身にちかき衣の関もありといふ也』二七ウ

直路也。夢のたゝちなとともよめり。

【中129】

武蔵野ハ袖ひつ許わけしかとわかむらさきハたつねわひにき

ひつは、ぬるゝ心なり。露にぬるゝ也

【中130】

一なつき　*名簿也。

＊名簿也……名簿也　文籍《モンシヤクノ》事也❼

【中131】

一くらへかたく　こらへかたき心なり。

※❼、この項目、ナシ。

【中132】

一こうしせられ侍ける　考辞也。責勘せらるゝ心なり。

【中133】

〔後〕身のうきをしれはゝしたになりぬへみおもひハむねのこかれのミする

はした、半也。とちたらすになる心也。

【中134】

〔古〕木にもあらす草にもあらぬ竹のよのハしに我身ハなりぬへら也

*はしは、はした也。竹のよのきれをいへり。

＊はしは〜いへり……ナシ❼

【中135】

一御ときのおろし　御时の御飯のおろし也。わけの事也。』二八オ

【中136】

今ハとて秋はてられし身なれともきりたち人をえやハわするゝ

きりたち人を、一説、へたてたる人といふ。八雲御抄に有。一説云、きり〳〵とわすれぬ＊と（ママ）心也。

＊と心也……と云心也⑥❼

【中137】

一うた繪　哥の心を繪にかく＊歟。

＊歟……也❼

【中138】

一にひいろ＊御いて　にひいろ＊ハ、＊御いてとハ、きぬのきれをいふなり。

＊御いて……さいて❼　＊ハ……ハ《の》⑤　＊御いてとハ……さいてとハ❼

【中139】

〔續後撰〕そのかみの＊いもみの庭にあまれりし草のむしろにけふやしくらん

＊いもみ……いもゐ②③④⑤⑥❼

天台大師忌日、慈恵大僧正詠哥也。止観曰、雪山大士、絶跡深洞、不渉人間。結草蓆、被鹿皮衣。

【中140】

〔古〕桜花とくちりぬともおもほえす*

※コノ行、一段トシテ独立セシムルベキ歟。

*ナシ……〔下句／人の心そ風もふきあへぬ／桜のことゝくちる物ハなしと／人のいひけれハよめる〕❼

文集云、大行《カウ》之路能摧《クタク》車。若比二人心一是安*流ト云心也。

*安流……安❼

人心うしともいはし昔より車をくたくみちにたとへん〔後*鳥羽院御製〕』二八ウ

*後鳥羽院御製……ナシ⑥

【中141】

一〔古〕ならのいその神寺、布留といふ所にあり。寺号はなき也。

【中142】

一〔古〕*綾綺殿　大内の殿の名にて侍り。

*古……ナシ❼

【中143】

一〔古〕おほきみのおろし*ときこえに、御けうとうの事*也。きこえには、奏したる心なり。奏して、かめをたてまつりて、供御のおろしをたまハらんと申したるにて候。

*おろしと……おろし⑥　*「事也」の右傍に「させのけうたう菜ノけうたうとてあまりてすつるした(?)(?)」と注記あり❼

〔古〕玉たれのこかめやいつらこよろきのいその浪わけおきに出にけり

かめに玉のたれたるかたのあるをいふといへり。俊成卿、かめのたまたるゝ事にて候。たゞ、玉垂の鉤といハんと
て、こかめとつゝけたる＊にてもありなんと云ゝ。玉たれハ、簾をいふなり。万葉にハ、玉たれのこす野ともよめり。
　＊にてもありなん……にてあり❼

【中144】

一拾遺集、花山院御自撰也。漸ゝ御撰集候歟。奏覧なとの儀、』二九オ無之候。拾遺抄ハ、公任卿作にて侍りとなん。

【中145】

ふしつけしよとの渡をけさ見れは＊とけんこもなく氷しにけり
　＊とけん……とて《けイ》ん⑥
冬、川に魚とるとて、木の枝なとひたす事也。ふしとハ、柴をいふなり。まふしさすなとも、哥によめり。

【中146】

一　藤氏のうふ屋にまかりて　たれともしらす候。藤氏の人＊にても、貴所と覚え候。いかにも忠仁公の子孫中にてあ
　るへく候。
　＊人にても……人にて候③
ふた葉より＊このもしきかな春日山こたかき松のたねそとおもへハ（ママ）
　＊このもしき……たのもしき②③④⑤⑥❼
春日山木たかき種ハ、摂政《＊家》の人の産所たるへし。

【中147】

　＊摂政《家》……摂家④⑤⑥❼

一かにひの花　かんひと申草花に*。むとはねたる字をハ、にと物の名によみ候。
＊に……候②⑤❼
【中148】
一けにこし　牽*牛子。　あさかほのみ薬也。』二九ウ
＊牽牛子……牽牛子《ケンコシ》④⑤
【中149】
一きさの木　木の名にて候。
いかりゐの石をくゝみてかミこしハきさのきにこそおとらさりけれ
いかれるいのしゝ也。石を口にてかミくたく也。さうのきハにも*おとらぬと也。きさの木、象の牙、さうのきハ也。
＊おとらぬ……おとらす❼
【中150】
一おはりこめ
池をはりこめたる水のおほかれハ*いひのくちよりあまるなるへし
＊いひのくち……いひくち❼
池をほりの心也。
【中151】
一そやしまめ　　さやまめと申物也
【中152】

一山からめ　　　山からの事也。

【中153】

一かやくき　　　鸂鶒ミそさゝいの事歟。

【中154】

一さけからめ　　　鮭の辛ミと申候。』三〇オ

＊さけ……さけの⑥　＊からめ……からミ⑤　＊申候……申❼

【中155】

一をしあゆ　　　あゆのすし也。

はし鷹のをきゐにせんとかまへたるをしあゆかすなねすミとるへく。をしは、拭也。鼠なととるをし也。あゆかすなハ、はたらかすなの心也。これハ、愚心了見して候。をしかはたらきてハ、鼠かとられ候ましく候。

＊をしか……をしかハ❼　＊候ましく候……候ましく候はしたかハをきゐといはん枕こと葉まてにて候❼

【中156】

一したゝみ　貝の名にて候。普廣院殿御代のハしめ、をいしたゝミとて、奔走したる物にて候。

＊をいしたゝミ……をしたゝミ❼　＊奔走……走廻❼

【中157】

一さハやけ　　　さはといふ魚のやき物歟。

＊歟……也④、なる歟❼

【中158】

一まかり　　　　ふとまかりとて、神供なとに用*にあふ候物歟。

＊用にあふ……用るに②④、用候③、用と⑤、用る⑥、用候あふら❼

【中159】

一あしかなへ　　　かなへの足のある也。

【中160】

一いかるかにけ　　　馬の毛の名也。』三〇ウ

※❼、コノ項目、ナシ。

【中161】

一ねすミつれ　ぬ*すミつれの心なり。しのひ〳〵にかよふこゝろ也。

＊ぬすミつれ……ねすミつれ⑥❼

としをへて君をのミこそねすミつれことはらにやハ子をハうむへき

【中162】

むまれよりひつしつくれハ山にさるひとりいぬるにひとゐていませ

※❼、コノ歌、ナシ。

山にさる、山へ行去心歟*。此哥、僻案抄に候へ共、心得ぬ哥にて候。愚案ハ、生てこのかた、檜物師にて櫃*をつくれハ、山*へ行て、ひのきをとらんとおもふ。独行《リ》ハさひしきに、人をつれてゆけといふ心にや。

＊心歟……心也③④❼　＊櫃……樻❼　＊③、「山へ行て」以下、ナシ。

【中163】

ほともなく泉計に沈身ハいかなるつミのふかきなるらむ

*源順、和泉國の掾なとに*任したる时事歟。*泉にしつむとよめり。沈淪の心也。

＊源順……黄泉事歟源順❼　＊任したる……住し❼　＊泉に……さて泉に❼

※③、コノ項目、ナシ。

【中164】

久方の月のかつらもおる計家の風をもふかせてしかな』三一ォ

都読と*申物、及才して、折月中桂と*申たる事に、*これより桂をおると申ハ、儒者の道をきハめたる事にたとへ候*也。

＊申たる事に……申たるに❼　＊これより……それより❼　＊也……なり〔本語都読折槙林一枝云々〕❼

※③、コノ項目、ナシ。

【中165】

ちゝわくに人ハいふともをりてきんわかはた物にしろきあさきぬ

愚案、わくハいとくる物也。ちゝハ、千也。千のわくにくるほとのいとをいふ也。

※③、コノ項目、ナシ。

【中166】

山ふしも野ふしもかくて心ミついまはとねりのねやそゆかしき

のふしハ、*尋師也。佛名の御導師也。とねりのねやハ、舎人のぬる所也。内裏に衵祇する心也。

＊尋師……導師④⑤⑥❼

※③、コノ項目、ナシ。

【中167】

一すろ《*(ママ)》うはう　衆僧達の心なり。ハらハ、原也。藤原などいふかことし。女はらも同心也。

＊すろうはう……すそうはう②、すあ《そ》うはう《らか》（「あ」ミセケチ）④、すそうはら⑤❼

※③、コノ項目、ナシ。

【中168】

さためなくなか〳〵うりのつゝミてもたちやよりこんこまのすきもの』三一ゥ

一首の心、不詳候。但、つゝミてハ、忍ふ心にて候歟。瓜をつゝミたるに、瓜をつゝミたるによせて*よめる也。

＊よめる也……よめるか②④⑤、よめる也❼

※③、コノ項目、ナシ。

【中169】

一宮はしらふとしきまして　宮柱太敷立とハ、つねに申候。ましての詞ハ、坐ての心*歟。

＊心歟……心也②

※③、コノ項目、ナシ。

【中170】

一たきつのみやこ　玉水のたきつハ、水のたきる心也。よしのゝ宮ハ、瀧のある所なれハ、たきつの宮ことつゝけたるにや。

※③、コノ項目、ナシ。

【中171】

一こかれてよそにわたるらんとさへそハてハかかり火の
＊わたるらんと上へつゝけて＊こゝろゆへし。そハてハ、人にそハぬ心也。
＊わたるらん……わたらん⑤　＊こゝろゆへし……心得へし❼

【中172】

一みてくらにならまし物をすへ神のみてにとられてなつさハましを
皇神とハかきて、すへ神とよむ也。＊皇大神(ママ)也。』三二オ
＊皇大神……皇太神②③④⑤❼

【中173】

さいはりに＊衣(ママ)そめん雨ふれとうつろひかたしふかくそめてハ
＊衣そめん……衣　そめん②、衣やそめん❼
さいはりは、初萩也。萩染の衣也。さいハ、初の心。はりは、萩也。はき原を、はり原ともよミて候。

【中174】

ゆふたすきかくる手本ハわつらハしゆたけにとけてあらむとをしれ
ゆたけハ、寛の字＊歟。ひろき心也。
＊歟……也❼

【中175】

ねきかくるひえの社のゆふたすきくさのうきはもことやめてきけ、日本記に、木株《コノモト》草葉《ノヤキハ》と＊よみて候。
＊よみて候……よミて候草葉までにて候③⑤、よミて候草葉にて候❼

【中176】

おほなんちすくなミ神のつくねりし妹背の山をみるそうれしき

*大海神《オホナンチ》は、大己貴神。*同名に三輪明神也。すくなミ神ハ、少彦名命。此二神ハ、山川をつくれる神也。

*大海神《オホナンチ》……大汝神❼　*同名に……同名候②③④⑤⑥❼

【中177】

一けさうし侍ける女の五月夏至日なりけれ*』三二ウ

*けれ……けれハ②③④⑤⑥❼

冬の冬至、夏の夏至ハ、同程の事候。もし嫁娶なとにいみ候やらん。未勘見候。

【中178】

一こむくうち侍ける時に　小麦打といふ心也*。

*也……歟②⑥

【中179】

一御屏風に月ニのりて翫潺湲　のりて乗也。

乗月、乗興てと申詞也。月の夜、水をむすふよし也。

【中180】

一春宮のいしなとりのいしめしけれハ　石なこの事なり。おさなき物のする事也。

【中181】

松のねにいつる泉の水なれハおなしき物をたえしとそおもふ

おなしき物とハ、松とおなしき心也。松に水もたゆましき、祝心也。

【中182】

*松かえのかよへる枝をとくらにてすたてらるへきつるのひなかな』三三オ

＊松かえ……おかえ③

とくらハとや也。

【中183】

かきつくる心みえなるあとなれとみても忍はん人やあるとて

心みえなるハ、心みえたると同事也。心見ゆなるとも申へし。

【中184】

一男のまかり絶たりける女の許に雨降日みなれて侍りけるすさのかけのむまもとめにとて

すさハ、従者《しうさ》歟。ともの物事也。かけハ、鹿毛也。さて、哥歌*ニも、かけのミゆへきとよミて候。

＊哥歌……哥②⑥❼

【中185】

一きひつのうねへなくなりてのち、よみ侍ける

さゝ浪のしかのてこらかまかりにし河せの道をみねハかなしも

てこらハ、人の名なるへし。やかて、きひつのうねへをいふ歟。*

＊歟……也❼

【中186】

おきつ波よるあら磯をしきたへの枕とまきてなれる君かも*』三三ウ
海邊にて身まかりしゆへに、波を枕にするといへる也。枕をハまくとよみて候。
＊かも……かな③⑤

【中187】

しなてるやかた岡山にいゐにうへてふゝる*（ママ）旅人あはれおやなし*になれ〳〵けめやさす竹のきねはやなきいひにうへて
こやせるたひ人あハれ〳〵、といふうたなり
＊ふゝる……ふゝる《セイ》②、ふふる《せ》③、ふふる《せ歟》⑤　＊おやなしに……おやなし❼
しなてるとハ、山のしなへるすかた也。下てる、にほてるなと、海を申かことし。いゐにうへてハ、飯に飢たる也。
ふふるハ、ふせるなり。なれ〳〵けめや、なれるをやしもなくなりたる也。さす竹とは、笑事*也（ママ）。きぬ*ハ、君と
いふ心也。さすたけの大宮人とつゝくる故也。はやなきいひにうへてハ、飯に飢たる也。こやせるハ、ふせるとお
なし。日本記にある哥にて候。忘却*』三四オ に大槩申候也。
＊笑事……笑事《本ノマヽ》②　＊きぬ……きね②③④⑤⑥❼　＊忘却に……忘却候❼

【中188】

一こまのあしなれ*（ママ）　駒の足を折と也。
＊なれ……おれ②③④⑤⑥❼
〔古〕まてといハゝねてもゆかなんしゐてゆく駒のあしおれまへのたなはし
〔後〕しひて行こまのあしおるはしをたになと我やとにわたさゝりけん

【中189】

一みかハ水　御溝也。禁中ニかきらす、古今にハ、春宮の雅院*にて候いへり。
　＊にて候……にても③⑤❼、にてと⑥
【中190】
一ひ*ちかさま（ママ）　にわか雨をいふ也。
　＊ひちかさま……ひちかさま雨（「ま」左傍ニ「ゝ」アリ）②、ひちかさ雨③④⑤⑥❼
【中191】
一吹物事
風嵐野分〔秋風也〕木枯〔冬風也〕山おろし　こちあさこち*、なといふ〔春風也〕。又、あゆの風といふも、東風なり。家持か越中守の时、哥によめり。こしの國の人の詞也。』三四ウ あなしとハ、いぬゐ風をいふ。ひかたとハ、ひつしさるの風をなつく。たつミの風といふ説もあり。又、しなとの風なといふこと葉も侍り。これハ、大風の事歟*。又、家風なとゝよめり。これハ吹物にあらす。
　＊あさこちなといふ〔春風也〕……こち〔春風也〕あさこち❼　＊歟……也②③⑥❼
【中192】
一高津宮　仁*徳天皇と申。氷室、此御代よりはしまれり。
　＊仁徳天皇と……仁徳天皇を❼
【中193】
一ましふとの神とハ、日吉客神の御事にて候。白山にてまし*〳〵候。
　＊まし〳〵候……まします❼

【中194】
一しらいの神と申候ハ、智證大師入唐の时、新羅國より同道候て*帰朝候神にて候。新羅國をハ、しらきといふ。神功皇后の御代、はしめてしたかへ給て、御つきをそなへし也。この时、しらきの君のちかひのことはに、東の日は更ににしよりいてあれなれ、かわの水ハさかさまになかれ、河』三五オの石のゝほりて星とならんかきりハ、御つき物をたいてんせしといへり。

*候て……にて⑤、して❼

【中195】
一ふる郷の事　しな〳〵侍り。ふるき都を、ふる郷といふ。又、いますむさとのふりたるをもいふ。旅にいてゝ、我方をふるさとゝもいふ。

【中196】
一ふかミ草　牡丹の事也。廿日草ともいふ説侍り。不可用之。

【中197】
一やとり木の事　しな〳〵侍り。やとり木ハ、ほやをいふ。又、源氏にハ、つたをいふ。これも、木にかゝれる故也。大木なとに、こと木のおも*(ママ)ひ侍るをも、やとり木といへり。

*おもひ……生②③⑤⑥❼

【中198】
一かほ鳥の事　一説、ふくろうの子也云々。一、はうつくしき鳥也。めつらしき鳥獣草木の異名なと、さのミよまぬ事にて候。

【中199】

一*稲肩鳥事』三五ウ

*稲肩鳥事……稲肩鳥支〔定家卿之御説ハ石たゝき也ト鶺鴒〕❼

〔古〕我門にいなおほせとりのなくなへにけさふくかせの鳫ハきにけり

〔同〕*山田もる秋のかりいほにをく露ハいなおほせとりの涙也けり〔忠峯〕

*〔同〕……ナシ❼

さ夜ふけていなおほせとりのなきけるを君かたゝく《水鶏といふ人有り》とおもひける哉〔秀能〕

〔古哥〕あふ事を*いなおほせ鳥《石くなきなり》のあしへすハ人ハ恋ちよまとハさらまし

*いなおほせ鳥《石くなきなり》……稲肩鳥④

〔堀川百首〕いたくらのはしをハたれもわたれともいなおほせ鳥《馬といふ》そすきかてにする〔公実〕

秋の田の*いなおほせとり《たうといふ鳥といへり》のこかれはも木の葉もよほす露や染らん*

*いなおほせとり《たうといふ鳥といへり》のこかれはも……いなおほせ鳥《馬といふ》のこかれはも❼ *ナシ……〔家隆〕③④⑤❼

家隆説、*たう。或説、馬名云〻。定家説、庭たゝき也。秋、いしく*なきのきなく时分に、田よりいねをかり入るゝかゆへに、稲おほせ鳥と石くなきをいふ也。*僻案抄に見えたり。庭たたきをいふ也。其外、色〳〵説あり。不可用之。

*たう……鴾といふといへり❼ *なきのきなく……なきなく❼ *僻案抄……僻案集②

【中200】

一鶏の事 庭つ鳥、ゆふつけ鳥なといふ。伊勢物語ニ、家にかふ』三六オにはとりを、くたかけといへり。

【中201】
一鹿の事　を鹿、さほ鹿。かせきかの子*する。〔*一説、蜂の／名なり。〕
＊する……すかる②③⑤⑥❼　＊一説蜂の名なり……一説に蜂の名也❼

【中202】
一つくもかミ　老人の髪をいふ。又、海人のかミにものつきたるなとをも*いふへし。
＊いふへし……いふ也❼
もゝとせに一とせたらぬつくもかミ我をこふらしおも影に見ゆ
※❼、コノ歌、ナシ。

【中203】
一めさましくさ　ちやの事をいへり。
※❼、コノ項目、ナシ。

【中204】
一須弥の事　梵語にハ、蘇迷廬山といふ。それを、染色の山といゝならハし侍り。唐ニハ、妙高山といふ。四寶をもてつくれるに*よて、妙といふ。地に入る事*八万由旬、地を出る事*八万由旬、合て十六万由旬の山なるに*よて、高とハなつくるなり。東西南北に四州あり。日月ハ、山の半腹をめくりて、』三六ウ晝夜を照すといへり。西方極楽も、此界のうちにて侍り。
＊よて……よりて②⑥❼　＊八万……八万③⑤⑥❼　＊八万……八万③⑤⑥❼　＊よて……よりて⑥❼

【中205】

一三の車の事　羊鹿牛、三車つねに用侍るかことし。但、天台宗ハ、大白牛車をへちニたてゝ、四教と心え侍り。其心をえて、哥連哥にも用侍るへき者也。

【中206】

一國栖《クス》　くにすともいふ。よしのゝくすともよめり。にへなとたてまつるいやしき*物なり。

＊物なり……者也五節會時笛吹者也❼

【中207】

一から物の使　遣唐使をいふ。又、唐舩到来之时、から物うけとりにつくしへ行人を、から物の使ともいへり。

【中208】

安倍仲丸、霊龜二年八月廿五日、*為遣唐使。小野篁、仁明天皇承和五年に遣唐使ニさゝれたるか、一の舟にのらすハわたるましきと申て、なかさ』三七オれたる也。慈覚大師円仁、渡唐时也。

＊為……ナシ❼

※コノ項目、第一類本デハ前項ニ続ク。❼ノミ「一　安倍仲丸」トアリテ、一段トシテ独立セシム。イマ❼ニ従フ。

【中209】

一朱雀院　寛平法王を申也。三条朱雀也。脱屣のゝち、此院に*御故也。

＊御……御座❼

【中210】

一承和の御へ　御へハ、御贄也。*大嘗會の时、悠紀主基の國より、御つき物たてまつるを、贄といふ也。

＊大嘗會の时……大嘗會の时神事各次心也❼

代ゝの悠紀主基の哥をハ、本哥に准すへきよし侍り。いかにも堪能人をえらひてよませらるへき物に侍り。哥の淹頂にて侍るへきとなん。

【中211】

ほとゝきす二むら山をたつねみん入あやの聲やけふハまさると〔俊頼〕

顕昭注云、舞にハいりあやとて、さらにとて返しておもしろくまふ事によせて、ほとゝきすの入あやの聲もやまさると読也。若菜巻上、六条院の御賀、柏木衛門督、*らくそん入あやを』三七ウ まふと*みえ侍り。

*らくそん……よくそむ❼ *みえ侍り……侍り②、見えたり❼

【中212】

一琴事 説文神農作洞越練朱。五絃*用加二弦。又云、*伏義(ママ)為琴趣池八寸通八風鳳池。四寸合四时、長三尺六寸、象三百六十日。廣六寸、象六合。前廣後狹。象尊早。上円下方、法天地。五絃、象五行。大弦、君。小弦、臣。弦第一、為宮。次、商角羽徴。次、少宮少商。

*用……周②③⑤❼ *伏義……伏義②、伏❼

【中213】

一箏秦声也、*世謂、蒙恬《テン》為之。絃、有十三、象十二月。其一、以象。*閏也。自一至四、*もとをといふ。五より至八、中をといふ。九より至巾を、ほそをといふ。中のほそをハ、中也。又、九十計為を、中細絃と*いふ歟。しかと覚悟なくて候。いまの世にもちゐるハ、皆箏にて候。』三八オ

*世謂……謂❼ *閏……国❼ *もとをといふ……もとをいふ② *いふ歟……云❼

【中214】

〔古〕むらさきの一本ゆへにむさし野の草ハみなからあハれとそみる*
＊みる……おもふ❼
紫の一本ゆへハ、ゆかりの心也。みなからハ、みなゝから也。
【中215】
一かはほりのえならすゑかきたるを　夏扇の名也。蝙蝠をミて、扇をつくりハしめける也。
〔六帖〕かハほりにわかはりこむるすゝしさをおもふかゝたの風とゝかむな
【中216】
一忘草の事、わするゝ草ともいふ。これに二種あり。しのふを、わすれくさといふ。又、萱草を、わすれ草といふ。すミよしの岸のわすれハ、これなり。
〔古〕住よしとあまはつくともなかゐすな人わすれ草おもふといふ也〔忠岑〕
〔後〕おもふとハいふ物からにともすれハわするゝ草の花にやハあらぬ
【中217】
一くれはとり、又、あやはとり。二人、名なり。仁徳天皇の御代、呉の』三八ウ國より来れるきぬぬひ也。又、後撰に、くれはとりといふ。あやをふたむらかみて*と侍り。あやの名をも申侍る歟。
＊かみて……つゝみて②③④⑤⑥❼
〔後〕くれはとりあやに恋しく在しかはふたむら山もこえすなりにき〔諸実〕
【中218】
一みたりの翁

例のさま〳〵秘事とて、させる證據もなきあて事とも申人おほかりき。古今四人の撰者、さたせすして、たゝむかしありける翁とはかりかきのせ侍るうへハ、其名をきゝても詮なき事にて侍るへし。

＊はかり……なり❼

【中219】

一貞観御時万葉集ハいつ

万葉集、大同天子御撰といふにつきて、平城と清和との中間、四十余年なり。誠に大同御撰ならハ、御不審に及へからさ』三九オるといふ説侍り。万葉集ハ、聖武桓武大同、三代の御門の御撰なり。大同天子の撰はて給へるなりといふ。

＊及へからさる……及へからす❼

【中220】

一和歌秘事

八雲根源事　大歌所事　さゝのくま日のくま川事

此三ヶ条、一段ゐる事在之。可為唯傳一人在之。冷泉家にハ、口傳多候（?）せす侍りと云〻。

＊ゐる事……習事②③⑤❼　＊一人……一入④　＊在之……者也②③⑤❼、在也④　＊多候……多之②③、たえ④⑤、多之たへ❼

（以下空白）』三九ウ

故大人ニ不審申條〻

拾集書付之更他人不

可為指南者也
前大僧正良鎮
加一覧之處無相違者也』四〇オ
＊無相違者也……無相違者也／私在判③⑤
（一面空白）』四〇ウ
《❼識語》＊「故大人～在判」ナシ
于時文明八年十一月 日
成恩寺入道覚心書之
〔前摂政兼良公号後成恩寺殿《ママ》一条ノ禅閤之御吏也〕』六九ウ
右上下一帖彼御作御真筆之御草案
そのまゝ御成書あるへきまてにて御はて候
御本 不審のミありとも誰人かあらため
侍らんかきうつす者也
（以下空白）』七三オ
※❼、以下、ナシ
柿本傭材抄下（端作題）
【下221】

一　流字事
たくひ、ともから、すち、なとよむやうにうけ給候。いつれをもちい侍らんたくひとあそはし候へく候。

【下222】
一　神のいかきもこへぬへしの事
孟子曰、*大夫生而願為之有室、女子生而願為之有家。父母之心、人皆有之。所待《(ママ)》父母之命、媒妁之言、鑽穴隙相窺、踰牆相從。則父母國人皆賤之。このこゝろとおなしくきこえ侍り。いかにそや。拙者今案なり。不可説〻〻。万葉十三*云、しかきの末かきわけて君こゆと人ニハつけそ事ハ棚知《タナシリ》。』四一オ
＊大夫……丈夫②③④⑤⑥　＊云……ナシ⑥
【下223】
一　新古今集不審事
ゆかん人こむ人*しのふ春霞たつたの山のはつさくら花　家持
＊しのふ……忍へ②③④⑤⑥
初花のちりなんをハ、往来の人恋しのへにて候。春霞たつたハ、かやうの風躰、多候也。
昨日たにとハんとおもひしつの國のいくたの森に秋ハ来けり　家隆
詞花哥ニ、君すまハとハんと思ひしつの國の生田の森の秋の初風。此君すまハにかゝりて、昨日たにと読候。生田杜ニ*問と云詞、是より多よみ*習也。清胤僧都事、栄花物語在之。
＊問……問《問歟》④　＊習也……習候也②③④⑤⑥
秋風に*又こそ*とハぬ津の國の生田の森のはるのあけほの　順徳院御製

＊又こそ……みこそ③　＊とハぬ……とハめ②③④⑤⑥

生田森の秋の哥、清胤僧都か弟子、おほく耳に満候へと、春の明ほの、ハしめて、驚愚眼催感情候。定家卿判詞也。』

四一ウ

萩か花ま袖にかけて高円のおのへの宮にひれふるやたれ　顕昭

高円、太《＊（ママ）》和國名所也。＊神社の事までにて候。哥心、無殊事。領巾ハ衣也。

＊太和國……大和國③⑤、大和⑥　＊神社……神社②③④⑤⑥

霜さゆる山田のくろのむら薄かる人なしミのこるころかな　慈円

なしにの心なり。

をのつからいはぬをしたふ人やあるとやすらふほとにとしのくれぬる　慈円

自然の懈怠にて、一年已＊以成歳暮候。何事をまつとしもなくあけくれてことしもけふになりにけるかほ、《＊（ママ）》是も歳暮哥にて候。大略かやうのたくひにて候哉。

＊已以……忌《已以歟》成②、忌成③、。《を》以④　＊かほ……哉②③④⑤⑥

あめこそハお《＊木歟》のまハもらめたのますハおもハぬ人と見てをやミなん〔読人不知〕

＊お《木歟》のまハ……た《木歟》のまハ②④⑤⑥、たまのハ③

書本共、字悪候。しつかに見て可申候。おもハぬ人とミて』四二オをやミなんの心にて、上句ハ候＊へく候。

＊候へく候……にて候⑥

たのもしな野宮人のこふる花しくるゝ月ニあへすなり＊とも　順

＊なり……成②③④⑤⑥

斎宮、野宮ニうつりましまし時の事と聞候。長月、伊勢へくたり給候。御禊の心なるへく候。あへすの詞、とりあへすおもひあへす、なとにおなし。*只、あへすとはかりもよみ候。

＊只あへす……思あへす②⑥

あしの屋のなたのしほやきいとまなミつけのをくしハさゝす来にけり〔業平〕

あしのやのなたといふ所也。昔、男女、共ニ髪をくしにて上けるにや、くしをハさすと云ならわす也。万葉ニ、しかのあまハめかり塩やきいとまなミ髪《クシラ》梳の小くしとりも見なくに。くハしく伊勢物語の抄にあそハし侍る也。

わかよをハけふかあすかとまつかひの涙の瀧といつれたかけん　行平』四二ウ

*かひハ、間の心歟。間なり。たかけんハ、相違なからんの心歟。たかき也。我よハ、我齢にて候。齢と涙の瀧といつれたかきにて候。

＊かひハ……かひも⑥

さゝかにの空にすかくもおなし事またきやとにもいくよかハへん　遍昭

巣《ス》かくハ、蜘の家の事にて候。やとにいくよかハへん、はかなき*躰候歟。

＊躰候歟……躰か②⑥、躰候也③、躰也④

おとにきくきみかりいつかいきの松まつらん物を心つくしに　寂然法師

きみかり、*不心得に、よき本を可有御覧候。重而見及候ハゝ、可申候。拙者今案侍れとも、存旨あひた、不染禿筆也。*斟酌之也。

＊不心得に……不心得候②③④⑤⑥　＊斟酌之也……斟酌云々②③④⑥、斟酌〱⑤

いまそこれ入逢を見ても思こし弥陁の御國のゆふくれの空　俊成卿

ミても不心得候。入逢の时分、夕への景*色を見てもの心歟。伝本共ニ悪候。

＊景色……景気⑥

【下224】

方丈事

一維摩居士石室、以手版*縦横量之。得十笏故名方丈』四三オ室。鴨長明方丈記といふ物語侍り。

＊版縦横……版従横②③、飯従横⑥

【下225】

まゆミの事

〔古今〕みちのくのあ*たりのまゆミわかひかハするゐさへよりこしのひ〳〵に

＊あたり……安達②③④⑤⑥

まゆミの木の事に侍れとも、弓のかたへとりなしつけ侍り。

【下226】

しにいりたる人の面に水をそゝく事

一涅槃経後分應書*還源品云、大覚世尊已入涅槃、尒時、阿難聞是語、已悶絶躃地、猶如死人。寂無気息、冥冥不曉尒時、樓豆以清冷水灑。阿難面扶之。令起以善方而慰喩之。

＊書……盡②③④⑤、ナシ⑥

※コノ項目、底本ハ前項目ニ続ケテ書写セラル。②③同。タダシ④ハ、前項目末、行末ニアタリテ判断出来ズ。⑤⑥ハ改行字下ゲアリ。今改行シ、私ニ一段トシテ独立セシム。

【下227】

即位潅頂支

一華厳経才廿八十地品之六云、一切十方諸佛光明入是菩』四三ウ薩頂時名為得職。名為入諸佛界。具佛十力。*堕在佛數。佛子、譬如轉*輪聖王太子成就王相。輪聖王子在白象寶閻*浮壇人置座。取四大海水。上張羅幔。種々荘厳幢幡伎樂。執金鐘香水。潅子頂上。即名為潅頂大王。具足轉十善道故、名轉*輪聖王。菩薩摩訶薩亦如是。受職時、諸佛以智水潅是菩薩頂。名潅頂法王。以下、具可見經。又、慈鎮和尚御抄等可見合也。

＊堕……随②⑥　＊輪……倫②　＊浮壇人置……浮壇全②、浮壇金③⑤⑥、浮檀《金》人置（「人置」ミセケチ）④　＊輪……倫②

【下228】

ゆく水にかすかく事

一*涅《(ママ)》盤經第一云、如盡水随盡随合。是身易懐猶如何岸臨峻大樹。是身不久。

＊涅盤經……涅槃経②③④⑤⑥

【下229】

雙六のうた』四四オ

〔万十六〕一二のめのミにハあらす五六三しさへありけりすころくの*さす〔ハ敷〕

＊さす〔ハ敷〕……さえ③⑤、さす《ハ敷》④、さい⑥

〔同十六〕わきもこかひたひこおふるすくろくの*ことゐ《肩乃》の牛の*くら《倉》のうへのかさ《瘡》

＊ことゐ《肩乃》の……ことゐの③　＊くら《倉》の……くらの③⑥

【下230】
萩の哥
〔万廿〕宮人のそてつきころもあきはきににほひよろしきたかまとのミや
【下231】
火鼠事
一入火不焚*毛。長丈許。可為布。所謂火院布者是也。
＊不……ナシ⑥
【下232】
氷鼠事
一比*方氷原、百尺有鼠在下。但食水。毛長百尺。可以為布。
＊比……北②③⑤⑥
【下233】
以*手捧天事〔付夢〕
＊以……布⑤
倦游録、韓琦知*秦州、臥疾数日。忽日適夢以手捧天者冊。其後援英宗於藩邸、翼神宗於東宮。』四四ウ
＊知……智②⑥
【下234】
河海事

一河海不擇細流故、能就其深。〔史記文也。〕

【下235】

和歌御會次第

一御會所儀　可随所便。

御座撰敷。〔大文臺之二帖上ニ／加御茵ヲ。〕　左右相分、設公卿御座〔高簾一*／小文〕御座左右。

立高灯臺。〔有打敷。〕　其所廣之时、式御座、左右弁座未立灯臺。

＊一……ナシ②③⑥

刻限出御。

公卿、着御前座。〔奥座之人ハ、自二座ノ前着之端着之。端座之人、／自座ノ後着之。〕

次、殿上人、持二参切灯臺一、移《ノ》二灯盞一撤《ヲテツス》二高灯臺一《ヲ》。〔打敷／如元。〕置*座下方。

＊置座下方……置座下方③⑤

次、殿上人、持参文臺。〔御硯筥／蓋。〕　並*御前。〔去御座三尺／許。〕

＊並……置②③⑤

次、同五位二人、敷二講読師円座二枚。〔講師座置文臺前方。読*師／座置御前右方、或不敷。読師／座、或左方可随便宜。〕　四五オ

＊読師座……ナシ②⑥

次、奉行職事、取集殿上人懐帋、置文臺上。退晴時、各自置文臺。女房歌奉行人可持参歟。但、建仁元年四月廿六日、鳥羽殿御會、自東向妻戸之出*女房。大臣殿、取之令置給云々。

＊之……被②④⑤⑥

次、公卿、自下﨟、置懐低《*(ママ)》於文臺。

＊懐低……懐紙②③④⑤⑥

其儀、先、於レ座ニ披ニ見テ〔於座下方／見之〕懐紙横持懐帋一〔文上持左方ヲ二〕《*ノ》。進御前、去圓座ヲ二尺許。蹲居メ膝行。

両三度、於文臺下又聊披見〔欽座／下見之。〕〔或不披見。〕。取置〔或不取／置之。〕懐帋ヲ一、以下方ヲ《ノ》一為御前ト一、文臺

上膝退《下見歟》両三度復本座。

＊文《ノ》……氏文⑥

揖《*イフ》〔ヤスム／ウヤマフ〕持笏之人、取副笏、惜《□歟》ノ起《タツ》レ座ヲ、置笏披見懐帋ヲ一。置ニ文臺ニ一取レ笏退キ歸ル。臨幸之所有御會之

时、為衛府之人、取副弓拖《ヲメ》『四五ウ』起レ座ヲ進ニ御前ニ一、跪テ置弓ヲ膝行。置懐帋聊退キ、取弓退入ル。為序者之人、雖大＊

臣、先置之。或守位次置之。

＊揖《イフ》……揖②⑥　＊大臣……大ト《臣歟》④

次、依天気、読師着円座。〔當座才二／人多勤之。〕

次、読師、候天気、召講師〻〻。座着円座。

弁官、持笏。或不持之。臨幸之所、衛府官、持弓挿《*イツメ》着レ座。

＊挿《イツメ》……揖②⑥

長治二、中殿之頭弁、重資朝臣、不持笏。

治《*(ママ)》永二、中殿蔵人、左少弁兼光、持笏、其後連綿也。

＊治永……治承②③⑤⑥

次、読師、召下講師ヲ一令下重懐帋ヲ其人ノ所ヲ一召進上。居ヲク二読師座傍*ニ一。読師取集ヲ懐氏*（ママ）ヲ一令レ重レ之。

*傍ニ……謗⑤　*懐氏……懐紙⑤⑥

大臣、為読師之时、衆儀、為下読師納言。為読師时、四位其《ソレ》各為下読師（ママ）。永久ニハ、禁裏御會読師、右大臣殿。

頭弁左高』四六オ以下為下読師。

次、読師、候天気召講頌人ヲ二云ゝ。殿上人、候簀子。或参候講師二後一ニ。

次、読師、披置懐帋於文臺上ニ一。下読師、自下﨟次才ニ進レゝス*重ネ卒。押折授二読師一退キ下《クタル》。若為二講頌人者依御面目一ニ候ス。

*ゝ……之②③⑤⑥

次、講師、読懐二帋一ヲ。〔六位官姓名。五位官名。四位名朝臣。納言以下、官姓朝臣。／大臣官許。〕

〔散*前官／心歟*。〕次、各講和歌。殿上人一反、中納言参議散三位二反、大納言三反、執柄大臣五反。〔九、反数先例不定。／可随时儀。〕講師講―退下。

*〔散前官／心歟〕……前官ノ心歟⑥　*歟……也④

次、読*師取懐紙、置キ二文臺下、復座。講頌人、依レ仰猶ニ留《トヽマリ》候ス。

*読師……講師⑥

〔講師列／人也。〕次、御製。読*師読師、依天気、参進、替《ムカハリ》着円座。〔或不着円座。随便歟。〕

*読師読師……読師②③④

〔臣為講師／不改座。〕次、伺天気、召講師人講師参着圓座。

次、読師、賜御製、被置文臺上。〔下ノ方ヲ為講師ノ方一ト。／或為御前方。〕』四六ウ次、講師、読御製一ヲ退下。
次、講七反、講頌人退下。
次、読師、如元巻《マイテ》御製、返置文臺一ヲ、復本座。〔或*懐中／御製。〕
＊〔或懐中／御製〕……ナシ⑥
次、入御。〔束帯人平伏、直衣之冠人、／座*前可蹲居歟。〕
＊座前……ナシ⑥
次、公卿退下。次、奉行ノ職事、取懐紙返*。
＊返……退⑥
〔撤《*トル》《シリソク》〕次、本役人、撤ス文臺以下ヲ。
＊〔撤《トル》《シリソク》〕……ナシ⑥
一懐帋書様　侍二テ〔闕字／平出無例〕太上皇仙洞一應。〔闕字／製和哥。〕
一御装束事　禁庭―題禁上可有闕字哉。如何。可尋之。
〔中*殿／清涼殿／事也。〕中殿詩御會、公卿座敷縁端疊。同和歌宴、公卿座用円座。内ゝ儀、用*小文疊。但、建仁八月
廿六日院和哥御會、弘庇一二間敷二テ円座一ヲ、為二公卿座一ト。如中殿御會儀。』四七オ
＊〔中殿／清涼殿／事也〕……〔中殿ハ／清涼殿〕⑥　＊用……ナシ②③⑥
一文臺事
中殿詩宴、朝餉、御硯筥蓋ヲ土ノ高坏《タツキ》二伏置而、用レ之。同二シ和哥宴ニ。不居高*坏一ヲ。内*之御會、詩哥、又無二差異一。但、建
保七年正月廿六日禁裏和哥御會、用二如法ニ文臺一、非硯盖一ニゝ。左大臣、奉題、前右大臣公継公懐帋書庚《ママ》名上。指圖*

〻〻元亨四年禁裏両席御會被用尋常文臺〻〻。

＊居……為②⑥　＊内之……内〻⑤　＊指圖……権図⑤、經国⑥

一文臺置様事

役送人持参文臺。〔＊御硯筥／蓋。〕＊偏置之。読師人打返伏置《ウチカヘリテフセヲク》。

＊御硯筥蓋……ナシ⑥　＊偏……仰《ノケテ》②、仰③⑤、仰《ケテ》⑥

長治二中殿和哥御會、頭弁、持参文臺。仰レ蓋南上ニ置レ之。〔南上ハ南面ノ／座也。硯蓋。〕上ヲ南トス。読師、左大臣、返御硯蓋〻〻。

保元内宴日秘記云、左大臣〔宇治左／府。〕為読師。故、文臺筥、以レ蓋覆《ヲヽウ》講師前〻〻。』四七ウ

或、役送人、文臺伏置レ之。読師、不レ及ニ置改一＊云、應永十七年禁裏三席御會之時、役送人持参文臺一ヲ伏置タルヲ、読師一位大納言重光卿、取直メ仰テ置レ之。仰置タルヲ、読師＊殿《（ママ）》直伏置説ハアレトモ、伏タルヲ仰候事未見及候。八雲御抄云、中殿會、朝餉、御硯筥蓋＊被蔵人入柳筥持参置＊於押上。一説ニハ蓋ヲ伏テ置。尋常不然〻〻。

＊云……而②③④⑤⑥　＊殿……取②③⑥　＊被……也②③④⑤⑥　＊於押……長押②⑥、出押④⑤

永徳元八十五、三席御會、重光置御文臺、硯＊盖ウツフス。

＊盖ウツフス……蓋〔ウツフス〕③④⑤

今案、役送人作法、有両説。或云、御子左説、仰置之。冷泉説、伏置之时、読師人取直ヲ伏置。舊弘説如此。

一読師講師人事

常儀、才二公卿、為臣下読師。四位殿上人、為講師。両中弁、又、頭大弁、有例。才一公卿、為御製読師。公卿同為ニ講師一。或、乍下読師兼。』四八オ兼ニス帯御製ノ読師一ヲ有レ例。

一講頌人事、懐帋时、二反三反。又、才二句ヨリ講頌事も無子細候。被召郢曲人、不獻ニ詩哥人、別ニ講頌許ノ事無《ナキ》先例一也。

講頌九人例。貞治二後正月、同六二月御會始、明徳四二禁裏御會始。

一下読師作法事

入當間候讀師、後不指読師ニ授懐帋ヲ令レ重レ之。〔留席／披講之。〕其間、先ノ以下藹一為レ下。以二上藹為上折返テ授讀師人一ニ退出ス。或、始終祗候、一枚つゝ授讀師令レ講レ之。是、正説也。寛治之比、匡房卿有此作法云ゝ。

一序*披講事

長句許*詠之、小句ハ切音詠之。属文人一人詠之也。一同助音、不可然云ゝ。

＊序……席⑥　＊許……伴③④、ナシ⑤

正和、俊光卿。暦應、資明卿。應安、忠光卿。應召独詠之云ゝ。』四八ウ

一人ゝ装束之亨

公卿以下、直衣ゝ冠。中殿御會、大臣直衣、納言以下束帯。

一不参進ニ和歌ヲ一改*事　懐*帋加懸帋封字也。〔上帋ハノリツキ／也。故書也。〕

＊改……改《カハリノ》　③　＊懐帋加懸帋封字也　〔上帋ハノリツキ／也故書也〕……ナシ⑥

一讀師作法

春日詠《ハルノヒヨタル》三松有《ニアリト云ヘル一ヲ》二佳色和哥　〔和字、冷泉家ニハ、國ヲイヘル様ニヨム也。一二条家ニハ、瓜ヲ／イヘル様ニヨム也。二条冷泉差別、和ノ字ノカハリ也云ゝ。／詠字、上古説*マゝヨム*ト云ゝ。〕

＊上古説……上ナル説②⑥、上古説ニ④　＊マゝヨム……マム④、今ニヨム⑤

御製也。* 時ヨマセタマヘルト讀也。其外イハ*（ママ）貴人ナリトモ、始*此不讀也。但、近比、武家御詠ヲモ如御製讀候。是ハ沙汰《各別イ》外事歟云ゝ。

＊也……之②③④⑤⑥　＊イハ……ハ③⑥　＊始……如②③⑤⑥、其如④

京極中納言ハ、何ト云コトヲヨメルトモ讀候ヘトモ、近*代ハイヘルコトヲトヨムゝゝ。

＊近代……近代《各別イ》④

春日詠三首和歌

懐帋、同題ハ毎度不可讀端作也。』四九オ

【下236】

飛鳥井ハ、二条家説也。但、末口傳有ニヨツテ、ちかひたる事多之云ゝ。

東西京坊名事

〔東〕桃花坊〔一条〕　銅駞*（ママ）街〔二条〕　教業坊〔三条〕　永昌坊〔四条〕
宣風坊〔五条〕　淳風坊〔六条〕　安寧坊〔七条〕　崇仁坊〔八条〕
陶化坊〔九条〕
豊財坊〔三条〕　永寧坊〔四条〕　宣義坊〔五条〕　光徳坊〔六条〕
毓財坊〔七条〕　延嘉坊〔八条〕　開建*

＊駞……施⑥　＊開建……開建坊〔九条〕③④⑤

【下237】

蚌含月事

碧巌三　僧問、智門始*(ママ)。何是。般若體門曰、蚌含二明月一。

*始何……如何②③④⑤⑥

【下238】

眉間赤*事付劔

*赤……赤《尺》②、尺⑥

楚王夫人、嘗テ夏乗《シテ》レ涼ニ抱《イテ》二轍柱ヲ一感《メ》孕《ム》。後産ム二一鐵塊《*クワイ》一ヲ。楚』四九ウ王令二于将一鑄為レ劔《ト》。三年乃成《ニ*》二雙劔一。一ハ雌、一ハ雄。于將密ニ留レ雄以テ進二雌於楚王一ニ。々秘二於匣中一ニ常聞《ク》二悲鳴一。王問二群臣*臣曰ク、劔ニ有二雌雄一。鳴者ハ憶レ雄ヲ耳ミ。王大ニ怒テ即収《トラヘテ》二于将ヲ一殺レ之。于将知テ二其ノ應《ヲ》一乃以《テ》レ劔ヲ蔵《ス》二屋桂*ノ中一ニ。因テ囑ス二妻ノ莫耶一ニ曰ク、日出北戸南山其松ヽ生二於石一。劔在二其ノ中一ニ。妻ノ後ニ生レム男。名ク二眉間赤*一ト。年十五ニメ問レ母曰ク、父何ニカ在ル。母乃述フ二前ノ事一ヲ。久ク思惟メ剖《ハツテ》レ桂*ヲ得レリ劔ヲ。日夜ニ欲下ス為レ父報《センーヲ》上讎ヲ。楚王亦募覓《ツノラ》メ二其人一ヲ宣言ヲス。有下得*ル眉間赤一ヲ者上厚ク賞《セント》レ之。眉間赤*遂ニ逃。俄有レ客曰ク、子得《ルーヲ*》レ非二眉間赤一ニ耶*ヤ。曰ク然リ。客(?)曰ク、吾レハ甑《セウ》山人也。能ク為レニ子カ報《ン》二父ノ讎一ヲ。赤*曰、父昔無辜《キニツミ*》枉テ被ルト二茶毒一ヲ。君今恵《ケイ》念ス。何ノ所ソレ須耶*ヤ。客曰、當ヒ得二子*カ頭并ニ劔一ヲ。赤*ノ乃与フ二劔并ニ頭一ヲ。客得テレ之進二扵楚王一ニ。王大ニ喜。客ノ曰、願ム煎レ油ヲ烹《ニン》レ之。王遂ニ投ス二於鼎中一ニ、客詒《アサムイヲ》扵王一ヲ曰ク、其ノ*不レ爛レ王方《アタラ》二臨テ視一ハ。』五〇オ客扵*復テ以レ劔擬《スレハ》二王ノ頭ヲ堕二鼎中一ニ、扵テレ是、二首相齧。客恐テ眉間赤*カ不《シーヲ》レ勝。乃自刎《*クヒハネテ》以テ助レク之。三頭《ツノ*》相齧尋《ツイテ》亦俱ニ爛ル。

*塊……丸⑥　*乃……ナシ⑥　*臣臣……臣②⑥　*屋桂……屋柱②③⑤⑥　*赤……尺⑥　*桂……柱②③④⑤⑥　*得ル眉間赤……眉間尺⑥　*眉間赤……眉間尺⑥　*耶……邪⑥　*赤曰……尺曰⑥　*枉……狂⑥　*耶……邪⑥　*子カ頭并ニ……頚并ニ⑥　*赤……尺⑥　*其ノ……其首ハ②③④⑤　*扵復テ……扵レ後②③④⑤　*眉間赤……眉間尺⑥　*刎《クヒハネテ》……刎《ハネテ》レ首ヲ②⑥　*頭……頚⑥

【下239】
寸燭事
齊斈士*、刻寸燭為詩四句。
＊斈士……父学士④

【下240】
染白髪事
陸辰、染白髪、欲以媚側室。何長瑜詩嘲之。

【下241】
いへかまとをすて候事
たかき屋にのほりてミれハ煙たつ民のかまと*ハにきハひにけり
＊かまと……かまと《烟イ》②、かまと《烟ナリ》④⑤

【下242】
はりなく*事
無別《ハリナシ》〔日本記*〕。《（ママ）》無破。
＊はりなく……わりなく⑥　＊日本記……日本紀ニ⑥

【下243】
日本記豊玉姫哥事』五〇ウ
あかたまのひかりハありと人ハいへと君かよそいにたふとく有けり

あかたまとハ子也。玉人といふ褒美の詞なり。
あかハ我なりと、幡多殿*おほせられき。
＊おほせられき……おほせられて《き》④

【下244】

*しわれ《（ママ）》かのけしきにての事
＊しわれ……われ③⑤

〔万〕夢にたになにかもみえす見ゆれとも我かもまよふ恋のしけきに
我耶人耶など、うたかふほとに、よはき心にて候。うか〳〵としたる心也。

【下245】

すほうの事
文徳實録云、延暦廿四年、寂澄《傳教大師》大師入唐以後、円澄法師、依詔、於紫宸殿、修五佛頂法。即須得度朝修法濫觴也。
※コノ項目、底本ハ前段ニ続ケテ書写セラル。②、同。今改行シ、私ニ一項トシテ独立セシム。

【下246】

艾《カイ》者《キ》　二字事
曲禮五十《ヲ》曰艾髪。白《キク》如艾《ヨモキノ》。六十《ヲ》曰《レ》耆《ト》。耆《ハ》亦老*也。』五一オ
＊老……耆④
※コノ項目、③ハ、前項ト二字分ノ空白ヲ挟ミ、続ケテ書写サル。

【下247】

三年喪事
古之人、父母既喪。負《ヲフテ》土為《ツクリ》レ墳《ハカヲ》、植《ウヘテ》レ栢《ハクヲ》成《スツラヲ》レ列。廬《イヲリヲ》二墓《ハカニ》三年一以盡ス二孝誠一ヲ。墳壟者 封《カマヌルヲ》レ土為墳《ト》。平除《タヒラニクヲ》曰レ墓。
即壟之塋城ナリ。蒸嘗ハ即祭《ノ》名。礼記ニ祭ニ有二四時一。春ヲ曰レ初ト〔青薬也〕。夏ヲ曰レ禘《テイ》ト。秋ヲ曰レ嘗ト。冬ヲ曰レ蒸ト。文中略メ
肇《ラ》二秋冬《ヲ》一且ツ標ス二祭礼ヲ。然モ三年庵レシ墓ニ、四時祭礼シム、松柏ハ墳墓所植之樹。蓋指レメ物以喪ス二父母一也。委曲、論語談義时、
可聞之。つち殿ともいへり。

【下248】
さかしらの事
古今さかしらに夏ハ人まねさゝのはの*さやし（ママ）霜夜をわかひとりぬる
＊さやし……さやく②③⑤⑥
六帖*秋の墅ゆきてみるへき花の色をたかさかしらにおりてきつらん
＊秋の墅……秋のゝの②④⑥、秋の墅に③⑤
進心とかきて、さかしらこゝろと、万葉によみて候。』五一ウ

【下249】
はり袋すり袋事
万葉はりふくろわれハこハりぬすり袋いさハえくしか翁さたせん
はりハ、玉也。すか代ハ、すき袋也。五音相通也。*
＊也……歟⑤

【下250】

みこの事〔付王〕

親王ハ、一品より四品まて有品也。五品にあたるをハ、五品とハいハす、無品といふ也。童躰の时、親王宣下あるハ、かならす無品也。親王の子ハ、男女ともに孫王といふ也。打まかせてハ、織物なときぬ物にて候。王命婦なといひて、中臈ニめしつかはれ候事、もし五世まてハ、孫王と申。のちハ王までにて候へく候。王氏、四位あたり侍り。

【下251】

くらふ山の事』五二オ

くらふ（「ふ」字左傍上ニ「。」ニテ濁点アリ）の（「の」字左傍上ニ「。」アリ）山清濁音、いつれも*くるしく候て、引哥、

＊くるしく候て……苦しかるましく候こと②⑥、くるしく候ましく候へく候③④⑤

古今梅の花にほふ春へハくらふ山やミにこゆれとしるくそ有ける

拾遺すミ染のくらふの山にいる人ハたとり〳〵そかへるへらなる

六帖くらふ山くらしと名ニハたてれともきもかりといかゝよるもこえなん

六帖の哥、すこしかなひ候。

兼猷暁戀こよひたにくらふの山にやともかな暁しらぬ夢やさめぬと

定家卿哥にて候。

やとりせぬくらふの山をうらミつゝはかなの春のゆめのまくらや

同卿哥にて候。此等にて思案候へく候。

【下252】

杜子美詩叓

東坡、有レ言。詩ハ至ニ于杜子美一、天下之能叓畢矣。老松之前ニ』五二ウ人固未レ知レ有ニ老松一。後世安知無下コヲ過ニ老松一ニ
者上。

※③、コノ項目、ナシ。

【下253】

能筆事

嵯峨天皇、師敏行。大内記美材《ヨシキ》。〔小野氏〕前中書王兼明。
後中書具平。道風。佐理。行成。各筆法在之。

※③、コノ項目、ナシ。

【下254】

さきらの事

ゆ*たけきさきら　弁舌事にて候。弁舌《サキラ》。

＊た……た（「た」字左傍下ニ「。」ニテ濁点アリ）④⑤⑥

※③、コノ項目、ナシ。

【下255】

あさへたる道心事

あされたるといふ詞とおなし。たとへハ、心の*あさくしとけなき道心なり。あを道心なと申おなし。河海抄ニハ、あさき心に見せられ候。*さり（ママ）候へく候。*鮫魚、破魚也。不善候。是にて御心え候へく候。

＊あさく……さく②、さへ⑥　＊さり……さも②④⑤⑥　＊鮫魚……鮫魚《アサヘ》②④⑤⑥

※③、コノ項目、ナシ。

【下256】

よるへの水事』五三オ

定家卿説、よるへの水ハ、縁水也。たよりの水也。神社にかきるへからす候。

嘉應住吉社哥合ニ、清輔、

月影ハさえにけらしな神垣のよるへの水につらゝゐるまて

【下257】

宿直すかたのわらハの事

とのゐすかたのわらハとハ、かみをゆわす、ミたしてをきたる事候。みつらよりもうつくしく見え候。いつくものわか君たちのありさまにて候。

【下258】

貂《フル》裘事

ふるきのかはきぬ、貂ハてんといふ獣也。如鼠。黄色皮、堪作裘。文選、貂フルキとよミて候。』五三ウ

【下259】

みあれの事

賀茂祭前日、於垂迹石上神事アリ。御形《アレ》、又御生《ムマレ》、又御禊。玉依姫ノ別雷*神ヲ生給ふ形ヲアラハシ給ふ故、御形《アレ》。

＊雷……當《雷歟》④

【下260】

あつま屋の事

四阿ハ、四方ニ軒あり。*まやハ、二方ニ軒あり。

＊まや……まや《両下》②③④⑤⑥

*東屋

さしこむる葎やしけき東屋のあまりほとふる雨そゝきかな

＊東屋……東屋《アツマヤ》④⑤、東屋《アマツ》⑥

あつまやの*まやのあまりのそのあまそゝき我たちぬれぬとのとひらかせ

＊まやのあまりの……まやのあまり《雨下とかけり》の②③⑤⑥

二段

かすかひもとさしもあらはこそそのとんのとをさらめをしひら』五四オひてきませ我や人つま

両下ハ、雑舎の両方に雨水のをつるいゑをいふ。あまりハ、のきをいふへし。とのとハ、戸の戸也。二段のかすかひハ、とさしをもたするかね也。とんのとも戸也。

【下261】

満仲出家形師事

才廿六天台座主、号西方院和尚。法務僧正院源也。同時出家、男十六人女三十余人。

【下262】

*凹字事

＊凹……凹《アウ》⑥

凹《アウ》*〔放交切〕。

＊凹《アウ》〔放交切〕……放交切⑥

※③、コノ項目、ナシ。

【下263】

慈應和尚甫登山時不審事

甫七歳登睿山。近㆓山下㆒有㆓柿樹㆒。絶ヘテ不㆑結㆑子。俗名㆓』五四ウ其地㆒曰㆓不㆑ル実柿㆒ト。児到㆓其處㆒間、此地何蹣ク。人答以㆓其名㆒時餘樹有㆑果。児曰、見今何有㆑實乎。至㆓翠嶽㆒有㆓館宴*㆒。隆渉之人、憩息焉。故置㆓テ薬湯㆒而備渴之*㆓ニ俗呼為㆓水飲㆒ノミト。児又問㆑之。答者曰㆓水飲㆒也。児曰、何飲㆑湯乎。上㆓嶽頂㆒小竹業*生。児復問㆑之答曰、大嶽《タケ》也。児曰、何有㆓小竹㆒乎。

＊宴……亭②④⑤⑥　＊之……乏②　＊業……叢②④⑤⑥

いまにみならぬかきといふ在所侍り

拙者住山の时、發句に、みものなるみならぬ柿の紅葉哉とし侍しを、人〻きゝしり侍らさりし。無念なりし事也。

※③、コノ項目、ナシ。

【下264】

中*《(ママ)》御門の御むこの事

＊中……。——④、ナシ②⑤⑥

嵯峨天皇御女潔姫、通忠仁公。漢朝例多。それをハ尚すと』五五オいふ者也。未在位例是也。崩御ことは*《(ママ)》之例多之也。

＊ことは……已後②④⑤⑥

宇多皇女源朝臣頎子、通貞信公〔醍醐皇女勤子内親王、配右大臣師輔公〕。同皇女雅子内親王、康子内親王、共配師輔公。同皇女清子内親王、配*大納言藤原師氏卿、生一女子。韶子内親王、配大納言源清蔭。以後ニ配河内守橘惟風。村上皇女保子内親王、配貞信公。盛子内親王、配右大臣顕光公。

＊配……ナシ②⑥

※③、コノ項目、ナシ。

【下265】

庭中立文臺事

飛香舎　村上院御時、天暦三四月十二日、藤宴庭中立文臺。

【下266】

樹茇事

樹茇〔古来反〕。説文、草根也。方言東斉謂、蕤根為茇也。

※③、コノ項目、ナシ。

【下267】

齋場事』五五ウ

俗ニ持佛堂ト云ナリ。武州重時、号極楽入道建、立極楽寺、齋場トイヘリ。和漢ある事候。

【下268】

夢殿の事

斑鳩宮《イカルカノ》ニ有二浄殿一号二夢《*文》殿《トノ》一。毎ニ入レ必沐浴。太子制二スル諸經ノ疏ヲ一。若有二レハ滞疑一、入二ル此殿一。舎人、必自二東方一来テ諭ニ、以㆓深義㆒ヲ。

＊夢《文》殿《トノ》……夢殿②③④⑤⑥

【下269】

俊成卿月も心のよりの事

我恋ハむなしき空にみちぬらん思やれともゆくかたのなき

と侍るをとりて、四阿巻に、猶ゆくかたなきかなしきハむなしき空にもみちぬ＊へくか《（ママ）》あり。

＊みちぬへくかあり……みちぬへかめり②③④⑤⑥

恋しさのなかむる空にみちぬれハ月も心のうちにこそすめ

かやうに、物かたりなととり侍る事、ならぬよし仰侍り。』五六オ

【下270】

松蘿ノ契事

松蘿ノ契ト夫婦ヲ申候。誠寄苔忍ナトニモ、興候。サリナカラ、如此事、コノミ好アソハシ候マシク候。

〔松蘿哥〕君にあハん其日ハいつそ松の木の苔のミたれて物をこそ思へ

匂宮の、こけのみたる〻わりなさをの給なと、源氏にも候事候。

【下271】

三種神器事

三種神器ハ、天子ノ御心の表事にて候。鏡ともなり、玉ともなり、つるきともなる事にて候。さやうの御心ましまさねハ、國土に凶事おこる事候。委細は、法性寺殿御記ニ見え候。御らん候へく候。

【下272】

ついなの夜の事

わかみやのなやらハんにをとたかゝるへきと』五六ウ

爆《ハク》竹驚二鄰《リ》ニ鬼一。駆儺《タ》聚二小児一。〔東坡〕

方相氏といふ物、鬼の面をきて、悪鬼をかる事あり。もゝの弓、*あしのやけ《(ママ)》もつ。*お《(ママ)》きなき物とも、ふりつゝミといふ物をふりて、方相にしたかふ也。

＊あしのやけもつ……あしのやをもつ②⑤⑥、あしのやけもの④　＊おきなき……おさなき②④⑤⑥

※③、コノ項目、ナシ。

【下273】

やまあひにすれるたけのふし事

賀茂の臨时祭、舞人のあをすりのうへのきぬ、山あひにて、竹の文をする也。へいしうのあをすりハ、しゆろをもん二つくる也。下かさね、うへのはかまをいつれもきる也。

岩清水の臨时の祭、其外、諸社の行幸、御かうのあつまあそひのいてたち、いつれも、かもの臨时の祭のことし。

※③、コノ項目、ナシ。

【下274】

いとしろくかれたるおきをたかやかにかさしての事』五七オ

おきをかさす事ハ、神楽の时、人長の作法といへり。よのつねは、さかきをもつなり。清暑堂の御神楽のしかくの事、執柄家にておこなハるゝ时、枯たる荻を持といふ説あり、東遊ハ、かくへつの事なり。昔、もとめ子のまい人、荻をかさしたる事もある*や。なをたつねしるへし。

＊あるや……あるにや②④⑤⑥

※③、コノ項目、ナシ。

【下275】

　ひもろき事

神供をいふ

ひもろきハ神の心にうけつらしひらのたかねニゆふかつらせり

【下276】

　あをしのかきりにての事

青瓷《あをし》ハ、*を(ママ)いしといふ茶碗の事也。その色したるきぬ也。

＊をいし……せいし②③④⑤⑥

【下277】

　三多事』五七ウ

おほく学し、おほくよみ、おほくなをまする事也。

【下278】

　三盗事

心をぬすミ、こと葉をぬすミ、すかたをぬすむ事也。

【下279】

三易事

よみやすく、心得やすく、おほえやすき也となん、忠良大納言申されけり。定家家隆も、同心事なりとなん。いまほとの哥よみ、この九、こと〳〵となくなん侍り。

（以下空白）』五八オ

尋申入之＊哉《分敷》題目類集也重而　※「哉」左傍ニ「〻」アリ

可清書者也

＊之哉《分敷》……之分②③、分④、候分⑤⑥

＊桃竹隠士良鎮

＊桃竹隠士良鎮……一条禅閤兼良公男　桃竹隠士良鎮②

雖為新写本附属藤弘春

堅可禁外見者也

＊前大僧正

＊前大僧正……前大僧正判③⑤

（以下空白）』五八ウ

解題

緒言

この解題は、以下の二点の拙稿、

(a)「『柿本傭材抄』の成立—兼良の注釈の基底—」(『國語國文』一九八一・一一)

(b)「『柿本傭材抄』の成立」補遺—附翻刻・校異—」(『埼玉大学紀要〔人文科学篇〕』三一、一九八三・一一)

これらの論文を統合・増補した「柿本傭材抄」(拙著『一条兼良の書誌的研究』〔桜楓社〈おうふう〉、一九八七・四〕所収)をもとにしつつ、全面的に加筆・修訂したものである。

研究史①

兼良の息男に、良鎮(一四四一〜一五一六〔一五二六とも〕)なる人物がゐる。曼殊院第二五世門跡であり、その事跡は、早く池田亀鑑「日本文学研究に於ける大内氏」(『文学』一九三四・一〇)によつて注目されたところでもあり、近くは、赤瀬信吾「曼殊院良鎮とその遠景」(『國語國文』一九八三・九)が、思想史的領域に踏み込んでの詳論を試みた人物である。

その良鎮の著作として、『国書総目録 著者別索引』(岩波書店、一九七六・一二)は、次の如く記載する。

良鎮(竹)(略)長享元年十一月二十二日御・竹等朝何百韻(以下略)

良鎮　柿本傭材抄②七四4

前者は明らかにここでいふ曼殊院良鎮のことだが、後者は何者であらうか。このことを解決すべく、『柿本傭材抄』伝本の調査、内容の検討を進めた結果が、前掲拙稿である。

結論だけ先に簡単に述べれば、兼良の講釈を曼殊院良鎮が整理・編集したものらしい、といふことが分かつて来た。かつ、兼良の諸注釈書と重なる言説が多く、兼良学の形成過程を考へる上で、欠かすことの出来ない文献であることも分つたのである。

研究史②

近代になつて、『柿本傭材抄』が引用されたのは、管見の限り、『大日本史料』第一編之三（一九二五・七）を以て嚆矢とする。

〔柿本傭材抄〕上　代々集事

つねに三代集は一躰のよし申候へとも、古今集にましたるはなし○中略

古今第一歌事

後鳥羽院御時、古今の面白歌しるし申せと、定家、家隆に仰出され侍るに、ありあけのつれなく見えし別より暁はかりうき物はなしといふ歌を、両人なから注進申され侍り、此歌に心をつけて、常に案して見侍るへき事に侍り、

（前掲書・延喜五年四月十五日条、五三三〜五三四頁）

「代々集事」は、【上11】、「古今第一歌事」は、【上30】である。引用された底本ははつきりしないが、「柹本傭材抄」と「柹」字を以てしてゐるので、板本であらうと思ふ。

『柿本傭材抄』について初めて詳細な言及がなされたのは、福井久蔵『大日本歌書綜覧　上』（不二書房、一九二五・八）である。

柿本傭材抄　三　巻

百和合のこと、題次第、古今銘、百首歌、歌稽古、歌詠みやう、代々集のこと、新古今不審、和歌會次第、三多三盗三易等のことを載す。奥に尋申入分候題目類聚也重而可二清書一者也、桃竹隠士良鎮云々とあり。三條西實教の説によれば、冷泉家の作といふ。寛文九年中村五兵衛刊行。（一〇六頁）

福井が三条西実教（一六一九～一七〇一）の説を、何によつて引いたのか、必ずしも分明ではないが、あるいは、次の如き記事がそれにあたるかとも思はれる。

一、傭材集。冷泉家作也。此内、不用事ども有也。かやうの本共、ひたもの見る事、おもはしからず。正説も不弁、事を覚うは彼顕昭が類にてあしく候。ひた者、書物を広くみれば能とばかり思ふはあしく候。当流（二条家の／事也）の正説ある本を見てよく候。

※『歌論歌学集成　第一四巻』（三弥井書店、二〇〇五・一二）による（五一頁）。底本は都立中央図書館蔵『西実教

卿家集』。

『歌論歌学集成』の校注者である上野洋三は、同書頭注に「未考。国書総目録に『旧下郷』とあるのみ」と注する。当該事項を『国書総目録』で確認してみると、

傭材《ようざい》抄《しょう》 一冊 ㊫和歌 ㊢旧下郷 (『補訂版 国書総目録 第七巻』〔岩波書店、一九九〇・九〕八七九頁・第四段)

と見える。

書名の若干の相違は今は措くとして、それよりも、実教が説くところから想像しうる『傭材抄』の性格が、この場合判断の材料たりえよう。実教の説は、次の二点に要約出来る。

(1)冷泉家の作である。

(2)その内容には、(顕昭流の?)博学を誇示する傾向がある。

(1)と(2)は、論理の上で独立してゐると見做すべきだが、(1)に関しては、根拠が示されてゐないので（(2)をその根拠と見ることにはやや無理が伴ふ）、判断がしにくいものの、中巻末尾に存する、

【中220】

一 和歌秘事

八雲根源事　大歌所事　さゝのくま日のくま川事

此三ヶ条一段ゐる事在之可為唯傳一人在之冷泉家に八口傳多候せす侍りと(?)云々

といつた記事を踏まへての立論かもしれない。

一方、(2)のいふところは、確かに『柿本傭材抄』の性格の一端をよく表現してゐる。引用はひかへるが、『柿本傭材抄』はその内容の幅・深さから見て、かなりの学識の持ち主が述べたと覚しい。

以上判然としない部分は残るものの、《柿本傭材抄＝傭材抄》と考へて、大きな不都合は生じないやうである。従つて、『国書総目録』に採られる如く、「旧下郷」に『傭材抄』なる一書が所蔵されてゐたらしく、『柿本傭材抄』にいま一つの伝本を追加できたはずだつたのだが、今となつては幻の書ゆゑ、論じられないのが残念である。

次いで『柿本傭材抄』に言及したのが堀部正二である。その論「拾遺抄及び拾遺集の成立に就いての考察」(『中古日本文学の研究』〈教育図書、一九四三・一〉所収)の中で、『集』は花山院、『抄』は公任説〈(略)〉兼良『柿下傭材集』〈(略)〉(三四二頁)と述べてゐる。『大日本歌書綜覧』が実教が示唆した冷泉家説をそのまま採用してゐたのに対し、根拠を示してはゐないものの「兼良著」と断じたのは、まさに画期的であり、慧眼に敬服するものである。因に、「柿下傭材集」なる外題は、京大本のみが有するものであつて、それによつた立論だらう。なほ、当該堀部論の初出(『國語國文』一九三六・八)時には、「兼良『柿下傭材集』」のくだりは存しない。前掲書に再収した際の増補であることが分かる。堀部のたゆまぬ探究の徹底さを、改めて思ひ知らされる好例といへよう。

戦後になり、松野陽一が『藤原俊成の研究』(笠間書院、一九七三・三)の中で、川越市立図書館蔵『長秋詠藻』の奥書「写奥書云／嘉吉三年三月四日借堯孝法印本／命中納言中将令書写畢始四五枚染愚筆者(也)』又一校畢 柿下庸材御判」を紹介し、「嘉吉三年(一四四三)の奥書は、『柿下庸材』(一条兼良)が、堯孝法印本を借りて息男の『中納言中将』（教房）に書写させたという内容である」（四七〜四八頁）と述べた。

松野は、かかる人物考証の根拠は示してゐないが、確かに、嘉吉三年当時の《中納言中将》は教房ただ一人だし、教房に「命」じて「令書写」めうるのは、やはり兼良に相違あるまい。加ふるに、嘉吉から文安にかけての兼良と堯孝の親交を考へると、「借堯孝法印本」りるといふことも、いかにもありうべきことのやうに思はれる。従つて結論としては、《柿下庸材＝兼良》と考へて良いだらう。尤も、兼良自身が「柿下庸材」と号したのは、管見の限りではこの例のみである。因に、歌学書の著者が柿本姓を名乗るのは、公任『金玉集』（倭歌得業生柿本末成）以来まま例を見、伝統的な行為といへよう。

伝本書誌

次に、管見に入つた伝本を掲げる。

管見に入つた伝本は七本あり、大きく二系統に分けられる。分類基準は後に掲げることにし、先に伝本を示すことにする。

《第一類＝良鎮編纂本・三巻本》

①国文学研究資料館蔵久松潜一旧蔵本〔一一・九五〕

本書釈文の底本。袋綴装一冊。二四・九×一八・一㎝。表紙は白無地。表紙左に題簽が貼られ、「柿本傭材抄全」と墨書される。また、題簽右横に別筆にて「古写本前大僧正良鎮書」と墨書される（後掲図版参照）。墨付は五八丁。江戸極初期写、あるいは慶長頃まで遡りうるか。

※「国書データベース」所掲画像による

②徳川ミュージアム彰考館文庫蔵本〔巳一八・〇七四九四〕

袋綴装一冊。『和秘抄』と合写。二五・五×一八・三㎝。表紙は褐色無地。題簽はなく、打付書にて前表紙左上に「和秘鈔／柹本傭材」と墨書される。内題は「和秘抄上（下）」。遊紙は存せず、『和秘抄』四六丁、『柹本傭材抄』七四丁。本文料紙は楮紙。一面九行書。蔵書印は、墨付第一丁表右下に「彰考館」（瓢箪形朱印）とあるのみ。延宝六年（一六七八）写。

③大阪府立中之島図書館蔵本〔二二四・五〇〕

袋綴装一冊。二七・六×二〇・二㎝。表紙は格子縞模様の丁字引。表紙左に題簽が貼られ、「柹本傭材抄」と墨書される。墨付は六四丁。中巻末の奥書(b)（後掲）の後に、「〔私〕在判」とある。【中163】より【中172】、及び、

【下252】より【下255】、【下262】より【下264】、【下266】、【下272】より【下274】を闕く。住友吉左衛門（初代は一六四六～一七〇六）旧蔵。江戸中期写。

④島原図書館肥前島原松平文庫蔵本〔一一八・三〕

袋綴装一冊。二七・五×二〇㎝。表紙は縹鳥の子表牡丹唐草雷文つなぎ空押。表紙左に題簽が貼られ、「柿本傭材抄」と墨書される。墨付は六五丁。松平忠房旧蔵。江戸初期写。中村幸彦・今井源衛・島津忠夫「《新資料紹介》肥前島原松平文庫」（『文学』一九六一・一二）に、「柿本傭材抄（良鎮著）」とある。筆者撮影写真版及び「国書データベース」所掲画像による。

⑤安田女子大学図書館稲賀文庫蔵本〔イナガ／B-〇一〇四／稲賀文庫〕

原本未見。安田女子大学図書館より入手した画像データ、及び、「国書データベース」所掲画像による。袋綴装一冊。『安田女子大学図書館所蔵稲賀文庫目録』（二〇一五・三）には、「〔良鎮詠〕江戸中期　1冊　23.5×16.8㎝　本文11行」とある（前掲書・八頁）。

⑥寛文九年刊本

以下の書誌は、国立国会図書館蔵本〔一四一・七四〕（合一冊）のもの。袋綴装一冊（元来は三冊仕立て）。二七・五×一九・五㎝。表紙（改装）は水色地に白の水玉模様。表紙左に題簽（後補）が貼られ、「柿本傭材抄上（中・下）」と墨書される。なほ、原装題簽を保存してゐるものと思はれる伝本に、丹波篠山市教育委員会青山歴史村蔵本〔三四〇〕がある。その表紙の図版を示しておく。

※「国書データベース」所掲画像による

知り得た寛文九年刊本の伝本は、以下の通り。

・国立国会図書館蔵本〔一四一・七四〕　※本書における校合本
・丹波篠山市教育委員会青山歴史村蔵本〔三四〇〕
・東京藝術大学附属図書館蔵本〔W九一一・一・Ka二五〕　※阿波国文庫・不忍文庫旧蔵
・宮城県図書館伊達文庫蔵本〔伊九一一・二〇一／三四〕
・飯田市立中央図書館蔵本〔一〇・八九〕　※堀家所蔵古書の内
・宮内庁書陵部図書寮文庫蔵本〔二六六・三八三〕　※鷹司本

墨付は、上冊二四丁、中冊二一丁、下冊二二丁、計六七丁。柱刻・匡郭・罫線等は存しない。刊記が下冊末に

「寛文九〔己酉〕歳仲冬吉旦〔寺町二条下町〕中村五兵衛刊行之」とある。因に中村五兵衛は、京寺町通二条下ル町に存した書林。正保・慶安期から元禄期にかけて、日蓮宗書や天台学書などの他、多岐にわたる出版を行つたことで知られる。歌書専門ではなかつたやうだ。

《第二類＝兼良删補本・二巻本》

❼京都大学附属図書館蔵本〔四―二三一・シ・一一〕
袋綴装一冊。二八・九×一八・五㎝。表紙は茶色無地。表紙左に打付に「柿下傭材抄〔上下／藤兼良作〕」と外題が墨書される。墨付は七〇丁。江戸初中期写か。第一類本の下巻が存せず、二巻本となつてゐる。

伝本の形成過程

第一類本は、若干の本文異同はあるものの、次の如き奥書を有する（①による。諸本間の校異は釈文参照）。

●中巻末尾

(a)故大人ニ不審申條ゝ
　拾集書付之更他人不
　可為指南者也
　　前大僧正良鎮

(b)加一覧之處無相違者也』四〇オ

●下巻末尾

(c)尋申入之哉《分歟》題目類集也重而　※「哉」左傍ニ「ミ」アリ
可清書者也
桃竹隠士良鎮

(d)雖為新写本附属藤弘春
堅可禁外見者也
前大僧正

(a)及び(c)から、『柿本傭材抄』は、良鎮が「故大人」に「尋申入」つた「條々」を、「類集」「拾集」したものであることが分かる。(b)は、その「大人」の加証奥書と解すべきだらう。(d)からは、後年「大僧正（＝良鎮？）」が『柿本傭材抄』を「藤弘春（未勘）」に「附属」したことも判明する。従つて、(a)〜(d)を、書き加へられた順に整理すれば、

(c)→(b)→(a)→(d)

とならう。(a)と(c)が、良鎮といふ同じ人の手による奥書であるにもかかはらず、別の時に記されたと考へたその所以は、(a)に「大僧正」と署し、(c)では「桃竹隠士」と署してゐることによる。

まづ上記奥書に見える「良鎮」が、今我々の問題にしてゐるかの良鎮であるかどうか、念のために確認して置く。

(c)に「桃竹」とあるが、「桃」が一条大路の唐名「桃華坊」により、「竹」が曼殊院の通称「竹内」によることは明白だから、疑ふ必要は無い。事実、以下の如き事例を指摘しうる。

◆神宮文庫蔵『古今集釈義』〔三・四九五〕奥書

古今集愚見抄一帖依有数奇
之志附属良鎮大僧正堅可禁外
見者也
桃花老人（＝兼良）御判

古今和歌集秘曲并兩巻奉従故
入道大殿以相傳之旨不殘一事
大中大夫良宗朝臣授與之堅
可禁外見者也
永正二年九月十六日
桃竹禿居士（花押）

ところで、実際の作者にあたる「故大人」とは誰なのだらうか。実は、『柿本傭材抄』の内容あるいは第二類本の奥書などから、兼良であることは自明なのだけれども、そのことはひとまづ措き、第一類本の奥書だけで考へを進めてみる。

「故大人」たるべき条件をいくつか挙げてみよう。

(1)良鎮に自説を伝授しうる学識を有してゐた。

(2)良鎮との関係は、恐らくかなり親密だつた。

この二条件に適合するのは、結局の所、兼良しかゐないのである。

兼良と良鎮との学問上の関係を、年時の明らかなものに限り整理すると、次の如くなる。

文正元年（一四六六）一一月一六日
兼良、『源氏物語』夢浮橋を「附属」す。（大島本『源氏物語』奥書）
文明五年（一四七三）六月二五日以前
兼良、『古今集愚見抄』を「附属」す。（京大本奥書）

この他、神宮文庫蔵『八雲謌註』（本書同書解題参看）の奥書に、

私云此夜句茂多菟之歌注者後成恩寺閤白兼良公
令書送曼殊院前大僧正良鎮給之處也予今閉加之
恐懼ゝゝ莫及外見而已

と見え、兼良が良鎮に、たびたび自説や自著を伝へてゐたことが知られてゐる。

以上、状況証拠による限りでは、《故大人＝兼良》と見做しても良いやうである。従つて、(a)は、兼良が没した文明一三年（一四八一）四月二日以後に書き加へられたことになる。

ここで兼良のことを意味せしめられてゐる「大人」（タイジン）といふ語について一言しておく。

この語の室町時代語としての語義は、

❶成年に達した一人前の男。

❷人から畏敬される社会的地位を得てゐる人物。

❸鑑と仰がれる、高徳の人。

といつたものであり（『時代別国語大辞典　室町時代編Ⅱ』による）、兼良のことを「大人」と呼んだとしても、さまで訝る必要はない。しかし一方で、当時の人々が兼良を呼ぶ時は普通、「太閤」「禅閤」「殿下」であり、没後なら「後成恩寺殿」あたりであらう。しかし、良鎮が兼良を「故大人」と呼んだ確かな例が、赤瀬前掲論文に引用されてゐる曼殊院蔵良鎮自筆『等主三昧抄』に、「『花鳥余情』の発言に、故大人あそばされ侍り。委細良鎮若年之時、『古今集』御談義聞書に載侍り。『論語』等の御談義を引て書載侍り。それを見るべし」（五宝五色事）と見え、これまた疑ふ必要のないことがらではあつた。

最後に(b)の加証奥書だが、この種のものは兼良に多い。例へば、石川武美記念図書館成簣堂文庫蔵『服假雑穢抄』（大乗院文書之内）の奥書に「加二一見一了。無二相違一歟。文明五年極月下旬（花押＝覚）」（荻野三七彦編著『「大乗院文書」の解題的研究と目録　上』〔お茶の水図書館、一九八五・七〕所収）とある。また、架蔵兼良筆奥書切（拙稿「架蔵古筆切簡攷（一）」〔『研究と資料』八四、二〇二一・一二〕参看）にも、

或人所持之本也粗加乙覧
与愚意無相違耳
應仁戊子十一月桃叟（花押）

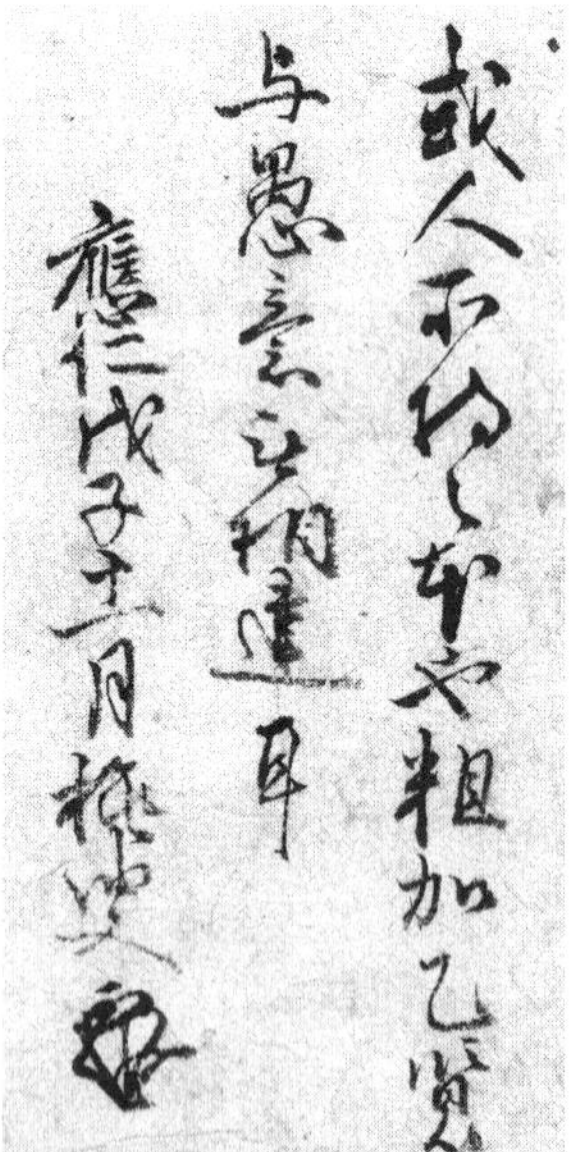

とある。

次に、第二類本は、(a)〜(d)をすべて欠き、次の如き奥書を下巻末に有する。なほ、前述した通り、第一類本は上中下の三巻だが、第二類本は下巻がなく、第一類本の中巻を下巻としてゐる。上文で、

第一類本＝三巻本　第二類本＝二巻本

と称したのもこのためである。

下巻末に、以下の奥書が存する。

(e)于時文明八年十一月　日
成恩寺入道覚心書之
〔前摂政兼良公号後成恩寺殿　一条ノ禅閤之御支也〕』七二ウ

(f)右上下一帖彼御作御真筆之御草案

そのまゝ御成書あるへきまてにて御はて候
御本 不審のミありとも誰人かあらため
侍らんかきうつす者也

「成恩寺」は「後成恩寺」、「覚心」は「覚恵」の誤写だらう。

さて、(a)〜(f)の奥書を総合して考へると、次の如き成立過程を想定しうる。

良鎮は、兼良の講釈を聞書として（多くは紙片に？）メモしてゐたが、ある時それらを編集して一書となし奥書を加へ(c)、「柿本傭材抄」と題した。この時期は明確にし難いが、後述するやうに、本書は『和秘抄』との関係が極めて密であり、文明初年頃と見るのが妥当であらう。

兼良は一見の上加証した(b)。ここに、〈第一類本＝第一次良鎮本〉が成立する。

兼良没後、良鎮が再び奥書を加へ(a)、藤弘春なる人物に「附属」せしめた(d)。

一方兼良は、この〈第一次良鎮本〉を手元に置き、それに、ある程度の刪補（下巻を削除、項目の追加等。詳細は後述）をし、文明八年一一月に一旦完成させ奥書を加へた(e)。〈第二類本＝兼良刪補本〉の成立である。この時、理由はしかとは分からないが、第一類本の下巻を除き、二巻本とした。さらに清書を果たす心積もりであつたやうだが、未だなさざる内に没してしまひ、後人がその経緯を書き記した(f)。

以上の過程を図示してみよう（点線内は仮想本）。

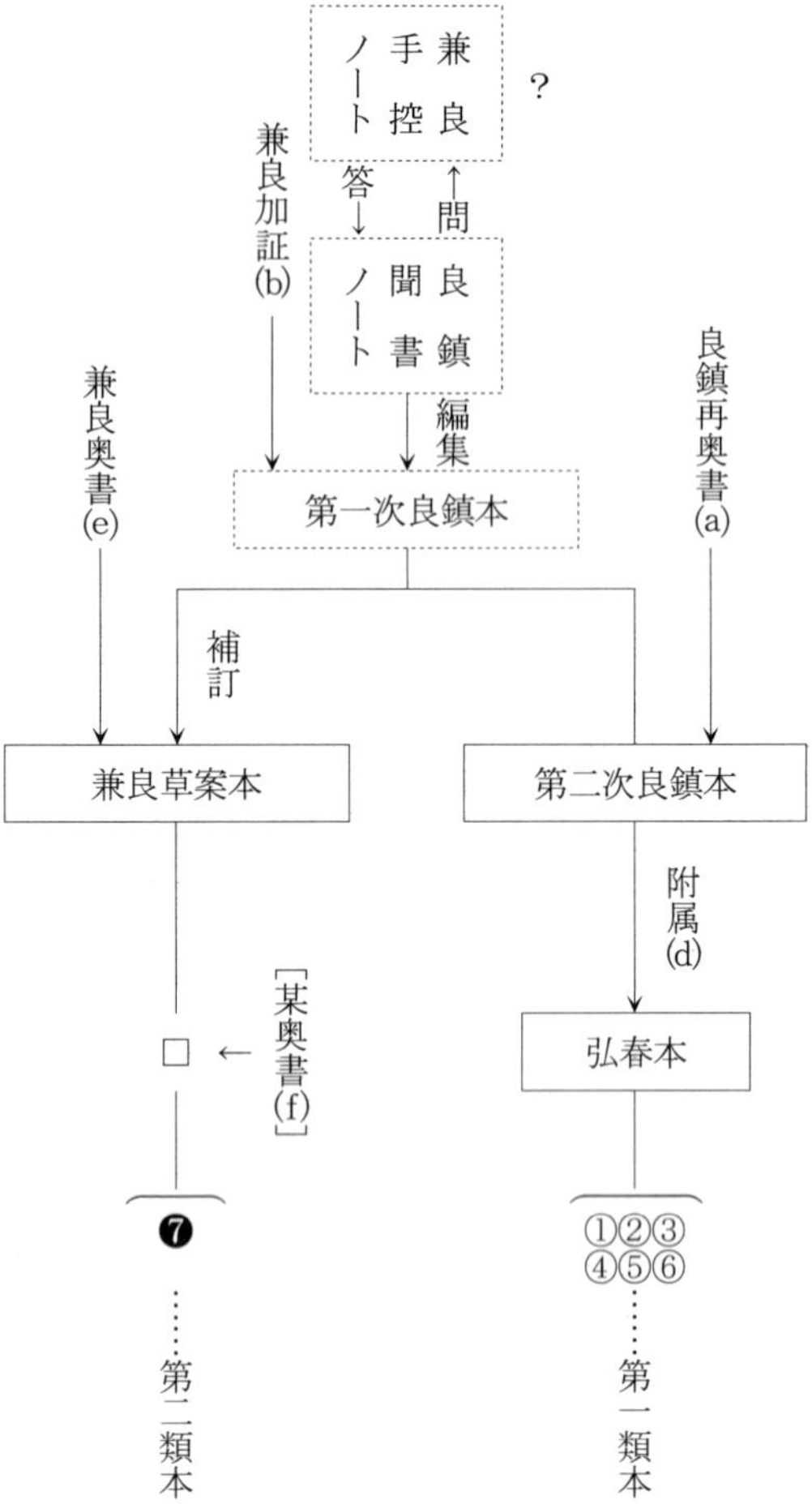

上文でも少しく触れたが、次に、第一類本と第二類本との相違を整理・検討して置きたい。さきに掲出した奥書の有無以外に、以下のⒶⒷⒸも分類基準となりうる。

Ⓐ第二類本において増補された項目が存する。

➀第一類本上巻、【上77】「古寺月といふ題にて」と【上78】「うたかた」の間に、**【京①〔上〕】「貫之家㕝」**、**【京②〔上〕】「業平中将家㕝」**が補入される。

②第一類本上巻末に以下の項目が補入される。【京③〔上〕】「紡車」～【京㉗〔上〕】「都の手ふり」。

Ⓑ第二類本において闕く段が存する。

③第一類本中巻の以下の三段が存しない。【中131】「くらへかたく」、【中160】「いかるかにけ」、【中203】「めさましくさ」。

④第一類本下巻全体。

④は明らかに兼良自身の手による編集と思はれるが、③は、転写過程での目移り等による誤脱とも考へられ、④と同一に扱ふことは出来ない。この点はなほ後述する。

Ⓒ第二類本において部分的に兼良によつて加筆されたと覚しき箇所が多数存する。

いくつか問題とすべき事例をあげてみる。

【上80】の見出しが、第一類本においては無く、いきなり「ちハやふる」歌から始まつてゐるが、第二類本（❼）では「一　神のいかきもこえぬへしの支」と、正しく掲出されてゐる。またこれだけではなく、同じ段で注釈の部分においても、

［第一類本］

愚意ニハわりなくしてもあひたきといふ心也此哥事孟子ニ見侍り下帖ハ付也

［第二類本］

色葉と云物に一説侍れとも承引しかたく侍り愚意にもわりなくしてあひたきと云心也**と推量侍り**此哥事孟子を見侍りて**いさゝか覚悟儀侍り**下帖に書付也

といった加筆と思はれる部分（太字で示した）が存する。

この二箇所とも、第一類本において削除されたとは解しがたく、第二類本における加筆と見るのが自然である。特に見出しは、第一類本における編集ミスを〝訂正〟したものと考へるのが至当である。ただし、❼末尾、「下帖に書付也」とあるが、❼に第一類本の下巻に相当する部分はなく、下巻の改訂がなる前に兼良が没してしまつたため残された、いはば〝遺言〟のやうなものと解することが出来よう。

【中130】「なつき」において、以下のやうな相違が見られる。

［第一類本］一なつき　名簿也

［第二類本］一なつき　名簿也　**文籍《モンシヤクノ》事也**

これも加筆と見ることが出来る。

加筆のいま一つの事例を見てみる。【上88】「をかたまの木」。

［第一類本］

をかたまの木　木の名也

［古］おく山にたつをかたまのゆふたすきかけて思ハぬ時のまそなき

〔狭衣〕谷ふかミたつをたまきハ我なれや思ふ思ひのくちてやミぬる
山ふかミ日影にのこる白雪やたつをたまきの花にミゆらん〔後嵯峨院／御哥〕』一八オ

〔第二類本〕

一　をかたまの木　木の名也
おく山に立をかたまのゆふたすきかけて思ハぬ時のまそなき
〔狭衣〕谷ふかミ立をたまきハ我なれやおもふおもふのくちてやミぬる』二七オ
山ふかミ日影にのこる白雪や立をたまきの花と見ゆらん〔後嵯峨院御哥〕

天照大神の御事なと申説侍也努〻不用之

兼良は己がかつての談義の聞書を見るに及び、太字部分を書き加へざるをえなかつたのであらう。実は詳細に注文を見れば、談義の段階で既に、《をがたまの木＝天照太神（更に拡大すれば、「木」ならざるあるもの）》説に対して、反駁を試みてゐたことは明白である。即ち、「をかたまの木　木の名也」といふ、一見無意味とも見做されかねない注が、合理的な解釈の提示であるためには、上述の如き異説が世上かなり流布してゐなくてはならないのである。良鎮に最初に講釈をした際には、兼良自身における異説に対する危機意識がさまで切迫したものではなく、従つてやんはりと否定するにとどめえたのだが、文明八年ごろともなると、それではすまぬほど、兼良内部においてもあるいは世上においても、異説が力を得て来たのだらう。ために兼良が太字部分を書き加へたと見たい。

この推定は、中世に成立した歌学書・伝授書を一瞥すれば、ただちに了解されよう。

◆桐火桶

才二をか玉の木の事内侍所は正直にとれり彼内侍所と申奉ハ天照太神の御影をうつしをかるゝかゝミ也。御かたちを其まゝうつしけれは正直也。（略）才二をかたまの木ハ内侍所ハ御影をうつすかゝミなれは月にとれり……

才二をか玉内侍所は伊勢にとれり（後略）

※国立公文書館（旧内閣文庫）蔵『桐火桶号志気』〔二〇二・〇一一七〕

『桐火桶』の伝本は、島津忠夫の説くところ（『〔冷泉家時雨亭叢書　第四十巻〕中世歌学集／書目集』〔朝日新聞社、一九九五・四〕「桐火桶解題」）によれば、第一類本「秘抄」系（冷泉家系）、第二類本「幽旨」系（二条家系）、第三類本「桐火桶号志気」の三系統に分かたれ、いま引用した内閣文庫本（『日本歌学大系』の底本でもある）は第三類本に属する。また、引用した箇所は、第一・二類本には存せず、第三類本のみ、末尾に付加された「秘事増補」の部分に存する。従つて、この部分の成立は鎌倉まで遡及しえず、室町期の言説と見るのが妥当である。

いま一つ、灌頂系秘伝書から事例を重ねてみる。

◆古今集和歌灌頂

（略）ヲカ玉ノ木内侍所ノ御事也（以下略）

天照太神天ノ磐屋ニ御坐シ時我カ御形ヲ移シトメントテ鋳給ヘル御鏡也

※大東急記念文庫蔵室町後期写本

※井上宗雄責任編集『大東急記念文庫善本叢刊中古中世篇　第七巻　和歌Ⅳ』（汲古書院、二〇〇五・一二）二一五頁)

兼良が良鎮に講釈を行つた時期は判然としないが、後述する如く、文明期に成立した歌学書と内容的に重なる点が多いので、南都疎開中とひとまづ措定しておく。この時期、桃華坊文庫は戦乱によつて散佚。従つて、これらの秘伝書をどれだけ文献として読みえたとは考へ難い。むしろ、上掲した秘伝書の存在は兼良とても承知してゐただらうが、具体的な中身については口承で聞き知つてゐただけだつたと考へる方が自然である。

しかし例へば宗祇が疎開中の兼良をしばしば訪問してゐるが如く、多くの来訪者があつたことは疑ひなく、彼等からまさに形成途上にあつた切紙伝授類の話を聞く機会もあつたらう。従つて、かかる比較・対照も、あながち無意味ではないと思ふのである。

兼良の他の学書との関係

既に触れたやうに、『柿本傭材抄』は、兼良の学書の部分を含み、それぞれの学書の成立過程を考へる際、かなりの有効な示唆を得ることが出来る。筆者は、すべての学書について、あまねき比較・検討を終へてゐるわけではないが、気のついたいくつかの例を示し、そこに見られる相違について、少しく考へを述べてみたい。

A 歌林良材集・和秘抄

『歌林良材集』と『和秘抄』の関係については、既に『和秘抄』の解題にて詳述した。結論だけをかいつまんで述べると、『和秘抄』（文明七年成立）と密接な関係を有しつつ成立したのが『歌林良材集』である、との結論を提示した。実は『柿本傭材抄』も、この両書と緊密なる関係を有するのである。次に配列を比較してみよう。

なほ、掲出にあたり、以下の処置を施した。

(1)『柿本傭材抄』に項目名が存しない場合、（ ）に入れて、本文中よりキーワードと思はれるものを採つた。

(2)『柿本傭材抄』に項目名が存せず、キーワードも抽出しにくい場合、「 」に入れて、本文を引用し、以て代替とした。

(3)項目名に校訂を施した場合がある。

(4)項目名は近似し、内容的にも重なる部分はあるが、相違する部分も多い場合、△とした。

(5)『歌林良材集』『和秘抄』と重なる内容を有しない項目は、掲出してゐない。

『柿本傭材抄』	『歌林良材集』	『和秘抄』
◆上巻		
【上23】あそひをおそのたはれをの事	△（【下15】）	×
【上25】手向草事	△（【下46】）	×
【上33】卅六字哥事	【上1】	【上1】
【上34】卅五字哥事	【上2】	【上2】
【上35】卅四字哥事	【上3】	【上3】
【上36】一首中同てニハある哥	【上6】	【上4】
【上37】不言其物体詠用事	【上7】	【上5】
【上41】うたてうたゝ	【上23】	【上6】
【上42】あやなし	【上24】	【上7】
【上44】あやな	【上25】	【上8】
【上45】あやな（あやに）	【上26】	【上9】
【上46】いさゝめ	【上27】	【上10】
【上47】あさなけ	【上88】	【上11】
【上48】けに	【上28】	【上12】
【上54】ことならは	【上29】	【上13】
【上55】あへす	【上30】	【上14】

『柿本傭材抄』	『歌林良材集』	『和秘抄』
【上59】ほに	【上31】	【上15】
【上60】玉のを	【上89】	【上16】
【上61】たまゆら	【上32】	【上17】
【上62】ゆらく	【上33】	【上18】
【上63】ゆらに	【上32】	【上19】
【上67】有二説哥事	【上8】	【下91】
【上70】しのく	【上35】	【上21】
【上72】たわゝ	【上36】	【上22】
【上73】かりほ	【上90】	【上23】
【上74】目もはる	【上82】【上90b】	【上24】
【上75】いましは	【上37】	【上25】
【上76】しつく	【上38】	【上26】
【上78】うたかた	【上39】	【上27】
【上81】ゆたのたゆた	【上40】	【上31】
【上82】いて	【上41】	【上32】
【上83】このもかのも	【上84】【上101b】	【上79】
【上84】ほつえ	【増2】	【上33】

【上87】雪もよ	【上93】（項目名「雨もよ」）	【上35】
【上88】をかたまの木	×	【下132】
【上89】いをやすくぬる	【上94】	【上36】
【上98】あさなゆふな	【上95】	【上37】
【上99】あさけ	【上96】	【上38】
【上100】しつハた	【上43】	【上39】
【上101】あたらよ	【上97】	【上41】
【上102】事そともなく	**【上97b】**	【上42】
【上103】はたれ	【上108】	【上43】
【上104】いとなかる	【上45】（項目名「いとなき」）	【上44】
【上105】あまのまてかた	【下28】	【上45】
【上106】めさし	【上98】	【上46】
【上107】たらちね	【上100】（項目名「たらちねたらちめ」）	【上51】
【上110】わきもこわかせこ	【上99】	【上50】
【京③〔上〕】しつのをた巻	【上101】	【上53】
【京④〔上〕】ほと〱しく	【上48】	【上55】
【京⑮〔上〕】みかくれ	【上49】	【上56】
【京⑱〔上〕】河社叓	【下27】	【下124】

『柿本傭材抄』	『歌林良材集』	『和秘抄』
【京⑲〔上〕】もとくたちゆく叓	△（【上59】）	【上83】
【京⑳〔上〕】すさむ	【上50】	【上57】
【京㉑〔上〕】かハす	【上51】	【上58】
【京㉔〔上〕】恋せらるはた	【上52】（項目名「はた」）	【上59】
【京㉕〔上〕】ことのしけき	×	【上60】
【京㉖〔上〕】しかすか	【上53】	【上61】
【京㉗〔上〕】都の手ふり	【上119】	【鷹⑫〔下〕】
◆中巻		
【中111】六義事	×	【下93】
【中112】かてに	【上60】（項目名「かて」）	【上84】
【中113】人やり	【増13】	【上85】
【中121】（よるへ）	【上61】	【上91】
【中126】（いなせ）	【上85】	×
【中134】（はし）	×	△（【下136】）
【中136】（きりたち人）	【上102】	×
【中143】おほきみのおろしときこえに（「玉たれのこかめ」）	×	【下125】
【中188】こまのあしをれ	×	【下100】

【中190】	ひちかさ雨	△（【上123】）	【鷹⑬〔下〕】
【中198】	かほ鳥の事	△（【上126】）（項目名「かほ花」）	×
【中199】	稲屓鳥事	×	【下144】
【中208】	（仲丸・篁・遣唐使）	【下43】（項目名「四の舩事」）	×
【中209】	朱雀院	×	【下150】
【中210】	承和の御へ	×	【下123】
【中214】	（紫の一本）	×	【下141】
【中217】	くれはとり	【下8】	×

◆下巻

【下251】	くらふ山の事	△（【上19】）	△（【上62】）
【下256】	よるへの水事	【上61】	【上91】

『歌林良材集』『和秘抄』の解題において、これら典籍の源泉になつたであらう歌語注を中心とする「ノート」を想定したが、それは、『柿本傭材抄』のかくの如き内容・配列を考察する上でもやはり有効と思はれる。そもそも、『柿本傭材抄』の構成なり個々の項目の配列は、奥書の記載を信用する限り、良鎮が「拾集」「類集」したと解さざるをえないものなのだから、兼良の講釈を、そのままの順に書き記したとは限らない。しかし、右の比較が如実に示す如く、『歌林良材集』『和秘抄』といつた兼良の著作に同種の項目が見られるといふのにとどまらず、重なつてゐる項目の配列の流れがほぼ一致するといふことは、良鎮の「拾集」「類集」が、良鎮自身の再編を意味するものではなく、

兼良の講釈の流れを相当程度保存してゐることが推定されるのである。

まづ、この比較表から剔出出来る事項をまづは整理し、その上で考察を加へてみたい。

(1)『柿本傭材抄』と『歌林良材集』『和秘抄』とにおける項目の一致は、上巻において著しく、中巻はそれに比して疎であり、下巻においてはほとんど存しない。これは、『和秘抄』において、『柿本傭材抄』と同様に、上巻では関係性が密であり、下巻においては比して疎であることと軌を一にする。ただし、下巻における「疎」の程度は、『柿本傭材抄』の方が圧倒的に顕著である。

(2)『柿本傭材抄』上巻における重なつてゐる項目は、『歌林良材集』『和秘抄』と重なり、その配列も一致する。

考この現象は、恐らく同一の「ノート」がソースとなつてゐることの現れなのであらう。ただしその一致をより仔細に見るに、『歌林良材集』においては、配列にちらばりが見られるに対して、『和秘抄』は、【上1】から【上50】あたりまでほぼ連続してゐる。これは、『柿本傭材抄』『和秘抄』のもとになつた「ノート」が、全く同一のものであるのに対し、『歌林良材集』がもとにした「ノート」は、同趣であるものの、やや異なるもの（例へば、初期形態）であつたらうことを推測させる。

(3)『柿本傭材抄』上巻末、❼京大本独自の増補項目についてみるに、その多くが、『歌林良材集』『和秘抄』、そのいづれとも重複し、配列も同じうするものがほとんどである。しかし仔細に見るに、『和秘抄』の方が、項目の連続性に関しては、より『柿本傭材抄』に近い。

考この点からも、(2)で推定した『柿本傭材抄』『和秘抄』のもとになつた「ノート」が、全く同一のものであることの蓋然性が高まつたと判断される。と同時に、❼京大本独自の増補項目が、後人によるさかしらなどではなく、兼良自身の手によるものであることも、証されたと見て良い。

(4)『柿本傭材抄』中巻における『歌林良材集』『和秘抄』との重複項目は、少なくとも配列においてはほとんど一致せず、〃つまみぐひ〃といった様相を呈する。ただ、見逃しがたい点は、

『柿本傭材抄』　『和秘抄』

【中112】【中113】【上84】【上85】

【中208】【中209】【下149】【下150】

といふ各々連続した項目における一致である。

考この一致は、偶然のものと思はれない。即ちこの一致は、中巻・下巻においても、僅少ながら、前々項・前項にて推定した「同一のノート」が、両書において、中下巻においても利用されてゐたことの現はれであらう。

B花鳥余情（文明四年一二月成立）

『花鳥余情』ともかなりの重複を見るが、その内、晩年の兼良の和歌観をはからずも示してゐる箇所を見てみよう。なほ、この項目は、『歌林良材集』『和秘抄』には見えない。

◆『柿本傭材抄』【上53】

名所をいひあらハすして用事

古今の哥に、世をうち山身を宇治橋なとよめる心を取て、源氏椎本巻に、うらめしといふ人もありける里の名のとかき侍るにもとつきて、元久元年七月宇治御幸の时、夜恋の題にて、定家卿哥に、待人の山路の月もとをけれ

と里の名つらきかたしきの床、又、名所秋哥、家隆卿、初霜のなれもおきゐてさゆるよにさとの名うらみうつ衣哉。かやうの風情ハ、きハめて大事にて侍るよし、仰られき。先年、拙者千首よみ侍る中に、名所關の題にて、板ひさし久しくなれハ關の戸にやふれぬ名をや今もとむらん、とよみ侍りて、御目にかけ侍りけるに、子細なきよし仰下され侍りき。但、是ハ字にかゝりてよミ侍る哥也。

◆『花鳥余情』椎本・2

うらめしといふ人もありけるさとの名の（一五四七3・339）

うらめしといふ里の名は古今の哥に世をうち山身をうちはしなとよめる心をとりていへる也この源氏の詞をとりてよめる哥元久元年七月宇治御幸の時夜恋の題にて定家卿

待人の山ちの月もとをけれは里の名つらきかたしきの床

又名所秋哥に家隆卿

初霜のなれもおきゐてさゆる夜にさとの名うらみうつ衣かな

※伊井春樹編『〔源氏物語古注集成　第一巻〕松永本花鳥余情』（桜楓社〈おうふう〉、一九七八・四）による（以下同様。項目番号も）。

『柿本傭材抄』の「かやうの風情ハ」以下こそ、『花鳥余情』には存しないものの、それ以外の部分は、内容・表現・証歌に至るまで、ほぼ同文といへよう。

この事例から推定出来る、『花鳥余情』との、換言するならば、良鎮への講釈と『花鳥余情』との関係を考へてみたい。

一つのありうるケースは、兼良は度々『源語』の講釈を行つてゐるので、その折の聞書を良鎮が『柿本傭材抄』に折り込み、兼良は講釈用「ノート」を『花鳥余情』に吸収させた、といふ場合である。即ち、兼良には、「歌語ノート」「源語ノート」「有職ノート」といつた、さまざまな作品・ジャンル別の「ノート」が存在し、それらを適宜取捨選択しつつ、講釈の現場において適宜活用したのであらう。

ただし、『柿本傭材抄』末尾に存する『花鳥余情』に見えない箇所は、いつて見れば良鎮への講釈におけるアドリブ（さういへば、といつた形での）であつたと見るのが自然である。この部分まで、「源語ノート」に含まれてゐたとは思へない。

『花鳥余情』なる注釈書の成立過程は、かなり複雑だつたと覚しく、兼良は、『源語』と直接のかかはりは薄い己が諸学書や「ノート」をも、『花鳥余情』として集大成していつた側面があり、筆者もその実例として、『女官飾抄』『玉類抄』『令抄』『江次第抄』などを材料に考へたことがある。ここもその方向で説明が可能ではあるまいか。

なほ、論旨から若干離れることになるが、以上の比較からうかがへる『花鳥余情』の執筆意図について、一言して置く。実は、兼良自身既に『花鳥余情』の中で次の如く明言してゐたのである（もちろんこれが意図の全てを覆ふとは思はない）。

◆『花鳥余情』花宴・29

ほかの散なむとやをしへられたりけん（二七六7・311）

古今哥にほかのちりなん後そさかましとよめるは花にいひをしへたる心なれは哥の詞になき事をも心をとりてかくかけるなり定家卿の哥はおほくはこの物かたりよりいてたりとみえ侍り

いこま山いさむる峯にゐる雲のうきて思のきゆる日もなし
とよめるは本哥の雲なかくしそといへるは雪をいさめたる心なれはやかていさむる峯と心をとりてよみ侍る也こゝの詞に相似たるやうなれはよりもつかぬ事なれと筆の次に申侍るなり大かた源氏なとを一見するは歌なとによまんためなりよまんにとりては本哥本説を用へき様（程）をしらすしてせいかゝと思給め侍れはいときなき人のためかやうにしるしつけて侍るなり

厳密にいへばこれらの言及は、この項目だけに向けられたものだが、『花鳥余情』全体のある側面をも照らし出してゐると思はれる。

晩年の兼良は、定家の詠歌方法に強くひかれる所があつたと覚しい。例へば、『花鳥余情』中で定家の名をあげるのは、管見による限り八例あるが、内七例が、定家の《源氏取り》の和歌を指摘するものである。『歌林良材集』に採られた和歌の内、『拾遺愚草』からの抄出歌が、他の私家集を圧倒してゐることも、兼良の定家歌尊崇を如実に物語つてゐる。

以上のことを念頭に置きつつ、今一度先程の花宴の一注を読み直すならば、この言及が単なる思ひ付きなどではないことが察せられよう。

『柿本傭材抄』の注が、見かけ上はそれとすぐに分からないものの、「源語ノート」にその由来を持つのではないか、と思はれる事例をいくつか見てみたい。なほ叙述の都合上、『柿本傭材抄』の項目には、a・b以下を冠した。

◆『柿本傭材抄』【下254】（「さきらの事」）・【下255】（「あさへたる道心事」）

[a]　さきらの事
ゆたけきさきら　弁舌事にて候。弁舌《サキラ》。

[b]　あさへたる道心事
あされたるといふ詞とおなし。たとへハ、心のあさくしとけなき道心なり。あを道心なと申おなし。河海抄ニハ、
あさき心に見せられ候。さり候《(ママ)》へく候。鮟魚、破魚也。不善候。是にて御心え候へく候。

まづ確認をしておくべき事柄がある。「さきら」「あさへたる」、いづれも『源氏物語』に見える文言である、といふこと。前者は鈴虫（一二九四⑥※『源氏物語大成』頁数・行数、以下同様）、後者は幻巻（一四一一⑧）竹河（一四八〇⑤）に見える。しかし、どういふわけか、『花鳥余情』に、このどちらも注が施されてゐない。

しかし兼良にこれらの語に関して、源氏学の立場からの関心がなかつたはずもなく、現に、[b]に『河海抄』における言説が引かれてゐる。

これらの項目は、『花鳥余情』から漏れ落ちた兼良の源氏学の一端を、我々に知らしめてくれる貴重な事例といへる。ただし、その場合、繰り返しになるが、なにゆゑ、『花鳥余情』にこれらの言説を収めなかつたか、といふ難問が、解決されるべきものとして立ち現れることになる。

次に、『柿本傭材抄』と『花鳥余情』の言説が異なる事例を見てみたい。

◆『柿本傭材抄』【下257】（「宿直すかたのわらハの事」）・【下258】（「貂裘事」）

[c]　宿直すかたのわらハの事

とのゐすかたのわらハとハ、かみをゆわす、ミたしてをきたる事候。みつらよりもうつくしく見え候。いつくものわか君たちのありさまにて候。

d
貂《フル》裘事
ふるきのかはきぬ、貂ハてんといふ獣也。如鼠。黄色皮、堪作裘。文選、貂フルキとよミて候。

cに対応する『花鳥余情』の言説は、朝顔・43に、

とのひすかた（六五四11・266）わらはの御とのゐせしまゝのすかたなり

dに対応するものは、末摘花・46に、

ふるきのかはきぬ（二二一6・257）江次第云昔蕃客参入ノ時重明親王乗二鴨毛車一着二黒貂裘八重一ヲ見物ス此向（間イ（間））蕃客纔ニ以テ二件裘一領一持来テ為二重物一見テ二八重一ヲ大ニ慙（「慙」ミセケチ）云々

と見える。特に、dの事例は留意が必要である。つまり、『源氏物語』の注釈として、本来期待されるものは、dの如き、難語「ふるき」に対する丁寧な説明である。しかし、『花鳥余情』はそのことには一切言及せず、準拠（とまではいへまいが）を『江家次第』から引用するだけである。『花鳥余情』に対する兼良の注釈姿勢の〝峻烈さ〟が、『柿本傭材抄』と比較することで得心されよう。

C伊勢物語愚見抄（初稿本＝長禄四年・再稿本＝文明六年）

『伊勢物語愚見抄』には、長禄四年（一四六〇）に成立した初稿本と、それを増訂した文明六年（一四七四）成立の再稿本、そしてその中間的形態を有する中間本とがある。

『伊勢物語愚見抄』と一致する項目はいくつか存するが、それらの項目を初稿本・中間本・再稿本と比較すると、概ね再稿本と等しいことが分かる。このことは、『柿本傭材抄』の成立時期を想定する上で、一つの傍証となろう。

一例を示すと、

◆『柿本傭材抄』【上34】

　卅五字哥事

我計物おもふ人ハ又もあらしとおもへハ水の下にもありけり

　伊勢物語ニ侍り。

この歌は、『伊勢物語』第二七段に見える（新編国歌大観・五九番歌）。

では、『伊勢物語愚見抄』諸本の本文を見てみよう。

◆『伊勢物語愚見抄』（初稿本）

我ハかり物おもふ人ハ又もあらしとおもへハ水のしたニもありけり

　女のよめる哥也我影の手洗の水にうつれる心也

※架蔵一条兼良自筆本

◆『伊勢物語愚見抄』（中間本）

我はかり物思ふ人は又もあらしとおもへは水の下にも有けり 卅五字哥也

とよむをかのこさりける男たちきゝて
女のよめる哥也我かけのたらいの水にうつれるをいふ也
※刈谷市中央図書館蔵本〔村上文庫・W〇九九四〕

◆『伊勢物語愚見抄』（再稿本）
我はかり物おもふ人ハ又もあらしとおもへは水のしたにもありけり
女のよめる哥也我かけのたらいの水にうつれるをいふ**卅五字の哥也**
※天理図書館蔵明応二年（一四九三）蓮空（甘露寺親長）写本〔九一三・三二一・イ一〇七〕

従来の研究史では、扱ひに揺れが見られた刈谷本であるが、その位置付けを確定した論が、木下美佳「刈谷市中央図書館蔵『伊勢物語愚見抄』の位置付け」（『中古文学』八二、二〇〇八・一二）である。木下論は、刈谷本における細字書入を仔細に検討し、「刈谷本は、初稿本から再稿本へと増補される、まさにその途中の段階を示すものであった」と結論づけた。首肯されるべきものと判断する。木下論では「中間本」といふ術語は見えないが、ここでは簡便に示すことに力点をおいて、刈谷本を「中間本」と呼ぶことにした。

木下論における見立ては、この事例でも鮮やかにあてはめることが出来る。即ち、

(1)初稿本執筆時、兼良は、この歌が卅五字であることを意識していなかつた。あるいは、意識はしてゐたとしても、何らかの理由で（例へば『勢語』の注としては、必須のものとは認定しえないので）記さなかつた。

(2)初稿本以後、中間本成立までの間に、兼良はこの歌が卅五字であることを、『歌林良材集』編纂の過程で（ある

いは、「ノート」編纂の段階で）認識し、まづ細字で中間本に書入れ、再稿本に至り、注釈本文として正式に書き加へた。兼良の〝心変はり〟を促したのが、『歌林良材集』の完成であつたと見たい。

といふ筋道である。

実際、「我はかり」の歌が卅五字であらうとなからうと、『勢語』の読みに決定的な影響を与へるとは思ひにくく、そのためか、管見の限りでは類似の指摘は、天理図書館蔵伝平田墨梅筆『伊勢物語聞書』（大永二年《一五二二》以前成立）に「文字はみつあまりたる也古風の哥に此ことく有不可苦」と見える程度である。逆にいふと、『愚見抄』の影響歴然たるものがある『肖聞抄』『宗長聞書』『山口記』といつた宗祇流の古注が、このことに一切触れてゐないのは、あへてこの兼良注を顧みなかつた、とも見られなくもないのである。

(1)(2)といふ段階を経て、『伊勢物語愚見抄』諸本の本文が形成されたと考へるのであるが、いま少し詳しく事情を推定してみたい。

兼良は、文明期に成つたと思はれる『歌林良材集』『和秘抄』の巻頭で、卅六字歌・卅五字歌・卅四字歌といふ構成を案出してをり、そこに至る過程で、卅六字歌と卅四字歌は、既に『八雲御抄』に指摘があるので、間の卅五字歌を独自に探究せざるをえなくなり、この『勢語』の「我計」に再び出会つたのではないか。そして、かたや『歌林良材集』『和秘抄』（兼良がかく語つたといふ意味で）『柿本傭材抄』に体系の一として組み込まれ、かたや再稿本に、『勢語』注といふ枠をやや逸脱する形で取り込まれた、といふのが実態ではあるまいか。

以上の想定が正しいとすると、少なくともこの項目の成立（具体的には良鎮への講釈の）時期は、文明期に入つてから、と見てあやまつまい。

D古今集諸注

兼良の『古今集』注釈書としては、『古今集童蒙抄』が広く知られるが、エディションの異なる『古今集打聞』『古今集秘抄』といふ注釈も存する。これらの三注に関しては、赤瀬信吾「一条兼良の古今集注釈」(『國語國文』一九八一・一二)にて、

打聞　↓　童蒙抄　↓　秘抄

といふ形成過程が考へられると論じられた。

この三注と『柿本傭材抄』との一致は相当数に達するが、例へば、『伊勢物語愚見抄』の初稿本・中間本・再稿本の如く、明らかにこの系統に近い、といふやうなことは認めがたい。即ち、『柿本傭材抄』と三書との距離は(向きが異なることはあつても)ほぼ等しいのである。無論さうはいつても慎重に扱ふべき例も多いのは事実である。

◆『柿本傭材抄』【中210】

一承和の御へ　御へハ、御贄也。大嘗會の时、悠紀主基の國より、御つき物たてまつるを、贄といふ也。代ゝの悠紀主基の哥をハ、本哥に准すへきよし侍り。いかにも堪能人をえらひてよませらるへき物に侍り。哥の潅頂にて侍るへきとなん。

◆『古今集打聞』(『古今集秘抄』〈甲〉)＊〈　〉は系統名。前掲赤瀬論による。以下同。

承和の御へ《ヲンゑ》　御へハ御贄也大嘗會の时悠紀主基の両國より《ミへ或説》御つき物たてまつるを贄といふこの时贄にそへたる哥をいふへし

※東京大学史料編纂所蔵一条家旧蔵本謄写本〔二〇三一・一一〕

◆『古今集童蒙抄』

仁明天皇の大嘗會の时悠紀ハ近江主基は備中也備中の国より御贄《をんゑ》をたてまつる時そへたる歌也御へハ御贄といふ
心也

※京都女子大学図書館吉澤文庫蔵兼良自筆本〔YK九一一・二三・I〕

◆『古今集秘抄』〈乙〉

悠紀は近江主基は備中也これは備中《大嘗會の时》の國より御贄をたてまつる時そへたる哥也御へは御贄とかく也

※慶應義塾大学斯道文庫蔵天文一二年一条房通写本〔〇九一・ト二一・一〕

◆『古今集秘抄』〈丙〉

仁明天皇の大嘗會の时悠紀《ユウキ》ハ近江主基《シユキ》は備中也これは備中の國より御贄《ヲンニエ》をたてまつる时也御へハ御贄《ヲンニエ》とかく也

※学習院大学文学部国文学研究室蔵「顕注密勘」〔九一一・五〇〇二〕

◆『古今集秘抄』〈丁〉

仁明天皇の大嘗會の时悠紀ハ近江主基ハ備中也これは備中の國より御贄をたてまつる時そへたる哥也御へハ御贄
とかくなり

※広島大学図書館蔵永禄一一年桃山玄佐写本〔國文・一四三〇・N〕

◆『古今集秘抄』〈戊〉

悠紀ハ近江主基ハ備中也これハ備中《大嘗會の时》の國より御贄《ヲンベ》をたて奉《（ママ）》る時そへたる歌也御へハ御贄《ミヘイ》とかくなり　私案ヲホムヘ

日本仁徳紀

※宮内庁書陵部図書寮文庫蔵本〔鷹・三五八〕

『柿本傭材抄』の言説の内、これら三書と重なる部分は、その前半である。そして、『柿本傭材抄』と内容的に最も近いものは、『古今集打聞』であることは、一目瞭然としてゐる。比して、『古今集童蒙抄』『古今集秘抄』の言説は、少しく距離がある。

○

兼良には、これら三注の他に、『古今集』巻一九・二〇巻に注釈対象を絞った〝別注〟が存する。『愚見抄』と汎称されるものであり、内容が微妙に異なる計六本が知られてゐる（『和秘抄』解題参看）。それらのいくつかの言説も見ておくこととしよう。

◆『古今秘抄』

仁明天皇の大嘗會の时悠紀ハ近江主基基（「基」ミセケチ）ハ何《由》事也備中の国之由と御贄を奉れる時そへたる哥也御へハ御贄いふ心也日本紀に大八洲の国をあけたる其一に吉備の國有是を後に三ヶ國にわかたりて備前備中備後となつけ侍り即国津神をハきひつミやといふにや

※京都大学附属図書館中院文庫蔵本〔中院／VI／六〇〕

◆『古今大歌所抄』

一承和の御へのきひの國の哥

　備中国より御贄を奉れる時そへたる哥也御へハ御贄と云心也日本記大八洲の国あけたるに吉備国後に三ヶ国

にわかたりて侍

各其国より大嘗會の事を執行によりて御贄を奉るとて國の名所を祝言によめる也

※徳川ミュージアム彰考館文庫蔵本〔巳一八・〇七五一六〕

概ね、『古今集』諸注と、その〝距離〟は変はらないといへよう。邪推するに、この項目は、兼良の講釈時における持ちネタの一つだつたのであらう。

○

以上を要するに、『柿本傭材抄』のもととなつた講釈をする際、兼良は、『古今集』注釈のために蓄積してゐた「古今注ノート」（これ自体も、時々刻々変貌をしてゐたであらう）も利用したのであらう、と推定出来るのである。

○

最後に、やや本題から離れるが、いま一つ注目すべき点に触れておきたい。それは、『柿本傭材抄』の後半部分、これは『花鳥余情』の中でも、兼良がたびたび関心を示してゐた本歌取の方法に関する言説の一端であり、この注が文明期（乃至、さして文明を遡らぬ頃）の所産であることをうかがはしめるものである。良鎮への講釈の際、特に付加されたものであらうか。

E 一禅御説

次の一例は『一禅御説』ともほぼ内容が存する事例である。『古今集』恋三・六二五番の忠岑歌に対する言説である。

◆『柿本傭材抄』【上30】

古今才一哥事

後鳥羽院御时、古今の面白哥しるし申せと、定家家隆ニ仰出され侍るニ、あり明のつれなく見えし別より暁計うき物ハなしといふ哥を、両人なから注進申され侍り。此哥に心をつけて常に案して見侍るへき事に侍り。

◆『一禅御説』【130】

。後鳥羽院御时、定家家隆に、八代集の中におもしろき哥ハとり分いつれと勅問有しかハ、有明のつれなくみえしの歌を申されし事、何哉らん、記録にて御覧せしと也。

この言説は、『古今集童蒙抄』などにも見える。

◆『古今集童蒙抄』

後鳥羽院の御时古今集の中面白哥を定家〻隆に御尋ありし时両人ながら此歌を撰申けるとなん

※京都女子大学図書館吉澤文庫蔵兼良自筆本〔YK九一一・二三・I〕

※『古今集秘抄』諸本同文。

兼良が『一禅御説』の中で、出典を「記録」と言明してゐる点は注目すべきであらう。室町時代語としての「記録」の意味の全貌については、いまだ把握しかねる部分が残るけれども、兼良自身の「。玉もの前と云女房の物語さうし

有。一向無正躰。そらこと也。家ゝの記録《（ママ）》にもみえさるよし奉旨」【42】の如き用例から想像するに、

記録 ＝ 古記録（日記）

といふ等式をいま少し拡大させて、

記録 ＝ 古記録（日記）＋しかるべき由緒のある文献

と考へるべきかと思はれる。これを以てここを推し量るに、兼良がこの説話を、「決していい加減な由来ものではないのだ」と主張してゐる、と見てよいだらう。

一方、この言説は、中世の注釈書類に古くから広く見られるものである。

◆『為家抄』

又云後鳥羽院の御时古今の中に面白き哥ハいつれかあると定家家隆のもとへとハせ給けれハ両方より此哥令進覧給けるとなん申可秘ゝ

※国立公文書館（旧内閣文庫）蔵『古今和歌集抄』〔特一一六・〇〇〇二〕

◆『為相（古今集）註』

（略）又云。後鳥羽院の御時、古今の中に面白き歌はいづれ《に》か有〔か〕《と》、定家、〔の際〕《家隆》のもとへとはせ給けれは、両方より此歌〔合集〕《同奏》覧〈し〉給るとなん申。可秘ゝ。

※京都大学文学研究科図書館蔵「古今和謌集」〔国文学・EcⅡ3〕

※『古今集註京都大学蔵〔京都大学国語国文資料叢書四十八〕』（臨川書店、一九八四・一一）による（三三一頁）

◆『〔応永本〕百人一首抄』

古今集にいつれの哥かひくれたると後鳥羽院定家〻隆にたつねたまひけるにいつれも此哥を申されたるとそいひつたへ侍る定家卿ハこれ程の哥よみて此世の思出にせハやとのたまひしとそ

※宮内庁書陵部図書寮文庫蔵本〔五〇一・四〇六〕

◆『〔平松家本〕古今集抄』

後鳥羽院も面白哥を申せと御尋候时定家家隆も進覧せられけり能〻能哥と思ふへしとなん

※京都大学附属図書館平松文庫蔵本〔七／コ／六〕

◆『両度聞書』

後鳥羽院御時古今第一の哥ハいつれそと定家〻隆に御尋ありけるに二人なから此哥を申されけるとそ又定家卿ハかやうの歌一首よみいてたらむハ此世の思出に侍へしとの給ける也いかはかりの事そや

※尊経閣文庫蔵伝三条西公条写『古今集聞書』〔一三・一六・書〕

◆『〔冷泉持為注〕古今集注』

（略）古今集にはいつれの哥か勝たると後鳥羽院より定家・〻隆に御尋ありしに、何も此哥を申されしとそ云傳へ侍るとそ。

※広島大学附属図書館中央図書館蔵『古今抄』〔ト八七二〕

※田野慎二・山﨑真克編『〔翻刻〕平安文学資料稿』冷泉持為注古今抄（広島大学蔵）下』（広島平安文学研究会、一九九七・三）による

◆『〔飛鳥井雅親注〕蓮心院殿説古今集註』

或ハ後鳥羽院御时古今集中面白哥ヲ定家家隆ニ御尋アリシ时両人ナカラ此哥ヲ撰申ケルトナン

※広島大学附属図書館中央図書館蔵伝為和写『古今聞書』〔大国・八四六〕

このやうに、鎌倉末期から室町中期にかけて、この言説がかなり広く伝播してゐたことが確認出来る。ここで、『一禅御説』の「記録」の意味合ひの深さが思はれるのである。つまり、「秘伝」などではない、きちんとした文献（＝記録）にこの言説が見えてゐるのだ、と兼良は声高に主張してゐたのである。しかも、良鎮や某らに講釈してゐたのみならず、自著ともいふべき『童蒙抄』でも述べるなど、兼良の並々ならぬ執着も感じ取れよう。

因に、この説話の源泉は、『古今著聞集』巻五・和歌・「陰明門院中宮の時六事の題を賜はりて定家家隆同じ古歌を撰ぶ事」かもしれない。今のところ、これ以前に遡る成立事情が確かな資料は見出せずにゐる。かつ、『古今著聞集』は紳縉の間で相当流布してゐた形跡があるので、さう考へたいところだが、しかし〈後鳥羽院←→陰明門院〉といふ決定的な相違があつて、しかも諸注いづれも後鳥羽院とするなど、断定は憚られる。あるいは、別の出典を想定すべきかもしれない。

F 催馬楽注秘抄（康正元年九月以前）

兼良は、神楽・催馬楽に注を付すといふ、画期的な仕事をしてをり、各々『神楽注秘抄』『催馬楽注秘抄』として伝来してゐる。また両書を合冊した形の『梁塵愚案抄』も写本・刊本ともに存する。これら三書の書誌については、岩橋小弥太の『群書解題』の一文、そして新間進一の『日本古典文学大辞典』の一文が委曲を尽してゐる。

また、近時、日本歌謡学会・令和三年度春季大会において、「一条兼良『梁塵愚案抄』と室町文化」といふシンポジウムが開かれ、その後、『日本歌謡研究』六一（二〇二一・一二）で「シンポジウム報告」として、三論文が公にされ、『梁塵愚案抄』研究が一気に進捗した感がある。特に、廣木一人「一条兼良『梁塵愚案抄』の性格と連歌における神楽」で、兼良自身による何度かの「改訂」「筆削」があつたらうことが論じられてゐる。本書に収めた『歌林良材集』諸本のありやうを想起すれば、むしろ、「さうでなければ不自然」とすら思ふ。

ここでは、従来あまり紹介されてこなかつたと思はれる尊経閣文庫蔵中院通秀筆本『催馬楽注秘抄』（一六・一〇・書管）（登録書名「催馬楽秘注」）を以て、奥書を読み込んで行き、成立過程の一端を垣間見るにとどめたい。

まづ、流布本たる続類従本の奥書を見てみよう。

(a)右催馬楽の哥曲愚案の及所筆に任せて是を抄す
子細ハ神乐と同未案得事等有てしはらくさしをく
追而可書加之

(b)右催馬楽之秘注借筆於中院黄門以正本令書写度〻
校合入落字等尤可為證本矣
康正元年（一四五五）九月盡　権中納言有俊

(c)件正本依應仁元年天下兵乱預置他所之間令紛失
畢雖為遺恨無力次才也仍此本可准正本者乎
文明十年（一四七八）九月十六日

※続群書類従原本（宮内庁書陵部図書寮文庫蔵本（四五三・一二））による

この後にも、書写奥書が続くが、『梁塵愚案抄』成立にかかはる点はないので、略す。

(a)は兼良の自跋。(b)(c)を総合すると、康正元年(一四五五)九月、綾小路有俊(一四一九~一四九五)は、中院黄門(通秀)(一四二八~一四九四)の筆を借りて、「正本(=兼良自筆本?)」を写し、「證本」を作した。なほ、しかしその「正本」を、応仁元年(一四六七)の兵乱の際、(有俊が?)「他所」に「預置」いたところ、「紛失」させられてしまつた。従つて、手元に残つた副本たる通秀筆「證本」を、「正本」に「准」ずべきだ、と述べてゐる(なほ、有俊の事蹟、通秀との交遊、応仁の乱における混乱等は、坂本麻実子「十五世紀の宮廷雅楽と綾小路有俊」『東洋音楽研究』五一、一九八七・三)が詳細に説く)。

次に、尊経閣文庫蔵本の奥書を見てみる。

(a)右催馬楽の哥曲愚案のおよふ所筆に任せて是を
抄す子細ハ神楽と同し未案得事等有之しハらく
さしをく追而可書加之
桃花坊一老在判

(d)此一帖大閤兼良公新抄也綾小路前中納言有俊卿
發起之者也子細同神楽但此一帖不漏
一字写之更不可有外見努〳〵
依道之習心彼卿秘蔵之者也仍愚臣又
秘之更不可有漏脱者也

前大納言通秀（花押＝通秀）
（花押〔未勘〕）

(e)讀合校合了

尊経閣文庫蔵本は、石川県立美術館編『開館五周年記念—加賀文化の華—前田綱紀展』（一九八八・一〇）に、図版（九九頁）及び解説（二三四頁）が掲出される。同書に指摘がある通り、(d)の直後に、蔵書印が「仁和寺／心蓮院」（長方朱印、双郭）と捺され、同本がかつて仁和寺心蓮院所蔵であつたことが知られる。従つて、中院家を早くに出てゐたと覚しい。

(d)の書かれた時期はかなり限定しうる。

・兼良を「大閤」「兼良公」と記すので、出家した文明五年（一四七三）六月二五日以前、息男教房が関白になつた長禄二年（一四五八）一二月五日以後である。但し、当時の「太閤」の用例を子細に検討してみると、厳密な意味（即ち、息男が関白になつた前関白）でのみ用ゐられてゐるとは断言しがたく、単に「前関白」の意と解する方が自然と思はれる場合もままあることは留意しておきたい。

・有俊を「前中納言」と記してゐるので、権中納言を辞した康正二年（一四五六）三月二九日以後、出家した応仁二年（一四六八）八月二七日以前である。

・通秀が「前大納言」であつたのは、寛正四年（一四六三）六月二七日から翌五年正月一三日までと、文明八年（一四七六）三月二一日以後である。

以上を総合すると、(d)の書かれた時期は、寛正四年六月二七日から翌五年正月一三日まで、約半年の間と判明する。従つて、(c)でいふ綾小路家における「正本」「紛失」以前となるが、これが即ち通秀の手元に残った正本の写しかといふと、どうもさうではないらしい。(d)に「大閤兼良公新抄」とあるやうに、兼良が康正元年にものした『催馬楽注秘抄』に、新たに手を入れた「再稿本」の写しかと思はれる。事実、尊経閣文庫本は概していへば、続類従本より注の内容が簡略になつてをり、同一系統とは断じえないやうである。そこで小論では、尊経閣文庫本を紹介する意味も兼ねて引用に用ゐることとする。

◆『柿本傭材抄』【下260】

あつま屋の事

四阿ハ、四方ニ軒あり。まやハ、二方ニ軒あり。

さしこむる葎やしけき東屋のあまりほとふる雨そゝきかな

東屋

あつまやのまやのあまりのそのあまそゝき我たちぬれぬとのとひらかせ

二段

かすかひもとさしもあらはこそそのとんのとをさらめをしひらひてきませ我や人つま

両下ハ、雑舎の両方に雨水のをつるいゑをいふ。あまりハ、のきをいふへし。とのとハ、戸の戸也。二段のかすかひハ、とさしをもたするかね也。とんのとも戸也。

◆『催馬楽注秘抄』

愚案四阿とかきてあづまやとよみ両下とかきてまやとよめり四阿ハ
御所造なとの四方ニ軒ありてあまたりのおつる也まやハ雑舎の両方ニ
雨水のをつるいゑをいふあまたりハのきをいふへしとのとハ戸の戸也
二段のかすかいはとさしをもたするかね也とんのとも戸の戸也
※尊経閣文庫蔵中院通秀筆本『催馬楽注秘抄』〔一六・一〇・書管〕

『柿本傭材抄』が尊経閣文庫本『催馬楽注秘抄』に近い本文を有することは明らかだが、これも、『催馬楽注秘抄』をテクストとして講釈が行はれたためではなく、『催馬楽注秘抄』のソースとなつたものの一つに、いままで縷々触れて来た「ノート」があり、その一方が、『柿本傭材抄』となつて成書となつた良鎮への講釈に用ゐられ、いま一つが、『催馬楽注秘抄』に取り込まれた、といふ風に考へるのが穏当であらうと思はれる。

ただ、「東屋」に対する言説の必要性は、兼良の神楽・催馬楽全注の企図の時点で既に胚胎してゐたはずで、俄か仕立てのものではないと考へたい。

G 連珠合璧集

『連珠合璧集』の成立過程に関して、知りうることは数少ないが、兼良・冬良両筆の国会図書館蔵本の奥書から、文明八年（一四七六）三月が成立下限と確定できる。

次に、『柿本傭材抄』とほぼ同文の言説を有する『連珠合璧集』の項目を、気がついた限りではあるが、木藤才蔵・重松裕己校注『〔中世の文学〕連歌論集㈠』（三弥井書店、一九七二・四）（『連珠合璧集』の底本は、国立国会図書館蔵一条冬良・兼良両筆本）の通番号で示してみよう。なほ『連珠合璧集』の項目名末尾に記載される「トアラバ」は略した。

『連珠合璧集』

Aひちかさ雨〈48〉
B吹物〈49～54〉「風」「嵐」「野分」「木枯」「山颪」「東風」
C氷室〈125〉「高津宮〈仁徳天皇を申。氷室の始也〉」
D故郷〈176〉
Eふかみ草〈220〉
Fやどり木〈292〉
Gかほ鳥〈359〉
H稲負鳥〈375〉
I鶏〈392〉、夕つけ鳥〈393〉、くだかけ〈394〉
J鹿〈414〉、すがる〈415〉
Kつくも髪〈545〉
Lねぶり〈554〉※注に「めざまし草」とアリ
M須彌の山〈596〉
N三の車〈599〉

『柿本傭材抄』

【中190】「ひちかさ雨」
【中191】「吹物事」
【中192】「高津宮」
【中195】「ふる郷の事」
【中196】「ふかミ草」
【中197】「やとり木の事」
【中198】「かほ鳥の事」
【中199】「稲肩鳥事」
【中200】「鷄の事」
【中201】「鹿の事」
【中202】「つくもかミ」
【中203】「めさましくさ」
【中204】「須弥の事」
【中205】「三の車の事」

O忘草〈258〉　　　　　　　　　　【中216】「忘草の事」
Pくれはとり〈799〉　　　　　　　【中217】「くれはとり」

この対照表から、導き出しうる事柄を整理してみよう。

(1)A～Nは、『連珠合璧集』においてはバラバラに点在してゐるのだが、『柿本傭材抄』においては、〈中190〉から〈中205〉まで、若干の抜けはあるものの、連続した項目として存在する。このことから、『柿本傭材抄』講釈のもとになつた「ノート」においては、これらの項目が連続して書き記されてをり、兼良は『連珠合璧集』を編纂する際、「ノート」のこれら連続する項目を、『連珠合璧集』の構成に従つて再配置した、といふことが推定出来る。

(2)『連珠合璧集』における体系（上巻のみを示せば、天象・光物・聳物・降物・吹物・時節・時分・山類・海辺・水辺・地儀・国郡・居所・草類・木類・鳥類・獣類・虫類・魚類・貝類）が、既に構想として確立してをり、「ノート」も、ある程度は、この順に書き進められてゐたのだらう。

(3)O・Pも、同様の説明が出来るが、『柿本傭材抄』講釈時、後になつて、差し込まれたものであらう。

この中で『連珠合璧集』の成立過程を考へる上で参考になるのは、Bの事例である。そこで、両書本文を参看してみる。

◆『柿本傭材抄』【中191】

一吹物事
風嵐野分〔秋風也〕木枯〔冬風也〕山おろし　こちあさこち、なといふ〔春風也〕。又、あゆの風といふも、東風なり。家持か越中守の时、哥によめり。こしの國の人の詞也。あなしとハ、いぬゐ風をいふ。ひかたとハ、ひつしさるの風をなつく。たつミの風といふ説もあり。又、しなとの風なといふこと葉も侍り。これハ、大風の事歟。又、家風なとゝよめり。これハ吹物にあらす。

◆『連珠合璧集』

五　吹物

49風トアラバ（以下略）
50嵐トアラバ（以下略）
51野分トアラバ（以下略）
52木枯トアラバ（以下略）
53山颪トアラバ（以下略）
54東風トアラバ　こちは東風也。朝こちなどいふ。（略）又、あゆの風といふも東風也。家持が越中守の時哥によめり。こしの國の人の詞也。あなしとはいぬゐ風をいふ。ひかたとはひつじさるの風をなづく。たつみの風といふ説もあり。

『柿本傭材抄』の一つの項目を、いくつかに分解して、『連珠合璧集』の形式に揃へてゐることが分かる。しかし、これも、同一の「ノート」から派生したものと考へた方が良いだらう。細かな文言の違ひもさることながら、「東風」

以外の項目は、言説が新規で追加されてをり、わざわざ、『柿本傭材抄』のある特定の項目をベースにしなければ書きえない躰のものではないからである。

成立時期・事情

ここまでで検討したことを総合して、『柿本傭材抄』の成立時期及び事情を想定して置かう。但し、《成立》には二段階あつたやうである。

①良鎮への講釈の時期

厳密にいへば一項目ごとに異ならうし、実際上全段にわたる想定は不可能である。しかし例へば、『伊勢物語愚見抄』が初稿本から再稿本へと変貌する過程のメモらしきものが、講釈の一部に用ゐられたと覚しい、などの点から見て、寛正・文正・応仁・文明初年にかけて講釈が行はれたとはいへるだらう。『柿本傭材抄』は良鎮の編集にかかるものではあるが、その点を考慮に入れるとしても、如上の時期を大きく逸脱することはあるまいと思ふ。

②成書の時期

奥書(e)から、文明八年一一月には、第二次本＝兼良刪補本が既に成立してゐたことは明らかである。また、第一次良鎮本は兼良薨去後、即ち、文明一三年四月二日以後と考へられ、この想定は①と矛盾しない。

③良鎮成書の意図

一切不明だが、とりあへずは、講釈が行はれた直後ゆゑ、といつた程度の即物的な説明にとどめておきたい。

成立の背景

最晩年の兼良の注釈には、赤瀬信吾「一条兼良の古今集注釈」(『國語國文』一九八一・一二)によると、

(1)宗匠家や秘事口伝に対する批判的姿勢が次第に後退してくる。

(2)啓蒙的な注説が次第に増加してくる。

この二つの傾向が見られるといふ。赤瀬のこの概括は、『古今集童蒙抄』『古今集秘抄』を基に帰納されたものであり、『柿本傭材抄』に直ちに当てはめることは出来ない。赤瀬が読み取つた如き兼良の思想的転換を、この補筆が如実に示してゐるのも事実なのである。

確かに『柿本傭材抄』には、権威に対する批判的舌鋒(赤瀬の論によればより早い段階の言)が、あちらこちらに残存してゐる。例へば、

【中218】

一みたりの翁

例のさま〳〵秘事とて、させる證據もなきあて事とも申人おほかりき。古今四人の撰者、さたせすして、たゝむかしありける翁とはかりかきのせ侍るうへハ、其名をきゝても詮なき事にて侍るへし。

といふ舌鋒鋭き批判も、以下の如き同時代諸注の中に置いてこそ、初めて全き理解が可能となる。

◆『〔平松家本〕古今集抄』

みたりの翁の事可聞口傳表中底之習可有之

※京都大学附属図書館平松文庫蔵本〔七／コ／六〕

◆『古今集注』

此三首ハ作者ハ古ニアリト云リ実義ヲカクサンカ為ニツク名歟古今ノ㝡秘事也能《ヨク》〈朱〉〱可尋也

※国立国会図書館蔵文正元年（一四六六）写本〔WA一六・六〇〕

◆『両度聞書』

左注みたりの翁の事種ゝ名あり可受師説

※尊経閣文庫蔵伝三条西公条写『古今集聞書』〔一三・一六・書〕

◆『〔冷泉持為注〕古今集注』

三人の翁とは、家持・忠長・黒主也。

※広島大学附属図書館中央図書館蔵『古今抄』〔卜八七二〕

※田野慎二・山﨑真克編『〔翻刻〕平安文学資料稿』冷泉持為注古今抄（広島大学蔵）下』（広島平安文学研究会、一九九七・三）による

『柿本傭材抄』の〝源泉〟

兼良が『柿本傭材抄』を編纂する際に、拠り所としたであらう先行する典籍の追尋も進めてきてはゐるが、この解題で報告しうる程度の成果はあげえてゐない。ただ一つだけ、報告に近いが、一点典籍を紹介しておくこととしたい。【下235】「和歌御會次第」は、よくまとまつた「和歌御会」の「次第」といへるが、これが兼良編なのか、他の典籍からの引用なのか、判然としない。いくつかの「和歌御会次第」「御会次第」と題される典籍を見たものの、一致するといへるものが見出しえなかつたのだが、ここに一点、部分的ながら本文がほぼ一致する資料を見出すに至つた。

それは、国文学研究資料館蔵〔田安徳川家資料〕『明題抄／持明院七十五』〔一五・六六九〕に合写される「和歌御會次第　禁中之儀」と端作題が存する部分である。以下、冒頭部分数行の釈文を掲げる。その後に、『柿本傭材抄』の該当部分を掲げる。

◆国文学研究資料館蔵〔田安徳川家資料〕『明題抄／持明院七十五』〔一五・六六九〕

和歌御會次第　禁中之儀

御會所儀可随使(便カ)所

御座横敷〔大文畳二帖／上御茵〕左右相分設公卿座〔高麗／小文〕御座左右立

高燈臺〔有打／敷〕

刻限出御　公卿着御前座〔着様可／任使〕

次殿上人持参切燈臺移〔盞高臺／打敷如前〕

次殿上人持参文臺〔御硯筥／蓋也〕置御前〔去御座／三尺計〕

次同五位二人敷講読師円座二枚〔講師座置文臺前方讀師座置／御前右方或不敷講師或左方可随／使〕

女房歌奉行人可持参歟〔但建仁元年四月廿六日鳥羽殿御會自東向妻／戸彼出女房哥二首大臣殿取之令置給也〕

◆『柿本傭材抄』【下235】

和歌御會次第

一御會所儀　可随所便

御座摸敷〔大文臺之二帖上ニ／加御茵ヲ〕　左右相分設公卿御座〔高簾一／小文〕御座左右

立高灯臺〔有打敷〕　其所廣之时式御座左右弁座未立灯臺

刻限出御

公卿着御前座〔奥座之人ハ自座ノ前着之端着之端座之人自座ノ後着之〕

次殿上人持参切灯臺移灯盞撤高灯臺〔打敷／如元〕置座下方

次殿上人持参参文臺〔御硯筥／蓋〕並御前〔去御座三尺／許〕

次同五位二人敷講読師円座二枚〔講師座置文臺前方読師座置御前右方或不敷読師／座或左方可随便宜〕

次奉行職事取集殿上人懐帋置文臺上退晴時各自置文臺女房歌奉行人可持参歟但建仁元年四月廿六日鳥羽殿御會自東向妻戸之出女房大臣殿取之令置給云々　※句読点、振り仮名、返点等は省いた。

若干の表現における精粗、本文の異同はあるものの、同じ言説資料と見做して良いかと思ふ。

田安本には、この箇所の素姓を示す識語等が存せず、来歴は知られないのを憾みとする。

『柿本傭材抄』と田安本、親子関係とは見做しがたく、共通する祖型〈祖本とまではいひ切れないので、この表現を以てする〉を想定するのが自然であらう。従つて、少なくともこの箇所に限つては、兼良の独自の見解ではなく、〝引用〟

と考へられる。この事実は、『柿本傭材抄』の学的淵源を考へる上で、(ある意味、当たり前のことはいへ)重要な視点を与へてくれるものである。

『八雲謌註』――釈文・校異・解題――

凡　例

一、底本・校合本は以下の通り。校異掲出において、伝本名を伝本の通番号を以て示した。
【底　本】①東山御文庫本（宮内庁蔵）『古今集釈義』〔勅封・六三・三・一・一九〕合写「八雲根源」
【校合本】②神宮文庫蔵本〔三・三〇一〕
一、振り仮名・返点の異同は、原則として、校異として掲出しなかつた。
一、釈文作成に際しては、出来る限り底本の形を残すことに努めたが、以下の処理を施した。
一、底本における改丁・改面を』で示し、丁数等を』一ォの如く示した。
一、わたくしに句読点を施した。

釈文・校異

*八雲根源（端作題）

＊八雲根源……夜句茂歌注兼良公②

素戔嗚尊、天ヨリシテ、出雲國簸之川上ニアマクタリマス时ニ、上川ニ音鳴聲《ネナク》アルヲ聞ク。故声ヲ尋テマキイテマシヽカハ、一《ヒトリノ》翁トヲムナトアリ。中ニ獨ノ乙女ヲスヱ、カイナテヽナク。素戔嗚尊、問テノタマハク、イマシタチハ誰《タ》ソ。

何ソカナクヤ。對《コタヘ》テマウサク、吾ハコレ國ツ神ナリ。号《ナ》ハ脚摩乳《アシナツチ》、我妻ノ号ハ、手摩乳《テナツチ》。此ヲトメ、コレ吾子ナリ。*号奇稲田姫。ナクユヘハ、サキニ吾子、八タリノ乙女アリキ。年毎ニ八岐大虵《ヤマタノヲロチ》ノ為ニ呑マレキ。今、此乙女ノマレナントスト。答、*マヌカル丶ニ由ナシ。故以《コノユヘ》イタム、ト申ス。素戔鳴尊、*ミコトノリシテ曰《ノタマハク》、若然者、汝《イマシ》當ニ女ヲ以テ吾ニ奉《クレン》』一二ウヤ。對《コタヘ》テ曰《マウサク》、ミコトノマヽニタテマツラン。故、素戔鳴尊、*立化《タチトコロニ》奇稲田姫ヲ、ユツノ爪櫛ニトリナシ、御髻《ミクシ》ニサシタマウ。脚摩乳手摩乳ヲシテ、八シホリノ酒ヲカミアハセテ、サスキ*八間ヲユヒ、各一口槽《ヒトツサカフネ》ニ置テ、酒ヲ盛《イレ》以待タマウ也。時ニハタシテ、大蛇《ヲロチ》アリ。頭尾各八岐《マタ》アリ。眼ハ*アカヽチノコトシ。松栢《マツカヘ》、背上《ソヒラノ》ニヲイテ、八岳《ヤヲカ》八谷《タニ》ノ間ニハヒワタレリ。酒ヲウルニ至テ、頭ヲ各一《ツ》槽ニヲトシ入テノム。酔テ睡《ネムル》時、素戔鳴尊乃所帯《ハカセル》十握《トツカ》剱ヲ拔。寸々《ツタ〳〵》ニ其蛇ヲ斬。尾ニイタリ、剱ノ刄《ハ》、スコシキカケヌ。故《カレ》其ノ尾ヲ割裂《サイテ》、*視《ミソナハ》スレハ、中ニ、一ノ剱アリ。此所謂《ユハユル》草薙剱《クサナキノツルキ》也。

*号……号ヲハ② *答マヌカル……答マウスノカル丶② *ミコトノリシテ……ミコトノリ② *立化《タチトコロニ》……立ナカラ② *八間……八門② *アカヽチ……アカヽネ② *視《ミソナハ》スレハ……視《ミソナ》ハス②

草薙剱《ノケン》、此云二倶娑那伎能都留伎一。』一三オ

一書曰、本名ハ天叢雲剱。盡大蛇ノ所居之上ニ常有二雲氣一。故以名歟。至日本武皇子《ミコト》、改名曰二草薙剱一。素戔鳴尊曰、是、神《アヤシキ》剱也。吾何《イカンソ》敢テ私ニヲチランヤ、トノ玉フ。乃、天ノカンノミモトニタテマツリアク*。然後ニ、ユキツヽアハシセン處ヲモトム。遂ニ、出雲之清地ニイタリマス。乃、イツテ曰《ク》、吾心清々之《スカ〳〵シ》。則、ソコニ宮ヲタツ。

*アク……アリ②

夜句茂多菟伊都毛夜覇餓岐菟磨語《ヤクモタツイツモヤエカキツマコ》
味爾夜覇餓枳都倶盧贈迺夜覇餓岐廻《メニヤヘカキツクルソノヤエカキヲ》

乃、相與《クミト》遘合《ニミトノマクハイシテ》而兒大己貴神《ミコヲホアナムチノカミ》ヲウム。曰 勅《ミコトノリ》シテ曰《ク》、吾コノ宮ノツカサ、即、脚摩乳手摩乳也。故、ナヲ、
二《フタハシラ》ノ神ニタマフ。稲』一三ウ田宮主ノ神トイフ。已素戔嗚尊、遂㆓根國㆒イテマシヌ。
一簸川者、水名。一老公謂㆑父。老婆謂㆑母也。撫ハ育《ヤシナウ》之義《ナリ》。脚摩乳、手摩乳、因㆓其子㆒。而得名。盡《ケタシ》、父母撫《ナツ》㆓
摩其子之手脚㆒。而乳養《スル》故也。尺㆑名曰《ヲ》、物两為㆑岐。大蛇首尾各八。故曰㆓八岐㆒。因亦呑㆓都《スヘテ》八箇《コノ》少女㆒也。
立化《タチトコロニ》為櫛者、立化稲田姫、為㆓爪櫛㆒而簪㆓於髻上㆒也。登地薩埵、如㆑幻三昧之力㆒。心境無二。故随㆑意轉變。不可
思議者、八醞《シホリ》、謂㆓厚酒㆒。和訓謂㆓八入折《ヤシホヲリ》㆒。盡八返醞醸、猶如㆓紅色《ノ》一‐入再入《ノ》㆒也。假《カリ》者、暫時之意。言㆑暫《シハラクヲ》假作、
是閣也。
設《マウケル》㆓八口酒槽㆒。則、為㆑令㆑飲㆓八頭蛇《ニ》㆒也。松柏生㆑背者、猶如㆔巨鼈背』一四オ上戴㆓三神山㆒也。
十握釼者、十波羅蜜ナリ。
寸斬者、寸〻斬㆑之。薙、礼記曰、謂迫地芟《カル》㆑草也。此以㆓後世之事㆒、為劔名也
又、漢書高祖紀、高祖夜徑*㆓澤中㆒、有㆓大蛇㆒當㆑道。乃、拔㆑釼斬㆑蛇。〻分為两。

＊徑……経②

此一段因縁、雖㆑出神道不測之妙用、至㆓於其理㆒。則據《ヨツテ》㆓佛敎㆒可㆓解説㆒。夫大蛇無明之躰也。根本無明、是不覚一念。
轉《ノ》為㆓八識㆒。〻〻各有㆓能變所‐変㆒。故曰㆓八岐大虵㆒。素戔嗚尊、有㆓八大罪㆒。其能作在㆑心。所作在㆑事。合㆓能所㆒
為㆓首尾㆒。名㆓八之大蛇《ト》㆒』一四ウ者也。八箇少女者、是、八正道、為㆓無明㆒所蔽。而失㆓其智㆒、是為㆓大蛇㆒呑㆓八女㆒
也。山河大*地明暗色空、皆無明之所変、才*識之相分。故曰、松栢生背、飲酒醉睡者、耽着味欲。而忘㆓身心㆒也。進雄
尊一聞、少女為蛇所呑。而忽起悲心、欲㆑救㆓其苦㆒。是則悲増菩薩之心也。從是次第増進。漸断㆓四十二品塵勞㆒。故
曰㆓寸斬㆒其虵自㆑頭至㆑尾。最後即得㆓一寳劔㆒。是根本智之喩《タトヘ》。蛇尾者無明。即法性。以㆑劔得㆑劔者、始覺同本覺之

義也。

＊大地……大虵②　＊才……第八②

進*雄尊持二神劔一、奉二日神一者、其意欲レ傳之天孫。而為二百王之璽一也。然後至國建レ宮為レ婚也。始レ本《モトヲ》作二婚礼一。娶《シュ》婦《フ》』一五オ以二昏時一、婦人為陰也。

＊進雄尊……進雄②

集*雄尊欲為二婚姻之礼一。而相二其可建宮之攸一。得レ到二出雲之清地一、吾心清〻。謂レ到二方寸清浄之田地一。一云、上清是内清浄。下清是外清浄。在二心齊之所致一。故曰、吾心清〻。清*字与素鵝、五音相通。因二清〻之言一、而名二其地一、曰二素鵝一。建レ宮、謂夫婦同宮而居也。註、一説、此尊、於二是時一、作二和歌一、自述二其志一。則、三十一字之権輿《ケンヨ》也。

此哥、有二四妙一。一字妙、二句妙、三意妙、四始終妙。

字妙者、謂始爲二三十一字一也。

＊集雄尊……進雄尊②　＊清字……清宗②

又説云、卅一字之中ニ一字肝心之字アルヘシ。』一五ウ

句妙者、謂分為五句、象二于五行五音一也。

又説云、五七五七〻、字ニ有増減者、事ユイ*ニクシ。是句妙也。

＊ユイ……ユイ《イヒ》②

意妙者謂一篇之意巧妙也。

又説云、一首意ニ含二種〻事一、妙也。

始終妙者、謂此躰始レ二于進雄一、至二後世一大盛也。

又説云、于今不レ断事、*妙也。

＊妙也……ナシ②

其詞云、夜句茂多菟者、猶言八雲起大蛇所居之上常有八色雲興。故曰、八雲起。伊弩毛者、出雲也。因八雲起、即名二其地一、曰二出雲一。夜覇餓岐者、八重墻也。為宮墻之八重也。菟摩語昧尒者、娶二稲田姫一為レ妻。而居二此宮一也。夜覇餓』一六オ岐都倶盧、猶言造八重墻也。贈酒夜覇餓岐廻者、其八重墻也。反復而言者、古風之躰然也。

又説、八重墻都倶盧其八重墻於者、八角知上ニ、又此宮ニ八重墻、又都倶盧心也。又八*重言ニテ妻ノ心ヲアラハス也。重タル者、皆ツマト是ヲ云也。

＊重言ニテ……重々テ②

相與溝合而生兒者、維摩〔詰〕。經云、有二菩薩一*問二維摩詰一、居士父母妻子、*親眷属、悉為二是誰一。維摩詰以レ偈答曰、智度菩薩母、方便以為レ父。一切衆生導師、無レ不レ由《ヨテ》レ是、生二法喜一以為レ妻、慈悲心為レ女。善心成二實男一。畢竟空寂舎、進雄因レ斬二無明大蛇一、即二得如《ヒ》レ是諸《ノ》大-功-徳一也。』一六ウ

＊問二維摩詰一……問維摩詰言②　＊親……親戚②

*宮首、猶後世六宮之職也。宮主、今者此名掌宮内之神事者也。遂就二根國一者、祇承父母之*末命也。問二父母之命一、雖レ如レ是、已悔其過。則何必赴《カン》二根國一耶。答、且依二佛經一、而言、三界*唯心、ゝ外*無法。浄穢同處。随業見異。唯迷者、見心外有法業。因所招、*染浄始分二是父母命一。進雄尊、遂於二拎根國一者也。若復悔過悟レ非、則前所感報土。穢即轉浄。譬《ヘ》猶《ハシ》二氷一融《メ》為レ水《ト》。何必穢土外。別求二浄土一耶。是進雄所レ就二根國一也。

＊宮首……宮道②　＊末命……命②　＊唯心……唯一心②　＊無法……無別法②　＊染浄始……染浄ゝ如②

(以下空白)』一七オ

日本紀やハらけ、大かいちうしてま*いらせ候

＊まいらせ候……給候②

くハしき事ハ、一日御申候ふんに*て候。さのミ

＊にて候……にてハ②

無用のいたつら事、御けいこ候ましく。《て》候。その御ひ

まに、顕密の御かくもんを、御さた候へく候

よし、申進給へ。

かしく。

（以下空白）』一七ウ

右一冊加一覧早故入道殿

御抄也堅可禁外見

前博陸叟（花押）透写了

（以下空白）』一八オ

以彼御奥書秘本書写校合訖

藤資直

（花押）

（以下空白）』一八ウ

解　題

研究史

『八雲謌註』に関しては、拙稿「『柿本傭材抄』の成立―兼良の注釈の基底―」(『國語國文』一九八一・一一)にて、当時孤本として知られてゐた神宮文庫本について簡単に触れた。

その後、赤瀬信吾「曼殊院良鎮とその遠景」(『國語國文〔特輯　曼殊院蔵国語国文資料㈢〕』一九八三・九)において、曼殊院蔵『古今集釈義』(『古今集愚見抄』)について、

> 良鎮が明応六年一四九七三月二十日に書写した曼殊院蔵『古今集釈義』(『古今集愚見抄』)の識語によると、彼は政弘に『古今集愚見抄』と『八雲根源[8]』とを相伝してもいたようだ。

との指摘がなされた。さらに、注(8)に、

> 神宮文庫蔵『八雲謌註』が、それに相当するかと思われる。注6武井論文にも取りあげられたその識語には、次のようにみえる。(略)内容は、まず漢字片仮名まじり文で素戔鳴尊の大蛇退治の段を訓下し、ついで漢文体の注を付す。後半の注は、ほぼ兼良『日本書紀纂疏』からの抄出であるが、いわゆる神道者流「八雲神詠伝」以前の独立した「八雲たつ」の歌の注釈書とみなしえて、興味ぶかい。

とあり、曼殊院蔵本『八雲根源』が『八雲諦註』の今一つの伝本であることを述べ、その史的位置付けまで言及してゐる。

さらに、赤瀬論では、「中世においては、無明と法性との対立さらにその一具融和をもって、神話などを解釈し理解する思惟方法が広い領域に認められ」とし、「此一段因縁（略）本覚之義也」を引いて、良鎮への無明即法性といふ方法の浸潤をも示唆してゐる。

伝本書誌

従来知られてゐた『八雲諦註』の伝本は、前述の通り、神宮文庫蔵本〔三・三〇一〕・曼殊院蔵本（未見）の二本であつたが、いま一本の伝存を知り得た。それは、東山御文庫本（宮内庁蔵）『古今集釈義』〔勅封・六三・三・一・一九〕（以下、東山御文庫本）に合写される『八雲根源』である。本書では、この新出本である**東山御文庫本を底本と**し、神宮文庫蔵本を以て校異を掲出した。未見の曼殊院蔵本を除き、各伝本の書誌を述べておく。

①東山御文庫本（宮内庁蔵）『古今集釈義』〔勅封・六三・三・一・一九〕合写「八雲根源」

原本未見。紙焼による。以下、紙焼より判明する点を記述する。袋綴装一冊。表紙左に「古今集釋義附八雲根源」と外題が墨書される。本文は墨付第一丁裏より始められ、『古今集釈義』が一二丁、『八雲根源』が七丁。一面十行。

前半に収められる『古今集釈義』に関しては、拙稿「東山御文庫蔵『古今集釈義』攷―附翻刻・校異―」（『研究と資料』四三、二〇〇〇・七、拙著『一条兼良の書誌的研究　増訂版』〔おうふう、二〇〇〇・一二〕再収）を参看願ひたい。『八雲根源』は、墨付第一二丁裏から、第一八丁裏まで書写されてゐる。端作題「八雲根源」。末尾に奥書が二点存する。

奥書

(a)右一冊加一覧早故入道殿
御抄也堅可禁止外見
前博陸叟（花押）透写了

（以下空白）』一八オ

(b)以彼御奥書秘本書写校合訖
藤資直
（花押）

箚攷

(a)に見える「前博陸」は一条冬良（一四六四〜一五一四）、(b)に見える「藤資直」は富小路資直（?〜一五三五）。本文末尾に「かな識語」が存し、これは良鎮に向けて書かれたものであらうから、冬良本は、恐らく、兼良が良鎮にこの典籍を伝へた際、一条家側に残された副本を祖とするものであらう。なほ、先に引いた赤瀬論で、「良鎮が明応六年一四九七三月二十日に書写した曼殊院蔵『古今集釈義』（『古今集愚見抄』）の識語によると、彼は政弘に『古今集愚見抄』と『八雲根源』とを相伝してもいたようだ」との指摘があつたが、政弘にも、この東山御文庫本と同じ内容の典籍が遣送されてゐたことが分かる。

②神宮文庫蔵本〔三・三〇一〕

袋綴装一冊。二七×一九・六㎝。前表紙（原装歟）は、丁子引横刷毛目文様。題簽は存せず、左に寄せて「八雲詞註　全」と外題が墨書される。端作題「夜句茂歌注兼良公」。紙数は、遊紙は存せず、墨付のみ五丁。本文料紙は楮紙。蔵書印が、墨付第一丁表右上に「林崎／文庫」（方朱印、単郭、陽刻）、同右下に「林崎文庫」（長方朱印、双郭、陽刻）、墨付第五丁裏に「天明四年甲辰八月吉旦奉納／皇太神宮林崎文庫以期不朽／京都勤思堂村井古巖敬義拜」（長方朱印、単郭、陽刻）とある。即ち、村井古巌（一七四一～一七八六）奉納本の一である。一面一一行書。

奥書は次の如し。

奥書

(c)私云此夜句茂多菟之歌注者後成恩寺關白兼良公

　令書送曼殊院前大僧正良鎮給之處也予今閉加之

　恐憚ミミ莫及外見而已

簡攷

この奥書によれば、②は、兼良が息・良鎮に対して「書送」つたものであり、それを後人が「閉加」へたもの、といふことになる。「閉」とあることを重んずれば、兼良が良鎮に「書送」つたものは、冊子の形ではなかつた、と解しうる。切紙・書状のやうな形態であつたか。なほ次項以降参看。

成立経緯・時期

前項にて述べたやうに、本書には、

⑴一条家側の残された典籍（恐らく兼良自筆）〔一条家本と仮称〕→①東山御文庫本（及び曼殊院蔵本）
⑵曼殊院良鎮に伝へられた典籍（同前）〔兼良遣送本と仮称〕→②神宮文庫蔵本

この二本の祖本が推定されるが、①②を比較する限りでは、その内容に大きな異同があつたとは思へない。そこで、〔一条家本〕をもとにして新たに兼良によつて書写されたのが、〔兼良遣送本〕であると推定しておく。〔一条家本〕の成立は明確にし難いが、『日本書紀纂疏』成立以後であることは確かなので、文明年間と広く考へておきたい。

書名・伝来

①東山御文庫本と②神宮文庫本との顕著な相違に、端作題がある。

①東山御文庫本は、外題・端作題ともに「八雲根源」、②神宮文庫本は外題が「八雲諦註」、端作題が「夜句茂歌注」である。『国書総目録』には、当時唯一知られてゐた②神宮文庫本に基づき、文庫側の登録書名である「八雲諦註」が採られ、その後、「国書データベース」においても、「八雲諦註」が統一書名とされて来た。そのやうな経緯があるので、本書においても「八雲諦註」を以て書名としたが、この両書名は、伝来を異にするところに、その源を発すると覚しく、扱ひには慎重さが要求される。即ち、前項でも少しく述べたやうに、兼良が良鎮にこの講釈をした際、一条家に手控へノートとして残されたもの（恐らく兼良自筆）に、後に冬良が「加一覧」を加へ、それを富小路資直が書写したものを祖本とするものが、①東山御文庫本である。一方、兼良から良鎮に与へられたもの（切紙・書状のやうな形態であつたか）を祖本とするものが、②神宮文庫本、といふことになる。書名の相違も、このやうな伝来の相違に、その淵源を持つと考へて良いだらう。

ただし、繰り返しになるが、校異を見れば分かるやうに、①②の間に、深刻な異同は存しない。異同の多くは、誤写故のものと見て良い。従つて、伝来は二つの道に分かれたものの、本文は結局の所一つといふことになる。

富小路資直と一条家本

資直が、一条家蔵書を書写する機会を得てゐたことは確かである。その確実な事例を紹介しておく。小松茂美『後撰和歌集　校本と研究　研究編』（誠美書房、一九六一・二）に引かれる、田中塊堂蔵『後撰集』の奥書である。関連する箇所を引くと、

(B)此本、妙華寺殿関白、以定家卿自筆本、不違一字、令書写給。頗可備将来之證本者也。

従一位藤（花押）

(C)　右御奥書御草名等。如形透写訖。

(D)以桃花坊御本、終書写。再三加校訖。最可謂證本者乎。

時享禄三年庚寅中秋廿三日己卯

従三位藤原資直（花押）

（前掲書・一四一頁）

いま一点紹介しておく。川瀬一馬編輯『龍門文庫善本書目』（阪本龍門文庫、一九八二・三）に引かれる、「一条冬良注」と呼ばれる『古今集』古注の一本である、阪本龍門文庫蔵『古今和歌集鈷訓傳抄』〔一三二〕の奥書である。

> 古今集一部之注釋爲備後學之廢忘摭密勘僻案諸鈔並庭訓秘説抄出之御抄被載之事者不及注載之但於序者悉書載之者也深藏箱底堅可禁外見矣
> 右鈷訓傳抄者後妙華寺前殿先年此集御講釋之時新令鈔給秘決也御伝受之後恩許之卽奉書寫之然件本於亡父卿南遊旅店有紛失事今也以或本重染筆畢彼寫本者轉寫之誤連〻可改正而已抑此御鈔之中又被講御抄者後成恩寺禪閤御述作之一册後京極殿以來御家傳之秘説也是亦元來許可給共以藏同篋可禁他見矣旹
> 享禄己丑（一五二九）二月初吉　從三位藤原資直（花押）
> （前掲書・八一〜八二頁）

この奥書に関して、井上宗雄「『三源一覧』の著者富小路俊通とその子資直と」（『立教大学日本文学』一七、一九六六・一二）に、「冬良の講義録冬良古今高説の事、実隆公記永正七年五月の条にみえるで、父俊通が紛失した後、ここに新写した由の奥書がある」と、簡潔に内容が報告されてゐる。一条家本からの直接的書写ではないだらうが、富小路家代々の当主が、一条家の学問に触れやすい立場にあつたらうことは、十二分に察しうる。

かな識語の問題

奥書の直前に、かな文の識語が存する。再度本文を掲げておく。

日本紀やハらけ、大かいちうしてまいらせ候
くハしき事ハ、一日御申候ふんにて候。さのミ
無用のいたつら事、御けいこ候ましく。《て》候。その御ひ
まに、顕密の御かくもんを、御さた候へく候
よし、申進給へ。
かしく。

この識語についてみるに、誰が誰に語つてゐるものか、といふ問題がある。語り手は、『日本紀』の「やハらけ（和らげ）」を「大概ちうし（注し）」といひ、語られてゐる者に対して、「顕密の御かくもん（学問）」をせよ、といつてゐるところから考へて、兼良が良鎮に語つてゐるものと見て良いだらう。

実際、良鎮が顕密に通暁してゐたことは、赤瀬論に引かれる良鎮の抜書を見れば、明らかである。

『日本書紀纂疏』との関係

赤瀬論で指摘されてゐたやうに、『八雲謌註』の大半は、兼良の著作である『日本書紀纂疏』からの引用が主たる内容となつてゐる。

いま少し具体的に示せば、「一簸川者」以前が、『日本書紀』からの引用（書き下しにしてゐる）。「一簸川者」以後が、『日本書紀纂疏』からの引用である。その引用部分を、通行してゐる『日本書紀纂疏』の活字本・影印本での所在を示すと、以下のやうになる。

○『〔國民精神文化文獻 四〕日本書紀纂疏』（國民精神文化研究所、一九三五・三）

一〇三頁七行～一〇六頁一二行 ※この間の『日本書紀纂疏』本文を抜粋する（以下同様）。

○『〔天理圖書館 善本叢書和書之部第二十七巻 日本書紀纂疏 日本書紀抄』（八木書店、一九七七・二）

九八頁（四六ウ）～一〇一頁（四八オ） ※天理図書館蔵清原宣賢筆本〔二一〇・一・イ一七七〕の影印

○真壁俊信校注『神道大系 古典註釈編三 日本書紀註釈㈥』（神道大系編纂会、一九八五・三）

二六五頁六行～二六九頁二行目 ※末尾「答且依佛経……所就根国也」を闕く。

『日本書紀纂疏』諸本の系統、成立過程に関する議論は、記念碑的論文、近藤喜博「日本書紀纂疏・その諸本」（『藝林』七－三、一九五六・六）に始まり、岡田荘司・中村啓信・真壁俊信・神野志隆光・二藤京らの業績を経て、近時における金沢英之の諸論、就中、「『日本書紀纂疏』の成立・続貂」（『上代文学』一一六、二〇一六・四）に至つて、一つの到達点に至つたと覚しい。

金沢論によりつつ、諸本の概要を記せば、『日本書紀纂疏』諸本は、

一次本（康正年間成立）

二次本（文明五年改訂本）

に大別出来るが、各々、兼良自筆本の直系と断じうる伝本はなく、また、兼良及び後人による手入れも存するやうで、その関係は複雑である。この論議に、『八雲詷註』で引かれた『日本書紀纂疏』は、明らかな誤写が多く存するとはいへ、重要な資料を提供するものとならう。

講釈の場の〝残響〟

『八雲詞註』には、「又説（云）」として、一字下げで書写されてゐる言説が五箇所存する（ⓐ〜ⓔを冠した）。

ⓐ又説云、卌一字之中ニ一字肝心之字アルヘシ。

ⓑ又説云、五七五七〻、字ニ有増減者、事ユイニクシ。是句妙也。

ⓒ又説云、一首意ニ含二種〻事一、妙也。

ⓓ又説云、于今不レ断事、妙也。

ⓔ又説、八重墻都倶盧其八重墻於者、八角知上ニ、又此宮ニ八重墻、又都倶盧心也。又ハ重言ニテ妻ノ心ヲアラハス也。重タル者、皆ツマト是ヲ云也。

これら五箇所の本文は、『日本書紀纂疏』に見えない。

特に注目したいのは、ⓑに見える「事ユイニクシ」の「ユイ」である。これは、当時の口語「言い《ゆ》」と解さざるを得ない。②神宮文庫蔵本がここを「事ユイ《イヒ》ニクシ」に作るのも、その口語性を訂さんとしたための所為であらう。

これらの追補（と仮に理解しておく）が、兼良の手によつたものか、良鎮の手によつたものか、ただちには判然としないが、良鎮へ伝へた系統ではない①東山御文庫本にも、この口語性が見られるといふことは、「ユイ」なる表記の淵源は、兼良自身にあつた可能性が高い。

①東山御文庫本の原初的成立の場において、講釈など、口頭でなされたものが一つのソースとなつてゐて、兼良の

その折の口吻をそのまま記してしまつたために、口語が露呈する結果となつた、と解しておきたい。ただし、さうだとすると、それは極めて稀なケースであつて（小論の筆者は、類例を知らない）、そのことに対する説明は必要であるが、その準備はない。一つの仮説として提示しておく。

今一つ、「所謂《ユハユル》」（一三オ）といふ訓みにも注意したい。これも「言《ゆ》はゆる」と解すべきだが、後人の付した訓みの可能性があり（現に②神宮文庫本にこの訓みは存しない）、ⓑの事例と同一に扱ふことはためらはれる。

なほ、「言《ゆ》う（ふ）」なる表現それ自体は、狂言・古辞書・抄物・キリシタン文献などに散見され、時代的に異とするには足りない。

初出一覧

◆『歌林良材集』―釈文・箇校・解題―

釈文・箇校…………※新稿
解題……………………〔拙稿①〕『『歌林良材集』の成立―伝本と成立時期を中心に―』（『國語國文』一九八一・四）
〔拙稿②〕「歌林良材集」（武井『一条兼良の書誌的研究』〔桜楓社〈おうふう〉、一九八七・四〕再収）＊〔拙稿①〕を補訂
※〔拙稿②〕の一部を取り込み、大幅に修訂・加筆した。

◆『一禅御説』―釈文・校異・解題―

釈文・校異・解題………〔拙稿③〕「一禅御説―解題と翻刻―」（『研究と資料』一、一九七九・四）
〔拙稿④〕「一禅御説」（武井『一条兼良の書誌的研究』再収）＊〔拙稿③〕を補訂
※〔拙稿③〕〔拙稿④〕を礎稿とし、大幅に修訂・加筆した。

◆『和秘抄』―釈文・校異・解題―

釈文・校異…………※新稿
解題……………………※新稿。ただし、〔拙稿②〕の一部を取り込んだ。

◆『柿本傭材抄』—釈文・校異・解題—

釈文……………………〔拙稿⑤〕「『柿本傭材抄』の成立」補遺—附翻刻・校異—」(『埼玉大学紀要〔人文科学篇〕』三三、一九八三・一二)

〔拙稿⑥〕「柿本傭材抄」(武井『一条兼良の書誌的研究』再収)＊〔拙稿⑤〕を補訂

※〔拙稿⑥〕における底本をさしかへた。従って新稿といつて良い。

校異……………………※〔拙稿⑥〕を踏まへるが、現存するすべての伝本と対校し直し、校異を掲出した。従って新稿といつて良い。

解題……………………〔拙稿⑦〕『柿本傭材抄』の成立—兼良の注釈の基底—」(『國語國文』一九八一・一二)

※〔拙稿⑦〕及び〔拙稿⑤〕を再編・補訂した〔拙稿⑥〕を礎稿とし、大幅に修訂・加筆した。

◆『八雲詞註』—釈文・校異・解題—

釈文・校異・解題………※新稿

あとがきにかへて

四五年以上前のこと。

大學に入つてすぐ、卒業論文のテーマを『式子內親王集』の本文研究と定めた（その間の經緯に關しては、拙編著『校本 式子內親王集』（新典社、二〇二一・一〇）の「あとがき」に記したところである）。

そこで、一年次の初夏あたりから、『私家集傳本書目』や『國書總目錄』などを參照しつつ、生涯初めての文庫めぐりを嬉々として始め、ひたすら對校に努めた。その過程で、「紙燒」といふコトバを知り、そしてその實物を手に入れた時の高揚感は、今でも鮮烈に思ひ出しうるほどである。

その結果、三年の學年末には、校本完成の目處がたつた。

次の段階として、簗瀨一雄『式子內親王全歌集（碧冲洞叢書　第四輯）』（私家版、一九六一・二）にならひ、勅撰集・私家集・私撰集・歌合・歌論書等に見える式子歌を蒐集することとした。簗瀨は採錄の多くを活字本によつてゐるので、同じことをしては意味がないと思ひ、各作品の古寫本を何本か選んで、可能な限りその本文を校本の附編として加へることとし、文庫めぐりに再びいそしむこととなつた。

その過程で、『歌林良材集』に出會つた。東京近郊の文庫に所藏されてゐる何本かを調べてみたのだが、この時の〝衝擊〟が、生涯にわたる研究者としての方向性を決定付けたのである。

もとより『歌林良材集』に關してはただの素人。著者兼良についても、名前だけを微妙に見知つてゐる程度。まるで何も知らなかつたといつて差し支へない。では、『歌林良材集』のどこに衝擊を受けたのかといふと、諸本間における本文の相違に、である。少ない經驗だつたとはいへ、『式子内親王集』で嫌といふほど本文の異同には手を焼いてゐた。だから、ある程度の〝耐性〟は出來てゐたはずなのだが、『歌林良材集』のありやうには、ただ暗然とするばかり、といふのが正直なところであつた。この本文の相違は、とてものこと誤寫などで發現するものではない。著述・編纂の根幹にかかはると思しき異同が、一瞥しただけでも、諸本のそこそこに露出してゐることに氣付かされたのである。

これらの異同は、きつと、著者兼良自身の手によるものなんだらうな

と、直感的に察知はしたものの、それをどうやつて論證出來るか、その方法は、さつぱり見當がつかなかつた。とはいへ、煎じ詰めれば、兼良は所詮專門外（その頃の心づもりとしては、大學院に進んでからは、新古今時代の和歌を專攻するつもりだつた）、それ以上深入りすることはなかつた。

　卒論を一二月に提出し、年明け、久しぶりに學科の圖書室に行つてみた。すると、前年末に刊行されたばかりの『國書總目錄　著者別索引』（岩波書店、一九七六・一二・一四）が配架されてゐた。ふと『歌林良材集』の記憶が蘇り、「さういへば、一條兼良といふ人の著作にはどんなものがあるんだらう」といつた、興味本意でのぞいて見てみたところ、そこには、目もくらむほど厖大な、そして多岐にわたる著作があつたのである。ここで、あつさりと宗旨がへをし、大學院進學後の研究對象を、兼良の和歌關聯の著作に變へてしまふこととなつた。

「研究対象のことをほぼ何も知らず、そして調べてもゐず、それで大學院入試の口頭試問を乗り切れるのか」といふことは、確かに氣掛かりにはなつた。しかし、結果としては、無事に進學をすることが出來たのである。なぜ、といふに、よそ者のわたくしを受け入れてくれた東京都立大學では、大學院の入試に卒論の提出の必要がなかつた（當時としてはレアケースだと思ふ）。從つて、卒論と修論とのミスマツチについて、特に尋問されることもなく、修論の構想について聞かれはしたものの、フハフハとしたことがらをツルツルと述べただけで濟んだ。

以後、兼良の著作をただひたすらに追尋する、といふ研究生活を十年餘り續けた。本書に収めた『歌林良材集』『一禪御說』『柿本傭材抄』は、その頃公刊した論を土臺としたものである。ただ、『和秘抄』に關しては、修論でやや詳しく論じ、尊經閣本の甚だ不出來な釋文を付しただけ。以後も獨立した論として公刊することがなく、取り殘した狀態であつた。

二〇二〇年三月に定年退職を迎へ、研究・執筆のための豐かな時間を手に入れた。そこでまづ、修論以來放置したままだつた『和秘抄』の釋文を作り直し、知り得たすべての傳本を以て改めて對校して、解題を書きおろしてみた。けれども、出來あがつたドキュメントの分量が豫想外に多くなり、これをどうやつて刊行しようか（論文としては長すぎ、著書としては少なすぎ）惱んだ。と同時に、『和秘抄』で試みたドキュメント作成と同じ編集方針で、『歌林良材集』などの仕事もやり直すべきだ」といふことをも痛感した。『歌林良材集』の釋文・校異に關しては、修論にサブセツトを収めたものの、これをフルセツトにする必要性があつたのである。また、修論でごくごく簡單に觸れただけで、その後、全く手をつけて來なかつた『八雲謌註』も氣になつて來た。

そのやうな經緯のもと、一書として仕立てあげたのが、即ち、本書である。

ただ、やり殘したことは、餘りにも多い。例へば、『歌林良材集』は傳本が多く、また未見の傳本も相當數ある。從つて校異がサブセツトとしかなり得なかつた。これが大きな心殘り、否、本書の缺陷である。ではあるが、わたくしの如き放埒・愚昧な研究者が、しかも、限られた生（と伎倆、經濟的制約、などなど）の内でよくなしうるのは、こんなところまでかな、と、自らを慰撫してゐる。

最後に、忘るることあたはざる一つの思ひ出でを書く我が儘を許されたい。

博士課程に進んだ時、國文學研究資料館が、他機關の博士課程大學院生の受け入れを始めた（現在では、制度・內容はやや變つたが、「特別共同利用研究員」と呼ばれてゐるもの）。早速應募し、學部の時から崇敬してゐた福田秀一先生にマンツーマンでご指導を頂くことが出來た。福田先生の第一論文集『中世和歌史の研究』に學部時代出逢ひ、ただただ感嘆・感激し、何篇かの論文はコピーではなく筆寫もして、論文の手本とした程でもあつた。

その期閒の後半、見出したばかりの『柿本傭材抄』（本書所收）に注釋をつけ、福田先生と討議を重ねた。今考へると、夢のやうな時閒であつた。わたくしが作成した資料は、B５のレポート用紙で二〇〇枚弱。そのレポート、二度の引越しを經てもキチンと保管出來てゐたつもりだつたが、なぜかいつの頃からか、No.１がなくなつてをり、どことなく片付かない氣持ちでゐた。

福田先生は、二〇〇六年に亡くなられた。程を經ずして、奧樣から突然郵便物が届いた。それは、福田先生がわたくしのレポートを假製本して下さつてゐたものであつた。無論、No.１もある。

福田先生、奧樣、お二人のお氣持ちに心うたるるとともに、改めて、この學問を生きるよすがとして來てよかつたと、心のうちで反芻したものである。

「福田先生、あの折のご指導・ご厚情、忘れられるものではありません」

本書が、多くの研究者に活用されんことを、心から願ふ者である。

二〇二四年　月

武井和人

武井　和人（たけい　かずと）
1954年4月　東京都に生まれる
1977年3月　東京教育大学文学部文学科国語国文学専攻卒業
1982年3月　東京都立大学大学院人文科学研究科博士課程単位取得退学
学位　博士（文学）〔國學院大學〕
現職　埼玉大学名誉教授
主著『一条兼良全歌集 本文と各句索引』（笠間書院，1983年）
『一条兼良の書誌的研究』（桜楓社，1987年）
※増訂版（おうふう，2000年）
『中世和歌の文献学的研究』（笠間書院，1989年）
『OAK 活用ブック』（ソフトバンククリエイティブ，1993年）
『新古今集詞書論』（新典社，1993年）
『中世古典学の書誌学的研究』（勉誠出版，1999年）
『中世古典籍学序説』（和泉書院，2009年）
『日本古典くずし字読解演習』（笠間書院，2010年）
『中世古典籍之研究』（新典社，2015年）
『さくら 武井和人詩集』（土曜美術社出版販売，2018年）
『十市遠忠和歌典籍の研究』（武蔵野書院，2020年）
『校本 式子内親王集』（新典社，2021年）
『古典の本文はなぜ揺らぎうるのか』（新典社，2022年）
『公事根源―本文・校異・解題―』（和泉書院，2023年）

新典社研究叢書375

一《いち》条《じょう》兼《かね》良《ら》歌《か》学《がく》書《しょ》集《しゅう》成《せい》

令和6年12月20日　初版発行

編著者　武井和人
発行者　岡元学実
印刷所　惠友印刷㈱
製本所　牧製本印刷㈱
検印省略・不許複製

発行所　株式会社　新典社
東京都台東区元浅草二—一〇—一一—四F
TEL＝〇三（五二四六）四二四四番
FAX＝〇三（五二四六）四二四五番
振替　〇〇一七〇—〇—二六九三二番
郵便番号一一一—〇〇四一番

ISBN978-4-7879-4375-0 C3395
https://shintensha.co.jp/　E-Mail:info@shintensha.co.jp

新典社研究叢書 （10％税込総額表示）

336 日本古典文学における孝文化 ―『源氏物語』を中心として― 趙 秀全 一三七五〇円
337 幕末維新期の近藤芳樹 ―和歌活動とその周辺― 小野 美典 一八七〇〇円
338 『扶桑略記』の研究 扶桑略記を読む会 九四六〇円
339 ユーラシア文化の中の纒向・忌部・邪馬台国 山口 博 一五一八〇円
340 校本式子内親王集 武井 和人 二三六五〇円
341 続近世類題集の研究 ―和歌曼陀羅の世界― 三村 晃功 一九五八〇円
342 『源氏物語』の解釈学 門河・櫛井・廣田・風岡 八二五〇円
343 禁裏本歌書の書誌学的研究 ―蔵書史と古典学― 酒井 茂幸 二九七〇〇円
344 歌・呪術・儀礼の東アジア 山田 直巳 一七六〇〇円
345 日本古典文学の研究 日本古典文学研究会 一〇三四〇円
346 伊勢物語考 Ⅱ ―東国と歴史的背景― 内田美由紀 一二三二〇円
347 王朝文学の〈旋律〉 伊藤禎子・勝亦志織 一一六六〇円
348 『源氏物語』明石一族物語論 ―形成と主題― 神原 勇介 一〇二三〇円
349 歌物語史から見た伊勢物語 宮谷 聡美 一一八八〇円
350 元亨釈書全訳注 中 今浜 通隆 三三四五〇円
351 室町期浄土僧 聖聡の談義と説話 上野 麻美 九二四〇円
352 堤中納言物語論 ―読者・諧謔・模倣― 陣野 英則 一〇四五〇円
353 尺素往来 本文と研究 高橋忠彦・高橋久子 一九六九〇円
354 平安朝文学と色彩・染織・意匠 森田 直美 八八〇〇円
355 芭蕉の詩趣 ―解釈ノート― 金田 房子 一一〇〇〇円
356 文構造の観察と読解 中村幸弘・碁石雅利 二五一九〇円
357 後水尾院御会研究 付『伊勢物語聞書』翻刻 高梨 素子 一九五八〇円
358 鄭成功信仰と伝承 小俣喜久雄 二三〇〇〇円
359 源氏物語の主題と仏教 中 哲裕 一七六〇〇円
360 近松浄瑠璃と周辺 冨田 康之 九四六〇円
361 紀貫之と和歌世界 荒井 洋樹 一八七〇〇円
362 古事記の歌と譚 石田 千尋 一四七九五円
363 ソグド文化回廊の中の日本 山口 博 一三八六〇円
364 平安朝の物語と和歌 吉海 直人 一四〇八〇円
365 近世前期仏書の研究 木村 迪子 一三〇四六円
366 平安物語の表現 ―源氏物語から狭衣物語へ― 太田美知子 一七八二〇円
367 物語と催馬楽・風俗歌 ―うつほ物語から源氏物語へ― 山﨑 薫 一〇一二〇円
368 上代日本語の表記とことば 根来 麻子 一一八八〇円
369 三条西家注釈書群と河海抄 ―連歌師注釈との交流― 渡橋 恭子 一四〇八〇円
370 室町期和歌連歌の研究 伊藤 伸江 一八一五〇円
371 香道と文学 ―伝書にみる古典受容― 武居 雅子 一五六二〇円
372 源氏物語の皇統譜 春日 美穂 一一六六〇円
373 『源氏物語』寒暖語の世界 山際咲清香 一七六〇〇円
374 漂流民小説の研究 勝倉 壽一 一二四三〇円
375 一条兼良歌学書集成 武井 和人 二二七八〇円
376 源氏物語 浮舟の歌を読む 山崎 和子 八一四〇円